임화문학예술전집

지은이 임화는 1908년 서울 낙산(駱山)에서 태어났으며, 본명은 인식(仁植)이다. 이후 필명으로 성아(星兒), 임화(林華), 임(林)다다, 쌍수대인(雙樹臺人) 등을 사용하였다. 시인, 문학평론가, 문학사가, 영화배우 등으로 활동했던 임화는 한국 근대문학 100년사의 질곡을 온몸으로 겪으며 살았던 문인 중 한 명이다. 특히 그는 카프의 서기장을 역임하고, 해방 이후 조선문학가동맹을 실질적으로 주도하는 등 프로문예운동사에서 독보적인 이론가 · 실천가였다. 김남천과 함께 월북하여 남로당 계열의 입장에서 활동하였고, 한국전쟁 중에는 종군체험을 담은 시 「서울」 「너 어디에 있느냐」 등을 발표하였다. 이후 북에서 숙청 · 총살당하는 비운으로 삶을 마감했다.

임화문학예술전집 편찬위원

김재용 원광대 교수
임규찬 성공회대 교수
신두원 문학평론가
하정일 원광대 교수
류보선 군산대 교수

임화문학예술전집 4—평론 1

초판인쇄 2009년 5월 23일 **초판발행** 2009년 5월 29일
지은이 임화 **엮은이** 임화문학예술전집 편찬위원회 **펴낸이** 박성모 **펴낸곳** 소명출판 **출판등록** 제13-522호
주소 서울시 서초구 서초동 1621-18 란빌딩 1층
전화 02-585-7840 **팩스** 02-585-7848 **전자우편** somyong@korea.com

값 47,000원

ISBN 978-89-5626-395-3 93810
ISBN 978-89-5626-391-5 (세트)

임화문학예술전집

4

평론 1

책 임 편 집
신두원

소명출판

◉ 일러두기

1. 발표 당시의 표기 방식을 따르지 않고 오늘날의 표기 방식으로 수정하되, 원 텍스트의 모습에 훼손이 가해지지 않는 선에서 수정하였다.
   예 띄인 → 띤, 끄으렀다 → 끌었다, 도웁지 → 돕지, 난호이는 → 나뉘는, 卄年 → 20년, 卅年 → 30년
   - '푸로'와 '뿌르'는 각각 '프롤레타리아' '부르주아'의 준말로서 '프로', '부르'로 표기한다.
   - 及, 其實, 其他 등과 같은 표현은 한자를 병기하되 수정하지 않고 살린다.
2. 한자 표기는 한글화하되, 한글만으로 의미가 모호해질 경우 한자를 병기한다.
   - 특수 사례 : 『林巨正』의 경우는, 『임껑정林巨正』
3. 외국어 표기는 전부 현대식으로 전환한다. 외국어 고유명사의 경우 초출 시 외국어를 병기한다. 일본어 고유명사 역시 원문에 주로 한자로 표기되어 있으나 모두 일본어 발음대로 한글로 표기하며, 역시 초출 시 한자를 병기한다.
   예 골키 → 고리키 M. Gorki, 甘粕石介 → 아마카스 세키스케甘粕石介
   - 단, 東京, 大坂, 明治, 大正, 昭和의 경우는 동경東京, 대판大坂, 명치明治, 대정大正, 소화昭和와 같이 한글 식으로 읽는다. 초출 시 한자 병기하고, 이후는 그냥 한글만으로 쓴다.
4. 외국어 표기에서 따옴표는 없앤다. 예 「코스모폴리탄」 → 코스모폴리탄
5. 숫자의 한자 표기 중 아라비아 숫자로 교체하여 자연스러운 것은 교체하였다.
   예 三人 → 3인, 二三의 → 2, 3의
6. 원문의 복자는 복원할 수 있을 경우 복원하며, 복원하기 어려운 경우는 복자의 모양(×, ○ 등)은 그대로 둔다. 복자를 복원할 경우에는 복자 다음에 [ ]를 두어 복원한다. 아울러 한두 글자의 탈자를 복원할 경우에도 [ ]를 사용한다.
   예 ××적 계급 → ××[혁명]적 계급
7. 판독불능인 글자는 □로 처리한다.
8. 복자의 복원 이외에 원문을 수정할 경우에는 모두 각주에서 수정이 어떻게 이루어졌는지 밝혀준다. 단 조사의 경우 명백한 오류인 경우는 주석 없이 수정한다.
9. 모든 주석은 각주로 처리하며, 임화 자신의 주는 주석 말미에 (원주)라고 밝힌다.
10. 인용문은 5행 미만일 때는 본문 내에서 따옴표 처리하고, 5행 이상일 때는 가능한 본문으로부터 한 행씩 띄어 인용문임을 쉽게 구별할 수 있도록 한다.
11. 방점에 의한 강조는 의미에 따라 고딕체에 의한 강조로 교체하기도 하였다.
12. 이해를 돕기 위해 인용부호를 첨가할 수 있다.
    예 思想을 가지고 作品가운데 드러가지 못한다 할지라도 常識으론 이러한것임에 不拘하고 眞狀은 어떠한것이냐 하는 常識에 對한 懷疑에서 시작하는게 언제나 文學의 出發點이고 思考의 始初다. → 사상을 가지고 작품 가운데 들어가지 못한다 할지라도 '상식으론 이러한 것임에 불구하고 진상(眞狀)은 어떠한 것이냐' 하는 상식에 대한 회의에서 시작하는 게 언제나 문학의 출발점이고 사고의 시초다.

◼ 간행사

시간이야말로 인간을 지배하는 자라고 셰익스피어는 말한 바 있다. 무엇보다 역사 속의 인물들을 생각할 때 그런 시간의 진정한 무게는 더욱 막중해지는 듯하다. 한때 한 시절을 풍미한 인물이 언제인지도 모르게 자취를 감추고, 전혀 이름없던 어떤 인물이 순식간에 역사의 전면에 내세워지기도 하는 것을 우리는 곧잘 목도한다. 실제로 임화란 한 문제적 인물을 떠올릴 때도 시간의 결이 펼쳐내는 시대의 풍속화는 참으로 달랐다. 1980년대 말엽에 보여준 임화의 화려한 부활과 지금의 적막은 너무도 대비된다. 물론 역사는 아무렇게나 되풀이되는 게 아니라는 사실을 유념할 때 이 적막의 역사적 간지奸智 또한 예사롭지 않을 것이다. 그러나 새로운 21세기적 전환을 위해서라도 식민지와 분단으로 점철된 우리는 상처투성이 20세기를 먼저 생각하지 않을 수 없다. 20세기의 '청승'과 '궁상'이 싫어 하루라도 빨리 벗어나고 싶은 오늘이기도 하지만 조상들이 익지 않은 포도를 먹었기 때문에 자손들의 이빨이 아프다는 말처럼 전前 세대의 빛과 그늘을 우리는 지워버릴 수는 없다.

오히려 오늘의 우리는 난장이이지만 '과거'라는 거인의 어깨 위에 올라타고 있어서 그만큼 위대해진다고 하는 만큼, 지금 우리가 소유하고 있는 과거는 어느 만큼 풍부하며, 그리하여 우리 자신의 현재는 과연 풍요로운 것인지 자문할 일이로다. 새삼 그렇게 역사의 발치를 들여다보면 다른 어느 시대보다도 새로운 것에의 질주와 과거로부터의 탈주가 왕성한 지금이야말로 침된 과거와 대면하는 일이 절실하며, 무엇보다 잠들 수 없는 과거의 거인들과 만나는 일이 중요함을 깨닫게 된다.

우리는 그렇게 역사의 무덤에 그냥 잠들게 할 수 없는 지상의 별 하나로 임화를 선택했다. 무엇보다 당대의 시간 속에서 가장 설득력 있고 영향력이 가장 큰 목소리를 냈을 뿐만 아니라, 이후의 역사에서도 항상 살아있는 문학사적 인물로 우리와 미래를 놓고 이야기를 나눌 수 있는 가장 대표적인 문학인이라는 판단 때문이다. 불과 20세의 젊은 나이에 카프KAPF의 지도적 인물로 부상한 그의 활동은 일제하 프로문학운동과 해방직후 민족문학운동의 전개과정과 그 성과, 모든 면에서 결코 뗄 수 없는 깊은 연관을 가지고 있다. 또한 시인으로서, 비평가로서, 조직운동가로서, 그리고 한때는 영화배우가 되기도 했던 그의 다방면에 걸친 정력적인 활동은 참으로 눈부시다. 가히 그 자체가 하나의 문학사라 할 만하다.

실제로 많은 연구자들이 임화를 '넘어서야 할 벽'으로 생각하고 그에 대한 암묵적 겨냥 속에서 자신의 논리를 펴고 있을 만큼 임화는 근대문학사에서 가장 문제적인 인물이기도 하다. 임화는 짧지만 강렬한 삶을 살았다. 그는 자기 조국의 문학과 사회의 진보를 향해 비장할 정도로 헌신을 투여했다. 임화의 글에는 언제 어느 때나 열기가, 심장의 피로써 키운 언어의 박동이 느껴진다. 그래서 항상 역사의 바람소리가 있고, 방향을 다투는 화살의 속도가 있다. 임화는 식민지 조국에서 언어의 임시정부를 지켜낸 선각자 중의 한사람이다. 문학의 자유뿐만 아니라 문학의 방법까지 고민한 실천적 문학인이었다. 그는 비평의 정신에 현실의 육체를, 문학의 육체에 혁명의 입을 부여했다. 현실과 민중이야말로 가장 견실한 문학의 친구이며 그런 관계적 삶의 연대감이 문학의 원천임을 입증해주었다. 물론 이 모든 것을 그 혼자 다 했다는 것은 아니다. 오히려 그는 성공과 실패로서 이것이 한 사람의 힘으로 충분하지 않다는 것을 보여준 좌절의 인물이기도 하였다.

그런 임화의 목소리를 이제야 비로소 견고한 하나의 성채로 모아냈다. 이 작업을 하면서 우리 편자들은 예술의 역사란 걸작의 역사이며, 결코 실패작과 범작凡作의 역사가 아니라는 에즈라 파운드의 말을 절실히 깨달았다. 벌써 그 성채로부터 때로 고독한 독창이, 때로 폭풍과도 같은 합창이 여기저기서 울려퍼져 나올 듯하다. 그래서일까, 좋은 책이란 것도 마음대로 출간되는 것이 아니라 사람처럼 감당할 만한 고통과 인고의 세월을 통과해서야만 가치있는 '역사의 장부丈夫'로 태어날 수 있음을 깨달았다. 예정보다 훨씬 늦게 책이 나오게 되었지만 그만큼 전집의 완성을 위해 편자들이 최선을 다한 결과라는 사실을 변명삼아 덧붙여둔다.

본 전집은 무엇보다 지금까지 알려지지 않은 많은 자료들을 수합하여 '전집'이란 말에 진정으로 부합할 만큼의 성과를 담아냈다. 또한 전공자뿐만 아니라 누구나 읽을 수 있게끔 현대어로 고치고, 거기에 주해작업을 철저히 하여 현재화된 정전으로 바람직한 모델이 될 수 있게끔 편집에도 혼신의 노력을 기울였다. 하여 지금까지 말없이 기다려준 소명출판 식구들이나 말 그대로 거인 '임화'의 출현을 손꼽아 기다린 독자 모두에게 다시금 감사드리며, 무엇보다 임화 탄생 100주년을 기념해 전집 출간의 기쁨을 모두와 함께 하고자 하는 바이다.

2009년 3월
편자 일동

□ 차례

간행사   3

정신분석학을 기초로 한 계급문학의 비판   11

무산계급 문화의 장래와 문예작가의 행정行程 행동 선전 기타   18

무산계급을 주제로 한 세계적 작가와 작품   26
  2. 작가 작품의 개평槪評   39

무산계급을 주제로 한 세계적 작가와 작품(속)   51

자본주의 사회에 재在한 문학운동의 전개 경향   87

분화와 전개 목적의식 문예론에 서론적 도입   100

착각적 문예이론 김화산(金華山) 씨의 우론(愚論) 검토   117

탁류에 항抗하여 문예적인 시평(時評)   131
  1. 서   131
  2. 속학자俗學者의 사실주의관   133
  3. 원칙적 오류에 대하여   139
  4. 작품평의 우열화優劣化   142

김기진 군에게 답함   146

노풍蘆風시평詩評에 항의함   155

시인이여! 일보 전진하자! 시에 대한 자기비판 기타   164

1931년간의 카프예술운동의 정황情況   176

1932년을 당하여 조선문학운동의 신계단 카프작가의 주요 위험에 대하여   188
　　1. 간단한 역사전경歷史前景   188
　　2. 신계단新階段에의 전향은 무엇으로써 특징화되었는가?   193
　　3. 좌익적 편색偏塞과 문학의 일양화一樣化의 위험의 발생   200
　　4. 결어를 대신하여   205

당면 정세의 특질과 예술운동의 일반적 방향 그의 결단적 전향(轉向)을 위하여   206
　　1. 전언前言   206
　　2. 객관적 정세의 새로운 특질   212
　　3. 반反프롤레타리아 예술전선의 주요 특징   216
　　4. 예술운동의 신新 지위와 그 방향   228

동지 백철白鐵 군을 논함 그의 시작(詩作)과 평론에 대하야   236

6월 중의 창작   246
　　1. 홍구洪九 씨 작 「마차의 행렬」   246
　　2. 안필승安必承 작, 「병든 소녀」 『신동아』 6월호   251
　　3. 이무영李無影 작, 「산장소화山莊小話」 『신가정』 6월호   254
　　4. 이무영 작 「어머니와 아들」 『신동아』 6월호   257
　　5. 김남천金南天 작 「물」 『대중』 6월호   261
　　6. 이기영李箕永 씨 작 「서화鼠火」 『조선일보』 6월 중   265

가톨릭 문학 비판 현대문화에 있어서의 가톨리시즘의 위치   269
　　현대문화에 대한 가톨리시즘의 성질   273
　　현대문화와 가톨리시즘   276
　　반평화反平和의 이데올로기인 가톨리시즘   278
　　현대 조선문화와 가톨리시즘 반동의 의의   284
　　현대 조선문학과 가톨리시즘 반동의 의의   287

진실과 당파성 나의 문학에 대한 태도   290

비평의 객관성의 문제   294

문학에 있어서의 형상의 성질 문제   300

비평에 있어 작가와 그 실천의 문제 N에게 주는 편지(片紙)를 대신하여 319

33년을 통하여 본 현대 조선의 시문학 329
  1. 조선 근대시의 생성과정 329
  2. 복고주의의 조가적(弔歌的) 행진 335
  3. 신비주의 종교에의 길─가톨리시즘 기타 342
  4. 소위 '순수시'의 행방과 주지주의의 피안 348
  5. 개념과 추상의 아세아적 낭만주의 355
  6. 프롤레타리아 시의 그 후의 문제 358

1933년의 조선문학의 제 경향과 전망 367
  1. 서─동시대의 조선문학 367
  2. 심화하여 가는 근대문학의 위기 372

현대의 문학에 관한 단상 389

신춘창작개평 394
  1. 무디어진 '나폴레옹의 칼' 394
  2. 농촌에서 그 제재를 구한 작품들 397
  3. 신·구의 상쟁(相爭) 기타 402
  4. 당선 창작의 수준 407

집단과 개성의 문제 다시 형상의 성질에 관하여 413

현대문학의 제 경향 프로문학의 제 성과 441
  '카프'를 중심으로 한 운동의 개관 441
  창조적 활동의 주요 특징 444
  이론적 비평적 활동의 제 성과 449

언어와 문학 특히 민족어와의 관계에 대하여 458

시와 시인과 그 명예 NF에게 주는 편지를 대신하여 486

시의 일반 개념 495

문학의 비규정성의 문제 무이론주의의 일 비판 502

문학과 행동의 관계 526

조선문학의 신정세와 현대적 제상(諸相) 537

조선어와 위기하의 조선문학 580

문예시평—창작 기술에 관련하는 소감小感　607

그 뒤의 창작적 노선 최근 작품을 읽은 감상　617

현대적 부패의 표징表徵인 인간 탐구와 고민의 정신
　　　백철(白鐵) 군의 소론(所論)에 대한 비평　628

7월의 창작월평　651
　　1. 카프 작가의 근황　651
　　2. 전前 프로문학의 매너리즘　660
　　3. 방언의 사용과 순純 리얼리즘의 한계　666
　　4. 설화체의 근저　670

문단 논단의 분야와 동향 상반기 논단 별견(瞥見)　679

문학상의 지방주의 문제　704

암흑기의 문예는 융성하는가?　724

진보적 시가의 작금 프로시의 걸어온 길　732

조선문화와 신 휴머니즘론 논의의 현실적 의의에 관련하여　743

복고현상의 재흥 휴머니즘 논의의 주목할 일 추향(趨向)　766

정신분석학을 기초로 한 계급문학의 비판[•]

정신분석학이 일반 학계에 알려진¹ 이후 아직 20년이란 시일도 채 얼마 넘지 않은 때 이건만은, 그의 의학적 방면뿐이 아니라 철학 사회학 교육학, 더구나 지금 말하고자 하는 문학이나 예술해부학藝術解剖學 상에 파급한 영향이란 참으로 막대하다고 할 수 있다.

그리고 문예비판 상에 야기한 센세이션이란 비상한 것으로, 그의 학설에 입각한 문예평은 여간 수다數多한 것이 아니었다. 당자當者인 프로이트S. Freud² 박사는 정신분석학은 코페르니쿠스N. Copernicus³의 지동설 이래의 대발견이라고까지 스스로 자랑케 한 것이다.

요컨대 재래 심리학은 정신물리학으로 일종의 자연과학이었으나,

• 『조선일보』, 1926.11.22~24.
1 원문에는 '알린'으로 되어 있다.
2 원문에는 '고로이드'로 되어 있다.
3 원문에는 '프베리니스크'로 되어 있다.

이 정신분석학은 일반 심리학과 같이 다수多數한 사람의 심리를 개괄적으로 공통성을 연구하는 게 아니라, 개개인에게 특유한 심리를 전全혀 개별적 견지로서 연구를 하는 것이다. 말하자면 개성심리학이라고도 부를 수가 있는 것이다. 지금 이 짧은 문예비판을 쓰는 경륜經綸[4]으로 그의 예술관, 즉 해부적 심리학적 견지로서 본 문예관을 기초起初로 하여 소론小論을 마치려고 한다.

프로이트는 언제든지 문예나 예술을 논할 제 흔히 꿈[夢]을 많이 인용했던 것이다.

꿈은 보통 누구나 생리학적으로 오장五臟의 피로로 인하여 일어나는 것이라고 말한다. 그러나 그는 꿈이라는 것은 결코 그런 생리적 원인을 가진 게 아니라,[5] 정신적으로 억압된 정의情意의 누설漏洩이라고 한다. 즉 절대로 무한히 앙양 비약을 하려고 하는 위대한 방분성放奔性과 생명력이나 강한 자아 충동으로 인한 본능적 심령의 발작이 일상 복잡한 생활, 즉 장해 많은 생활 속에서는 어떤 유형 무형을 물론하고 어떤 방법 형식으로 억압 작용을 받아, 그의 자재自在한 행동의 조지阻止를 받는 것이다.

그리고 보면 반드시 심적 조해阻害를 상嘗한 심리는 내심의 고민 상태를 일으킨다. 그리하여 하루에도 다 헤일 수 없이 시시각각으로 일어나는 고민은 시간의 경과를 따라 순차로 망각이 되고 또다시 새로운 현실에 당면케 된다.

그리고 보면 고민은 망각이란 형식을 빌어가지고 일시적 도피 상태가 되어 있겠지만, 그것은 결코 영영永永히 그의 심리에서 떠나버린

---

4 원문에는 '經論'으로 되어 있으나 '經綸'의 오식으로 보인다.
5 원문에는 '아니다'로 되어 있으나 다음 문장과 한 문장으로 합치는 것이 문맥상 더 적합하다.

것은 아니다. 그리하여 무수히 망각된 고민은 그 사람 자신은 의식할 사이도 없이 무의식적으로 절대한 힘을 가지고 그 사람의 심적 생활의 전부를 지배하여가지고, 개성의 진수眞髓가 되고 중핵中核이[6] 되어, 그 후엔 외부에 이르기까지의 전 생활을 좌우할 수가 능히 있는 가공할 동력이 되어 잠재가 되는 것이다.

그것은 일상의 업무 즉 외면 생활을 위한 직업인 데다 종사를 하고 있을 때에는 전부 무의식이란 탈을 빌어가지고 정적靜的 상태를 지속하고 있지만, 한번 그 자신이 수면 상태라든지 또는 그와 유사한 예술 창작이라든지 관극觀劇, 문예감상이라든지 하는, 일상도구적日常道具的 생활을 떠난 때에 이 심적 상해傷害는 돌연히 대두를 한다. 그것이 상징이란 껍질을 빌어가지고 소위 몽환적 현상이 되어 외부에 공연히 출현이 되는 것이다. 문예의 감상, 창작 모두가 이 두 심리 상태를 기초로 하여가지고 성립이 된다는 것이다.

그리하여 이 상징화한 몽환적 경지[7]에서, 이 꿈의 생활 속에서 우리는 일상의 외면적 표피적 생활보다 일층 더 심각한 침체적 내면적인 참 자아의 생활을 비로소 체험하는 것이다.

이와 같이 문예는 결코 도락적 기분에서부터 나오는 오락의 일종이 아니고 현실 생활을 초월한 유리된 유선적幽仙的 존재가 아니다. 그것은 절실한 현실 생활의 결과인 것이고 정확한 반영인 것이다.

이 점에 있어서 문예작품은 작가 자신의 참된 내면적 창조 생활의 일부분인 것이요, 다시 말하면 그 작가의 진眞 생활의 전부라고도 할 수가 있는 것이다.

그러므로 작가라 하는 인물은 또한 사회를 조직한 조직체의 일 분

---

6 원문에는 '中核가'로 되어 있다.
7 몽환적 경지 : 원문에는 '夢幻境의地'로 되어 있다. 활자 순서를 바로잡았다.

자이니까 그 사회와의 불가리不可離한 유기적 관계를 갖는 것이다.

　그러므로 그 작가가 프롤레타리아 사회의 인물일 것 같으면, 그의 작품상에도 프롤레타리아 사회의식의 일부가 표현이 되어 있을 것은 정연定然한 일이다.

　그리고 특히 이 자본주의의 극성기極盛期고 말기末期[8]라고 할 현대에 와서는 계급이란 말이 일반 민중을 좌우로 구별하는 데, 또는 용어가 된 것이다.

　말할 것도 없이 이 현상은 자본주의의 결함으로 인하여 빈부의 차가 점차로 격원隔遠이 되어, 두 개의 인군人群은 불가근不可近할 원거리로 떠나버렸으므로, 즉 두 계급이 차차 명확히 배열排列이 되어짐을 따라 양 계급의 입지는 판연하게 된 것이다. 그리하여 그들은 계급적으로 서로 합치 못할 양극을 향하여 걸어가고 있는 것이다.

　그리고 계급문학이란 말은 즉 문학상에까지 계급적 분열을 보게까지 된 것을 증명하는 것이다. 말할 필요도 없이 현재의 무산계급 문학은 재래 부르문학이 가지고 내려온 동일한 경로와 태도를 가지고 발전되고 있는 것이다.

　그리고 또 한 가지는 계급문학이라고 하면 얼른 프로문학으로 속단하는 일이 없지 않다. 프로문학이 계급문학이 아니란 것은 아니다. 다만 이때까지 있어온 부르문학[9]도 계급문학이니까 오직 계급문학이란 말은 어느 계급을 물론하고 그 계급이 가지고 있는 계급의식을 표현한 것인 것이다.

　또한 현재에 있어서 계급문학을 부인하는, 또는 성립 여부도 논하

8　원문에는 '平期'로 되어 있으나 '末期'의 오식으로 보인다.
9　부르문학: 원문에는 '프로문학'이라 되어 있으나 문맥상 '프로'는 '부르주아'의 약어인 '부르'의 오식일 것이다.

는 소위 순純예술지상주의를[10] 표방하여가지고 떠드는 초계급주의超階級主義 작가란 자들같이 어리석은 자들은 없을 것이다.

그들은 아직도 고정 상태에 귀착치를 못한 부동군浮動群이다. 그러므로 거기에 의식이 있을 이유가 없다. 그리고 오직 편의를 따라 천막생활을 해가는 부랑민浮浪民과 같은 종류의 무리다.

다만 그들은 자본주의 사회 말기末期[11]에만 있을 작가이라고밖에 부를 수가 없다. 또한 그리고 부르주아의 별동대 격으로, 프롤레타리아 문학이[12] 발생할 필연성을 무시하고, 오직 구舊 부르문학에 수정설修正說을 가하여, 마치 다 부서져 뚫어진 그릇을 수선을 하듯이 몰락으로 자멸로 걸어가고 있는 부르문학을 근근히 유지해가려 하는 가련한 지사들이다.

그러나 그 그릇은 오래지 않아 또 다시 뚫어져 그때는 수선조차 못할 때가 올 것이다.

그리고 프로문학의 현출現出은 결코 우연이 아니다. 시대의 고민을 집단적으로 받는[13] 억압은 반드시 문학 상에 심적 상해傷害를 노출하게 된 것이다. 그리하여 민족적으로 받는 고민과 억압은 반드시 민족문학 상에 잠재가 되어 나올 것이고, 민중이 받는 억압은 반드시 그 민중예술 상에 혁혁히 나타날 것이다.

하물며 현대와 같이 억압 착취[를] 이루 헤일 수 없는 각양各樣으로 받는 프롤레타리아가[14] 당하는 박해는 그대로 스러질 이유가 없다. 반드시 그의 전반을 통해서 받는 막대한 심적 상해는 계급적으로 혹

---

10 예술지상주의: 원문에는 '藝術至上立義'로 되어 있다. '立'은 '主'의 오자일 것이다.
11 역시 원문에는 '平期'로 되어 있으나 오식으로 보인다.
12 원문에는 '文學의'로 되어 있으나 오늘날의 주어 표기 방식으로 수정했다.
13 원문에는 '맞는'으로 되어 있으나 수정한다.
14 원문에는 '프로레타리아의'로 되어 있으나 오늘날의 주어 표기 방식으로 수정했다.

은 개개적으로 상흔傷痕이 되어 여기저기 널려 있게 된 것이다.

그리하여 그들의 심저心底에 나날이 더 많이 받아가는 상흔은 울분이 되어 내려갈 것이다.

그러므로 그들은 재래의 문학 즉 부르문학을 그대로 가지고 일시적 이나마도 지내갈 수가 없고 또한 그들의 양심은 그것을 도무지 허락치 않았다. 그럴 뿐더러 그들의 잠재의식은 적극적으로 새로운 무엇을 요구했던 것이다.

즉 여기에 프로문학의 존재이유가 있고, 그의 발생한 필연성이 있는 것이다.

그러므로 그들의 작품은 그렇게 몹시 받은 수많은 억압의 폭발이므로 따라서 격렬하고 위험성을 띠는 동시에 위대한 현실감을 가진 것이다.

그리고 프로문학의 성정性情에 대하여는 모든 사람이 알아야 할 것이다.

현대 무수한 프로계급은 사색할 여유도 없고 독서할 틈조차도 없다. 다만 집주적集注的으로 내리는 무서운 억압으로 말미암아 그들의 내심에 심적 상해를 커지게 한다는 것이다.

다시 말하면 그들이 어떤 대상 위에 던지는 광선은 점점 명암의 도가 강해지고 따라서 그의 감각할 수 없는 음영陰影은 무의식으로 확대되어간다는 것이다.

그리고 따라서 위에 말한 것과 같은 그의 전면前面에 가로질린 대상의 형체가 갈수록 선명히 정교히 보이게[15] 될 것이다. 즉 프롤레타리아의 날카로운 눈은 자본주의 사회조직이 벌써 질식 상태로 빠져

---

15 원문에는 '모이게'로 되어 있으나 수정했다.

가는 것까지 명확히 보고 있는 것이다.

그러므로 그들의 문학의 성정이 소설이나 시가를 물론하고 모두가 프로계급의 현재 당면 문제인 파괴와 쟁투를 의미하게 된 것은 결코 우연한 일이 아니라,[16] 마치 과거에 부르주아 사회의 문학이 부르 [사]회의식을 표현하듯이, 그들은 자체의 고민과 자체의 의식을 표현한 참으로 필연한 사실인 것이다.

끝으로 한 마디를 붙일 것은 현재의 프로계급에게는 프로문학은 전全 프롤레타리아가 부르주아의 억압을 못 견디어 쏟아진 정의情意의 누설漏洩인 동시에 전 프로계급의 생존권을 요구하는 어떤 종류의 물건도 될 수 있는 것이다. 그렇다고 프로문학의 예술적 가치가 하락된다는 게 결코 아닌 것을 부언해두는 것이다.

그리고 프로문학의 성립 여부는 길게 논할 필요가 없다. 다만 역사가 증명하는 것이니까. 즉 그들 부르 자체가 지내온 경로를 보아도 확연할 것이다.

---

16 원문에는 여기서 행을 갈라 앞뒤 단락을 나누고 있으나, 문맥상 한 문장으로 이어지므로 다시 연결하였다.

무산계급 문화의 장래와 문예작가의 행정(行程)

행동 선전 기타

어느 시대를 물론하고 문예의 작가는 시대의 정곡正鵠한 영상影像을 그의 예술 상에 표현시키는 동시에, 또한 잊어서는 아니 될 것은 예술가는 민중의 전도前途를 암시하는 숨은 지도자가 되지 아니하면 안 될 것이다.

그러므로 여기서 전자보다도 후자가 더욱 현대와 같이 중대하고 난처한 문제에 당면한 세계를 위하여, 그의 전정前程을 보여준다는 사명이란 참으로 위대하고 또 위대하다고 할 수밖에 없다.

그것은 막다른 곳으로 가는 자본계급을 위하여 혼란한 그 진용陣容의 정리整理를 부르짖는 작가도 '부르' 사회의 말기末期를[1] 장식하는 꽃다운 인물일 것이다. 그러나 극히 나이 어리고 경험이 짧을뿐더러,

---

● 『조선일보』, 1926.12.27~28.

1 원문에는 '來期를'으로 되어 있으나 오식으로 보아 바로잡는다.

아직도 그의 기원紀元의 기초를 굳게 하려고 싸우는 이 신흥계급의 예술가의 사명이야말로 참으로 붓과 종이로 기록하기에 힘들 만큼 큰 것이다.

지금의 무서운 억압 속에서 꼼짝도 못하며 수만의 군중이 왕래하는 대도시의 가리街里에 서서도 고독을 느끼고 그렇게 죽도록 노동의 대가가 이중 삼중의 착취를 거쳐서 몇 푼 안 되는 돈을 받는 그것도 까딱하면 '괵수馘首'란 궁극의 위협 아래에서 우는 그들 속에서, 근근히 그들의 생명의 일부를 짊어지고 그들에게 앞길을 교시하고 풍운風雲을 예언하며 힘 있게 살아나가려는 문예 작가의 행로야말로 참 어렵고 험할 것이다.

그리고 이 신흥문학의 운동이 재래의 문학운동과 방향과 근지根志가 다른 것은 재래의 문학운동은 자연주의운동이나 상징주의운동 등 어떤 것을 물론하고 그 행한 운동은 단單히 그 문학 상에 한한 것이요, 넓어도 예술계 이외에는 진전進展을 하지 않았고, 또한 진출될 요소와 기회가 없었던 것이다. 즉 결국은 예술 자체를 위한, 의미와 범위가 비교적 단순하고 좁은 운동이었던 것이다.

그러나 예술을 위한 예술의 시기는 이미 갔다. 그리고 거기에 상반相反될 현상이 인생을 위한 예술을 부르짖던 것이 신인생관의 예술운동 그것이다.

그러나 현대는 가장 복잡하고 모순과 당착이 거듭한 이루 갈피를 잡을 수가 없는 세상이다. 그리고 현대의 예술은 인생파의 예술로부터 한 걸음 나와 생활을 위한 예술, 생존의 예술, 행동 선전의 예술을 낳지 아니치 못하게 된 것이다.

그것은 현대가 가진 예술 가운데서도, 더구나 지금 말하고자 하는 문학운동이란 것은 재래의 그것과 같이 그렇게 단순한 의미를 가진 것은 아니다. 다시 말하면 전자의 운동과는 동일시할 수가 없게 된 것이다. 그것은 신흥문학의 운동이란 것은 예술 자체를 위한 운동이 될 뿐 아니라, 프롤레타리아의 장래를 위하여 그 생존권의 확립을 요구하는 사회운동과 병행되지 않을 수가 없는 것이요, 그뿐 아니라 현재 병립하여 신행되는 것은 그 예가 얼마든지 있다는 것이다. 쉽게 말하면 현대 신흥문학의 운동이란 이중의 의의를 가지고 있다는 것이다.

그것은 중언重言할 것이 없이 문학은 문학 현상의 일 요소인 까닭에 무산계급문화 건설의 장래를 위하여, 한편에서는 사회운동의 동지가 당면의 직접 행동과 운동을 해가는 일면으로, 문예작가는 홀로 문화건설에 대한 장래의 기초를 쌓고[2] 있는 것이다. 그러므로 재래의 작가보다도 현대 무산 작가의 존재 의의는 훨씬 중대한 것이다.

그리고 작가라고 이름 할, 즉 신흥 무산계급의 작가라고 부를 사람이란 어떠한 종류의 작가를 이름일까? 여기에 대하여는 현재 모든 무산계급문화 건설에 전력을 다하고 있는 소비에트 러시아의 문단에서도 성盛히 논쟁의 초점이 되어 있는 것인 터이라, 명확한 답변을 여與하기는 어려우나, 개념적으로라도 여러 사람의 소론所論을 종합하여 말하자면, 먼저 무산계급의 문학의 정의에 대한 문제에 선결先決을 여與할 필요가 있는 것이다.

대개로 말하면 무산계급의 문학이란 전專혀 무산계급 자체가 창조하는 문학이라는 논설도 상당히 행하고 있다. 이 해석의 견지로 보면 무산계급문학이란 것은 오로지 무산계급 자신의 사업이요, 따라서 그 생산은 전혀 무산계급의 손으로부터 나오지 아니하면 안 된다는

---

2 원문에는 '싸핫고'로 되어 있다.

것이다. 그것을 누구나 그 의미 자체에 대하여는 이의가 없을[3] 것은 물론이다.

그러나 이러한 해석은 이론상에서는 지당한 정의라고 긍정할 바이나, 결국 한 걸음 더 나와 사실에서 그것을 돌아볼 제, 거기에는 의문을 아니 일으킬 수가 없다. 순수한 무산계급 즉 공장 기타에서 일하는 노동자 그들이 아니면 무산계급 작가의 자격이 없을 것인가 하는 것이다. 그렇다면 공장의 노동과 문예의 창작은 얼마나한 정도에까지 병립을 할 것인가? 여기서 먼저 말한 정의에 의문이 생기는 것이다.

그러나 그것은 현대에만 있을 특이한 현상이라고 나는 단언한다. 즉 이 무산계급이 사회개혁을 이루기까지인 과도기에 있을 사실이라는 것이다. 그것은 장래엔 전설前說과 같은 작가가 무산계급의 작가로서 행세를 할 것은 물론이나, 현재 무산계급문예의 기초를 세운 맑스K. Marx나 엥겔스F. Engels나 또는 무산계급의 문화를 위하여 진력盡力한 란셀[4]이나 또는 무서운 박해의 희생이 된 리프크네히트K. Liebknecht[5]와 룩셈부르크R. Luxemburg나, 또는 인류의 역사에서 가장 최고의 무산계급 혁명의 지도자 레닌N. Lenin이나 모두가 인텔리겐차이었던 것이다. 말하자면 순수한 무산계급도 아니었다는 것이다. 신흥계급은 반드시 자기의 문화를 자기의 손으로 건설하는 것은 아니다. 오래지 않아 망해갈 계급 속에서 색채가 다른 선구자가 자기의 경험을 기초로 하여 대중에게 그 통로를 암시하는 것이다. 이것은 신흥계급이

---

3 이의가 없을: 원 발표문에는 '學竟가엽슬'로 되어 있으나 문맥상 의미로 보아 바로잡는다. '學竟'은 '異意'의 오식일 것이다.
4 란셀: 원문대로이다. 19세기 독일의 사회주의자이자 작가인 페르디난트 라살레(Ferdinand Lassalle)를 가리키는 듯하다.
5 원문에는 '립부크미트'로 되어 있다.

일어난 초기에선 그렇게 진기한 사실이 아니다. 그리고 이것은[6] 무산계급이 재래의 문화 속에서 그 전통을 비판하고 그 소용되는 내용을 섭취하는 것도 되는 것이며, 또한 이 현상은 말하자면 구舊문화의 멸망해가는 속에서 자라는 신문화의 가능성을 말하는 맹아라고도 할만한 것이다.

그러므로 그 작가 자신은 아무 것일지라도 좋다. 다만 작가는 무엇보다도 무산계급의 인생관을 가지고 모든 현상을 통찰하는 데서 벌써 그 작가는 훌륭한 무산계급문학의 작가인 것이다. 그리고 그 문예작가 자신이 사회운동 실제의 투사이면 더욱 좋은 것이다. 그리고 누구를 물론하고 그저 무산계급의 생존권의 탈취를 위하여, 또는 무산계급문화의 장래를 위하여 싸우는 사람이면 누구든지 좋다. 마치 다다DADA가 다다이즘에 공명하는 사람이면 누구든지 남녀노소를 물론하고 시인 예술[개가 될 자격이 있다는 것과 같이 '프로'의 인생관을 기초로 하여 출생된 작품의 작가는 누구든지이다.

그 다음 문제는 문학과 선전의 문제이다. 작가는 여하한 것을 제재로 취급하여도 무관하다. 그리고 언제든지 그들 대중의 생명을 전해주고 동시에 전에도 말한[7] 것과 같이 그들의 진로를 보여주며 그들의 배후에서 끊임없이 군호軍號를 부를 것을 잊어서는 안 될 것이다.

전년에 어떤 분과 지금은 없는 『개벽』 지상에서 행하던 논쟁에서 분명치는 못하나마 기억이 되는대로 말해보면, 그 분이 프로 편을 비판할[8] 적에 문학을 선전용 포스터의 대용으로 쓴다는 것으로 무산계급 작가에게 공격의 구실을 만들었던 것이었었다. 그것은 어떻게 보

---

6 원문에는 '이것을'로 되어 있으나 문맥에 맞게 바로잡는다.
7 원문에는 '일한'으로 되어 있으나 오식으로 보아 바로잡는다.
8 원문에는 '改革할'로 되어 있으나 문맥에 맞게 바로잡는다.

면 지당한 말이라고 볼 수가 있는 것이다. 그러나 그들에게 보여줄 것은 art for art의 시대는 이미 갔다는 것이다. 생활을 위한, 생존권의 확립을 요구하는 계급투쟁의 예술의 시대가 되었다는 것이다.

우리의 장래를 위하여, 즉 사회 개조를 위하여 이익한 것은 한 사람의 노동자에게라도 더 개혁의 의식을 넣어주는 것이다. 말을 바꾸어 하면 하나라도 더 동지를 늘리는 것이 우리의 이익인 것이다.

그러므로 우리는 선전의 필요가 있다. 그러나 그것도 현재 부르 사회에서 행□□[하는] 것 같은 기만적 선동이나 허위의 과대 선전이 아니다. 정당한 새로운 정의를 위하여 그들의 행할 바 길을 지시하는 것이며, 그들의 피폐한 정신에 강한 충동을 주는 것이다. 그들은 이것을 가리켜[9] 문학의 선전화요 문예도文藝道의 몰락이요[10] 타락이라고 한다.

그러나 선전을 문학으로 하는 것은 결코 아니다. 문학으로 우리는 선전하게 되는 것이다. 다시 말하면 문학으로 가지고 선전용의 포스터로 사용하는 게 아니라 사회운동의 실제 투쟁鬪爭이 아닌 우리는 문예작품으로 새 시대의 의의와 존재 가치를 대중에게 알리는 동시에 그들의 진로를 암암暗暗히 보여주는 것이다. 이것이 무슨 그들의 소위 예술의 생명을 다치는 것이 될 것인가. 거기에 오히려 더 큰 예술의 가치가 잠재해 있음이 아닐 것인가? 그러므로 그들의 예술과 우리의 예술 위에도 얼마나 큰 상위相違가 존재하여 있을 것을 알 것이다.

부르의 그대들은 LA−B · D−A[11]가 같은 줄로 믿지는 않겠지. 선[전]을 위하여 집필을 하는 것은 아니지마는, 부르의 평어評語같이 시

---

9 원문에는 '가르처'로 되어 있으나 수정했다.
10 원문에는 '没著이요'로 되어 있으나 오식으로 보아 바로잡는다.
11 원문대로이다. 무슨 의미인지 해독되지 않는다.

대의 반영인 프로의 작품도 저절로 실행적 성정性情을 가지게 되는 것이다. 그러므로 무산계급의 작가는 언제든지 우리에게 전도前途를 위하여 깊은 통찰을 가지고 붓을 드는 것이다. 그리하여 자연히 노동계급이나 기타 어떤 계급을 물론하고 공명자共鳴者를 갖게 될 제 비로소 그 작품은 선전의 효과를 나타낸다. 그것이 무슨 재래 문학과 다른 점이 있을 것인가. 다만 부르의 문학보다 좀더 강한 의식을 가지고 있기 때문에 그것이 선전적 효과를 나타낼 제 강렬한 의지로 변하는 것이다. 이것은 오히려 전자보다도 참 예술로의 생명을 풍부히 포함하고 있다고 말할 수가 있다.

그리고 말할 것은 재래의 즉 유산계급의 문학은 그 중심을 개인주의 사상에다 두었었으나, 무산계급의 신흥문학은 그 근저를 집합주의적 정신 위에다 두었다는 것이다.

그러므로 전대의 문학은 신비, 비관, 퇴폐 등의 특색이 있었으나, 신시대의 문학은 심오한 생활의 의식과 생존에 대한 환희의 원천이 움직이고 있지 아니하면 안 될 것이다.

그리고 작가도 언제나 군중 속에서 군중과 같이 보조를 맞추어 걸어가야 한다는 근본 의식을 잊어서는 못될 것이다.

따라서 무산계급문학의 생명이라고 할 것은 이 과도기인 현대 사회에는 격렬한 변동이 속락續落하므로, 말할 것도 없이 전투적 기분을 가지고 강렬한 형식으로 표현되지 아니치 못할 것이다. 이런 것의 일체의 특색을 말하면, 무산계급문학은 무산계급의 개혁적 의기를 고조高潮한 것이 아니면 아니될 것이다. 그러므로 문학은 단單히 인생을 관조할 뿐만 아니라 인생의 움직일 전도의 암시를 가진 일종의 예언적 선동 효과를 가져야 하는 것이다.

여기에 대하여 소비에트 러시아의 렐레비치G. Lelevich의[12] 소론所論을 빌어 말하면, 무산계급문학은 노동자계급의[13] 삼각적경三角積鏡을 통하여 각각 기其 세계를 보여주는 것이다. 금년 봄에 일본 왔던 보리스 필냐크Boris Pilnyak의 말한 바는 노동계급은 무산계급의 전위의 눈을 가지고 세계를 보는 것이므로, 그 문학은 노동계급의 마음을 움직이고 그 의식과 심리를 함양한다고 했다.

전에도 말했지만 작품의 선전적 효과라는 것을 다시 양인兩人의 논설을 미루어서 보면, 요컨대 무산계급문학에 전적으로 중[요]한 것은 그 독자에게, 크게 말하면 민중에게 향하여 움직이는 선전적 동력에 있다고 단언할 수밖에 없다. 그러므로 현재 프로 작가로 말하면 무산계급문화의 장래를 위한 준비뿐만이 아니라, 사회 개혁의 과도기인 현대에서 가장 중요한 임무는 민중을 움직이는 데 있는 것이다.

그것은 말하자면 선동도 될 것이고 선전도 될 것이다. 그러므로 현대 무산계급 작가는 참으로 프롤레트쿨트[14]의 장래나 또 사회운동의 당면에 있어서 불가결한 숨은 운동자이며 그 지도자가 될 것이라는 것을 말해두고 붓을 놓는다.

1926.12.1

---

12 본명은 Labori Kalmanson. 구 소련의 문학자. 1920년대 프롤레타리아문학을 주장하던 '시월' 그룹의 기관지 『초소에서(Na postu)』의 편집자.
13 원문에는 '勢働者階級의'로 되어 있다. '勢'는 '勞'의 오자일 것이다.
14 Proletkult. 러시아 혁명 직후인 1917년 9월에 창립된 '프롤레타리아문화협회'의 약어. 여기서는 축어적 의미인 프롤레타리아문화란 뜻으로 사용되고 있다.

무산계급을 주제로 한 세계적 작가와 작품[*]

    그 창백한 안면顔面을 구성한 모든 근육은 이상스럽게 떨리고 전류와 같이 각각으로 변하는 표정은 무슨 불가해할 암시를 보이는 것 같았다. 그리고 폭 꺼진 눈자위 밑에서 반짝이는 조그만 눈동자는 유리창을 통하여 멀리 보이는 맑은 대양大洋과 같이 그 천재와 예민한 이지理智에 빛나고 있었다.

    [프]란데스의 마음 끝 속엔 그 청년의 일신에다 까닭도 모를 애착을 느끼기를 시작했다. 그리하여 그는 청년의 원고를 받았다. 그래가

• 『조선일보』, 1926.12.3~24. 이 글 및 다음에 이어지는 이 글의 속편은 임화의 독창적인 글이 아니다. 이미 알려진 대로, 이상화(李相和)가 이미 임화보다 1년 가까이 앞선 1926년 1~4월 『개벽』지에 「無産作家와 無産作品」이라는 제목으로 거의 유사한 내용을 발표하고 있기 때문이다(김윤식, 『임화연구』, 문학사상사, 1989, 46~47면). 이상화의 글은 목차에 '번역'이라고 밝히고 있으나 임화는 번역임을 밝히지 않았다. 아마 일본 잡지나 단행본으로 발표된 내용을 번역 내지 번안하는 수준에서 글을 쓴 것으로 보인다. 1회 연재분은 찾을 수가 없다. 여기서는 2회 연재분부터 시작한다.

지고 자택으로 돌아와 곧 이상한 호기심을 가지고 즉시 읽기를 비롯하였을 때 그는 너무 그 불쌍한 천재에게 무정하였다는 것을 통절히 느끼지 않을 수가 없었다. 그는 지금 작품을 통하여 보건대 주인공인 젊은 천재는 이제쯤은 먹을 것도 떨어지고 더할 무슨 방책도 없어 극도의 곤궁과 절망에 싸여 있으리라는 것이었다. 그때 그는 즉시 그 미지의 작가의 이름이 쓰인 봉통封筒에다 10크로네 되는 지폐를 넣어서 곧 우편으로 부쳤다. 그러고 나서 그는 다시 최후의 장면을 읽고[1] 있을 때 예의 청년은 굴뚝 속 같은 하등 숙사에서 가만히 주인 몰래 문 밖으로 나오다가 돈이 든 봉통을 받았다. 얼마나 그는 기뻤을까. 그야말로 이 작가가 가진 유일 최대 정도의 저산貯産이었던 것이다.

그날 밤 프란데스는 스웨덴의 비평가 악셀 룬데쨀트를 만나 그의 이상한 청년 작가의 말을 하고 그의 작품이 얼마나 자기의 마음을 격동시켰다는 이야기를 해가며

"다만 문재文才라고만 할 게 아닙니다. 참으로 목줄대를 잡아 누르는 듯한 심각미가 있고 말을 하자면 도스토예프스키M. F. Dostoevskii와 같은 무엇이 숨었다고도 할 만[한] 무엇[이] 있습니다" 하고 칭찬을 할 제 서전瑞典[2]의 비평가는

"허허 그렇게 훌륭한 것일까. 그런데 표제는 무어랬는데?"

『기아』. 그리고 작가는 크누트 함순Knut Hamsun이었다.

1920년[3] 가을에 스웨덴 국왕으로부터 노벨문학상을 탄 노르웨이의 현대 작가 크누트 함순은 나라를 달리한 이국異國인 정말丁抹[4]에서 그

---

1 원문에는 '입고'로 되어 있으나 문맥에 맞게 수정했다.
2 스웨덴의 한자식 표기.
3 원문에는 '1820년'으로 되어 있으나 바로잡는다.
4 덴마크의 한자식 표기.

의 천재가 처음 발견이 된 것이었다.

그는 그 후의 작품인 『표랑자漂浪者』의 주인공과 같이 아무것도 가진 것이 없는 알몸의 무산계급자로서, 그는 그 후 프란데스의 호의로 처녀작 『기아』가 코펜하겐에서 신사상을 대표하는 잡지 『신토新土』 지상에 발표가 되었었다. 그것은 1888년으로 그가 바로 절망의 아메리카로부터 돌아와 정말丁抹을 2,3개월 동안이나 표랑한 후의 일이었다.

주망(蛛網)의 가(家)

영국에 "The House of Cobwebs",[5] 거미줄이 엉킨 집의 의意란 단편이 있다. 그 스토리는 일종의 변체적變體的 성격을 가졌다고도 할 만한 청년이 같은 이상한 성정性情과 생활 철학을 가진 청년에게서 거미줄이 슬어 벽도 안 보일 것 같은 거칠어빠진 방[을] 세를 얻는 데서 시작이 되는 것이다.

세를 얻으러 갔던 청년이 아직도 전前 하숙집 방 침대 속에서 벌써 잠은 한 시간이나 먼저 깨어가지고도 눈만 멀거니 뜨고 드러누워 이런 생각을 하고 있었다.

그것은 유월의 어떤 청랑晴朗한 아침 다섯 시 전이었다. 아침의 붉은 햇발은 창틈을 새어 들어와 종이로 바른 벽에 꽃 모양을 알는알는하게 비친다.

그러나 그 꽃이란 것도 아무리 위대한 식물학자라도 알 것 같지도 못한 꽃뿐이다. 청년은 멀거니 광선이 새어 들어오는 창 틈을 노려보다가는 꽃 모양이고 무엇이고 다 잊어버리고 곧 정원의 화려한 아

---

5 Cobwebs : 원문에는 'Leobwebs'로 되어 있다. 오식일 것이다.

침으로부터 광원曠原의 이슬 젖은 꽃과 굉대宏大한 저택의 산울타리 등을 연상해가며,

　　아무래도 3개월은 걸릴 터인데 무슨 수로 그때까지 먹어간단 말인가. 한 주일에 겨우 15지(志)[6]를 가지고도 또 방세, 식비, 세탁료 이렇게 여러 군데로 벼른다[7] 한 달을 어찌 배겨나는 수가 있나. 그러면 이사를 해본다. 물론 그렇게 될 때에는 이보다 더 나쁜 놈의 방을 구해 가야지. 아무렇든 여기서 배겨나려면 아무리 절약에 절약을 한대도 25지(志) 이하로는 목구멍에 죽 한 숟갈이 변변히 못 넘어간단 말이야. 하나 또 이것은 석 달은 걸릴 터인데 참 입맛이 쓰네.[8] 이 빌어먹을 것 — 그것도 또 안 되면 밭이라도 매라 —.
　　후에 출판도 문제지만 어떻든 현재 나의 유일한 일은 그저 딱 늘어앉아서 이 작(作)을 마칠 때까지 들어붙는 것이 상책이다.
　　다행히 여름이니 숯 값은 안 들 테니간 좀 그저 양지만 바른 데면 상관이 없을 텐데, 도무지 한 주일에 식비 무어 합해 15지만 받고 두어주는 데만 있으면 좋을 텐데, 운명이다, 그저 운수다, 어쨌든 산보 겸 오늘 종일 돌아다녀보자.

이렇게 말하고 나선 것이 겨우 찾아낸 집이다.

　　참으로 저는 진실히 하는 말입니다. 보시기에는 그래도 좀 반반한 것 같습니다마는 돈은 없는 사람입니다. 재산이라고는 트렁크 보와 몇 푼 안 되는 돈을 가지고 석 달을 지내갈 작정입니다. 그것은 제가 변변치 않은 책을

---

6 '志'는 영국의 화폐 단위 실링의 한자식 표기인 듯함.
7 원문대로이다.
8 원문에는 '쓰예'로 되어 있다.

쓰는 중이니깐요 ─ 다 마치게만[9] 되면 그래도 또 몇 달 살 거리는 생길 터이니깐요. 아무런 방이라도 좋습니다. 조용하고[10] 영(營)□[11]하기만 하면요 ─ 어떻습니까, 주시겠습니까?

듣는 정년의 일굴에 표정도 차차 놀라는 빛이 떠오르며 청년을 다시 한번 바라다보며 입을 몽굴리어 가지고,

"책을요? 당신이 ─ 당신이 책을 써요? 그러면 당신은 문학자란 말씀입니다그려."

"당신네[가] 그저 그렇게 부르면 부를 수도 있겠지요. 네, 그러나 언제든지 빈궁(貧窮)과 둘이 같이 생활을 해간다는 말씀이지요."

"그러면 존슨(S. Johnson) 박사[12]와 같이! 채터튼[13](T. Chatterton)[14]과 같이! 아니 저 채터튼과 같은 최후를 가지시리라고 보증치 않습니다마는! 에……─ 그러면 저 골드스미스(Oliver Goldsmith)와[15] 같으신 분이십니다그려."

"어쨌든 올리버[16](Oliver)의 이름만 가진 셈이지요.[17] 저 말하자면 골드쏘프(Goldthorpe)[18]라고 하겠지요."

---

9 원문에는 '마치게안'으로 되어 있으나 '안'은 '만'의 오식일 것이다.
10 원문에는 '조롱하고'으로 되어 있으나 바로잡는다.
11 이 글자는 원문에도 활자가 거꾸로 박혀서 무슨 글자인지 알아볼 수가 없다.
12 1709~1784. 영국의 시인·평론가. 흔히 존슨 박사라 불렸다.
13 원문에는 '「쌧다-톤」'이라 되어 있다.
14 1752~1770. 영국 시인.
15 1728~1774. 아일랜드 출생의 영국 시인·소설가·극작가.
16 원문에는 '「오리-뵈」'라 되어 있다.
17 올리버는 바로 앞에 나오는 골드스미스를 가리킨다. 그리고 이 문장의 원작에서의 원문은 'I've got half Oliver's name, at all events'이다. 곧 자기 이름(Goldthorpe)이 골드스미스(Goldsmith)의 이름의 반(Gold)을 가졌다는 의미이다.
18 원문에는 '「쏠드·쏠프」'라 되어 있으나 수정했다.

이런 기괴하고 경쾌한 아이러니를 포함한 회화를 주고받으며 그들은 결국 방을 얻고 주고 하였다.

그래가지고 3개월 동안은 걸리어 써놓은 원고는 책사冊肆로부터 책사로 표랑漂浪을 한 결과 어떤 출판서사出版書肆로부터 겨우 50방磅[19]에 출판 인수를 한다는 통지를 받은 것은 익년翌年 정월 어떤 날 저녁이었다.

이날은 골드쏘프의 문단적 역사상의 가장 기억할 만한 하루이었다. 이 작가는 그 익월翌月에 의기意氣가 등등해가지고 런던을 향하여 기쁨의 여행을 떠났었다. 그가 여행을 하던 동안에 영국 전토全土엔 대폭풍이 일어나서 지방이나 도회지를 물론하고 피해가 막심했었다. 그가 여행지로부터 돌아와 다시 자기가 있던 '주망蛛網[20]의 가家'를 방문하였을 제, 그 청년은 조금도 변함이 없이 구중구중한 방 속에서 콧노래만을 부르고 유유히 단조한 생활을 계속하고 있었다. 그리고 작가를 향하여 "당신과 더불어 아세아亞細亞 전나무에 서리가 내리는 것을 못 본 것이 유감입니다"라고 그 성정과 같이 둔한 어조로 말하는 것이었다.

"동행은 가난과 더불어 —" 그는 언제든지 인생을 이렇게 둘이 나란히 서서 간다고 말해왔다. 참으로 이 작가와처럼 빈한貧寒과 싸우며 빈궁과 더불어 동시에 연상되는 작가도 드물 것이다. 참 그가[21] 한 말과 같이 그의 생애에 겨우 전부를 빈궁과 함께 걸어간 프로이었던 것이다.

겨우 후반생後半生의 일부가 근근히 어떻게서라도 먹을 걱정이나 덜

---

19 '磅'은 영국의 화폐 단위 파운드의 한자식 표기.
20 원문에는 '峰網'으로 되어 있으나 바로잡는다.
21 원문에는 '그의'로 되어 있다. 당시 '의'가 주격조사로 쓰였는데, 현대적 표기로 고쳤다.

할 만한 정도의 일을 [할] 따름이었다. 그러나 그것조차 결코 충분한 것은 못 되었었다.

그러면서도 그는 무서운 극도의 초인주의超人主義였었으며, 귀족적 취미를 가졌던 것이다. 그러므로 빈한을 싫어했고, 만일 경우만이 허락했더라면 또 어떠한 귀족적 향락에 빠졌을는지도 몰랐을 것이다.

그리고 그가 좀더 부지런한 실업가적 소질이 있었다면 상당한 생활에 정定하였을는지도 몰랐다.

그러면서도 그는 무척 게을렀었으며 보헤미안적 방분가放奔家이었던 것이다. 거기에 그의 빈궁에 대한 암념暗念과 싫증이 끊임없이 있는 것이었다.

골드스미스나 도스토예프스키와 같이 빈핍에다 일종의 애착과 안주安住를 느끼는 친화親和란[22] 그의 작품에서는 얻어볼 수 없는 것도 이 까닭이었다.

어떤 비평가는 그를 빈핍을 향락하고 살아간 작가이라고 한다. 만일 사실로 그렇다면 향락의 종류도 복잡해졌을 것이다.

그는 참으로 누구일까. 19세기 말의 영국 문단의 주류 현실주의파의 웅장雄將 조지 기싱George Gissing 그 사람이다.

광야의 예술

그가 아홉 살 때에 벌써 헌 구둣가가[23]의 심부름꾼이 되었다. 구두방 주인 영감이라는 것이 노서아인露西亞人으로서는 무서운 잔혹한 유

---

[22] 원문에는 '親和한'으로 되어 있으나 문맥에 맞게 바로잡는다.
[23] '가가'는 '가게'의 원말.

태인 같은 남자이었다.

작가인 고리키M. Gorki는 이렇게 그의 단편에서 말했다.

"나는 어떤 날 그가[24] 먹을 차를 끓여가지고 그가 든 컵에다가 붓는다는 것이 그만 잘못하여 그의 손등에다 뜨거운 그 물을 쏟아 뜨렸다. 그 날 밤에 곧 도망을 해 나와 버리었다. 그래서 조부님께 혹독한 꾸중을 들었으나 나는 또 곧 페인트[25] 가가로 들어가 버렸다." 그러나 여기도 그는 오랫동안 있지 않았다. 이때부터 귀한 댁 아이 같으면 학교도 혼자 안 보낼 시기부터 벌써 그의 혼은 표랑성漂浪性의 침윤을 받고 있었었다. 그 후 그는 조각사彫刻師의 도제로 들어가 보았고 원정園丁 노릇도 해보았으나 결국 잠시의 안주와 구할 직업을 구했을 때는 그가 볼가 행의 정기선定期船 속에서 주부廚夫 노릇을 한 때이었다. 그때부터 그는 인쇄된 문자에 맹렬한 호기심을 가지게 되어, 16세 소년인 그의 자태는 드디어 카산의 대학 가리街里에 나타났다.

그리고 이 모든 훌륭한 것을 무료로 배우리라 하고 그는 타오르는 희망을 안고 즉시 대학을 방문했었다. 그러나 무어라 말할 수 없는 잔인한 운명일까.

무료 교수敎授란 것은 학칙의 어느 곳을 찾아보아도 없다고 하므로, 끝없는 희망에 불달던 그의 가슴도 그만 돈좌頓挫되었다. 감쪽같이 거절을 당한 것이다.

유산有産! 무산無産! 이것으로 말미암아 교육의 균등이 없이 분명히 차별이 되는 것이다. 참으로 말할 수 없는 불합리가 이 사회에 존재한 것이다.

이 감히 잊지 못할 사회의 불합리와 모순이 얼마나 이 소년의 가슴

---

[24] 원문에는 '그의'라 되어 있으나 현대식 주어 표기로 바로잡는다.
[25] 원문에는 '펭키'로 되어 있다.

에다 강한 낙인을 눌러주었을까. 그의 사상과 예술을 위하여 분투하고 있던 현재의 소비에트 노서아露西亞는 세계 무류無類의 초등교육제를 설設하고 있는 모양이다. 그의 소년 시대의 아프고 쓰리었던 공분公憤이 이 제도를 세우는 데 공력功力이 없었으리라고 누가 감히 단언할까.

이렇게 극도의 절망에 빠졌던 그는 수개월이 경과한 뒤에는 빵을 굽는 '직인職人'이 되었다.

태양과 끝없는 광원曠原을 동경하는 그의 꿈을 여기에서도 지저분하고 구중중한 굴속 같은 데서 2년 동안이란 세월을 두고 유폐를 시키고 말았다. 그는 방세와 식료食料를 합해서 1개월에 4원밖에 안 되는 급료를 받고 부란腐爛한 식물食物을 먹고 5인의 같은 장한壯漢과 함께 좁다란 천정 꼭대기에서 생활하는 것이었다.

"빵을 굽고²⁶ 지나갈 적의 나의 생활이란 내 생애에서도 제일 안 잊힐 만한 2년간이라 할 만큼 괴로운 인상을 준 때 이었다"라고 작가 [는] 어느 단편에서 말했다.

"천정이라고 해도 머리를 들고 일어설 수 없는데다, 거미줄과 판자 틈으로 새어 올라오는 매연이 빈틈없이 들어붙은 것이 틀림없이 연통이다. 그 속에서 다섯 사람 되는 장정 틈에 끼어 궤짝 한 구석 같은 방 속에서 서식하는 반인반수半人半獸 같은 생물들이다. 밤이 되면 진흙과 곰팡이로 뒤덮인 벽 틈에 가서 잠을 자는지 마는지 하게 밤을 밝히고 있다가 일어나는 것은 다섯 시다. 그리하여 여섯 시도 채 되기 전에 일을 시작한다. 일이라는 것은 우리들이 잘 동안에 한 패의 동무들이 만들어 두었던 반죽으로 빵을 빚는²⁷ 것이었다. 그리고 우리는 어찌[나] 한 자리에 오래 구부리고 있던지 허리 펴는 것도 일의

---

26 원문에는 '굼고'로 되어 있으나 '굶고'라기보다는 '굽고'의 오식으로 보인다.
27 원문에는 '비지는'으로 되어 있다.

하나기에[28] 충분하다.

괴수와 같은 거대한 아궁이 속에는 이글이글한 화염이 일어나며 그 위에는 조그만 두 개의 통풍공通風孔이 마치 두 눈같이 우리의 일을 간직하고 있다.

이렇게 우리는 밀가루와 먼지와 우리들의 발이 움직일 때마다 일어나는 진흙 먼지와 숨이 콱 막힐 것 같은 고열 속에서 매일 밀가루 반죽하고 씨름을 하는 것이다. 반죽을 늘여 빵을 빚고 비스킷을 판에 박아 내고 있으나 그 맛 좋은 식물食物에 조금도 우리는 친親한 맛을 볼 수가 없다. 오히려 끝없는 증오를 손이 갈 적마다 느끼었었다. 그것은 우리 손으로 만든 이 빵은 하나도 우리의 입으로 들어가 보지를 못하고 오직 새카맣게 탄 것을 얻어먹을 따름이었다.

이렇게 공기가 나쁘고 식물은 언짢아서[29] 그 건강은 더 유지할 수 없었다.

그리고 그의 동거하는 남자라는 것이 모든 소성素性과 근본도 모르고 고향도 없는 무숙아無宿兒로 끝없는 대륙을 흘러 다니는 방랑자의 무리였었다. 그리고 오히려 시인이요 화가일 그는 또 다시 어디로 갔는가. 오늘은 부두의 인부가 되고 내일은 심산유곡深山幽谷의 초부樵夫가 되어 그는 노서아의 끝에서 끝으로 표랑의 그날 그날을 보냈다.

그리하여 어느 때 포켓에 단 루불의 돈만 있어도 책과 신문과 서로 바꾸어가지고 길모퉁이 전등 밑에서 밤새도록 탐독을 하는 것이었다.

그는 공복과 추위에 떨며 하절夏節에는 광야에[서] 잠자고 밤에는 공가空家나 굴속에서 밤을 새웠다.

이렇게 극도의 비참한 생활을 해가는 동안에 예민한 영지靈智가 격

---

28 원문에는 '하나리에'로 되어 있으나 문맥에 맞게 바로잡는다.
29 원문은 '언잔하야'로 되어 있으나 현대식 표기로 수정했다.

렬한 충동을 받아가며 움직이기 시작했다. 그런 결과로 그는 당시의 노서아 청년 간에 유행이 되었던 자살을 생각했던 것이었다.

드디어 1889년 그가 21세 되던 때에 흉부를 쏘아 자살하려고 했었으나 죽지도 못했다.

그 상처가 겨우 낫자마자 그는 또 다시 어떤 집 문심門審이 되었다가 여름이 오매 또 다시 그의 제2의 본능이라고도 할 방랑의 길을 떠났다.

그 후의 막심 고리키는 너무나 세계의 눈에 혁혁히 나타나게 되었다. 그의 예술의 전全 가치가 무엇일까? 작가 자신이 무산계급의 한 사람으로 선족跣足[30]의 군群의 생명을 새로운 시대에서 불러일으킨 것만 해도 그로 하여금 무산계급으로서의 예술가의 자랑을 영원히 전할 만한 가치를 가지고 있는 것이다. '선족의 군'은 결코 노서아 문학에서 새로워진 것은 아니다. 그러나 레쉐트니코프F. M. Reshetnikov,[31] 우스펜스키G. Uspenski[32] 등 같이 '선족의 군'으로 하여금 인간의 쓰레기로 취급케 한 것은 아니다. 그들의 작품에서 그들은 의식이 없는 양수羊獸 생활적 본능에 불과했었다. 그러나 고리키의 선족의 군은 여하한 무숙자無宿者나 방랑자일지라도 강렬한 자아의식을 가지고 있고, 인간 도덕을 미진微塵이 되도록 밟아버리고 높은 의義[33]와 더불어 모든 도덕상에 초절超絶하고 있는 것이요, 아무 데에도 구속을 받지 않는 자유로운 혼을 가지고 사회의 불합리를 향하여 공연히 선전宣戰을 하는 것이다. 설사 그것은 현대의 날카로운 사회의식 그것과 같이 되기에는 너무나 많은 영지적靈智的 자유의 향락이 과농過濃하게 있다고 할지라도

---

30 '맨발'이라는 뜻.
31 원문에는 「「레스도니고프」」라 되어 있다. 1841~1871. 1860년대 러시아의 리얼리즘 작가.
32 1843~1902. 농부들의 생활을 사실적으로 그린 러시아 작가.
33 원문에도 '의' 앞의 한 글자가 인쇄 잘못으로 누락되어 있는 듯하다.

그의 예술에서는 저 사회의 최저급에서 질식된 무산계급으로 하여금 지상에서 좀더 높은 지평선 상으로 끌어올리어 그들의 생활과 예술로 하여금 안하眼下에 산재한 인류 사회를 경멸케 하고 무시케 하며 전율케 할 강한 의식을 넣어준 것이다. 그러므로 그가[34] 말하는 광야의 예술은 근대 무산계급을 포착한 많은 예술 상에서 좀더 높은 지위를 줄수밖에는 없을 것이다.

하녀의 아들

그는 1872년 3월에 노르웨이에 출생하여 스트린드베리J. Strindberg[35]와 같이 하녀의 아들이었다. 그의 어머니는 도저히 그를 양육할 힘이 없고 시간이 없으므로 어린 그를 시골 농가에 양아들로 보내었다.

거기에서 그가 고생하던 일면은 그의 대작 『대기근大饑饉』에서 사실대로 묘사가 되어 있다.

그의 실모(實母)의 이야기를 할 때면 무슨 까닭으로 그를[36] 불쌍한 아이라고 불렀을까. 그리고 동무들과 싸움을 할 때라도 왜 어머니도 없고 아버지도 없는 자식이라고 놀렸을까. 그러나 그리고도 삐투(『대기근』의 주인공)는 순량(順良)[한] 도로엔의 곰보 여편네를 어머니라 불렀고 그의 남편을 아버지라고 불렀다. 그가 대장질을 할 때이나[37] 그가 거룻배를 타고 고기 잡을 때이나 그의 심부름을 입에 혀같이 한 것이었다. 그리고 그의 소년 시대에

---

34 원문에는 '그의'로 되어 있으나 수정했다.
35 원문에는 '스토린드멕구'로 되어 있다. 스트린드베르그로 읽었을 것으로 추정되며, '멕'은 '벡'의 오식일 것이다. 스트린드베리(1849~1912)는 스웨덴의 극작가·소설가.
36 원문에는 '그로'로 되어 있으나 문맥에 맞게 바로잡는다.
37 원문에는 '때이다'로 되어 있으나 문맥에 맞게 바로잡는다.

는 웃는 것이 죄악인 것같이 여기는 촌사람들 사이에서 자라났다. 그리고 이 촌 사람들은 언제든지 벗어날 수 없는 빈핍의 찬송가를 부르는 것과 지옥의 공포로 말미암아 그들의 마음은 점령을 당하고 사는 회백(灰白)한 해무(海霧)와 같은 우울한 사람들이었다"고 『대기근』에서 주인공 삐투의 생장을 이렇게 그렸다.

그는 겨울에는 고기를 잡으며 살았고, 여름엔 들과 산으로 양과 소를 몰고 다니었다. 그리고 학교에 간다는 것은 일주일에 겨우 한 번이요, 일요일에는 교회당에를 가는 것이다. 이 시골 소학교에 그가 처음으로 통학한 것은 그가 열다섯 살이 된 해로서, 문학이나 시가詩歌라는 것이 세상에 있다는 것을 비로소 안 때이다.

그는 소학교를 마치자 어떤 부농가에 머슴으로 들어갔으나 어떻게 하든지 공부가 하고 싶었다. 그는 어떻게 어떻게 하여 겨우 허락을 얻어 다시 입학한 것이 어느 하사관이 경영하는 사립학교이었다. 여기는 월사금도 안 받고 의복도 주고 교수를 하는 데이었으므로 그는 3년 동안이나 있었다. 그때 그는 돈만 들지 않는 교육이라면 어디까지라도 쫓아가서 지식을 얻을까 하는 욕망이 생기었다. 그때에 한 학교에서 공부하던 영英 학생으로 '호휠' 문심門審인 청년이 살인죄로 입옥入獄을 하게 되었다. 그때 그는 그것을 모델로 소설을 하나 썼다. 그리고 그는 시중의 공개 강연회가 열릴 때이면 언제든지 빠지지 않고 들으러 갔었다. 그러나 전에 말한 크누트 함순의 강연은 제일 강한 인상을 그에게 주었다. 그러나 그때까지 그의 장래의 희망이란 어느 조그마한 시골 지주가 되든지 그렇지도 않으면 군조軍曹쯤 되는 군인이 되고 싶었다. 그것은 군조급의 군인이면 비상한 시기 즉 전쟁 같은 때면 대장급으로라도 승진할 기회가 있는 것이었으므로 ─. 그러나 이때에는 그런 쓸데없는 헛 야심은 어찌함인지 씻은 듯이 없어지고 그의 마음은 오직 시인이 되고 싶었다. 시인! 하는 마음이 그의 가슴을 가득 차게 했었다.

그렇게 생각은 하면서도 다시 한번 현실을 돌아볼 제 너무나 많은 장해가 시가詩歌란 아름다운 꿈을 생각할 여지를 주지 않았었다. 그리고 생활의 무서운 고뇌가 용서 없이 면전에 닥쳐왔다.

그는 하사관의 학교를 나오자 장사를 좀 해보려고 하였었다. 그러나 도저히 그[는] 장사할 사람은 아니었다. 그 다음에 그는 여러 가지로 직업을 바꾸었었던 것이다. 혹은 로롯도 도島의 어부도 되었고 또는 인부의 십장什長도 되었었으며 재봉기계 행상도 되었었다. 그리고 그가 겨우 어떤 상사회사商事會社의 사원이 되어가지고는 불란서 문전文典을 연구하고 시도 썼다. 그리고 밤이 되면 희곡과 소설의 각색을 구안構案하기도 하여 그는 결국 익일翌日의 사무에도 지장 있을 만큼 두뇌를 과도히 썼었다. 그리하여 자연히 그는 계산 장부의 기입 등을 엄청날 만치 엉망을 만들었던 때도 있었다.

노르웨이의 현대 문단에서 크누트 함순과 병립하는[38] 작가 요한 보예르Johan Bojer[39]는 실로 전기前記와 같은 과거를 가진 의지의 작가이었다.

2. 작가 작품의 개평概評

현대 작가라고 말하는 가운데에는 그 유類와 수가 무수할 것이다.

---

38 원문에는 '竝立하고'로 되어 있으나 바로잡았다.
39 원문에는 '「요한포엘」'로 되어 있다. 보예르(1872~1959)는 노르웨이의 작가.

따라서 그들이 현대에 받아온 환경도 또한 무수한 상위相違를 가졌을 것이다. 만일 세밀한 통계에 의하여 그들이 어떠한 환경에서 자라났다는 것을 분류하면 그것은 결코 무용한 사업은 아닐 것이다. 아니 다만 무용치 않을 뿐 아니라 현대와 같은 시대에는 유산계급에서 출생을 하여 성규의 학교 교육을 받은 예술가와, 무산계급 속에서 고생과 땀 속에서 그들의 혼을 연단練鍛시키고 자라난 그들의 차별에 의히여 현대의 세상世相이 또는 인생 자체가 얼마나 다른 각도를 취하여가지고 진전이 되어나가는지 그것은 반드시 한번 생각할 만한 문제일 것이다.

지금은 다만 생각난 대로 이상 네[40] 작가를 골라 현대 무산계급 작가가 가진 특수한 사상 조류를 말하고자 하는 것이다. 그 네 사람 중에 조지 기싱만은 연대로 보아도 다른 세[41] 작가에 비하면 좀 오래된 것이다. 그리고 그는 1857년에 나서 1903년에 죽었던 것이다. 그러나 다른 세 작가도 다 현대에 생존해 있다고 하지만 그들 창작의 왕성한 시기는 벌써 다 지나간 것이다. 만일 새로운 시대를 대표하는 것이 별別로 새로운 제너레이션의 작가를 요구한다면 그것은 필연적 사실일 것이다. 여기에서 이 네 작가의 이야기만을 하려고 한다.

『기아』 주인공

먼저 말한 함순 말이다. 함순의 『기아』나 『표랑자』에서[42] 취급한 무산계급은 일종의 유만悠漫한 하급민下級民들이다. 쌍방의 주인공은 다

같이 소유할 물건을 가지지 않았다. 그러므로 다 문명사회에서는 격리되어서 기아飢餓된 자의 정도의 생활을 해가며 전기 장식이 휘황한 도회에 백주白晝처럼 정처 없이 방황하거나 그렇지 않으면 피아노 수선을 직업 삼고 시골밥을 얻어먹으며 돌아다니는 것이다. 그 중에도 『기아』의 주인공은 먹는둥 마는둥은 그만두고 며칠씩 계속해서 먹지를 못하여 그는 드디어 모든 신을 저주하고 개에게 준다 핑계하고 도육점屠肉店에서 살 바르고 남은 뼈다귀를 얻어 옷자락 틈에다 감추어가지고 인적이 드문 어떤 집 모퉁이로 가서 쪼그리고 앉아서 뜯기를 시작했으나, 며칠 동안을 아무 것도 들어가 보지 못한 위라도 이런 것까지는 받을 수가 없었다. 곧 그는 토했다. 눈알이 빠지는 것 같으면서 콧물 눈물이 흐른다. 몸은 추위[43]에 떨릴 제 그는 근처에 있던 목편木片을 쥐 모양으로 긁었다. 그러면서도 그 목편의 맛이란 것을 섬세한 감각으로 맛보는 것이었다. 아마도 이만치 심오하게 기아에 대對한 사람은 아무리 심리학자 틈에서도 능히 찾아낼 수는 없을 것이다. 그리고 이상하게도 이 주인공은 어떤 망은忘恩한 개인과 신 이외에는 아무 것도 저주하고 또한 미워하지를 않는 것이었다.

그리고 그 위의 공허가 신경에 감각되는 고통의 과정을 과학자같이[44] 세심한 처지에서 냉정하게 체험하고 있을 뿐이었다. 그는 이 공허한 위胃로 하여금 사회의 세포가 무슨 까닭으로 갖지 아니하면 안 될 것인가 하는 관찰점은 전혀 그의 흥미 외外에 있는 것이다. 이것이 현대 계급투쟁 문예나 고리키보다도 전기前期의 작가라고 할 만한 작가인 것이다.

요컨대 여기서는 단지 기아에 우는 한 사람의 임상 일기를 그 실험

---

[43] 원문에는 '치움'으로 되어 있으나 문법에 맞게 바로잡는다.
[44] 과학자같이 : 원문에는 '科學者明'으로 되어 있으나 문맥을 고려해서 수정하였다.

한 대로 묘사하는 데서 얼마 진보되지 못한 것이다. 사회 조직이 어떻고 또 이 남자의 기아와의 여하한 교섭이 있는가를 생각지 않는다. 그러므로 현재 지위로 보면 분명히 있어야 할 것이 결함되었다는 것이다. 그러므로 작가는 결국 주인공을 코리스치니아 시중市中을 방황시킨 것만으로는 불만을 느끼었는지 작가는 가엽게도 공복에 우는 주인공으로 하여금 "오오! 모든 집의 아름다운 들창이여! 찬란한 코리스치니아의 시가市街여, 나는 가도다!"를 부르게 하였다. 그리하여 그를 영국으로 건너가는 기선의 화부火夫로 취직을 시켰다.

　그러나 이 주인공의 행동에 대하여는, 함순의 경향을 다시 한번 살필 제는, 곧 분명한 해결을 볼 수가 있는 것이다. 그것은 대체 노르웨이의 국민성에는 두 개의 상반된 전형이 존재하여 있는 것이다. 하나는 옛날 해적 시대의 유전성遺傳性을 가진 것으로, 부단히 새로운 것을 구하여 가지고 무엇인지 불가지不可知할 외부로부터의 억울抑鬱을 감感하며 일종의 아이러니한 반항을 거기에다 두며 영구유전永久流轉의 생활을 하려는 것으로, 탐험자도 되고 수부水夫도 되며 무엇이든지 정착을 떠난 절대 자유의 천지를 구하여 끝없는 방황을 하려는 것이다.

　또 하나는 고토故土에 애착을 두고 신성한 선조로부터 물려내려온 토지를 점점 깊게 깊게 파고 살아가자는 보수적 향토적 경향이다.

　함순의 작품에도 이 두 개의 경향이 전기와 후기를 격하여 가지고 선명하게 구별을 지어가지고 있다. 『기아』나 『표랑자』나 『목양신牧羊神』이나 모두 전자인 표랑자의 향락을 중심으로 삼고 있는 것이다.

　즉 그것은 무산계급에게 대하여 문명의 부란腐爛한 도회에서 분전分錢을 위하여 구물대느니보다는 차라리 한 푼도 없는 홀홀 단신이 되어 무한한 경애境涯에서 또는 광활한 청공靑空 아래에서 방랑하는 것이 무엇보다도 그의 전 작품을 통하여 볼 수 있는 주제이다. 그리하여 비로소 그는 자유로운 그들의 방랑의 섬섬한 환희를 맛보이는 것이다. 그러므로 그들은 다 빼앗긴 무산자의 향락 속에서 오직 도피적 향락이 그들의 유일한 표랑에서 조금이나마 구해줄 수 있다는 것이다.

그러므로 전에 말한 것과 같이 그러한 심리를 묘사한 작품은 현대 계급투쟁을 주제로 한 작품[을] 낳게 한 전대前代, 즉 제1기의 무산자를 주제로 한 작품이라 말할 수가 있는 것이다.

예언자의 모(母)

함순이[45] 무숙자無宿者나 방랑자에 동경하는 것은 막심 고리키가[46] 관찰한 선족跣足의 군群의 철학에도 공통한 점이 있는 것을 발견할 수가 있다. 「마카르 추드라」[47]의 주인공은 이렇게 말했다.

자아, 듣게. 쉰여덟 살을 먹은 것은 오늘까지 나는 얼마나 많은 볼 것을 보았는지. 내가 안 가본 나라는 이 세계지도 위에 안 그렸었을 것이다. 이것이야말로 유일한 나의 인생이다. 그저 길을 뜨라! 어디까지든지. 그러면 그침 없는 여러 가지가 세계에 있는 것이 것이니깐―. 그리고 까닭 없이 한군데 오랫동안 머무르지는 마라. 낯익어 놓으면 무엇이고 다 쓸데없이 되어버리니까―. 그러므로 이러한 인생에게는 권태와 우울이란 말은 없어질 것이야―. 그러하므로 인생의 권태가 싫거든 자꾸 가거라. 밤과 낮이 쉬일 새 없이 달아가듯이.

45 원문에는 '함으슨의'로 되어 있으나 현대적 문법으로 수정했다.
46 원문에는 '꼴기의'로 되어 있으나 현대적 문법으로 수정했다.
47 원문에는 「마―칼 두토라」라 되어 있으나 「마카르 추드라(Makar Chudra)」(1892)를 가리킬 것이다.

노와로프는 말을 하였다.

자—나는 또 오늘부터는 세계의 끝에서 끝까지를 돌아다닐 작정을 했네. 세상에 무엇이고 그침 없는 새로움이 있겠지! 아무것도 생각지 않을 것이다. 바람이 분다, 바람이! 그것은 우리 마음의 티끌을 쉴새 없이 털어주는 것이란 말이지. 자유나 방탕이다. 누구 하나 거리낄 것이 없고, 배가 고플 때면 거기에 머물러 2,3일 노동을 하자. 그러면 돈 10전은 벌 것이 아니냐. 만일 그것도 없다고 하면 빵을 구걸하며 자꾸[48] 걸어가라. 누구이고 빵을 한 조각 줄 사람이 있을 터이니! 이렇게 하여 넓은 천지에 많은 나라에 갖가지 미의 변화도 맛볼 수 있을 게 아니냐.

그러나 고리키의 무숙자 철학이 함순의 그것과 다른 것은 고리키의 무산자 중에 제3급에 해당하는 것이 함순에게는 조금도 볼 수가 없는 것이다. 고리키의 무산자에서는 전에 말한 것같이 다만 자유[와] 변화[를] 동경하는 표랑자가 제1이었다.

고리키의 소위 '마음의 상통傷痛'인 세계의 설움에서 구함을 받지 못할 숙명관宿命觀으로부터, 또는 노서아露西亞의 혈관을 흐르는 인생 허무의 비애로부터 변류變類가 없는 절망에 매어달린 방랑자의 철학자가 제2이다. 그 글의 자아 해방으로 향하는 열정은 실현과 충돌이 있을 때면 당장에 반항으로 변하는 것이다. 그들은 천국[49]에 가서 여러 신에게 봉사를 하는 것보다 오히려 지옥으로 떨어져서 지옥을 정복하고 지옥의 왕이라도 되는 편이 통쾌하다고, 마치 옛날의 사탄마왕 같은 관념을 가지고 발길 닿는 대로 눈에 닥치는 대로 무엇이든지 증

---

[48] 원문에는 '작구가'로 되어 있다.
[49] 원문에는 '六國'으로 되어 있으나 '六'은 '天'의 오식일 것이다.

오를 가지고 흘겨보는 것이었다. 이것이 제3급의 무숙자로 말미암아 고리키의 작품이 훌륭하게 현대 무산계급 투쟁문예의 선구가 된 원인은, 이 숙렬熟烈한 반항의 정신이 굴한[50] 동맥이 되어 움줄거리고 있는 까닭이다. 노동자와 혁명을 취급한 맛을[51] 그의 작품이 즉 그것이라고 말할 수 있는 것이다.

'예언자의 모母'라고 붙은 *Mother*의 주인공을 보면, 노동자이요 사회주의의 신도인 사랑하는 아들 파벨이 십자가 상의 순교자와 같이 설한 雪寒인 서백리아西伯利亞[52]로 방축을 당하고만 후로부터 그의 심령은 처음으로 여명의 하늘을 보듯이 진리 아래에서 자식에 대한 사랑은 반항으로 변했었다.

이놈의 지구는 너무나 여러 가지 불의와 비참을 운반하기에 인제는 지치고 피로했다. 그리고 사람들의 가슴마다에서 자라는 새로운 태양을 보려고 미미히 떨리기 시작한 것이다. 그는 없어진 자기 자식의 사업을 계속하려고 이웃 동리로 가 선한 말의 선전을 하기 위하여 기차를 타려는 찰나, 포악한 경관에게 피착(被捉)이 되었다. 인제는 남은 그것까지가 다 틀려진 것을 생각한 노파는 모인 군중을 향하여 절규하기를 시작했다.

"여러분 들으십시오! 저 자들이 나의 하나뿐인 사랑하는 자식과 동지를 잡아간 자들입니다. 그 자들은 진리를 민중한테 알으킨단 죄로 그들을 처형했습니다. 우리는 혹독한 노동으로 말미암아 병신이 되어갑니다. 어쨌든지 우리는 이 구렁을 벗어나기는 어렵고 부정한 속에서 헤매입니다. 우리들의 인생은 죽음입니다. 암흑입니다."

---

50 원문에도 한글로 '굴한'이라 되어 있다. '굵은' 정도의 의미이겠다.
51 원문대로이다. '맛은'으로 추정되지만 그래도 앞뒤 문맥이 부적절하다.
52 시베리아의 한자식 표기.

"할머니 만세." 군중의 한 사람은 손을 들고 외친다.

그러할 제 경관은 늙은이 가슴을 쥐어질른다.

"악!" 하며 그는 벤치에 쓰러지며 또 다시

"여러분, 여러분의 전력(全力)을 한 사람의 지도자에게 바치지 않으면 안됩니다." 경관의 시뻘건 철편(鐵片) 같은 손이 그의 목을 잡아 흔든다.

"듣기 싫어, 미친 년" 하고 또 한번 칠 제 군중의 눈살은 찌푸려진다.

"어떤 놈이 부활한 사람을 감히 죽일 터이냐" 하고 소리 높이 외치며 눈을 무섭게 크게 뜬다. 경관은 골이 번쩍 나서 면상을 바로 힘껏 내갈긴다. 사정도 인정도 없이 입과 코에서는 선혈이 흐르게 한다.

"정의에서 흐르는 피는 피가 아니다." 노파는 피를 뿜으며 부르짖었다. 군중은 비틀거리는 그의 전신이 반역과 증오라는 것을 노려보고 있다.

"얼마든지 피의 바다를 일워도 그 놈들에게는 진리는 모른다" 하고 그가 말을 끝맺자마자 또 경관의 무지한 손이 목을 죽어라 하고 조른다. 겨우 '불행한 사람' 하고 가는 목소리가 끊어져가는 그의 목 속에서 새어나올 제, 군중 중 한 사람은 깊은 한숨으로 그에게 묵답(默答)을 건넨다.

그리고 『참회』에서 신을 찾으려고 애를 쓰다가 기독교의 신에게까지 절망을 한 그는 결국 노동자 틈으로 뛰어 들어가 고생을 맛본 결과 유일한 자기의 신을 최후로 민중에게서 발견한 마쓰베이가 있다.

"오오, 민중이여! 그대야말로 내가[53] 찾고 찾았던 유일한 신이다. 그대들의 괴로움은 탐구 속에 그대들의 아름다운 심령으로 싸졌다.[54] 모든 신의 창조주인 그대들이야말로 즉 나의 신인 것이다."

"그대들 외에는 지상에 하나의 다른 신일지라도 그 존재를 허락지

---

[53] 원문에는 '나의'로 되어 있으나 현대적 문법에 맞게 바로잡는다.
[54] 원문에는 '싸어겻다'로 되어 있다.

말라! 그대들이야말로 기적의 창조주인 유일의 신이다." 그는 얼마나 장엄히 민중을 향하여 부르짖었는가—.

빈핍을 향락한 작가

이와 같은 혁명의 혼과 반역의 정신은 다른 세 작가에게서는 결코 보기가 드문 것이다. 그것은 「헨리 라이크로프트 [일]기」의 작가이요, 또한 「신新 그러브 가리街里」[55]의 작가이요, 빈핍이 일一, 왕의 동행자라는 사바지옥娑婆地獄의 동정자同情者라고 하는 조지 기싱이다. 그는 그가 그 많기도 많은 빈민을 작품의 주제로 취급하면서도 그의 본심은 빈핍을 사실로 싫어했다는 것은 무엇이라고 할 당착撞着일지. 하나 그것은 결코 이상한 것은 아니다. 그는 마음으로부터의 개인주의였으며 초인설超人說을 믿고 끝까지 귀족주의적 취미의 작가이었던 것이다. 그의 유일의 장편인 『데모스Demos』에서 그는 데모크라시의 정체를 고찰한 것이다. 그리고 거기에서 그저 관찰한 대상이란 니체 F. Nietzsche와 같이 데모크라시는 결국 천민의 대집大集에 불과하며 예술과 사상의 '에리테'刺衝는 그 천민이 섰는 지반 위에다 밋을[56] 만들고 고대高臺에서 부감시俯瞰視하는 권리를 주었던 것이라고 생각한 것이다. 거기에서 빈민은 또는 하류 계급은 취미나 지식을 물론하고 아직도 그 세련洗練을 치르지 않은 무지의 군群이라고 한 것이다. 그리고 자기의 과반생過半生이 그런 계급 속에서 모든 것을 체험하고 자라난 까닭에 거기에는 조금도 의심할 여지가 없는 무지가 존재해 있다고 생각하는 것이다. 고리키의 『참회』의 마쓰베이와는 이때에 정

---

55 영어 제목은 'New Grub Street'.
56 원문대로이다.

반대의 대상을 발견한 것이다. 기싱은 함순과 같이 이 선線에 시야視
野를 더 유오幽奥히 생각해나갈 흥미를 많이 갖지 않은 것이다.

그는 런던의 시중市中을 유유히 승합마차를 타고 지나갔다는 것 같
은 것은 꿈에도 생각지를 못한다. 너무 그는 가난했었으므로 장시간
의 주림과 다리가 시진 깃도 깨닫지 못하고 열 시간 스무 시간씩[57]
런던의 시중을 도보로 방황하는 것이라고 「라이크로프트 일기」에서
말했었다. 그의 후반생後半生에 어떤 유력한 잡지사로부터 노동문제에
대한 기고의 의뢰를 받았을 제, 그는 "나는 인젠 빈민 생활과 같은
문제에 대하여는 조금도 흥미를 갖지 않게 되었다"라고 거침없이 거
절을 한 일도 있었다.

그리고 그는 중산계급의 사가史家이란 칭호를 받았으니, 「이오니안
해변에서」[58]의 중에서 쓴 것과 같이 "노동 방황으로 불구가 된 상처가
점재點在한 손과 몇 달 동안이나 볕 맛을 못 본 머리는 아무래도 옷이라
고는 할 수 없는 누더기에 싸여 있어도……." 이와 같이 되었으면서도,
그는 자아가[59] 자랑하는 자신의 교양을 늘 가지고 무지의 대중과 함께
나간다는 것은 그의 취미적 심리가[60] 허락지 않은 것이었다.

무지의 암투

요한 보예르는 말하자면 중용파적 작가라고도 말할 수 있다. 그는
다른 세 작가와 달라서 여러 해 동안 무산계급과 함께 생활을 하고

---

57 씩 : 원문에는 '式'으로 되어 있다. 접미어 '씩'을 '式'으로 잘못 표기한 것으로 보인다.
58 원제는 'By the Ionian Sea'. 원문에는 '마곰이오니안 海邊에서−'로 되어 있다. '마곰'
    이 왜 삽입되었는지 알 수 없으나, 원 제목에 의거해서 삭제했다.
59 원문에는 '自我의'로 되어 있으나 수정한다.
60 원문에는 '心理로'로 되어 있으나 문맥에 맞게 수정한다.

그 피학대 계급의 고뇌를 맛보았으면서도, 결코 고리키와 같이 산업 혁명과 사회주의에 의하여 사회 개조를 단행하려고는 안 했다. 그는 학대하는 계급의 불합리도 충분히 관조하는 동시에 피학^{被虐} 계급에게도 구救함을 요要할 무지가 있다고 쓴 작가이다. 그러므로 현재 세계의 고민이란 것은 이 두 개의 양 계급의 무지와 무지와의 쟁투로 말미암아 일어나는 것이라고 생각한 까닭에 사회 개조란 것은 결코 폭동이나 혁명으로 되는 것이 아니고 심령의 개조를 종교의 신앙으로부터 가져올 것이라고 한 것이 「대기근」이다. 그리고 인도적 정신으로부터 진進□될 것이라고 한 것이 「세계의 얼굴」 또는 「자아의 왕국」 등의 작품이다.

어머니, 당신은 피학대 계급이 아는 게 어떤 것인 줄 아십니까. 그것은 학대하는 자로 하여금 학대하게 학대하는 자의 위로[61] 올라서려는 민중을 이름입니다. 그것은 대개 노동자가 전보다 좀더 비싼 임금을 받는 때는 꼭 성적이 더 나쁜 것입니다.

우리들이 세계를 바라볼 제는 결코 그 진보의 자만(自慢)을 두지 말 것입니다. 당신은 보십니까? 지금 대륙의 민족 증오로 자멸을 할 지경입니다. 각 정당 내의 각 단체에서는 서로의 싸움을 하며 단체의 우가[62] 되려고 단체를 정복하려고 그들은 서로 암살을 행합니다. 그것은 그들 자기만을 생각하는 무지를 가진 까닭입니다. 자—이 모두가 이러하니 서서히 전부를 개조하겠습니다. 이 작은 제가요.

이것이 보예르의 세계 개조의 정신인 것이다. 그는 무엇보다도 즉 형체

---

[61] 원문에는 '우으로'로 되어 있다. 현대적으로 수정했다.
[62] 원문대로이다.

혁명形體革命보다도 심령의 개조를 제일위로 삼은 작가이다. 전반부 종[終]

이 이후에 약 전반보다 짧은 분分은 재료를 얻는 대로 또 발표하겠습니다. 이후는 전부 최근의 작가들을 평론할 것을 예언해 둡니다.[63]

---

63 마지막에 '(DA林DA)'라고 서명이 붙어 있다.

무산계급을 주제로 한 세계적 작가와 작품(속)[●]

소년과 파이프

빵을 구워가며 살아가던 노동자 속에서 자라난 현대 예술가 중에는 먼저 말한 막심 고리키Maxim Gorki와 함순[1]K. Hamsun 외에 또 하나 백이의 白耳義[2]의 작가 스 스트뢰벨스S. Streuvels[3]가 있다. 노동자만의 생활을 취급한 단편집 *The Path of Life*[4]의 작가가 그 사람이다. 그도 역시 문단으로 나오기까지는 서西 플란더스 지방 아브렘에서 농군農軍이나 촌가

- 『조선일보』, 1927.1.21~2.7.
1 원문에는 '함프스'라 되어 있으나 '함순'을 말하는 듯하다. 이 글의 전편에서 고리키와 함순이 다루어졌었다.
2 '벨기에'의 한자식 표기.
3 원문에는 '스 스튜다브쓰'로 되어 있으나 '스트뢰벨스'를 잘못 표기한 것으로 보인다. 스트뢰벨스(Stijin Streuvels, 1871~1969)는 벨기에의 소설가.
4 원문에는 'The pase of Iefe'로 되어 있다. 그러나 스트뢰벨스의 단편집 *The Path of Life*(1899)를 가리킬 것이다.

의 주부들을 유일한 고객으로 빵장사를 하고 있었던 것이다.

그의 작품에 출장出場하는 인물 중에는 노동자가 있고 방랑자가 있고 노동자의 자녀와 유년幼年도 있으며, 또한 그의 「기화奇禍」의 주인공과 같이 현대 사회의 불합리에 대하여 격렬한 분노를 느끼는 이도 있었다.

어찌하여 그는 죽도록 일을 하지 아니하면 안 되었던 것이냐. 조금도 쉴 사이가 없이 수족을 놀리지 아니하면 먹지를 못할까.

털끝하나 까딱하지 않고도 안락한 생활의 향락을 누려가며 사는 놈이 얼마든지 있는데 ―.

이렇게 그는 반항을 가져본 적도 있었으며 그의 마음의 경향이 더 많이 수그러진 곳은 노동하는 사람들의 환경이다. 더 많이 유의留意를 하고 깊은 고안考眼을 언제나 거기서 옮기지를 않았던 것이다.

그것은 「파이프냐? 무無파이프냐?」라는 1편의 스케치를 들어 그의 연연軟軟한 정서를 말하고자 한다.

그 플롯이라는[5] 것은 대단히 간단한 것인데, 한 소년이 밀[押]차를 밀고 지나가는 데서 이야기는 시작이 된다. 그 소년은 한참이나 밀차를 밀고 가리街里로 가다가 어떤 연초煙草 상점의 쇼윈도를 뚫어지도록 들여다보고 섰다. 제일祭日의 녹문綠門과[6] 같이 얌전히 쌓아올린[7] 궐련갑卷煙匣 위에는 탐스럽고 길다란 육계제肉桂製[8]의 파이프가 녹색의 면망綿網 실에 매어달려 있다. 그 굵다란 꼭지에는 옛날 왕이나 또는 '니그로'[9]나 어여쁜 공주 같은 아름다운 얼굴이 새겨져 있고, 그 빠는 구

---

5 원문에는 '「프롯트」다는'으로 되어 있다.
6 녹문: 축제 같은 것을 지낼 때에 대나 나무로 기둥을 삼고 전나무나 소나무의 푸른 잔가지를 싸서 만든 문.
7 원문에는 '싸한올린'으로 되어 있으나 문맥에 맞게 고쳤다.
8 肉桂製 : 肉桂로 만든. 육계는 계수나무의 두꺼운 껍질.

멍은 호박琥珀이 붙어 있는 해포석海泡石이 으리으리하게 장식이 되어 있다.

'아! 저거 공주님께, 이쁜 얼굴이 저기두! 하나 찟, 옳다, 어머니만 일자리를 얻으시기만 하면.' 이렇게 어린 눈을 지향도 없는 희망에 바특이다가 그만 코를 유리창에 들이박았다.

그러면서도 그는 눈알을 굴려가며 파이프의 정가표를 싫증도 안 내고[10] 들여다보고 섰다.

'아! 어머니만!' 소년은 파이프 하나 갖고 싶었다. 그의 귀중한 아 무것일지라도 내어주고도 아까운 것이 없을 만큼.

그리하여 그의 어머니는 오늘도 무슨 일만 붙잡으면 반드시 하나 사주리라는 약속을 하고 나아간 것이다. 소년은 다시금 꿈속에서 깬 듯이 구루마 채를 잡고 몇 번이나 그 상점 쇼윈도를 못 잊을 듯 돌아 보면서 정거장으로 반드시 좋은 소식을 가지고 돌아오리라는 그의 어머니를 맞으러 갔다. 대낮의 햇발은 그 굳은 돌까지 불사를 것같이 무서웁게 더웠다. 마차 위에 늙은 마부는 조는 모양이고 말은 이따금 생각난 듯이 꼬리로 엉덩이의 파리를 날리며 발을 가벼웁게 구른다. 나무 그림[자] 밑에는 무산자 무리가 코소리 높이 잔다.

소년은 정거장 역책驛柵에 기대어 목을 늘이고 지리한 듯이 기다릴 제 어언간 기차가 닿았다.

'어머니!' 이것이 그의 머리에 번개불같이 번쩍 한다. 맨 첫 번에 내리는 사람은 뚱뚱한 늙은 신사요, 그 다음은[11] 부인, 또 부인, 맨 모 르는 사람들뿐이다. 이럴 제 소년의 어머니는 드디어 내렸다.

---

9 원문에는 '닉그료'라 되어 있으나 '흑인'을 의미하는 '니그로'인 듯함.
10 원문에는 '내도'로 되어 있으나 문맥에 맞게 바로잡는다.
11 원문에는 '다음본'으로 되어 있으나 문맥에 맞게 고쳤다.

그러나 그의 축 처진 어깨 위엔 퍼렇고 흰 줄이 교착交錯된 부대가 얹혔을 뿐이다.

"어머니!" 할 제 그는 말 없이 밀차의 손잡이를 잡으며,

"하느님, 불쌍한 모자를 잊으셨습니까!"

"얘! 오늘노 일이 없구나, 글쎄!" 그는 더 말을 못한다. 소년도 말이 없다. 그리고 오직 묵묵히 멀고 먼 촌村집을 향하여 걸어간다.

소년이 궐련卷煙 가가[12] 앞을 지날 제 쇼윈도를 바라보며 무엇인지 모를 콧노래를 부른다.

아아, 아직도 집은 멀고 태양은 불타고 있구나.

승리자 펠레

막심 고리키가 구두방 심부름꾼이었던 것과 같이 덴마크의 현대 작가의 유명한 한 사람인 마르틴 안데르센 넥쇠Martin Andersen Nexø도 또한 소년시대를 구두방 심부름꾼으로 지냈었다. 그는 코펜하겐의 빈민굴에서 출생하여 문단에 출현하기까지에는 연와공부煉瓦工夫로 생활을 해갔다. 참으로 순 근육 노동자이었다. 그의 4부 장편 『승리자 펠레』[13]에선 무산계급의 어떤 소년이 세상과 싸워가며 또한 세상 가운데서 갖은 고뇌를 맛보면서도 드디어 모든 싸움의 승리를 얻으며 그 후 그는 대규모의 사회 개조자로서 실제 운동에 착수하는 역사를 그린 것이다. 그리고 『디테』[14]에서는 자괴적自愧的이요 선량한 빈가貧家

---

12 가가 : 가게.
13 Pelle Erobreren. 우리에게는 「정복자 펠레」로 알려져 있다. 빌 어거스트 감독의 동명의 영화도 이 작품을 원작으로 삼은 것이다.
14 『디테』: 원문에는 ''쩟쪠이'」로 되어 있으나, 이는 넥쇠의 작품 『사람의 딸 디테(Ditte Menneskebarn)』일 것이다.

에 출생한 시골 계집애가 세상의 무참한 운명에 부대끼어 그만 매춘부의 무리에 몸이 떨어져가는 경로를 그린 3부작으로, 무산계급인 작가의 영상을 어디서든지 발견할 수가 있는 것이다.

그 중에도 『승리자 펠레』[15]에서는 작자 자신을[16] 어떤 정도까지 모델로 취급한 것인데, "1877년 5월의 어떤 이른 아침이었다. 바다에선 회백灰白한 꼬리를 늘인 해무海霧가 밀려오고—" 하는 북구北歐의 해안에서 직업을 구하러 여기를 온 부자父子가[17] 처음 내리는 광경이 그림같이 인상印象이 되는 것이다.

주인공인[18] 펠레가 사회주의도 현대의 산업조직 기관도 아무것도 아직 침입치를 않은 조그만 촌에 구두방 심부름을 할 때는 아무렇지도 않았다.

그러나 한번 코펜하겐의 대도大都에 발을 들이 디디었을 때부터 그의 쟁투爭鬪를[19] 일으켜주는 것은 모두가 현대의 노동문제이었던 것이다. 그리하여 그는 제일선의 용사로서 어쨌든지 고주雇主와 관헌官憲의 횡포[20]와 싸웠다. 작자는 또한 자신의 봉급을 가지고 이 쟁투의 의의를 내용적으로 관찰할 것을 잊지 않고 있었다. 작자는 넘칠 만한 풍부한 상상력을 가졌다. 그러나 결코 감상자感傷者는 아니었다. 펠레는 드디어 이겼다. 그는 억지로 자본가에게서 뜯은 자본으로 노동자의 공동생활을 위한 전원도시를 건설하게 되는 것이다. 펠레는 극기克己를 했다.

---

15 원문에는 이 사이에 '者'자가 한 자 더 삽입되어 있다.
16 작자 자신을 : 원문에는 '自作者 身을'로 되어 있다.
17 원문에는 '父子의'로 되어 있다. 현대식 주어 표기로 수정한다.
18 원문에는 '主人公의'로 되어 있으나 바로잡는다.
19 원문에는 '爭鬪을'로 되어 있다.
20 원문에는 '暴橫'으로 되어 있다. 글자 순서를 바로잡았다.

그러나 디테는 세상 풍파에 밀려진 흙 속에 묻혀버리었다. 거기에는 그의 의지로는 아무렇게도 할 수 없는 운명의 힘을 긍정해 가면서도 디테의 자신에[게]는 도덕적 책임이 거기에는 적었었던 것이다.

그러나 현대문명이 그를 죽였다. 자본주의의 횡포에 그는 쓰러졌다. 인도人道를 어니인지 몇 세기 전에 잊어버리고 온 유산계급의 착취 수단에 생산 원료의 일부로서 소비가 된 셈이다.

한 개의 인간이!

　적어도

　　한 마리의 생명이 말이다.

피등(彼等)의 삼인(三人)－(Three of Them)

지금 여기서부터는 한 개의 타입을 가진 작품들은 여태까지 말해 온 제諸 작가나 혹은 그 외에서라도 기억되는대로 쓸 작정이다.

이 타입은 현대의 불합리한 사회 속에서 살아가는 무산군無産群이 현대 사회에 대하여 극도의 반항의 의식으로 말미암아 전신이 화염에 쌓인 것같이 쟁투의 기분 속으로 몰아드는 것이다.

여기서는 두 개의 물체는 존재할 수 없다는 것이다. 대상이 죽지 않으면 자신이!

그의 안전眼前에 산재한 일체의 대상은 단지 적과 동지와의 두 개의 진영만으로 배열되었으며, 오직 ××가 있을 뿐이다. ××된 위라야[21] 비로소 창조가 있는 것이다. 이 작품 속에선 근대의 산업혁명이 낳은 비장한 히어로로 그 작품 전부가 혈血[22] 화火 곤봉과 ××의 교착

21　원문에는 '우이라야'라고 되어 있다.

交錯인 것이다.

노서아露西亞 고리키의 "Three of Them"이란 단편의 주인공의 하나인 일리아는 고리키 자신을 어느 정도까지 모델로 한 것이라고도 할 만한 인물로서, 일리아는 현대 산업조직의 중심인 대도시에 이주한 백성의 아들로, 그는 『포마 고르제예프』[23]의 주인공과 같이 암흑한 지하계급에 쓸어밀린 나일관裸─貫의 무산자로서, 인생의 의의를 찾아다니지 아니하면 안 될 신세이었다. 그는 언제나 가라앉지 않는 공허한 불만을 품고 세상의 아무것한테도 타협을 간출簡出치 못하고 있다.

"사람은 서로서로의 마음을 훔치고 서로의[24] 목숨을 노리며 누구나 한 놈 서로 도우려는 놈이 없구나. 그나 그뿐인가. 틈만 있으면 서로 구퉁이로 몰아넣으려고 하는 것이. 실상은 나도 구석에 처박힌 놈이다. 아니 대체 그놈의 싸움이 없는 세상은 언제나 있을까─." 이렇게 그는 깊은 회의에 잠긴다.

나는 어렸을 때부터 노동을 해가지고 벌써 턱을 40에다 걸어놓았는데 여태껏 맛없는 빵이나마 좀 배불리 못 먹어보니, 매일 그저 싫도록 맛보는 것은 가난 맛이다. 인제는 맛좋은 것을 입에 넣는다 [해도] 구태여 맛이나 분간을 할지는─. 가족이라고는 십년 가두 나 하나, 늘지도 않고 줄지도 않는다. 참 편키는 하지. 그렇지만 그놈의 아귀가 나 하나만 바라고도 온단 말이야. 장님이 되고 □ 없는 놈이 되기나 했으면. 그저 잠만 깨면 또─가난의

---

22 이 사이에 한 글자가 탈자된 것일 수도 있다.
23 원문에는 '「홈 꼴데이예프」'로 되어 있으나 바로잡았다. 그러나 이 작품의 주인공 포마 고르제예프는 타고난 무산자가 아니라 대(大) 상인의 후계자로서 막대한 부를 상속받았으나 인간의 진정한 삶의 의미에 대해 고민하다 정신병원에 갇히는 운명에 처해지는 인물이다. 1994년 자작나무출판사에서 김동균 역으로 처음 국역된 바 있다.
24 원문에는 '서로히'로 되어 있으나 문맥에 맞게 바로잡는다.

신이 이를 갈고 아무것도 없는 놈한테를 달겨든단 말일세. 인제는 할 수가 없는 걸. 아하! 그놈들은 또 조금만 하면 기도를 들인다. 하나님 약한 백성을 구해주옵소서. 어찌하여 저 혼자만 고생해야 하는 것입니까. 이렇게 못난 놈들이 ─. 내 생각 같아선 신인지 무엇이 그런 말을 들어줄 것 같지도 않으니. 그러니[25] 신이 있다면 그런 말이나 듣겠나.

노서아의 천지를 뒤흔들고 돌아다니던 그는 철벽과 같은 절망에 다다랐을 제, 그는 경관의 손에 잡히기 전 그만 그의 머리를 벽에다 받아서 자살을 하고 말았다.

이 앞에서 말한 엑쿠[26]와 같이 근본 관념으로부터 무산계급의 주인공을 계급투쟁사 중의 용자勇者로서 선택한 사람으로, 또 다시 서반아西班牙의 피오 바로하P. Baroja[27]의 3부작 『인생의 투쟁The Struggle For Life』이 있다. 그리고 또 바로하에게 다시 같은 경향을 가졌다고 할 만한 「위험한 도회The City of Desperate」가 있다. 3부작인 『인생의 투쟁』에서 초부初部인 「탐구」만을 나는 보았으나, 대개大槪로 그가 『인생의 투쟁』에[서] 포착하려고 한 것은 현대 사회조직이 인생의 맛이란 근본 의의를 극도로 신고辛苦케 하고 그 편견과 무자비가 갈수록 자연한 인간성을 학살하는 것을 보다 보다가 못 견디어서 대중에게 향하여 맹렬한 항의를 제출하려고 한 것이다. 그러므로 「탐구」에서도 조그만 어떤 여관의 하녀로 있는 페도라란 여자의 아들 되는 마누엘이란 청년이 마드리드시로 처음에 와서 어떠한 헌신 가가의 심부름꾼이 되는 데서부터 스토리가

---

25 원문에는 '그러해'로 되어 있으나 문맥에 맞게 바로잡는다.
26 원문대로이다. 인명인 듯하나, 누구인지 불확실하다. 앞서 언급되지도 않았거나, 혹은 언급된 부분이 연재에서 누락되었는지도 모르지만, '넥쇠'의 오식일 가능성도 있겠다.
27 원문에는 '「옉오 왜로짜」'로 되어 있다.

시작이 되는 것이다.

그는 어언간 부랑한浮浪漢이나 무숙자無宿者들 사이나 또는 매음굴에까지 자유로 아무 기탄이 없이 출입을 하게 되어서, 선혈이 흐르는 싸움과 목숨을 다투어가는 하류 사회의 특유한 색련色戀이나 금일적今日的 순간 향락주의의[28] 탐닉으로부터, 짐승보다도 더 말할 수 없는 빈민굴의 코를 찌르는 냄새가 영원히 돌아가는 등롱燈籠과 같이 그의 황랑荒浪한 생활의 인상[29]이 차차로 그의 머리를 차지해가고 있었다.

이러한 지하층의 사회가 무서운 원시적 영맹獰猛을 가지고 죽―죽 전개가 되어갔다. 한숨이 막힐 것 같은 하층 인생의 분위기 속에서 마누엘은 작가와 함께 가만히 그 유전流轉되는 인생 의의를 노려보고 있었다. 극도로 정적靜寂한 암야暗夜에 신비가 사람의 세상에 깨어지려는 대도시의 한 초秒 사이여!

마드리드의 여명에 선 마누엘의 자태는 참으로 장엄 그것이었다. 가두의 각등角燈의 빛은 어슴푸레한 아침 안개 속으로 솟아 흐르고 유리창을 새어나오는 엷은 빛은 포도鋪道 위에서 춤을 춘다. 거무스름한 넝마장수의 그림자가 가리街里의 무엇을 주으려고 구부려졌을 때에 그것은 가장 더러운 물건의 화신과 같이 도깨비처럼 흔들렸다. 거리에 목도리로 얼굴을 싸고 얼굴이 퍼렇게 뜬 무산자가 새벽에 올빼미같이 지나간다. 그 뒤에선 또 하나 노동자가 지나간다. …… 정직하고 부지런한 마드리드의 가리는 또 다시 오늘의 일거리를 마련하고 있다. 뒤숭숭한 밤의 혼잡으로부터 명랑한 아침의 새로운 일로 이 도회가 옮겨가려는 때에 마누엘은 깊은 명상의 심연에서 아직도 일어나지를 않았다.

---

28 원문에는 '亨樂主義의'로 되어 있으나, '亨'은 '享'의 오자일 것이다.
29 원문에는 '印衆'으로 되어 있으나 '衆'은 '象'의 오식일 것이다.

그는 — 다 알았다. 이 가리에 올뺴미의 존재와 노동자의 생존은 결코 평행선상에서 조금치도 합칠 날이 없으리라는 것을……

한쪽에는 환락과 악덕의 밤이며, 또 한편에는 노동과 피로의 태양이다. 그는? …… 그에겐 자기가 이 제2계급에 속하지 않으면 안될 것같이 생각이 들어갔다. 즉 암음^{闇蔭}을 횡행하는 것이 아니고 백주일광^{白晝日光} 아래서 일하는 그 쪽에 말이다.[30]

이 탐구는 그의 긴 인생의 제1기에 면한 응답인 것이다. 그러므로 2부 이하의 작^作은 자각한 노동자로서 그의 실감이 아니면 안 될 것이다.

그리고 그의 위험한 도회에는 이 시대에 눈뜬[31] 무산자의 눈에 비친 예민한 문명 비판이 있다.

위험한 도회! 그것은 너무나 조심이 두터운, 생기를 잃은 도회인 것이다. 아니다, 그것은 도회뿐이 아니다. 스페인 그것이다.

민중은 모두 다 죽었다. 그들의 두뇌는 이미 움직임을 그쳤고 서반아는 관절경화^{關節硬化}로 고민하고 있는 한 개의 육체이다. 조금만 움직여도 곧 아파진다. 그러므로 진보라고는 할 수가 없다. 움직이지를 못하니깐 —.

이 다 죽어가는 스페인을 혼수^{昏睡}로부터 흔들어 일으키려고 그의 심신의 모든 노력을 아끼지 않는 주인공 쿤진도.

양심이란 무엇이냐. 기약^{氣弱} 그것이 아니고 —. 정직이란 무엇이냐. 기계적 속박에 불과한 그것이 —.

스페인의 국민은 오직 무어인같이 일하고 쥬³²와 같이 돈을 모르면

---

30 원문에는 '알이다'로 되어 있으나 '말이다'의 오식일 것이다.
31 원문에는 '눈뜻'으로 되어 있으나 바로잡았다.
32 원문에는 '쓔'로 되어 있다. 아마 유태인을 뜻하는 'Jew'일 것이다. 따라서 이 뒤의 '돈

그만인가. 아니 —

백은白銀이 흐르는 월광 아래서 그는 암담한 나라의 운수運數와 앞
길에 눈물을 흘릴 뿐이다.

포도(葡萄)의 과실(果實)

또한 서반아의 블라스코 이바네스Blascio Ibanes[33]의 신작인 「포도의
과실」과 「승원僧院의 그늘」도 또한 무산계급자의 사회 개조를 중심으
로 묘사하여 된[34] 작품이다.

두 작품이 다 최후엔 참패에 끝이 났으며 거기엔 작가의 날카로운
문명 비판이 있다.

「포도의 과실」은 포도주 공장의 직공을 중심으로 하여 가지고 노
동자 페르난도가 비약飛躍한다.

세계는 지금에 수천년래의 잠 속에서 눈뜨기를 시작했다. 어렸을
때에 약탈되었었던 것을 도로 빼앗기 위하여 용감한 항의가 지금 바
로 열리기를 비롯한다. 토지는 군 등君等의 것이고 누구와 그것을 만
든 사람은 없다. 그러므로 그 토지를 다루는 사람인 그대들의 것이
아닌가. 토지가 비록 아무리 개조가 되었다 하세. 그러나 그것도 그
대들의 더러운 손길이 간 까닭이 아닌가. 그러므로 그것은 당연히 그
대들의 소유로 돌아올 것일세. 인간은 공기 호흡의 권리가 있고 태양
에 등을 쪼일 권리도 있다. 그러므로 군 등이 경작하는 토지의 소유
권을 주장하는 것은 조금도 이상할 것이 없는 것 아닌가.

을 모르면'도 '돈만 알지 않으면'으로 고쳐 읽어야 할 것이다.

33 원문에는 「'쏘라스코, 이바네쓰,'」로 되어 있다. 이바네스(1867~1972)는 스페인의 소설가.

34 묘사하여 된 : 원문에는 '寫하야描된'으로 글자 순서가 뒤바뀌어 있어 바로잡는다.

"자선! 자선이란 미덕의 이름을 씌운 이기주의란 말이야. 착취된 잉여가치의 극소 부분을 희생이란 미명하에 자기의 형편이 좋을 때 분배하는 데 불과하다. 자선! 아니다. 정의 ─. 그놈들이 가진 것은 만인이 소유할 권리가 있다."

"인류를 구할 것은 오직[35] 정의가 있을 뿐이다. 정의는 천국의 것이 아니라 지상의 것이다."

이 나라는 넓고 또 넓다. 그러나 이 나라의 부는 겨우 80인이나 백 사람의 자본가의 손으로 착취되고 있다. 그것은 무엇이라고 할 불합리냐 ─. 페르난도는 이 포도주 공장의 직공들에게 대하여 공장 자본가의 정체를 폭로했다. 그러나 적수공권赤手空拳인 그보다 관헌과 자본가의 대항력은 강했었다. 노동자들은 모두 다 자본가 측의 말을 듣고 누구 하나 [이]제는 돈 페르난도의 열변에 귀를 기울인 사람도 없었다. 그리고,

"흥 걸핏하면 노동운동에 오는 놈들같이 저 놈도 바로 지도자인 체하는 허위사(虛僞師)다. 그의 선동에 움직인 놈들은 지금엔 다 지하에서 잠잔다. 눈깔까지가 썩어버렸으리……. 설교 소용 있나. 수확이 많으면 그만이지. 노동자의 참 양우(良友)는 알고 보면 임은(賃銀)[36]을 주는 고주(雇主) 뿐이야. 임은 위에다 술이나 또 한 잔 주면 더 좋은 고주이지."

---

35 원문에는 '그즉'이라 되어 있다. 당시 '오직'을 '오즉'이라 표기하곤 했으므로, '오즉'의 오식으로 보아, '오직'으로 바로잡았다.
36 '임금(賃金)'의 당시 표현.

노동자의 한 사람은 이렇게 말을 한다. 그리고 페르난도에겐 모멸의 시선을 던진다.

아니 포도의 알은 갈수록 굵어가고 자본가의 주머니는 자꾸자꾸 불어간다.

그리고 「승원의 그늘」의 주인공인 가브리엘 루너는 다윈Charles Darwin이나 푸르동P. J. Proudhon의 감화를 받은 젊은 승려로, 괴뢰화傀儡化된 종교의 껍질을 내면으로부터 깨트리고 무산자의 벗으로 서는 신종교를 창조하려는 것이다.

"산 몸뚱이를 가지고도 충분한 영양도 못 얻는대서야. 참으로 마땅히 얻어야 할 그대들의 식물(食物)을 어찌하여 못 취하는가. 그리고 그 너저분한 마령서(馬鈴薯)[37]나 빵 두어 조각으로 목숨을 잇다니, 참으로 그대들의 처나 자식은 자기의 위(胃)를 속여가며 살아가는 것일세 ─.

자! 보게. 이 사원의 허수아비 같은 우상에게 얼마나 많은 황금과 보석이 들어박혀 있나.

그대들은 한 번도 그 무용한 장식에 대하여 생각해본 적이 없나 ─."

설교의 법단(法壇) 위에서 젊은 승려는 이렇게 부르짖었다. 청중은 얼이 빠져 정신이 없이 멀거니 서 있다. 그러나 그들에도 차차 그것이 무슨 말인지를 알아듣기를 시작했다. 그때 바로 사원의 종 치는 사나이가 무거운 목소리로,

"사실이다. 참말이다" 하고 대답한다. 구두장이도

"맞았습니다. 정말입니다" 한다.

그러나 이 넓은 사원의 한 모퉁이에 병들어 누운 전선(戰線)의 무명(無名)

---

[37] 마령서 : 감자.

한 투사(鬪士)는 결국 비참한 절망에 영원히[38] 눈을 감았다.

　대지는 그의 죽음의 비밀을 머금고 묵묵히 있으며 지상엔 누구 하나 그의 죽음을 돌아보아주는 사람조차 없었다. 다만 한 사람의 인생의 투쟁을 싸웠던 모든 위인도 야심도 비참도 급행(急行)도 그의 최후에다 닥치는 눈과 함께 스러졌을 뿐이다. 오직 쓸쓸히고 고요히 —.

　작자는 이렇게 절망을 탄식했다. 그러나 그는 "그는 비록 죽었으나 이제 새로운 후원대後援隊는 세계의 팔방으로부터 몰려들며 그의 전선은 조금도 절망해지지 않고 그 이상은 결코 대지에서 썩음이 없었다"고 새로이 부르짖은 것이다.

부패한 도시

　백이의白耳義[39]의 현대 작가 조르주 에크는 「신新 칼쎄지」의 작가로 누구나 아는 이름이다. 그는 주인공 파리텔에게 무산계급으로서의 분노와 반항을 무섭게 강렬히 표현시키고 있다. 라우렌드 파리텔은 부친의 죽음으로 말미암아 고아가 되어 그의 아버지의 생전에 상업 동사同事를 하던 실업가 도보싸이쓰의 집에 양자 같기도 하고 심부름꾼 같기도 하게 가서 있었다. 그리하여 학교에도 다니었으나 한번 도보싸이쓰의 딸 끼나에게다 사랑을 두었다가 그만 그것도 실망을 당하고 거기다가 또 그 집에서 축출을 당하게 되었다.

　그 후 끼나는 선박회사의 대주주이고 무섭게 냉혹하고 사기 같은

것은 아무렇게도 안 여기는 악惡 자본가 페야드의 처가 되었다.

이러할 제 일찍부터 안트워프의 무숙자無宿者의 무리에 가 쌓여 프롤레타리아의 생존권의 탈환을 위하여 마음과 몸을 다하여 싸우고 있던 파리텔에게 대하여, 지금에 정면의 적으로 지목을 받게 된 것은, 그의 사랑을 빼앗은 포악한 페야드이던 것이다.

이때 페야드의 잔혹과 이욕利慾의 착취는 갈수록 격렬해진다. 정체를 알 수 없는 이민회사를 설립하여 가지고는 이민을 도항渡航 중에 난선難船시키기도 하고 또한 위험한 탄약 공장을 세워서는 유년공이나 여공을 태워 죽이는 등 이루 말할 수가 없었으나, 사랑하는 끼나의 행복을 위하여 그래[도] 참았다. 그러나 드디어 그는 착취당하는 무산계급을 위하여, 끼나의 참 행복을 위하여 탄약 공장의 타는 화소火燒[40] 속으로 불을 끄려고 서 있는 포악한 페야드를 끼고는 자신을 함께 타 죽여버리었다.

이 작품이 한번 세상에 발표된 이후, 세평은 어떠했던가. 참으로 안트워프는 호신용 무기를 갖지 않으면 발을 들여놓기가 어렵다고 했다.

이런 실제적 평판을 받은 것은 이 작품에서 파리텔이 섞여 있는 무숙자 일반의 감정 상태나 생활이 얼마나 심각히 표현된 것을 알 것이다. 참으로 협위脅威였다. 세계의 위협이었던 것이다.

이만치 거기에 모인 무산자는 법률과 도덕에 대한 공포를 느끼지 않는 무리인 것이다.

그리고 그만치 끝없는 증오를 자본주에게 향하여 품고 있는 사람들인 것이다. 그리고 파리텔이 실제 운동에 가담한 것은 최후의 씬[41]

---

40 원문대로이나 '火焰'의 오식으로 보인다.
41 'scene'일 것이다.

뿐이 아니었다. 그 전 시회의원市會議員의 선거 시에 파리텔 등의 무산당無産黨이 세운 후보자가 무참하게도 금권당金權黨의 입후보 페야드로 말미암아 참패를 당한 때 민중 측엔 불같은 여론이 일어났다.

즉 이 싸움의 결과로 무서운 혼란과 분노가 안트워프의 민중의 심리를 흔들었다. 금권당은 부패한 수단과 사기로 겨우 승리를 얻었다. 그러므로 그 의원의 하나라도 노대露臺에만 나서면 무서운 증오에 불타는 새빨간 얼굴이나 원망이 가득 찬 파란 얼굴이 눈물을 머금으며 독시毒矢와 같은 욕설이 밀물 치듯 하는 민중의 머리 위로부터 용서 없이 나오는 것이다. 이 19세기 말의 안트워프의 현실을 포착한 작품이 「칼쎄거」란 이름을 가진 것은 상업시가 된 옛날 칼쎄거가 멸망하듯이 신 상업시가 된 안트워프도 금권 만능 정치의 부패로 말미암아 멸망해가는 것을 상징한 것이다.

생명의 하(河) 기타

노서아에서 무산계급을 취급한 예술을 말하게 된다면 참으로 나 같은 빈약한 재료나 천식淺識을 가지고도 이루 헤일 수가 없을 만치 수많은 작품을 연상케 한다.

도스토예프스키의 『죄와 벌』이나 『가난한 사람』은 다시 말할 필요조차 없거니와, 좀더 가까운 종류를 들어본다면 아르치바셰프M. P. Artsybashev[42]의 *The Tales of Revolution*, 그 중에도 「쎄이리오푸」 같은 것이나 쿠프린A. I. Kuprin의 *The River of Life*[43]에도 러시아의 학생 계급의

---

[42] 원문에는 ''「알치쌔—쎕」'이라 되어 있다.
[43] 원문에는 'the rover of ife'로 되어 있다.

비참이 역력히 그려져 있는 것이다. 참으로 슬라브족 특유한 음울한 색채를 가진 굵다란 선으로 일관한 작품이다.

시체의 바른 편 벌거벗은 다리 슬관절膝關節 위에 14호라고 조악한 잉크로 굵다랗게 씌어 있다. 이것은 물을 여지도 없이 해부[학] 강[의]실에 오를 번호다.

그것은 누구의 — 아아, 동지의 젊은 혁명가의 너무 어린 주검이다.

참으로 잔인하다고도 할 만치 엄숙한 작가의 리얼리즘에 실생활의 잔혹이 배어[44] 있는 것이다.

롭쉰V. Ropshin[45]의 혁명을 취급한[46] 『창백한 말』이나 『일어나지 않았던 것What never Happened』[47]으로부터 거슬러 올라가 고골리N. V. Gogoli의 「외투」, 레스코프N. S. Leskov의 제諸 단편, 톨스토이L. N. Tolstoi, 투르게네프I. S. Turgenev, 코롤렌코V. G. Korolenko,[48] 베레사에프V. Veresayev[49] 등 이루 다 들 수가 없다.

그 중에 오직 레오니드 안드레예프L. N. Andreev[50]의 「국난을 당한 국민의 고백」에선 비교적 자동諷刺[51] 경향을 받을 수가 있다.

그것은 1914년 소위 세계대전을 만나 직업, 지위, 일정한 생활 등 무엇 할 것 없이 통틀어 잃어버린 어떤 무산無産 중류계급의 남자의

---

44 원문은 '배여저'로 되어 있다.
45 원문에는 「로쎈」'으로 되어 있으나 러시아의 급진적 소설가 롭쉰(본명은 Boris Viktorovich Savinkov, 1879~1925)을 가리킬 것이다. 대표작으로 『창백한 말(The Pale Horse)』, 『일어나지 않은 것』 등이 있다.
46 원문에는 '取提한'으로 되어 있으나, '提'는 '扱'의 오자일 것이다.
47 원문에는 'whenever hapend'로 되어 있다.
48 원문에는 「고로렌고」로 되어 있다.
49 원문에는 「쩨레써에프」'로 되어 있으나 고리키의 영향하에 간행된 잡지 Znanie 작가 그룹의 일원인 러시아 작가 베레사에프(Vikenti Veresayev, 본명은 Vikenti Vikentievich Smidovich, 1867~1945)일 것이다.
50 원문에는 '「레오리드, 안도레ー프」'로 되어 있다.
51 원문대로이나, '諷刺'의 오식으로 보인다.

고백인 것이다.

칼로 저민 듯한 그 현실의 세계가 음참陰慘하게 흐르고 있는 안드레예프의 인생 회의를 더욱 암담한 색을 써서 그려놓은 것으로[52] 지옥에서 염열炎熱에 불타는 죄인의 고민을 맛보는 것 같은 것이다.

인생이란 얼마나 애처로운 것이냐. 이 세상에 지속되는 인류의 운명이란 또한 얼마나 괴로우며, 그 수수께끼와 같은 혼에 대하는 무엇이라고 말해야 옳을 가책呵責이냐. 과연 그들은 이 인생에서 무엇을 구하여 저다지 허덕이는가 —.

아니 피와 눈물 속에서 헤매인 끝엔 그 무엇이 기다릴 것이냐 —.

그는 끊임없이 이렇게 중얼거리며 눈을 가리운 도수장屠獸場의 짐승같이 내일의 운명을 짐작할 수 없는 인생의 길 위에서 끝이 없이 방황을 한 것이었다.

그러나 지금 나는 좀 이상한 노서아의 한 오래인 작가의 의미 있는 작품으로서, 스테프니아크Sergei Stepniak[의], 말로 엄밀한 의미의 예술가라고 말하기는 좀 곤란할지도 모르나, 「지저地底의 노서아Under-ground Russia」의 작자는 이 소설까지도 선전적이고 비예술적이란 세평을 도리어[53] 반박을 하고 빈빈頻頻히 변호의 노勞를 아끼지 않고 있다. 작품의 대의를 들면 그것은 표제가 말하는 것과 같이 노서아의 왕조 정부와 일체 ××을 근본적으로 뒤집어 엎어버릴 작정으로 경관과 탐정의 심엄甚嚴한 감시에서도 부단히 비밀한 운동을 계속하고 있는 허무당원의 내면 생활을 세세히 묘사한 것으로, 그것은 예술품이라기보다도 너무나 사실의 보고와 동지同志 상응相應의 교섭에 그친 것 같고, 또 그 주인공 안드레프의 연애와 그 부처夫妻들의 내외 활동사도 되는 것 같다.

---

52 원문에는 '것을'로 되어 있으나 문맥에 맞게 바로잡는다.
53 원문에는 '돌오허'로 되어 있으나 현대식 표기로 고쳤다.

결국 그는 짜르황제의 마차에 ××을 투포投抛하였으나 그것도 실패가 되어 입뇌入牢된 끝에 처형된 것으로 그 내용은 끝낸 것이다.

그러나 작가는

그는 죽고 말았다. 횡포한 ××의 권력 밑에서 찔려 죽고 말았다. 그러나 그의 사업은 죽었을 것이냐? 그것은 실패에 실패를 거듭하여 드디어 종국의 승리에 도달할 것이다.

우리들의 이렇게 처참한 세계에선 어떤 일부의 소수자의 고뇌와 희생에 의(依)치 않으면 최후의 승리란 것은 도저히 구경할 수는 없는 것이다.

이렇게 그는 확신하고 전편을 써내려온 이만큼이나, 긴 작품을 읽는 새에 전면에 넘치는 열렬한 신념 그것이 모든 염증을 제거할 요소도 충분하다.

그리고 또 하나 잊지 못할[54] 것은 예술은 선전宣傳이다 라는 의논이 문단에 문제로 간간이 제출되는 현상現狀에 비추어 보면 이 작가가 그 권두에서 예술은 어디까지든지 선전이 아니라는 주장을 장황히 논한 것도 한 흥미로 볼 것이다. 그의 말을 빌면,

여기에 묘사된 허무주의자는 정치가로서의 인물이 아니라 오로지 한 개인의 인간으로서 취급한 데 불과하다. 이 주인공들의 용감한 자기 희생의 혼 — 거기에는 적일지라도 경탄할 만한 용감한 혼의 행동을 목격한다는 소설로서의 충분한 흥미 속에서 그들 열신자(熱信者)의 인간적 혼과 내심의 감정을 그 가운데서 표현한 데 불과하다.

---

[54] 원문에는 '못한'으로 되어 있으나 문맥에 맞게 고쳤다.

이러한 연구의 일반적 흥미는 나로 하여금 정치적 목적 같은 것을 생각할 여지도 없이 만들었다.

이 현대와 같은 복잡한 시대에는 형형색색의 상위(相違)한 질형(質型)을 가진 인간[이] 세계의 도처에서 나타나고 있다. 그 현대의 인간성을 가진 [한]개의 질형을 충실히 묘사하려는 것이 나의 이 제작의 유일한 관심이었던 것이다.

그러나 내가 이 소설의 인물을 또는 그 행위를 하필 노서아의 혁명가 중에 과격파 혹은 허무당에서 취급[55]하였느냐 하는 것은, 그것이 다만 나의 표현하려는 예술의 목적에 제일 적합했다는 것에 불과하다.

이 무서운 투쟁의 와권(渦卷) 속에서 내가[56] 묘사하는 인물이 그들의 유일한 특수성을 유감 없이 구상(具象)하고 있음에 불과한 것이다 —.

그러므로 다수인이 이 소설을 가리켜[57] 소설의 형식을 빌린 정치적 팜플렛이라고 평하는 것은 말이 아니다. 그리고 허무당의 의의를 숙고한 사람들은 허무당원이 이론상으로는 극단으로 부정적이면서도 실행에 있어서는 무섭게 과격한 것을 의심할지도 모른다.

사실로 허무당원은 개인으로서는 비상히 영리하고 민감적이다. 이러한 개[인]이 어찌하여 그러한 무서운 실제 행동을 채취(採取)하는가, 그 자연의 결부(結付)를 고찰하기 위하여 인간으로서의 허무당을 알 필요가 더욱 절실해질 것이다. 그것을 알 유일한 방편과 또는 진(眞) 책임은 예술에 있고 결코 선전 팜플렛에 있는 것이 아니다.

라고 그는 말했다.

---

[55] 역시 원문에는 '取提한'으로 되어 있으나 수정했다.
[56] 원문에는 '나의'로 되어 있으나 바로잡았다.
[57] 원문에는 '가르처'로 되어 있으나 바로잡았다.

반군국주의(反軍國主義)

그리고 다음으로 이 반군국주의적 색채를 띤 작가로 오스트리아[58]의 안드레스 라코는 「쟁투爭鬪의 인Men in Battle」에서 강렬한 반군국주의를 제창하였을 뿐이 아니라, 그의 「귀국Home Again」에서 그는 국國을 위하여 대 부상을 당하고 공을 이루어가지고 전선에서 돌아온 용사가 그 전쟁을 기회로 치부를 한 강욕强慾의 공장주를 자살刺殺한다.

그것은 전쟁 중에 공장이 생기어서 그 용사인 보구딴에 미리 결혼을 약속하였던 어떤 처녀가 여공으로서 근무하고 있던 중 공장주에게 강제로 말미암아 정조를 방매放賣케 되어가지고, 또 그 화려한 의장衣裝에 싸여[59] 있게 된 그 소녀는 인제 와선 그 가난한 보구딴 같은 청년은 돌아보지도 않게 되었다. 그리고 더구나 청년은 포화로 말미암아 밝던 두 개의 눈의 광명조차 잃어버린[60] 가련한 몸이 되었다. 그리하여 그의 절망은 전선에서 함양된 잔인성이 더욱 그로 하여금 극도의 증오를 그 공장주에게 품게 하였다. 그리고 또 그 동내洞內 사람들은 이 공장 덕택으로 동내가 질번질번해졌다는 둥 하는 말이 더욱이 마음 속에 숨은 불길을 붙여주었다.

그러나 그가 전선으로부터 돌아왔을 제 점구店口 밖에서 만난 사회주의자 미하엘이란 곱추의 빈정거리던 말조차 머리에 솟아났다.

    홍 자네는 눈깔은 빼버리구 얼만가? 연 500파운드인가? 그러면 훨씬 더 불러. 아주 1천 파운드[인]가.
    자넨 고사하고 전선에다 송장으로 내버린 놈들은 아무것도 1전 한푼 없

---

58 원문에는 '오스타리'로 되어 있다.
59 원문에는 '싸히고'로 되어 있으나 문맥에 맞게 바로잡는다.
60 원문에는 '이저버린'으로 되어 있으나 수정하였다.

네그려.

그런데 어떤가. 저놈 그 공장주인 놈 좀[61] 보려나. 하루[에] 무어 백파운드를 남긴다면서도 손가락 하나 까닥 안 하구 손거스러미 하나 다쳤나?

그리고 그 돈 말일세. 잔돈푼을 손에다 쥐어주고 공장의 여공은 모조리 차지한단 말이야.

인제는 그 배불뚝이 놈도 우리 동내(洞內) 제일 부자가 되었다네. 돈 부자 계집 부자. 흥!

보구딴은 어떻게 참을 수가 있었으랴.

드디어 그는 공장주를 찔렀다. 참살慘殺을 시켜버리었다. 그리고 그도 그 자리에서 곧 한가지 목숨을 끊고 만 것이다.

이 외에도 근대 노동자의 각성을 취급한 것으로는 불란서 에밀 졸라 Emile Zola의 『제르미날』[62]이라든지, 킹즐리C. Kingsley의 『앨턴 로크Alton Locke』[63]나 칼 쓰오우지의 희곡 「쟁투」 등도 들 것이나 그만 둔다.

그리고 소데쓰는드의 「에모크라기」나 발포어의 「적공赤空을 향하여Against the Red Sky」 등은 비교적 인상이 새로운 것이며, 취급 방법도 퍽 새로운 것이다.

이만큼 하여 작가나 작품의 개론個論은 그만두고, 다음에 일반적으로 전체의 색채를 가리어 소위 결론의 형식으로 말하고 이 고稿를 끝내려고 한다.

---

61 원문에는 '씀'으로 되어 있으나, '쯤'이라기보다는 '조금'이란 의미가 더 적절한 듯하여 '좀'으로 수정한다.
62 원문에는 '『절미날』'로 되어 있다.
63 원문에는 '『아루돈, 록쿠』'로 되어 있다.

무산계급을 전망한 상위(梱違)한 3 시야(視野)

최후로 말할 것은 이상에 들어 내려온 여러 사람의 작품은 본질 문제 — 다시 말하면 피등彼等 자신은 여하한 관안觀眼을 기초로 하여 가지고 이 현재 세계의 각지를 방황하고 있으며, 이리 쫓기고 저리 쫓기는 무산계급을 관망觀望하였는가 하는 문제이다.

위선爲先 첫 번에 둔 것은편의상 A 부문에 속하는 것이라고 한다 무산계급자들은 무산자인 연고로 현대 산업조직 밑에서 기계공업으로 말미암아 그들의 유일한 생활 원[동]력인 노동력에 위협을 당하는 한편에, 이 기회를 타가지고 달려드는 자본가의 착취 두 가지를 일시에 당하게 된다.

이 비참하기가 짝이 없는 정태情態를 무한한 동정과 분노를 가지고 표현한 작품 등이다.

그리고 그 다음 B에 속하는 것은 유산有産 무산無産이란 한계는 생각지 않고 단지 일종의 문명 비판적 태도로서 출발하는 것으로, 오로지 원시 시대의 야성과 방랑성이 문명의 화려한 것에 반항하여 가지고 대자연을 향하여 복잡한 현재 생활 기관의 기구機構를 떠나 체력이 있는대로 본능 그대로의 순박성으로 돌아가려는 것으로, 거기에는 무숙자와 부랑자의 무리가 표현되는 것이다.

C는 이상의 A부, B[부]보다 좀 종류가 복잡하나 그 제일第一을 말하면 인도적 정신의 견지에서 바라본 무산자 혹은 인류 세계의 심대한 고뇌를 구救하기 위하여 작위나 재산, 특권 이 모든 것을 다 펴서 던지고 자신이 스스로 무산계급 속으로 떨어져 들어가는 것으로,[64] 그의 계급과 똑같은 고행의 생활을 하는 것이 제이第二이다.

그리고 제삼第三이라고 할 만한 것은 순 무산자의 환경으로부터 출

---

[64] 원문에는 '것을'로 되어 있으나 문법에 맞게 고쳤다.

생을 해가지고 그 자아 계급에 대하여 하등의 염증을 느낌이 없이 그 경지 내에서 안주하고, 그러면서 밖으로 전세계에 또는 적게 말하면 개인의 고생을 인도적인 혼과 희생의 피로 말미암아 얼마쯤이라도 가볍게 하려고, 다시 말하면 프롤레타리아의 생존권의 확립을 위하여 온갖 박해와 참고慘苦 속을 용감하게 걸어가는 부류[의] 인물을 취급한 작품이다.

A에 부속하는 작(作)

최초로 이 A 부류에서 들 것은 아미리가亞米利加[65]의 업튼 싱클레어 U. B. Sinclair의 『총지叢地』[66] 같은 것이 호적례好適例인 것이나, 『총지』는 노서아로부터 건너온 완강한 농부 유르기스 루드쿠스의 가족이 시아고市俄古[67]의 어떤 도육회사屠肉會社에 고용이 되어서 처음에는 일도 퍽 고되지도 않으며 열한 사람의 대식구를 가지고도 남자 3인의 노동한 삯을 가지고 겨우 그날그날의 생활을 부지해갔으나, 그들이 현대 산업조직의 전율할 만한 잔인한 내용에 접촉하기를 비롯한 때 그 후 얼마 지나지 않아서의 일이었다.

위선 회사 내에는 직공으로서 무엇인지 분별도 할 수가 없는 몇 개의 분과分課가 나뉘어[68] 있으며, 감독 순시, 또 십장 두엇[69]이 차례차례로 그 노동 임금을 이중 삼중으로 벗겨 먹고 직공에겐 될 수 있는

---

65 아메리카의 한자식 표기.
66 싱클레어의 작품 *The Jungle*을 가리킨다. 이 작품은 1970년대에 고 채광석의 번역으로 광민사에서 번역 출간된 적이 있다.
67 시카고의 한자식 표기.
68 원문에는 '난호아'로 되어 있으나 현대적 표기로 고쳤다.
69 원문에는 '무엇'으로 되어 있으나 '두엇'의 오식으로 보인다.

한도까지는 자꾸 몇 시간씩[70] 일을 시켜가면서도 임은賃銀은 될 수 있는 데까지 그저 조금씩만 준다. 그리고 지불이란 것도 퍽 불확[실]하지만, 누구나 이것까지도 쫓겨나지 않을까 하여서 눈살 한번 못 찌푸려 보고 그저 두 말 없이 일만 한다.

가정의 생활은 점점 말이 안 되어간다. 결국은 어린 자식들까지 공장으로 집어넣게 되었다. 그리고 1분만 늦어도 한 시간 공전工錢이 달아난다. 또한 55분을 해도 한 시간이 안 찼다는 구실로 임은을 주지 않는다.

참으로 이놈의 구렁이에서 노동을 한다는 것은 전소혀 기계하고 경주를 하는 게지 사람이 일한다는 게 아니다.

만일에 기계에 조금만 뒤떨어진다면 문 밖에는 그들을 대신하여 기계와 경주하려는 무산자들이 우물거리고 있다.

드디어 유르기스는 병이 나고 말았다. 회사는 즉시 계약을 방패로 해고하여 버리었다. 그렇다. 겨우 병이 난 뒤에 붙잡은 직업이란 전보다도 더 질곡桎梏한[71] 일로, 참으로 쓰레기 두렁이나 거름 두덩이 속에서 꾸물대는 버러지 새끼 같았다.

그것은 고사하고 지금에 더욱 무산자로서 참을 수가 없는 한 개의 현실이 생기었다.

어떤 날 저녁이다. 밤은 아홉시. 이렇게도 늦었는데 처 오나가 안 돌아온다. 그 이튿날 그는 돌아와 미묘하게 핑계를 했으나 그 다음날도 또 다음날도 이런 사건이 연발한다.

그가 어떤 동류同類한테 탐문한 바에 의하면 그의 처는 회사의 지배인이 자기의 처를 금력과 감언이설로 수중에 넣었다는 것을 알게

---

70 원문에는 '時間式'으로 되어 있다.
71 원문에는 '至梏한'으로 되어 있다. '至'는 '桎'의 오식일 것이다.

되었다.

그는 곧 회사로 쫓아가 그 지배인 놈을 죽게 때려누이고 말았다. 그는 그 길로 말미암아 결국은 감옥 생활을 하게 되고 전 가족은 회사 합숙소에서 축출을 당하고 그는 영구히 회사의 흑표黑表 그들의 소위 불량 직공의 성명을 기[記]하는 표에 기록이 된 것이다.

이런 인간 소비의 비참이 물질문명의 정상에 올라선 대도회에 활개를 젓고 횡행하고 있는 것이다. 참으로 그것은 아무러한 의심할 여지도 없이 명확한 노릇이 아니냐.

물질문명이란 결국 경제문명이고 생산문명일 것이다. 그것에서 기천幾千 기만幾萬의 기계의 치륜齒輪은 끊임없이 '프로레아'와도 같은 신음성을 지르며, 일에[72] 눌린 무산계급의 고민하는 소리가 새어나오는 목줄을 누르게 만들어낸 것이 아니냐—.

이것이 문명이다. 자본주의 경제 조직의 자랑할 만한 문화현상이다. 여기에서 막심 고리키는 말하지 않느냐.

"우리들 노동자는 노예이다. 그들은 언제나 건설을 할 뿐이며 말 한마디 없이 일하고 있을 뿐이다.

그들의 피와 땀은 지상의 모든 건축물의 시멘트이다.

그들은 그들의 지독한 노동으로 말미암아 아주 꽉 눌려 목아지[73] 하나 까딱 못한다.

그렇지만 보수報酬란 서식할 방 한 간間 없으며 목숨이 달린 빵조각조차 불충분하지 않으냐.

자아, 이것이 우리들 노동자이다. 이 세상은 문명 세상이[다]"라고.

---

72 원문에는 '일에에'로 되어 있다.
73 원문에는 '녹아지'로 되어 있으나 수정했다.

B에 부속하는 작(作)

문명이 만일 이러한 것이라면 세상에 문명같이 악한 것은 또 다시 없을 것이다. 거기에는 고리키의 "Restless"의 동류同類가 나타나는 것이다.

그들은 문명이 낳은 일체의 구투舊套를 모두 다 집어던지고 직로直路로 야만스러운 자연아自然兒가 되어 적나라한 알몸뚱이를 가지고 허위와 죄악인 현대 문명을 향하여 도전하려고 달려드는 것이다. 그러므로 그들의 한 사람은 이렇게 부르짖는다.

여보게, 누구나 우리들과 같은 동류에서 탈출하고자 하는 욕망을 가지지 않고 일생을 여기에서 생활을 해갈 인내를 가지려면 군등(君等)은 문명사회에 출생을 해야 하네. 거기에는 그대들을 방해할 만한 속박이 있다. 독을 가지고 허위의 습관에서 승인을 받은 속박이 거기에 있네. 자아애(自我愛)의 병적 중심이 거기 있단 말이야. 바꾸어 말하면 마음을 혼란케 하고 감정을 냉각케 하는 허영 중의 허영이 그 속에 있다는 말이다. 하등의 이렇다고 할 만한 이유도 없이 극히 허망한 가운데서 일반으로 문명이라고 부르는 것이 즉 그것일세 ─.

Creatures That Once Were Man[74]이 이 이상을 대표하는 것이다.

그런데 내가 전에 말한 B의 작품은 같은 방랑자를 주인공으로 하면서도 고리키의 자연아와는 타입이 틀리는 것이다.

---

[74] 원문에는 'Crechuase that Donce were Man'으로 되어 있다. 막심 고리키의 장편소설 중 한 편으로, 우리나라에서는 『그들도 한때는 인간이었다』(서은주 역, 큰나무, 1999)로 번역된 바 있다.

잭 런던Jack London[75]의 작품[에] 나타난 인물들이나 브레트 하트Brett Harte[76]의 작품에 선택된 인물 등이 이 부문에 속한다고 말할 수 있다.

그것은 고리키가[77] 취급한 선족跣足의 군群이나 세계고世界苦의 사람들은 모두가 문명의 의식을 배경으로 하여가지고 그 속박으로부터 탈출이 되어가지고 자유의 환희라는 것을 조금이라도 의식하는 것이다.

그러나 런던이나 하트의 주인공은 최초로부터 문명에다 취미를 못 붙이고 그저 난 채로의 자연아로서 가장 순진하게 더럽혀지지 않은 대자연에 파포把哺된 원시인의 자연애를 가지고 있는 것이다.

그들은 이 복잡하고도 뒤숭숭한 인간 사회의 법칙 속에 붙잡히어서 살아가는 것보다는, 의지상에서 본능과 욕망을 차지遮止하는 아무것도 없는 생물의 세계와 대자연에 끊임이 없는 자유를 언제든지 추구하고 있는 것이다.

런던에게는 이와 같은 초라한 장엄미莊嚴味와[78] 의지의 미美를 볼 수가 있으며, 하트에게서는 그보다 좀더 인간미가 가입된 무엇을 맛볼 수가 있다.

거기에는 더 야성을 가진 무숙자無宿者의 무리도 볼 수가 있으며, 그들은 이 소위 문명사회에서는 혹은 비인간적이고 무뢰한이며 오녀汚女이라는 조소와 치욕을 받고 있는 방랑자이요, 손도 댈 수 없는 무지막지한 무리들일지는 모른다.[79]

그들이 소위 부도덕한不道德漢이며 무섭게 딱딱한 인격을 가졌다고 생각됨에 불고不顧하고, 다른 일편으로는 허위에 가득찬 이 문명사회

---

75 1876.1.12~1916.11.22. 미국 소설가.
76 1836.8.25~1902.5.5. 미국 소설가.
77 원문에는 '꼴키」의'로 되어 있다. '의'가 주격조사로 쓰였으므로 '고리키가'로 수정했다.
78 원문에는 '壯嚴味와'로 되어 있다.
79 원문에는 '모르나'로 되어 있으나 문맥에 맞게 수정했다.

에서는 구하기가 드문[80] 맹렬한 타애성他愛性과 희생의 아름다운 감정을 가지고 있는 것이다. 예를 들면 그의 걸작인 「노명怒鳴의 소옥小屋」, 「포커 플랫의 방랑자」를 읽으면 누구나 느낄 수가 있는, 석원石原에 피어나는 미묘하고 온화한 눈물겨운 심정의 발로를[81] 볼 수 있을 것이다.

C에 부속하는 작(作)
기(其) 1

C에 속하는 제1부로서 위선 영국의 작가 마이클 페어리스Michael Fairless[82]의 「치도인부治道人夫 The Roadmender」를 든다.

이 작가가 어떠한 과거와 경력을 가졌는지는 자세히 알지는 못한다.

그러나 나는 이 작을 통해서 그가 극도로 겸손한 또는 경건한 신의 종도從徒로서, 혹은 극히 온화한 마음을 가진 인류 축복의 봉사자로서, 치도인부로서, 석수장石手匠으로서 현실의 인생의 자태를 가만히 들여다보는 찰나에 심양深洋과 같이 맑은 동자瞳子의 맑음을 연상한다. 그리고 성자聖者와 같은 마음의 고요한[83] 맛을 나의 가슴에 느끼고 있다.

나의 이상은 드디어 도달해지고 말았다. 나는 치도인부이다. 그리고 어떤 사람은 석수장이라고도 부른다. 다 옳은 내 이름이다.

우리도 젊었을 때에는 우리의 이상이 무엇이라고 서로 격렬히 논쟁을 했었다.[84] 그런데 나 이외의 얼마나 많은 사람이 그 이상에 도달했을 것인가.

---

80 원문에는 '든문'으로 되어 있으나 철자를 수정했다.
81 원문에는 '發露는'으로 되어 있으나 문맥에 맞게 수정했다.
82 원문에는 '「미하이엘·페어레스,'로 되어 있다.
83 원문에는 '고로한'으로 되어 있으나 문맥상 '고요한'의 오식으로 보인다.

결국 현세와 미래에 우리들은 동포가 같이 살고 사귀며 봉사하는 허락을 비는 이외에 또는 대지 무릎 위에서 신의 얼굴을 바라보는밖에 인생에 다시 구하는 무엇이 있을 것일까.

꾸불거린 가리(街里)에 가 앉아서 우리 동포의 발자취를 닦는 봉사를 하고 있는 잘나, 인생 모든 것들은 내 것이 되어 진다. 다시 거기에는 탐욕과 다른 걱정이 나의 인생을 침륜(沈淪)할 요만한 틈조차 없는 것이다.

이 치도인부의 인생 관찰은 농후한 종교미宗敎味를 가지고 서서히 전개되어가는 것이다.

그 다음에 또 같은 종교미와 온화한 인도적 정신을 가지고 바라본 무산자 중엔 스웨덴의 여류작가 셀마 라게를뢰프Selma. Lagerlöf[85]의 "The qnt cast"[86]가 있다. 오전誤傳된 세상의 풍평風評으로 말미암아 인생에 파산을 당한 젊은 스벤이 무참한 박해를 피하여 고적孤寂한 소도小島로 도주하여 부락의 인도적 개발과 자선사업의 경영으로 지나간 시절의 수고로운 추억을 망각한다는 것은 그의 걸작의 하나인 단편 「크리스마스의 객客A Christmas Guest」과 공통한 일미一味의 신념이 있다.

이것은 「보이지 않는 탁소鐸銷Invisible Links」[87] 내의 1편으로 그 개략을 들면,

음악이라고는 모르는 이 촌에서는 급작히 연금까지 삭제를 당한 루스터(Ruster)는[88] 꼼짝할 수 없는 궁상에 가서 빠지게 되었다.

---

84 원문에는 '햇섯섯다'로 되어 있다.
85 원문에는 '끼두마 · 라겔레ーㅇ프'로 되어 있다. '끼'는 '세'의, '두'는 '루'의 오식일 것이다.
86 원문대로이다. 'the die cast'의 오식이 아닐까 싶다.
87 원문에는 'jnbicibel rin6s'로 되어 있다.

그것은 그의 직업이란 악보를 등사하는 것과 피리를 부는 것이기 때문에, 여러 군데 돌아다녀 모아봤으나[89] 변변한 수입도 없었다.

할일 없어 옛날의 친우이었던 제금가(提琴家)로서 이름을 알린 릴예크로나(Liljekrona)의 집으로 들어가게 되었다. 그 사이에 크리스마스가 왔다.

그런데 연연(年年)이 가족끼리만 크리스마스를 지내던 이 집에서는 올[해]에는 루스터가 있기 때문에 정성[90]스러웠다. 그때 그 눈치를 안 루스터는 곧 여행을 떠난다고 했다. 그리하여 그 집에선 즐겨 길을 떠나게 했다. 그러나 친구인 선량하고 친절한 이 집 주인은 사람 좋은 루스터를 내어쫓는 게 마음에 좋지 않아서 퍽 우울하였었다. 그런데 루스터는 중도에 눈에 파묻혀 촌사람들의 구조로 다시 음악가의 집으로 떠메어오게 되었다.

결국 루스터도 크리스마스에 참가하게 되었다. 그런데 그때부터 주인은 물론이요 그의 처도 루스터가 선량한 인물인 것에 감동되어서 그를 무자비하게 축출한 것을 후회했다. 그리하여 어린아이들의 음악교사로 영영(永永)히 두게 되었다. 그리하여 금년 크리스마스는 예년보다도 더욱 유쾌한 크리스마스가 된 것이다.

좀 동화 같은 경향은 있으나 라게를뢰프의 작품의 물성(物性)이 다, 요컨대 모든 사람의 마음을 온화하게 결계(結繫)하는 '보이지 않는 탁소(鐸銷)' 그 속에 통해 있는 것이다.

---

88 원문에는 「루스텔」에서는'으로 되어 있으나 문맥으로 보자면 이 문장의 주어에 해당하므로 주어로 수정하였다.
89 원문에는 '모하맛스나'로 되어 있다. 문맥에 맞게 수정했다.
90 정성 : 문맥에 비추어 보면, '걱정'의 오식이 아닌가 한다.

C-기(其) 2

C의 제2부로서 들 것으로 특히 흥미 깊은 것은 화란의 작가 루이 쿠페라스Louis Couperus[91]의 「왕위Majesty」에 나타난 사회주의자 산치다.

그는 본래 어떤 왕국의 화족華族이고 중신重臣이었었던 그로, 한번 사회주의 논의의 세례를 받은 후, 즉시 그는 선조로부터 세전世傳된 제수祭需를 헌신짝같이 벗어던지고 한 사람의 농부로서 궁정을 나와 버리었다.

그러한 한 평민으로서 또는 사회주의의 충실한 사도使徒로서 새로운 이상을 백성에게 선전하는 것이었다.

그는 국내를 순회하고 돌아온 황태자 오토마[92] 앞에서 당당히 조그마한 주저와 겁나怯懦가 없게 말한다.

"전하! 도회는 부패하였습니다. 시골의 생활, 그것이야말로 참 성화(聖化)된 것입니다. 여기는 그들이 서식합니다. 저는 저 — 쪽에 넓은 경지와 목장 모두를 백성과 나눠 가졌습니다. 저는 그들을 위하여 가구를 팔아 가축을 사주었습니다."

"그러면 군은 백성을 이끌고 행동하려는가?" 하고 황태자가 물을 제

"무엇입니까, 백성을 끈다는 그런 말이 어디 있습니까. 그들은 그들 자신의 백성입니다.

그들의 이외에 다른 누구의 소속도 아닙니다. 그들은 그들 자신을 위하여 모 — 두 노동합니다. 저도 그들과 조금도 다름이 없는 한 개의 농민에 불과[한] 것입니다.

---

[91] 1863~1923. 네덜란드 소설가.
[92] 원문에는 '옷도마'로 표기되어 있다.

요컨대 우리들의 모두가 같은 평등이니깐요."

산치는 어이없는 듯이 대답한다.

이 「왕위」는 사회주의의 사도인 산치의 딸과 황태자와의 연애를 중심으로 한 왕위의 전통과 시대의 고민이 한데가 어우러져 있는 흥미 깊은 작품이다.

그리고 또 하나 들 것은 보헤미아 현대의 여성 작가 카모리네 페리시아다.

여기에서 보헤미아의 민중이 오스트리아의 전제專制에서 독립을 하려고 농민 사이에 한 종교 단체가 생긴다. 이것을 지도하는 것은 귀족의 딸로 아름다운 마리아 페리아이다. 또 한 사람은 페리시아의 별저別邸의 문지기[93] 아들인 한 청년이다.

오스트리아의 조셉 2세는 황태자 적엔 보헤미아 그타他에 대한 동정과 데모크라시에 친하였었으나, 한번 황제가 된 후로는 오스트리아의 보헤미아를 병합하려고 한다. 이것은 페리시아가 곧 간파하고 자작의 무남독녀인 그로서 당연히 차지하는[94] 많은 영지나 별장이나 자작의 영예나 모두를 있는대로 내어던지고 문지기 아들인 청년과 결혼하였다. 그리하여 단순한 무산계급자의 처로서 백성들의 자유의 코스를 위하여 분투한다는 것이다.

---

[93] 문지기 : 원문에는 '門直이'로 되어 있다.
[94] 원문에는 '차지하고'로 되어 있으나 문맥에 맞게 수정했다.

C-기(其) 3

C의 제3부에서는 독일의 게르하르트 하우프트만Gerhart Hauptmann[95]
의 「크리스트의 우자愚者 The Fool in Christ」나, 아르치바셰프의 「이반 란
데」를 잊을 수가 없다.

「기독교의 우자」에서나 그의 희곡 「기공機工」에서나 그의 고향인
순박한 실레지아가 다 두 군데의 주인공의 무대가 되어서 전개가 된
다. 그의 「기공」에 나타난 기공 동내洞內의 비참한 생활이 이 전자에
서도 주인공의 심리에 깊이 파 들어가 있었다.

이 향토에서 극도로 가난한 집에 생장生長한 에마누엘 퀸트는 소년
시대부터 그리스도의 복음을 설교하려고 하는 열정으로 마음을 불태
우고 있었다.

곧 제자들이 버썩 늘었다. 그것은 이렇게 모두가 빈한한 고생으로
지내는 지방같이 신의 사랑에 동경을 두기에 편리한 지방은 또 다시
없었기 때문에 ―. 차차로 종교적 마니아가 그의 전 인격을 만들기
시작하고 있었다.

그리하여 그는 신의 소리로 말미암아 이 끝이 없는 고뇌에 잠긴
세상을 구할 결심을 단단히 정했다.

박해가 가하면 가할수록 그의 신념과 제자의 수는 늘어가는 것이
었다.

그리하여 결국 입옥入獄 중에 퀸트가 법열 속에서 크리스트의 임종
을 본 후로부터 그 자신이 크리스트라고까지[96] 확신하게 되었다.

---

[95] 원문에는 '「셀할트, 하프트안」'이라 되어 있다. Gerhart Hauptmann, 1862~1946. 독일
작가.
[96] 크리스트라고까지 : 원문에는 '「크리스라」까지'로 되어 있으나 문맥에 맞게 수정했다.

그의 말하는 바를 들으면 데모크라시크한 사회 평등을 기초로 한 무사無私의 애愛의 교지敎旨인 동시에 원시 기독교에로의 환원을 강조하는 순진한 마음의 소리와 같았다. 박해가 도처에서 일어났다.

다수多數는 그로 하여금 광신자라고 욕을 한다. 그러나 거기에는 합리적으로 그의 소위 신의 교지를 부정하는 사람들이었다.

"과거 수천년 동안 신을[97] 찾았었다. 그러나 신은 못 찾았다. 또는 찾았구나 하자 어떤 때를 물론하고 나는 단언한다. 신은 찾을 만한 가치를 갖지 않았다고 아마도 수천년 수백년 동안은 퍽 많이 생각했을 것이다. 그런데 아직도 이 사회평등의 문제는 손톱 만치도 해결이 안 되고 있지 않은가. 그리고 만일 신이 거기에 흥미를 안 가졌다면 더욱 신은 우리에게 하등의 가치가 있는 것인가 —"라고[98] 크로스키가 냉소할 제, 어떤 목사가 힘이 잔뜩 머금은 주먹으로 탁자를 치며,

"운명이 인간에게 떨어진다.

나는 탁자를 칠 수가 있다. 그러나 운명이 사람을 칠 수는 없다. 신은 그 힘을 운명에게 주지를 않는 것이다. 신은 사람에게 자유의지를 주었다. 그는 선행에 보수를 주고 악행엔 형벌로써 갚았다. 신과 사람으로 해서 그대의 책임을 떠맡을[99] 것은 운명이 아니다. 책임을 질 것은 오로지 사람이다"라고 그는 어디까지든지 통틀어[100] 신의 의지를 부인한다. 하우프트만은 그 엄숙한 현실주의적[101] 관안觀眼을 가지고 하등의 심판을 내리지 않고 이 새로운 [102]크리스트의 행로를 그

---

97 원문에는 '神은'으로 되어 있으나 문맥에 맞게 바로잡는다.
98 라고 : 원문에는 '과'로 되어 있으나 문맥에 맞게 수정했다.
99 원문에는 '씌일'로 되어 있으나 문맥에 맞게 수정했다.
100 원문에는 '퀜틀어'로 되어 있으나 문맥에 맞게 바로잡는다.
101 현실주의적 : 원문에는 '規實主義的'으로 되어 있으나 '規'는 '現'의 오식일 것이다.
102 원문에는 이 사이에 '쓰'자가 삽입되어 있다.

저 객관적으로 바라보고 있었다.

오랫동안 행방불명이 되었던 퀸트는 사체死體가 되어서 스위스의 국경의 깊은 빙설층氷雪層에 가 매몰된 것이 발견되었다. 아마도 행사行死일 것이다.

그리고 그의 포켓 속에서는 일편一片의 종이가 나타났다.

씌어 있는 글자는 겨우 읽을 수 있을 만치 '천국의 비밀'. 누구나 이 의미는 몰랐다.

퀸트는 오사悟死를 한 것이냐, 그렇지도 않으면 아직까지도 의심을 하다가 죽었느냐 하는[103] 것은 결국 무엇을 의미할까. '천국의 비밀?'

작가는 여기서 붓을 놓았다. 고뇌의 근원은 물질이냐 영혼이냐, 물질 개조냐 심적 개조냐.

작가는 「기공」에서 같은 의심을 거듭하고 있었다.

현대야말로 작가가 회의의 구름을 헤치고 나올 시기가 아닐까—.

아르치바셰프의 「이반 란데」는 퀸트와 같이 성순聖純하고 경건敬虔[104]하고 갖은[105] 인욕忍辱의 마음이 서리고 있는 성자이었으나, 그렇다고 퀸트와 같은 강한 열광을 가진 종교인은 아니었다.

란데에서는 오직 크리스트에 오히려 더 많은 인도정신과 번뇌의 구세혼救世魂을 발견하고 인인애隣人愛[106]의 권화權化를 찾아낸다.[107]

---

103 원문에는 '하그'로 되어 있으나 문맥에 맞게 바로잡는다.
104 경건 : 원문에는 '敬度'로 되어 있으나 '度'는 '虔'의 오식일 것이다.
105 갖은 : 원문에는 '가흔'으로 되어 있으나 문맥에 맞게 수정했다.
106 인인애 : 원문에는 '憐人愛'로 되어 있으나 '憐'은 '隣'의 오자일 것이다.
107 더 이상 『조선일보』에 같은 글의 연재분이 보이지 않는다. 여기서 연재가 중단된 듯하다.

자본주의 사회에 재(在)한 문학운동의 전개 경향

1

　문학운동뿐이 아니라 기타 일반 예술운동 그것은 그 주위 환경을 구성한 제諸 사회현상과 그 진화 상태와 아울러 병행할 것이며, 또한 그 시대의식과 시대감각을 떠나서는 존립할 수가 없는 것이다.

　그러므로 현대와 같은 시대의 사회, 즉 자본주의 문명이 완벽 절정에 달한 문화의 숙란기熟爛期라고도 칭호할 만한 시대에 있어서 그 문화에 반발적인 문학운동은 그 시대를 관류貫流하고 있는 반동적 사조의 인도를 받으면서 기성문화와의 투쟁, 그 파괴에 종사할 것이다. 그리고 또한 그 운동의 진전 도상에 있어서는 그 환경 사회의 변동과 아울

● 『조선일보』, 1927.3.30~4.2.

러 운동 자체에도 본질적 변화가 생기生起할 것도 사실이다.

그리하여 이 숙란기에 달한 자본주의 문명사회의 문화조직의 일체는[1] 말할 것도 없이 자본주의 문화 자체의 옹호를 위하여 성립되어 있고 현재까지도 그 근본 의의를 떠남이 없이 활동을 계속하고 온 것도 사실이다.

그러나 이 완벽 절정을 구가하는 자본주의 문명사회를 구성한 주요 성분은 자본주의 자체는 결코 아니었다. 즉 그것은 이 자본계급의 사회를 위하여 직접 혹은 간접으로 그 생장을 조성助成할 뿐 아니라 그 근본 정력을 함양 부여한 생산계급의 존재 그것이던 것이다.

그러므로 이 완벽의 숙란한 문화 자체란 그것이 결국은 부분적 국한적 문화 즉 계급적 문화이었던 것도 미면未免의 사실이었다. 그러나 계급의 문화라는 것은 타계급의 생활 그것과는 본질적으로 하등의 공통성의 구현을 볼 수 없는 것은 물론이며, 소비계급인 자본주의문명 전당 속에는 생산자계급인 무산계급은 들어가 볼 생각도 못 가졌던 것이다. 그러므로 무산 생산군生産群은 그 문화라는 것을 향락할 일조一條의 권리조차 못 가졌던 것이다.

그러므로 문화를 향락하고 문명을 이용하는, 즉 모든 문명적 은혜를 받는 계급이란 경제적으로든지 정치적으로든지 우수적인 계급에게만 국한이 되게 되었다.

따라서 경제적으로든지 기타 일반적으로 무세력無勢力한 계급인 생산 무산자군은 모든 문명적 편의와 이권利權에서 격리되었으며, 그 항내巷內에서 제외되고 만 것이다.

그러나 일면 자본 부유계급은 그 경제적 우수 조건하에서 모든 효

---

1 원문에는 '一切를'로 되어 있으나 바로잡는다.

과의 독점을 감행하고 있는 것이다. 그리하여 자본으로 하여금 이익을 성생成生케 하는 원동력인 노동은 피고용자 즉 무산자에게 지불하는 근소한 임은賃銀[2]을 제하고는 그들 자기는 전혀 노작勞作에 참가치 않았음에 불고不顧하고 거의 노동가치의 전적全的 효과만을 영득領得하게 되는 것이다.

그러므로 그들은 노력勞力을 허비하여 생산치 않으면서도 충분히 완전히 소비할 수가 있는 소위 무생산 소비, 순전한 소비자로서 존재해 있는 것이다. 즉 한산계급閑散階級을 형성하고 있게 되었다.

그러므로 위에 말한 모든 자본주의 사회의 문화만 그들 중심의 것이며 따라서 한산계급 이외의 생산 노동계급과는 인연이 멀게 되고 그 문화적 소통疏通 그것도 영구히 집단적으로 격리되고 만 것이다.

그리하여 노작勞作 생산계급인 무산군無産群은 언제까지라도 자본가고 지주인 그들을 위하여 생산할 뿐이며 효과라고는 전부 그들의 독점물로 돌려보내고 있게 되었다. 그리하여 문화 자체도 결국 한산閑散 그것의 소산이었던 것이 사실이다. 그러므로 그들의 사회의 소산인 예술, 더구나 문학, 기타 조형미술에 있어서도 모두가 한산 그것에 관련된 것은 물론이며 한산 그것의 쾌락적 보충을 위하여 형성된 것이었으므로, 생산 노작군勞作群은 그 문화 본질 내에도 하등의 열락적悅樂的 공통성 즉 예술 향락의 근본 소질을 발견할 수가 없었던 것이며, 또한 외부적으로도 그 문화행동 급及 이권利權 향유에 참가할 시간적 혹은 경제적 모든 여유를 그들의 교묘한 착취수단은 이 계급에게 허여치 않았을 뿐더러, 만일 그러한 기회가 있었다 해도 그들은 즉시[3] 생산 항내巷內에도 그 시간을 계상計上하였던 것이며, 모든

---

2 '임금(賃金)'의 당시 일본식 표현.
3 원문에는 '卽特'으로 되어 있으나 '卽時'의 오식일 것이다.

수법을 다하여 착취하기에 노력하였던 것이다.

그러므로 일체 문화는 자본가 자체의 옹호 문화이며 그들의 편의와 이익을 위하여[4] 이용적 존재가 되어 있게 되었다.

이러한 자본주의 극성極盛 문화 사회에 있어서 피압박 노작계급勞作階級의 문화운동이란 현실적으로 필연성을 가지고 생장하는 것이나, 이때까지의 강심强深한 근거를 가지고 있는 기성 문화의 지반을 흔들기가 곤란할 것은 물론이며 외부적으로 압박 그것이 더욱 강대한 것이다.

그러므로 이러한 기성 문화사회 내에서 한 개의 상이한 반발적 문화가 성립 생장하려면 그것은 곤란과 압박 그것이 아닐 수가 없는 것이다.

그러나 그 곤란과 압박 밑에서 그들의 운동은 결코 주저하고 침체치 않는다. 이미 이 운동의 촉진을 위하여 수많은 동지의 거룩한 피는[5] 그 빛나는 역사 위에 흘렀으며, 인간성의[6] 탈환인 그것을 위하여, 권리를 잃은 인간의 전부는 그들 자신의 권리 앞에[7] 각성하기 비롯하였으므로, 그들의 이 운동의 전도에 대한 아무렇든 조그만한 위구危懼의 염念을 둘 필요가 없는 것은 너무나 명백한 사실이다.

그러나 또 다시 운동 진행선 상의 주의를 고찰하게 되면, 운동 그것은 아직도 투쟁기 즉 혁명 전기前期에 있는 것이므로, 수다數多의 실험 문제를 자본주의 사회는 단말마적으로 야기하고 있는 것이다. 그러므로 운동의 효과도 이 투쟁을 알게 한 방법·계획, 다시 말하면

---

4 원문에는 '有하여'로 되어 있으나 오식일 것이다.
5 거룩한 피는: 원문에는 '거룩히되는'으로 되어 있으나 문맥에 맞게 바로잡았다.
6 원문에는 '人間性은'으로 되어 있다.
7 원문에는 '알혜'로 되어 있으나 문맥상 '앞에'가 적절해 보인다.

그 투쟁 국면의 전개 경향과 같이 결정되는 것이다.

그러므로 내가[8] 초초草하고 있는 이 소론小論이 한 과거의 노파심적 망론妄論이 되고 말 때가 있을 것이다. 즉 자본가 중심의 문화사회가 그 생명을 지속해가는 그때까지의 시기적 존재이며 이 방법론적 전책戰策도 한 시기적 현상에 그칠 것이다. 그리하여 이 소론도 현대의 사회 내에서 그 운동의 계단적階段的 책전策戰 방법이 되는 것이다. 그러나 이것은 무용한 한론閒論이 올 때는 있어도 결코 불필요한 것은 절대로 아니다. 그것은 과거란 미래의 모체인 까닭에 현대에 재在한 프로 계급의 투쟁 방책의 결정이란 미래 그것의[9] 결정이 되는 것이다.

요컨대 결국 이것은 맑스주의가 작作한 사회혁명, 즉 노작계급을 중심으로 한 문화사회의 건설을 전제로 한 과도기적 현상에 대한 과학적 관찰인 것이요, 그리하여 자본주의가 그 세력을 지지支持하고 있는 동안에 노동계급을 중심으로 한 문학운동을 해부하며 그 방법론적 연구로부터 목적의식적 귀결에 이르는 것이다.

2

말하건대 이 근본론根本論을 출발한 노작계급의 문학운동은 이때까지의 수다數多한 반발 행동으로부터 새로운 문화 건설의 진행 도상에 나선 것도 사실이다. 즉 지금 말하는 논지의 근거도 여기서 출발하는 것이다.

말할 것도 없이 이 위에 말한 것과 같이 노작계급의 문학운동은

---

8 원문에는 '나의'로 되어 있으나 현대식 주어 표기 방식으로 수정했다.
9 원문에는 '그것이'로 되어 있으나 문맥에 맞게 수정했다.

전면적으로 발생한 범汎무산계급 해방운동정치적 또는 경제적의 대두기와 함께 일어난 무산계급 자체의 문화운동의 일 분야임이 틀림없는 것이다.

그런데 현재의 자본주의사회의 문화란 것은 과연 얼마나 그 생명이 지속될 것일까? 그러나 그것은 그 전 봉건시대에 있어서 무사제도의 후락後落 또는 교권教權 전성시대의 문화를 붕괴시킨 자연의 법칙이 마치 물리학의 법칙이 하일하처何日何處를 물론하고 적용되듯이, 드디어 철옹성 같은 현대 자본주의 문화에도 실행되고 말 것이다. 즉 현대문화 붕괴의 조후兆候가 그 필연적 숙명을 가지고 도래하는 것이다. 그리고 거기에 단지 시기적 문제가 남았을 뿐이다.

그리하여 구문화舊文化와[10] 신문화新文化의 중간에 있던 낭만적 문화도 현재에 와서는 이미 당래當來할 신흥계급의 문화로 말미암아 몰락 도상에서 단말마적 현상을 정呈하고 있는 것이다.

그것은 문학상에 소위 신인도파新人道派, 일본의 신감각파 등의 변태적變態的 운동이 그 호적례好適例이다.

그리고 이 문화의 몰락 원인의 최대最大한 것은 이 문화가 인류의 대다수를 그 문화 항내巷內에서 제외한 까닭으로, 그 인간 이하에 즉 그 문화 항내에서 격리된 생활을 계속하고 있는 노동 무산계급이 의식적[으로] 그 문화 항내에 침입한 데서부터 비롯한 위험이고 교란이다.

그 후 개인성의 자각이[11] 점차 집단적 사회성의 자각이 된 데서 노작勞作계급의 사회운동 문화운동 내지 예술 문학운동이 출생한 것이다.

그런데 지금 이때까지의 막연한 의미하에서 그냥 노작계급이라고

---

10 원문에는 '舊文化가'로 되어 있지만 문맥에 맞게 바로잡았다.
11 원문에는 '自覺을'로 되어 있으나 문맥에 맞게 바로잡았다.

통칭해온 집단은 과연 어떠한 소성素性과 부류의 계급을 지칭함일까? 즉 일반 해방전선解放戰線에 선 피착취 노작계급의 본질적 분석인 내부 문제가 일어나는 것이다. 그리하여 이 계급 분석을 기초로 하여 가지고 비로소 과학적인 완전한 진영상의 조직과 그 방법론 본질 문제가 결정되는 것이다.

그런데 지금 여기서 말하는 것은 물론 체계적으로 맑스주의의 계급분석과 그 투쟁설을 배경으로 하여 그 노작군勞作群의 투쟁 전야戰野의 전개 상태를 의논할 것이나, 특히 말하고 있는 이유는 맑스주의에서 분석한 계급, 그 피착취계급이란 범주 내에서, 특히 도시 노작군만[큼] 주요한 성분과 주의를 비교적 덜 받던 농촌 노작계급의 부분적 추구推究로부터 관련적인 전면적 관구觀究로 옮기려는 게 이 소론에서 나의 취할 태도이다.

그러므로 이때까지 또는 미래에도 더욱 훤화喧譁 치열熾烈을 거듭할 도시 무산운동인 프로문학운동에 대하여 비교적 조홀粗忽히 지나갈 점도 있을 것이다. 여기서 전체적인 피착취 무산계급 속에서 도시 공장노동자와 같이 피착취적 지위에 있으며 같은 곤란과 압박을 체험하고 있는 농촌 노작군 즉 일반적으로 농민이란 부류의 집단, 이 계급의 문학이 도시 무산계급의 문학운동과 그 발전 도상에서 생기生起할 상호관계에 대한 추구推究, 그것이 이 자본주의 문명사회 내에서 진전하는 노작계급 문학운동 자체 내부의 문제라는 것이다.

일부의 논객 중에 또는 어떤 실제 운동에 당면한 인사人士에게서 나는 아직도 그분네들이 현대 도시 무산계급은 인류역사 상에서 최후 계급의 위치에 존재하리라는 관념을 가지고 있는 것을 왕왕往往히 본다.

그러나 이 사실은 분명히 그 정궤定軌를 떠나게 되고 말았다. 즉 위에 말한 최후의 계급이 되어 또한 하나의 집단을 발견하게 될 것이다.

맑스주의에서와 같이 사회혁명 시의 계급적 투쟁이 과거過去한 이후, 즉 프롤레타리아가 모든 권리를 다 잡고 지구를 독재하는 날에도, 아니 이 투쟁기도 아직 다 가기 전에 이 사회혁명 도상에 있어 이 규약은 파열破裂이 되었다는 것이다. 그리하여 사실은 점점 명확해가며 그것 때문에 무산계급은 진영상 다대多大한 고통을 감각케 되었다.

이것은 자본주의 사회가 붕괴된 이후의 사리事理 같으나 실제로 이것은 그 이전의 사실이다. 이것은 다른 문제가 아니라 농민 그것이다. 농촌에 산재한 노작계급인 것이다.

현실은 소비에트 노서아露西亞의 혁명이 지나간 이후에 전 무산계급 운동 선상에 일대 변동과 충격을 야기시킨 것이다.

즉 자본계급을 상대로 한 투쟁, 기성문화의 파괴 등의 외부적 행동 보다도, 그 자체 내부에 또는 장래의 문화 건설에[12] 최대한 지장을 생기生起케 할 내면적 문제가 존재한 것이다. 노서아의 볼셰비키는 완전히 그 혁명 도중 또는 경과 이후에 그것을 체험하였었다.

이 노서아의 혁명이 당면한 제諸 곤란한 문제 중에 농민 문제는 서구 제 국가의 경제적 봉쇄나 또는 극동에 재在한 복벽파復辟派의 행동과 군국주의 국가의 침략 등 무엇보다도 양으로나 질로나 강대하고 중요한 문제이었다. 여기서 공산주의는 전 정력을 농민정책에 집중한 것이었다.

전로全露 농촌의 전화電化 문제 같은 구체안, 또 소비에트 농장 같은 것을 도처에서 볼 수 있는 것 같은 것을 보아도, 볼셰비키가 얼마나

---

12 원문에는 '建設한'으로 되어 있으나 문맥에 맞게 수정했다.

농촌 급及 도시의 양 무산계급의 문제를 중대시하였던가를 규찰窺察할 수가 있다.

농민의 문제는 진실로 전 세계 무산계급의 공통한 문제이며 농촌 노작군勞作群의 동정動靜 여하는 전 노작계급 해방운동 선상에 치명적 영향을 초래하는 것이다.

연然이나 농촌의 무산계급의 성질은 오등吾等 맑스주의자가 얼른 생각하는[13] 것과 같이, 무산계급으로서의 조직과 그 계급의식의 발전이란 사실도 그 구성적 본질에 있어서 진전상태란 도시의 그것과는 대단한 상이가 있는 것이다.

그것은 도시와 농촌의 근본조직이 상이한 데서부터 오는 필연적 결과이다. 그러나 농촌에 있어서도 그 일반적 사태는 도시의 그것과 근본적[으로] 상이한 것은 발견할 수가 없는 것이다. 즉 농촌에 있어서도 자본주의 제도 파멸의 능동적 요소가 되는 무산계급의 증대와 투쟁의식의 발전이 생장되어 가는 것이 명확하다는 것이다. 그것은 도시의 공장 노동자가 자본가를 착취의 대상으로 소유하고 있고 또한 농촌 무산계급은 같은 부르주아인 지주를 그 투쟁의 대상으로 가지고 있는 거기서 대체적으로 문제는 명확하게 되는 것이다.

그러므로 지금엔 이 농촌에 재在한 무산계급의 계급구성의 장래는 여하히 이동될 것인가? 즉 모든 진전 도상의 방법론적 문제는 여기에서 출발점을 정할 것이다.

첫째로 농촌에 있어 소위 착취계급을 구성하는 것은 여하한 성질의 것일까? 그것은 먼저 지주 즉 농촌에 거주치도 않고 도시에 노동자의 대적적對敵的 지위에 있는 자본가와 같이 농촌 생산에는[14] 참여함

---

13 얼른 생각하는 : 원문에는 '생각얼는생각하는'으로 되어 있다.
14 농촌 생산에는 : 원문에는 '農村生命에는'으로 되어 있다.

이 없이 오직 소작료만을 수납하는 지주계급, 순純부르주아 그것이다. 그리고 다음에는 도시에 있어서는 오래 전에 몰락하기 시작하여 그 뒤 전부가 소멸되다시피 된 중간계급, 도시에 재在한 수공업자와 같은 자작농 혹은 겸兼 소작농이 농촌에선 아직도 그 세력이 상당하고 수량도 다수라고 이를 만한 깃이 농촌 무산계급운동 진영 내부에 생기는 지장도 되고 또한 전면적 문제도 되는 것이다. 그러나 이것도 과중히 볼 것은 아니다. 오직 그것은 특기적特期的 현상이라고 말하면 그다지 심한 유견謬見도 아닐 것이다. 그러므로 그것도 그 계급 내의 붕괴적 현상 즉 대자본을 배경으로 한 대규모의 농작 또는 과학적 기계 이용 농작 때문에 침범 등을 당할 것은 명백한 사실이므로, 농촌 무산계급운동 또는 전체[15] 계급 진영의 범위 내로 도입시킬 가능성이 장래엔 충분할 것이다.

그리고 다음에는 이상에 말한 농촌부르주아와 적대적 지위에 있는 [피]착취계급의 구성을 고찰하면, 먼저 농촌 피착취 구성요소 중의 제1위는 '품팔이꾼'이나 즉 피고용 농업노동자 계급이다. 이 계급은 도시의 자유노동자와 그 성질에 있어서 동일한 무산계급이다. 오직 그들의 하는 노동이 농업일 뿐이요, 그 임은賃銀 노동자된 그것은 조금도 다른 점이 없다.

그리고 다음으로 인제 소작농을 들[16] 것이다. 이것은 도시 공장 노동자의 한 변형적 발육이라고밖에 볼 수 없다. 그것은 도시에 한 공장 노동자 중 숙련공 더구나 공장주의 신임을 얻을 만한 직공과[17] 공장 간에 성립되는 장기계약과 성질이 거의 같은 것이다. 그러므로 지

---

15 원문에는 '全面體'라고 되어 있다. '面'자가 잘못 삽입된 것으로 보인다.
16 원문에는 '둔'으로 되어 있으나 문맥에 맞게 수정했다.
17 원문에는 '職工이'로 되어 있으나 문맥에 맞게 수정했다.

주는 농촌이란 자기 공작장工作場의 장기계약 직공인 소작인이 자기의 의사에 합습치 않는 때는 계약 파기를 선고하는 것이다.

그러나 이 농촌의 실직失職 문제란 도회 노동자의 실직 그것보다 더욱 그 영향과 곤란이 많다. 그것은 도시는 면적이 좁은 안에 다종류多種類의 공장이 있는 편의어떤 의미의가 있으나 농촌에는 그것이 없다.

그리고 농촌 소작인의 토지에 대한 애착적 관념과 도시 노동자의 공장에 대한 관념과는 전연히 상반相反하는 까닭에 농민의 투쟁의식은 도시의 그것보다 이상 더 치열해야 할 것이다.

그러므로 그들이 아무리 비교적 자유로 노동에 종사한다 하더라도 그 규모는 과소過小하고, 더구나 타인을 고용할 능력이라고는 전무全無할뿐더러 그 자신도 일종 임은노동에 종사하는 것이므로, 실질적으로 순무산계급임이 틀림없다. 그러므로 소작농 그것도 무산계급의 범주를 벗어나지 못하는 것이다.

3

연然이나 근일近日에 분명히 나는 우리 조선의 농민문학이 이 범주를 벗어나려는 경향이 현저한 것을 목격하고 있다. 즉 맑스주의자 일반 무산계급 문학운동의 진영과 농민문학 운동의 분리를 획책劃策하려는 경향이란 말이다.

그러나 나는 그 편견적 불구不具 문예론자에게 묻고자 한다. 어찌하여 군君 등은 농촌의 계급 구성과 지주와 농민의 대립적 관계라는 것을 못 보는가 말이다. 아마도 그것은 인식치 않는 게 아니다. 인식부족 그것일 것이다.

지금의 농촌은 맑스주의 소관所觀 그것과 같이 농촌 무산계급의 조직과 계급의식은 점차로 발전되어가는 것은 명백한 사실이다.

즉 그들은 소작인조합의 단결로써 지주계급과 집단적으로 항쟁적 대립 상태를 호지互持하고 있으며, 지주 대자작농 등이 도회의 그것과 같이 농촌 착취계급으로서 술상述上한 무산계급과 대치적 존재를 계속하고 있는 것이다.

그리하여 무산계급 해방운동의 운명 최후의 열쇠를 파악하고 있는 농민운동은 도시 무산노동자의 운동 그것과 함께 계급투쟁의 이대=大 사태로서 지구상의 전부를 통하여 발전하고 있다. 이 의미에 있어 맑스주의의 무산계급의 조직과 계급의식의 발전이란 농촌에도 역시[18] 실현되어가고 있는 것이다.

여기에서 친애하는 조선의 농민문학 제군아. 어디서든지 귀중한 감능신경感能神經을 발췌拔萃해버리고 온 것이 분명하다.

만일 그렇지도 않으면 제군의 이론은 현실 파악의 인식 부족이다. 근본적 착오를 둔 유견적謬見的 이론이다. 분명히 군 등은 농촌의 현실을 붙잡지 못한 것이며, 그렇다고 한다면 맹목적이나 국부적 파악일 것이다. 말할 여지도 없거니와 나는 여기서 또 문학이나 예술 더구나 일체 문화는 현실을 떠나서는 가공적架空的으로 존재할 수 없다는, 아동주졸兒童走卒도 알 만한 말을 부득이 거듭하게 된다.

요컨대 군 등은 개념적인 방법론의 도상에서 방황하고 있는 현대의 돈키호테인 것이다.

여기에서 가장 긴요한 말은 자본주의 문화사회에 재在한 일반적 문학운동은 사회운동 그것이 도시 급及 농촌 양 무산계급의 제휴, 즉

---

18 농촌에도 역시 : 원문에는 '農村亦에도是'로 글자 순서가 뒤바뀌어 조판되어 있다.

공동전선을 취할 필요를 절대로 느끼고, 중간계급을 동지로 유도하는 그것과 같이 현재 무산계급의 문학의 일체도 거기서 출발을 해야 할 것이다. 그리하여 농민문학론자인 여러 동지에게도 현실 파악에 재^在한 인식의 철저를 말하는 것이다. 요컨대 유견^{謬見}의 대부분 경향의 출처는 양 무산계급의 종극^{終極} 목적을 전망치 못하는 데 원인한 것이다.

그리고 여기서 특히 말해둘 것은 일본 무로부시 코신^{室伏高信} 일파가[19] 제창하는, 도시는 농촌을 착취한다는 이론을 지지하고 있는 일부 경향에 대하여 다시금 논할 필요가 있다.

요컨대 이 도시가 착취적 지위에 있다, 즉 프롤레타리아는 농민을 착취한다는 이 이론의 근본 논점은 첫째로 과학 문명의 농촌 침윤일 것이다. 그리고 다음에 또 하나는 도시 노동자는 농산품의[20] 소비자이다, 즉 도시 노동자는 농산물의 생산자인 농민과 그 소비자된 지위에서 대치적 관계에 있다는 것이다.[21]

---

[19] 원문에는 '一派의'로 되어 있다. 현대식 주어 표기로 수정하였다.
[20] 원문에는 농산품의 '産'자가 앞 행에 잘못 끼어들어가 있다.
[21] 이 글은 여기에서 연재가 중단된 듯하다. 이후 일자 신문에 연재분이 발견되지 않는다.

분화와 전개 *

목적의식 문예론에 서론적 도입

1

분열은 혼돈이요 비질서적이며, 근본 능력의 다기화多岐化[1] ― 즉 세력의 분열은 양적 축소와 질적 감소를 의미함이 아닌가.

그러나 그것은 동적이요 진화적이다. 그러므로 분화기分化期 이후에 전개될 대타적對他的 전야戰野에 있어서 일층 더 엄격한 조직화의 전제적 행동인 것이다.

그러므로 그것은 잡거적雜居的이고 비결정적非結晶的인 불완전한 혼합체의 화학적 분석을 뜻하는 것이다.

따라서 그것은 일시적 혼돈이고 역사과정의 필연적 현상이며 장래

● 『조선일보』, 1927.5.16~21.
1 원문에는 '多技化'라 되어 있다.

將來할 진의의眞意義의 정연한 질서를 준비하는 기초 행위이다.

그리고 그것은 또한 비진화적이고 비조직적이며 저능적低能的이던 세력의, 또는 장해적인 소小 저항력의 제거를 보아, 과학적이며 기계적인 세력의 그 질적 역량 증대를 의미하는 것이다.

따라서 분화작용은 어떠한 조직체의 양적에서 질적으로의 진화를 의미하는 현상이란 것이다.

그리하여 이것은 인류의 문화사적 과정에서나 또한 전반적 역사상에서, 혹은 타동적他動的으로 혹은 능동적으로 그 문화조직 자체 내에, 또는 기타 전통적인 사상체계의 전기轉機, 또한 사회조직의 전체적 변혁기를 전제로 한 시대에, 그 조직 내부에 규모의 대소大小나 범주가 국부적이고 전면적인 여하를 물론하고 반드시 생기生起한 사적史的 필연의 진화 현상이었다.

이상의 간단한 분화작용에 대한 해설은 지금 나의 논의코자 하는 인류의 문화 수립 과정에 있어서, 그 발흥기인 맹아시대와 운동 진행 도상에 즉 제2기적 시대에서, 그 문화의 본질과 병행되는 유물적 방법론상의 과학적 건설 방침이란 시기에 도달했을 때에 생기生起하는 각 당파黨派의 분열 ― 환언換言하면 상술한 그 진영 자체 내부의 분화 작용이란 것을 개념적으로[2] 말한 데 불과한 것이다.

그러므로 소위 그 분화기를 경과한 운동의 성질이란 지금 말하는 바의 목적의식적 운동이며, 그 진영의 상부구조 내지 전부적 구성분자란 것은, 관념적이요 자연발생기의 그것에 비하여 단일적이요, 어떤 의미하에선 극단적인 것이요, 여하간 맹아기의 조직과는 다대한 상위相違를 포함코 있는 것이 사실이다.

---

2 원문에는 '根念的으로'로 되어 있으나 '根'은 '槪'의 오식일 것이다.

즉 이것을 변증적으로 설명하는 그것이 유물론적 역사 해석 그것이다.

이상에 말한 것은 지금부터 내가 의논코자 하는 현재 우리 조선의 무산계급 문예운동의 역사적 과정에 있어서 현재의 시기적 검토를 행하려는 그것의 전제적 태도 표명에 불과한 것을 말한 것이다.

2

무산계급의 문예운동 더구나 전반적인 문화운동은 그 근본적 기초를 단순한 이미[3] 상실된 생존권의 요구로부터 일어나는 본능적인 반항의식에서 출발한 것이 사실이다.

즉 최초에 개인적인 성격의 개적個的 반역 그것에서 사상 감정의 유사적類似的 경향을 가진 각 개체의 집합적 반역이 되는 때로서부터 우리 운동 즉 일체의 반항적이고 항쟁적인, 기성 사회 급及 문화 조직에 대한 반발운동의 맹아는 출발된 것이다.

이 가장 유치하고 단순한 모든 근대의 소위 일체 반항운동의 기점基點은 이 개인주의적 불평가不平家 등이 사회적 강제에 대하여 전혀 고독한 반항을 해나갈 수가 없는 데서 모인 편의적 집합, 또는 그 불가능을 감지하고 그들 자신이 한 소사회小社會를 형성한 것으로서 주위의 대사회大社會와 대항을 지속하려는 극히 비과학적이고 단순한[4] 정신주의적 결합 등, 그것이 모든 당파의 혁명운동의 최초 집합된 유일한 원인이다.

---

3 원문에는 '임에'라 표기되어 있다.
4 원문에는 '純畢한'이라 되어 있으나 글자 순서를 바로잡았다.

그리하여 이 소사회의 결합은 최초에는 대단히 미미한 것이었으나, 투쟁 상태의 유리화有利化, 대상 계급의 사적史的 붕괴에 제際하여, 그들의 세력은 점차로 소위 기성적인 대사회의 혁명을 가능케 할 정도에 먼저 그 세력이 증대된 때, 그들의 운동은 역사적 진화와 진보 도상에 대역大役을 연출할 신조직의 맹아이던 종말기에 임하게 되었다. 즉 반항계급의 역사적 제1기를 종료하고 갱更히 조직적이고 적극적인 신전개에 대한 준비를 필요케 된 것이다.

이것이 근대를 관류貫流하고 풍미하던 일체의 기성 사회에 대한 반항운동과 내지 파괴 행동의 전면적 역사이었다.

이 진영 내에는 개인주의적인 무정부주의자도 있었으며, 절망적이고 질식적인 허무주의자도 있었으나, 개인주의적인[5] 이들은 그 주요 구조가 되어 있으면서도 외부적 행동은 오직 반항의식적인 투쟁 형태를 지지해왔을 뿐이었다.

즉 이것은 각 당파가 그 근본 이론의 확립을 주장하고 거기에 기순基順한 행동을 취할 여유가 없이 주위 사정의 억압이[6] 우심하였을 소위 대중운동의 자연발생적 시기에 공동전선 내에서 기성 조직의 파괴와 반항만을 성사成事하던 유일한 조건이었다.

지금 말하고자 하는 우리 무산계급 문예운동도 역시 이 역사적 단계를 밟아온 것이다. 즉 자연발생기에 재在한 무산계급의 문예운동 혹은 예술운동은 그 사회의 사적史的 진화과정 그것과 같이 초기에는 일체의 반항의식을 가진 각파各派의 운동자가 자연적으로 결합케 된 것이었다.

---

5 원문에는 '非個人主義的인'으로 되어 있으나 '非'자가 잘못 들어간 것으로 판단된다.
6 원문에는 '抑在'로 되어 있으나 오식으로 보아 바로잡고, 주격 조사 '이'를 부가하였다. '在'는 '壓'의 약자 '圧'의 오자일 것이다.

공동전선 그것은 자연[生]장기의 우리들이 지지해 내려오던 유일의 책전策戰이었다.

그것은 상술上述한 그것과 같이 사회운동의 초기에서 아나키스트나 생디칼리스트가 그 감상적感想的 공동전선의 미명하에서 각자의 운동을 진행시키고 있던 그것과 같이, '맑스주의자'의 문예운동의 진영 내에도 초기적인 일체 현실의 반역과 또는 현실의 부정으로부터 출발하였던 성질상, 같은 부정주의자이고 반항군反抗群인, 그 신경병적 허무감에 함입陷入한 니힐리스트, 광적이고 절망적인 '다다', 기타의 매너리즘의⁷ 파괴를 일삼고 가공적架空的 혹은 동적 묘사의 강조를 주장하는 미래파, 게르만 종족 특유의 음참陰惨한 기분 표현과 기괴奇怪로서 일체 기성 예술의 매너리즘 파괴를 주장하는 표현파 등 일체의 근대 특유한 소산인 반항군反抗群의 자연 결합으로서, '파괴에로! 파괴에로!' 그 전책戰策을 세워 투쟁한 것은 사실이었으며, 또한 얼마쯤은 효과적이었다.

그것은 상술한 사회운동의 진화과정 그것과 동일한 의미로 해석할 수 있으며 또한 변증辯證하기도 용이한 것이다.

즉 여기에 대하여는 하등의 의구疑懼를 들일 여지의 소호少毫도 없다는 것이다. 누누이 말할⁸ 것도 없이 아등我等의 운동이 아직도 비조직적이었으며, 단순히 막연한 반항의식의 지배하에서 진행하였던 고로, 동성同性의 반항의식을 파지把持하고 있던 부류의 집단은 비과학적인 감상적感想的 공동전선을 지지하고 있었던 것이었다.

---

7 원문에는 '다다'는 '짜니', '매너리즘'은 '아네리슴'으로 표기되어 있다. '아네리슴'은 '만네리슴'의 오식일 것이다.
8 원문에는 '말한'으로 되어 있으나 수정하였다.

3

　연然이나 반항의식은 결코 계급의식이 아니다. 잡거적雜居的이며 혼합적이던 과거의 자연발생기에서도 나는 맑스주의를[9] 지지하고 주장해나가는 계급예술론과 기타 반항적인 비사회주의적 제諸 운동과를 분류한다.

　첫째로 반항의식이란 그것은 중언重言을 요할 것 없이 강권적인 어떠한 세력에 대한, 피억압적 지위에 재在한 부군部群의 대항적 투쟁의식을 의미하는 것이다.

　그러므로 이것은 계급적인 경우뿐 아니라 상고上古로부터도 한 국가 내에서 비민중적인 군주나 정치자에 대한 인민의 저항권이란 것을 역사법학歷史法學으로 주장해 내려왔었다.

　고로 한 국가 내부에 또는 한 지방에 국한된 정치적[10] 운동을 야기하는 것은 반동 행위이며 법학적 저항권을 주장하는 인민의 반항의식적 행동인 것이다. 따라서 반항의식 그것을[11] 최초로 심리상에 잉태케 하는 것은, 주위 사정의 물질 혹은 정신적이것은 퍽 여유가 있는 비근대적인 것 압박이 심하여 도저히 한 집단이나 개인이 그 국가의 법률이 허락하는 범위 내에 자유의 일체와 또는 정당히 소유할 권리가 있는 물질 혹은 특권의 침해를 인내키 불능한 경지에까지 도달할 때에 필요적으로 심리 내부에 생기生起하는 감정 작용 그것이다.

　그러므로 일반적인 단순한 의미에 있어 계급의식, 그것도 자본가 계급에 대한 감정 작용의 연장인 것에 불과할 것이다.

9　원문에는 '「맑스」主義者의'로 되어 있으나 문맥에 맞게 수정하였다.
10　원문에는 '政治者的'으로 되어 있으나 '者'자가 불필요하게 삽입된 것으로 보인다.
11　원문에는 '그것의'로 되어 있으나 문맥에 맞게 바로잡는다.

이미 그것은 몇 세기 내에 수다數多한 학자의 머리를 통하여 세련 된 결과, 지금은 과학적이고 문화적인 경지에까지 발달을 수邃케 되었다.

즉 무산계급의 계급의식이란 전全 무산계급이 소지하고 있는 의식, 또 가져야 할 의식을 뜻한 섯은 명확한 사실이나, 반항의식 그것에 있어서는 이 계급적인 선계線界가 불분명할 뿐이 아니라 이론상 성립 할 수가 없는 상태에 있다.

그러므로 사회주의자는 반드시 부르주아의 계급의식, 소시민성적 계급의식 또는 아등我等의 계급의식 등을 과학적으로 명확히 한정하 여 쓰는 것이다.

따라서 무산계급의 문학이란 프롤레타리아의 계급의식을 내용으 로 한 예술일 것이요, 그러므로 만일 계급의식이 맹목적 파괴감이나 반항의식 뿐이라면 우리도 여기서와 같은 장황한 논설을 행할 필요 가 없을 것이다.

연然이나 정치적으로나 예술적으로나 과학적이고 조직화한 무산계 급운동에 제일의적第一義的인 진효과眞效果의 기초를 형성하기에 능能치 못한 자연발생적 반항의식의 문예, 그것은 엄밀한 의미에서의 완전 한 무산계급의 예술이 되기에는 너무나 많은 조잡성을 가졌다는 것 은 상술한 것과 여如하거니와, 그것도 과도기적 존재로는 철저한 의 의를 소지하고 있다는 것도 또한 망각할 수 없는 중대한 역사적 사실 이란 것이다.

그러므로 소위 이 단일 공동전선이란 것도 그 자연발생적[12] 시기 내에서는 어느 정도까지에 필요한 전책戰策이 된다고 인정할 바이다.

---

12 자연발생적 : 원문에는 '自然發作的'으로 되어 있으나 오식일 것이다.

4[13]

그러나 의식적인 우리 무산계급 예술운동이 새로운 정신과 목표에 기초를 두고 출[발]하는 이상 과도기적이고 단순한 감정적인[14] 반항의 식으로써만은 과학적인 우리의 궁극 목표를 발견키는 너무나 무모한 일이다.

그러므로 각종 각양으로 생장 발전되는 반항의식은 결국 우리의 운동이 제2기층적第二期層的 투쟁을 전제로 한 때에는 반드시 우리의 투쟁 방법과 그에 대한 각 부문의 이론은 갱更히 과학적이고 유물론적인 계급의식의 명확한 분석 정리를 절대로 필요로 하는 것이다.

따라서 이 진영 자체의 반항전환에 제際하여 과거의 유기적有機的 연장성延長性이 풍부한 분위기 속에서 양출釀出된 범汎 비사회주의적 각 당파적 예술운동과는 단연斷然히 그 관계를 이절離切시킬 것이며, 따라서 공동전선 그것도 자연적으로 붕괴를 미면未免할 것이다.

그것은 문예부흥기 이후의 운동인 소위 그 인성주의人性主義의 영향이 근대까지에 이르러서, 그 총 인간관계의 원소화原素化를 고조高調하는 개인주의적 예술의 전성기의 연장인 개성적 해방을 사회 전체의 해방의 기초로[15] 만들려는 일체의 개인주의적 운동 그것을 의미하는 것이다.

---

13 여기서부터 1927년 5월 19일자 연재분인데, 이 날 연재분의 앞 부분에 삽입되어 있는 두 단락("그러면 이 幼稚한 畵壇을 如何히 하여야 올케 기를 수가 있을가~우리의 藝術은 무겁고 驚異的이며 戰鬪的이다")은 김용준, 「화단 개조(3회)」, 『조선일보』 같은 날 연재분의 일부분이 잘못 편집된 것이다.

14 출발하는 이상 과도기적이고 단순한 감정적인 : 원문에는 '過渡期的이고 單出하는 以上 純한 感情的인'으로 되어 있다. 여기서 '出하는 以上'이 '單'과 '純' 사이에 잘못 삽입된 것으로 보여 이렇게 수정하였다.

15 원문에는 '基礎를'로 되어 있으나 문맥에 맞게 바로잡는다.

따라서 사회 전체 즉 사회주의의 이론적 근거인 최대 다수인 무산계급 전체의 해방으로부터 개인 그것의 해방을 초래하려는 우리의 이상과 정반대적 경향을 가지었던 고로, 우리 운동의 이론화 또한 단순화를 필요로 하는 목적의식운동을 대^對하여는 분화 그것은 역사적 필연인 사실이란 것이다. 더욱이 우리가 현재에 있어서 목적의식적 진출을 필요로 하는 이유의 하나는, 조선 무산계급운동이 지금까지는 이론경제적인 사상투쟁의 형태를 지지해 내려오다가 한 획시기적인 사회주의적 정치투쟁의 전야^{戰野}로 방향전환을 필요로 하고, 또한 진출되어가는 이때에, 단독 예술운동만이 비실제적인 반항의식적인 자연성장기의 감몽^{甘夢} 속에서 안면^{安眠}할 수 없는 것이 그 중요한 동기요 직접 이유인 것이다.

그러므로 비명적^{悲鳴的}이요 반항적이던 과거의 예술운동으로부터 일전^{一轉}하여 세계를 개조하려는 열렬한 의지에 불타는 그 노동대중의 투쟁의식을 일층 더 유물적 분석과 그 기준을 사회적 계급 범주 집단의 활동 급^及 그 생활 전체의 형태에다가 공식적 적용을 할 만한 실질적 준비와 과학적 요소와를 가지고 장래^{將來}할 계급혁명에 대하여 그 신봉적^{信奉的} 이념과 의식을 부여하는 예술 그것의 창조로 우리의 예술운동을 진출시키려는 데는, 아등^{我等}은 목적의식적 문예론에 대한 서론적 도입을 역설하는 바이다.

그리하여 이 유의의^{有意義}한 제2기층^{第二期層}의 운동이 도래하기 직전에, 즉 목적의식 운동에로[16] 진출할 준비로서 또한 우리는 진영 내부에 그 자연발생적 형태를 보전하고 있는 운동선상의 정리로부터 결산^{決算}할 필요를 말한다.

---

16 원문에는 '運動에도'로 되어 있으나 바로잡았다.

그러나 이에 맑시스트가 분화 그것을 요구하고 착수하기 전에 진영의 도처에서 시시時時로는 반反맑스주의적 현상의 두각頭角이 노현露現되는 것을 보고 있다.

하나 그것은 오히려 아등我等이 착수할 사事이었고 또한 각오한 바이었으니, 하등의 위념危念을 둘 여지조차 거기는 없는 것이다.

이 반동 경향의 발로는 지금까지 우리 진영 내에 평온히 있던 제 반동분자의 알[卵]이 현대에 와서 외부 공기의 상태와 모체에서의 분열기임을 고찰하고 바야흐로 부화孵化된 현상에 불과한 것이다.

즉 우리가 제2기적 진출의 형태를 선명鮮明함에 이르러 맑스주의의 신장伸張한 무산계급운동의 미명하에서 생장하던 범 비사회주의적 분자가 공통성의 점차적 감소 또는 그 소부르주아적 의식으로 말미암아 이반離叛되어가는 그것이다.

그리고 지금까지 우리 운동의 한 병졸로 임하던 분자들까지도 아등의 진영 내에 맑스주의적 색채를 점점 강조함에는 반드시 불소不少한 이반자離叛者가 장래엔 있을 것이다. 그리고 그 반동적 색채를 완전히 노현시킬 그것은 오직 아래 시간의 문제가 잔재殘在했을 따름이다.

그러므로 장래에는 막연하던 무산계급 문예전선 내에서만도 무산계급의 전위적 감정, 용기, 방법론적인 투쟁 전야戰野의 전개 여하로, 재래在來는 소위 간담상조肝膽相照의 동지엄밀한 의미에 그들은 동지가 아니었다이던 중에서도 비과학적이고 개인주의적 경향을 내장한 분자의 반리운동反離運動이 속출할 것도 상상에 족한 바이다.

5

그리하여 소위 이 반동현상의 성질이란 먼저 말한 그것과 같이 오등吾等의 운동이 일층 진의의적眞意義的 맑시즘의 색채를 농후히 또는 적확히 하는 제2기층적 운동의 입문도구入門道口에서 생기生起하는 반反맑스주의 경향을 가진 일체의 반리反離현상 즉 일종의 해체작용을 지시하는 것이다.[17]

그런데 이 반맑스주의적 경향의 본질이란 대개 여하한 주의主義와 색채를 가진 부분이 제일 최초로 또는 가장 강렬한 반동 행위를 취하는 것이 될 것인가.

여기에는 내가[18] 말하기 전에 인용할 적례適例가 있다. 그것은 작년 말 이래로 격렬한 논쟁과 반박의 항巷으로 함입한[19] 일본의 문예전선 내부의 결렬 그것이다.[20] 그 이르는 바 제1기 시대 즉 3,4년 전 지진地震 직전에 왕성히 또는 맹렬한 기세를 가지고 무산계급의 문예운동이 대두하던 당시에 당當한 역량가力量家이고 투사이던 저명의 작가가 현재와서는 오히려 문예전선 일파의 코뮤니스트와 대치하게 된 것이다.

어떠한 작가는 농민문학의 변체적變體的 이론 등에서 또는 명확한 아나키즘의 기치하에서 그들의 반동적 방주傍註를 각자로 가지고 문

---

17 원문에는 '것일다'로 되어 있으나 수정했다.
18 원문에는 '나의'로 되어 있으나 현대적 표현으로 바로잡는다.
19 원문에는 '陷入할'로 되어 있으나 바로잡는다.
20 일본 프로문학운동의 중심단체였던 '일본프롤레타리아문예연맹'(1925년 12월 창립)은 1926년 11월 제2회 대회를 개최하여 맑스주의로의 방향전환, 아나키스트 등 이질적인 사상 경향과의 분리를 분명히 하면서 '일본프롤레타리아예술연맹'으로 재조직하였다. 아나키스트들은 이로부터 독립하여 1927년 5월 '일본무산파문예연맹'을 별도로 조직하며, '일본프롤레타리아예술연맹'도 곧바로 『문예전선』파와 반(反)『문예전선』파가 분열하여, 1927년 3월의 임시총회에서 후자가 주도권을 장악, 전자는 6월 '프로예'를 탈퇴하여 '노농예술가연맹'을 조직하게 된다.

전파文戰派[21]에 적대하게 되었다. 그리하여 작년 말 이래에 그 미증유의 대 논쟁을 연출케 한 것이다.

분열 그것은 불상사不祥事이나, 그러나 그것은 움직일 수 없는 사실이다. 따라서 그것을 부정할 수는 없다.

이 부정할 수 없는 현실은 필연적으로 다음과 같은 문제를 오등의 안전眼前에 전개시킬 것이다.

즉 분열 후의 양자 특히 무산계급의 진영에는 여하한 영향과 결과를 초래할 것이냐? 여기에 대하여는 먼저 의논을 시試한 바 있었지마는, 그 결과 즉 두 개의 운동이 다 무산계급운동의 전체로 자임하는 거기에서 반드시 어떠한 가치관계의 차위差違라든지 가부可否가 발로될 것인가는, 진행하는 제諸 현상이 웅변으로 말하는 것이다.

본론 초두에 말한 것과 같이 양자의 운동은 공히 부르주아 기성문화에 대한 반역의 표현으로서 어느 정도까지 영서상조靈犀相照하는 것이 있었던 것이다. 그 반항의식의 성질상 말이다. 또한 공동전선을 신장 지지할 가능성이 존재하였던 것이다.

그러나 이 일조一朝에 생기生起하는 공동전선의 붕괴와 반동 색채의 강현화强現化 거기에서는 일본 문단에서도 격렬한 논쟁과 검토가 성행한 바로, 일반의 견해는 나의 상술한 즉 목적의식적 도입에서 일어나는 그것으로 정해正解하는 것이다.

그리고 지금 오등의 진영에서 분열되어가는 반동분자의 귀추, 그 제1기에서 부르주아예술이 낙담落膽이라고 배격하던 예술지상주의와

---

21 『문예전선(文藝戰線)』파를 가리킨다. 『문예전선』은 당시 일본 프로문학운동의 중심적인 잡지. 앞의 주에도 나와 있듯이 일본프롤레타리아예술연맹의 분열에 따라 '노농예술가연맹'의 기관지가 되지만, 이 문맥에서는 분열 이전의 일본프롤레타리아예술연맹의 주도 세력, 곧 범 맑스주의파를 의미할 것이다.

의 결휴結携를 생生하는 것이다.

즉 여기에서 가장 귀족적 개인주의를 주장하는 아나키즘 문예론자의 귀로歸路가 명현明現하는 것이다.

이 극단의 개인주의자 슈티르너[22]의 『유일자唯一者와 그 소유』에 있는 '다다'[23]의 선견적先見的 개인론과 그 원시적 '폴텍쓰'의 혼을 요구하는 아나키즘의 문예는 필경 부르주아지의 조말적粗末的 악경향에 불과하는 것이다.

그리하여 전번 『조문朝文』 지상誌上에 나타났던 모군某君 이론[24] 같이 무산계급 문예전선에서 '아나'[25]의 부령部領을 할여割與하라는 허구적 방론放論까지 나게 된다.

하나 일본 문단의 현상은 반동 경향의 일체 중에서 가장 강한 것은 아나인 것이다. 그리고 반동과 분화에 대한 대부분의 토의가 아나를 상대로 하여 행한 것이다. 여기에서 나도 편의상 또는 현실에 감鑑한 편리로, 반동의 주류를 아나로 취급하는 것이다.

6

따라서 여기에 특히 아나에 대한 개별적 검토를 나는 필요로 하는 것이다. 즉 이 반反맑스주의적 경향의 대표라고도 과칭誇稱할 만한 아

---

[22] 원문에는 '스칠밀'로 되어 있으나, 독일의 철학자로서 개인주의적 무정부주의자의 대표적 사상가인 막스 슈티르너(Max Stirner)를 가리킬 것이다.
[23] '다다이즘' 내지 '다다이스트'의 줄임말.
[24] 『朝文』은 당시에 발간되던 『朝鮮文壇』이란 문예지를 가리킨다. 그리고 '모군 이론'은 아마 金華山의 「階級藝術論의 新展開」(『朝鮮文壇』, 1927.3)를 가리키는 듯하다.
[25] '아나키즘'의 줄임말.

나키스트가 계급예술론을 지지하고 무산계급의 진영 내에서 행동한다는 데 대하여 심오한 과학적 검토가 필요한 것이나, 불행히 나는 여기에서 개념적 소小 검토를 시試하는 데 불과하게 되었다.

여기에 공산주의에 기초를 둔 예술론에 대하여 무정부주의적 정신을 선명히 부조浮彫하여가지고 그 예술 급及 일반론을 수립하고자 하는 것이 소위 아나의 예술운동이다.

이 말기적末期的[26] 소부르주아의 최악의 경향인 아나는 오등吾等 이론과 얼마나한 범주에까지 교섭 우又는 충돌되는 것인가? 여기에 최초에 이 검토의 본질이 성립한다. 그리고 나도 이 범주 안에서만 말하고 그만두려는 것이다.

첫째 아나키즘 자체의 이론과 사회주의와의 관계가 하처何處에서 성립되고 혹은 파열되는 것인가? 위선爲先 그 궁극 목적을 향하는 방법론적 이론도 맑스주의는 그 유물사관이 설명하는 바와 같이 "인간의 의식이 인간의 존재를 결정하는 것이 아니라 도리어 이거와는 반대요, 인간의 사회적 존재가 인간의 의식을 결정한다."—맑스

그러나 아나키즘은 사회적 해방 혹은 자유의식은 개인의 전체에 각분적各分的 자유를 초래치 못한다. 그것은 사회가 개인을 지배하고 직재直裁하는 까닭이다. 따라서 이상理想의 사회라는 것은 각 자유인이 그 자유의식 아래서 자연적 결합 우又는 상합相合하는 데에서 비로소 실현이 된다.

즉 사회적 존재는 개인의 의식을 결정키 불능하다. 오직 개인의[27] 의식만이 사회적 전체의 의식 혹은[28] 그 존재를 형성한다는 것이다.

---

26 원문에는 '半期的'으로 되어 있으나 '半'은 '末'의 오식으로 보인다.
27 원문에는 '他人의'라 되어 있으나 문맥상 '개인의'가 올바르다. '他'는 '個'의 오자일 것이다.

어찌하여 아나키즘이 맑스주의와 상합할 것인가? 극단의 야성적^野^{性的} 개인을 주장하는 아나가 무산계급의 문예나 예술을 지배할 것인가? 좀 고전취^{古典臭}가 있는 예이나, 오등의 「공산당선언」은 "만국의 노동자여! 단결하라―" 하지 않았는가. 그러나 아나는 자유가 오기 전에 단결을 부정한다. 과연 피등^{彼等}의 문예 혹은 예술론이란 방법론이 무^無한 철학과 동일한 것이 되지 않을 수가 없다.

그리고 다음에는 그들이 과연 무산계급 운동자가 될 수가 있느냐는 문제이다.

생각건대 그들이 무산계급이라고 자임하는 유일한 이유는 그들의 세기말적 고민에서 오는 절망적 난폭과 억압에 대한 감정적 반항이고, 폭발적인 분노의 좌절과 함께 그는 절망을 느끼고, 그러면서도 사회적 혹은 대중적으로 그 자신을 투입시키기는 너무나 귀족적 기분이 과다한 데서, 그들 개인에 기초를 두면서 주위의 사정과 빈곤의 절망에서 그들은 대중에 최면을 걸기 위하여 무산계급으로 속히 분장^{扮裝}한 것이다.

그러나 그 전도^{前途}엔 모순이 중첩하고 이론 내부에는 수다^{數多}한 파탄이 잠재한 것을 어찌하겠는가.

그리하여 그들은 어디까지 비사회주의적이고 또는 반항의식적이고 비과학적인 것은 물론 또한 비이상주의적이다. 그러므로 아나키즘을 신봉하는 이상에 계급 운운할 자격이 없으며, 따라서 예술론을 지지한 후안^{厚顔}을 아등은 여^與치 않는다.

그들은 의논할 소호^{少毫}의 여지조차 없는 광적 개인주의자이요, 소부르주아의 변체적^{變體的} 자유 향락에 탐혹^{耽惑}[28]한 무리이면서도 무산계

---

28 원문에는 '感은'이라 되어 있으나 '感'은 '惑'의 오자일 것이다.

급의 해방전선의 일 부문을 분담하고 그 문화를 지지하겠다는 것은, 이렇게 귀족적이고 부르주아적인 이론가가 감히 취치 못할[29] 잠꼬대이다.

여하히 그들은 사회적 혁명기를 전제로 한 무산대중을 움직일 선전적 문화조직을 수행할 것인가?

그들은 사실로 가경可驚할 비과학적 음위陰萎 환각증에 걸리었으면서도 계급예술론을 운운함은 무엇이란 모순일까?

그러므로 맑스주의적 색채의 완미完美를 추구하는 오등과는 정히 상합키 불능할 뿐 아니라, 오등의 가뜩이나 곤란한 좌익전선을 요란擾亂시키는 내부의 적균敵菌으로 간파하여 하등의 착오가 없을 것을 나는 믿는다. 피등彼等과 여如한 무리를 사자신중지충獅子身中之蟲이라고 한다.

7

그러므로 우리의 문예운동이 잡거적雜居的이고 비과학적인 자연발생적 형태를 떠나 목적의식적 비약을 시試하려는 현재에 있어서, 가장 맹렬히 나는 아나키스트 계급예술의 지지를 부정하며 배경拜敬[30]하기에는 소호少毫도 주저치 않는다.

그리고 다음 분화 이후에, 즉 이 공동전선이 붕괴된 후에 우리의 진영은 전부가 단순한 목적의식을 강조하는 모든 선구적 능력을 가져 공산주의의 투쟁적 인텔리겐차로 성립된 완전한 무산계급의 문예전선이 될 것이고, 거기에서 벌써 무산계급으로서의 미적 완성의 추

---

29 원문에는 '못한'으로 되어 있으나 문맥에 맞게 바로잡는다.
30 문맥상 의미가 부합하지 않는 단어다. '배격(排擊)' 정도의 오식이 아닐까 한다.

구를 할 것이라고 또한 나는 믿는 바이다.

즉 이 분화작용은 진영으로 하여금 의식적인 이데올로기를 소지하고 있는 직능적職能的[31] 예술운동의 전야戰野를 전개하려고 하는 사적史的 필연의 현상이요 또 인위적 진출이 된다는 것이다.

그러므로 우리가[32] 낳는 작품이 비본격적이고 포스터적이요 선전적이라도 하등의 관계가 없다이것을 변어[辯語]하기에는 너무나 많은 예가 있기로 그만둔다.

그리하여 결국은 예술의 직능을[33] 정치적 이데올로기에로[34] 합치시킬 전야에 대한 연구를 쌓을 것이며, 따라서 우리의 운동의 일체 대치적 계급 그것과 투쟁할 방법론적 전야에서 예술적 본미本美의 추구, 즉 새로운 시적 정신의 무장이 우리의 제2투쟁선鬪爭線의 전개와 한가지 출현할 것이다.

그러므로 분화는 전개의 전제이다. 전개는 진화요 비약이다. 따라서 우리는 분화를 요구하는 것이다.

부기—목적의식의 본질론 기타 미진한 점이 많으나, 지수(紙數)의 지리(支離)를 염려하여 그만둔 것이다. 기회나 또는 반향이 있으면 그때 이 서론적 소문(小文)의 속(續)을 쓸까 한다.—필자

4월 18일 동숭동 우거(寓居)

---

31 원문에는 '識能的'이라 되어 있으나 '識'은 '職'의 오식일 것이다.
32 원문에는 '우리의'로 되어 있으나 현대식으로 수정했다.
33 원문에는 '識能이'로 되어 있으나 문맥에 맞게 바로잡는다.
34 에로: 원문에는 '에도'로 되어 있으나 문맥에 맞게 바로잡는다.

착각적 문예이론[*]

김화산(金華山) 씨[1]의 우론(愚論) 검토

1

문예운동에 있어서 방향전환은 무엇이며 또한 어떠한 과정을 과정^{過程}하고 여하한 이론 전개가 있어야 우리의 운동은 정당한 맑스주의적 방법론에 의한 합리적 ××을 할 것인가? 현단계에 있는 모든 이론분자의 의식은 여기에 집중되어 있으며 또한 되어야 하는 것이다. 그리하여 이것을 중심으로 즉 정확한 계급적 예술의 주체적 지도이론의 확립을 위한 이론투쟁이 감행되어야 할 것이다.

그리하여 금년¹⁹²⁷에 입^入하여 연시^{年始}부터 아등^{我等}의 진영 내에는

● 『조선일보』, 1927.9.4~11.

1 김화산: 본명은 방준경(方俊卿, 1905~?). 1924년 경성법학전문학교를 졸업했고, 1920년대 다다이즘에서 출발하여 아나키즘문학에 입각한 문학활동(시와 평론)을 펼쳤으며, 1930년부터 법조계에 몸담으면서 문단으로부터 멀어졌다.

희유의 격렬한 논쟁이 시작되었다.[2]

무엇보다도 오등吾等의 운동은 그 역사적 필연에 의하여 조합주의에 절충주의를 극복 청산하고 전 무산계급적 ××××[정치투쟁]의식을 전취戰取치 아니하면 아니 될 현단계를 정확한 변증법적 통일하에 인식키 위하여 전개되는 것이다.

그러나 잡지 『조선문단』 3월호에 게재된 「계급예술론의 신전개」金華山 씨라는 일문一文은 합법적 합리적으로 발전하고 있는 오등의 진영에 대하여 여하한 전개를 보였는가? 과연 이 일문이 발표된 이후 아등의 진영은, 전專혀 비맑스주의적이고 이론구니주의理論拘泥主義로써 피등彼等 자신의 영웅적 내지 예술지상주의를 말하는 사이비적 '아나'[3]인 피등의 정체를 폭로하여 배격키 위하여 격렬히 싸워온 것이다.

그러면 이 현상은 과연 무엇을 말하는 것일까? 이 말은 이미 여러 동지의 손으로 명세明細히 분석 구명되어 있었음에 명언明言을 피하거니와, 간단히 피등의 의도가 나변那邊에 재在한가를 일언一言한다면, 피등은 좌익 문예가의 가면을 쓰고 대중에게 부르주아 이데올로기를 주입코자 하는 예술 사도使徒의 소시민성적 근성의 발현 이외에 아무것도 아니다더구나 피등은 좌익적 장식을 하기 위하여 아나키즘을 말한다. 그리하여 이래 장구한 시일과 동지 제씨諸氏를 망라한 미증유의 논쟁은 피등을 폭로 격쇄擊碎키에 주저치 않았다.[4] 그러나 내내[5] 이론구니적理論拘泥的이고

2 1927년에 접어들면서 카프(KAPF)는 격렬한 내부적인 논쟁의 시대에 접어든다. 김기진(金基鎭)과 박영희(朴英熙) 사이의 내용─형식 논쟁, 그 뒤를 잇는 제1차 방향전환론, 그리고 이 글에서 주된 초점을 맞추고 있는 아나키즘과의 논쟁이 1927년부터 카프 맹원들 사이에 전개된다.
3 아나키즘 내지 아나키스트의 줄임말.
4 김화산을 비판한 반론으로는, 조중곤(趙重滾)의 「宣傳과 藝術」(『중외일보』, 1927.3)과 「비맑스주의론의 배격」(『중외일보』, 1927.6), 윤기정(尹基鼎)의 「계급예술의 신전개」(『중외일보』,

일화견적日和見的 이론가인 피등은 여하한 비열한 수단으로라도 좌익 진영 내에서 예술 전당殿堂을 몽상하기에 급급한 것만은 사실이다.

오등은 피등과 여如한 군群의 망론妄論을 논파하여 철저히 격쇄치 아니하면 아니 된다. 그리하여 써 방향전환의 단계를 과정過程하는 오등의 진영의 주체적 지도이론의 확립에 노력할 것이다.

그리하려면 무엇보다도 피등의 비무산계급적 이론의 근거를 폭로하고 그 교묘한 좌익적 장식을 삭탈削奪하여 완전히 피등을 좌익적 진영 내에서 구축驅逐해야 할 것이다.

그리하고 피등의 기만책에 저미低迷하는 대중의 의식을 오등의 지도하로 전취해야 할 것이다.

2

거번去番 『중외中外』[6] 지상에 「비맑스주의적 문예론의 배격을 배격함」姜虛峰 씨이란 조중곤趙重滾 씨에 대한 박문駁文이 발표된 이후 즉시卽時하여 『조선일보』 지상에 (흡사히 계획적인 것과 여如히) 김화산 씨의 「속 뇌동성雷同性 문예론의 극복」이 발표되었다. 오등은 이 양개 논문의 전부를 비판 분석할 책임을 가졌다. 그러나 나는 역시 여러 가지 관계상 김화산 씨의 「속 뇌동성 문예론의 극복」[7]을 상대로 피등의

1927.6)와 「상호비판과 이론 확립」(『조선일보』, 1927.7), 한설야(韓雪野)의 「무산문예가의 입장에서」(『동아일보』, 1927.4), 박영희의 「계급예술론의 신전개를 읽고」(『중외일보』, 1927.4), 그리고 임화 자신의 「분화와 전개」(『조선일보』, 1927.5) 등을 들 수 있다.

5 원문에는 '來來'로 되어 있다.
6 당시 발행되던 『중외일보(中外日報)』를 말함.
7 『조선일보』, 1927.7.19~7.23에 발표된 글이다. 참고로, 같은 필자의 「뇌동성 문예론의 극복」은 『현대평론』 5호(1927.6)에 발표되었다.

예술이론반[反]계급적인을 폭로코자 한다.

씨는 해론該論 2항 모두冒頭에서 여사如斯히 말한다.

"프롤레타리아예술도 결국은 예술에 관한 문제이다. 그러므로 프로예술을 가지고 우리가 논의할 때에 잊어서는 아니 될 것은 예술이란 기본 관념이다."

이것이 김씨의 무산계급을 위한? 프롤레타리아 예술이론의 일부이다. 그리하여 써 씨는 윤尹, 조趙 양씨를[8] 의식적으로 예술이란 특수 관념김씨에 의하면 프로예술의 기본 관념을 배격하는 비프로 예술가라고 설파한 것이다.

여기에 씨와[9] 오등吾等의 이론적 기저基底의 차이가 재在하다. 씨는 어디까지든지 "문제의 핵심은 ××××에 있는 것이 아니라 예술 그것에 있다"김화산 씨─『현대평론』 6월호[10]고 충실한 예술당藝術黨의 신도는 말한다. 그래도 씨는 좌익 문예가로서 프롤레타리아 예술론을 지지한다.

일체의 사물이 정치적으로 투쟁치 아니하면 아니 될 현단계에 재在하여 씨의 말하는 바 프로문예가는 예술 ××에 노력해야 한단 말인가?

그러하면 호전객好戰客인 씨는 물론 이러한 제언提言을 할 것이다.

"그러면 프로예술은 예술이 아니란 말인가. 프롤레타리아예술이론의 확립을 말하는 씨가 예술이란 것을 부인한다면 ─"김화산 씨 하는 이 말로 역시 반문하려고[11] 할 것이다. 그러나 여기에서 나는 말하려 한다.

8　윤기정과 조중곤을 가리킨다. 주 4)를 참고할 것.
9　원문에는 '氏는'으로 되어 있으나 문맥에 맞게 바로잡는다.
10　이 글은 김화산의 「雷同性 文藝論의 克服─맑스主義 陣營 內의 群盲을 誅함」(『현대평론』, 1927.6)을 가리킨다. 한편 김화산의 원문에는 이 인용문이 다음과 같이 표기되어 있다. "問題의 核心은 「社會××」에 잇는 것이 안이라 「藝術」 그 自身에 잇는 것이다."
11　반문 : 원문에는 '反向'으로 되어 있으나 '向'은 '問'의 약자 '问'의 오식일 것이다.

아등我等은 예술 형태 즉 예술의 특수성 그것을 전적으로 망각하는 것과 여如한 소아병적小兒病的 미망을 감범敢犯치는 않는다. 또한 김씨와 여如히 특수성을 예술의 기본 관념프로예술에 있어서도에까지 고양하여 써 전체성을 통한 특수성 내지 문화조직의 일반성을 망각치도 않는다.

오등은 어디까지든지 예술의 특수성 그것을 인식하고 행동한다. 그러므로 우리는 프롤레타리아 예술가로서의 투쟁 임무가 있는 것이다. 그러나 제삼전선第三戰線을 결성하고 무산계급의 실제 전선에서 도逃치는 않는다.

예술 행동은 그 본질에 있어서 그것은 정곡正鵠한 생활의지의 예술적 표현인 행동이다. 그러므로 생활 의지를 떠난 예술 행동은 존재할 수가 없다. 따라서 여하한 성질을 가진 예술 행동이라도 그 기저인 실천적 의지는 생활적이다.

그러므로 프롤레타리아예술에 있어서는 그것이 본질적으로 예술상의 분파로서 발생한 것이 아니고 근본적으로 계급해방운동의 일익으로 성장한 것이므로, 프롤레타리아의 생활 의지 즉 현존 사회의 부정을 떠나서 프롤레타리아예술은 존재치 않을 것이다. 현계단에 처하여 이 문제에 집중된다는 것은 당연한 이상의 당연이다. 더구나 오등의 운동은 이미 자연성장적 과정을 지나고 만다. 그리하여 현재 부르주아예술이 의식적으로 그 발생적 기저基底인 부르주아사회의 계급적 지배의 무기의 역할을 맡은 이상, 오등의 예술 행동은 예술이란 협애한 범주를 완전히 지양해야 할 것이다. 그리하여 전 무산계급적 정치투쟁전에까지 전화하여 써 프롤레타리아 예술행동이란 부분적 성질을 양기하고 전체성적全體性的으로 예술을 인식하고 파악치 아니치 못할 것이다.

3

그러므로 현계단에 재在한 프롤레타리아예술의 주체적 지도이론이란 것은 여하히 하여 우수한 예술작품을 생산할[12] 것이냐 하는 것이 기본 문제가 아니라, 그것보다는 여하히 하여 소위 예술로써 그 생활 의지 즉 계급적 해방을 촉진키 위한 그것으로서의 우수한 예술작품을 통일적 인식 하로 집중하려는 것이다.

그러므로 우리의 예술이론에 재在하여 우수한 프롤레타리아의 예술작품이란 것은 그것이 예술 그것으로서의 조건을 구비했다느니보다는 철저하게 프롤레타리아의 생활 의지에 봉사하는 작품을 이름인 것이다. 다시 말하면 계급 해방의 최량의 무기가 될 수 있는 것이 우수한 프롤레타리아 예술작품이 되는 것이다.

그러나 김화산 씨는 예술이론 구성에 재在하여 여하히 프로예술작품을 고안하였는가?

첫째 「뇌동성 문예론의 극복」,『현대평론』 6월호─김화산 씨에 있어서 예술의 기본 관념, 즉 씨의 금번 소론所論과 여如히 윤씨의 "문제의 핵심은 예술 그것에 재在한 것이 아니라 사회혁명에 함유하여 있다", "예술에 재하야 무산계급운동의 일익의 임무를 다하고자 한다"윤기정 씨란 소론所論을 대하여 "그것을 예술정책상 태도로는 시인하나 그러나 예술이론으로서는 성립치[13] 않는다."김화산 씨

이리하여 김씨는 소위 예술의 정책을 완전히 분화하여 기간其間에 재在한 자신의 입장을 선명히 하였다. 여기에서 우리는 엄밀히 김씨의 논지에 대한 구명을 할 수 있지 아니한가. 보라, 씨는 이어서 여사

---

12 원문에는 '凡産할'로 되어 있으나 '凡'은 '生'의 오식일 것이다.
13 임화의 원문에는 '成는치'로 되어 있으나 '는'은 '立'의 오식일 것이다.

如斯히 말한다.

"문제의 핵심은 예술 그것에 있고, 사회혁명에 있지 않다." "사회조직을 토양이라 하면 예술은 기상(其上)에 생장(生長)하는[14] 초화(草花)이다."(김화산 씨, 『현대평론』 6월호)

여기에서 우리는 다시 윤씨의 소론所論을 듣자.

"예술혁명을 사회혁명의 일 분야로 취급한다는 것은 군 자신의 무식과 인식 착오를 표명하는 것이다."
"군의 논조대로 사회혁명을 떠나 예술혁명이 가능할 것이냐?"
"김군에 의한 것은 예술에 의한 예술의 순수예술적 요소로, 우리에 의한 것은 사회주의적 목적의식 곧 계급적 사실 내지 계급적 행동을 내용으로 다만 예술적 형식을 차용한 데 불과하다."(윤기정 씨)

이상의 인례引例에 의하여 우리는 여하한 것을 간취하느냐? 첫째 우리가 간취한 것은 윤씨의 논조에 대하여 윤씨 등이 예술의 구성 요소를 부인한다고 하여 김씨 자신의 예술가로서의 입장을 변명하기에 급급하였다. 하나 나는 다만 여기서 이러한 말로써 다시 김씨에게 제언提言한다.
김씨는 과연 프롤레타리아 해방운동의 현단계를 여하히 인식하는가? 물론 사회조직의 근본 상에 성립하는 것이다. 그러나 이원二元 사회에 재在하여 그것은 결국 정치조직의 개조로 실제적 진전進展을 하

---

14 임화의 글에는 '生하는'이라 되어 있으나 김화산의 원문에 따라 보완했다.

게 되는 것이다. 그리하여 현단계에 처한 아등의 투쟁 목표는 정치조직 그것이다. 따라서 우리의 의식은 여기에서 총집중되는 것이다.

그러므로 현단계에 재한 프롤레타리아의 생존 의지란 계급해방운동의 목표가 정치적 투쟁으로 방향을 전환한 것과 같이 현재에 있어서 정치석 조직의 개조 이외에는 있을 수 없는 것이다.

따라서 프로예술은 현단계에 재한 무산계급의 정치적 운동의 일익으로 진출하는 것이다.

그리하여 비로소 우리의 예술운동은 현단계와 합류되는 것이다.

그러나 김화산 씨는 여하히 말하였는가? 위선爲先 예술정책은 정치의 규범을 수受할지 모르나, 예술이론은 정치와는 이원적 내지 대립적 입장에서 별개의 독립적 체계를 구성하는 것이라고 말하지 않았는가?

이 무슨 궤변이냐. 씨는 분명히 현단계를 인식치 못하며, 거기에 인식 착오를 감범敢犯한 것이다.

다시 씨는,

"예술은 사람의 예술적 요구 —[15]계급적 요구라고 하지 않는다 — 를 충족시키는 것이고, 계급적 요구에 응하는 것은 아니다."김화산 씨

이것이[16] 무산계급의 예술이론 수립에 노력하는 김씨의 계급적 예술이론의 대요大要이다.

그러면 여기에서 무엇으로 윤씨가 순수예술의 신도라고 씨를 적발한 것에 대하여 변명할 것인가? 더구나 예술초화설藝術草花說[17]도 김씨

---

15 원문에는 이 '—' 부호가 빠져서 '要求階級的 ……'로 연결되어 있다.
16 원문에는 '이것의'로 되어 있으나 수정했다.
17 원문에는 '藝術草草說'로 되어 있다. 그러나 앞서 인용된 김화산의 발언, "사회조직을 토양이라 하면 예술은 기상(其上)에 생(生)하는 초화(草花)이다"에 근거한 것으로 보아 '예술초화설'로 수정한다.

의 논조 중에 의하여, 씨의 장황한 변명이 있음에도, 여기에선 분명한 순수예술에 기저를 둔 말이 되지 아니치 못할 것이다.

그러면 나는 여기에서 이러한 말을 할 뿐이다.

현단계에 재在한 프로예술에서 정치적 요소를 제거하면, 그것은 프로계급에게 하등의 의의를 갖지 못한다.

따라서 상술한 바와 여如한 김씨의 이론은 현단계의 현실을 파악하는 데[18] 인식 부족과 인식 착오 아래에서 감행된 비계급적 우론愚論이라고 우리는 볼 수밖에 없다.

프롤레타리아에게서 계급해방 의지를 제외한 예술적 요구란 있을 수가 없는 것이다.

이러한 김씨야말로 윤씨의 지적한 바와 여如히 순수예술의 사도 외에 아무것도 아니다.

4

다음으로 우리는 자칭 프롤레타리아예술의 속학적俗學的 지도이론가 김화산 씨의 예술관을 비판하자.

"원래 예술이란 사람의 예술적 요구(나는 계급적이라고 말하지 않는다─주[註] 김화산 씨)에 의하여 탄생한다. 이 예술적 요구를 충족시키는 것이 아니면 예술이라고 말할 수가 없다.

즉 예술이 예술로서 성립하려면 반드시 예술로 갖지는[19] 아니치 못할 이

---

18 데 : 원문에는 '게'로 되어 있으나 문맥상 의미로 보아 바로잡는다.
19 원문에는 '가지는'으로 되어 있으나 수정했다.

요구를 충족시킬 무엇이 있어야 한다."(김화산 씨)

이것이 프롤레타리아의 예술의 본질적 요소?이다. 또한 특수 관념의 약속이다. 예술은 이것을 제외하고는 성립할 수가 없다.

시덩한 이론이다. 그러나 이것을 무산계급예술의 주체적 지도이론으로는 볼 사람이 없는 것이다. 오등吾等은 이것을 즉 좌익 내에 잠재한 순예술당파純藝術黨派의 근저를 폭로해야 할 계급적 예술가로서의 책임을 갖는다.

위선 어찌하여 무산계급의 예술적 요구를 충족시키는 것이 아니면 프롤레타리아예술나는 여기서 프롤레타리아라는 말을 붙이기에도 주저한다―주[註] 임화의 임무를 다하지 못하는가? 여기서 우리는 김金의 인식 부족을 본다. 하나 이것은 오히려 용서할 여지가 있다. 지구상의 계급이 철저히 철폐되었을 때엔 여사如斯한 이론이 있을 수가 있으니까. 하나 현단계의 그것은 여하한 것인가? 이것을 김씨는 인식치 못한 것이다.

그러나 김씨는 다시 상술上述한 인구引句의 주에 이것이 계급적 요구가 아니라고 분명히 말하지 않았는가? 그러면 씨의 예술적 요구 그것은 비무산계급적인 순수예술적 요구인 것은 사실이다.

오등은 씨의 의도가 나변那邊에 재在한지 일목一目에 간취할 수가 있지 아니한가?

이것은 틀림없는 부르주아지의 순수예술적 요구에 불외不外한다. 비계급적이고 전全혀 사람의 예술적 요구를 충족시키기 위한 예술의 존재는 현재 무산계급과는 너무나 거리가 멀 뿐더러, 그것은 유산계급의 계급적 지배의 역할만 하는 것이다. 우리가 김씨의 소론所論과 여如히 예술의 본질적 요소부르주아의 생활 의지에 의한를 찾지 않은[20] 예술프로 예술과 여[如]한은 예술로서[21] 성립할 수가 없다는 것과 여如한 순수예술에 미취迷醉하는 배輩를 철저히 박멸하는 이유가 실로 차此에 재在한 것이다.

여기에서 속학적俗學的인 이론의 악지자握持者 김화산 씨는 오등에게 박멸될 이유를 발견할 것이다.

씨는 좌익진영 내에 잠재하여 의식적으로 진영의 교란을 계획한 것이 아니냐?

여기에서 우리는 씨가 비非프롤레타리아며 동시에 비아나키스트인 것도 명확히 간취한다.

다시 논보論步를 옮기자.

"예술은 예술로의 특수 체계가 있으며 정치에는 정치로의 특수 체계가 있다. 양자의 구별은 엄밀히 존재한다. 예술이론으로 정치를 규범規範할 수가 없는 것과 같이 정치로써 예술을 규범할 수는 없다." ―

김화산 씨

씨의 계급예술론에 재在하여는 예술은 독립적인 특수 체계를 형성한다. 그리하여 그 내용은 정치이론의 규범을[22] 수受치 않는 사람의 예술 요구에 의하여 규정된다.

그리하여 정치와 예술과는 이원적으로 엄밀한 구별하에 존재한다.

프롤레타리아 예술가 김화산 씨는 여기에서 자살적 행위에까지 나왔다. 씨는 이원론적 입장에서 예술지상주의를 옹호하느라고 지금껏 노력하여 왔다.

그리하여 예술은 정치에서 분리하여 써 독립적 체계 내로 안치安置케 하였다.

---

20 원문에는 '아흔'으로 되어 있다. '안혼'의 오식일 것이다.
21 원문에는 '藝術로서의'로 되어 있으나 수정하였다.
22 원문에는 '規模를'로 되어 있으나 '規範을'의 오식으로 보인다.

오등의 운동이 협애한 제삼전선주의第三戰線主義를 양기하고 전 무산
계급적 정치투쟁으로 합류하려는 현단계에 있어서 씨는 이 역사적
필연의 사실에서 역전逆轉[23]하는 것이다. 그리하여 완전히 정치 규범
을 벗어나고 만 것이다.

우리는 여기에서 예술지상주의자, 부르주아의 대변자 김화산 씨의
정체를 완전히 간취하였다. 하나 다시 씨의 계급적 양심은 이러한 궤
변을 토吐케 하였다. "윤씨의 말과 같이 우리의 궁극 목표는 세계 개
조에 재在한다. 그러므로 세계 개조를 촉진키 위하여 모든 문화층의
의식적 투쟁의 필요상 예술을 일 소小 수단으로 이용할 수 있다는 예
술정책상 태도는 물론 승인할 수 있다."―김화산 씨 씨의 소론所論에 의
하면 예술이론은 그 계급의 생활 의지인 정책씨의 말을 빌면과 이원적 입
장에서 성립하는 것이다. 만일 그렇다면 그것은 프롤레타리아 생활
의지를 제외한 예술이론 즉 전술前述한 예술지상주의와[24] 이론이요,
역전[25]하는 게 아니고 무엇이냐?

무엇보다도 이것은 씨가 현실을 파악하는 데 있어서 변증법적[26] 인
식을 하지 않았거나[27] 또는 못한 데 있다.

단계를 인식치 못한 이론은 성립할 수가 없는 것이다.

"프롤레타리아예술은 프롤레타리아 미의식을 기저로 한다. 프롤레
타리아 미의식은 건강하고 명쾌한 무산계급 의사意思의 표현이다. 이
무산계급 의사는 아나키즘에 의하여 대표된다."김화산

---

23 원문에는 '送轉'으로 되어 있으나 '送'은 '逆'의 오식일 것이다.
24 원문에 따른 것인데, 조사 '와'는 '의'의 오식일 수도 있겠다.
25 예술지상주의의 이론이요: 원문에는 '藝術至上主義와理論이오'로 되어 있다.
     역전: 역시 원문에는 '送轉'으로 잘못 식자되어 있다.
26 변증법적: 원문에는 '辯護法的'이라 되어 있으나 수정했다.
27 원문에는 '아엇거나'로 되어 있으나 수정했다.

이것은 씨의 유일한 프롤레타리아예술의 이론이다. 즉 프롤레타리아가, 계급 해방에 열중한 프롤레타리아가 가져야 할 유일한 예술이다. 나는 여기서 씨의 다음의 말을 연결시키겠다.

"사회조직을 토양이라 하면 예술은 기상其上에 생장하는 초화草花이다."

"문제의 핵심은 사회××에 있는 것이 아니라 예술 그것에 재在하다."『현대평론』6월호, 김화산 씨

벌써 말한 예술초화설藝術草花說은 전번 윤씨한테 통렬히 논파된 바 있었으나, 그는 다시 오류된 자신의 이론을 미봉彌縫키 위하여 장구한 변명을 가하였다. 그러나 문제의 핵심은 사회××에 있는 것이 아니라 예술 그것에 재在하다라는 씨의 소론所論에 의하여 변명할 여지가 없을 것이다.

더구나 본론 초항初項의 인례引例를 보라. 전 무산계급은 이원사회에 재한 특수층인 정치투쟁 분야에로 총역량을 집중하였을 때, 프롤레타리아 예술가는 미의식을 기저로 한 예술 행동을 하여 써 계급적 사명을 능히 다할 수 있느냐?

의식 과정의 문제로서 무엇보다도 현단계에 있어서 중대한 오등吾等의 문제는 조직적인 대중활동력의 양성이다. 즉 무산계급의 정치적 교육, 말하자면 문예는 정치적 역할을 맡는 데서 비로소 의의가 있는 것이다.

현재에 있어서 무산계급 속에서 미의식을 찾을 수가 있느냐? 초화가 될 수 있느냐? 씨의 소시민적 인식 오류가 여기에 있다. 씨는 현단계를 인식치 못하고 투쟁 과정과 의식 과정 그것을 모르는 것이다.

그리고 오직 씨의 예술은 온실에서 생장한 야채이고 초화일 것이다. 예술지상주의! 부르주아의 대변자, 계급 배반자! 김화산 씨 등을 배

척한다.

오등의 이론투쟁은 여사如斯한 의식적 반동배反動輩를 격멸 구축驅逐하여 써 방향전환기를 과정過程한다.

5

소론小論은 의외로 길어졌다. 피등彼等과 여如한 김화산 씨는 강허봉 씨의 이론과 본질적 차이가 없다고 말했다. 그러므로 나는 피등으로 본다. 배輩를 상대로 하여 이상 더 논전을 계속한대야 아무 소득이 무無할 것이다. 오직 1, 2 인례引例로써 피등의 이론의 내부에 잠재한 파탄과 반동적 의욕을 지적 폭로하여, 금번 논전論戰을 이로써 종막終幕하자는 데 나의 의도가 재在하다.

오직 나는 진정한 좌익의 옹호자로서 여사如斯한 군群에 박격迫擊을 행하였을 따름이다.

그리하여 오등은 피등과 여如한 배輩를 박멸함으로써 진정한 이론의 전개를 볼 것이다.

탁류에 항(抗)하여

문예적인 시평(時評)

1. 서

지금 우리는 예술상에 있어서 새로운 한 긴급한 한 문제를 해결하지 아니하면 아니 되게 되었다.

그것은 이미 수삼인數三人의 동지 제군으로부터도 말한 바이고 또 급속히 해명하려고 노력하는 우리들의 예술상의 태도에 관한 문제이었다.

그리하여 팔봉八峰의 말과 같이 우리는 부르주아적 예술이 일찍이 가졌던 그 리얼리즘의 객관적인 태도를 계승한다고 하였었다.

그러나 문제는 실로 여기에서부터인 것이고, 이 자신 속에서 이미

● 『조선지광』 86호, 1929.8.

해결된 것은 결코 아니다.

만일 그 자신 속에서 출발과 함께 제출 결말이 났다고 말한다면 그것은 그 자신을 둘러싸고 일어나는 내외의 각 문제에 대한 묵살자 黙殺者이며, 놀랄 만한 맑스적 철학 원칙의 역행자인 외에는 아무 것도 아니다.

그것은 우리의 자신이 여기서 모든 문제를 추출 설명하는 것보다도 이미 현상된 수다數多한 문제에서 보면 너무나 그것은 명확한 사실로서 우리 앞에 나타나는 것이다.

그러면 우리들이 예술상의 태도로서, 또는 형식적인 문제로서 사실주의라는 것을 새로이 취급하게 되며, 또한 새로운 비판에 의하여 그것을 계승한다고 하였을 때 현상된 문제이란 여하한 것이었던가.

필자는 여기에서 위선爲先 가장 중대한 두 개의 현상을 말한다.

그것은…… 예술의 대중화 또 발전을 위하여 내적 또는 외적으로 관련적인 조건에 있는 것으로서, 하나는 이 문제를 우리들이 문제삼기 시작한 때 외부적으로 현출現出된 사실이니, 전일 『동아일보』지를 흙칠하던 염상섭廉想涉 군이 그 하나이며, 이어서 여기에 합창한 양주동梁柱東 군이 또 그 하나인 것이다.

그러면 또 하나는 무엇이냐?

그것은 언제나 우리가 기존한 전통적 유물을 계승 섭취하는 때 있어서 언제든지 일어나는 자신의 그 계급적 독자성의 생기生起하는 의식적 혹은 무의식적인 오류 그것이다.

그러면 어떻게 우리는 이 위험한 일을 우리들 자신의 문제로서 엄정한 ×××[계급적] 원칙하에서 수성遂成할 수가 있는 것인가.

우리는 중언重言을 요하지 않고 여기에서 우리의 계급적 독자성이란 움직일 수 없는 철칙을 사수하면서 그 내부의 오류와 싸우며, 또한

실천적인 투쟁에서 외적인 반동적 속학자배俗學者輩와의 전승에 의하여
서만 이 역사적인 제諸 사업을 능히 수성할 것이라고 말하는 것이다.

그러므로 지금에 이 문제의 제출, 즉 우리들의 예술에 재在한 태도
에 있어 우리가 사실주의를 계승하기 시작한 때부터 일어나는 반동
적 제 탁류와의 결정적이고 과감한 투쟁만이 그 최량의 방법으로 우
리들의 문제를 해결에로 끌고 가는 것이다.

그러면 문제는 이로부터[1] 제2의 계단에로 옮겨간다. 즉 탁류와의
항쟁에로 우리의 행동의 방향이 규정되는 것이다.

따라서 우리의 이로부터의 일은 위선 염상섭, 양주동 군 등의 도량
跳梁에 항抗하여 그 최후의 일식一息까지도 용서하지 않는 참혹 무자비
한 추박追迫과 그 조잡한 궤론詭論의 폭로에 의하여 완전히 차등此等 반
동적 경향을 말살하고 아울러 우리들의 광휘 있는 독자성을 획득하
는 데 우리들의 일의 A가 있는 것이다.

2. 속학자(俗學者)의 사실주의관

그러면 이 염상섭, 양주동 등의 조박粗朴한 관념론적 속학배 등은
어떻게 프롤레타리아가 말하는 사실주의를 보고 있는가.

물론 철학의 역사 위에서나 문화를 말하는 부류 중에서 속학자라
고 이름하는 자들은 모든 사물을 그 일반성, 표피상表皮上에서 음미하
는 것이고 결코 포착[2]하거나 인식하는 것이 아니며, 더 한층 나아가
그 발전의 구체성, 특수성의 전체성적全體性的 인식이란 꿈에도 불가능

---

1 원문에는 '일로부터'로 되어 있으나 수정하였다.
2 원문에는 '捕促'으로 되어 있으나 '促'은 '捉'의 오식일 것이다.

한 것이므로, 그들의 유일한 무기가 되는 것은 어린애가 무조건하고 우는 것과 같은 의미의 관념론적, 조잡한 두뇌 구성의 유치병적幼稚病的 움직임의 고집이 유일한 것이 되어 있다.

이것은 동지 팔봉의 「대중소설론」,『동아』지[紙] 소재[所載], 「변증적 사실주의」,농상[同上] 등에 대한 소위 「토구討究와 비판 삼제三題」[3]란 일문一文이 너무나 지나치게 웅변으로 말하고 있는 것이다.[4]

그는 그 자신이 가련한 영웅주의의 주인공으로서 무산문예는 이제야 자기가 수삼년 전에 말한 바 그 길로 다시 퇴각을 하지 아니치 못할 곳에 이르렀다고 호어豪語하고, 이어서 자기는 여사如斯한 명확한 선견자先見者이고 예언자라고 말하는 실로 정신병리학에나 속할 규성叫聲을 발發하였다.

여기에 대하여는 동지 팔봉 자신이 그에 응답하였으므로 다언多言을 비費할 필요가 없으나, 지금의 문제로 하려는 것은, 염廉의 태도를 힐난하는 듯 하면서도 그실은 그의 소론所論에 합창한 양주동의 소위 현 문단의 제 이론을 중심으로 하여 형식과 내용을 말하였다는 곳에 더 흥미적인 것이 있고 문제가 되는 성질이 있는 것이므로, 우리들은 여기서 양군梁君을 비판의 도마 위에다 올려야 할 것이다.

그러면 양군은 어떻게 이 새로운 사실주의에 대하였는가? 즉 어떻게 이것을 문제로서 구성하였던가? 그는 이렇게 말한다.

프로레 문예는 ××를 앞두고 투쟁하는 문학이다. 그런데 무산계급은 그

---

3 임화의 원문에는 '「批判과 討究 三題」'라 되어 있는 것을 염상섭 글의 원 제목에 맞게 바로잡았다.
4 팔봉의 「대중소설론」은 『동아일보』(1929.4.14~30)에, 「변증적 사실주의」는 같은 신문 (1929.2.25~3.7)에 발표되었으며, 그에 대한 논평을 가하고 있는 염상섭의 「토구와 비판 삼제」는 역시 같은 신문(1929.5.4~15)에 발표되었다.

야말로 이 위급존망지추(危急存亡之秋)에 언제 무산계급의 독특한 문화를 성립할 틈도 없고 따라서 문예에 있어서 문예품 자체로서의 완성을 기할 수도 없다. 현계단의 프로[레]문학은 [그저] 선전의 문학이요 투쟁의 문학이다. 그러므로 [우리는] 문예상 형식적 조건이나 가치를 완비할 여유도[5] 없고 필요도 없다. 그저 힘과 열을 발휘하여 ××을 선전하였으면 그만이다. (강조[6]−임화)[7]

　　　　　　　　　　　　　　　　　—양주동, 『문예공론』 2호 소재

이것은 우리들 중의 누구가 말한 것도 아니요, 어떠한 논문의 부분적 발췌도 아니다. 다만 양주동 일 개인의 조잡한 두뇌 속에서 창출된 프롤레타리아문학의 정의이며 또 문학관인 것이다. 그러므로 '양'은 동문同文 끝에 대의大意만 취한다고 비겁한 회피의 소굴巢窟을 비치하여 놓은 것이다.

보라! 상기上記한 발췌의 방점이 있는 부분을! 누구가 이러한 무산자의 문화의 부정설, 노서아露西亞 반대파 트로츠키Leon Trotskii[8]의 지설持說을 말하였는가. 양군은 여사如斯한 부분이 있다면 구체적 지시를 할 책임이 있는 것이다. 그러나 그는 그 자신이 가진 정치적인 반反프롤레타리아적인 야도野圖로 말미암아 위조 가설로써 대중을 기만하려는 것이었다.

5　임화의 글에는 '餘地도'로 되어 있으나 양주동의 원문에 의거해 수정했다.
6　강조: 원문에는 '傍點'이라 되어 있다. 당시는 방점을 찍어서 강조를 했으나, 이 전집본에서는 다른 형식을 취하므로 '강조'로 고쳤다.
7　이 인용은 양주동의 「문예상의 내용과 형식 문제─현 문단의 제 이론을 중심으로 한 단편적 고찰」(『문예공론』 2호, 1929.6)이란 글에서 따온 것으로, 그간의 프로문학론자들의 논지를 양주동 자신이 요약한 부분이다. [ ] 부분은 임화의 인용에서 결락된 부분이다.
8　트로츠키는 러시아혁명 후 그의 저서 『문학과 혁명』을 통해, 공산주의가 이룩되면 계급이 소멸될 것이므로 프롤레타리아 독재 단계에서 독자적인 계급문예가 불필요하다고 주장하였다.

그리고 또한 그 외의 전문全文과 같이 선전성宣傳性의 문학에 대하여
그 자체로서의 가치를 부정하였는가. 그것은 오히려 당시 반프롤레
타리아적 입장에서 가련한 반항을 시험하던 피등彼等 자신의 말 속에
있는 것이었다.

그때에 우리는 선선성의 예술 그것을 주장한 것은 사실이다. 그러
나 그 독자로서의 문화적 가치 내지 문화로서[9] 성립한다는 것은 실로
무수하게 주장된 것이다.

사실로 선전성의 예술 그것은 역사의 발전에 의한 추진력의 압출
자押出者로서 광휘 있는 역사상의 문화적 역할의 수행자로서 엄연히
존재한 것이다.

그러므로 상기한 바 양주동 군의 '프롤레타리아'문학에 대한 역설
逆說은 4천년 전 희랍의 원시적 관념철학자 등의 역설 이상으로 미개
한 두뇌의 소산이며, 발전하는 인류의 문화사 상에 최악의 죄악적
잔재로서 …… 의 문화적 위치와 한가지 인류의 문화 발전의 저지자
방해자의 입장에 존재한 것이다.

따라서 모든 그의 지설持說의 전개는 이 원시적이고 속학적인 일반
적 근거에서 출발한 것으로, 현재 우리들의 문학의 새로운 발전의 계
단으로서 전개된 사실주의에 대한 견해도 전형적인 속학자의 태도로
임한 것이다.

양주동 군은 사실주의라는 일어一語가 우리들의 예술상에서 관심되
기 시작하였을 때 실로 즐겨하였던 것이 사실인 것 같다.

어째서 그는 즐겨하였는가. 그것은 중언重言을 요할 바가 없이 양
주동 군의 「문예상의 내용과 형식 문제」라는 일문一文의 모두冒頭를

---

9 원문에는 '文化로서의'로 되어 있으나 문맥에 맞게 바로잡는다.

보면 알 것이다.

　(…상략…) 그 인과, 선후, 경중 같은 것도 아리[스]토틀 이래 제가(諸家)로 말미암아 평정(評定)된 것으로 적어도 예술 일반에 대하여 [다소의] 견식을 가진 사람이라면 누구나 '내용과 형식의 [완전한] 조화'쯤은 긍정하고 있는 사실이다. 그럼에도 불구하고 현 문단에서 지금에 와서 새삼스럽게 다시 이 문제를 가지고 문학입문식으로 토의하게 된 것은 (…하략…)

— 양주동[10]

　우리는 이 상기한 발췌에서 그가 어떻게 사실주의란 것을 문제로 서 취급하였으며 그것을 어디로 어떠한 방향으로 구성시키려고 한 전全 의도를 볼 수가 있는 것이다.

　무엇보다 그는 프롤레타리아문학의 새로운 사실주의를 계승한다는 것을, 그의 말한 바와 같이 투쟁의 문학이 다시 19세기의 플로베르G. Flaubert, 졸라E. Zola 등의 사실주의로 퇴각하는 줄로 생각하고 있는 것이다. 그리하여 「문예상의 내용과 형식 문제」는 생산된 것이다.

　그러므로 만일 여기서 그 전문全文의 개개의 부분을 발췌하여 비판한다는 것은 그의 말을 빌어 하자면 문학 입문식 설명을 붙여야 하고 문예의 ABC를 말해야 할 것이다.

　이것은 우리들의 문제로서는 가능 이외의 범위의 것으로, 거기에는 정신병리학이란 의학의 일 분과가 있는 것이므로, 이하는 단편적 斷片的으로 우리들이 말하는 사실주의를 이야기하기로 한다.

　우리들은 이 문제화된 사실주의를 사회적 사실주의Social Realism이라고 이름붙인다. 팔봉은 이 말을 변증적 사실주의라고 이름하였다. 그

---

10 양주동, 앞의 글에서의 인용. [ ] 부분은 임화의 인용에서 결락된 어구다.

러나 어떠한 의미에 있어서 그것도 적당한 명칭일 것이다. 그러나 더 일반적이고 구체성이 있는 사회적 사실주의로서 여기서는 부른다.

이 사회적 사실주의의 명칭은 노서아露西亞 '아흐루'……미술가동맹의 약칭에서 명명한 것으로, 작년 일본에서도 각 단체 연합의 프롤레타리아 대大미술전람회가 끝난 뒤 그들이 주장하던 '신사실주의'를 비판한 뒤, 새로운 당면의 과제로서 사회적 사실주의라는 이름으로 예술적 생산적 기본 방침으로서 결정한 것이다.

이것은 조형미술가협회의 대회가 그 최고 기술위원회의 이름으로 발표케 한 것이었다.

그러면 사회적 사실주의는 무엇을 어떻게 말한 것이냐?

이것은 결코 양주동 기타배其他輩가 말하는 예술상의 형식적 일 유파를 형성하는 것이 아니다.

그러므로 속학자는 영원히 이 일구一句를 해석하지 못하고 관 속에 들어갈 것이다.

그들에게는…… 도 철학상의 논리학상 일 유파에 불과할 것이니까 ──.

그러면 사회적 사실주의는 어떻게 해석할 것인가? 이것은 결코 상기한 것과 같이 문학의 형식상의 일 유파가 아니라, 철학에 있어서 부르주아적 유물[론]과도 같은 부르주아적 사실주의에서 그 객관적 태도를 섭취하여 사회적인 성질의 것을 표현하는 것이다.

그러면 무엇이 사회적 성질의 것이냐?

즉 무엇이 '사실寫實'이란 데에 내포된 현실이냐?

여기에는 유일한 철학적 근거 맑스 철학이 말하는 자본주의 사회에 현상되는 모든 사실이 있다.

그것은 같은 맑스 철학의 방법이 말하는, 각 역사적 순간에 재在한

계급의 제 관계와 그 구체적 특수성의 가장 정확하고 객관적인 분석을 프롤레타리아 전위의 눈으로 보는 것이다.

그러면 어째서 이 사실을 프롤레타리아 전위의 눈으로 보아야 하는가?

그것은 리얼리즘의 객관적 태도는 동일하나 오직 현실을 그 전체성에 있어서, 그 발전 속에서 보는 것은 오직 맑스 철학의 파지자把持者…… 프롤레타리아의 전위만이 가능한 까닭이다.

그러므로 우리의 예술의 새로운 과제, 사회적 사실주의는 속학자배의 관념적 분석과 같은 단순한 분리된 내용과 형식, 즉 '스타일'에 관한 양식상의 문제가 아니라, 이것은 우리들의 예술이 발전하는 한 계단으로 예술 자신 전체의 문제인 것이다.

따라서 사회적인 사실주의를 양주동, 염상섭 등의 속학자배는 형식상 문제라는 관념적인 일반론 위에서만 원망적遠望的으로 음미할 수 있는 것이다.

그러므로 양주동의 「문예상의 내용과 형식 문제」 같은 것은 우리의 예술이 사회적 사실주의에로 구체적으로 정돈된 확호한 발전을 하는 때, 한 수포水泡에 불과한 것이다.

그러나 용서하여서는 아니 된다. 사력을 다하여 차등此等 유령, 신이성新理性 종교의 스콜라 학파를 박멸하여야 할 것이다.

3. 원칙적 오류에 대하여

이것은 언제든지 우리가 새로운 발전 계단에로의 진전進展을 위하여 기존의 어떠한 형태 요소예술적, 정치적를 이용하고 계승 섭취하는 때

생기生起하는 바 위험으로, 우리의 예술의 대중화 문제와 함께 일어난 동지 팔봉의 오류에 대하여 일언一言하려는 것이다.

즉 우리는 언제나 우리가 경계하지 아니하면 아니되는 이러한 난국면難局面에 당하여 근본적 원칙적인 오류를 발견하기까지에 이르렀다는 것이다.

그러면 동지 팔봉의 원칙적인 오류란 것은 어디에 무엇인가?

작년 1월 이래로 극도로 재미없는 정세에 있어서 우리들의 '연장으로서의 문학'은 그 정도를 수그리어야 한다. (…중략…) 이것이 작년 말부터 예술운동의 각 부분을 통하여서 기술 문제가 문제되기 시작한 원인이다. 그리하여 이곳으로부터 형식 문제는 출발하게 되는 것이다. (강조[11]—임화)

—『동아일보』 소재 「변증적 사실주의」—팔봉

이 상기한 부분의 인용은 팔봉의 「변증적 사실주의」의, 즉 우리들의 예술이 새로운 문제로서의 발전을 하려는 근본적 조건의 기초의 일부분인 짧으면서도 중요한 일구一句이다.

그러나 불행히도 우리는 언제나 주의하여오던 …… 원칙의 치명적 무장해제적 오류를 발견하게 된 것이다.

그것은 싸움에 임하는 우리들의 작품의 수준을 현행 검열제도 하로, 다시 말하면 합법성의 추수를 말한 것이다.

즉 중언重言을 요할 것이 없이 합법성의 X[전]취가 아니고 …………… 의식적인 퇴각을 말하는 것이다.

그러나 필자가[12] 방점을 붙인[13] 부분의 하부, 즉 형식 문제는 여기

---

11 강조: 역시 원문에는 '傍點'이라 되어 있으나 '강조'로 고쳤다.
12 원문에는 '筆者의'로 되어 있다. '의'가 주격으로 쓰였으므로 현대적인 주격조사로 수

에 출발하는 것이라고 한 것과 상기한 부분과의 연결은, 의심할 여지가 없는 우리들의 예술운동을 지배하는 맑스적 원칙의 포기를 강요하는 것이다.

결코 동지 팔봉이 말한 바 재미없는 정세 즉 탄X[압]이란 예술운동에 있어 형식 문제를 문제삼는 데서 해결되는 것은 아니다.

오직 그것은 XX[계급]적 원칙에 의한 실천적인 세력과의 싸움에서만 해결할 수 있는 문제인 것이다.

그러므로 이러한 정책는 결코 '………'의 2보 전진을 위한 1보 퇴각이 아니라 그의 기계적 이입이란 XX적 원칙의 대담한 왜곡 이외에 아무 것도 아닌 것이다.

이렇게 된다면 결국은 정치적 정세의 호전을 기다리는 소위 그 비겁 극한 '기다리는 태도', 전선에서의 회피라는, 도저히 호의로서는 해석할 수 없는 태도에 떨어지는 것이다.

만일 이것의 정당화를 주장한다면 검열이 현재 이상으로 가혹하여진다면 그때의 우리는 어떻게 할 것인가?

또 그래도 이 정책이 적용될 것인가?

그러면 우리는 그러한 정세 밑에서 현재 부르예술 이하의 우열愚劣한 작품의 생산을 묵묵히 하고 있어야 할 것인가? ……

아니다. 그것은 단연코 아니다. 아무러한 더 재미없는 정세에서라도 현실을 솔직하게 파악하여 엄숙하고 정연하게 대오를 사수하는 것이 정당히 부여된 역사적 사명인 것이다.

정하였다.

13 원문('傍點을 붙친')에 의거하였다. 이 전집에서는 임화가 방점을 붙여 강조한 부분을 다른 방식으로 처리하였으므로, 앞의 인용문에서 강조된 부분을, 임화가 방점을 붙인 부분으로 보면 되겠다.

그런 까닭으로 이러한 난국에 있어서 퇴각적 정책은 반反프롤레타리아적이며 결정적인 최대의 오류이다.

우리는 이러할수록 모든 이론적 실제적 일상투쟁에서 언제든지 그들에게 향하여 X[공]세를 취하지 아니하면 아니 된다.

그러므로 맑시스트는 역사를 추진시키는 세력과 세력의 투쟁에서 자기 세력의 퇴각을 합리화시키는 것은 최대의 오류이고 대중적 기만 그것인 것이다.

따라서 적의 예봉을 피하기 위하여 기치를 내린다는 것의 합리화이며 퇴각을 위한 퇴각인 것이다.

왜? 그것은 X[적]의 추박追迫이 가加하면 가할수록 무한한 퇴각을 하지 아니하면 아니되는 것이므로…….

모든 것은 역격을 역격으로 하는 X[공]세 그것에서만 가능한 것이다.

그러므로 동지 팔봉의 일언一言은 '………'의 원칙의 왜곡이란 결정적 치명적 오류를 범한 것이다.

우리는 이러한 국면에서 이러한 자기 진영 내의 우경적 경향과 사력을 다하여 싸워야 할 것이다.

4. 작품평의 우열화(愚劣化)

이것은 범람하는 탁류에 떠오른 물거품으로, 직접 우리들에게 향하는 X[공]세의 커리커추어한 현상을 보게 되었으니, 이것이 곧 전번 『동아일보』 지상에서 그 소위 「초하창작평初夏創作評」을 시試하던 박태원泊太苑이란[14] 사나이다.

이 사나이의 소위 평필評筆에 대하여는 이미 송영未影 군이 '박泊'에게 비판받은 바의 작자로서 항의를 한 바 있었으므로 장황히 말할 필요는 없을 줄 아는 바이나, 이러한 종류의 평자?가 또 다시 나올 때의 용의用意로서 여기서 일언一言을 비費하는 것이다.

그리고 또 한 가지는 필자 자신도 역시 '박'에게 작품의 고귀?한 평을 받은 광영을 욕浴한 한 사람이므로, 그야말로 이것을 자기변명으로 시종시키지 아니하려는 것을 말하여두는 것이다.

그러나 필요한 때에 있어서 얼마든지 자기의 주장을 주장할 것은 물론이다.

위선 박태원이 창작평 전체를 통한 바의 문제되는 점은, 그의 비판의 기준 즉 일언으로 말하면 어떠한 철학적 기초 위에 그가 서 있느냐 하는 것이다.

그러나 그에게서 일정한 바의 비판의 철학적 기준을 찾는다는 것은 그에 대한 평가 이상의 평가이다.

오직 그의 창작평 전문에서 볼 것은 그가[15] 가진 바의 막연한 반反프롤레타리아적 의지가 우리들의 개개의 작품을 사력을 다하여 말살하려는 최악의 가련할 만한 원시적 야도野圖만을 볼 수 있는 것이다.

실로 '박'의 문장의 개개소個個所에 들어가서여기에 인용은 아니 하나는 박태원 자신이 어떻게 정치적으로 미개한 두뇌의 소유자이고 …………에게 방패를 들고 향하는 부류 중에는 최하급의 우열愚劣에 속한다는 것을 말하고 있을 뿐이다.

월탄月灘이란 시인?의 시를 논하기 전에 그는 무슨 말을 하였는지

---

14 泊太苑 역시 소설가 朴泰遠의 필명이다. 여기서 문제가 된 「초하 창작평」은 『동아일보』(1929.6.12~19)에 발표되었다.
15 원문에는 '그의'로 되어 있으나 역시 현대적인 주어 표기로 수정하였다.

독자는 기억할지 모르나 실로 그는 그들이 바란 구세주나 내려온 것 같이 쌍수를 들어 즐겨하였다.

그러나 그는 이러한 우작愚作, 또 기타 동류同類의 수많은 열작劣作을 전력을 다하여 변명적 설명을 붙이면서, 그보다 우수한 작품은 말살하고[16] 지나갔다.

그것은 무슨 까닭[이]냐?

그것은 아무 것도 아니라 오직 이 말살된 작품은 그들이 보는 바 무산파에 속하는 작품임에 있는 것이다.

여기에 박태원이란 한 개의 기성 부르주아 문단의 전사戰士로, 일류의 정책적 두뇌의 움직임이 낳은 용감한 무지가 있는 것이다.

우수한 작품은 피등彼等이 말살을 하든지 학대를 하든지 그것은 대중에 의하여 지지될 것이며, 그 평가는 그 독자獨自로서 엄연히 존재할 것이다.

무엇보다도 박군나는 그에게 군이란 경칭을 준다에게 있어 더 긴급한 것은 작품을 평하는 것보다 작품을 보는 법을 배워야 할 것이며, 문학을 공부하여야 할 것이다.

그것은 박군의 다른 부분에서보다도 그의 희곡평?에 있어 더 우심하였다.

그에게 있어서는 희곡이란 무엇인지를 모르고 희곡을 평한다는 그야말로 희화적 현상을 보게 하였다.

유치원에서 상연하면 좋고 실내극으로 좋고 하다는 말만 붙이면 연극을 이해하는 것이고 희곡을 평하는 것이 아니라, 그것이 어떻게 무대 위에서 연극으로서 구성되는지, 어떠한 유流의 연출방법이 적용

---

16 원문에는 '抹毅하고'로 되어 있으나 '毅'는 '殺'의 오자일 것이다.

되는지, 효과는 어떻게 나타나는 것이라는 연극의 ABC나마도 의중에 두고 희곡을 평하여야 한다.

하나 이러한 무지 위에서도 희곡을 평한다는 것은 무지에 의한 만용 이외에 아무것도 아니다.

그러므로 박군은 평評은 당분간 그만두고 수양이 필요한 것이다. 어려운 것은 이 다음에 미루고 최근 불란서 정서파情緒派의 일막물一幕物이나 일본의 「근대극 12강講」, 「연극이란 무엇인가?」 등의 참고서라도 읽고 이 다음에 성인이 된 뒤에 평필評筆을 들어 무산파를 박멸하든지 하는 것이 박군을 위하여 좋은 일이다.

그리고 작가로서의 필자는 일언一言이 있을 것이나, 똑같은 말을 기계적으로 반복하게만 되므로 그만두거니와, 항의라느니보다도 작가로서의 필자는 박태원 같은 평자는 족하足下에 답멸踏滅하고 군의 생각지도 못할 먼 곳으로 나아갈 것이라는 것을 말해둔다.

우리는 이러한 부란孵卵 직후의 유충幼蟲이나마도 용서하지 않고 대중의 분노로 말살하며 전진하여야 할 것이다.

김기진 군에게 답함[•]

본지 8월호에 필자는 우리들 예술운동의 당면한 일 문제로서 논의
되어오던 예술작품의 대중화와 함께 생기生起한 김기진金基鎭 군의 일
화견적日和見的¹ 오류계급적 원칙을 매도[賣渡]하고라도 작품만을 내야 한다는에 대하여
동지로서의 지적한 바가 있었다.² 그러나 용감한 '××××문학평론
가'? 김기진 군은 그 소위 필자의 지적의 부당과 아울러 군 일류의
개량주의적 전략 전술을 군이 언제나 명론탁론名論卓論을 발표하는
『동아일보』지상에서 필자와 및 예술동맹 동경東京 지부의 '소아간기

• 『조선지광』, 1929.11.

1 '기회주의적'이라는 의미.

2 이 글의 바로 앞에 수록한 「탁류에 항(抗)하여」를 가리킨다. 김기진은 이에 대해 「예술
  운동에 대하여」(『동아일보』, 1929.9.20~22)를 통하여 반박을 가했고, 이에 대해 임화
  가 재비판을 가한 것이 바로 이 글이다. 김기진은 다시 「예술운동의 일년간」(『조선지
  광』, 1930.1)에서 임화의 비판이 오해에 근거하고 있다고 해명을 하고 있다.

병小兒肝氣病 환자' 같다는 몇몇 분자무어라고 할 간기병적 사구[辭句]냐?에게 교시하였다.

그리하여 그는 언제나 군이 가지고 있는 움직일 수 없는 원칙적? 신념, 즉 현재의 조선 정세는 프롤레타리아예술은 소용없고 춘향전식 문학이어야 된다는 김군 독자의 진정한 ××적 예술운동의 자작 슬로건을 내걸었다.

따라서 임화는 전략 문제에 있어 백지와 같은 무지한無知漢이고 김기진 군의 금과옥조와 같은 불가침의 어구語句를 위조하였다고 그는 격분하였다. 그러면 김군은 어떻게 말하였는가? 지금 우리들에게 있어서 다음의 몇 가지 명제는 이미 문제가 되지 않는다" 하고서 필자 김기진-화[和]는 프롤레타리아문학에 대한 일반적 개념적 명제를 열거한 다음에 "우리들의 문학은 많은 사람이 보도록 알[아 뵈]기 쉽게 만들어야 한다. 더구나 작금昨今3 1년 이래로 극도로 재미없는 정세에 있어서 우리들의 '연장으로[서]의 문학'은 그 정도를 수그리어야 한다 ······ 『동아일보』 9월 20일 6면 「예술운동에 대하여」4 ―김기진

보라! 이것은 필자의 일점일구一點一句의 위조 가부加付가 없는 군의 논문의 일절이다.

여기에서 우리는 무엇을 보았느냐? 위선爲先 우리는 필자가 8월호 본지 상에서 지적한 바의 김군의 말이 결코 필자 개인의 위조가 아닌 것이 명백하여졌다. 김군 자신의 입으로 이러한 정세에서는 원칙적 기준적 정도의 인하, 즉 기치를 내리라고 말한 것이다.

---

3 임화의 원문에는 '昨年'이라 되어 있으나 김기진의 원문에 따라 수정했다.
4 대하여 : 임화의 글에는 '關하야'로 되어 있으나 김기진의 글 원 제목에 의거해 수정했다. 한편 이 인용문 내의 따옴표 처리된 부분은 임화가 「탁류에 항하여」에서 문제삼은 김기진의 「변증적 사실주의」로부터의 인용이다.

그리고 김군은 이러한 의견은 지금 제출된 문제가 아니라, "대중의 재미를 붙이지 못한다고 할지라도 그들에게 집어넣어야 한다"라는 명제와 같이 이미 작일昨日의 명제라고 말하였다. (…이하 3행 략略…)

표현 정도의 인하 즉 계급적 기준, ××적 원칙의 철거는[5] 이미 문제삼는 섯도 우습게 된, 과거에 결정된 정당한 방법이라는 말이다.

과연 언제 누구가 이런 반동적 방법을 결정하였는가? 그것은 홀로 ××××× 김기진 군의 두뇌 속에서는 결정되었을지는 모르나, 무산대중 중에는 한 사람도 이것을 승인한 사람은 없을 것이다. (…략略…)

그러나 김군은 다시 그 반동적 오견誤見의 사적史的 정당성을 좌증左證하기 위하여 이렇게 말한다.

우리들의 연장으로의 문예가 그 정도를 수그리어야 한다는 문제는 실상은 작년에[6] 문제된 문제이다. 지금[은] 우리의 곁에 없는 동맹의 조군(趙君)과 한가지로 ― 당시에 극도로 곤란한 객관적 정세와 우리의 작품 행동을 문제삼을 때 우리의 의견은 [우리가] 붓대를 꺾는 것보다는 할 수 있는 데까지 애써 만들어야 하겠다는 데에서 일치되었다. (…중략…) 당분간 …… 될 때까지 혹은 현재보다도 심한 정세에 눌리우더라도 춘향전 중의 칠언(七言) 정도의 표현을 가지고서라도 작품을 [만들어]내야 한다는 것을 고조하였던 것이다. (…중략…) ―(동시에 이것은 예술의 영역에만 한하지[7] 않는 일반적 원칙이다) ―

―9.20 『동아』 지(紙) 6면 ― 김기진(강조[8] ― 임화)[9]

---

5 원문에는 '撒去는'이라 되어 있으나, '撒'은 '撤'의 오자일 것이다.
6 임화의 원문에는 '昨日에'로 되어 있으나 김기진의 원문에 맞게 수정하였다.
7 동시에~한하지 : 김기진의 원문에 따랐다. 임화의 글에는 '그 同時에 이것은 藝術에만 適用되지'로 되어 있다.
8 강조 : 원문에는 '傍點'이라 되어 있다. 강조를 위해서 방점을 사용한 것인데, 이 전집

여기의 인용에서 보건대 김군의 소위 문제인 표현 정도의 인하는 지금은 옥중에 있는 조군의[10] 동의를 얻었다고 한다. 그러나 지금은 조군이 우리 곁에 없으므로 사실의 진부眞否는 알 수 없으나 만일 그렇다고 김군의 말을 신용한대도 조군 일인이 예술동맹의 전全 의사를 대표하는 것이 아니었으므로 거기엔 아무런 의의가 없는 것이다.

그러므로 이것은 문제가 아니다. 오직 문제는 김군의 말과 같이 작년 11월 18일『조선일보』에 실렸다는 논문[11]을 비판치 않은 우리에게 오류가 있을 뿐이다.

그러나 이 가장 영리와 현명을 스스로 자랑하는 김군은 개량주의에서 자유주의로, 또 거기서 예술주의로 개종을 하였다.

붓대를 꺾는 것보다는 어떻게 되든지 그것이 여하히 ××××작품이라도 애써 만들어야 한다는 말이다.

작품 만능, 소시민적 명예욕, 여기에 예술지상주의는 김기진 군으로 하여금 입으로 '프롤레타리아'를 연호連呼[케] 하였다.

그러나 이러한 내적 제諸 모순은 폭로되며, 김기진 군의 '프로 문사'의 화장化粧은 삭탈削奪된다.

여기엔 오직, 춘향전 문학자, 예술지상주의자 김기진이 나체로 떨

본에서는 강조에 고딕체를 사용했으므로, '강조'로 수정했다.

9 이 인용문 가운데 '당분간……' 이후의 문장은 9월 21일자 연재분으로부터의 인용이다. 그리고 인용문은 김기진의 원문에 따라 수정하였다. [ ] 안은 임화의 인용에서 누락된 글자들이다.

10 조중곤(趙重滾)이 아닐까 한다.

11 김기진의「통속소설고－문예시대관(文藝時代觀) 단편(斷片)」을 가리킨다. 이 글은『조선일보』(1928.11.9~20)에 발표되었으며, 그 중 11월 18일자에는 검열 등 탄압이 심해지면 통속소설을 써야 한다고 주장하면서, 더 탄압이 심해지면 춘향전 중의 '금준미주천인혈(金樽美酒千人血) 옥반가효만성고(玉盤佳肴萬姓膏) 촉루락시민루락(燭淚落時民淚落) 가성고처원성고(歌聲高處怨聲高)' 정도의 표현을 가지고서라도 작품을 만들어야 한다고 했다.

어질 뿐이다.

그리고 이 원칙?이 예술뿐이 아니라 정치에까지 적용되는 원칙이라고 말하였다.

옳다! 그것도 원칙일 것이다. 개량주의적 원칙, 매매(賣)계급적 원칙일 것이다. ××××× 정도를 수그린다. ××··································· 동(動)을 하고 색의계발운동色衣繼髮運動[12]을 한단 말이다.

···

수정주의를 찬미한다.

다음에 다시 문제는 일층 대담해진다.

김군은 상기上記한 바와 같은 반동적 요설이 작년 말에 내놓은 슬로건이라고 명언明言하였다.

과연, 이 소위 '슬로건'이란 언제 누구가 어떤 조직의 정책을 계승하여, 어떠한 조직의 결정에 의하여 발표한 슬로건이냐?

우리가 언제든지[13] 한 개의 슬로건을 내걸 때는 조직 자신이 그때의 경제적 정치적 정세에 의하여 결정하는 것이다. 그 이유는 계급의 기초는 경제 위에 섰고, 경제의 집중적 표현은 정치인 까닭에, 정치의 집중적 구체적 표현은 슬로건으로 나타나는 것이다.

그러므로 슬로건의 구체적 내용은 ×××[계급적] 필요 그것이다.

따라서 계급적 예술의 슬로건도 역시 ······ ×××[계급적] 필요에 의하여 일체로 결정되는 것이다.

그리고 슬로건 그것은 부단히 변하는[14] 주관적 객관적 정세에 의하여 수정되고 변하는 것이다. 하나 움직일 수 없는 것은 그 내용을 결

---

12 '계발'은 '변발(辮髮)'의 오식인 듯하다.
13 원문에는 '엇제든지'로 되어 있어 수정하였다.
14 원문에는 '變한'으로 되어 있으나 문맥에 맞게 바로잡는다.

정하는 ××××××××적的 원칙, 김군에 있어서는 일반적 개념에 불과한 이외에 일분一分도 나갈 수는 없는 것이다.

그러나 김기진 군은 김군의 자작 슬로건을 남게濫揭하였다. 그리하여 아래와 같이 그것을 정당화하기에 ××××× 언사言辭 ×××언사를 사용한다.

표현의 강도를 수그리는 것은 표면 퇴각인 듯하나, 실상은 퇴각이 아니다. 그것은 엄정히 **맑스주의적** ××적 원칙에 입각한 예술의 영역 내에 있어서 특수한 전술이다.[15]

— 김―동상지(同上紙)

희극도 여기 와선 요절할 지경이다. ××××××××××××××? 그러면 ××는 개량주의자이고 ××적的은 타협적이란 말인가?

그러지 말고 얼른 맑스적 화장을 벗으라.

맑스적 원칙을 개량주의로 바꾸어 칠한 뼁키 상인! ········ 그만하면 신에게 구호를 빌라!

자신의 입으로 '섹트種派주의'를 극복하라고 떠드는 자가 예술동맹 동경지부의 몇몇 분자 운운하는, 그야말로 이러한 수난기에 있어서 자가自家의 조직의 교란을 꾀하는 의식적 섹트주의, 진정한 의심할 여지가 없는 ···························· 이외에 아무 것도 아니다.

군이야말로 ××× 양심의 최후의 일편一片이라도 남았거든 군이 말한 '분리 결합'의 섹트주의를 청산하고 가면을 벗고 X[싸]움[16] 가

---

15 역시 김기진의 원문에 의거해 수정하였다. '강도를'은 임화의 인용에는 '程度를'로 되어 있다. 그리고 임화의 인용에서는 '맑스주의적'이 복자 처리되어 있다. 또 강조는 임화에 의한 것인데 밝혀져 있지 않다.

16 원문에는 'X홈'이라 되어 있다. 당시 싸움을 '싸홈'이라고 쓰기도 했으므로, 이렇게

운데로 들어서라. 부르 신문지상에서 휘파람만 불지 말고.

보라! 김군! 대중소설론, 뒤바꿔 꾸민 변증법만 떠들지 말고. 모든 것은 모든 진리는 구체적인 데만 존재한다. 구체적인 데서만 해결된다.

> 만일 …… "그렇게도 못한다면 어떻게 하겠느냐?"고 묻는다면 "그렇게 된 대로 무슨 방법이든지 있다. 그 방법은 그러한 경우를 당하는 때 안출(案出) 될 것이다" …… [17]

………… 김기진 군은 이렇게까지 훌륭한 전략가이었던가? 이렇게 구체적이었던가? 어떻게 이것은 일개의 순수한 희극인가?

그러나 이러한 원시적, 속악화한 상식적 전술은 노동자계급에게는 너무나 신화적이다.

그리고 군은 다시 이렇게 반문한다.

> 여하한 표현 방법도 절대절명으로 불가능 일관(一貫)이라 할 것 같으면 작품 행동은 열다섯째로 하고서 무엇을 할 수 있나? (…중략…) 압수와 금지를 당할수록 더욱 맹렬한 작품을 제작하는 것이 역격을 역격으로 하는 공세이요, 이렇게 함에서만 문제는 해결되고 작품 행동의 자유는 획득된다고 군은 말하는 모양이다.[18]
>
> ― 김―동상지(同上紙)

여기에 전소 문제의 초점이 있다. 또한 여기에서 김기진 군의 자칭 맑스 원칙의 가상衝上 요술은 폭로되며, 완전히 맑스주의와 결렬되는

재구성하였다.

17 김기진의 원문에 따라 수정하였다.

것이다.

여기에 우리는 이렇게 실례實例로 구체적으로 대답한다.[18]

김군이 춘향전 식으로 이 난국을 지내가며 호기好機 도래를 꿈꾸는 대신, 우리는 군이 한번 듣기만 해도 기절을 할 ××××해결한다.

이것은 군이 『동아일보』나 『중외일보』로 예술운동을 하는 대신 우리는 견고한 ……………………… 가졌다. 거기는 군이 기진할 맹렬한 문구로그러나 노동자 농민은 어떻게 좋아하는지 가득 찼다. 그리하여 군이 언제나 타협해가며 나아가려는 ××× …………………………………………
……………

…………………………………………………………………………………

그러면 군은 물을 것이다. 동경은 일본이 아니냐고? 옳다. 동경도 일본이다. 그러나 동경이 고정지가 아니다. 정세에 의하여 이것은 × ××× 갈 수 있고 대판大阪으로도 갈 수 있다.

…………………………………………………………………………………

이것은 완전히 우리가 할 수 있는 사실이다. 그러나 모든 박해와 곤란을 무릅쓰고 나아가는 영웅적 투쟁에서만 가능할 것이다.

군과 같이 연애 영화소설인지 무어나 쓰고 반동의 ××소아小兒 × ××과 노랫가락이나 주고받는 데서는 예술운동은 □□하고 목구멍운동 손운동도 잘 안 될 것이다.

…

…

---

18 역시 김기진의 원문에 따랐다. 이 인용문은 임화에 와서는 꽤 달라져 있다. 임화의 글에서는 다음과 같이 되어 있다. "여하한 표현방법도 절대 명령으로 불가능 일관(一貫)이라면 작품행동은 열다섯째 치고 무엇을 할 수 있느냐? (…중략…) 압수와 금지를 당할수록 더욱 맹렬한 작품을 제작하는 것이 역력을 역격으로 하는 공세요 이렇게 함에는 문제는 결정되고 작품행동의 자유는 보호된다고 아는 모양이다" (현대적 표기로 수정하였음)

...

...

...

...

...

...

어째서 이것이 정당하냐!

그것은 김기진 군의 춘향전 칠언팔구七言八句인지 십구十句인지보다는 몇천 몇만 배 ×××××을……, ××하며 그들의 ××적 력力을 ×× ×××××××××××로 결부시키는 까닭이다.

그러나 현재의 빈약한 우리 ××××× 완전하다는 것이 아니다. 우리가 이러한 방향으로 전진하는 것이 정당하다는 것이다. 그리하여 우리는 모든 방법을 다하여 모든 기회마다……………………… ………………………… 우리들의 행동주로 문학의 주축柱軸을 만들어야 할 것이다.

우리가 과거에 가지고 있든 오견誤見, 주로 부르 신문과 부르 잡지를 통하여서만 행하던 운동주로 작품하던 경향, 즉 우리들 자신의 기관機關의 강대화보다도 다른 기관의 이용을 과중평가한 그것을 단연斷然히 극복하여야 한다는 것이다.

노풍(蘆風)[1] 시평(詩評)에 항의함[*]

시인이여!

계급적 시인은 언제나 그 자신이 정당한 이유를 발견하고 사회적인 필요조건을 가질 때에는 자작自作에 대한 부당한, 실로 부당한 의도하에서 수행된 악惡 비평가?의 소위 비평에 대하여 자기의 작품에 대한 변명과 당치 못한 비판에 대하는 항의를 할 권리를 가지며, 동시에 자작의 절대한 옹호하에서 일체의 악의의 평評과 그런 평가군評家群을 격파할 의무를 가져야 한다.

그러면 이 부당의 평이란 무엇이며 또 어떠한 유형의 것을 말하는

● 『조선일보』, 1930.5.15~5.19.
1 정노풍(鄭蘆風) : 본명은 정철(鄭哲). 생존연대 미상. 1920년대 중반 무렵 양주동·염상섭·김영진 등과 함께 국민문학파의 일원으로 활동한 시인, 평론가.

것이냐?

그것은 언제나 계급적 사회생활에 있어서 자기 계급의 이익을 위하여, 또는 그 계급 지배의 방간幇間으로 그에 봉사하는 견유犬儒의 공격에 대항하게 되는 고로, 시인의 자작의 옹호, 악평에 대한 항의는 언제나 대중을 대상으로 하여 그 사회적 계급적 근성을 폭로하고 계급적 자기를 주장하고 그 자기를 대중적 사업에 일층 급부給付시키는데서 생기는, 자기 계급의 이익을 위한 행동이다.

그것은 개인주의적 자기의 고양이 아니라 그것은 용서할 수 없는 행동에로[2] 떨어진다, 프롤레타리아 계급의 자기 방위防衛의 필요 그것에 의거하는 것이다.

그것은 백 퍼센트 계급적 필요에 밀부密付되는 한에서만 허용되는 고로, 그 이외에 모든 이유는 하등의 자작의 옹호의 조건으로 성립되지 못하며, 그렇지 않은 한에는 그것은 소시민적인 자기 도취에 함입陷入하는, 계급적인 미명하에서 범행犯行되는 예술가의 죄악이다.

시인이여! 프롤레타리아의 이름으로 자기를 방어하자! 방간幇間의 악행을 격파하자!

임화는 자작을 방위한다. 이 방만한 행동을 감히 하는 것을 용서하라.[3] 그러나 이것은 하지 않을 수가 없다.

우리는 적의 공격이 개시되었을 때 자기를 방위하지 않는 고결?한 인도주의자는 아니리라. 그보다도 우리는 방위를 위한 무장에서 수세守勢를 공격으로 전환할 전투 행위로 자기를 끌어넣어야 할 것이다.

정노풍鄭蘆風 군의 잡지 『대조大潮』 4월호 40혈頁에서부터 실린 「3월

---

[2] 원문에는 '行動에로'로 되어 있으나 수정했다.
[3] 원문에는 '容恕하다'로 되어 있으나 수정했다.

시단 총평」 중에 임화의 「양말 속의 편지」에 대한 비평?에서 자기를 방위하고, 동시에 우리들 조선의 프롤레타리아의 앞에 '그들'의 음모 야도野圖를 폭로해[여]야 한다.

졸작拙作 「양말 속의 편지」는 어떻게 왜곡되고 어떻게 방간幇間의 독수毒手에 의하여 도말塗抹되려고 하였는가?

제군! 눈을 크게 떠라! 나는 자작을 설명하여야 할 만치 졸렬한 시인인 것을 서러워하면서 붓을 옮긴다.

제일 무엇보다도 평자評者로서의 정노풍 군은 실로 이 말한 바와 같이 '평면적'인 졸렬한 작품인 데 불구하고 이 시를 이해할 일편一片의 자격이 없다는 것이다.

소위 입으로는 하루 수백 번 물어버릴 수 있는 프롤레타리아 전위前衛의 생활이란, 또 그들의 철칙 규율하에서 움직이는 조직적인[4] 생활, 그리고 박해와 추포追捕의 공포하에서의 생활이란 투쟁 프롤레타리아 그들을 제하고는 아무도 모를 것이다.

그들은 오직 조직이란 것, 그것으로 모든 억압된 민중이 전숲 자본의 테러 조직의 공고한 적과 생명을 내놓고 사업에 종사하는 것이다.

이 위대한 부류의 사람들에 대하여 조선의 문학비평가 정노풍 군은 이것을 이해하기에는 너무나 원거리에 있다.

그들의 손에 든 '단포短砲'에서는 언제나 탄환이 나갈지 모르며, 그들의 가슴에 언제 유탄이 적중될지 모르는 것이다.

그렇다. 사실 「양말 속의 편지」는 전위의 입으로 불러진 노래이다. 이 사건은 부산방적釜山紡績의 파공罷工을 서사적 사건을 삽입하여 구

---

4 원문에는 '組織的의'로 되어 있다.

성된, 뇌옥牢獄에 있는 지도자가 직공들에게 보내는 노래이다.

그러나 이것을 이렇게 이해하는 것은 고명한 비평가가 아니고라도 가능한 것이다.

그보나도 문제는 이 시가 「양말 속의 편지」하는 데부터 출발한다.

시평가詩評家 정군은 불행히 이것을 이해할 자격이 결여되었다. 오히려 이것은 일상 투쟁의, 또 끊이지 않는 공장 내에 조직 사업의 생활[을] 하는 '한 개의 노동자의 보병'이 몇십 배 정확히 또 따듯하게 이해한다.

들어보아라! 유치장 내에서 외부로 전하는 서신이 어떠한 고심이 들겠는가?

고명한 시인이고 평론가인 정군!

이 시는 '양말 속의 구겨진 편지' 아니고는 투쟁단 사람들의 속에 도달치 않는다.[5] 이것은 프롤레타리아만이 자기의 일로 알 것이며, 세고世苦에 찌들은 얼굴 주름이 움직일 것이다.

여기에는 일점의 로맨틱도 용서치 않는다. 이것은 생생한 일상 투쟁의 사실인 까닭이다. 주밀周密한 주의와 비상한 경계하에서 행해지는 유일한 길이다.

하나 정군에게 있어서는 이 길은 '금단의 길'이다.

눈보라는 하로 종일 북쪽 철창窓을 따리고 갔다
우리들이 그날 ─ 회사 뒷문에서 '피케'를 보던 그 밤 같이······[6]

---

5 이 사이에 원문에는 '힘'자가 삽입되어 있으나 문맥상 불필요하여 삭제한다.
6 시의 발표 원문(『조선지광』, 1930.3)에 의해 수정하였다. 이 글에서는 "눈보라는 하로

이것은 졸작의 모두冒頭이다. 구금된 쟁의단원의 유치장[7] 내 생활 점경點景이고, 동시에 그의 과거잡히기전 생활, 동지들과 같이 회사 뒷문에서 경비대로 섰던 밤과의 대비로, 추운 감방 내의 생활을 말한 것이다. 하나 일점 로맨틱도 삽입되지[8] 않았다. 오직 그의 당시의 정적靜的 심경이 그의 일상 생활의 형태의 재현을[9] 통하여 묘출描出되어[10] 있다.

"몇번 몇번 그것은 왔다."

손 발 코구멍, 온몸에[11] 함부로 왔다.

들어봐![12] 무엇이 온 줄 아느냐! 손 발 코구멍에 왔단다. 사랑하는 님?이 온 줄 아느냐? X[고]문拷問이[13] 왔단다! X[고]문이! 소름끼치고 겁이 나니?

그리고 그 다음에는 정군이 인용한 소위 '장부丈夫다운' "어메 아베[14]가 다 무에냐 게집 자식이 다 무에냐" 하는 데까지 와서 이렇게 일단一段을 맺었다.

"세상의 산아희 자식이 어떻게 쟁의爭議가[15] 보기 좋게 패배하는[16] 것을 눈깔로 보느냐?"

쟁의가 패배하는 것을 못 본단 말이다. 그러나 정군은 이 구句를[17]

終日 北쪽鐵窓을 치고갓다 / 그날 ― 우리들이 會社뒤ㅅ門에서 「되케」를 보든 / 그치운 밤가티 ……"로 되어 있다.

7 원문에는 '留置物'로 되어 있으나 '物'은 '場'의 오식일 것이다.

8 원문에는 '押入되지'로 되어 있으나, '押'은 '揷'의 오자일 것이다.

9 원문에는 '再次를'로 되어 있는데, '次'는 '現'의 오식일 것이다.

10 원문에는 '指出되어'로 되어 있으나 '指'는 '描'의 오자일 것이다.

11 원문에는 '웬몸에'로 되어 있다.

12 원문에는 '들어와'로 되어 있으나 문맥상 의미로 보아 바로잡는다.

13 X[고]문 : 원문에는 'X向이'로 되어 있다. 하지만 '向'이 '問'의 약자의 오식인 것으로 보아서, '拷問'으로 복원하였다.

14 원문에는 '어메나메'로 되어 있으나 바로잡는다.

15 쟁의(爭議)가 : 『조선지광』 1930년 3월호의 원 시에는 'XX이'로 복자 처리되어 있다.

16 패배하는 : 원 시에는 '패북하는'으로 표기되어 있으며, 이 글의 원문에는 한자를 사용, '敗北하는'으로 표기되어 있다.

의식적으로인지[18] 무의식적으로인지 빼버렸다. 쟁의라는[19] 말이 귀에 거슬린 모양이다.

"파업은[20] 노동계급의 유일의 무기이다."레닌 장부丈夫가 무슨 장부냐? 노동자는 최후까지 지지 않는다. 여기서 정군이 인용한 구句가 결부되는 한에서만[21] 이것은 노동자의 감정이 되는 것이다.

그리고 군은 '전위 통일'인지 무엇인지 운운한[22] 것은 실로 소화笑話이다. 프롤레타리아 전위는 '장질부사腸窒扶斯'[23] 환자가 아니다.

그것은 프롤레타리아만이 소지한 동료적 우애[24]에 의한 영웅주의英雄主義이며[25] 투쟁에 임하여 "적을 미워하는 마음으로 힘과 열熱이 된" 레닌 그 열이다.

이 악평가惡評家는 여기에서 '노동자계급'을 장부丈夫처럼으로 도말塗抹하여버리었다. 이것은 군의 일상 내두르는 '민족적 계급의식'의 장부를 의미한 프롤레타리아적 범행의 발로점發露點이다.

장부고 무엇이고 없는 것이다. 노동자계급의 동료적 애愛, 계급과[26] 이익, 그것이 모든 투쟁에 있어서 그들을 역사상에 제일의 과감한 영웅으로 등장케 하는 것이다.

---

17 원문에는 '어둔'으로 되어 있으나 문맥을 고려하여 수정하였다. '어둔'은 '句를'의 오식일 것이다.
18 원문에는 '意識的으로잇지'로 되어 있으나 철자를 수정했다.
19 원문에는 '爭議라고'로 되어 있으나 문맥에 맞게 수정했다.
20 원문에는 '羅君을'로 되어 있는데, 임화 스스로 이 글의 마지막 연재분 말미에서 '罷業은'의 오식임을 밝혀놓고 있다.
21 원문에는 '限에서란'으로 되어 있으나 문맥에 맞게 바로잡았다.
22 원문에는 '치치한'으로 되어 있다. 그러나 이는 '云云한'의 오식일 것이다.
23 원문에는 '揚窒秋斯'로 되어 있으나 '腸窒扶斯'(=장티푸스)의 오식일 것이다.
24 원문에는 '支虛'로 되어 있으나, 이 글 마지막 연재분 말미에 임화 스스로 '우애(友愛)'의 오식임을 밝히고 있다.
25 원문에는 '美雄美이매'로 되어 있는데, '美雄美'는 '영웅주의'의 오식임을, 역시 이 글 마지막 연재분의 말미에서 임화 스스로 밝혀놓고 있다.
26 문맥상 '계급적'의 오식으로 보인다.

다음에는 직접 그의 손에 인용되는 광영光榮도 얻지 못한 채로 전부 '평면적'인 생활 단상斷相의 서사시로 언급되어버리고 말았다.

그러므로 졸작의 전문을 인용하는 것이 가장 정당한 방법일 것이나, 나는 그러한 노勞를 피하고 최후에 가장 문제되어야 할 일구一句를 인용하고 붓을 놓겠다.

....
참자! 참자!
눈보라는 미칠대로 두어라
우리들은 우리들로 뻗대고 나가자
기쁘다 그 녀석도 ××녀석도 다 무사(無事)하다고
그렇다 다들 땅 속에 깊이깊이 들어들 박히어라
(… 하략下略…)²⁷

결구結句 직전의 구句다.

문제는 어디 있느냐?

그것은 '땅 속에 들어들 박히어라'는 곳이고, '누구누구가 다 무사하다'는 데 있다.

이것은 일종의 정치적 의미를 갖는 것으로, 파공罷工 투쟁의 근본 형태 — 좌익 노동조합의 전술의 변화를 모르는 사람이다. 파공에 직접 참가해보지 못한 백수白手의 지식계급은 천만의 말씀으로 알 바이

---

27 이 인용구는 이 글의 원문에 의거하여 현대식 표기로 바꾸기만 하였다. 원 시의 경우 조금 다른데 원 시에서 해당 구절은 다음과 같다. "참자! 눈보라야 마음대로 밋처라 나는 나대로 뻗대리라 / 기쁘다 ××도 ××× 군도 아직 다 무사하다고? / 그렇다 깊히 깊히 다 — 땅 속에 들어들 백혀라"

없다.

더구나 고명高名의 비평가로 스스로 임任하는 정노풍 교수는 알 리가 없다.

스트라이크 지도의 아지트 조직, 그 지하적 조직을 이해치 않고는 아무도 이해하지 못할 것이다.

조선의 전 운동의 격류는 어디로 흐르고 있는가?

표면은 무사를 표식表飾하면서 치안유지법 위반 사건이 매일같이 일어나는 것은 무엇을 말함이냐?

시인이여!

지금의 현실은 1925년도 때 민중운동자 대회, 무슨 대회 때와는 일변一變한 것이다.

시인은 부단히 이 전全 프롤레타리아의 생활을 자기의 시로 하여야 한다.

정군! 놀라지 말라!

현실은 경제투쟁에 있어서도 직접 X[당]의 지도하에서 지하적 사업으로 수행된다.

피안彼岸에는 무기형無期刑과 교수대가 놓여 있는 '치유법治維法'[28]이 기다리고 있다. 그 이편에서 그들은 아지트의 사업을 두더지같이 지하에서 행하고 있다.

고명한 예술비평가? 정군!

군은 미학에도 장달長達하였을지는 모르거니와, 정치적으로는 지배적 세력의 '지봉支棒'이 되어 있다.

현실의[29] 생생한 사실에 맹목이면서 말하기 편한 구句만 따다가 평

---

28 '치안유지법'의 줄임말.
29 원문에는 '現實한'으로 되어 있으나 문맥에 맞게 바로잡는다.

면과 입체의 이차문二次文을 그려놓으면 만사 성취인 줄 아는가?

우리는 분노로 이 악평을 소말燒抹한다.

그리고 노풍 교수에게 견유犬儒의 칭稱을 봉정奉呈하고 우리들은 간다. X[당]기旗의 밑으로[30]!

시인이여!

우리들의 위대하고 영원한 지도자 일리치는[31] 이렇게 말하였다.

"부르주아와 그 노동자 중 적의 대리인 즉 개량주의자에게는 동일한 정력과 결의로 싸워라. 자기 편 중의 적은 외부의 적보다 일층 위험하다."

동료를 가장한 지배계급의 괴뢰를 일층 무자비하게 더 참혹하게 접대하자!

정당한 이유를 발견할 때 우리는 무기를 들고 궐기하자!

악평가를 격파하자!

시인이여! 이제는 임화의 방만放漫을 용서할 것이다.

광견狂犬은 짖어도

우리는 간다.

X[당]기의 밑으로[32]!

---

30 원문에는 '멋흐로'로 되어 있으나 수정하였다.
31 일리치 : 레닌을 말함.
32 역시 원문에는 '멋흐로'로 되어 있으나 수정했다.

시인이여! 일보 전진하자!

시에 대한 자기비판 기타

1

우리는 지금 현재 누구나 공인共認하지 아니하면 아니될 한 개의 딜레마에서 자신을 발견한다.

조선 프롤레타리아예술동맹을 중심으로 한 ………… 예술운동 자체의 주도적 세력의 현저한 미력화微力化가 그 가장 큰 특징이며, 그와 상대적으로 대두하는 모든 형태 각양各樣의 성상性象을 가진 일체의 반동적 경향의[1] 공연한 세력화와, 그의 지배적 층의 제諸 세력과의 합류와 협작協作에서 더 한층 (반동적 세력의 강화) 확대의 면전에 당면한 자신을 확인한다.

● 『조선지광』, 1930.6.
1 원문에는 '傾向이'로 되어 있으나 수정했다.

그러나 이러한 정세를 결정하는 객관적 조건! 즉 ××자본주의의 제국주의적 ×세勢 — 자국 내에 재在하여는 자본가적 산업의 합리화에 의한 경제적經濟的인[2] 고도화, 식민지에 있어서는 공전空前의 경제적 지배의 강화, 정치적 ××에 의하여 진행되는 — 태평양 상의 문제, 북대륙의 문제, 등 극동에 재在한 제諸 ××주의적 세력의 불균형에서 일반 정치적 관계 — ×× 간의 대비는 일층 첨예화한다.

이러한 일반적 ×세勢는 프롤레타리아의 세력을 일시적이나마 미약화시키고 부분적 파괴의 타격을 준 것이 사실이며, 또한 일면으로 동요되는 소시민층과 민족적 자본벌資本閥에 대한 개량적 부패 ××은 완전히 승리하였으며, 일방一方 빈농과 도시 노동자 일반 ××××× 을 전全×적的으로 ×××시키고 말았다.

그러나 우리는 이러한 정세에 당면한 제반의 정치적 현상, 경제적 변화에 대하여는 논급論及함을 피하고 그의 직접적 이데올로기적 반영인 예술상의, 주로서 문학상의 변화로서만 논술의 대상으로 하자.

위선爲先 먼저의 현상은 전술前述한 정세하에서 받은 예술운동 자체의 조직적 미력화 그것이다. 물론 이것은 프롤레타리아의 전반적 세력의 역량과 정비례하는 만큼 근본적 타격을 몽蒙한 것은 다언多言을 요要치 않거니와, 직접적 영향으로서는 예술동맹 중앙 지도부의 미력화이다. 그것은 유수有秀한 ××의 ××와 직하直下하는 × 등을 들 수 있는 일방, 지도부의 일화견주의적日和見主義的[3] 견해와 자체의 조직상 문제에까지 그 원인을 찾는 것이 가장 정당할 것이다.

다음에 최근 거년去年 여름 이후로 대두하는 주요한 현상으로 소小 부르 계급의 진보성의 완전한 포기가 명백하여진 것이다. 과거에는

---

2 원문에는 '經濟的의'로 되어 있으나 문맥에 맞게 바로잡는다.
3 일화견주의는 '기회주의'란 의미.

예술동맹 내부에까지 참가하였던 김동환金東煥(잡지『삼천리』) 군 등의 공연한 반동화가 일례이며, 보다도 중요한 것은 전기前記 부분에서 상술詳述치는 않았으나 신흥 상공 부르주아지의 직접적 이데[4]인 개량주의적 경향의 예술상의 재생산으로서, 특수 조선을 말하고 농민 문제를 말하고 변증법의 논리로시의 시변철학의 공격 테뷰[5] H. Lunow[6]의 민족 국가 학설을 맑스주의라고 신봉하고 나아가서는 칭함으로써 개량주의를 ××적 언사言辭로 수식하는 국제적 모반자의 기술을 학득學得하고 그들의 충실한 후예로서 조선문학[7]의 건설의 대임大任과 조선 민족 백년의 대계를 기우杞憂하는 정노풍鄭蘆風 군에게서 그 가장 전형적이고 사실화하는 현상을 본 것이다.[7]

그러나 이 최악의 경향인 개량주의자 정노풍 군은 결코 그 자신을 개량주의자라고 선명宣明하지는 않았다. 그가 진실한 ××주의라고 말하는 데서 조선 민족의 메시아로서 조선의 로마가 되려는 것이다.

그리하여 이것은 필연적으로 ××적 세력과 포합抱合할 것이며 만일 그렇지 않는 한에서도 그것은 객관적으로 훌륭한 일개의 견유犬儒로서 봉사하는 것은 우리는 어느 때 어디서든지 명확히 간취하여야 한다.

이것은 우리가 지나간 일 년 동안 그리고 최근에 와서 가장 명백히 본 사실이며 가장 크게 감感한 현상이다.

---

4 이데올로기의 줄임말.
5 원문대로이나 '테제'(혹은 '레뷰')의 오식으로 보인다.
6 원문대로인데, 1917년 이후 독일 사회민주당의 이론지『신시대(Die Neue Zeit)』의 주간을 맡았던 하인리히 쿠노브(Heinrich Cunow)를 가리키는 듯하다. 'L'은 'C'의 오식일 것이다. 이 잡지는 엥겔스 사후 수정주의 경향으로 기울어졌으며, 1차 세계대전 동안에는 중립적 입장을 취했으나 실제로는 사회배외주의자(social-chauvinists)들을 지지한 바 있고, 쿠노브는 프롤레타리아 애국주의를 옹호하는 입장을 취했다.
7 정노풍은 「조선문학 건설의 이론적 기초」(『조선일보』, 1929.10.23~11.10)란 글에서 민족문학론을 중심으로 삼으면서 계급문학론과의 절충을 시도하고 있다.

그러나 만일 빈농과 노동자 또 세민細民 대중은 어떻게 움직이었느냐? 그것은 전에 약기略記한 것 같은 현저한 ×××에서 볼 수 있을 것이다. 지난 번 ×× 사건 부산 인천 기타 각 도시의 도처의 ×××의, 또 그 전으로 가서는 세계를 진감震撼시×[킨] ×××의 역사적 ××××을 들 수가 있다.

×××? 그렇다. 누구가[8] 이 사실을 부정하느냐? 개량주의의 여하한 ××도 이 사실을 부정하지는 못할 것이다. 급속한 템포로 이 사실은 진행된다.

그러나 우리들 예술가는 어떻게 이러한 사실을 예술상에 반영하였으며 또한 어떻게 여기에 공헌하였는가?

불행히도 우리는 이것을 능히 감행하지 못하였다 고백할 이외에 아무러한 회답을 못 가지고 있다.

그러나 이러한 일반적인 ××[혁명]적 조류의 앙등은 어떻게 그 이데올로기적 영역에 반영되었느냐? 이것은 우리들 예술가 — 기술자의 손을 거치지 않고 직접적으로 고조高潮된 현상을 산출하였다.

예술동맹 내부에 있어서는 중앙 지도부의 활동보다도 지방의 투쟁이 더 활발하였다고 볼 수 있으며, ×××××은 그 자신의 자태와 의욕을 예술상에 표현하기를 실로 강요하고 있다. ××의 일주년의 기념식의 광경을 우리는 조금이라고 들었을[9] 것이며, 또 도처에서 일어나는 ××[혁명]적 연극에 대한 요구, 일반의 투고주로 필자는 『무산자』 편집국의 것에 의준[依準]한다 등의 현저한 진보에서 볼 것이다.

그러므로 상기한 모두冒頭의 딜레마는 그 자신 딜레마가 아니다. 만

---

8 원문에는 '누구나'로 되어 있으나 문맥에 맞게 수정했다. 이 무렵 임화는 '누가'를 '누구가'로 쓰고 있다.
9 원문에는 '들럿슬'로 되어 있으나 수정했다.

일 우리들 ××적 예술가가 여기에서 비약적으로 일보 전진하지 않는 한에서만 그것은 딜레마인 것이다.

당면의 객관적 정세 일반은 우리들에게 어떠한 임무를 부여하지도 않는다. 오직 하나 일보 전진이 있을 뿐이다.

시인이여! 일보 전진하자!

퇴각이냐? 전진이냐? 거기에는

오직 운동이 있을 뿐이다 ─.

2

그러면 어떻게 우리는 이 중요한 모멘트에서 일보 전진할 수가 있는가? 즉 이 곤란한 도정을 돌파하고 우리들 ××적 예술가의 독자적 길을 가기에 당면한 구체인 투쟁 대상은 어디의 무엇이냐 말이다.

첫째로 우리는 무엇보다도 우리의 주체적 세력의 강대화를 위한 투쟁, 다시 말하면 예술운동의 주도적 세력인 예술동맹 자신을 여하한 희생과 곤란 속에서라도 강고한 지도부를 확립하고 그 밑에 규율 정제整制한 각 기술별 분업 조직의 확립에로의 정력적인 노력이 있어야 할 것이다.

여기에 동시적으로 문제되는 것은 현 지도부 내에 만재滿在한 일화견주의적日和見主義的 경향과의 결연한 투쟁이 급무로서 상장上場되어야 한다. 이것은 현 조직 자체 내에서 수행할 수 있는 문제로 시급한 해결 위에 그 자신을 일화견주의에서 해방하는 유일의 방법이다.

다음에는 정노풍 등을 중심으로 한 예술상의 민족개량주의, 시에 있어서는 '현대시의 탄력적? 요구'[10]라는 요괴를 들고 나오는 소小부르 표현주의 등의 망령과의 무자비한 투X[쟁], 집요한 추구에서 프롤레타리아 시, 예술의 엄연한 독자성의 고조, 개량주의로부터의 확연한 구별에 의하여 이 딜레마를 타개하는 공간責杆을 만들어야 할 것이다.

그리고는 예술가 또는 시인 등 우리들 일반의 예술을 엄밀한 의미에 있어 ················의 것을 만들어야 할 의무만이 남는다.

사실에 있어서 현재까지의 우리들이 생산한 예술 특히 시에 있어서 우리는 급격히 성장하는 ··········의 요구, 앙등하는 ××적 파도의 고조된 욕구를 자기의 예술로 하지 못한 것이다.

보다도 우리들의 예술은 과거 소위 경향파傾向派 시대의 역사적 진보성을 대중의 ××적 성장이 예술상에게다 그 직접적인 반영을 강요할 때, 우리들 예술가는 겁나怯懦하게도 거기에 응치 못하였고, 오히려 소부르적 개념과 ××의 낭만주의에서 소요逍遙하였던 것이다.

그러므로 우리들 예술가 그리고 시인은 이 대중의 앙등된 욕구를 자기의 예술로 할 수 있는 자기의 생활을 영위하여야 하고 또 그 용의用意에서의 시인이어야 할 것이다.

이러한 우리들의 당면한 주요 임무는 실로 일반적인 한계의 문제이며 또한 전반에 긍亘하는 원칙적 문제이다.

그러므로 전자의 두 가지의 임무는 시인뿐만이[11] 아니라 우리들 예술가 전체의 자기 희생적 노력에만 가능한 사실인 고로, 우리는 고稿를 달리하여 그 구체적인 문제를 제기할 것과, 후자의 우리들 시인에게 직접적으로 해결을 요구하는 것은 실로 우리들 조선의 프롤레타

---

10 이 구절 역시 정노풍의 글 제목에서 따온 것이다. 정노풍, 「현대시의 탄력적 요구」, 『조선일보』, 1930.1.4~17 참조
11 원문에는 '詩人뿐이만'으로 되어 있어 글자 순서를 바로잡았다.

리아 시인의 손으로만 해결할 수 있는 것이다.

그러면 우리들 조선의 시인은 어떻게 임무를 가장 급속히 ××적으로 해결할 것인가?

위선 무엇보다도 전자의 임무의 공동적 수행이 부여되며 다음으로 후자의 구체적인 해결로 자신을 이끌어야 한다. 하나 필자는 여기에서 이 고稿의 한계성을 명확히 하는 한편, 이 고의 불비不備에 대한 동지 제군의 관서寬恕를 빌어야 할 것이다.

그것은 무엇보다도 이러한 프롤레타리아 예술운동을 중심으로 한 중重한 제諸 문제의 해결을 급속히 하기 위하여, 곤경에 처한 우리의 투쟁에서 특히 이 고는 시에 관한 단편적斷片的인 명제를 추출하여 전체의 도정途程을 과감히 타개할 한 개의 조력助力의 박차拍車의 역할을 함에 부족하다는[12] 것이며, 동시에 그것을 수행하기에도 필자는 너무나 불비하다느니보다도 전무全無한 재료로 대담히도 이 고를 급히 초草해야 할 생활 속에 처했다는 것을 말하는 것이다. 그러나 언제나 진리는 구체적인 것이다. 이 원칙의 일반적인 제기로부터 그 부분적인 특수된 해결에서 전체적 해결로 통합하는 변증법의 논리로 우리는 무장하여야 할 것이다.

우리는 이 길의 단초를 시작한다. 즉 프롤레타리아 시의 시야視野의 인식 활동의 범위의 확대 확보를 위하여, 나아가서는 예술운동을 일보 역사의 전면으로 진출하는 데 그 전全 의의를 갖는다.

여기에서 우리는 전에 누구가 말하던 어떠한 의미에서보다도 별別 의미의 시의 대중화를 부르짖으며 시의 **프롤레타리아화**를 제기한다.

시는 절대 무조건적으로 대중화하여야 하며 또한 시로 엄정한 프

---

12 원문에 따른 것인데, 원문은 '不足'은 '不過'의 오식이 아닐까 한다.

롤레타리아화해야 한다.

이러한 한에서만 시인은 일보 전진할 수 있으며 그 역사성을 확보할 수 있고 또한 역사가 부여하는 임무를 능히 수행할 수 있다.

그러면 왜 지금 시의 대중화가 문제되며 더구나 시의 프롤레타리아화가 문제되어야 하는가? 과거에는 우리의 시는 대중화되지 않았으며 우리의 시는 프롤레타리아의 시가 아니었던가?

이것은 과거의 시 일반의 비판에서만 우리는 알 수 있을 것이다.

3

조선에 있어서 프롤레타리아의 시의 출생은 예술운동의 역사와 함께 가장 오래인 데 속한다.

예술운동이 문학의 영역에서부터 발생한 만치 시는 그것과 동시에 출발하였다. 그리하여 현재에 이르기까지 조선에 있어서의 가장 ××[혁명]적인 예술로서 존재하여왔다.

그리하여 그것은 얼마만한 한도에까지는 우리의 ·········· 에 노력하였다고 명언明言할 수 있을 것이다.

그러나 우리들 시인은 자기의 임무에 대하여 또는 프롤레타리아의 자기들에 대한 요구에 대하여 진실로 생각하여본 적이 한 번이나마 있었는가?

불행하나 우리는 못하였다고 하는 이외의 회답을 가진 이는 하나도 없을 것이다.

다만 흥분된 감정으로 ××을 노래하여보고 공장이나 신문의 3면 기사에다 눈물을 쏟아본 적밖에도 없었다. 누구나 한 번이나 프로의 몸으로 그 감정의 행동을 노래하여보았으며 ……………의 ×후後를 맹서하여보았는가.

있었으리라. 그러나 불행히도 우리는 종이 위에서 흥분하였으며 머리속에서 노동자를 만들고 철필을 쥐고 ××의 심리를 분석하였을 뿐이다.

비가 와도 오월의 태양만 부르고 누이동생과 연인을 까닭 없이 ××× 를 만들어서 자기중심의 욕망에 포화鮑和되어 나자빠졌다. 네거리街里에서 순이順伊를 부르고[13] 꽃구경 다니며 동지를 생각했다.

이러한 프롤레타리아가 사실로 있을 수가 있는가? 이 조선의 급전急轉하는 현실 속에.

시인은 무엇을 해야 하느냐.

우리는 잘 안다. 예술은 무엇에 쓰고 무엇을 해야 하는 줄을.

예술은 프롤레타리아의 ………… 을 조력하는 데 그 임무를 다해야 한다. 프롤레타리아가 자체의 힘을 ×××시키기 위한 ×× 그의 ××을 조력하는 한에서만 예술은 존재할 수가 있는 것이다.

그러면 우리는 이 명확히 된 예술의 역할을 시인으로서 수행하는 한에서만 시인은 존재할 여지가 있다. 즉 이 조선의 프롤레타리아가 자기의 힘을 …… 시키기 위한 ………… 에 참가하기 위하여 시는 대중화되어야 하며 시는 프롤레타리아화하여야 한다.

그러나 현재로부터 대중화되어야 하고 프롤레타리아화해야 할 시가 그렇지 못했던 과거의 시작詩作에 대하여 필자는 예증에 의하여 비

---

13 누이동생과 연인을, 그리고 네거리에서 순이를 부른 것은 임화 자신이었다. 잘 알려져 있듯 임화가 대표적인 프롤레타리아 시인으로 부상한 것은 1929년, 「네 거리의 순이」와 「우리 오빠와 화로」라는 이른바 '단편 서사시'를 발표하면서부터였다. 이 글에서의 자기비판을 계기로 하여 임화는 당분간 시에서 손을 뗀다.

판할 자료에 전거典據할 수가 없으며 또한 구태여 그러할 필요를 느끼지 않는다.

전에 어떠한 작가와 작作보다도 최근의 일반적 경향을 대상으로 하는 데 만족한다.

재작년 겨울부터 우리 예술에는 **사실주의 길로 ─** 라는 슬로건이 내걸렸다. 그러나 소설 기타에 있어서는 비재非才인 필자는 알 배 없으나, 시에 대하여서만 기억에 좇아서 검토해가면, 1929년 초경부터 성질은 여하간 미미하나마 리얼리스틱한[14] 현상이 나타난 것이 사실이다.

그것은 작년 2월 『조광朝光』[15] 2월호에 실린 임화의 「우리 오빠와 화로」의 출현으로 명확해졌다고 말하여도 별 폐단이 없을 것이다. 이 것은 사실에 있어서 되나 못되나 문제를 야기하였고 그 후에 적지 않은 영향을 끼친 것으로, 필자의 엄정한 입장에서 자기비판을 요하게 된 직접적 동인이며 그에 대한 책임을 갖는 것이다.

우리는 언제나 여하한 작가의 작품임을 물론하고 필요한 시기에서 그 프롤레타리아적 준열한 비판을 가하여야 하는 것이 진정한 노동자적인 행동일 것을 잘 안다.

따라서 필자가 자기의 시를 문제의 대상으로 하는 이유도 여기에 존재한 것이다.

이때부터 과거의 개념적인 절규의 낭만주의는 일변하여 소위 사실주의적 현실?로 족보足步를 옮기기 시작하여 현대에 이르기까지 이 경향이 만연되어 있다.

즉 필자의 2,3의 시의 소少 부분의 사실성寫實性은 감상주의感傷主義, 비非××적 현실의 예술화로 전화되고 만 것이다.

·

---

14 원문에는 ''리아릭크」한'으로 되어 있으나 수정하였다.
15 당시 발행되던 좌파 잡지 『朝鮮之光』의 약칭이다.

먼저도 말한 것과 같은 경향, 즉 연인과 누이?를 무조건적으로 ×
××를 만들어 자기의 소시민적 흥분에 공供하며, ××적 사실, 진실
한 생활상生活相이 없는 곳에서 동지만을 부르는 그 자신 훌륭한 일개
의 낭만적 개념을 형성하고 만 것이다.

이러한 악경향이 단시간에 우리들 시인의 거의 전체에 영향된 것
은 일부 소시민적인 저널리스트들에게 죄과가 있는 동시에 우리들
시인 자체 소시민적 허약에 보다도 큰 원인을 찾아야 할 것이다.

시시로 일어나는 대중적인 ××의 사실, 성생成生하는 ×××××
의 감정의 그 요구 등을 자기의 예술로 하는 대신, ××의 소시민적
부분 그 일화견적日和見的 표피만을 따다가 시로서 한 것이다.

이것의 절대의 조건은 우리들 시인이 직접 그 ××[전위]의 생활 속
에 없는 것이 그 최대의 원인이며, 자기의 예술을 직접 프롤레타리아
의 성장과 결합하지 못한 데 있는 것이다.

그러므로 이러한 시는 소시민층 주로 학생 지식자 청년들의 가슴?
을 흔들었을지는 모르나, ×××와 ××에게는 남의 것이고 낯설은
손님이었던 것은 지극히 당연한 것이다.

이러한 시를 가지고 대중화되지 않는다고 깊게 깊게 염려하며 생
각해도 그것은 소시민의 초조焦燥된 감정적 흥분을 돕는 이외에 아무
효과도 없다.

즉 여태까지의 시는 소시민적 대중화에 불과했다.[16] 진정한 ………
으로 대중화하려면은 ……… 의 것 ××의 것이 되는 한에서만 가능
한 것이다.

그러므로 시인은 인제 와서 '시인'인 것을 완전히[17] 포기하여야 한다.

---

16 소시민적 대중화에 불과했다 : 원문에는 '소시민적 대중화가 아니다'로 되어 있으나 착
오로 보인다. 문맥상의 의미로 보아 바로잡는다.

일보 전진하는 것은 ××××××의 생활 속으로 들어가는 것과 노동자 농민의 생활 감정을 자기의 생활 감정으로 하는 것을 의미하는 이외에 아무 것도 아니다.

여기에 우리는 일보 전진해야 한다.

그리하여 우리는 그 속에서 생활하고 ××하며 우리들 ××적 예술가의 조직을 확립하고 일체의 악경향과 투쟁하며 확립하고 강철같은 망網에 배포×에 의하여 전류같이 ××적 예술을 프롤레타리아 ××××의 조력을 위하여 수송해야 할 것이다.

시인이여!

×× 시인이여!

일보 전진하자!

부기—언어 그것으로서의[18] 조론(粗論)이다. 그러나 관대히 보아주기를 바란다. 우리들에게 일점의 이익됨이 있으면 행인가 한다. 예술운동의 당면 주요된 제 문제는 고(稿)를 달리하여 평론할 것을 약속하며 친애하는 조선의 ×××적 시인 제군의 그것을 빈다.

1930.4, 동경(東京) 화(和)

---

17 원문에는 '完全한'으로 되어 있으나 수정하였다.
18 원문에는 '그거로서의'로 되어 있다.

1931년간의 카프예술운동의 정황(情況)[●]

1

　1931년에 있어서 조선의 무산계급은 역사의 다른 시대의 5년 혹은 10년간을 생활하였다고 우리는 말할 수 있는 것이다. 지나간 1년간의 우리들의 계급의 생활은 (…중략…) 통과하리라는 것과 그것의 전제조건이 우리들과 계급X[적]과의 충돌의 광범한 탄압의¹ 정세 속에서 성숙하고 있다는 것을 육신을 가지고 직감케 하였다. (…중략…)

　그들의 계급적 이해의 옹호를 위하여 전력을 다하여 돌박突迫하였다. 우리가 지내온 이 일[년]간의 생활은 무수한 …… 에 의하여 그 내용을 일찍이 보지 못한 정도에까지 풍부케 하였다. 그들은 이론에나

● 『중앙일보』, 1931.12.7~12.13.
1 원문에는 '彈地의'로 되어 있으나 문맥에 맞게 수정했다.

혹은 설교에서가 아니라[2] 그들의 고기나 뼈를 아프게 하는 생활에 의하여 오직 전진할 것만을 학득學得한 것이다.

무한한 빈곤과 불행 …… 이것이 우리들의 계급의 생활에 가하여지는 새로운 부富인 것이다. 더구나 심각화하는 농업과 공업의 공황은 일층 더 많이 이 '부'를 우리들의 계급의 품 속에 넣어주고 있다.

이러한 정세에 있어서 카프진[영이] 1931년을 통하여 전열의 가두에다 …… [볼셰비키화]의 슬로건을 중심 슬로건으로서 내걸은 것은 현시現時에 있어서의 …… [혁명]적 근로대중의 정치적 노상路上에 자기의 입장을 발견하였다는 것을 의미하는 것이며, 카프 예술전쟁이 그 전의 어떠한 시기[의] 그것보다 그 질을 달리한 결단적 전향을 표시하는 것이었다.

그리하여 이 예술운동의 …… 을 중심으로 한 진영 내에 토론으로서 지내간 1930년 이후 1931년은 이 중요한 슬로건의 실천화[3] 구체화의 연도로서 자기의 사업을 전개한 것은 완전히 정당한 것이었다.

그러나 문제는 이 결정적으로 중요한 슬로건을 단순히 내걸었다는 곳에 있는 것이 아니라 그것을 얼마나한 정도에까지 실천상에 옮기었느냐 하는 데 있는 것이다.

그리하여 새로이 전향된 이 방향은 우리들의 면전에 미상유未嘗有의 다단한 문제를 제기하였고 또한 카프의 모든 성원들도 수많은 풍부한 경험과 교훈을 얻은 것이었다.

따라서 이 1년간의 카프전선의 제諸 정세를 구체적으로 진실로 …… 적으로 분석하고 구연究研하는 것은 우리들의 귀중한 뜻의 하나이다. 하나 나는 지금 이 지극히 국한된 편폭篇幅을 가지고 모든 것을

---

2 원문에는 '아니다'로 되어 있으나 문맥에 맞게 수정했다.
3 원문에는 '實踐地'로 되어 있으나 문맥에 맞게 수정했다.

해결하려는 절망切望은 가질 수는 없으며 또한 이 자리는 그 기회가 아니리라고 생각한다. 다만 1931년을 싸워온 카프 예술전선의 간단한 정황을 기술하는 데 그치려고 한다.

2

이러한 모든 중요한 제 임무를[4] 그의 실천상에서 해결함에 있어서 우리 카프가 가장 명백히 그 결함을 폭로한 제일의 지점은 의심할 것도 없이 조직상에 나타난 모순 그것이었고, 다음에는 이 조직문제와 불가분의 연계하에 있는 문학자 단團을 제외한 모든 부문에 있어 강고해지고 있는 반反 프로예술전선 그것에 대하여 우레雨雷와 같은 공격을 가할 튼튼한 전투부대를 소유하고 있지 못하였다는 그것이다. 그리하여 카프의 전선이 문학을 제외한 다른 부문에 있어서 거의 매거枚擧할 아무 것도 없을 만치 □하하였다는 것은 가장 힘을 들이어 지적하지 아니하면 아니 될 불행이었다. 그러나 명예 있고 전통에 빛나는 우리들의 문학전쟁은 1931년의 상반기우리 카프의 작가들이 그 활동의 자유를 가지고 있었을 동안를 일관하여 근년의 무정부적 생산방법을 청산하고 일층 조직화한 방법을 가지고 진격하였다는 것은 서슴지 않고 지적할 수가 있는 사실이었다.

그 전의 어느 때도 항상 그러하였지만 1930년에 지적된 '예술운동'의 슬로건을[5] 구체화함에 있어 우리들의 작가단은 그의 선두에서 기분幾分이라도 이것을 해결한 유일한 전공자戰功者였다. 그러나 물론 나

---

4 원문에는 '任者를'로 되어 있으나 문맥에 맞게 수정하였다.
5 원문에는 '스롱강을'로 되어 있다.

는 우리 카프 작가단의 개개의 작가의 결함과 명백한 오류를 은폐하려고 하지는 않는다. 그것은 카프의 역사상에 있어서 그 어떤[6] 때의 전환기[보]다도 일층 본질적이고 결단적인 이 위대한 전향에 있어서 우리들이 누구나 혹 때로는 우리들의 전체가 뜻하지 않는 잘못을 범하리라는 것은 불가피의 것이기 때문이다. 여기에 우리 카프 작가 중에 있어서도 가장 오랜 역사를 가지고 있는 동지 송영宋影까지도 그의 작품 「오수향吳水香」에 있어서와 같은 전술상의 오류를 범하게 한 것은 더욱 이 전향이 얼마나 큰 곤란을 상반相伴하고 얼마나 노력을 필요로 하는가를 말하는 것이다.

그러나 이렇게 범해진 적지 않는 오류와 양으로 보아 그렇게 많지 못한 우리들의 상반기의 짧은 활동 속에서도 카프는 일찍이 보지 못하였던 만치 명확한 결정적인 전진을 하였다는 것을 우리는 또한 잊어서는[7] 아니 된다.

무엇보다도 특징적인 것은 우리들 카프의 작가들이 '몰려'와 '들어가서'와 상쟁하여 가면서 '몰려'적 테마[8]를 그 예술의 내용으로 하려고 노력하였다는 것이다. 거기에는 물론 동지 송영의 「오수향」에 있어와 같은[9] 무참한 실패[10]도 있었고 또한 동지 김남천金南天, 이기영李箕永 씨, 권환權煥 등의 제 작품에 나타난 것과 같은 성공적인[11] 성안成案도 볼 수가 있을 것이다. 그러나 우리들의 작가들이 실패에 있어서나 성공에 있어나 똑같은 정도로 이 중심적 슬로건의 구체화 실천화의[12]

---

6 원문에는 '어린'으로 되어 있으나 문맥에 맞게 바로잡는다.
7 원문에는 '이래서는'으로 되어 있으나 문맥에 따라 수정했다.
8 원문에는 '쩌마'로 되어 있다.
9 있어와 같은: 원문에는 '잇서 다가튼'으로 되어 있으나 문맥에 맞게 바로잡는다.
10 원문에는 '決敗'로 되어 있으나 '決'은 '失'의 오식으로 보인다.
11 원문에는 '成巧的인'으로 되어 있으나 '巧'는 '功'의 오자일 것이다.
12 원문에는 '實踐地의'로 되어 있으나 '地'는 '化'의 오식일 것이다.

지점에로 전진하였다는 것은 불발^{不拔}의 사실이다. 그들은 명확히 막연^{漠然}된 '무산계급의 철학'을 양기^{揚棄}하고 ×××의義의 조선의 ×××× 프롤레타리아의 정치적 입각점에 자기의 당파^{黨派}를 발견한 당파 작가로 된 것이다.

다음에는 우리들 카프 작가들은 자유주의적인 구락부적^{俱樂部的} 조직의 일원으로서 자기의 예술작품의 생산에 종사한 것이 아니라 그들은 일정한 지도적 방침 밑에 움직이는 지도부에 소속된 일원으로서 귀중한 계급적 규율하에서 생활하는 작가이었다는 것이다. 전에도¹³ 물론 우리들은 계급적 통제 밑에서 생활하여왔다는 것은 사실이었으나, 그러나 4년도의¹⁴ 우리들은 그 통제와 방침과 규율이 우리들의 작가의 작품생산의 조직화하는 곳에 구체적으로 반영하였다는 것이 최대의 특점인 것이다. 차년^{次年15}에 있어 카프 작가는 처음으로 산업별 생산에 손을 대이어 보았으며 조직적 생산을 시험해본 것이었다. 물론 이곳에서도 우리는 적지 않은 실패와 결함을 가졌으며 그 반면의 빛나는 성과도 얻은 것이었다.

더구나 카프에 있어서 결정[적]인 이 전향을 문학 부문에 있어서 작가들에 대한 과중한 통제의 요구와 지나치게 급격히 이 정책을 수행하려 한 것은 우리 카프 지도부의 초조의 과실^{過失}이라고 보지 않을 수 없다. 활동적이었던 2,3의 작가는 이 급격한 변화 아래 오직 침묵을 가지고 고려케 하고 또 대부분의 작품에 있어서 그 자유스러운 창의성과 구체적 생활을 경시하는 내용의 무절조^{無節操}한 정치주의화란 기계적 고정화의 현상을 나타내게 하였다. 물론 이것은 불가피의 오

---

13 원문에는 '前에는'으로 되어 있으나 문맥에 맞게 수정했다.
14 원문에 따른 것이나('四年度의'), 아마도 '此年度의'의 오식이 아닐까 한다.
15 역시 원문대로인데, '此年'의 오식이 아닐까 한다.

류이었으나 그러나 청산되지 아니하면 아니 될 경향이었다. 더욱 대부분의 활동적인 시인의 침묵은 명백히[16] 여기에 원인하는 것이라고 생각할 수밖에 없는 것이다.

그러나 영예 있는 전통을 자랑하는 우리들 카프의 작가들은 의연히 카프문학전선의[17] 유일의 최강부대이었으며 타락하고 진부해지고 있는 부르주아문학에 대하여 비할 수 없이 우월한 것이었다.

동지 권환의 소설 「목화와 콩」은 그 제재에 있어서나 또 그 소박 간결한 형식에 있어서나 조선의 농민문학의 새로운 방향을 제시하는 것이었으며 또한 조선의 문학 형식에 있어서 전혀 다른 어떤 것을 보이고 있었다. 비록 그것이[18] 문학적으로 구상화한 작품이라고[19] 들기보다 문학의 일 소재에 가까운 것이다.

그리고 또 하나 우리들 카프문학전선의 1년간의 최대의 수확의 하나는 동지 김남천의 「공장신문」이었다.

「공장신문」은 전기前記 동지 권權의 작품에 반하여 여태까지의 조선 프롤레타리아문학의 최량의 전통의 어느 정도까지의 종합이었으며 그 작품의 내용이 생생한 ××적 사실과 가장 잘 결부되었고 또한 그 연마된 형식과 직절直截 명랑한 묘사는 1931년에 있어서의 조선문학의 최고점을 차지하는 것이라고 단언하기에 나는 조금도 주저치 않는다. 이 두 작품에 대하여 부르주아적 평가評家는 조금도 그 진가를 이해하지 못하고 그것을 평함에 있어 전연 무능력하였다는 것 지극히 당연한 일일 것이다.

---

16 원문에는 '明白되'로 되어 있다. '되'는 '히'의 오자일 것이다.
17 원문에는 「갑프」主義戰線의'로 되어 있는데, '主義'는 '文學'의 오식일 것이다.
18 원문에는 '그것의'로 되어 있으나 문맥에 맞게 바로잡는다.
19 작품 : 원문은 '作家'로 되어 있으나 문맥상 수정한다.

그러나 우리를 ××한 8월의 폭풍은[20] 이후의 우리들의 활동을 불가능케 하였으며 또 가장 우수한 작가를 빼앗아가고[21] 또한 1931년간에 있어 우리들의 최대의 수확이 될 작가간의 조직적 생산 「고무」— 유명한 평양총파업의 소설화 — 의 완성과 자유를 가져갔다.

그러나 이 짧은 상반기의 활동을 과過하여서라도 우리들 카프의 문학부대가 전진하였다고 하는 것을 누구가 부정하겠는가? 카프문학전선은 명백히 신계단에로 옮기어가고 있는 것이다.

3

우리는 여기에 또 한가지 중요한 카프의 전적戰跡을 적어야 한다. 그것은 의심할 여지도 없이 금년도 카프 전선에 최대 사건의 하나이었던 반反카프음모단과의 투쟁 그것이다.

일단 이 카프 전선이 최악의 배후자들에 [의한] 내손으로 만들어진 『군기群旗』 탈취와 카프 파괴의 음모가 세상에 전문傳聞된 때 수많은 부르주아적 사상가, 반프롤레타리아적 예술가들 사이에 용약하는 물결을 일으키었다.

카프는 그 조직 내에서 분규가 생기었다, 카프는 반간부파反幹部派의 손에 괴멸한 것이다, 부르주아문화전선, 사상가들의 최대의 적이었던 카프는 그 조직적 힘을 반실¥失할 것이다, 등등의 아름다운 예측과 송정득送定得[22]이 세상을 뒤흔들었다.

---

20 1931년에 있었던 카프의 1차 검거 사건을 의미한다. 임화 역시 여기에 연루되어 3개월여 옥고를 치른다.
21 작가를 빼앗아가고: 원문에는 '作家을 쎄어가고'로 되어 있다.
22 원문대로이다. 무슨 의미인지 불확실하다.

그러나 카프의 중앙집행위원회는 실로 경이할 만큼 선전善戰한 것이다. 그들의 공연한 지배계급의 옹호자들과의 투쟁이 얼마나 곤란한 것인가는 누구나 잘 알 것이다. 그러나 우리들의 중앙위원회와 서기들은 무비無比의 정확성과 결단성과를 가지고 이 최악의 적과 투쟁하였다. 중앙위원회 서기국은 이 『군기』의 탈취와 카프의 파괴자들을 단호히 조직으로부터 내어몰았으며,[23] 이들의 책동에 대하여 활동하고 등한等閑 부주의하고 또 기관을 그들의 반反××소所 책동의 중심으로 만들게 한 개성지부에 대하여 일체의 조직적 기능의 행사를 정지시키었다.

이 처치處置가 얼마나 시기時機에 적합한 것이었으며 또한 정당한 것이었느냐 하는 것을, 이러한 사건을 그 속에서 처해보지 못[한] 사람은 아무도 생각키 어려울 것이다.

이 빛나는 우리들의 중앙위원회 서기국의 처치에 대하여 근로대중과 행동을 같이하는 모든 인간은 한가지로 감사하여야 할 것이다. 나도 또한 이 소문小文을 승承하면서도 중앙위원회 서기국에 대하여 표表하는 계급적 감사를 드리는 것이다.

그것은 우리들 예술전선의 최고의 집중적 조직인 카프를 가장 위험하고 최악最惡한 적으로부터 훌륭히 방어하였다는 데 대한 계급적 감사인 것이다. 실로 우리들의 지도부의 그 자들에 대한 투쟁은 문자 그대로 우레雨雷와 같은 것이었다.

이 속에서 우리 카프의 모든 성원은 일층 더 강고히 조직적으로 결집할 것을 배웠으며 또한 "노동계급을 가장하는 적이 가장 위험하고 최악한 적이라"는 선배[24]의 유훈을 몸으로써 학득學得하였다.

---

23 이 사건으로 카프 개성지부에 속했던 이적효(李赤曉), 양창준(梁昌俊), 엄흥섭(嚴興燮), 민병휘(閔丙徽) 네 사람이 제명되었다.

그러나 이것으로써 카프의 과거 전통 중에 최악의 전통의 하나이었던 일화견주의적日和見主義的[25] 경향은 숙청되었다고 할 수가 있을 것일까? 물론 이 ××은 일화견주의를 카프로부터 숙청함에 있어서 커다란 역할을 하였다고 할 것이다. 그러나 우리들에게 남은 다른 숙제와 함께 이 경향과의 싸움도 일시라도 대만히 하여서는 아니 될 것이다.

4

이제 또 한가지 우리는 문학을 제외한 카프 전선의 다른 부분의 부진과 함께 우리들의 카프의 이론가들의 불활발을 지적하지 아니하면 아니 된다.

물론 1931년의 카프 운동의 중요 방향이 ××××[볼셰비키]적的의 슬로건을 작품상에 있어 실천하는 데, 즉 ××××[공산주의] 예술의 확립에 있었던 까닭이라고 하겠으나, 그러나 주의하지 아니하면 아니 될 것은 이 1년간의 조선의 문화 ××은 극성기極盛期를 이루고 있다는 것이다. 특히 민족××[개량]주의 사상가의 방대한[26] 진출과 봉건적 역사문학, 소小부르적 그룹 ― 소위 『해외문학』의 일파 ― 의 왕성한 대두, 2,3의 동반자적 작가의 우ㅎ로의 전향의 개척 ― 절박한 정세는 그들을[27] 우ㅎ편으로 모으는 것이다. 그들에 의해 점차 넓어지고[28] 있는 반反프롤레타리아 예술전선의 형성과정이 진행되고[29]

---

24 레닌(Lenin)을 가리킨다.
25 일화견주의는 '기회주의'란 의미.
26 원문에는 '尤大한'으로 되어 있으나 '尤'은 '尨'의 오자일 것이다.
27 원문에는 이 '을'자가 다음 행에 잘못 삽입되어 있다.

있다는 것이다. 몰락한 부르주아문학의 정서情緖들이 대중문학의 이름 밑에 봉건적 유제에 얽매여 있는 농민을 독자로서 획득하는 데 다대한[30] 성과를 얻고 있다는 것은, 이광수李光洙의 『이순신』, 『단종애사』 기외其外의 그 통속적 노작勞作과 또 다른 작가의 소위 통속적 역사문학에의 전향의[31] 경향에서 볼 수 있는 것으로, 우리들 카프 평론가와 작가들의 농민문학에 관한 심각한 주의를 환기하는 사실이 아니 되면 안 될 것이다.

그리고 소부르 그룹의 최근의 적극화한 활동은 그들에 의한 극예술연구회의 결성과 소위 학생극의 그들에 의한 지도를 통하여 볼 수 있는 사실로, 카프 평론가와 조선 극劇□인들의 최대의 활동을 요구하는 것이다. 더구나 그들에 의한 학생극 운동에 대하여는 완강히 투쟁하여야 하며 그들의 모든 행동을 명확히 가장 빠르게 추격하여야 할 것이었다.

그러나 이러한 중대한 부분에서 카프가 완전에 가까운 무력과 부진을 표시하였다는 것은 31년도 카프의 최대 결함의 하나이다.

문화반동은 갈수록 격심해지고 있다. 더구나 반프롤레타리아문학의 출판물은 조수潮水와 같이 쏟아지고 있는 이때에 몇 개 안되는 작품의 우월성과 『카프 시인집』 일책을 가지고 그것에 비하려고 한다고 하면, 그것은 일속一束을 가지고 창해滄海에 당하는 것이며 자위 이외에 아무것도 아닐 것이다.

더구나 그 외에 영화 등 부문에 있어서는 카프는 다수의 우수한

기술가技術家를 진영에 가지고 있음에 불구하고 아무러한 적극적인 성실成實을 수득受得치 못하였다는 것은 현재 카프가 내포하고 있는 결함이[32] 표시되는 점이다.

5

일없이 다단多端한 문제를 조금치라도 가볍게 하지 못한 것으로 또한 카프를 근년동안 □[수]놓았던 8월의 사변을 들어야 할 것이다. 그러나 불행 속에서 우리는 새 행복의 조건을 만들어야 할 것이다. 광범한 문화운동에 대한 ○○내 있어서의 카프의 위에 가해지는 일층 새로운 임무를 명확히 알아야 할 것이며 이 현실하에서 카프는 그 자신의 조직적 문제를 해결하여야 할 것이고, 또한 기소期少하고 중요한 제 임무를 우리는 거대한 일년의 정세에 대한 맑스주의적 고려와 함께 숙제로 하겠고 1932년으로 들어가야 할 것이다.

카프는 고심으로 1932년에 준비하여야, 차此에 그 모든 성원도 배가한 긴장을 가지고 예술의 새로운 강고한 건설을 위하여 전진하여야 할 것이다.

1931년의 우리의 어깨에 지운 부담은 너무나 큰 것이다. 그러나 동시에 이것의 해결자는 오직 우리들 자신뿐이라는 것을 또한 잘 알아야 할 것이다.

카프의 1931년은 다사다난이었다. 그러나 폭풍을 통하여 우리는 강고해지고 성장할 것이다.

---

32 원문에는 '缺陷의'로 되어 있으나 문맥에 맞게 바로잡는다.

동무들! 그러나 폭풍우는 나무를 지持하게 만들기도 하며 또한 나무를 쓰러트리기도 한다는 것을 잊어서는 아니 된다.

12월 4일

1932년을 당하여 조선문학운동의 신계단

카프작가의 주요 위험에 대하여

1. 간단한 역사전경(歷史前景)

조선의 우리들의 문학운동에 있어서 1931년은 커다란 미흡과 불만을 가지고 지나갔다. 우리들의 문학운동이 1930년 후반기에 있어 카프의 진영 내에 횡일橫溢하던 우익화한 일화견주의日和見主義[1]와의 결단적 투쟁을 수행하고 당시 프롤레타리아문학뿐만이 아니라 예술 일반에 대한 노력자勞力者 대중의 팽배한 대중화의 요구와 국제·국내적으로 증대되고 있는 ××적 ××에서의 후퇴와 정돈停頓을 극복하기 위하여 그 무슨 새로운 출로出路를 구하지 않으면 아니 될 딜레마에 있었다. 카프의 조직은 문학운동의 창조성 있는 독자적 수행을 위하여

● 『중앙일보』, 1932.1.1~1.28.
1 일화견주의는 '기회주의'란 의미.

하등의 구체적인 활로를 타개시킬 새로운 발전의 공간槓杆으로서의 기구를 설정치 못하였었고 오히려 작가들의 자유스러운 문학활동에 있어서 협착하고 고식적姑息的인 고통과 예술적 사실을 양출釀出케 한 질곡으로 화하여, 작가활동의 자유스러운 천지天地에 대한 요구는 카프의 조직적 개변—기술별 재조직에 대한 광범한 욕구로서 표현되었다. 뿐만 아니라 그때에 벌써 세계는 제3기[2]의 새로운 정치적 영향이 일본과 조선을 습래襲來하였고 이에서 조선의 노동자계급과 농민의 운동을 전혀 새로운 계단으로 옮기어놓고 있던 객관적 상세狀勢와 거기에 조응치 못하는 불비不備한 주체적 조건과의 불균등에 대한 대중의 천재적 감지와 그것에 의하여 백일白日의 밑에 드러난 모든 운동의 결함은 우리들 예술영역에 있어서는 더한층 강도強度로 폭로되었다.

그리하여 우리들의 주요 논제는 예술의 대중화론, 바꾸어 말하면 어떻게 하면 우리들의 예술은 광범한 전야戰野에서 궐기하고 있는 백만의 근로하는 대중의 품속으로 들어갈 수가 있느냐 하는 문제의 해명을 위하여 전회轉回되었고 우리들의[3] 주요 안목은 그 점에로 집중케 되었었다. 그러나 당시에 비상히 변화되고 있던 객관적 정세에 대한 정正치 못한 관찰과 비변증법적인 추상화한 과거 계단階段과 그 전의 계단으로부터 본질적으로 구별되는 새로운 정세에 대한 그 무엇도 감지치 못하는 반면에 우익화한 일화견주의자日和見主義者가 머리를 들

---

2 제3기란, 코민테른 6회대회(1928)에서 채택한 「국제정세와 공산주의 인터내셔널의 임무」에서 당시 자본주의를 제3기라 규정한 데서 온 것. 제1기는 1917년 러시아 혁명에서 1923년 독일 혁명의 실패까지 이르는 자본주의체제의 위기 시기이고, 제2기는 그 이후의 상대적 안정과 재건의 시기, 제3기는 1927년부터 시작된 자본주의의 결정적 위기의 시기로 규정되었다. 이러한 규정에 따라 세계 좌파 운동은 1930년대 전반기까지 극좌모험주의 노선에 의해 지배되었다.
3 원문에는 이 사이에 '解'자가 삽입되어 있으나 삭제하였다.

게 되었었다. 우리들 카프의 역사에 있어서 이 시기에 대두한 일화견주의적 편향은 가장 큰 위험의 하나이었던 동시에 이것과의 극복은 실로 광휘있고 가치있는 수득收得으로서 평가되어야만 할 것이다. 왜 그런고 하니 만일 그때에 있어서 우리들의 반대자들이 주장하는 방향으로 카프가 움직이었다면 조선 의 예술운동을 사실상의 파멸로 인도하였을 것이며 우리들의 조직은 와 해의 비운에 당도치 않으면 아니 되었을 것이다. 더구나 그것이 객관적 상세狀勢의 평가에 있어서 노동자대중의 새로운 강인한 공세적 진출과 그들로부터의 ××[혁명]적 예술에 대한 욕구의 가치있는 적극적 방향을 간과하고, 다만 우리들의 두상頭上에 내리누르고 있는 계급×[적]의 강화한 공격만의 소극적인 부문을 유일의 조건으로 매거枚擧하여 '우리들은 급격히 전진할 것이 아니다' 하고 논단論斷한 점에 있어서는, 이것은 노동계급 내에 감염된 부르주아적 관념의 반동이었으며 용서치 못할 패배주의적 항복론이었던 것이다.

여기에 있어서 우리들의 진영은 적지 않은 동요가 있었으며 커다란 혼돈이 일어나게 되었다. 특히 상술한 바와 같이 명확히 우익화하지 않았을지라도 그것에 대한 극복에 있어서도 동요하고 화해적인 조정적調停的 일화견주의가 우리들 카프의 중앙부의 일부에 서식하고 있었던 것은 더욱이 동요와 혼돈의 파문을 조장하였던 커다란 불행이었다.

이러한 과정에 있어서 우리를 위요圍繞한 제諸 관계는 일층 명확히[4] 새로운 계단으로 이행되고 있었으며 우리들의 계급은 나날이 그 정치적 성장의 거보를 옮기었고, 한줄기 현해玄海를 격한 일본의 예술

---

4 일층 명확히 : 원문에는 '一層에確히'로 되어 있다. '에'는 '明'의 오식일 것이다.

운동의 새로운 단계로의 전이[5]는 우리들의 운동에 최대의 자극을 주었다.

점점 우리들 카프의 운동이 혼란의 딜레마 속으로 깊이깊이 들어가고 있다는 것은 갈수록 명확하여졌고, 우리들이 특별한 새로운 기도企圖와 전향轉向이 없이는 우리들의 운동은 우익화한 일화견주의와 그에 대한 조정적 경향에 이끌리어 구할 수 없는 파멸과 패배의 와중으로 미끄러지리라는 위험은 목전에 절박하였었다.

[6]우리는 여기에 있어서 의심할 것도 없이 예술운동이 걸어가고 있는 구체적인 노선을 발견하려면 일반적으로 조선에 있어서 노동자 계급의 생활이 어떠한 역사적 지점에 있느냐 하는 곳에서 찾을 것 ─

구체적으로 조선에 있어서 노동계급의 두부頭部가 걸어가고 있는 지점 그것이 당면한 제諸 상세狀勢 ─ 그것이 목적하는 당면 표적에 임하여 우리들의 방향을 찾을 것을 학득學得하였다. 조선의 ××적 프롤레타리아의 두부가 최대의 힘을 집중하여 진격하고 있던 방향, 즉 앙양되는 객관적 상세와 조응 못하고 항상 그것으로부터 뒤떨어져 있는 약점을 극복키 위하여 자기를 완성하고 강화시키기 위하여 광범한 투쟁이, 역시 우리들의 최후적 근본 방향이라는 것이 우리들의 이론적 탐구의 종결점이 아닐 수가 없었다. 그것은 우리들의 예술운동

---

5 1931년 10월에 이루어진 일본 프롤레타리아 문화연맹(KOPF)의 결성을 가리킨다. KOPF란 나프(NAPF) 소속 6개 단체 외에, 프롤레타리아과학연구소, 일본 프롤레타리아 에스페란티스토동맹 등 다른 6개 단체가 합동하여 프롤레타리아 문화운동의 전국적 지도부로 결성된 것.
6 여기서부터 두 단락이 2회(1932.1.2) 연재분인데, 이 부분은 편집이 잘못되어 단 두 단락만이 수록되어 있고 내용상으로도 그 다음과 자연스럽게 이어지지 못하고 있다.

이 다른 어떠한 계급의 것으로 존재하는 것이 아니라

[7]이러한 크나큰 위험 속에서 우리 카프는

(이하 6행 판독 불명)

…… 하기에 게으르지 않은 □□□□ 계급적 민족주의의 탈을 쓴 부르주아 예술의 새로운 용병과 그들의 적극화하고 있는 공격에 대하여 최후의 파괴적 타격을 □□□□□□ 싸움을 전展하였다.

우리는 지금 최량의 정세 속에 있다. 노동자계급은 날로 날로 급성장하고 있으며 대중의 □□는 조선에 있어서 ××[일본]의 ×××[식민지]지배를 근저로부터 협위脅威하고 정의正義 대중은 우리들 카프의 예술가의 최대한의 활동을 요구하고 있다. 문제는 우익 일화견주의가 보는 바와 같은 유화宥和한 객관정세에 있지 않고 ─ 오히려 그것은 우리들의 운동의 대중적 진출을 용이케 하고 ─ 앙양되고 있는 ×× [혁명적] 정세에 조응치 못하는 우리들 자신의 결함, 우리들의 운동의 구체적 조건의 불비不備와 미숙에 있다고 논증하였다.

따라서 여기에 일체의 □□와 □□이 벌어져야 하고 모든 주注□가 여기서 죽어버리지 않으면 아니 된다고 우리는 말하였으며, 객관적 정세의 성숙과 진행에 상반相伴치 못하는 우리들의 결함을 타파하여야 하며, 이 중간이 빈[8] 카프를 메우[기] 위하여 카프는 일층 강화하지 않으면 아니 되고 오직 우리는 이것의 성공적[9] 수행을 운동의 과정에서 해결케 하는 전진, 오직 전진만이 있을 뿐이라고 외쳤다.

이 전진의 전방에 전개되는 신계단新階段에서만 우리는 새로운 우리

---

[7] 여기서부터 3회 연재분이 시작한다. 2회 연재분은 마지막 문장이 채 끝나지도 않고 잘린 채로 끝나 있다.

[8] 원문에는 '中間의비인'으로 되어 있다. 문맥에 맞게 수정했다.

[9] 원문에는 '成巧的'이라 되어 있으나 '巧'는 '功'의 오식일 것이다.

들의 부를 획득할 수밖에 없었던[10] 것이다. 이것이 카프문학의 신계단으로의 전이의 간단한 역사의 전경前景이었다.

2. 신계단(新階段)에의 전향은 무엇으로써 특징화되었는가?

그리하여 증대되고 있던 일화견주의적日和見主義的 통치 속에서 점차로 프롤레타리아트의 진격으로부터 이반離反하고 후퇴되고 있는 우리들의 운동을 이 최대의 위험 속에서 끌어올리기 위하여 우리들의 사업의 모든 부분을 지배하고 있던 근로계급의 대중적 투X[쟁]에 대한, 또는 모든 일상의 정치적 현실로부터의 무관심을 타파하기 위하여 최대의 노력이 지불되었다.

예술상의 사업을 막연히 전全 운동의 일익으로서 규정하고 이 추상화한 우월감과 자위의 그늘 속에서 갈수록 생생한 구체적 현실로부터 격리되고 있던 우리들의 사업과 정치와의 관계를 천명할 필요에 핍박되어 어떻게 우리들 예술상의 사업은 전 운동의 일익이 될 수 있을까, 그리고 우리는 이 아름다운 추상의 착의着衣에 싸여 노동자계급의 급격히 변화하는 다양한 생활로부터 마음대로 후퇴되어도 좋을 것이며, 만일 우리들의 사업이 전全 계급의 정치적 생활의 일익이 된다면 구체적으로 그것과는 어떻게 서로 관계될 것[인]가 등등의 중심적 문제로 접근하지 아니하면 아니하게 되었다.

여기에서 우리는 최대의 이론적 관심을 가지고 이 문제의 천명闡明에로 집중하였고, 정치와 예술과의 관계 위에 씌워진 모든 관념적 외

---

10 원문에는 '잇섯든'으로 되어 있으나 문맥상 '없었던'으로 수정하였다.

피, 특히 프롤레타리아예술로부터의 정치적 관심의 극복을 가르쳐 극좌적 오류라고 논난하였고 우리 예술운동의 구체적 현실로[부터]의 이반을 이론적으로 정당화시키려는 일화견주의적 기도에 대하여 최초의 포화가 던져진 것은 지극히 당연한 것이었다.

왜 그런고 하니 예술과 정치를 전연 두 개의 다른 범주로 분해하는 공연한 부르주아적 철학보다도 양자의 문제를 지극히 몽롱한 그 무엇으로써 관계시키려고 하는 일화견주의적 견해는 우리들의 전향轉向을 맑스주의의 언사言辭를 가지고 멘셰비키의 노선으로 인도하는 것을 의미하였고, 동시에 이것과의 투쟁이 없이는 우리는 일보도 예술과 정치와의 관계를 진실로 변증법적으로, 바꾸어 말하면 맑스주의의 생생한 방법을 가지고 해명할 수 있는 지점에로 접근할 수는 없었던 까닭이었다. 그리하여 문제는 다시금 현재의 시기에 있어서의 우리들의 예술운동은 구체적으로 무엇을 위하여 봉사하여야 하며 적확한 중심적인 전략적 근거는 어디에 있느냐 하는 곳으로 환원되고 말았다. 우리들의 이론적 활동의 성질은 이상異常히 중대화하여졌고 동시에 적지 않은 준순逡巡이 또한 이 속에서 발생하였다. 그러나 이 문제는 직시直時 우리들로 하여금 우리들의 주위를 위요圍繞하고 있는 현실에 대하여 구체적 변증법의 눈— 다시 말하면 사물을 성립과 소멸의 과정에서 그 구체적 다양성에서 볼 것을 무비無比한 이론적 명확성을 가지고 지시하였다.

조선의 노동자계급의 운명과 그 운명을 한가지로 하는 한에 있어서 미약하나마 우리는 이 사업을 조력하는 문화적 영역의 차륜車輪이 되어야 할 것은 자명한 사실이었기 때문이었다. 언제나 우리들이 곤란에 조우하였을 때는 반드시 우리를 정당한 곳으로 이끈 우리들의 변하지 않는 영원한 교사 일리치[11]는 가장 귀중한 교훈을 이 길에도 남기고 간 것이었다. "문학은 ××[당의] 문학이 되어야 한다. ××[당에] 속屬치 않는 문학자를 타도하라! 푸×문학자를[12] 매장하라! 문학은 전반적 사업의 일부분이 되어야 한다. 전 노동자 계급의 기구 가운데의 한 개의 '차륜車輪과 나사못'이 되지 아니하면 아니 된다"는 그의 말은 우리들의 이론적 노작勞作의 곳곳마다에서 인용되었으며 어느 곳에서나 우리는 여기에서 배우지 않으면 아니 되었었다. 그러므로 우리들 카프의 진영은 다시금 명료해진 새로운 눈으로써 우리 자신을 검찰檢察케 한 것이다. 우리들의 전선은 허튼 것같이 도처에 결함과 약점이 노현露現되었으며 특히 카프의 일반적 무력無力은 우리들로 하여금 이 영예있는 사업으로의 우리들의 전향이 얼마나 어려운 것을 직감케 한 것이다.

우리들의 전선은 한층 더 강해지지 않으면 아니 된다. 우리들의 문학은 백만의 대중의 것이 되어야 한다. 그러기 위하여는 우리들은 무엇보다도 사상적 순수성을 보장하여야 하며 우리의 문학전선을 부패케 하던 정치적 무관심은 특급特急히 숙청되어야 할 것이라는 모든 것의 □시화視化한 중심적 슬로건으로서 '예술운동의 ×××××[볼세비키화]' 깃발이 진두陣頭에 높이 걸리게 되었다.

이것이 어느 만큼 결정적인 중요한 슬로건이었느냐 하는 것은 1930년 말, 1931년 초에 이르기까지 카프문학의 모든 창작적 방향을 거의 하나도 남김없이 일률적으로 특징 붙이고 있던 낡고 묵은 계급투쟁의 사死한 도식의 지배와 그것에 의하여 카프문학의 질적 하향의 위험이 목전에 실시實示된 정도를 상상할 때 우리는 용이히 짐작할 수

---

11 레닌(Vladimir Illich Lenin)의 중간 이름.
12 푸×문학자를 : 원문대로인데, 레닌의 원 글에 의하면, '문학적 초인(superman)을'에 해당한다.

가 있는 것이다.

특히 우리들의 모든 약점과 결함이 나타날 때 그 점에 대하여 공격할 것을 항상 잊지 않는[13] 계급적階級敵의[14] 행동은 문학의 영역에 있어서도 결코 예외를 이루지는 못하였을 것이다. 잊지 않고 우리는 상기想起한 것이다. 1931년 초두 항상 집요하게도 프롤레타리아문학에 대하여 도전하여오던 양주동梁柱東을 위시로 하는 외국대학의 물에들 혓[舌]바닥을 담가본 말류末流 논적들이[15] 얼마나 이 우리들의 허소虛所를 공격하기에 열중하였는가를![16] 그들이 그 전에 도전해오던 바의 그 어떠한 것보다도 이 공격은 우리들 카프작가의 가슴을 아프게 하여 찔렀다는 것을 우리들 가운데 그 어떠한 동무도 부정치는 못할 것이다. 개도 쪼대면은 몽둥이를 맞는다는 일본의 속담과도 같이 그들의 긴 동안을 두고 해온 바의 노력은 여기에서 조그만 결과를 수득收得하였다고 볼 것이며, 또한 그들에 있어서는 용약勇躍하는 기쁨의 물결을 일으킨 것이[17] 최대의 성공[18]일 것이다. 그러나 그 성공?의 즐거움이야말로 무엇이라고 할 보람없는 성공[19]이었던가?

그들은 카프의 진영에 있어서는 이미 1930년 4월경부터 적발되고 청산되는 과정에 있는 사실을 고의로 말하지 않는 것에 의하여, 또한 이러한 모든 결함과 그것으로부터 생기生起하는 일체의 문제의 극복을 위한 집중적 표현인 '예술운동의 ×××××[볼셰비키화]'의 슬로건

---

13 원문에는 '안코는'으로 되어 있으나 문맥에 맞게 바로잡는다.
14 원문에는 '階級的의'로 되어 있으나 문맥상 '階級敵의'가 타당해 보인다.
15 원문에는 '論敵다이'로 되어 있으나 문맥에 맞게 바로잡는다.
16 양주동은 「문단측면관─좌우파 제가에게 질문」(『조선일보』, 1931.1.1~6) 및 그 속편인 「무산파문예의 '입장' 문제」(『조선일보』, 1931.1.7~14)에서, 프로문학이 노동자·농민 등 대중으로부터 유리된 점, 작품활동이 수준에 미치지 못하는 점 등을 비판하였다.
17 원문에는 '것의'로 되어 있으나 문맥에 맞게 바로잡는다.
18 원문에는 '成切'로 되어 있으나 '切'은 '功'의 오식이다.
19 원문에는 '成巧'로 되어 있으나 '巧'는 '功'의 오식이다.

과 그것에 의하여 표현되는 카프문학전선의 위대한 전향을 이해하지 못한 것으로써 얻은 그것이야말로?

　뿐만 아니라 그들의 새로운 문학적 진출의 기치旗幟이었던 '민족적 계급의식'의 망령이 한번 패하여 도지塗地한 뒤에 기도된 이 투기投機적 진격은, 오히려 그들의 두뇌로써는 이미 신계단에로 전향된 카프의 정책과 그 문학에 대하여 그 아무것도 이해할 능력이 없다는 것을 폭로한 데 불과하였고, 이어서 카프의 문학전선이 새로이 전개하는 고난에 충만된 전야戰野는 조선 부르주아적 사상의 장중掌中에서 스스로 고매한 이론가이고 문학자인 것[을] 자처하는 그들에 대하여는 영구히 접근치 못할 '금단의 길'이란 것을 반증하였다. 이러한 사실은 오히려 그들의 심혈心血을 짜낸[20] 이론적 노작勞作[을] 읽은 마음 있는 인사로 하여금 한 줄기 분만憤懣의 정을 자아내기에 족한[21] 것이었다. 금후에도 아니 지금 이 신년의 개방된 □□의 출판물 위에서 또 다시 그들은 이 영원히 보답되지 못하는 노력에 심신을 기울이고 있을지도 모를 것이다.

　그러나 그들은 몇 번이나 영零에다 영零을 가하는 구할 수 없는 순환론의 와중을 헤매었으며 영零을 최대의 수로서 인식하고 있을 것이다.

　그 뒤에 우리들의 진영에는 무엇이 있었는가? 주로 1930년 하반기를 중심으로 하여 이 문학예술 일반의 운동에 있어서 근본적이고 결정적인 전향을 의미하는 중심 슬로건[22]인 '예술운동의 ×××××[볼셰비키화]' 그것의 실천에 있어서 이 구체화를 위한 이론적 활동이 인

20　짜낸 : 원문에는 '짜아내인'으로 되어 있다.
21　자아내기에 족한: 원문은 '자아내이기한足한'으로 되어 있다.
22　원문에는 '으로−강'으로 되어 있다.

식되어왔다.

이 전향轉向된 신방향[은] 카프문학에 있어서의 신계단新階段을 의미하는 최중요 문제의 하나이었다. 코뮤니즘[23]문학의 건설과 아울러, 과거의 카프문학의 다양한 결함적 잠복처潛伏處이었던 막연한 일반적 의미에서 불러진 '무산계급문학'으로부터 카프 작가는 깨끗이 분리할 것이 제기되었다.

우리들의 문학을 오랫동안 동화주의적同化主義的 니치泥治에서 방황케 하고 박대博大하는[24] 대중의 ×××[혁명적] 앙양의 상세狀勢로부터 이반離反케 하며 최후로 이 상세에 조응되어 급격히 발전할 가능성을 빼앗은 일반적 추상적인 원시주의적 견지로부터, 카프 작가는 프롤레타리아의 전위의, 바꾸어 말하면 ××[공산]주의의 시안視眼을 가지고 사물을 관찰하고 그것을 프롤레타리아적 사실주의의 방법을 가지고 문학적으로 구[체]화할 것을 지시[25]한 것이다.

그리하여 카프 문학의 전도前途에는 카프 작가는 구체적으로 무엇을 예술의 제재로 하는 것에 의하여 ××[공산]주의적 전위의 눈으로써 자기의 문학을 생산할 수가 있느냐 하는 데로 발전하였다. 여기에 두번 다시 현시現時의 조선에 있어서의 프롤레타리아가 당면한 구체적 제 과제를 자기의 과제로 할 것, 나아가 카프 작가는 상당한 기술적 방면의 습숙習熟함과 동시에 그 나라의 ××[혁명]운동에 관하여 부단不斷의 관심과 아울러 상당히 높은 이해력을 가질 수 있는 ××[공산]주의적 교양을 가져야 한다는 이론적 결과에 이르렀고, 우리들의 작가는 급격히 이 방향으로 전향을 위하여 노력하기 시작하였다. 그

---

23 원문에는 '컴무니스'로 되어 있으나 '콤뮤니즘'의 오식일 것이다.
24 원문에는 '博大의는'으로 되어 있으나 바로잡는다.
25 원문에는 '示指'로 활자가 바뀌어 있다.

리하여 조선의 노동자계급이 당면하고 있는 임무의 구체적 과제를 해석하는 것에 의하여 우리들의 예술문학의 제재에 있어 전위의 활동, 개량주의·민족주의와의 투쟁, 대중파공大衆罷工의 묘사, ××[적색] 노동조합의 조직과정과 공작工作 문제 등등에 이르기까지의 상당히 구체적인 부분에 이르기까지 남김없이 그것을 작품의 내용으로 할 것과, 생산과정 속에서 진행된 노동자계급의 산업별적產業別的 생활의 다양성을 위하여 작품생산을 산업별적[26]으로 과제화할 것, 동시에 창작 그것도 엄격한 조직적 통제하에 [두]는 조직적 생산의 방법에 의거하게 되었다.

물론 이러한 제 귀결이 그때까지의 카프문학전선의 상황과 제 조건으로 보아 실로 커다란 비약을 의미하는 전향이고 일대 약진이었다는 것은 상상키 어렵지 않은 것이다. 그리고 카프의 문학부대가 이 전향을 통하여 위대한 발전을 성취하였다는 것도 분백分曰한 사실이다.

그러나 항상 문제는 한 개의 주요한 슬로건이 진두陣頭의 머리 위에 내걸리었다는 곳에 있지 않고 보다 더 큰 의의는 그것이 실천에 있어서 얼마나한 정도까지 구체화되었느냐 하는 것에 있는 것으로, 우리들 카프의 문학전선에 있어서의 이 결정적으로 중요성을 가진 전향이 얼마[만]큼 문학적 활동에 있어 실천화되고 구체화되었느냐 하는 점에 있는 것이다.

이 전향은 우리들이 언제고 그것을 이론적으로 토의하고 혹은 결정하였을 때보다도 그것이 정말 작품 속에서 구체적으로 실천화하는 곳에서는 무비無比한 곤란과 혼돈을 양성釀成하였다는 것은 사실이었

---

26 원문에는 '生業別的'으로 되어 있으나 '生'은 '産'의 오식일 것이다.

으며, 더욱 이것의 구체화를 위하여 노력한 1931년 상반기우리들이 활동
의 자유를 가졌을 동안에 카프 작가의 작품을 통하여 비판의 눈을[27] 돌려볼
때 미증유[28]의 다단多端한 문제를 제기하고 있는 것이다.

그것은 우리들이 카프의 문학을 일화견주의적日和見主義的 지점으로
부터, 막연한 추상적 형식주의의 문학으로부터, 대중××[투쟁]의 앙
양에서의 후퇴 등의 제 위기로부터 그 방향을 전향케 한 대신 지금에
는 이 위험을 대신하는 다른 위험이 카프문학 작품에서 나타나고 있
는 것이다.

우리들 카프문학 카프작가의 활동 속에서 발생하고 있는 새로운
위기란 무엇일까?

1931년 상반기의 주요한 카프작가의 문학작품을 보아가라! 실천을
통하여 실천으로!

3. 좌익적 편색(偏塞)과 문학의 일양화(一樣化)의 위험의 발생

우리들은 조선의 프로문학운동에 있어서 최대의 근본적인[29] 전향
을 의미하는 이 새로운 전환기가 산출한 가장 큰 위험인, 문학적 실
천상에 나타난 좌익적 관념의 고정주의와 문학적 주제의 일양화一樣化
의 위험의 발생을 지적하여야 한다.

물론 이 새로운 위험은 어디로부터 우연히 우리들의 문학 위로[30]
이래移來한 것도 아니고 한 사람이나 혹은 두세 사람의 이론가의 두뇌

---

27 비판의 눈을: 원문에는 '批判을의을'로 되어 있으나 문맥에 맞게 바로잡는다.
28 원문에는 '未려有'로 되어 있으나 문맥상으로 보아 바로잡는다.
29 최대의 근본적인: 원문에는 '最下의 根本的의'로 되어 있으나 문맥에 맞게 바로잡는다.
30 원문에는 '우에로'로 되어 있다.

로부터 생겨났다[는 것도] 물론 아니다. 오직 과거의 우리들 조선의 프로문학운동을 지배하던 일반적인 추상된 무산계급문학의 원시주의적 전통으로부터 깨끗이 분리하고 증대하는 대중의 ×××[혁명적] 앙양에서 이반, 후퇴함이 없이 능히 계급의 새로운 개개의 실천에 조응할 수 있는 무기로서의 문학의 되기 위한 다□ ♨ □한 ××의 일환으로서 이해하는 것에 의하여서만 우리는 이러한 오류와 위험을 진실로 변증법적으로 파악하고 또한 그것과의 ××[투쟁]을 가장 정확히 수행할 수가 있는 것이다.

더 구체적으로 말한다면은 현재 우리들의 문학적 실천상에 표시된 좌익적 일탈逸脫과 일양적一樣的 고정화의 위험은 예술운동에 있어서 제기된 최중요의 문제인 예술운동의 …… [볼셰비키화]와 '×××[코뮤니]즘예술의 건설'의 도상에서 발생하고 그것을 위요圍繞하는 우리들의 운동의 구체적인 현실적 관계 속에서 양출釀出된 필연적인 일정한 역사적 당위성을 가진 위험이고 오류이며, 아울러 그것은 우리들의 예술 문학운동의 진실히 ………… 하고 우리들의 문학이 진정한 '×××[코뮤니]즘문학'이 되는 것에 의하여서만 해결될 문제이지, 결코 이 사실의 부정 상에서, 다시 말하면 예술운동의 …… ×[볼셰비키화]와 '×××[코뮤니]즘문학의 건[설]'을 과도過渡하는 또 다른 한 개의 신계단에의 비약에 의하여 해결되는 문제가 아니라는 것이다.

그러면 우리들의 문학이 다양한 계급××[투쟁]의 현실을 문학적 실천상에서 표현하고 또 노동자계급의 일반적 운동의 진전으로부터의 이반離反[31] 후퇴를 극복하기 위한 전향 상에 어째서 문학작품의 일양화와 주제의 적극성이 좌익적 일탈로서 표시되었는가? 이것이 이

---

31 원문에는 '前反'으로 되어 있으나 '前'은 '離'의 오식일 것이다.

문제에 대한 ××[맑스]주의적 이해를 갖기 위한 중심적 명제에 처處
하는 것이다.

1930년 봄부터 이 중요한 문제는 제기되어 무엇보다도 우리들의
문학운동이 그 실천의 주요 방면인 ×××적 프롤레타리아트가 전개
하는 광범한 ××[투쟁]의 일익이 되려면 프로문화은 구체적으로 '무
엇'을 그 내용으로 할 것인가, 다시 말하면 '무엇'을 그릴 것이냐 하
는 문제의 해명이 긴급하게 되었었다.

(…이상 8행 략略…)

특히 이 일반적 과제라는 것은 우리들의 작가의 제재의 선택이란
요구를 위하여 지극히 추상적 형식으로 정식화되어 (…중략…)

그와 관련되어 제기된 '농민은 농조農組로! 노동자는 노동조합으
로!' 하는 등등의 나열된 제재로 취급하고 그것을 개개의 작가는 운
동에 대한 계급적 관점을 가지고 문학적 실천상에서 표현하는 것에
의하여 해결할 것이라고 생각하였다.

물론 우리가 지금 이상에서 본 것과 같은 현시現時의 조선의 운동
에 있어 표현되는 중요한 제 임무에 의하여 우리들의 문학의 제재를
설정하였다는 것은 의심할 조그만 여지도 없이 과거의 일반적인 무
산계급문학에 비하여 비교할 수 없을 만치 우월한 지점으로 우리의
운동이 비약하였다는 것은 상상하기에 족할 사실이다. 그러나 현재
에 조선의 노동계급이 그 실천의 도상에서 영위하고 있는 계급적 생
활이란 것은 이 위에 나열한 것과 같은 '단순'한 것이 아니라 더한층
복잡하고 서로 교차되고 서로 투영하는 무한한 다양성과 복잡성을
가지고 있는 것인 고로, 이 모든 것을 우리가 문학적 제재로서 정식
화하여 일일이 나열하여 놓는다 하면은 무한대로 많은 삼라만상을
모두가 열기列記할 필요까지가 생기게 된다는 것도 또한 자명의 사실

이 아니면 아니 된다.

여기서 열거한 외에도 실업자의 생활이나 미조직대중의 더 복잡한 생활도 문제되어야 하고 노동자의 일상생활 속에 충만된 가정문제, 연애문제, 결혼 등등의 모든 것이 다 모두 계급××[투쟁]과 관계하는 한에서는 취급되어야 할 것이다.

그러므로 우리들이 문학을 계급적 운동의 모든 부분과 관련케 하고 또 운동의 진전과 비약, 발전에 적응케 하려는 선량한 의도에도 불구하고 우리들의 문학의 차등此等의 광범한 계급생활의 풍부한 내용을 그 다양성에서, 교착交錯과 상호투영 속에서 발전하고 추이되는 현실의 대하大河를 변증법적으로 이해하는 대신으로, 우리들의 마음 속에 불타는 '문학자'적인 열정인 좌익적 관념을 가지고 이 전향을 수행한 것이다. 다만 무엇보다 절박切迫된 과거의 위험인 일화견주의 적日和見主義的 경향으로부터 분리하고 어떻게 하든지 ××[혁명]적 주제에 접근하여야 한다, 웬만한 희생과 불비不備가 있어도 꾹 참아야 한다, 그저 휘황히 전변추변轉變推變되는 프롤레타리아계급의 현실적 ××을 쫓아가고 그것과 직접 관련하여야 한다, 이것이 문학운동에 있어서 우리들의 전향의 근본적 태도이고 또한 최중요의 욕구이었던 것이다.

그럼에도 불구하고 왜 우리들의 문학에 있어서는 항상 ××주의는 패하기만 하였는가? 여기에 우리들의 문학의 근본적 결함이 잠복하여 있는 것이다. 우리들은 주제의 적극화의 부분에서 일보 위대한 전진을 한 대신으로 좌익적 일탈과 문학의 일양화가 나타나게 된 것이다. 이러한 예는 비단 상기上記의 부[분]뿐이 아니라 권환權煥의 소설 「목화와 콩」에서도 충분히 들 수가 있는 것이다. 이 소설에서는 빈농 중농中農 등의 농민층 내의 계급적 차별이 무시되고 공동판매를 중심으로 하는 ××[투쟁]에 직접 참가자는 농민의 어떠한 부분인가 하는 것에 대하여 전연 무관심한 것이 표시되어 있다. 이것은 농민 문학에 있어서 최중요의 문제로서, 엄격히 구별되어야 할 것임에 불구하고 지극히 평범하게 취급되고 말았다.

이것은 전체로서 무엇을 의미하는 것인가 하면 우리들의 문학이 정당히 주제의 적극화의 문제에 접근하고 또한 정치적 무관심을 지양키 위하여 커다란 전진을 하였음에 불구하고 이 전진이 진실한 맑스주의적 방법인 변증법적 관점으로써 된 것이 아니라 한 개의 추상된 관념적 방법을 가지고 수행된 것이라는 것을 의미하는 것이다.

그러므로 이 위대한 전향을 진실한 전향으로 성공적으로 수행함에 있어서는, 우리들의 문학상에 표시된 일체의 관념적 도식주의[32]와 좌익적 일탈의 위험과 싸우며, 사물에 대한 정확한 인식으로부터 출발하여 현시의 계급××[투쟁]의 전체적 다양성, 일층 복잡화하고 있는 계급관계와 그와 연관되는 모든 현상을 관철하고 있는 법칙을 발견하고, 그것을 구체적으로 문학적 실천 위에다 표현하는 것에 의하여서만 가능한 것이다.

그러나 이 곤란한 문제의 해결을 위하여 경계하지 아니하면 아니될 것은 이러한 우리들의 문학운동의 코스의 역사적 당위성을 무시하는 비판과 또한 좌익적 일탈과의 ××[투쟁] 속에서 발생하기 쉽고 아직도 우리들 속에 잔재한 정치적 무관심과 우익적 편향偏向[33]과의 투쟁을 동시에 강화함이 없이는 다시 새로운 계단에로의 일보 전진은 불가능하다는 것을 이해하여야 할 것이다.

---

32 원문에는 '固式主義'로 되어 있다. '固'는 '図'의 오식일 것이다.
33 원문에는 '偏曲'이라 되어 있으나 '曲'은 '向'의 오식일 것이다.

4. 결어를 대신하여

이러한 제 문제를 중심으로 환기되는 임무는 무엇보다도 문학적 방법에 관한 변증법의 문제, 또 방법과 주제와의 통일 문제가 구체적으로 토구討究되어야 하며 동시에 이러한 순연純然히 처녀지에 속한 제 과제의 해명을 위하여 문학적 이론활동의 조직화, 창작평의 조직화가 최중요한 것이다. 특히 주의를 요하는 문제는 이러한 정세 속에서 조금도 반反프롤레타리아문학과의 ××[투쟁]을 일시라도 게을리 하지 않을 것과 아울러 동반자同伴者 작가의 획득을 위하여 그르침이 없도록 할 것이다. 그리하여 다양한 제 임무의 시급한 해결을 위하여 우리는 통일적인[34] 확립을 위하여 노력하여야 하며 아울러 문학운동의 대중화와 문학적 제 활동에서 노동자의 유입流入을 위하여 특별한 유의留意를 지불할 것이다. 하나 일체의 구체적 문제의 해명은 전全혀 금후에 기대할 수밖에는 없다. 이 소론小論은 그 전제에 대한 단순한 음미에 지나지 못하는 것을 불비不備와 조잡의 이유로 들어두고 붓을 놓을 수밖에는 지금 도리가 없다.

---

34 원문에는 '統一的의'로 되어 있으나 문맥에 맞게 바로잡는다.

당면 정세의 특질과 예술운동의 일반적 방향[•]

그의 결단적 전향(轉向)을 위하여

1. 전언(前言)

우리들의 예술운동이 1928년 이래의 세계를 물들인 새로운 국제적 정세와 변화되고 약진하고 있는 ╳[국]내의 제諸 조건과의 속에서, 제2의 중요한 방향전환에 대하여 활발하게 의논하고 또한 신방침의 수립과 그것에 의한 ╳╳[혁명]적 실천을 위하여 토쟁討爭한 것은 의심할 것도 없이 정당한 것이었다. 즉 ╳╳[자본]주의의 일반적 위기와 그 모순이 극도로 첨예화하는 전후戰後 자본주의의 제3기를¹ (…략略…)

• 『조선일보』, 1932.1.1~2.10.

1 제3기란, 코민테른 6회 대회(1928)에서 채택한 「국제정세와 공산주의 인터내셔널의 임무」에서 당시 자본주의를, 1917년 러시아 혁명에서 1923년 독일 혁명의 실패까지 이르는 자본주의체제의 위기의 제1기, 그 이후의 상대적 안정과 재건의 시기인 제2기에 이어, 1927년부터 시작된 자본주의의 결정적 위기의 시기로 규정한 데서 온 것. 이에

206   임화문학예술전집 4_ 평론 1

주의적으로 평가하고 앙양되고 있는 X[국]내의 정세에 대한 결론적 회답으로서 카프가 '예술운동의 ……… [볼셰비키화]'의 슬로건을 준비하고 또한 그것을 운동의 실천에 있어 구체화하려고 한 것은 — 그 자신의 부분에서만 논의되는 한에 있어서는 — 완전히 정당한 것이었다.

그러나 뒤를 이어 일어나는 수많은 새로운 사변과 오늘날의 세계의 전체를 뒤흔들고 있는…… 주의적 위기의 극적인 휘황한 X[파]국적 변동은 우리들의 관찰의 눈을 최대한도로 긴장시킬 것을 요구하고 있다. 현재의 순간에 있어서는 오늘날의 전세계의 중심적 문제이었던 것은 내일에는 이미 뒤떨어지고 묵은 과제화課題化하여 버리어, 아까의 새로운 정세의 세밀한 계산과 명확한 평가 밑에서 제출[2]된 명제와 임무에 대한 결정은 지금의 순간에 와서는 벌써 역사적 자료의 '아키브'[3] 속으로 편입되어버리는 것과 같은 질풍과 노도의 시대로의 문이 열린 것이다. 거대한 체계가 XX되는 순간 거주자의 머리 위로 허물어지는 건축물 속에서 극도의 다양성과 복잡성을 가지고 생기生起하는 무수한 난마와 같은 새 정세의 혼돈 속에서 기본적인 것 본질적인 것을 선별하고, 그것을 정연히 계획하여 우리들이[4] 전진할 일정한 방향에 대하여 전망하고 거기에 조응하여 X[전]열을 다시 편성하는 것은 그 어떠한 것보다도 가장 귀중하고 어려운 일이다.

그러나 만일에 우리들이 세세한 목전의 사업에 급급하여 이러한 중대한 부분에 대한 관찰에 게을리 하거나 또는 너무도 급격히 변전

따라 세계 좌파 운동은 1930년대 전반기까지 극좌모험주의 노선에 의해 지배되었다.

2 원문에는 '拂出'이라 되어 있으나 '拂'은 '提'의 오식일 것이다.

3 Archiv. 원문에는 「아루미—후」라고 되어 있다. 기록보관소란 의미의 Archiv의 일본어식 독음 '아루키후'의 오식으로 보인다.

4 원문에는 '우리들의'로 되어 있으나 오늘날의 주격조사로 수정하였다.

되는 정세에 대하여 성급히 우리들의 방향을 아무렇게이고 새 정세에 적합시키려고 덤빈다면은 불행히도 우리는 운동을 우익적 위험의 포구砲口에다 방기하고 일화견주의日和見主義의[5] 심연 속에로 몰아넣게 될 것이다.

우리는 이러한 귀중한 순간에서 일어나기 쉬운 관념적 일탈 — 객관적 정세에 대한 추상적 유추類抽 — 과 끊임없이 싸우면서, 변전하고 변현斷顯하는 객관적 정세에 대하여 진실로……주의적인 과학적인 안목을 가지고 그것의 부단不斷의 발전 속에서, 다면적인 관계에서, 구체적인 다양성의 속에서 그것을 ××[혁명]적 변증법의 무기를 가지고 척도尺度할 것을 배우며, 또는 우리들의 운동의 실천이 도도한 현실의 대하大河 속에서 그 목표를 잃지 않고 항행航行할 수 있도록, 다시 말하면 박두하는 ××주의적 ×[파]국과 앙양되는 대중의 ××적 ×× 속에서 우리들의 운동으로 하여금 뒤떨어짐이 없이 진전되는 객관적 정세에 정확하게 조응하며 대중과 같이 전진할 것을 가능케 하기 위하여 최대의 긴장을 가지고 시각時刻으로 앙양되는 정세에 처하여야 할 것이[다.] 말할 것도 없이 우리 카프가 예술운동의 진두陣頭에다 ………… [볼셰비키]화의 슬로건을 양양揚揚한 1930년 후반기에 있어서의 국제 ×[국]내적 제 조건은 현재의 시기에 이르러서는 적지 않은 변화를 초래한 것이다. 물론 우리들이 그때에 지적한 국제 정세의 본질적인 부분, 조선에 있어서의 ××[혁명]운동과 그의 전도에 대한 약간의 전망, 예술운동에 있어서의 얼마만한[6] 조건은 의연히 현재에 있어서도 자기를 관철하고 있으며 불소不少한 공통점을 가지고 있다. 그럼에도 불구하고 1930년 후반기의 그것과 현재의 그것과를 전

---

5 일화견주의는 '기회주의'란 의미.
6 원문에는 '얼마마한'으로 되어 있다.

죄혀 동일한 궤도 위에서 유추하려는,[7] 객관적인 현실세계의 다양한 발전에 대하여 고의로 눈을 감는 자이나, 그렇지 않으면 구체를 추상으로 대신하려는 관념적 미망의 부로俘虜들의 파산된 이론의 파편을 만지는 것에 지나지 못할 것이다.

현재에 있어서는 전후 자본주의의 황량한 역사에 있어 일순一瞬의 사적史的 '유예' 기한이었던 상대적 일시적 안정의 시기는 제3기의 개시와 함께 폭발한 세계적 공황에 의하여 티끌과 같이 불려가 버리고, 세계 자본주의 경제를 그 국민적 부문적 차이가 없이 완전히 포촉捕捉한 공황은 부르주아지의 모든 노력에도 불구하고 공업으로부터 금융에 점화되어 독점자본주의의 생사적生死的 신경인 신용과 제국諸國의 국가 예산, 크레디트 제도 등의 기초를 근저로부터 파괴하여버리었다. 이 'XX적'인 공황이 미치는 파괴적 영향에 대한 독점자본주의의 저항력은 나날이 미약해지고 자본주의적 체제 전체의 주요 환環의 '뜻 아닌' 와해의 형태는 극적으로 진전되고 있다. 세계 부르주아지의 공황으로부터의 활로를 구하기 위한 광분은 광분할수록 일층 더 자본주의의 대내적, 대외적 제 모순은 격화되고만 있다.

그리하여 오수汚水는 같은 곳에 고이게 되어 자본주의 세계의 제 모순의 변증법적 통일은[8] 자본주의 체제의 '약한 환環'에서 그 집중화된 양상을 표시하여, 서구의 2,3의 나라와 동양에 있어 중국 등의 '환'에서 자본주의적 지배의 근본적 위기[9]를 도래케 하여, 차등此等의 제국諸國에 있어서 미구에 직접적 XX[혁명] 정세의 전제조건의 성숙

---

7 '유추'는 '類抽'로 표기되어 있다. 한편 문맥상 이 사이에는 '것은' 혹은 '자는' 정도의 주어가 삽입되어야 한다.
8 원문에는 '統一을'로 되어 있으나 문맥에 맞게 바로잡는다.
9 원문에는 '咎機'로 되어 있으나 '咎'은 '危'의 오식일 것이다.

을 예측한 K, 一,[10] 제11회 플레넘[11]의 견해의 정당함을 주장하였다.

1931년 중에 독일을 중심으로 움직인 세계 경제적 정치적 동향 속에서 우리는 명확히 상기上記한 바 같은 신정세新情勢의 성숙을 간취看取할 수 있는 것이니, 무엇보다도 서구에 있어 전후의 제국諸國이 평화를 약속한 베르사이유 체제가 그 본질을 폭로하고, 이 체제의 속박으로부터 탈출하려는 독일 부르주아지의 노력은 일층 독일의 공황을 격화시키었으며, 마극馬克[12]화의 부정금不定金과 금융 신용을 파괴하여 중대한 정치적 위기를 초래케 하였다. 자본주의적 세계체제의 최약最弱의 환環인 독일에 있어서 열리는 푸로래타의[13] ××의 대도大途 아래 지배적 세계 부르주아지는[14] 자본주의 체제의 부분적 ××를 구제키 위하여 일제히 기起하였다.

그러나 이 실로 장대한 세계자본주의의 공동 행동의 최초의 시험은 너무나 슬프게도 열강의 외교적 서면書面의 교환과 각국 대표의 왕래의 수고 이외에 수득收得한 아무런 효과도 거두지 못하였다. 제1의 영미英米의 공동 구제 행동인 영미의 기본적 모순과 미국에서 발전하고 있었던 '세계 제국주의의 ××이날' — 만국의 금본위제 정지의 날 9월 21일 — 의 박두로 말미암아 와해되고, '천래天來의 증물贈物' 또는 '구救험[15]의 경성驚星'[이]라고 불려지던 유명한 후버H. C. Hoover 대통령의 모라토리엄 안案도 불란서의 사보타주로 인하여 하등의 실적을 못 얻었으며, 화려한 '윤돈倫敦[16] 회의'도 제국주의적 이해利害의 불

---

10 '코민테른'이 검열 때문에 머리문자만으로 표기된 것으로 보인다.
11 plenum.
12 독일 통화단위인 '마르크'의 한자식 표기.
13 원문대로이나 무슨 의미인지 모호하다.
14 원문에는 '썰루주아게는'으로 되어 있으나, '게'는 '지'의 오자일 것이다.
15 원문에는 대로이나, '救援'의 오식이 아닐까 한다.
16 런던의 한자식 표기.

일치라는 근본적 모순 앞에는 어쩔 수가 없었다. 결국 독일에 있어서 미구에 오고야 말 것은 기어코 올 수밖에는 없이 하였고, 또한 부르주아지의 세계적 공동 행동에 있어서 제국주의적 대립이 부르주아지의 국제적 연대보다는 훨씬 강하다는 것을 말하였다.

이러한 공동 행동의 일좌一座의 신파新派가 연출되는 동안에 개개의 제국諸國에서는 무엇이 진행되고 있었는가? 미국은 일층 광범한 농업의 위기와 금융공황 — 제2의 월가街[17]의 사변의 위기가 진전하였으며, 중구中歐 제국에 있어서는 격렬한 신용공황이 차등此等 제국의 신용기관의 모두를 막 흔들어버리었고, 불란서는 순식간에 심각한 공황의 해중海中에로 떨어졌다. 그리고 여기에 기록한 최대의 사건, 세계 제국주의의 거대한 조X[종]吊×이 일몰을[18] 모르는 대미제국大美帝國에서 울리기 시작하였다.

말할 것도 없이 세계에 있어 자본주의적 체제의 발상지이고 세계 금융시장에 있어서의 최대의 지배적 자본주의국國인 노영제국老英帝國이 1931년 9월[19] 21일을 기하여 파운드 스털링의 금본위제의 정지를 선언한 것이다. 이것은 세계 자본주의가 영구히 기념할 것의 하나로, 영국 부르주아지가 공연公然히 그 세계 금융시장에 있어서의 지배적 지위를 포기하지 아니할 수 없는 참경慘境에 빠졌다는 것을 의미하는 동시에, 국제적으로 이 최대의 사건은 자본주의적 세계경제와 금융체제의 최대한의 혼란을 야기하고, 이어서 명일날 다른 자본주의국을 방문할 이 '새로운 객客'의 세계경제상의 진로進路를[20] 우리들로 하

---

17 원문에는 '월紙'라고 되어 있으나 '紙'는 '街'의 오식일 것이다.
18 원문에는 '日後을'로 되어 있는데, '日沒을'의 오식으로 보인다.
19 원문에는 '9월'이 누락되어 있어 보충하였다.
20 원문에는 '遍路를'로 되어 있으나 '進路'의 오식일 것이다.

여금 명료히 이해케 하는 것이었다. 자본주의적 세계와 식민지와 반半식민지의 제諸 영토, 자기의 모든 부분을 포촉捕促한 세계 경제공황의 누진적 발전은, 독점자본주의의 시대에 있어서는 자본주의적 발전의 불균등은 특히 첨예하다는 레닌Lenin의 법칙을 또 다시 역사적 사실에 있어서 입증하였다. 이 발전의 불균등성의 파징의 고지高低는 현재의 공황을 통하여 일국에 있어서의 금 보유량의 격증과 다른 제국諸國에 있어서의 격감으로 표현되어 제국주의 열강의 세력관계의 현저한 변화를 생기生起케 하여 부르주아적 세계 진영을 재편성하였다.

2. 객관적 정세의 새로운 특질

그러면 이 새로운 객관적 정세의 특질은 구체적으로 어디에 어떠한 형태로 표시되었는가?

우리는 ××[자본]주의의 일반적 위기의 제3기를 특징 붙이는 기본적 제 관계 그것의 일층의 새로운 '발전'과, 박두하는 직접적 앙양과 X[파]국이 어우러져서 새로운 지점으로의[21] 비약의 전제조건이 성숙되는 과정에서 현재의 지배적 세계정세의 신新 부분을 발견하며, 아울러 1917년까지 세계를 통하여 통일적이고 분괄적分括的이었던 ○○[자본]주의 체제를 두 개로 갈라지게 한 ××[사회]주의적 체제가 일층 발전하고 약진하는 것에 의하여 전자의 X[파]국이 일층 ××화化하고 X화하는 곳에서 그 구체적인 양상을 파악하는 것이다.

---

21 원문에는 '— 으로서'로 되어 있으나 문맥으로 보아 바로잡았다.

공황 이전에 있어서는 영국은 외국 무역의 영역[에서] 미국의 다음에 제2위를 점하였었고 국제 금융시장에 있어서는 미국과 그 지배권을 다투었으나, 지금에 와서 영국은 외국 무역의 영역에 있어서는 독일에 의하여 제3위로 떨어지고 국제 금융시장에 있어서는 이전의 지배적 지위를 미국과 불국佛國에 양도하고 제3위로 내려앉았다.

특히 상술上述한 바의 독일자본주의의 구제안救濟案을 중심으로 전회轉廻한 바 제 기도諸企圖와 7대 자본주의 열강의 윤돈倫敦회의의 무성과는 이들의 진영에 있어서의 근본적인 변동과 재편성과 아울러 변화된 제국諸國 관계에 기인한 제 열강간의 심화한 대립을 명백히 표시한 것이었다.

그리하여 이러한 기본적 제 관계의 변화는……민족의 운명 위에 거멓게[흑색으로] 영향하였으며, 꼬리를 물고 일어나고 중첩되는 제 사건은 박두한 시국의 문 앞에 선 자본주의 열강으로 하여금 공황과 파국으로부터의 유일한 활로를 근로대중의 부담 위에서 구하게 하였다. 이 점에 있어서는 모든[22] 나라가 일치하는 것으로, 주요 자본주의 제국諸國에 있어서 노동계급의 생활수준과 기득旣得 이권利權에 대한 새로운 격렬한 자본의 공격이 전개되고 있으며, 열강 상호간에 있어서도 약소한 나라의 어깨 위에다 공황의 중하重荷를 전환시키려고 기도하며, 또한 이러한 모든 타산打算과 함께 어떻게 하여 소련의 노동자로 하여금 자본주의의 공황을 부담케 할 것인가 하는 데 대한 각종 각양의 타산이 기도되고 있다. 여기에서 우리는 방금 ××에서 진행되는 과정을 배워야 할 것이다.

이러한 모든 부르주아적 기도企圖는 또한 부르주아지 자신뿐만이

---

22 원문에는 '모-도'로 되어 있으나 문맥으로 보아 바로잡았다.

아니라 노동자계급의 진영 내에 있는 그들의 협동자인 국제 사회민주주의 — 영토에 있어서의 민족개량주의 — 등의 광범한 사회 파시즘의 공연한 지지 공앙共仰하에 수행되고 있는 것이다. 그러나 이러한 부르주아적 기도와 국제 개량주의의 대도상大道上에 넓고 넓은 저해沮害의 성벽을 쌓고 있는 것은 소비에트 동맹의 사회주의적 경제의 …… 성장 그것이며, 또한 자본주의 제[국]에 있어 광범한 근로자 대중을 움직이고 있는 ××[혁명]적 앙양 그것으로, 상기의 것과 함께 금일의 세계를 특징 붙이는 기본적 부분이다.

전개된 새로운 자본의 공세는 노동자운동을 광범한 영역에 있어서 앙양케 하고……[식민]지地 …… [반식민]지地에 있어서의 기다幾多의 …… [혁명]운동의 정세를 환기하여, 세계적 규모에 있어 노동계급은 수세로부터 역습에로 나왔으며, 이것의 조직적 확보와 강화²³를 위하여 국제 프롤레타리아는 '계급 대 계급'의 중심 동양同樣과 우리들의 편으로의 노동자[계]급의 다수자 획득과 대중 속에서의 사회민주주의적 개량주의적 영향의 □□²⁴의 슬로건을 진두陣頭에다 내어걸었다.

이러한 국제적 정세는 이곳에 있어서 ××과 ×× …… 신정세新情勢를 초래하였다.

가중加重한 정치적 ××과 아울러 모든 공업 기업에 있어 보는 바와 같은²⁵ 자본의 ……한 공격과 ××의 토지 소유의 특질, 농업 경영에 있어서의 봉건적 형태와 고리대금의 지배하에서 발전하고 있던 농업의 만성적 공황은 흉작 …… 부담 급及 농산물가農産物價 폭락 등에 의하여 이상히 ×화化되었다. 더구나 …… 의 자본이 공황의 부담을

---

23 원문에는 '强者'로 되어 있으나 '强化'의 오식일 것이다.
24 원문 판독이 어려우나, '근절' 정도의 의미로 이해된다.
25 원문에는 '가흔'으로 되어 있으나 '갓흔(=같은)'의 오식일 것이다.

······ 의 근로 민중의 어깨 위로 ××시키려는 노력은 일층 ×× 노동 자계급의 상태를 ······ 시켜 농민의 토지 상실과 빈궁화와 도시의 소^小부르 중간층의 생활의 토대를 동요시키었다. 특히 노동자 농민운동에 대한 ××와 기본적 권리의 결여는 ······ 의 노동자 농민의 상태의 특징인 것이다.

그러나 이러한 근로 인민에 대한 새로운 상태는 현재에 있어서 전개되면서 있는 ××[혁명]적 앙양과 대중××의 거파^{巨波}를 일으키었고, 그것이 과거 운동의 어떠한 계단²⁶에서도 일찍이 보지 못하였던 굉장한 발전과 새로운 비약을 명확히 표시하고 (···중략···)

재래 민족 부르주아지와 소^小부르 상층의 무력한 ××의 남중^{濫中}에 들었던 민족 ······ 즉 이 분류^{奔流}와 같은 힘을 가지고 낡은 껍질을 깨치고 노동자 농민 대중의 ××이 점점 ××운동의 결정적인 내용으로 되었다는 곳에 그 근본적 특질이 있는 것이다. 더구나 수많은 경험을 통한 노동자계급의 방대한 계급적 성장과 ······ 훈련의 도합^{度合}과 그 영향이 농민이나 소부르 중간층의 운동을 점차로 자기의 계급적 영향의 명하^{命下}에 획득하고 있다는 것, 이것을 이해함이 없이는 우리는 금일의 조선을 지배하고 있는 광범한 앙양된 전^全 정세를 구체적으로 이해치는 못할 것이다. 그러나 이러한 정세에 상부^{相符}하지 못하는 프롤레타리아의 조직적 역량의 미약은 청산주의와 일화견주의^{日和見主義}, 보다도 광대한 ××[민족]개량주의의 대두를 가능케 하며, 그것으로 인하여 ××[민족]자본이 ······적 운동의 진영 내부에 ×× [제국]주의적 지배의 직접의 지주^{支柱}와 개량×[정]책의 일정한 협력자, 공조자를 발견케 하는 것이다. (차간^{此間} 20여행 략^略)

---

26 원문에는 '法段'으로 되어 있으나 '階段'의 오식일 것이다.

그러나 우리는 이 제 정세에 능히 자기를 적합시키면서 항상 전진할 수 있는 주관적 조건의 급속한 구비와 우리들의 운동의 모든 부분에 놓인 이 결함의 극복과 함께 우리들의 예술 전책戰策 카프가 전개하는 광범한 …… 부대는 최대의 용의用意를 가지고 (…중략…) 당면하지 아니하면 아니 된다.

3. 반(反)프롤레타리아 예술전선의 주요 특징

지금 우리들은 조선의 프롤레타리아 예술운동이 다양한 객관 상세狀勢 속에 있어서 중심적 방향과 그 표치標幟의 설정을 위한 최중요의 문제인 우리들의 ×[적]대세력의 정세 분석으로 들어간다. 우리들의 운동의 팽배하게 범람되고 있는 대중의 ××[혁명]적 예술에 대한 앙양된 요구에의 보고를[27] 위하여서나, 또는 여태까지의 조선의 프롤레타리아 예술운동이 가지고 있는 바의 최대의 약점인, 높아지고 성장하고 있는 광범한 대중의 ××으로부터의 후퇴와 이반離反을 구체적 실천의 마당 위에서 극복하려는 데 있어서는, 우리들의 사업이 조선 ××운동에 있어서 ××[혁명]적 프롤레타리아트가 걸어가는 당연한 중요 방향인 노동자 대중의 다수자 획득과 근로 인민의 중요층을 노동자계급의 ……적 사상적 영향하로 획득하기 위한 ××과 유기적으로 결부함이 없이는 불가능한 일이다. 즉 우리들 프롤레타리아 예술운동이 몇 번이나 우리들이 힘들이어 지적한 바와 같이, 조선의 ××[혁명]적 프롤레타리아트가 전개하는 바의 광범한 ×[전]선에 한 개의

---

27 원문에는 '報告을'로 되어 있다.

섹션[28]으로서 소용되려면은 이 X[결]정적으로 중요한 방향에로 우리들의 전진의 머리를 돌릴 것과 아울러, 일층 귀중한 것은 그것을 단순히 기계적 방법을 가지고 우리들의 사업을 그것과 접부接付시키는 것이 아니라, 우리들 독자의 방법을 가지고 예술의 위에다 구체화시키는 곳에 진실한 실천적 의의를 갖는 것이다.

다시 말하면 다수자 획득의 문제, 계급 대 계급 등의[29] X항적降的 슬로건을 우리들의 X[진]두頭에다 게양하는 것은 그다지 곤란치 않은 일일뿐더러 그것 같이 용이한 일은 또한 없을 것이다. 그러나 이러한 것은 더 나아가 가능한 범위에 있어서 새로운 동반자 내지 동지의 획득은 고립된 조선 문예운동에 있어서는 특히 필연한 전술이며, 그리되지 아니하면 새로운 문학운동의 전면적 계몽 역할을 감행하지 못할 줄 안다.[30]

[31]우리들의 운동의 새로운 전향을 단순히 말로 그칠 것이고, 우리

---

28 원문에는 '썩손'으로 되어 있으나 '섹숀'(=섹션)의 오식일 것이다.

29 문맥상으로 볼 때 이 사이에 일부 구절이 누락된 것으로 보인다. 다음의 'X降的 슬로건'은 '투항적 슬로건'으로 읽히는데, 앞의 '다수자 획득의 문제, 계급 대 계급 등'은 투항적 슬로건과 거리가 멀기 때문이다.

30 원문에는 이 뒤에 다음과 같은 한 단락이 삽입되어 있으나, 이는 같은 시기에 연재되던 李軒求의 「朝鮮에 있어서 海外文學人의 任務와 將來」(『조선일보』, 1932.1.1~1.13) 중 한 단락이 잘못 편집된 것이다. 참고로 이 구절은 이헌구 글의 1932년 1월 12일자 연재분에 다시 수록되어 있으며, 주로 카프 평론가들이 해외문학파를 소부르주아 계급에 기반한 예술과 조직으로 보는 데 대한 반론의 성격을 띤다. "뿐만 아니라 海外文學派 中에는 적지안은 새로운 文藝運動의 熱熱한 愛護者 支持者가 잇스며 좀더 새로운 運動의 展開를 自體 內部에서 必然的으로 要求하게 되여오는 것이요, 決코 藝術派의 形成組織은 아니다. 이러한 虛構的 斷案으로 말미암아 海外文學派와 有機的 關聯이 업는 『文藝月刊』과 『詩文學』을 恰似히 海外文學派의 機關紙視하는 것을 더욱 吾人은 遺憾으로 생각하는 바이며, 좀더 이러한 事物에 對한 觀察이 周到하며 公正하야 朝鮮文學의 健全한 發展을 爲하야 眞心으로서 努力과 討議가 잇서야 할 것이다."

31 이곳부터 5회 연재분에 해당하지만, 원문에는 이 연재분도 4회로 표기되어 있다. 이후 6회분은 5회, 7회분은 6회 식으로 한 회씩 밀려나고 있다. 그리고 이 연재분의 첫 문장은 앞 부분이 잘려나간 것으로 판단된다.

들 예술[전]선의 전원全員과 각원各員의 일상 실천과는 또한 멀리 떨어져 있을 것이며, 따라서 우리들의 구체적 실천에 있어서는 조그만 변화나마도 또 없을 것이고, 의연히 우리들의 예술운동은 대중적 ××으로부터 멀어지고 후퇴되며 있을 것이다. 이것은 필연적으로 이론과 실천과의 분리와 예술의 X[성]치로부디의 이반괴 이울러 프롤레타리아예술의 X[정]치적 무관심은 증대되어, 우리들의 운동의 진실한 …… [볼셰비키]적 전향傾向을 위한 적지 않은 이론과는 반대로 멘셰비키적 궤도 위로 미끄러지고 말 것이다.

이러한 데보린주의적 경향[32]이 우리들의 이론적 활동을 물들인 적이 과연 없었을까? 우리들은 거기에 대하여 '없다!' 하고 대답할 용기는 그 아무도 갖지는 못하였을 것이다. 사실로 우리들의 여태까지 이론적 활동에 있어서는 이론의 실천으로부터의 분리가 존재하였던 것이다. 극단으로 말하면 이론적 사업은 그것 자신으로서 어떠한 이론적 활동을 전개하고, 작가들은 또한 그 자신의 방법을 가지고 제작에 종사하였던 셈이다.

그러면 이론적 활동은 실천이 아니냐고 반문할 동무도 있을 것이다. 그러나 …… 을 말하는 것과 …… 을 하는 것과는 다른 것이라는 생생한 구체적 방면을 무시하여서는 아니 될 뿐만 아니라, 두 개의 것의 유기적 관련, 진실한 변증법적 통일이란 관점을 가지고 볼 것을 배워야 할 것이다.

이러한 관념화한 멘셰비키적 경향은 무엇보다도 우리들의 운동에 있어서 이론으로부터의 작품의 이반, 작품의 이론으로부터의 후퇴라

---

32 데보린(A. M. Deborin, 1881~1963)은 러시아의 맑스주의 철학자로서, 1931년 스탈린에 의하여 이론과 실제를 분리하여 헤겔의 '관념변증법'에 접근하는 멘셰비키적 관념론자로 비판받았다.

는 곳에 가장 명확히 표시된 것으로, 우리들의 X[진]영 내에 한 사람도 남김없이 통절히 느낀 것인 동시에, 우리들의 X으로부터도 누구이 지적된 것이다. 그리고 이러한 경향의 가장 집중적인 표현은 프롤레타리아예술의 우월성에 대한 근거 없는 자만과, 마치 반反프롤레타리아예술에 대하여 우리들의 예술은 월등히 높은 승리적 지점에 앉은 것과 같은 팽대膨大한 환상을 산출케 한 곳에 표시되었다. 이론은 의례依例히 작품보다는 어떠한 정도까지는 선진先進하는 것이고 작품은 서서히 그 뒤를 따라가는 것이며 또한 아무리 프롤레타리아예술이 대중의 성장과 …… [혁명]적 앙양으로부터 뒤떨어졌다고 하더라도 그것은 부르주아예술에 비교하면 훨씬 높은 역사적 상좌上座에 앉은 것이라고 생각한 것이다. 물론 우리들의 예술은 사상적으로 …… 하고 있는 부르주아적 예술에 비하면 훨씬 XX한 역사적 성질을 가지고 있다는 것은 사실일 것이다. 그러나 예술사적 의미에 있어서의 프롤레타리아예술의 우월성은 결코 자신의 다른 힘의 조건의 구비와 성숙이 없이는 오래인 역사와 광범한 기초를 가진 부르주아적 예술에 대하여 무능적無能的[33]으로 승리할 수는 없다. 또한 이것은 마치 역사적 의미에 있어서 가장 …… [혁명]적 계급인 프롤레타리아 계급이 그 사적史的 우월성만을 가지고는 강고한 부르주아적 세력과의 …… [투쟁]에 있어서 …… [승리]할 수는 없다는 것과 동일한 것이며, 아울러 작품의 이론으로부터의 후퇴를 이러한 환상을 가지고 자위한다는 것은 계급 …… [투쟁]에 있어 승리를 위하여 …… 하는 것이 아니라 패배를[34] 위하여 대청大廳에 누워 오수午睡로서 만족하는 단순한 관념의 유희에 그치고 마는 것이다.

---

[33] 원문대로이다. '본능적' 혹은 '무조건적' 정도의 오식이 아닐까 싶다.
[34] 원문에는 '敗北을'로 되어 있다.

그러므로 단순히 이론상에 있어서 노동자계급의 다수자 획득을 운위하고 예술운동의 일층의 ……지地[35]를 수백번 고조高調하는 것에 의하여 만족하고, 어떤 정도까지 서서히 작품은 이것 저것 새 과제를 취급하는 것으로[36] 스스로 위안을 삼을 것이 아니다.

일체의 반 프롤레타리아적 예술의 영향 하에 있는 광범한 대중을 …………적 영향으로부터 …… 시키기 위한 …… 의 우리들의 이론적 활동과 실천적 제[37] 활동이 정확한…… [변증]법적 통일 아래서 전개되어야 할 것을 우리들은 알아야 할 것이다. …… (…5행략行略…) 이러한 중대한 역사적 기간에 있어서 우리들 (…략略…) 예술운동이 대중 속에 아직도 그 ××를 깊이 박고 있는 부르주아적 예술을 그 ……로부터 패여버리고[38] 근로대중의 다수자多數者를 ……………… 하기 위하여는 우리들의 운동에 있어서 전혀 무가치할 뿐 아니라 심히 유해한 프롤레타리아예술의 역사적 우월성에 대한 관념적인[39] 자위를 최후의 일편一片까지 숙청하고 X[적]대X[세]력의 정확한 평가로 눈을 돌리지 아니 하면 아니 될 것이다. 부르주아적 예술에 대하여 그것을 단순히 '반동적'이란 결론적 단정을 가지고 간단히 처리할 것이 아니라, 이 반동적 예술의 전 세력은 과연 얼마만한[40] 것인가, 전체로 반동적이라고 불러지는 예술은 어떠한 것이며 그것들은 서로 어떠한 조건하에 결합하며 또는…… 하나, 또 전반적으로 어떻게 움직이고 있나, 그리고 특히 중요한 것이 ………… 계급 그 외의 모든 노력勞力 대중에게 유해한 사상

---

35 원문대로인데, '地'는 '化'의 오식으로 보이며, 그래서 이 대목은 '볼셰비키화' 정도가 될 것이다.
36 원문에는 '것을'로 되어 있으나 문맥에 맞게 바로잡는다.
37 원문에는 이 사이에 '實踐的'이 또 다시 삽입되어 있어 삭제하였다.
38 원문대로이다. '떼어버리고'의 의미로 읽힌다.
39 원문에는 '歡念的인'으로 되어 있으나, '歡'은 '觀'의 오자일 것이다.
40 원문에는 '얼마마한'으로 되어 있어 수정하였다.

적[41] 영향을 전달하고 있는…… 예술은 그것이 반동적임에도 불구하고…… 서…… 도 비교적 넓은 대중적 기초를 가지고 있는가, 하는 문제를 구체적으로 천명하여 강점과 허소盧所를 구별하여 진進×하고 또한 그 속에서 우리들의 예술이 진실로 대중의 것이 되기 위한 조건에 관한 교훈을 끄집어내야 할 것이다.

왜 그런고 하니 우리들은 패배하기 위하여…… 하는 것이 아니라 [승리]를 위하여…… 하는 한에 있어서 ×[적]의 세력과 그 동향을 모르고…… [전투]하는 군대가 제 아무리 강하고 정예한 무기를 가졌다고 하더라도 얼마나 패배하기가 용이한가 하는 것을 상상할 때면, 스스로 명백케 되는 사실일 것이다. ××력의 정확한 평가와 동향을 정찰치 못하는…… 은……하기 위한…… 이 아니라 괴멸키 위한 전쟁인 까닭이다.

이것은 실로…… 주의적 ×[전]술에 있어서 ABC에 속하는 것이나 그러나 그것이 ABC인 까닭으로 더욱 ×[괴]조調할 필요가 있는 것이다. 왜 그런고 하니 이 자명의 이理인 ABC를 우리들은 여태까지 실천에 있어서 적용할 줄을 몰랐던 때문이다. 우리들의 누구든지 부르주아예술을 반동적이고 유해한 것이라고 결론적으로 부정적인 평가를 내리기에 주저치 않았고, 또한 반동적이란 일구一句로써 그것에 대한 문제는 간단히 낙착지어 온 것이었다. 그러나 그것이 진실로 어떻게 반동적이고 그것의 현유세력現有勢力은 얼마나 되는가 하는 구체적 문제에 대하여서는 근소한 해답밖에는 못 가졌었다. 더구나 이러한 추상적 평가의 무가치성 내지 유해성이 현재에서와 같이 명료히 표시된 시기는 여태껏 아마도 없었을 것이다. (…차간此間 20행 략略…)

---

41 원문에는 '忠想的'으로 되어 있으나, '忠'은 '思'의 오자일 것이다.

이 중심적 관점을 떠나서는 현재 조선에 있어서 문화적 반동세력, 특히 반反프로 예술X[전]선의 문제에로…… 적 방법을 가지고 접근하기는 불가능한 것이다. 그러므로 현재에 있어 …… 적的 예술전선과 반…… 적 예술전선의 차이가 존재하는 근본적 점點은 현재의 …………를 유지하려는 것과 반대하려는 것의 두 개의 입장으로 환원되는 것이다. 그러나 주의할 것은 이것을 추상적 분류학을 가지고 이것과 저것으로 구별할 것이 아니다. 진정한 변증법의 방법을 가지고 그것들이 서로 교착交錯하는 복잡성과 다양성 속에서 움직이는 발전의 과정 속에서 관찰해야 할 것, 다시 말하면 ………… 운동에 있어서 표시되는 …… 적 대립과 그 …… 편성의 변화의 예술상의 반영으로 관찰되어야 할 것이다.

그리하여 우리들의 예술운동을 중심으로 위요圍繞하고 있는 제 환경이 상술한 바와 같은 국제적 국내적 정세의 새로운 변화를 어떻게 반영하고 있느냐 하는 것이 이 부분에 있어서의 우리들의 주요 과제인 것이다.

무엇보다 조선에 있어서의 예술 전반의 영역을 통한 근본적 현상은 대중의 왕성한 …… 화化의 직접의 반영으로서 소부르주아적 내지 자유주의적 예술상에 ………… 적 영향이 광범히 침투하고 있는 일방, 부르주아적 예술이 새로운 공격을 준비하고 있다는 것으로 선공先攻되어 있다.

최근 2, 3년래에 있어서 조선의 민족 부르주아지의 X[정]치 지위의 변화는 강하게 예술상, 특히 문학상에 반영된 것으로, 과거에 있어서 일정한 역사적 진보성과 아울러 일련의 공로를[42] 조선문학사 상에 남

---

42 원문에는 '巧勞를'로 되어 있으나, '巧'는 '功'의 오자일 것이다.

겼다고 할 민족주의문학이 근본적인 변화과정을 통과하고, 현재에 와서는 명확히 조선에 있어 프롤레타리아운동의 반대자의 입장을 표명하게 되었다는 것이다.

그리하여 현재의 민족주의문학이라는 것은 1920년대 전후에 존재하던 것이 아니다. 지금에는 그들의 이데올로그[43]들의 정치적 본질인 민족개량주의의 노선상을 걷고 있다는 것으로, 이것은 현재 조선에 있어서 노동자, 농민의 광범한 …… [혁명]적 앙양[44]과 그들의 사상적 산물로서 발생한 프롤레타리아예술의 대두로써 설명되는 것이다. 그리고 그들의 이데올로그인 ✕적的 부르주아지가 조선의 민족운동에 있어서 ……성性을 포기함과 동시에 표현된 민족주의문학의 민족개량주의적 타락은 그들의 예술상에 사상적 예술적 파탄으로서 나타난 것으로, 현재에 있어 민족주의문학의 거두巨頭라고 일컫는 2, 3의 작가의 문학적 타락으로 증좌되는 것이다. 그들은 이미 『무정』이나 『개척자』 혹은 『만세전』 같은 작품을 생산할[45] 하등의 능력도 못 가지게 된 것이다. 이 점을 무시하고 혹은 간과하고 이광수李光洙 군이나 염상섭廉想涉 씨 등의 작가적 타락을 운위하는 것은 아무것도 말할 수는 없는 것이며, 동시에 조선에 있어 민족주의문학의 예술적 파탄의 역사적 필연성을 이해치 못하는 것이다.

1920년 이후 그렇게 화려하게 소위 신문학 전부를 자치한 내용인 봉건적 유제遺制에 대한 투쟁, …… 주의에 대한 불만은 지금의 그들의 문학상에 있어서 전연 별편別便의 물건으로 화하여버렸다는 것은 조선의 계급관계에 있어서 (…차간此間 6행 략略…) 그러므로 그들의

---

43 원문에는 '이데오구ㅡ'로 되어 있으나 빠진 것으로 보이는 글자를 채워 넣었다.
44 원문에는 '節揚'으로 되어 있으나 '節'은 '昻'의 오식일 것이다.
45 원문은 '生産하고'로 되어 있으나 문맥에 맞게 수정하였다.

문학으로부터 이러한 내용이 거세되고 다른 새로운 것으로 바꾸어졌다는 데 있어서는 그들의 문학의 예술적 가치는 과거의 것이 되어버리고 만 것이다.

뿐만 아니라 민족주의문학은 공연히 반프롤레타리아적 입장에 선[46] 이데올로기, 즉 민족개량주의의 예술적 선전宣傳으로서 적극積極하여, 이순신李舜臣의 ×지地 문제의 (…략略…) 모집을 위한 민족개량주의적 운동의 선전으로 이순신전을 집필하는 이광수 씨는 민족개량주의화한 민족문학의 최적最適의 대표자인 것이다. 그리고 이것이 조선의 민족문학의 운명을 가장 명확히 말하는 것인 동시에 민족주의문학의 최근에 있어서의 근본적 특색이다.

그러나 그렇다고 그들의 문학이 천편일률적의 (…략略…)적 타협을 말하는 것이라고 이해한다면 민족개량주의에 대한 아무런 지식도 갖지 못했다는 것을 표명하는 것일 것이다.

그들이 공연히 졸렬하게 그것을 주장하지는 않는다. 왕왕 그들은 (…략略…)주의[47]에 대한 날카로운 반대까지도 표명하는 것이다. 그러나 주의할 것은 그들[이] 진실로 노동계급 한 가지 그것에 대한 (…략略…) 표시하는 것이 아니라, 그들의 타협자적 정체를 엄호掩護키 위하여 사용하는 일시적 정략政略이며, 동시에 대중을 국제적 연대로부터 배외주의로 분리시키려는 기도가 숨어 있는 것을 알아야 한다. 더욱이 그들의 민족 부르주아지 계급은 봉건적 유물에 대한 가장 오랜 연관의 경험을 가진 만큼, 그들은 우리들보다도 더 농민의 머리 속에 남은 봉건적 제 이데올로기를 이해하고, 따라서 그것을 최대한도로 지주와 민족 부르주아지의 이익을 위하여 이용할 것을 누구보다도

---

46 입장에 선 : 원문에는 '입장에는'으로 되어 있으나 문맥상 의미로 보아 바로잡는다.
47 (…略…)주의 : 원문에는 '(…略…)義義'로 되어 있으나 문맥상 의미로 보아 바로잡는다.

알고 있는 것이다. 특히 그들의 문화 수준의 저도低度한 것을 이용하여 예술로서의 문학을 집어치우고 강담講談과 영웅전英雄傳을 가지고 농민의 광범한 층을 독자로서 획득하기에 성공하고 있는 것이다. 이러한 점에 있어는 그들은[48] 우리들 프롤레타리아 작가의 그 누구보다도 농민을 잘 이해하고 또 그들에게 접근할 기술을 가진 것이다. 이점은 실로 프롤레타리아 작가에게 커다란 교훈을 주는 동시에 프롤레타리아의 영향하에 선 농민문학에 관한 우리들의 심심甚深한 주의를 환기하는 문제이다.

이 부류에 속하는 문학 이외의 영역에 있어서는 김동환金東煥 씨 등의 소위 민족적 가요운동, 서화협회書畵協會 등[이] 산입算入될 것이다. 그러나 의연히 문학이 지도적 지위에 있는 것은 사실이다.

다음에 우리는 소小부르 중간층의 심각한 동요와 아울러 소부르주아적 이데올로기로서 대표되는 층의 예술적 동향의 최근 발전에 주목하여야 할 것이다.

특히 1931년을 통하여[49] 세칭 '해외문학파'로서 불러지는 일군一群의 활동이 상당히 활발하였다는 데서 구체적으로 알 수가 있는 것이다.

이 그룹은 말할 것도 없이 광범한 소부르 중간층의 예술적 분자로부터 우右로[50] 전향轉向한 일군一群으로서, 특히 그들이 해외문학을 조선에 소개하는 것에 의하여 조선문화 건설에 공헌하고 아울러 이 건설 사업에 몸을 가지고 참가하는 것을 그들의 임무로 하고 있다는 점은 일층 명확히 폭로되어야 할 것이다.

---

48 원문에는 '그들의'로 되어 있으나 문맥에 맞게 바로잡는다.
49 원문에는 '逡하야'로 되어 있는데, '逡'은 '通'의 오식일 것이다.
50 원문에는 '右로의'로 되어 있다.

왜 그런고 하니, 이 유상무상有象無象의 인텔리로써 형성된 소위 해외문학의 그룹이라는 것은 공연히 적극화하고 있는 민족개량주의 예술보다도 일층 위험한 프롤레타리아 예술전藝術戰 상의 적인 까닭이다.

그들은 저 1920년 시대의 민족문학이 수행한 것과 똑같은 어떠한 것을 조선의 문화건설의 위에다 기여하는 것같이 생각하고 또 그들과 동일한 역사적 역할을 수행하는 것 같은 문화주의적 가면 위에 숨어 있는 것이다. 그리하여 마치 조선의 새로운 장래將來할 문화건설의 유일의 담당자인 것으로 꾸미고 있는 것이다.

이곳에 해외문학 일파가 프롤레타리아 예술✕[전] 상의 적이라는 이론적 근거가 있는 것이다. 그들이 말하는 바 장래할 조선문화 건설이라는 것은 결코 근로하는 대중과 그 지도적 계급인 노동자계급의 생산적 문화가 아니라 사회적 계급과는 전연 무관계한 초계급적 문화 건설이란 반反 프롤레타리아적 견해가[51] 내포되어[52] 있고, 아울러 신문화新文化라는 것은 조선에 있어 부르주아적 예술의 일층의 연장을 위한 문화를 의미하는 것으로, 프롤레타리아를 그 ✕✕자者로 한 근로 인민의 문화예술과는 조그만 인연도 없다. ✕✕자의 문화를 근로계급의 ✕[착]취 위에다 건설하라는 것이다.

그들은 문화예술 영역에 있어서의 계급적 분열과 특히 그것이 첨예화하여가는 현재 시기의 정세에 있어서 고의로 그것을 부정하는 데 있어서 모든 부르주아적 철학의 초계급론超階級論과 공통 일치되고, 구체적 제 활동에 있어서 모든 장면을 통하여[53] 조선 프롤레타리아의 예술✕[전]선의 파괴의 선봉이 되어 있다. 이 점에 그들의 반反…… 적

---

51 원문에는 '見解다'로 되어 있으나 문맥에 맞게 바로잡는다.
52 원문에는 '內危되어'로 되어 있으나 '危'는 '包'의 오자일 것이다.
53 원문에는 '退하여'로 되어 있으나 역시 '退'는 '通'의 오식일 것이다.

역할은 일층 명료히 표시되고 있다.

조선에 있어서 반프롤레타리아 예술X[전]선의 대동단결을 주장한 자도 그들이었고, 또한 민족적 계급의식 운운의 진정의 민족개량주의의[54] 문학으로의 도입을 역설한 자도 그들의 그룹이었으며, 프롤레타리아예술에 대하여 피곤함이 없이 집요한[55] (…략略…)의 손을 내리지 않고 있는 자들도 그들이었다. 특히 소부르 중간층 속에 있어서의 프롤레타리아 예술의 영향의 파괴자로서 가장 맹렬히 활동한 1931년의 그들의 실천을 통하여 볼 때, 우리들은 (…략略…)[착]취자적 세계관의 새로운 세련된 전파자傳播者[56]에 대한 (…략略…)의 중요성에 대하여 조금도 게을리할 수는 없는 것이다. 그들이[57] 소위 해외문학을 소개함에 있어서 어떠한 문학을 소개하였던가, 또는 그들의 그룹의 지도하에 있는 '극예술연구회'의 활동, 특히 학생극 등을 통한 사실은 최대의 주의를 요하는 것이다.

K—[58] 1928[년] 12월 테제에 있어서 우리들은 (…략略…)적 프롤레타리아의 (…략略…) 선동의 소부르 출판 등의 반영의 도합度合은 (…략略…)주의운동의 최량의 분도침分度針이 된다고 볼 수가 있다. 이 결정이 얼마나 정당한 것이었느냐 하는 것은 수많은 소부르 중간층의 예술적 분지分支가 프롤레타리아측으로 접근하고 있는 데서 그 생생한 구체적 사실을 볼 수가 있는 것이다. 그러나 우리는 이 반면에 반동화하고 있는 소부르 예술 그룹의 왕성한 대두에 대하여 눈을 감을 수는 도저히 없을 것이다.

---

54 원문에는 '—를'로 되어 있으나 문맥에 맞게 바로잡는다.
55 원문에는 '執抛한'으로 되어 있다. '抛'는 '拗'의 오식일 것이다.
56 원문에는 '制播者'로 되어 있는데, '制'는 '傳'의 오식일 것이다.
57 원문에는 '그들의'로 되어 있으나 문맥에 맞게 바로잡는다.
58 역시 '코민테른'이 검열 때문에 머리문자만으로 표기된 것으로 보인다.

그들의 경하할 만한 일 성원인 이헌구李軒求 씨가 말한 바와 같이 그들은 여태까지 한 번도 (…략略…) 세력과 합작한 것이 없다고 하여도, 그들이 조선에 있어서 가장 (…2행 략略…) 프롤레타리아 예술X[전]선의 사실상의[59] 파괴자로서 행동하고 또한 조선(…략略…)에 있어서 가장 위험한 반(…략略…)[60][동]적 이데올로기 민족개량주의 사상을 문화주의의[61] 분장粉裝에서 전파하는 것에 의하여, 그들은 싫어도 객관적으로는 민족개량주의의 최신의 예술적 비병備兵인 이외에 아무것도 아닌 것이다.

우리들은 이 그룹에 대한 (…략略…) 강화하지 아니하면 아니 되는 동시에, 소부르 층에서 전향轉向될 동반자 작가의 획득을 위한 (…략略…)에 있어서도 그릇됨이 없어야 할 것이다.

그리고 우리들의 편으로 전향되던 그것의 동반자적 작가의 우右로의 전향이 또한 특징적인 사실로 (…략略…) 대립에 일층의 …… 화化와 소부르 중간의 맹렬한 동요를 말하는 사실이었다.

이것은 예술운동을 중심으로 위요圍繞하고 있는 간단한 주요[62] 특징인 것이다.

4. 예술운동의 신(新) 지위와 그 방향

위와 같은 당면한 제 정세의 계통의[63] 특징은 우리들 조선의 프롤

---

59 사실상의 : 원문에는 '可實上의'로 되어 있으나 오식으로 보아 바로잡는다.
60 略 : 원문에는 '畀'로 되어 있는데, '畧'의 오식일 것이다.
61 원문에는 '文化인主義의'로 되어 있다. 잘못 삽입된 '인'자를 삭제하였다.
62 원문에는 '主義'로 되어 있으나 '義'는 '要'의 오식으로 보인다.
63 계통의 : 원문에는 '의계통은'으로 되어 있으나 문맥에 맞게 수정했다.

레타리아 예술운동으로 하여금 과거의 어떠한 시대에 있어서 보다도 일층 귀중하고 중대한 지위에로 오르게 하여, 우리들의 부대의 전진하는 방향에 결정적인 전향의 필요를 제기한다.

이것은 단순히 우리들이 과거의 우리들의 운동을 지배하고 있던 (…략略…)적 우울과 소부르주아적 초조로부터 해방하려는 우연한 고의에서 기도企圖되는 것이 아니라 (…차간此間 9행 략略…)

그러므로 무엇보다도 필요한 것은 우리들이 현재 그날 그날을 생활하고 있는 복잡하고 다단한 세계와, 그 속에서 영위되고 있는 노동자계급의 (…략略…)의 구체적인 제 조건과의 엄밀한, 과장함이 없는 대조 밑에 우리들 조선의 프롤레타리아 예술운동의 전선全線에 긍亘한 심각하고 주의 깊은 자기비판이 전개되어야 하고, 어제날까지의 우리들의 사업에 대한 과학적인 평가를 내리어야 할 것이다.

지금 우리들로 하여금 이 엄격한 자기비판의 임무를 제기하는 것은 우리들의 운동의 다른 어떠한 역사적 순간에 있어서 보다도 현재이야말로 우리들의 운동이 앙양되고 있는 대중적 (…략略…)의 거파巨波로부터 뒤떨어진 '상실된 속도'의 회복을 위하여 가장 적절히 요구되는 순간인 것이다.

누구를 물론하고 여러 가지에 (…략略…)적 결의決議를 인용하고 또 그것에 의하여 우리들의 운동의 신 임무를 논의하고, 그것의 토론에 참가하는 것은 그다지 어려운 일은 아니다. 그러나 한번 화려한 제諸 외국의 운동의 기록과 나날이 발전하는 제 외국의 결의론決議論으로부터 우리들 조선의 예술적 사업에로 눈을 돌릴 때, 얼마나 큰 곤란이 우리들 가슴을 서늘케 하고 또 얼마나 많은 결함이 우리들의 용기를 주춤하게 하였는가?

가까운 일본의 예를 가지고 말해보자. 일본의 예술운동과 조선의 예술운동은 역사적으로 보아 거의 동시대적 연령을 가지고 있다. 그러함에도 불고不顧하고 일본의 운동과 우리들의 운동은 얼마나 많은 차이로써 특징화되어 있는가? (…중략…)

그러나 이것만으로써 우리는 모든 것의 연합으로서 인정할 수는 없는 것이다.

왜 그런고 하니 이러한 특수한 구체적 조건의 한계에서도 조선의 노동자계급과 근로 농민대중의 운동은 우리들 예술적 사업의 발전 속도보다는 훨씬 (…략略…) 발전의 길을 걷고 있다는 것은 (…략略…) 경제적 특수성 이외에 어떠한 다른 주관적 요인이 우리들의 예술운동의 발전 속도를 느리게 하였다는 것을 평범한 일상의 사실로부터 학득學得할 수 있는 때문이다.

이러한 사실은 우리들로 하여금 우리들의 사업의 모든 부분과 우리의 진영의 구석을 투철할 수 있는 엄격한 (…략略…)적인 자기비판제自己批判制의 문제를 제기케 하는 것이다.

우리들은 계급(…략略…)의 역선전을 두려워함이 없이, 부르주아 저널리즘을 겁냄이 없이, 악질의 소부르 예술적 인텔리 배輩의 비방에 준순浚巡[64]함이 없이, 또한 최악의 청산주의적 경향에 기울어짐이 없이 (…중략…) 우리들의 운동을 전체에 긍亘하여 재편성하고 새로운 용기와 신선한 요소를 흡수할 그 모든 가능성을 부여하는 바의 진실한 (…략略…)적인 자기비판을 전개하여야 한다.

원시적인 우리들의 조직의 결함이 얼마나 크게 우리의 운동의 자유스러운 발달을 조해阻害하였으며, 예술운동의 (…략略…)를 중심으로 제기된 다양한 제 문제의 해결을 위한 이론적 실천적 사업에 있어

---

64 원문에는 '凌巡'으로 되어 있으나 '凌'은 '浚'의 오식일 것이다.

나타난 준순逡巡[65]과 동요와 새로운 제 편향에 대한 자기비판의 결여는 카프 중앙부의 이론적 불일치로서 나타나고, 또한 이 가경可驚할 만한 결과는 얼마나 아프게 예술운동의 위대한 전향 상에 거대한 장해障害로써 우리들을 아프게 교훈하였는가?

이러한 모든 문제에 있어서 표출되고 육체로써 체험된 쓰라린 경험은 우리들의 동무 중에 누구나 이해하고 또 통감痛感치 않는 동무는 없을 것이고 사실로 없는 것이다.

그러나 위대한 약진의 한가운데에서 오직 깊이 철학적으로 고려하고 그것에 대하여 다만 이해하고 감지하는 것만으로써는 우리는 일보도 앞으로 나아갈 수 없는 것이다.

이러한 제 결함의 시급한 극복을 위하여 그 모든 조건의 진실의 내용을 적발하고 (…략略…)적으로 자기비판을 하는 데에 있어서만 우리는 예술운동의 대중적 운동으로부터의 속도 상실을 다시 회복할 수 있는 것이며, 동시에 과거의 어떠한 계단보다 내용을 본질적으로 달리한 위대한 전향에 있어서 맑스주의의 방법을 가지고[66] 그것을 수행할 사실상의 전제를 형성치 못하는 것이다.

프롤레타리아 예술운동의 금일의 (…략略…)[볼셰비키]적 단계로의 위대한 전향을 위하여 (…략略…)적 자기비판을 (…중략…)에 긍亘하여 전개하는 것은 현재에 있어 카프 전선의 최긴급의 임무가 아니면 아니 된다.

다음으로 예술운동의 조선에 있어서의 주력부대인 카프로서의 전연 새로운 중대한 역사적 임무는 조선에 재在한 프롤레타리아 문예운동의 계급적 통일을 위하여 중대한 주의와 노력[67]이 필요한 것이다.

---

65 역시 원문에는 '凌巡'으로 되어 있다.
66 원문대로인데, 문맥상으로 보면 '가지지 않으면'으로 읽어야 할 듯하다.

이 문화사업 통일과 새로운 중앙부의 건설과 문화전선의 편성 문제는 우리가 한 번 더 안계眼界를 넓히어[68] 우리들의 (…략略…)의 조직화한 문화적 공세를 살펴볼 제, 얼마나 그것이 중요한 사업이냐 하는 것은 상식의 범위 내에서도 능히 판단할 수 있는 문제이다. 오로지 문제되는 섯은 다만 광범한 (…략略…)적 분화(…략略…) 전선의 건설을 위한 전제조건이 지금에야 겨우 그 맹아만을 보이고 있다는 물질적인 객관적[69] 조건을 신중히 고려해야 한다는 것과 아울러 카프가 연演하는 특수한 역사적 역할의 인식에 있어 그릇됨이 없어야 한다는 것뿐이다.

[70]발달과 문화운동의 (…략略…)적 통일 사업에 있어 큰 역할을 하지 않으면 아니 된다는 것은 문화적 범주 가운데에서 예술이 특별히 우월하여 그런 것도 아니겠고, 다만 현재 우리가 가지고 있는 문화적 운동의 분야 속에 있어 그 중 오랜 경험과 가장 강한 실력을 가진 대오라는 점에 있어 다른 어떠한 대오보다도 일층 중대한 임무와 더 많은 힘, 거의 결정적인 그 속에서 나와야만 한다는 단순한 이유에서 기인하는 것이다. 따라서 이러한 조건 이외에 다른 어떠한 — 예를 들면 예술의 우월성 등 — 특별한 요인에 의하여 카프가 중심적 역할을 연演한다고 생각한다면은 그것은 문화운동에 대하여 그 아무것도 이해치 못하는 속류적 환상幻想이며, 아울러 현재에 비상히 불비不備한 주관적 조건을 전부 무시하고 한숨에 문화연맹文化聯盟의 조직 방략을 운위하고, 당장이라도 십수개 가맹 기초조직을 가진 일본

---

67 원문에는 '勢力'으로 되어 있으나 '勢'는 '努'의 오식일 것이다.
68 원문에는 '널리어'로 되어 있다.
69 원문에는 '本觀的'이라 되어 있는데, '本'은 '客'의 오식일 것이다.
70 이 앞에 몇 구절이 누락된 것으로 보인다.

이나 독일의 문화운동을 그대로 세워보려는 기도는 더한층 중증의 환상이며, 변증법의 논리의 프롤레타리아 운동에 대하여 일편一片의 지식도 갖지 못한 자에게서만 가능한 해무병海霧病의 증후症候인 것이다. 우리들은[71] 이러한 극좌적인 관념론과 완강히 다투는 일방一方 또한 문화사업에 대한 비관주의의 우익 일화견주의日和見主義에 대하여 똑같은 힘으로써 다투어야 한다. 이 두 개의 악 경향은 그 어느 것을 물론하고 우리들의 예술운동이 문화운동의 통일 사업에 있어 연演하는 바 역사적으로 특수한 역할을 이해치 못하고, 운동의 정당한 발전을 저지하는 방해자적[72] 이데올로기인 점에서 다 같이 일치하는 것이며, 또한 우리들은 이들 가운데 그 어느 것과도 조화되지 않는 길을 걸어가야만 할 것이다.

다음으로는 반동적 예술에 대한 (…략略…)의 적극적 강화와 그것의 조직화를 위하여 전혀 새로운 노력이 필요하다.

여태까지의 이 부분에 있어서의 우리들의 사업은 전연 비조직적이었으며 또 갈수록 반동적 역할을 강화하고 있는 문학적 예술적 제 실천, 특히 통속문학과 신파극 등에 대하여 취하여온 바의 경시적輕視的인 묵살적 태도는 근본적으로 개폐改廢되어야 할 것이다.

우리들은 프롤레타리아예술의 역사적 우월성의 그늘 속에서 스스로 만족하고 공연公然히 반동적인 것과 통속적인 예술에 대하여는 고결한 침묵으로써 면면面面을 위로하여 왔었다. 그리고 간혹 약간의 이론적인 다툼이 있었다고 하여도[73] 그것이나마 전혀 비조적직 형태와 무계획적인 방법으로 수행된 것이다.

---

71 원문에는 '이이들은'으로 되어 있으나 문맥에 맞게 바로잡는다.
72 원문에는 '妨害志的'으로 되어 있는데, '志'는 '者'의 오식일 것이다.
73 원문에는 '하여다'로 되어 있다.

그러나 우리는 예술적인 것 비예술적인 것 그 어떠한 것을 물론하고 추격의 손을 늦추어서는 아니 되며, 특히 문화와 예술의 민족개량주의와의 조직적 결부와 그것으로부터 형성되는 민족개량주의 예술 전선에 대하여 그 중 화살을 집중하여야 한다. (…략略…) 문제를 중심으로 하여 광범히 움직이기 시작한 민속개량주의의 활동과 그것의 원조에 동원된 많은 문화적 예술적 활동은 실로 특징적인 사실이다. 소위 (…략略…) 모집을 위한 각지의 예술적 모임, 그 중에서 지난 번 서울서 열린 (…략略…) 구원救援을 운위하고 개최된 〈영화와 무용의 밤〉, 〈연극과 무용의 밤〉 등을 통하여 우리는 반反프롤레타리아 예술의 일부와 민족개량주의의 공연한 결합의 생생한 사실을 목도한 것이다.

구체적으로 이 사실은 조선의 유수한 신극단新劇團으로서 그 무엇이고 조선의 연극적 문화 위에다 기여하는 것을 목적으로 한다는 토월회土月會 일파가 거리낌 없이 민족개량주의의 종복從僕으로서 등장한 것이며, 한층 흥미 있는 사실은 최근에 와서 (…략略…)로의 전향을 보이고[74] 있다고 일반이 말하던 무용가 최승희崔承喜를 수반首班으로 하는 최승희 무용연구소의 일단─團이 일체의 기대?를 배반하고 공연히 민족개량주의의 (…략略…)적 기도企圖와 야합하고[75] 또한 영화 흥행사興行師와 협동하여 (…중략…) 예술적 종복으로서의 충성을 표시하였다는 것이다.

정세는 급격히 변화하고 있다. 앞으로 이러한 경향은 더한층 강화되고 있을 것이다. 그러함에 불구하고 우리들 카프는 상기上記의 특징적인 사실에 대하여서도 적극적인 (…략略…)을 전개하지 못하였다.

---

74 원문에는 '모히고'로 되어 있다.
75 원문에는 '野谷하고'로 되어 있으나 '谷'은 '合'의 오자일 것이다.

우리들은 앞으로 더한층 이러한 경향에 대하여 완강한 (…략略…)을 조직하여야 하며, 상업주의적 좌익화, 흥행적 좌익화연극, 영화, 무용 등의 가면을, 그들과 민족개량주의적 (…략略…)록線과의 결부를 통하여 조금도 가석可惜함이 없이[76] (…략略…)야 한다.

왜 그런고 하니 "프롤레타리아 계급을 가장하는 (…략略…)[적]은 일층 위험한 (…략略…)[적]인 까닭이다."(레닌)

다음으로 프롤레타리아예술의 헤게모니에 관한 것, 문학예술의 변증법적 인식, 운동의 대중적 기초의 형성에 관한 문제, 노동자적 신新간부에 관한 수다數多한 중요 임무에 대하여 논급論及하려 하였으나, 필자의 사정에 의하여 부득이 이것으로써 중단하려고 한다.

그러나 필자는 다음 다른 논문에 있어 이 '4'의 부분만을 독립한 논문으로서 취급하려고 한다. 너무 오랜 관계나 또는 필자 자신의 생활적 조건 등으로 이 논문은 중도반단中途半端의 것이 되고 말았다. 그러나 다른 장소에서 반드시 이것을 보충할 것을 독자 제군에게 약속한다.

---

76 가석함이 없이 : 원문에는 '可措함이 업기'로 되어 있다. '措'는 '惜'의 오자일 것이다.

동지 백철(白鐵) 군을 논함[•]
그의 시작(詩作)과 평론에 대하야

내가 동지 백철 군에 대하여 어떠한 형식으로이고 이야기하려고 생각하기는 벌써 이전 잃아 누웠을 때부터이다. 그러나 이 어떠한 형식이란 말은 결코 지금 내가 이야기하고 있는 것과 같은 이러한 것으로 말하려는 것이 아니라, 우리들의 문학운동이 현재 당면하고 있고 따라서 시급히 해결할 것을 요구하고 있는 일련의 중요한 여러 가지 문제와의 관련 밑에서 말하려고 한 것이었다.

한데 그것이 나의 신상의 형편과 또 다른 여러 가지 사정 때문에 아직껏 감히 손을 대지 못하고 밀어내려오던 차에 지금과 같은 어색한, 마치 몸에다 별안간 모닝을 입히고 실크햇을 씌워가지고 길거리를 걸어가라고 하는 것과 같은 반갑지 않은 우연이 나로 하여금 백군

• 『조선일보』, 1933.6.14~17.

을 이야기하게 만든 것은 분명히 한개의 불행 같기도 하다.

그것은 우리들이 진정한 의미에서 동지 백군을 이야기하려면 위선 우리들이 당면하고 있는 상당히 중요한 2,3의 문예정책적 과제를 천명하지 않고는, 도저히 그에 대하여 우리가 어느 정도에까지라도 구체적으로 그를 이해하고 말한다는 것은 거의 불가능에 가깝기 때문이다.

사실 그만치 최근의 우리들의 문학적 사업이 이야기될 어느 때에나 그의 이름이 나오지 않으면 안 될 만치 그는 엄연한 존재로서 우리의 사업 위에 나타나 있고 또 항상 일정한 문제성 가운데 문제되어 왔다.

이것은 그가 우리들 '카프' 문학전선의 대열에 들어와서 불과 얼마 되지 않은 짧은 나이를 가지고 있음에도 불구하고 우리들의 진영에 있는 많은 새로운 제너레이션과 같이 비상히 정열情悅 있는 활동 가운데서 생활하였으며, 또 항상 그의 모든 일상의 사사些事까지가 고난 가운데 있는 우리들 일과 떼일 수 없는 결련結聯 밑에 있었다는 [것은]¹ 문제의 선악善惡 여하를 불문코 움직일 수 없는 일이다.

개인적으로 내가 백군의 이름을 처음 알기는 벌써 햇수로 네 해 전 그가 아직도 동경東京 학창에 적을 두고 있으면서 일본인의 좌익 시인의 그룹인 '푸로레타리아 시인회詩人會'의 멤버의 한 사람으로서 그 회會의 출판물 『푸로레타리아 시詩』지誌² 위에서 왕성한 창작적 활동을 하고 있을 때이다.

이 '푸로레타리아 시인회'란 그룹은 일본의 예술운동이 아직 조직

---

1 원문에는 빠져 있으나 문맥에 맞게 삽입하였다.
2 '푸로레타리아 시인회' 및 『푸로레타리아 시』는 일본의 단체명 및 잡지명임을 감안해서, 표기를 현대화하지 않고 그대로 둔다.

적으로 '나프NAPF'의 형태로서 대표되던 시대에 동경東京에 있는 좌익적인 문학생文學生 기타 급진적으로 ××화하고 있는 동반자적 소小부르적 시인들의 그룹으로, 현재에 있어서는 동회同會의 멤버의 대부분이 일본의 ××문학운동의 훌륭한 일꾼으로서 활동하고 있으나 그때에는 나프 예술전선의 조직선組織線 밖에 서 있었었다.

그러나 이 그룹은 작가동맹의 조직적 기구와 조금도 다름이 없어 '작동作同'³과 긴밀히 결부되어 있었고 명확히 그 정치적 지도 밑에 서 있었다.

백군白君은 그때 이 그룹 가운데서 지금은 영어囹圄의 몸이 된 김용제金龍濟와 함께 가장 그 전도前途에 기대를 갖게 하던 ××적 민족시인의 한 사람으로 촉망되고 있었다.

이 시대의 백군은 넘칠 듯한 예술적 열정과 ××적 정신에 의하여 장식裝飾되어 이 왕성한 느낌은 『푸로레타리아 시』지에 발표된 그의 제작諸作⁴에 있어 충분히 엿볼 수가 있었으며, 이것은 일방一方 「프롤레타리아 시인과 실천의 문제」 — 꽤 오래인 기억이기 때문에 적확히 이런 제목인지는 모르나 하여간 이러한 의미의 것이었다 — 라는 논문에서 극좌적 편향에 기울어지는 것과 같은 극단의 예까지를 만들었다.

물론 우리들은 지금 이 시기의 그의 제작諸作과 약간의 평론 특히 전기前記의 논문을 일일이 의논議論할 수는 없는 것이다.

그러나 그의 창조적 비평적 활동의 요람시대이었던⁵ 이 시기의 그를 한 개의 특품特品으로 그리어낼 수는 있을 것이다. 이 시대의 그의 시는

---

3 作同 : '作家同盟'의 줄임말.
4 원문에는 '誌作'으로 되어 있으나 '誌'는 '諸'의 오식일 것이다.
5 원문에는 '搖攬時代이엇다'로 되어 있으나 문맥에 맞게 수정하였다.

물론 적지 않은 우수한 작품도 있는 것이며 오히려 그이의 그 시보다도 훌륭하다고까지 말할 수 있는 것도 없지 않을 것이나, 그러나 전체로 당시의 작품 위에는 우리들 소부르 출신의 시인이 가장 벗어나기 어려운 로맨티즘의 잔재와 지식계급적 악취가 붙어 있었다는 것은 말할 것도 없거니와, 내가 지금 기억하고 있는 지극히 근소한 작품 가운데는 아직 한 사람의 프롤레타리아 시인으로서 가질 독특한 작가적 성격이 형성되지 못한 것 같고, 또 일종의 추상성 ― 김해강金海剛 씨 등의 시에서 보는 것과는 전연 그 성질을 달리한 ―, 다시 말하면 노래 불러지고 있는 사실 그것이 훌륭한 ××적 사구辭句와 격렬한 기분에 의하여 형성되었음에도 불구하고 어디인지 읽는 사람의 마음 이것이 진실이다 하고 찌르는 그러한 요소 ― 이것은 예술에 있어서 치명적 요소일 것이다 ― 가 희박한 것 같았다.

시가 단순히 언엽言葉[6]의 아름다움 혹은 그 격정적인 껍질로서가 아니라 그 말이 전하고 그 말과 말 사이를 흘러넘치고 있는 ××적 감정 그것이 비로소 시를 만들고 시로 하여금 대중의 가슴을 숨이 막히게 두드리는 요인일 것이다.

이것은 내가 지금 비교적 똑똑히 기억하고 있는 그의 당시의 작作인 「곤경을 넘어서」라는 1편에서 찾아낼 수 있다.

이 시는 조선의 ××이라고 보여지는 일 청년이 어떠한 중대한 ××적 ××을 몸에 지니고 국경을 넘는 것을 노래한 것으로, 일견 비상히 선정적煽情的인 흥분 가운데서 불러진 것이었다. 그러나 이 시는 이만치 프롤레타리아 시로서 훌륭한 제재로써 형성되었음에도 불구하고 독자로 하여금 정말 중대한 사명을 띠고 ××을 넘는 ××을 생각

---

6 일본어로 '말'이라는 의미.

케 하고 그의 복잡한 가슴 속의 감정을 감지케 하기에는 어디인지 공허한 틈이 남아 있었다. 즉 얼른 말하면 먼저도 말한 것과 같이 '이것이 진실이다!' 하고 읽는 사람의 가슴을 누르는 힘이 엷은 것이다.

이것은 프롤레타리아 시에 있어서 대단히 중대한 결함으로서 특히 동지 간에에 있어서 상당히 교훈적인 점이다. 한 것은 이 결함은 단순히 시인으로서의 그가 작시술作詩術에 있어서 미숙하다든지 언어의 구사의 묘가 부족하다든지가 아니라, 시인이 어떻게 존재 대상을 예술에 있어서 인식하느냐 하는 최중요最重要의 문제에 귀착하기 때문이다. 즉 그가 예술적 파악과정 가운데서 정말 구체적으로 세계의 단순한 관조자가 아니라 ××의 ×××로서, 다시 말하면 ××적 실천가로서 대상을 인식하고 그것을 예술과정을 통하여 자기의 것으로[7] 만드느냐 안 만드느냐 하는 것이다.

또 한번 이것을 명확한 말로 고친다면 시인이 그냥 시를 원고지에다 쓰는 사람으로서가 아니라 ××의 ××을 근본 임무로 하는 커다란 실천의 환環 가운데 결부된 한 기구機構로서 한 종자種子로서 시를 노래하느냐 하는 것이다.

이것이 위에 예들은 백군의 시를 어디인지 만들어놓은 것으로 화하게 한 근본 원인이고 시인과 실천의 문제를 진실로 변증법적으로[8] 해결치 못하게 한 최후의 이유가 아닌가 한다. 그러나 이러한 결함은 누구나 아는 바와 같이 세계관을 철학으로 공부하는 데서 제거되는 것이 아니다. 이 사업의, 구체적으로 말하면 제諸 조직적 생활의 열화熱火 가운데서 단련되어야 하는 것이다.

불행히 백군에게 있어서는 우리들이 알고 있는 당시 동경東京에 있던

---

7 원문에는 '것을'로 되어 있으나 문맥에 맞게 수정하였다.
8 원문에는 '辯語法的으로'라고 되어 있다. '語'는 '證'의 오자일 것이다.

학생들과 같이 조직 활동의 훈련 가운데서 생활할 기회를 그다지 못 가졌었다고 한다. 이것은 백군에게 있어서 불행 가운데도 최대의 불행의 하나일 것이다. 왜 이러냐 하면 만일 이러한 조건이 그에게 부여되었었다고 하면 그로 하여금 좋은 시인, 보다 더 훌륭한 비평가가 될 보다 더 많은 가능성을 보장하였으리라고 믿어지기 때문이다.

이러한 가운데 그는 동경東京 생활을 끝막고 돌아와 작년 연초부터 우리들의 문학운동의 대열 가운데로 들어왔다.

이때로부터 나와 백군 또 우리들과 백군과의 구체적인 생활이 비롯하는 것이며, 백군 자신에 있어서도 이때부터 비로소 정말 그가 자기네의 노동계급의 문학적 생활 가운데서 숨쉬기 시작하였[다]고 말할 수 있을 것이다. 그리고 객관적으로 본다면 이때부터 백철이란 존재는 조선의 문학적 제 사업과 연관되는 부분이 된 것이다. 그러므로 우리들은 그를 말하게 되고 또 [그]를 문제로 하지 아니하면 안 되게 되는 것이다.

그러나 여기에 밝혀두어야 할 것은 그를 문제삼는다는 것이 결코 어떤 사람들과 같이 그를 단순히 논란論難한다는 것을 의미하는 것이 아니며, 또는 외국에서 활동하고 있는 우리들의 작가가 문제의 범주 밖에 있다는 것이 결코 아니다.

오히려 그를 진실로 가장 정당히 문제삼는 것이 우리들이고, 단순한 논란과 진정한 의논이 어떻게 구별되는가를 똑똑히 하기 위함이고 또한 작자의 것을 가장 적확히 해결지으려는 때이다.

그는 의심할 것도 없이 작년으로부터 현재에 이르기까지의 비상히 풍부한 생산적 열정과 높은 능률을[9] 가진 우리들의 근면한 활동가의

---

9 원문에는 '能率과를'로 되어 있다. 일본어의 영향에서 온 어투여서 우리말 식으로 수정하였다.

한 사람이었다는[10] 것은 주지의 사실로, 그의 생활은 우리들의 생활과 뗄 수 없는 관계에 놓여왔다. 우리들 가운데의 얼마 아니 되는 우수한 시인의 한 사람으로 그리고 비평가로서 또 최근까지 기관의 멤버의 한 사람으로 활동하여왔다. 이 짧은 시기를 통하여서 우리들이 그로부터 받은 제1의 인상이란 그가 대단히 부지런한 사람이라는 것, 자기의 맡은 일에 대하여 상당히 깊은 책임을 느끼는 사람이라는 것이다.

그러나 이러한 선량한 면의 반대쪽에는 가릴 수 없는 그의 약점이 숨어 있는 것을 동시에 발견치 않을 수가 없었다. 이 약점이란 다른 어떠한 것도 아니라 최근 약간의 문제에 있어서 그로 하여금 일련의 잘못을 범케 한 것이고 동시에 그로 하여금 근자近者에 우리가 보는 바와 같이 상당히 시끄러운 문제성 속의 사람으로 만든 그것이었다.

이것은 일언一言으로 말하려면 먼저도 약간 말한 바이지만 그가 아직까지 규율 있는 조직생활과 비록 조그만 규모에서나마도 실천적 ××에 열화熱火를 통하여 한 사람의 ××적 맑스주의자로서의 훈련을 받을 기회를 그다지 갖지 못하고 단지 한 사람의 문학자로서 혹은 시인으로서의 포근포근한 온상 가운데서 자라난 불행이다. 이것은 작품 위에뿐만이 아니라 그가 조직활동의 분야에 있어서 행동할 때, 특히 문예정책 제諸 과제를 의논하는 실천적 마당에서 한층 더 똑똑히 그 약한 불행의 일면이 그 얼굴을 내미는 것으로, 백군에게 있어는 이것이 시인으로서 혹은 비판가로서의 정치적 무관심이란 성질로 특질화되어 있다. 그가 창작적 방법을 말할 이론적 노작勞作 가운데서도 표시되어 있는 것으로, 시인 작가들에게 대하여 덮어놓고 '기술에

---

10 원문에는 '사람이 업다는'으로 되어 있으나 문맥에 맞게 수정하였다.

눈을 돌리라!'라는 것과 같은 슬로건을 강요하여, 마치 예술적 방법이 다른 내용과 형식 문제의 기계론적 이론의 형식적 방면을 말하는 것과 같은 대단히 그릇된[11] 견해를 가진 일도 있었다. 우리들의 예술 과정에 있어서 방법론의 문제가 다른 모든 문제로부터 형이상학적으로 추상되어 나온 것으로, 변증법의 세계관으로서의 본질, 예술 도정道程 그것이 객관세계를 일정한 정도로 반영하는 것이라는 변증법의 인식론적 방면에 대한, 철학예술과 인식의 사이의 레닌Lenin적 설정에 대한, 변증법을 다른 죽은 논리학과 구별하는 ××적 본질에 대한 완전한 무이해가 표명되어 있었다.

다시 그것은 군이 우리들의 문학운동에 있어서 예비군의 문제인 동반자문학同伴者文學 작가의 획득 문제에 대하여 말한 수삼數三의 논문에 있어서 정진정명正眞正銘의 우익화한 멘셰비즘의[12] 형태를 갖추어 표현되었다. 이 문제에 있어 백군의 우익적 일탈에 대하여 이미 수인數人의 동지에 의하여 지적되고 또 나 자신도 독특한 기회를 만들어 이야기하려는 것이므로 그 구체적인 내용은 지금 이야기할 수가 없으나, 그러나 그가 이 문제에 있어 표시한 근간적根幹的 사상인, 동반자 평가 취급에 있어서 카프는 그 정치적 수준을 내리자는[13] 최대의 명확성을 가지고 말해진 멘셰비키적 투항주의의 정신이, 전기前記의 창작적 논쟁 가운데서 표시된 군의 예술이론 상의 결함과 일맥이 서로 통하고 있다는 것을 특히 말해야 한다.

생생한 ××적 변증법 대신에 낡은 데보린적[14] 관념론이 존재하는

---

11 원문에는 '그못된'으로 되어 있으나 수정했다.
12 원문에는 '멧세미즘'이라 표기되어 있으나 전후 맥락에서 보아 수정했다.
13 원문에는 '내리우자는'으로 되어 있다.
14 데보린(A. M. Deborin., 1881~1963)은 러시아의 맑스주의 철학자로서, 1931년 스탈린에 의하여 이론과 실제를 분리하여 헤겔의 '관념변증법'에 접근하는 멘셰비키적 관념

곳에, 이것이 실천적 전략적 현실 속에서는 왕왕백군에 있어와 같이 ××주의적 방향 대신에 소박한 실험주의, 부폐腐廢한 멘셰비즘으로서 나타나는 것을 기억해야 한다.

이 관찰을 보다 더 공고한 기초 위에다 올려놓는 또 한 개의 산[15] 논증은 백군의 최근 문제되어 있는 논문 「조선문학을 구하라」[16]이다. 이 소론 가운데서 백군은 일종의 문학사가文學史家로서 나타나 민족문학과 프롤레타리아문학의 관계에 대하여 이야기하고 있는 것으로, 그는 현재의 부르주아 세계를 지배하고 있는 정신적 문화적 위기를 전혀 부르주아 철학의 아류들과[17] 조금도 차이가 없는 방식으로 말하고 있다. 물론 군이 말하는 것과 같이 조선의 정신적 문화 — 나아가서 문학은 명백한 위기 가운데서 헐떡이고 있다. 그러나 이 위기는 과연 어디서 오는 것일까? 다른 아무런 것과 관계없이 '조선의 문학'은 홀로 과부와 같이 노쇠하여가고 있을까? 그가 만일 맑스주의적으로 이 문제를 양택揚擇하려고 할 것 같으면 조선의 현재를 물들이고 있는 정치적 경제적 제 관계는 ××도정道程으로부터 이것은 천명되어야 할 것이다. 그리고 진정한 ××적 민족문학과 민족개량주의자들이 말하는 '민족문학'이 어떻게 다른 것인가를 똑똑히 하는 것이 군이 말한 '젊은 맑스주의 비평가의 임무'의 하나임무의 일부분이고 그 전체가 아닌 것을 명백히 할 것임에도 불구하고 백군에 있어서는 이것 명백한 것이 이해되지 않고 있다일 것이다.

이 편향의 위험, 우익의 일탈은 지금으로부터는 6년 전에 만연되

론자로 비판받았다.
15 원문에는 '사 — ㄴ'으로 되어 있다.
16 『제일선』, 1933년 3월호에 발표된 글이다.
17 원문에는 '亞流들의'로 되어 있으나 문맥에 맞게 수정했다.

었던 김기진金基鎭 군 등이 주장한 문학이론에 있어서의 우익적 견해와 조금도 그 정도를 달리하지 않는 최대의 위험인 것이다.[18]

그러나 지금 일부의 악의에 찬 자들에 의하여 수행되는 것과 같이 백군에 대한 단순한 비방으로부터 우리는 군을 최대의 우정[19]을 가지고 옹호하여야 할 것은, 군의 이러한 약점에 대하여 매도하는 것으로서 간접으로 그들 소부르주아지들의 우리들의 ××적 문학운동에 대한 최악의 적의로써 표시되는 이 정세 가운데서는 더욱 그가 보다 정당한 노선 위에 자기의 길을 발견케 하는 것을 가능케 하기 위하여 필요한 것이다.

여기까지 이야기를 하는 사이에 벌써 기정旣定의 지수紙數[20] 제한을 넘어가고 말았다. 예정은 군의 시와 문학비평에 대하여서도[21] 일언一言하려고 하던 것이 이제는 다음 기회로 미룰 수밖에 없다. 동지 백군, 또 읽는 이들은 적지 않은 불만이 있을 줄은 잘 아는 것이나 이것을 지금은 참아줄 수밖에 없다.

---

18 김기진은 변증적 사실주의, 소설의 대중화 등을 주장하면서 검열에 통과하고 대중들에게 접근하기 위해서 표현 정도를 완화해야 한다는 주장을 편 바 있고, 이에 대해 임화는 우익적 일탈이라고 비판한 바 있다. 김기진의 「대중소설론」(『동아일보』, 1929.4.14~30), 「변증적 사실주의」(『동아일보』, 1929.2.25~3.7) 및 임화, 「탁류에 항하여」, 「김기진 군에게 답함」(본서 수록) 참조
19 원문에는 '治情'이라 되어 있으나 문맥상 '治'는 '友'의 오자로 보인다.
20 원문에는 '低數'로 되어 있으나 '低'는 '紙'의 오식일 것이다.
21 원문에는 '對하여서는'으로 되어 있으나 문맥에 맞게 바로잡는다.

6월 중의 창작 •

1. 홍구(洪九) 씨 작 「마차의 행렬」

6월 중심의 소설을 이야기하려고 붓을 들고 보니 근대문학의 기본적 양식이라고 볼 만한 이것이 우리들의 안목 가운데 들어오는 것이 지극히 적은 수효라는 데 위선爲先 일경一驚을 금할 수가 없다. 일간신문에 연재되는 비문학적 장편소설을 별문제로 미루어놓고 보면 열 손가락을 꼽아서 차지 않을 만큼 영성零星한 것이다.

이 연재 장편 가운데서도 문학이라고 이름붙일 수 있고 조금이라도 단정히 앉아 평필評筆을 가해도 좋으리라고 믿어지는 2,3 '고명高名'의 작가의 소설은 그나마도 지금은 문제로 삼을 수 없고, 다만 소위

• 『조선일보』, 1933.7.12~19.

창작소설로서 정말 문학이라고 레테르를[1] 붙여서 발표되는 월간[2] 잡지 문예란 혹은 신문의 한 모퉁이에 그 쓸쓸한 자태를 나타내고 있는 약간의 작품을 대상으로 할 수밖에 없다.

「마차의 행렬」(『신동아』 5월호) 홍구(洪九)

『신동아』 5월호 문예란에 「닭이가리」인가 하는 장편소설과 함께 실린 유일의 창작소설이다.

작자는 지금[3]의 문학계에서 활동하고 있는 약간의 나이 젊은 작가들과 같이 아동문학 가운데서 자라나 성인이 되려는 작가의 한 사람이다.

그도 다른 젊은 작가들과 같이 현대문학의 범주 가운데서 취급되고 조만간 한 개의 위대한 문학의 자태로서 표현되지 않으면 아니 될 농민의 생활을 그 제재로 하고 있다.

여기에도 아름다운 의도가 있다. 그러나 문학은 '선량한 의도'만으로 성립하는 것이 아니므로 우리들은 한 사람의 작가가 어떠한 방법을 가지고 어떠한 인식의 안광眼光을 가지고, 다시 말하면 어떠한 계급의 세계관 위에서 농민 생활을 자기의 예술문학 가운데 예술적으로 형상화하였느냐 하는 것이 중심 과제일 것이다.

무엇보다도 이 작품을 통하여 작자가 현대의 조선 농민을 보고 있는 '눈'은 그들의 생활을 '한 조그만 인간들의 비극'으로 보고 있다. 근로 농중農衆의 생활을 최후적 상태로 몰아넣고 있는 현실을 자기의

---

[1] 원문에는 '렛들을'로 되어 있다.
[2] 원문에는 '日刊'이라 되어 있으나 수정했다.
[3] 원문에는 '지금'과 '의' 사이에 3, 4자 정도가 비어 있다.

예술적 과정 가운데서 인식함에 있어 그것을 단순히 존재의 외적 형식인 현상의 세계만을 받아들이고 내적 본질에 대하여 그 합법칙성에 대하여 조그만한 관심도 표시하지 않았다. 그리하여 그는 자기의 방법을 스콜라철학의 녹슨 논리에 일임하였다.

현실의 이러한 예술적 파악이란 과연 「마차의 행렬」을 가치 있는 '예술문학의 행렬' 가운데 끼우게 하였을까? 아니다. 단연코 아니다.

이 작품의 초두에 길다랗게 말해가지고 있는 평야의 묘사는 일편一片의 현실성도 갖지 못하고 있다. 지리멸렬한 추상적 설명, 자연에 대한 전혀全然 관념적인 인식 태도 그것은 이 작자가 보여주려고 하고 있는 비참한 경지耕地 농민을 실컷 일시키고 그 땅 위에서 가난에 울게 하는 '야속한 평야'에 대하여 농민들이 출포날에 폭발시키는 감정의 앙양을 읽는 사람으로 하여금 보다 큰 감명을 받게 하기에는 전혀 무력하고, 오히려 불필요한 감상적感傷的 서술, 로맨틱한 강개慷慨 등은 농민들의 이 뒤의 행동과 생활의 현실성을 반쇄半殺시키고 있다.

그리고 더욱 이러한 졸악拙惡한 작가적 태도가 강하게 초월되어 있는 곳은 출포날 아침 장정들이 모여드는 정경情景으로, 그들의 지리한 회화會話 가운데서 살겠느니 못살겠느니 하는 긴 하소연이 늘여 놓았음에도 불구하고 누구누구 하고 불러대는 장면에서는 전혀全然 '악惡'한 소小부르적 탐미주의자[4]이다. 곡식을 실어내는 마차의 행렬을 보고 촌부녀들의 입으로부터 새어나오는 농민의 소유에 대한 선망을 상당히 충실하게 표현하고 있음에도 불구하고 미친 칠복이 어머니가 내달아 여인네들이 쌀 마차를 습격하는 데서 조금도 작자는 농민의 노동자로서의 ××[혁명]적 측면을 그리기에는 아무런 과학적 안목을

---

4 원문에는 한자로 '探美主義者'로 표기되어 있다.

소유하지 못하고 있다. "주린 이리가[5] 고기덩이를 만난 것 같이 그 여인들은 정신없이 곡식 섬에 매어달렸다"고 고귀한 인간의 비극의 작자는 눈살을 찌푸리고, '춘삼'이를 시켜 "쓸데없는 희생을 내지 말라"고 손을 흔들고 있다.

그는 굶주린 농민을 '주린 이리'[6] 같이 보는 것으로서, 농민의 두 개의 혼 가운데의 ××[혁명]적인 혼은 부정하여버리고 그들을 단순히 소소유적小所有的 아귀餓鬼로서 파악하여, 이 출포날의 그들의 행동을[7] 작품에 있어 예술화시킨 데서 파산하고 말았다. 칠복 어머니의 발악에 대하여 검정옷 입은 사람들의 무저항적인 침묵, 더구나 부녀들의 행동에 대한 무반응이란 것이 과연 이 검정옷 입은 사람들이 현실적으로 취하고 있는 태도일까? 그리고 이때에 그 여인들과 같은 농민이었던 마차꾼들은 대체 무엇을 하고 있었는가? 작자는 표시해야 할 만한 것은 보여주지 않고 있고, 또 좀해서 독자 앞에 내놓지 않고[8] 있다.

그리고 "이 세상에 인간이 있고 인간들이 가진 감정이 있는 한 그네들의 노염은 필연이다, 자연이다"라고 작자는 '농민의 입장'에 서서 부르짖는다. 그러나 작자여! 그리고 독자여! 우리는 범박한 추상적 인간학의 형이상학이 예술문학에 있어 여하히 죄악적인 것인가를 자세히 보라!

이 작자에 있어 작자는 생생한 현실 생활의 일루전을 통하여 우리들 독자에게 제시해야 할 많은 주요한 것을 구[체]적 제 형상을 비는

---

5 원 작품에 의거하여 수정했다. 임화의 원문에는 '주린이가'로 되어 있다.
6 역시 임화의 원문에는 '주린이'로 되어 있다.
7 원문에는 '行動은'으로 되어 있으나 문맥에 맞게 바로잡는다.
8 내놓지 않고 : 원문에는 '내놋코'로 되어 있으나 문맥에 맞게 수정했다.

대신에 졸렬한 연설자로서 작품 위에 뛰어나와 문학을 예술이 아닌 것으로[9] 만들어버리고 있다.

그리고 자기의 문학적 입장을 농민의 생활을 괴롭히고 있는 반동적 체계의 수중에 내어맡기고 만 것이다.

"이 세상에 인간이 있고 인간들이 가진 감정이 있다면" — 감정을 갖지 않은 인간이 있는가? 불필요한 예언囈言이다 — 과연 그네들의 노여움은 필연이고 자연인가?

아니다! 천만에 아니다. 세상이 인간이 있을 때까지 그네들의 노여움이 이 작자의 말과 같이 필연이라면 그네들을 노엽게 하고 괴롭히는 착취자적 세계의 존속도 인간이 있는 날까지는 숙명적으로 필연이고 자연이라는 안티테제가 성립한다.

이것은 동시에 간접으로 부르주아적 계급 지배가 역사적으로 필연적인 영원성 위에 서 있다는 것을 설명하려는 많은 증오할 만한 반동적 기도企圖와 반갑게도 일치하는 것이다.

인간을 단순한 감성적 지각 능력을 소유한 유기체로서 인식하고 있는 인간학, 그것은 사회계급적 인간으로서가 아니라 생물학적으로 추상된 비인간적 인간학이다. 그리고 '인간학'은 이 작자에서 다 같이 '최초의 기분幾分의 선량한 의도'를 이렇게 비참한 것으로[10] 만들고 작품에 있어서의 예술성을 반고화反古化[11]시키고 있는 것이다.

'저주할 만한 인간학'의 사도使徒는 이러한 문학적 비참을 맛보아야 하는 것이다.

부르주아 문학의 위대한 대표자의 한 사람인 발자크H. Balzac는 "인

---

9 원문에는 '것을'로 되어 있으나 문맥에 맞게 바로잡는다.
10 원문에는 '것을'로 되어 있다.
11 원문대로이나 '反動化' 정도의 의미인 듯하다.

상印象을 원인으로부터 분리하는 것이 작품을 예술적인 범주로부터 몰아내는 것"이라고 말한 것이다.

　문학자가 현대의 인류가 도달한 최고의 예술적 방법이고 인식의 안목인 변증법적 유물론으로부터 이반離叛하면 이러한 불의의 참화를 맛보는 것이다.

　인간의 비극은 작가의 비극으로 결과하고 만다.

2. 안필승(安必承)[12] 작, 「병든 소녀」(『신동아』 6월호)

　나는 이 소설의 이야기를 끄집어내기 전에 지난 달 본보本報에 실렸던 이 작자 — 안회남安懷南 씨의 문예시평 가운데 씌어졌던, 비평가가 졸렬한 작품을 비평할 때는 비평가 역시 작품과 같이 졸렬해지는 것이고 괴롭다는 구절이 생각난다.

　나는 그때 무심코 읽었던 것이 그 평론의 필자인 안씨의 「병든 소녀」를 비평한다는 일에 손을 대게 되는 지금 씨의 말이 전全혀 진리라는 것을 심각하게 느끼고 있다. 농말이[13] 작자에 있어서 벌써 이러한 명언이 있을 수가 있을 것이다.

　'병든 소녀'는 버스 걸이다. 아침에 일어나기 싫은 것을 일어나 차고에 가고 하루 종일 싫은 손님에게 시달리며[14] 미운 감독의 눈살을 맞으며 노동을 하는 소녀는, 앓지도 않은 것을 위병僞病으로 어머니를 속이고 어머니가 애써하는 것을 재미있게 보며 드러누워 놀아보았다

12　안필승은 안회남(安懷南)의 본명.
13　원문에는 '롱말이'로 되어 있다. '롱'='농'은 '弄'일 것이므로, '농말'은 곧 '농담'을 뜻하겠다.
14　원문에는 '시달님을'로 되어 있으나 문맥에 맞게 바로잡는다.

가, 드디어 하룻날은 정말 병이 들어 집으로 업혀 와서 누워, 마음이 끝없이 슬프고 아주 죽어버리고까지 싶었다는 것이 이 작품의 찬란한 전경全景의 개요이다.

우리는 이 조그마한 1편의 소설 가운데 조선의 부르주아문학의 무참한 산해를 볼 수가 있다.

부르주아문학을 특징짓고[15] 있는 성격, 인생에 대한 진실미眞實味 있는 사실적寫實的 탐구와 개성에 대한 유원幽遠한 묘사 등은 어느 구석에도 없고, '인간 생활'에 대한 불근신不謹愼 극極한 태도, 현실 가운데의 환상적인 포말의 경박한 추구와 유아幼兒와 같은 감상感傷으로 충만되어 있다. 버스 걸 ― 소녀를 생산 과정에서 절단切斷해온 것은 그래도 좋다고 하더라도, 늙은 어머니의 연민의 정을 농락하고 그 속에 조그만 따뜻한 맛, 불쌍한 느낌의 일편一片도 감지치 않는 인간이란 과연 존재 가능한가? 과거의 부르문학은 이러한 관계에 대하여서는 상당히 깊이 추구하였고, 또 그 인간의 가정 외인 생활 ― 생산적 ― 사회적 ― 생활과의 일정한 정도의 연관을 항상 설정해야 할 것이다.

"자기가 앓아 누우면 어머니가 파인애플, 비스켓 이런 것을 사다가 내 앞에 놓고 '응, 응' 하는 것"을 머리속에 그리는 월희月姬를 묘사 ― 그실實 작자는 환상幻想하고 있다! ― 한 장면에서 보여지는 작자는 초현실적 악惡 '이성'의 화신이 되어 있다. 월희를 버스 걸로서의 구체적인 적극적인 생활장生活場으로부터 끌어내고 그 위에 그의 내면적 생활의 최중요 부분의 하나인 어머니와의 관계까지도 현실적으로 표현하지 못하는 문학은 전혀 문학의 이름에 해당치 않는다.

문학이 어떠한 형태로서이고 인간 생활과의 관련 밑에 있는 것이

---

15 원문에는 '特徵지우고'라 되어 있는데, 철자법에 맞게 고쳤다.

라고 말해지는 한에 이것은 문학의 '쓰레기'인 것이다. 그리고 월희를 이렇게까지 이 작자류의 말로써 하면 심각하게 '묘사'하고 있음에 불구하고, 그로 하여금 그렇게 만든 커다란 원인에 대하여 눈을 감는 것은 편협한 자유주의 — 씨는 언젠가 자기를 문학상 자유주의라고 말한 일이 있다 — , 월희적 계급에서는 조금 자유가 아닌 소유자적인 착취의 자유의 옹호자적 자유주의자로서 독자 앞에[16] 나타나는 것이다. 요컨대 일언一言으로 말하면 물질적 정신적으로 파산한 소부르주아지의 문학의 하나가 「병든 소녀」이고, 만일 작자가 더 구체적인 비평을 요구한다면, 나는 씨로 하여금 다시 한번 씨의 문예시평의 상기上記의 문구를 읽어주기를 바랄 뿐이다.

「초대권」(『신동아』 6월호), 김안서(金岸曙)

이 소설이 만일 우리나라의 고명?한 시인의 작품이 아니라면 읽는 사람은 누구나 이것을 소설로 알고 읽느니보다 종로 대도大途에서 보자기를 펴놓고 두꺼비 기름을 파는 약장사의 가로街路 연설의 인쇄로밖에 안 볼 것이다.

고명한 시인이 대도향구사大道香具師로 변한다는 것은 '변해 가는 세정世情의 슬픔'[17]을 느끼게 한다.

초대권 한 장을 받아가지고 음악회[18] 구경을 간 부처夫妻 위에 꼬리에 꼬리를 물고 찾아드는 흥미 깊은? 제諸 사건은 트럼프 장 넘어가듯이 지나가, 읽는 사람을 메리고라운드[19]의 감탄을 품게 한다. 그러

---

16 원문에는 '알헤'로 되어 있다. 문맥에 맞게 수정했다.
17 원문에는 일본어로 '變り行く世情の哀れさ'라고 표현되어 있다.
18 작품에는 무용회라고 되어 있다.

나 이 모든 흥미있는[20] 사건이 모두가 가공적 창화倡話이라는 데에 이 작품의 가치가 있다.

시인이란 것은 낙어사落語師[21]는 아니었을 것인데……. 이것도 부르 문학의 대중화에의 길일까? 미네르바의 부엉이는 황혼이 오면 날기[22] 시작한다는 헤겔의 말이 아니라도, 이 소설은 와해하고 있는 부르주아문학의 비명悲鳴의 하나일 것이다.

3. 이무영(李無影) 작,「산장소화(山莊小話)」(『신가정』 6월호)

나는 이 소설을 기다幾多의 불만과 적지 않은 미흡을 느끼면서도 6월중에 내가 읽어본 단편 가운데서 상당히 우수한 것의 하나로서 첫손가락에 꼽고자 한다.

이야기는 남편을 혁명운동의 와중에서[23] 생별生別하고 어린 유아遺兒를 데리고 있는 일 여성 ― 인텔리 출신의 ― 의 적요寂寥한 생활 가운데서 우연히 발견된 한 장의 연서戀書를 중심으로 ― 그러나 이 소설에 있어서는 객체로서[24] ―, 몰락하는 소부르 인텔리 층의 심리 상태와 윤리관, 사회관 또는 생활이 단편적으로나마도[25] 지극히 간결하면서 그 극명한 묘사와 그다지 무리가 없는 구성을 통하여 이 작자의

---

19 메리고라운드(merry-go-round) : 커다란 회전대의 둘레에 목마나 소형 자동차 또는 의자 따위를 장치하여 빙빙 돌게 만든 오락용 시설.
20 원문에는 '興味인데'로 되어 있으나 문맥을 고려하여 수정하였다.
21 落語는 일본식 만담을 뜻함.
22 원문 : 나러기.
23 원문에는 '渦中에로'로 되어 있으나 문맥에 맞게 바로잡는다.
24 원문에는 '體客로서'로 되어 있어 글자 순서를 수정했다.
25 원문에는 '繼片的으로남아도'로 되어 있으나 '繼'는 '斷'의 오식일 것이다.

문학적 입장의 여러 가지 부분을 명쾌하게 말하고 있는 일편一片의 스케치이다. 이 작품의 어디를 뜯어보아도 그다지 큰 흠을 잡아내기가 어려울 만치 이러한 종류의 소설로서는 아담한 가작에 속할 것이다. 그러나 한번 눈을 돌리어 작품의 구절구절 혹은 부분 부분에서가 아니라 이 작품 전체를 내려볼 제 이 작가의 사회적 입장을 물들이고 있는 소시민적인 용기 없는 개인주의, 협량狹量의 소극성, 사물에 대한 관조적 태도 등으로, 이 작가로 하여금 정치적 문학적으로 이 이상 발전치 못하게 한 숫자의[26] 한계와 결함이 숨어 있는 것을 손쉽게 찾아낼 수 있다.

무엇보다도 이 작가의 창작 과정을 붉은 실과 같이 일관하고 있는 것은 객관주의의 경색哽塞한 방법이라는 것이 적발되어야 한다. 이 작품에 있어서 안일한 비생산자인 소시민적 심리를 현대의 생생한 사회적 현실의 동맥과 연락連絡시키는 단 한 개의 줄인 한씨와 그의 남편의 사실이, 이 작품의 주인공 나라는[27] 인물과 그의 동무 강둔 그리고 그의 어머니 세 사람의 전형적인 소부르적 생활 가운데의 일 삽화의 형식으로서 끼어 있다. 이것은 한씨의 이야기가 이 작품에 있어 작가가 표현하려고 하는 커다란 관심의 대상이었음에 불구하고, 그것이 약동하는 현대 조선 사회 가운데의 몰락하는 소시민의 부조적浮調的인[28] 중심적 생활과 연관되지 않고 비사회적인 영역, 가정생활 가운데 결부된다는 것은 한씨와 그의 남편, 그리고 주인공들의 진정한 생활과 그들의 진정한 자태를 표현할 것을 장해障害하였다. 여기에 나온 인물의 그 어느 것을 막론하고 사회적 역사적으로 운명 지어진[29]

---

26 원문('數字에')에 따른 것이지만, 다른 단어(예컨대 '계급의')의 오식으로 보인다.
27 원문에는 '나와는'으로 되어 있으나 문맥에 맞게 바로잡는다.
28 원문에 따른 것인데, '浮彫的인'의 오식일 수도 있겠다.

구체적 생활 가운데서 묘사되지 않고, 그들의 생활의 대단히 좁은[30] 일 표면이 기교 있는 솜씨로 그려진 데 불과하다. 이 모든 것은 전혀 이 작가를 사로잡고 있는 소시민적 심리와 그것으로부터 오는[31] 사물에 대한 객관주의적 인식의 한계에 결과되고, 그것에 의한 해該 인물 ─생활이 왜곡된 형태 째로 예술화된 것이다. 그러나 이 작자의 사회적 관심은 커지고 ××적 현실, 계급과 그 사업에 대한 동정同情은 명확한 것을 잊어서는 아니 된다.

단지 그가 가지고 있는 소시민적 심리로 말미암아 이러한 그의 관심의 대상과 다른 이여爾餘의 현실 생활을 통일적으로 자기의 창작 과정에서 예술화하고 간단한 현상을 통하여 그 본질의 오처奧處에 도달치 못하는 이원적 모순의 심연에서 방황케 한다. 오로지 이 작가가 자기의 문학을 보다 더 예술적인 것으로[32] 만들기 위하여는 이러한 대상을 한 개의 우연으로서가 아니라 필연으로서 파악하고, '이러한 사실'의 입장을 자기의 세계관으로 디디고 서는 것으로써 분열된 모순을 극복하는 데서만 해결할 수 있는 것이다. 요컨대 그가 동감을 표하고 자기 문학에서 선善이라고 윤리화하는 ××[혁명]적 계급의 입장에 서는 것으로 비로소 그의 문학이 단지 사물의 표면을 굴러 내리는 부박한 포말泡末의 문학으로부터 가관적可觀的 가상적可想的인 현상을 과過하여 그 본질에 투철透徹할 수 있는, 객관과 주관이 모순되지 않고 통일되는 위대한 예술문학의 창조자의 한 사람이 될 것을 가능케 할 것이다.

---

29 원문에는 '運動지위인'으로 되어 있으나 문맥을 고려해서 바로잡는다.
30 원문에는 '조흔'으로 되어 있는데, '좋은'이라기보다는 '좁은'의 오식으로 보인다.
31 원문에는 '그는'으로 되어 있으나 문맥에 맞게 바로잡는다.
32 원문에는 '것을'로 되어 있다.

그리고 그 앞에는[33] 예술적 발전의 정정淨淨한[34] 전도前途가 그를 맞이할 것이다. 사람이 만일 내가 지적한 한씨부인의 사실이 이 작품에 있어 소설적 구성의 묘한 요점이라고 말한다면, 그는 이 작품에서 표시된 상기上記의 제 결[점]을 똑바로 이해하지 못하고 또 이 소설에 나오는 시민들을 비판적으로가 아니라 긍정적으로 보려는 나쁜 의미의 양식주의자樣式主義者일 것이다.

4. 이무영 작 「어머니와 아들」(『신동아』 6월호)

이 1막 희곡에 있어서도 작자 이씨의 소시민적 객관주의의 범속한 취미, 아니 그보다도 그의 작가로서의 사회적 계급적 한계는 한층 더 명확히 — 보다도 졸렬히 — 그의 창작과정을 투철透徹하고 있다. 특히 여기서는 연극이라는 새로운 창작과정을 전제로 하고 있는 만큼 전자의 소설에서 보는 바와 같이 단순한 것이 아니라, 이 작가가 희곡을 통하여 상상하는 다른 한 개의 도정인 연극에 대한 그의 견해에 의하여 두 번 제약되어 있는 것이다.

작자가 표현하려고 기도企圖한 내용 현실은 18세[기] 고전적 비극의 안티테제로서 생겨난 주정적主情的 현실주 '가정 비극'의 양식으로부터 일보도 전진하고 있는 것 같지 않다. 오히려 우리들은 이러한 희곡적 양식을 위하여 준비된 일정한 연극적 과정을 전제로 두고 선택된 내용이라고까지 말할 수가 있다.

작자의 말을 빌면 이 희곡은 본래 3막물三幕物로 되었던 것을 어떤

---

33 원문에는 '알에는'으로 되어 있으나 문맥에 맞게 바로잡는다.
34 원문대로인데, '琤琤한'의 오식으로 보인다.

사정 때문에 한 막씩[35] 발표하게 되는 것이다. 그러나 한 막씩으로라도 각각 독자적인 작품으로서 간주할 수 있는 것이라고 말하였다. 물론 이 희곡을 비평한다고 할 때 작품이 가지고 있는 이러한 사정을 염두에 두지 않는다면 작자에게 대단히 미안한 일이나, 그러나 나는 의연히 작자가 말한 것과 같이 이 희곡을 1막물로서 정돈된 양식에 의하여 구성된 극본이라고는 볼 수 없다.

작자는 이 희곡에 있어서도 전기前記의 그의 소설 「산장소화」에서 보는 것과 비슷한 방법으로 낡은 것에 대하여 새로운 것을 병치하여 놓았다. 그러나 지금의 우리들의 현실 생활 가운데 나타난[36] 이 생활의 혼효混淆,[37] 감정 도덕의 교류를 전숙혀 죽음과 같은 냉정한 절대적 객관주의의 눈을 가지고 관찰하고, 낡은 것 가운데 나타난 '객체로서의 새로운' 것이란 방법으로[38] 이것을 인식하고, 또 그 방법을 가지고 자기의 창작 과정을 관철하였다.

어떤 시골 자작농의 일가의 '생활'이 이 작품에 있어 기본적인 것으로서 표현되고, 작자는 이 자작농의 생활을 보는 것과 똑같은 냉정한 안목, 객관적인 태도를 가지고 새로운 것 — 시대·현실 — 을 표현하는 한 사람의 인물 — 혹은 다수의, 그러나 이 작자에 있어는 언제나 개인으로서 나타나는[39] 것이 특징적이다 — [을] 적출하여다가 전자의 것과 대비해보고, 또 작자류의 객관주의적 방법으로 이것을 결부하는 것이다. 이 희곡에 있어서는 몇 해 전에 행방불명이 된 아들 박웅朴雄 — 여기에 작자는 이 사람이[40] ××[혁명]운동자인 것을 암

---

35 원문에는 '幕式'이라 되어 있다. 우리말 '씩'을 한자 '式'으로 잘못 표기한 것이다.
36 원문에는 '낫다는'으로 되어 있으나 문맥에 맞게 바로잡는다.
37 원문에는 '渭肴'라 되어 있으나 '渭'는 '混'의 오자일 것이다.
38 원문에는 '方法을'로 되어 있으나 문맥에 맞게 바로잡는다.
39 원문에는 '낫하는'으로 되어 있어 누락된 '나'자를 보완했다.

시하고 있다 — 의 집안의 섣달 그믐날 밤의 비극적 사건을 드러내는 것으로서, 이 나라에 많이 있는 ××[혁명]가의 가정적 비극의 한 측면을 그리고, 부모와 아들 사이의 커다란[41] 애정의 문제에 관심의 눈을 기울이고 있다.

그리고 드디어 이날 밤 깊이 아들 박웅이가 들어와 반갑게 만나본다는 것인데, 작자는 이 희곡에 있어서 낡은 것_{가정}의 편에도 서지 않고 또 새것^{박웅}에도[42] 가담치 않는, 양자의 어느 것으로부터도 독립해 있는 _{자유스러운} 객관주의적 인물에 서 있다. 이 작자의 전기前記의 소설 「산장소화」에 있어서 '새로운 것' — 성장하는 ××적 힘에 [개]한 약간의 추상적 동정이나마도, 자유스러운 인간의 묘사라는 관념적 방법에 의하여 상실하고 있다.

그리하여 「산장소화」에 있어서보다 더 '객관적인 자유주의'의 관념론의 방법의 이 희곡에 있어서의 적용은, 이 희곡이 가지고 있는 문제극問題劇으로서의 요소와 형태를 배제하고 주정적主情的 현실주의의 가정비극의 수준으로 끌어내리었다. 박웅이는 첫째로 이 희곡에 있어서는 조금도 ××[혁명]운동에 여러 해 동안 몸을 던진 이른바 직업적 ××[혁명]가로서 표시되지 않았다. 왜 그가 들어왔는가? 섣달 그믐날 꼭 들어와 자기 집을 찾아온 것이 우연인가? 그렇지 않으면 부모의 애정에 끌리어 왔는가? 또 어떻게 해서 그의 누이동생이 다니는 학교 선생이 그것을 알았는가?[43] 등등의, 이 희곡에 있어 반드시 명확히 제출하여야 할 많은 본질적 부분이 불명확 채로 방치되어 있

---

40 원문에는 '사람을'로 되어 있으나 문맥에 맞게 바로잡는다.
41 원문 : 커다랑의.
42 원문에는 '……에로'로 되어 있으나 문맥에 맞게 바로잡는다.
43 이 점은 임화의 착각이다. 작품에서는 누이동생이 어머니를 위로하기 위해 자기 학교 선생으로부터 오빠의 이야기를 들었다는 거짓말을 하는 것으로 암시되고 있다.

고, 오히려 박웅을 평범한 일가의 구성원으로서의 인간이란 방법으로 이 희곡에 등장시키고 있다. 과연 그가 단순한 일 가정의 평범한 자식에 불과하다면 무엇하러 집을 버리고 외지로 돌아다녔는가? 그러면 범속한 '불효자식'의 일인−ㅅ에 지나지 않았는가? 등의 모든 것이 표시되지 않고 추상화된 인간으로서, 요컨대 예술적으로 형상화되지 않은 비현실적 관념적 인간으로서 나타나 있다. 이 점은 작자의 정치적 시각과 관점의 문제뿐만 아니라[44] 이 희곡을 예술적으로 파탄케 하는 최대의 요인이 되었다. 그리고 이러한 기본적인 결함은 희곡으로서의 「어머니와 아들」을 한 개의 범속한 부르주아적 근대극의 양식 가운데로 몰아넣었다.

무대에 있어 제종諸種의 요소의 통일적 일루전[45]을 통하여 형성되는 것이 아니라,[46] 언어적 형상 가운데 제약된 세계를 인식한다는 연극에 있어서의 낡은 관념적인 '언어의 행위'의 체계, 언어에 대한 집애執愛로 말미암아 연극의 생명을 구축驅逐하는 희곡이 된 것이다. 우수한 연극가 ─ 유물변증법적으로 연극을 이해하는 ─ 에 의하여 이 희곡이 만일 각광脚光을 입게 된다면, 내형內形,[47] 양식이 함께 큰 개변을 받을 것이다. 정히 작자는 이러한 우수한 연출가의 눈을 갖는 것으로 향기 높은 예술적 희곡의 작가가 될 것이다.

44 원문에는 '아니다'로 되어 있으나 문맥에 맞게 바로잡는다.
45 원문에는 '이류존'이라 되어 있다. 'illusion'의 독음일 것이다.
46 이 역시 원문에는 '아니다'로 되어 있으나 문맥에 맞게 바로잡는다.
47 내형: '內容'의 오식으로 보이지만, '내용과 형식'의 줄임말일지도 모르겠다.

5. 김남천(金南天) 작 「물」(『대중』 6월호)

우리들의 기억에 아직도 새로운 「조정안調停案」, 「공장신문」 등의 작품을 가지고 1930년도의 카프 문학전선에 화려하게 등장하여 그 시대의 우리들의 예술문학이 도달한 정치적 예술적 수준의 고처高處를 가리키던 재능 있고 유위有爲한 젊은 작가인[48] 동지 김金의 출옥 후의 셋째 번 작품이다.

이 작품은 그의 요전번에 발표된 「남편, 그의 동지」라는 단편과 함께 우리들을 만족시키는 대신에 가느다란 실망을 준 작품의 계열에 속하고 있다.

그는 염열하炎熱下의 찌는 듯한 복[날 욱]중[49] 생활의 고통을 대단히 리얼한 붓으로 그리어, 읽는 사람으로 하여 "사실 그럴 것이다. 그것은 현실이다. 이 작자가 말하는 것과 같이 괴로울 것이다"라고 그의 작품이[50] 있을 일, 있음직한 일을 표현한 것을 긍정케[51] 한다. 그리하여 작자는 이 성하盛夏에 감옥살이하는 사람들의 괴로움을, 더울 때 누구나 갈망하는 물[52]에 대한 고조高調된 욕망과 결부시키어 '구체적'으로 원념圓念히 그리고 있다. 그리하여 그는 훌륭한 유물론자 리얼리스트인 것이다.

그러나 소설 「물」은 그것뿐이다. 그것 이외에는 별다른 무엇을 발견하기가 곤란하다. 하나 좀더 면밀히 「물」을 읽는다면 「물」의 주인공인 '나'라는 사람의 회화會話 가운데서 "이렇게 물에 마를 줄 알았

---

[48] 원문에는 '作家의'로 되어 있으나 문맥에 맞게 바로잡았다.
[49] 원문에는 '伏中'이라 되어 있다.
[50] 원문에는 '作品을'로 되어 있으나 문맥에 맞게 바로잡았다.
[51] 원문에는 '旨定케'라 되어 있으나 '肯定케'의 오식일 것이다.
[52] 원문에는 '눈물'로 되어 있으나 전후 내용으로 보면 '물'이다.

다면 수통을 들어대일 때 좀 실컷 먹을 걸!" 하는 일구—句를 발견할 수 있다.

생각컨대 이 짧은 말의 한 마디는 그가 이 형무소로 넘어오기 전 ✕[위]치장 생활의 일부를 암시하는 듯싶다. 물론 이 사실도 현실적이고 신실일지도 모른다. 그런데 주요한 것은 작자는 현실의 전부를 그린 것이 아니고 현실의 일부분, 다른 한쪽을 남겨 놓은 일 측면을 그리고 있다는 것을 잊어서는 아니 된다.

또 이 문제와 관련하여 우리는 프롤레타리아문학이 과연 '현실'을 그리는 문학이고 프롤레타리아 작가는 단순한 유물론자 리얼리스트인 것으로 만족할 것인가 아닌가 하는 문제에 대하여 반성해야 할 것이다. 그러나 나는 이것은 하등의 반성, 조그만 고려도 둘 여지를 남기지 않는 문제라고 생각한다. 왜 그러냐 하면 상향기의 부르주아문학의 약간의 대표자들은 문학상에 있어 훌륭한 '유물론자 리얼리스트'이면서도 결코 프롤레타리아문학의 창조자는 아니었었다는 역사적 사실은 '고려'할 문제가 아니므로이다. 이만치 명확히 이 문제는 금일의 프롤레타리아문학에 있어서는 초보적 상식에 속하는 것이다.

그러나 이 초보적 상식은 왕왕 그것이 기초적 초보적이란 이유로 말미암아 보다 더 '심원'하고 '고상'한 정신에 의하여 배제되는 수가 많다. 프로문학에 있어 정치와 당파적 입장의 문제는 그것이 없이는 프롤레타리아문학이 존립할 수 없는 때문에 기초적이고 초보적인 상식이다. 그리고 이 초보적인 상식에 구니拘泥되어 과거에 우리들의 문학은 공식화 일양화—樣化되었다. 우리들은 이 정치와 당파성의 너무나 강한 중압에 의하여 공식화 일양화된 문학을 풍부한 예술적 다양화의 포도鋪道 위로 이끌어내야 한다고 말한다. 이 '우월한' 견해의 이론적 대표자의 '명예'는 동지 유인唯仁[53] 군에게로 돌아가야 한다.

그리하여 이것은 '공식적 계급투쟁으로부터 산 인간을……, ××적 투쟁 대신에 철학 연구를!' 이라는 슬로건이 되어 우리들의 진영의 몇 사람의 시인 작가를 사로잡았다. 동지 남천 군도 불행히도 이[54] 영예 있는 창작이론의[55] 조류 가운데에 신체의 한 부분을 맡기고 말았다. 소설 「물」이 그것이다.

　계급적 인간 대신에 '산 인간', '구체적 인간' ─ 그실寶 조금도 구체적이 아닌 ─ 이 대치代置되어 있고, 옥내獄內의 정치범들의 정치적 ××적 행동 대신에 '생생한' 물에 대한 '산 인간'의 열화와 같은 욕망이 약동하고 있다.

　물이라는 것이 인간의 생활에 대하여 얼마나 불가결의 것인가가[56] 소설 초두의 서브 타이틀로부터 비롯하여 끝줄에 이르기까지 제종諸種의 인간, 제종의 사건을 통하여 고양되어 있다. 그러나 인간이 자유 없이는 얼마나 살기 어려운 것인가, 더구나 인류의 역사를 전방前方으로 이끌어 나가려는 이 사회의 '도덕적 인간'들 ─ 그 계급을 대표한 ─ 이 그들을 부자유하게 만든 현실 상태에 대하여 여하히 X[저]항해 나간다는 ─ 물론 실패와 성공은 구체적 문제이나 ─ 다른 한쪽의 '인간'의 욕망은 조금도 나타나 있지 않다. 뿐만 아니라 이러한 결함으로 인하여 이른 바의 '산 인간'='구체적 인간'은 이 작품의 어느 곳에도 나타나 있지 않다. ××주의자도, 학생도, 담합談合 사건에 들어온 일본인도 다 '물을 갈망하는 인간'이란 개념하에 추상적이 되어

53　신석초(申石艸)의 당시 필명. 한때 카프의 맹원이었던 신유인은 카프의 창작방법론이 창작을 고정화하고 문학적 발전에 질곡으로 작용한다고 비판을 가한 후 카프로부터 등을 돌린 바 있다. 신유인, 「창작의 고정화에 항하야」, 『중앙일보』, 1931.12.1~9 참조

54　불행히도 이 : 원문에는 '不幸히이도'로 되어 있어 글자 순서를 바로잡는다.

55　원문에는 '創作理論을'로 되어 있으나 문맥에 맞게 바로잡는다.

56　원문에는 '것인가를'로 되어 있으나 문맥에 맞게 바로잡는다.

버리고 말았다. 인간의 구체성 — 이 구체성의 보다 더 구체적인 구체성인 인간의 계급적 차이는 조금도 '살아' 있지 않다.

그리고 이 구체적 구체성인 계급성 — 당파적 견지의 결여는 '물 담당'의 행동에 있어서는 전솔혀 죄악적으로 전화되고 있다. 대체 왜 선출된 그는 불 먹는 것을 제한시킬까? 그들의 생활을 그들이 당하고 있는 감옥 제도에 적응시키기 위함일까? 불연不然이면 그 무엇은 어떠한 통제를 요구하는 행동을 전제한 까닭인가? 불행히 우리는 후자에 속하는 이유를 발견치 못하는 한, '물 담당'은 전자를 위하여 존재하는 것 같이밖에 [못]⁵⁷ 보게 된다. 이것은 아마 작자도⁵⁸ 의도하지 않은 무서운 결과일 것이다. 그리고 전편을 흐르고 있는 소극성은 비속적인 '침후沈厚한 경험주의', '심각한 생물학적 심리주의'의 부양물浮釀物이다.

개별적인 것 그 자체로서의 개별적 인간의 탐구 — 인간의 비사회적인 내면 생활, 의식하적意識下的인 것에 대한 집요한 추구, 다양성에 대한 생활의 풍부에 대한 이상異常의 항분亢奮, 심리적 사실주의에 대한 편애 등등 이 모든 것은 프롤레타리아문학과는 무연한 중생衆生이다.

만일 이것들을 자기의 창조 시時 사업으로부터 근저로부터 폄출貶黜치 못한다면 그러한 문학은 프롤레타리아문학인 것을 그만두고 엘리베이터와 같이 부르주아문학의 니소泥沼를 향하여 활강滑降할 것이다.

이러한 경향은 우리들의 문학의 최대의 위험인 우익적 일화[견]주의日和見主義 — 그것은 정치적으로 문화주의의 형태로 나타나는 — 의 명백한 현현의 하나이다. 이 문제는 타일他日 이러한 창작상의 편향을 낳은 일련의 창작이론과 함께 체계적으로 비판받아야 하고 끊임없는

---

57 원문에는 빠져 있으나 문맥상 보충한다.
58 원문에는 '作者로'로 되어 있으나 수정한다.

투쟁의 포화가 이곳에로 집중되어야 한다. 이러한 길에서만 프롤레타리아문학은 일체의 부르주아적 악몽으로부터 순화純化되고 확고한 전진의 노상路上에 설 수가 있는 것이다.

6. 이기영(李箕永) 씨 작 「서화(鼠火)」(『조선일보』 6월 중)

이 소설에 대하여 지금 비평의 붓을 든다는 것은 아마 너무 이르지 않을까 한다. 대체로 여태까지 발표된―그것은 어떤 사정 때문에 토막토막 발표되게 되었다 한다―부분을 보면, 이 작품은 상당히 거대한 양의 장편소설의 서설적 초두를 이루고 있는 데 지나지 않는다. 그러므로 이것은 비평한다는 것보다도 오히려 지금까지 읽은 부분에 대한 간단한 감상을 피력한다는 것이 보다 더 적당하리라고 믿어진다. 하여간 이 지극히 제한된 범위 내에서 단편적斷片的 개감慨感을 적어보고자 한다.

무엇보다도 먼저 나는 이 소설은 지금에 있어서 우리들의 창작 논쟁과 예술적 파악의 이론적 선명鮮明을 위한 연구와 토론의 대상이 될 것을 제의한다. 소위 월평적인 일편一片의 비평을 가지고가 아니라 이 작품의 구성, 거기에 적용된 예술적 방법 인식, 그리고 전체로서의 작가의 세계관이[59] 여하한 길을 지나서 예술적으로 개괄되고 문학적―소설로서―형상화되었느냐 하는 모든 것이 정밀히 구체적으로 과학적인 맑스주의의 칼날로써 분석되고 연구되며 선명하게 천명되어야 한다.

---

59 원문에는 '主界觀이'로 되어 있으나 '主'는 '世'의 오자일 것이다.

그러나 이 말은 결코 다른 문학비평에 있어 조금치도[60] 이 원리가 완화되고 혹은 부정확하게 적용되어도 좋다고 하는 말이 아니라, 이 소설에 대하여 이런 것을 새삼스러이 강조하는 것은 전혀 별개의 의미를 갖는 때문이다. 그것은 얼른 말하면 소설 「서화」라는 것은 여태까지의 우리나라의 프롤레타리아문학의 많은 작품들과 본질적으로 구별되는 바의, 우리들의 문학적 발전의 새로운 계단을 가리키는,[61] 우리들의 소설의 새로운 보다 높은 달성의 지점을 지시하는 새로운 표주標柱인 때문이다.

그리고 동시에 이 작품은 금일의 우리들의 문학이 가지고[62] 있는 여러 가지 결함 혹은 장점을 전면적으로 보여주고 있는 것이다.

이 소설이 여태까지의 우리들의 문학과 구별되는 기[본]적인 특징은 현실의 지극히 국한된 일 단면을 예술화하는 '단소短小한 형식의 문학'이 아니고 일 시대의 계급투쟁의 역사적 경험의 전모를 그리고, 일정한 시대의 객관적 현상을 역사적으로 개괄하는 기록적 '로만'의 형식을 가지고 나타나[63] 있다는 것이다.

그리고 작자는 이 대상을 조선의 노동자계급의 ××적 생활 가운데 위치하는 최중요 문제의 하나인 농민 가운데 그것을 두었다. 농민은 조선××[혁명]에 있어 노동계급의 최강 최대의 동맹군이면서도, 이 문제를 해결함에는 여하한 곤란이 있는가를 '객관적'으로 ― 이것은 형이상학적 객관주의가 아니라 레닌Lenin의 이른바 계급투쟁의 객관주의! ― 개괄하려고 의도되어 있다. 즉 농민의 사회성의 이중

성,[64] 농민의 프롤레타리아적 개조의 모순성, 복잡성의 사상이 강조되어 있어, 여태까지 본 바는 농민이 갖는 바의 '두 개의 혼' 가운데의 소유자적 특성이 고도의 예술적 묘사를 긍ᅮ하여 표현되고 있다. 이 이외에 아직 더 이 소설은 진전되지 못하고 있다. 그러므로 좀더 구체적인 비평은 후일에 맡기는 수밖에는 없는 것이다. 그러나 지금도 이런 것은 우리가 말할 수가 있다. 즉 작자 이기영은 여하한 방법, 인식의 눈을 가지고 이 테마에 접근하였느냐 하는 것과, 그것은 여하한 정도로 예술적 과정 가운데서 소화되었느냐 하는 것이다. 무릇 농민에 관한 문제를 정당히 제기할 수 있는 작자는 농민의 표현에 있어 레닌적으로 길을 걷는 작가만이 가능한 일이란 노노呶呶할 필요가 없는 것이다. 그리고 이것은 이 길에 있어서의 두 개의 편향인 농민의 소유자 성질의 과소평가 — 개조의 곤란성의 무이해나,[65] 이것의 과중평가 — 개조에 대한 트로츠키L. Trotsky적 절망으로부터 완전히 해산되어야 하는 것이다.

「서화」는 전자의 견지를 첫째로 정하였다. 그리고 후자로부터 구별된 약간의 맹아적 전제가 표시되어 있다. 이것은 작가가 원칙적으로 정당한 입장에 서 있다는 것을 의미한다. 그리고 이 보조步調의 정확성은 그의 소설을 예술문학의 찬란한 고처高處에 올라가게 만든 것이다.

그러나 일련의 창작적 결함 오류, 이것으로부터 오는[66] 예술적 한계가[67] 지적되어야 한다. 첫째로 경험주의적 경향의 잔재가 아직도 냄새

---

64 원문에는 '二重性'으로 되어 있다. '그'는 '二'의 오자일 것이다.
65 원문에는 '無理解다'로 되어 있으나 수정하였다.
66 원문에는 '잇는'으로 되어 있으나 문맥에 맞게 바로잡는다.
67 원문에는 '캅프가'로 되어 있으나 오류가 명백하다. 문맥에 맞게 수정하였다.

를 풍기고 있다. 다음에는 작품 전체의 역사성이 극히 부정확하게밖에는 표현되지 못한 것, 농민의 생활이 사회적 생산 제 관계로부터 유리되어져[68] 있는 것 — 물론 이것은 그가 이 다음에 표시해나가려 하는 줄을 잘 엿볼 수 있으나 겨울의 구습舊習[69]이라고 해도 너무나 생활의 표면 현상만을 지나치게 추구한 흔적이 보인다 — 구성의 평면성으로부터 오는 박력의 부족 등, 그리고 이 모든 것을 장래에 해결해나가는 데 있어서 한 사람의 주인공만을 따라가[고] 만[70] 것 — 벌써 이 경향=일련탁생주의一蓮托生主義가 보인다 — 을 특히 작자에게 말하고 싶다. 판표로프F. I. Panfyoo의 「브루스키」[의] 주인공의 교체交替란 새로운 소설 구성의 방법을 우리는 가지고 있지 않은가.[71]

어떤 동지의 말과 같이 「서화」의 이기영은 카프 문학의 황금색의 이쁜이다. 현대 부르문학의 어떤 작가가 과연 이 작자를 따르겠는가? 나는 주저치 않고 말하고 싶다. 이 소설은 조선의 프롤레타리아문학 아니 근대문학의 여태까지의 예술적 달성의 최고 수준의 고처高處를 걸어가는 것이라고!

눈을 커다랗게 뜨고 이후의 전개를 주목하자.

---

68 원문에는 '遊離된어제'로 되어 있으나 문맥에 맞게 바로잡는다.
69 겨울의 구습: 원문에는 '겨울(舊習)'이라 되어 있다. 문맥에 맞게 고쳤다.
70 원문에는 '말을'로 되어 있으나 수정하였다.
71 원문에는 '아은다'로 되어 있으나 문맥에 맞게 수정하였다.

가톨릭 문학 비판[1]

현대문화에 있어서의 가톨리시즘의 위치

오랫동안 부르주아 철학계를 지배하고 있는 이원론은 포기되고 관념적 일원론이 강화되며, 문학예술이론에 있어서의 '예술을 위한 예

---

1 이 글의 서두에는 일 기자의 다음과 같은 편집자 주가 붙어 있다. "정지용(鄭芝溶), 허보(許保) 등 젊은 '가톨릭' 청년들이 중심이 되어 『카톨릭靑年』이라는 잡지를 내고 있다. 그들은 또한 조선 시단에 있어서 우수한 선수들이다. 따라서 『카톨릭청년』에 의거하는 이들 문학인들의 금후의 문학상의 활동은 주목할 가치가 있다고 믿는다. 또한 『카톨릭청년』의 출현은 비록 그들이 표면 화려한 출발을 꾸미지 아니하였으나 타기만만(惰氣滿滿)한 우리 문단에 있어서는 한 개의 사건임을 잃지 않는다. 이 기회에 우리는 『카톨릭청년』을 초점으로 하고 '가톨리시즘' 전반에 대한 각 방면의 비판을 구하였다. 이것은 구주(歐洲)에 있어서의 가특력(加特力 : '가톨릭'의 한자식 표기 — 편자) 부흥의 기운과도 비추어서 전연 의미 없는 일이라고 생각지 않는다."(표기는 현대식으로 수정하였음 — 편자) 한편 임화의 이 글에 이어 가톨릭 진영으로부터 윤형중(尹亨重)의 「카톨릭 진영의 역습 — 카톨리시즘은 현대문화에 있어서 어떤 위치에 있는가」라는 반론이 연재되었다.

술’의 이론과 형식주의는 조락凋落하고 자연과학 특히 플랑크[2] 이후의 신新물리학은 자연 도정道程의 엄밀한 법칙성 가운데의 불가지론을 추입抽入하여 신학에의 다리를 놓았다.

그리고 루터M. Luther와 칼뱅J. Calvin 이후의 ‘자유’스러운 시민적 종교로서 명실 공히 세계 송교이었던 프로테스탄티즘은 중세기적 가톨리시즘의 반동 앞에 그 자태를 고치지 않으면 아니 되게 되었다.

그리하여 역사의 어떤 계급[3] ― 시민 사회의 발흥 시대 ― 에 있어 확실히 인류의 문화를[4] 보다 높은 곳으로 발전시키던 모든 정신―사상은 이제 와서는 그 ‘순수성’과 과학성을 한가지로 벗어던지고, 과거에 있어 이들 순정純正 과학과 문화와 감히 자기의 문제성 가운데서 일별―瞥도 하지 않던 ‘통일된 정신―행동의 정신’인 세계관에 대한 커다란 갈망과 긴장을 표시하고, ‘정신적 고향’에 대한 열렬한 동경이 일률적으로 지배하고 있다.

이것은 어떠한 것을 물론하고 금일의 부르주아 사회를 포촉捕促하고 있는 부정不定과 긴장을 반영하고 있는 것으로서, 그들이 정신적 문화적인 붕괴에 직면하고 있는 것을 이야기하고 있는 적확한 증시적證示的 현상이다.

그리하여 이 현상은 종교―신학에 있어서도 똑똑하게[5] 볼 수 있는 것으로, 혹자는 신학의 위기를 부르짖어 헤겔G. W. F. Hegel의 논리학에 구원救援함을 청하여 ‘변증적[6] 신학’의 색色 상자를 만들어보기도 하

---

2 아마도 열역학 제2법칙으로 유명한 독일의 물리학자 막스 플랑크(Max Planck)를 가리키는 듯함.
3 원문대로인데, ‘階段’의 오식으로 보인다.
4 원문에는 ‘又化를’로 되어 있으나 ‘又’는 ‘文’의 오자일 것이다.
5 원문에는 ‘쏙쏙하다’로 되어 있으나 문맥에 맞게 바로잡는다.
6 원문에는 ‘辯明的’이라 되어 있으나, ‘辯證的’의 오식일 것이다.

고, 혹자는 물리학의 원리를 맞아들이어 신학적 기초의 과학성을 쌓아보려고도 기도企圖하고 있다.

그러나 여하한 처방이 씌어지든, 여하히 위대한 과학적 개조가 기도되든, 이미 중심을 잃고 헐어지면서 있는 건물을 바로잡는 수는 없는 것이다. 그리하여 '신의 안전眼前에 있어서 모든 생산은[7] 평등이니라' 하는 관념 위에, 성서의 자유 토구討究를 대원칙으로 하고 성립하였던 시민적 종교인 신교로부터, 모든 인간은 신의 의견의 행사자行使者, 전달자인 법황法皇 밑에 지배되고, 성서의 해석을 법황의 독단에 일임하고 거기에 맹종盲從할[8] 것을 긍정하고 있던 중세적 암흑의 종교인 구교舊敎에도 벌써 금일의 관심은 성장하고 있다.

이것은 벌써 오랜 옛날의 통일이 깨어지고 이제 와서는 ××에 직면하고 있는 금일의 노후한 시민적 세계가 일정한 의지의 강제에 대한 토구討究를 허락치 않는 맹종을 윤리화하고, 이것이 체현되는 일정한 질서에 의하여 인생을 전면적으로 통일할 것소잡지『카톨릭청년』제2호 소재「현대 카톨릭의 지적 사명」을 사명으로 하는 중세기적 방법에서 자기의 갈길을 찾아낸 것을 의미한다.

그것은 구체적으로 우리가 여기서 중세기적 암흑의[9] 종교─영주領主의 농민 지배의, 과학의 박해자로서의 가톨릭교를 새삼스러이 기억하지 않고, 또 18, 9세기에 약탈자의 식민지 점거에 있어 가톨릭교가 얼마나 용감하였는가를 생각하면 충분할 것이다. 쇄국주의鎖國主義의 우리나라에 최초로 들어온 구라파인歐羅巴人도 포함砲艦을 타고 요새를[10] 포격하면서 들어온 가톨릭 승려이고, 중국의 최초의 침입자도

---

7 원문에는 '生産은'이라 되어 있으나, '生物은' 혹은 '生命은'의 오식으로 보인다.
8 원문에는 '肯從할'로 되어 있으나 '肯'은 '盲'의 오자로 보인다.
9 원문에는 '暗礁의'로 되어 있으나 문맥상 '暗黑의'의 오식으로 보인다.

틀림없는 법황의 사도이다. 그들은 '야변野蠻'한 나라에 들어와 복음 선전하는 대신에 요충지대를 측량하고, 교회는 거의 전부가 상업상 군사상의 주요지主要地에 건립하였다. 이것은 그들의 교회와 병원 학교 등의 분포를 그린 세계지도를 보면 명확한 것이다. 그러므로 젊은 중국인들은 '임페리얼리즘의 지배하에 있는 민족은 끊임없이 ××교에 싸워야 한다'고 하고, 그들의 어린애들은 승려를 가리켜 '양뀌 쓰이 ― 해외의 악마'라고 부른다.

그리하여 오늘날의 지배자들에게 있어서는 루터, 칼뱅, 크롬웰O. Cromwell 등의 교리보다도 법황의 가톨릭교가 보다 더 그들의 정신적 지배에 적합되며, 가톨리시즘은 전연 새로운 의의를 가지고 금일의 무대에 등장한 것이다.

그러므로 라마羅馬[11] 법황은 파시즘 이태리에 있어 의연히 '제국帝國'이며, 무쏠리니B. Mussolini의 훌륭한 정치상의 반려인 것이다. 가톨릭교의 두목인 라마羅馬 법왕은 1929년 2월 12일에 무쏠리니와의 사이에 교환된 유명한 교서敎書에 의하여, 이태리 노동자의 모든 이익을 ××하고, 그들의 운동을 사死로써 공격하는 금융자본의 흑색 지배의 유능한 관료 기관이 된 것이다. 뿐만 아니라 루마니아, 오스트리아, 헝거리, 체코 등 제국諸國에서도 그들의 정부의 공연한 기관이고, 특히 최근 독일에 있어서 나치스적 예술에 대한 가톨릭교의 태도는 주목할 만한 가치가 있다.

독일의 가톨릭교가 히틀러A. Hitler의 독일 노동자 탄압에 찬동한 것은 말할 것도 없거니와, 가톨릭교와[12] 불가분의 관계를 갖는 유태인

---

10 원문에는 '要塞을'로 되어 있으나 수정하였다.
11 로마의 한자식 표기.
12 원문에는 「카토릭」敎의'로 되어 있으나 문맥에 맞게 수정했다.

박해에 대하여 그들은 일편一片의 항의도 하지 않았을 뿐 아니라, 금년 6월 4일의 성령 강탄降誕의 축일祝日날 전 독일 가톨릭교 사교司敎는 공동 선언을 발하여 전폭적으로 히틀러의 정책에 찬사를 들이고, 독일에 있어서 히틀러 정권의 수립은 가톨릭교의 발전상에 한 개의 좋은 계기를 만든 것이라고 말하였다.

우리는 금일의 세계 생활에 있어서 가톨리시즘이 연演하는 역할과 의의에 대하여 이 이상 더 명확한 말을 발견할 수는 없는 것이다.

그러므로 맑스주의적 교학자敎學者 마스롭스키는 가톨리시즘의 현대적 역할에 대하여 그의 저서 『제X[국]주의 시대에 있어서의 구교舊敎의 역할』 가운데 다음과 같이 말하였다.

"가톨릭교 — 철학적인 말을 하면 가톨리시즘 — 는 장래將來할 계급전에 있어서 프롤레타리아XX[혁명]의 가장 완고한, 충분히 무장한, 대단히 격파하기에[13] 힘이 드는 X[적]으로서 이전보다도 훨씬 공격적인 태도로서 등장할 것이다."

현대문화에 대한 가톨리시즘의 성질

주지周知함과 같이 가톨릭교는 일반적 의미의 기독교 그것의 전적全的 전체는 아니다. 기독교 역사상에 어떠한 일정 시대에 조응한, 다시 말하면 서구의 봉건적 지배 사회의 조건 가운데서 변화된 일 시대의 기독교의 성질임에 불과하다.

맨 처음 "노예와, 피해방 노예와,[14] 빈민과, 공권公權을 박탈당한 자

---

13 원문에는 '격라하기에'라 되어 있다.
14 원문에는 '奴隷와의'로 되어 있으나 문맥에 맞게 수정했다.

와,[15] 로마에 의하여 압복壓服되고 이산離散된 제諸 민족의 종교로서 출현한 기독교"엥겔스가, 무력과 전쟁에 의하여 조직화되고 암흑을 가지고[16] 인민을 지배하는 공간槓杆으로[17] 삼던 중세적 봉건 사회에서 자기를 교권에까지 제도화시킨 기독교가 가톨릭교이다.

이것은 의심할 것도 없이 중세사회에서 대단히 저열한 경제적 문화적 발달의 조건과 당시의 정치 형태인 봉건적 절대주의가 종교 ─ 지배적인 종교인 기독교 가운데서 자기를 실현한 것이다. 이와 반대로 순전히 자연적 조건에 의하여 좌우되던 농업적 사회의 지배자들은 가톨릭교를 인민 지배의 중심적 공간槓杆으로 이용하고, 드디어 정권과 교권의 합일의 형태를 만드는 곳에까지 다다랐다.

그리하여 이 시대의 정신적 문화적 생활에 있어서 종교는 가장 포괄적인 통일된 세계관으로서 자기를 고양하여 모든 문화는 가톨릭교의 우위적 지배에 포괄되어 종교적 예술 ─ 음악, 미술, 문학, 건축과 종교 철학 ─ 스콜라 철학, 종교적 습성 등을 만들어내었다.

즉 중세기의 지배적 문화는 종교적 문화이었던 것으로, 일례를 들면 우리는 철학사에 있어 철학이 신학의 노복奴僕이었던 스콜라 철학의 일 시대를 갖는 것이다.

그러나 이러한 문화에 있어서 신학적 권위의 지배는 봉건적 사회 가운데로부터의 상업과 무역, 교통의 발달, 시민계급의 성장과 함께 점차로 과학적 권위 앞에 위협당하지 않으면 아니 되었다.

이때로부터 종교 문화에 대한 시민적 현실주의[18] 문화─유물론적

---

15 원문에는 '著와의'로 되어 있으나 문맥에 맞게 수정했다.
16 원문에는 '가리고'로 되어 있으나 '리'는 '지'의 오자일 것이다.
17 원문은 '槓杆을'로 되어 있으나 문맥에 맞게 수정했다.
18 원문에는 '實現主義'로 되어 있어, 글자 순서를 바로잡았다.

사상의 전진이 시작되고 문화사 상에 있어 일련의 혁명적인 의의를 갖는 중요한 과학상의 발명이 있었다. 그리하여 문화 발달에 있어 종교의 우위적 지위는 쇠퇴하고 진실한 현대적 문명의 □단초初가 열리고, 이것과 중세적 암흑의 상象인 가톨리시즘과의 투쟁이 시작되었다.

구스타브 르봉Gustave Le Bon의 과학혁명은 이 싸움의 테이프를[19] 끊은 것이다. 그는 종래의 우주적 세계관을 근저로부터 뒤집어엎고 자연 현상과 사회 현상을 관찰하고 고구考究하는 데 '경험법'을 적용하고, 아리스토텔레스의 소위 사수사족四手四足의 인간과 같이 신에게 대하여 자기를 주장하고 여태까지 신 의지에 의하여 움직인다던 우주 현상이 불변의 법칙에 의하여 지배되는 것을 발견하며, 이 법칙을 파악하는 것으로써 '자연'과 '신'은 제어할 수 있다고 주장하게 되었다.

이것이 중세기적 문화 사상에 대하여 얼마나 경이적이었는가는 상상하기에 족한 것이다. 이 '과학혁명'에 뒤따라서 달랑베르J. L. R. d'Alembert의 『현상인식론』, 비코G. Vico의 『신과학원리』 가운데 서술된 역사적 실증주의, 그리고 이 사상, 생시몽C. Saint-Simon을 지나 콩트I. A. M. F. Comte에 이르러 인간 사상으로부터 종교적인 형이상학적인 모든 것을 배제하고 사상事象을 관찰 조사하고 거기에 의준依準해서 자연적 원리를 파악해야 하던 부르주아적 실증철학이 수립되었다.

콩트에 있어서 무엇보다도 대對 중세적 신학에 대한 투쟁에 있어서 근간적根幹的인 것은 신학이 그것으로 존립해 있는 절대의 개념의 부정으로, 그는 '모든 것이 상대적이라는 것이 유일의 절대'라고 논파하였다. 그리하여 천문학으로부터는 점성술이 스러지고 화학[20]으로

---

19 테이프를 : 원문에는 '톱프를'이라 되어 있다. '톱(top)을'로 재구할 수도 있겠으나, 문맥상 '테이프를'이 더 적절한 듯싶다.

20 화학 : 원문에는 '仙學'으로 되어 있으나 '化學'의 오식으로 보인다.

부터는 연금술이 자취를 감추었다.

그리하여 이것은 문화상에 있어 신흥 시민계급의 투쟁은 봉건주의의 국제적 중심인 가톨릭 교회에 대하여 전론戰論을 열게 되어, 새로운 과학을 필요로 하는 그들은 중세기에 이 과학 발달의 저지자沮止者인 법왕 교회에 반대하여 종교개혁의 형태로서 표현되었다. 즉 종교의 외의外衣를 갖춘 시민계급의 봉건사회에 대한 계급××[투쟁]으로서 그 의의를 갖게 되었다.

이것은 신흥 시민계급이 종교의 외의外衣를 벗어던지고 봉건주의에 대하여 ××한 불란서대혁명이 있을 때까지 서구 각지의 정치상 반란과 함께 시민계급의 대對 봉건××[투쟁]의 주요 형태이었다.

현대문화와 가톨리시즘

그러나 일시적으로 무신론자이었던 부르주아지는 얼마 안 가서 무신론자인 것을 그만두었다. 그들은 가톨릭 대신에 프로테스탄티즘—신교를 만들어 가졌다. 이것은 "부르주아지가 구라파에 있어서도 정치상의 ××[혁명] 추진력으로서의 자기를 장기간 유지하지 못하였다"엥겔스라는 이유에 의하여 설명되는 것으로,[21] 봉건적 중세 뒤에 초래된 자본주의 사회 자신이 곧 종교를 이용할 필요에 직면한 것을 의미한다. 그러므로 부르주아지가 아직도 신흥하는 세력이었던 때에는 진실한 유물론적 세계관 급及 문화의 창조자이었던 것이 얼마 안 가서 곧 그들의 문화로부터 [불]가지론不可知論[22]과 종교적 관념론적 냄새

---

21 원문에는 '것을'로 되어 있으나 문맥상 의미로 보아 바로잡는다.
22 원문에는 '可知論'이라 되어 있으나 문맥상 '불가지론'일 것이다.

가 떠나지 않게 된 것이다.

그러나 몇 가지의 부르주아 문화—과학과 종교와의 교섭은 결코 중세의 가톨릭교와 문화 같은 것은 아니었다. 가톨릭교는 순전한 미신을 현대문화의 권외에 서게 되고, 다만 신교에 있어 그리고 과학에 있어서는 불가지론, 불가인식론이란 보다도 복잡화한 매개적 과정을 수遂하여 종교와 문화와의 교섭은 수행되었다. 이것은 부르주아 과학에 있어서 어떠한 위대한 과학자에 있어서 관념론과 형이상학으로부터 해방되지 못하여, 최량의 경우에 겨우 반편 유물론자인 데 그쳤다는 것으로 증명되는 것이다.

그러나 자본주의 사회의 생활적 근거가 차차로 격렬한 진감震撼 위에 서게 되고, 그에 형성된 문화가 똑같은 정도로 붕괴 협위脅威 밑에서 흔[들]리며, 새로운 전인류적 문화의 창조의 강력적인 대두가 나타날 제, 즉 금일의 부르주아문화 과학은 지난날보다도 더 단단히 종교의 기둥을 필사적으로 부여잡는 것이다. 그리하여 봉건적 지배의 옹호물이었던 가톨릭교가 두 번 다시 자본주의 세계의 옹호물로서 맞아들이게 되는 것이다.

철학상의 역사주의와 상대주의는 실재주의實在主義를 필요로 하지 않는 문학예술에 있어서 리얼리즘과 이상주의를 필요치 않게 된 금일의 세계정신이것은 붕괴하고 있는 정신이다의 정신적 옹호자로서 가톨리시즘은 그 고색창연한 날개를 내리기 시작한 것이다.

그러므로 현대문화에 있어 가톨리시즘의 부흥, 일련의 부르주아 이데올로그— 예술가, 종교가신교의들의 가톨리시즘에 대한 관심의 강화는 부르주아적 정신문화의 구할 수 없는 위험의 물질적 표현의 하나이다.

우리 조선에 있어 보는 가톨리시즘에 대한 일부의 사상적 관심, 그것의 문화적 적극화 등도 여기서 궤를 달리할 수는 없다.

그러므로 현대의 정신문화의 가톨리시즘[에]의 귀의歸依를 특징짓는[23] 기본적인 사실은 노노呶呶될 필요를 갖지 않는, 이미 말하여진 바의 부르주아적 세계 생활을 사로잡아가지고 있는 붕괴의 ×××의 초조와 긴장의 반영인 것은 전숲혀 객관적인 진리이다.

그리고 그들이 사유하고 있는 현실 생활이 그 최심오最深奧한 부분에 이르기까지 벌써 질서에 있어서의 결합이 깨어졌다는 것이 오늘날에 있어서는 전혀 아무런 비밀이 아니다. 다시 말하면 금일의 부르주아적 ××의 ××의 성장은 수단을 가지고 또는 언어를 가지고 은폐하기에는 너무나 커졌고, 따라서 이러한 기반 위에서 형성되어 있는 문화 과학이 부르주아적 생활 ― 정치 ― 와의 관련하는 과정의 성질은 이제는 하등의 개재介在의 도정을 필요하지 않는 자연한 결합 도정을 취할 만한 정도로 급박한 것이다.

그러므로 철학, 자연과학, 그 외의 일체의 정신문화는 공연한 길 ―이른바 세계 정신으로서의 관념적 일원론의 강화 ― 을 통하여 신학―종교와 악수하고 종교는 그야말로 최대의 공연성公然性을 가지고 정치의 진루陣壘 위에서 무장하고 있다.

반평화(反平和)의 이데올로기인 가톨리시즘

임페리얼리즘의 방위를 위하여 그의 영원한 존속을 위하여 아무것에게도 거리낌이 없이 총을 들고 있다. 이 사상적 용병의 대표적인

---

23 원문에는 '特徵저우는'으로 되어 있으나 문맥에 맞게 바로잡는다.

것은 '모든 객체로부터 자유인' 크로너,[24] 젠틸레[25]류의 '영원의[26] 철학' — 파시즘 철학 — 과, 역사에 있어서 신의 존재를 '영원의 범주'로서 교권 가운데 절대화하는 가톨리시즘이다.

따라서 현대의 수많은 관념론 철학 가운데서 파시즘 철학이 수다數多의 유파 가운데서 가톨릭교가 가장 충실하고 용감한 충격병衝擊兵인 것인 것은 현재의 영원성의 개념을 최고의 주도主度[27]에 올려 앉혔다는 곳에서 일치하는 것이다.

이러한 의미에 있어 이 두 개의 '문화적' — 그실實 조금도 문화의 이름에 해당치 않으나 — 친위대가 각자의 방법을 가지고 금일의 현대 정치를 물들이고 있는 계급×과 ××주의적 대립도對立道의 가장 날카로운 모멘트인 장래將來할 전쟁의 이데올로기적 도발자挑發者[28]의 임무를 떠맡고[29] 있는 것은 결코 우연이 아니다. 전자는 "현재의 영원성을 철학적 '지知'에까지 높이는 것"리탈트 크로이으로 "활동적인 자아로부터 전 세계를, 모든 사상事象을 — 역사적 도정까지를 포함한 — 도출"젠틸레, 『현실적 관념론』하여 파시즘의 '필연적'인 것을 설교하여 모험적인 '영웅주의' — 굴복의 용감 — 을 고취하며, 후자는 일체의 과학이 자연적 과정 가운데의 '비사秘事'를 해명치 못한 것을 떠들면서 — 여기서 그들은 부르주아적 자연과학의 반동적 약점의 이동 위에 서 있

---

24 원문에 '크로너'로 되어 있으나 '크로체'의 오식일 가능성도 있겠다. 크로체(Croce, Benedetto, 1866~1952)는 역사를 움직이는 요인으로서 윤리와 자유를 강조한 이탈리아 철학자. 정치에도 참여하여 젠틸레와 함께 교육개혁안을 작성하기도 했으나 파시즘에의 협력은 거부하였다.
25 Giovanni Gentile, 1875~1944. 이탈리아 철학자. 파시즘의 대표적 이론가로, 스스로의 철학을 능동적 관념론이라 하였으며, 개인이 전체에 헌신하는 파시즘의 이론을 세웠다.
26 원문에는 '永滅의'라 되어 있으나 문맥상 '영원의'로 보인다.
27 원문대로인데, '王座'의 오식일 수 있겠다.
28 원문에는 '조발者'로 표기되어 있으나 오식으로 보아 바로잡는다.
29 원문에는 '쩨여맛고'로 되어 있으나 수정하였다.

는 것이다—신의 의지의 유일의 계시자 가톨릭교만이 그것을 해명할 수 있고 가톨릭교만이 모든 종교 가운데 진정한 영원한 정신이란 것을 말하는 것으로서, 절대주의적 교권을 가진 기독교만이 진정한 기독교라는 것을 설교하면서 인류의 평화를 위하여는 선쟁이 필요하다고 부르짖는다.

그러면서도 그들의 성서에는 아직까지도 "여汝의 적을 사랑하라!"는 문구가 역력히 적혀 있고 또 날마다 그들은 교회의 성단聖壇 위에서 "그대의 원수를 사랑하라!"고 설교하는 것이다. 과연 그들은 얼마나 적을 사랑하였는가?

우리들의 기억에 아직도 새로운 1914년 수천만의 꽃다운 생명과 누백억累百億의 부를 한줌의 재로 돌아가게 한 참혹한 세계전쟁이 일어났을 때, 신부들은 인민에게 이렇게 절규하였다.

"우리들이 전쟁에 나아가는 것은 신의 이름으로 나가는 것이고, 우리들이 선혈鮮血을 흘리는 것은 신을 위하여 흘리는 것이다. 우리들이 전장戰場에 넘어지는 것은 신을 위하여 넘어지는 것이다. 제군이여! 조국을 위하여 신명身命을 바치고 전장에로 나아가자! 그리하여 만일 우리들이 적을 이길 수가 있다면 이 전쟁은 인류의 최후의 전쟁일 것이며, 여하한 전쟁도 두번 다시 일어나지 않을 것이다."

그러나 1918년, 5년에 긍亘한 전쟁의 참화가 막을 내린 이후 오늘날까지에 과연 전쟁은 없었는가? 그리고 지금 바야흐로 두터워오는 전운戰雲은 무엇을 말함일까?

더욱 구주대전歐洲大戰 중의 경험은—여기서도 현실은 최량의 교사이다—교회, 특히 가톨릭교는 최대의 공고성鞏固性을 가지고 각개의 XX[제국]주의 국가에 결부되었었다는 것을 말한다.

구교국舊敎國인 불란서의 가톨릭의 신부, 사교司敎들은 성당의 종을 난타하면서 "신교의 나라 독일을 격멸하라!"고 소리질렀다. 그러나 그들은 독일과 같은 신교국인 영국, 일층 그들이 '미워하는' 미국을 치라고는 꿈에도 한 적이 없다. 여기에는 아무런 '신비'스러운 이유도 없다. 다만 독일은 불란서 ××[제국]주의 전적戰敵이고, 영미英米는 불란서의 약탈의 동맹자인 때문이다. 더욱이 그들은 죄 없고 순량한 농군農軍의 아들과 직공의 아들, 아무것도 모르는 학생들을 피비린내 나는 살륙의 마당으로 끌어내기 위하여 최대의 위선을 다한 것이다. 미국에서는 미국이 아직 대전에 참가하기 전에 미국으로 하여금 전쟁에 참가하게 하여달라고 정부에게 연명 탄원서를 보내고, "신이여! 독일놈을 때려 죽이소서!" "죽으러 가자! 오늘도 아니라 내일도 아니라 당장에 죽으러 가자!"고 적에 대한 증오를 강화시키고, 자기 나라 군대의 투쟁심을 환기시키기 위하여 야수와 같은 유언流言을 그들은 산포散布하였다.

그리고 최근에 와서 그들은 국제 파시즘의 최량의 하복下僕이 되어 사상적으로만 아니라 제도적으로 조직적으로 파시즘과 야합하고 있다.

이태리에 있어서는 전술前述한 1929년 라마羅馬 법황과 무쏠리니와의 협약 이후에 교사敎司, 신부들은 흑 셔츠를[30] 입고 무쏠리니 치하의 관직에 있게 되고, 교사敎司는 국가로부터 재정상의 원조를 받으며, 영예 있는 '가톨릭 청년'은 파시스트의 무장 세력이 되어 있다.

북미합중국에는 '가톨릭 청년'의 특별한 조직으로서 '콜럼버스 기사단'이란 순연한 곤봉과 피스톨로 무장한 파쑈 조직이 있다. 이 파쑈 단체는 약 6년 전에 아메리카에 있어서의 볼셰비즘에 항쟁하기

---

30 흑 셔츠, 곧 검은 셔츠는 이탈리아 파시즘의 상징물이다.

위한 정치상 목적을 가지고 창설되어, 2,000,000루불의 금액의 지원을[31] 받은 것이다. 그리하여 이 단체는 북미에 있어서의 군국주의적 이데올로기의 용감한 아지테이터[32] 노릇을 하고 있다. 독일에서는 가톨릭교는 국방군과 나치스 돌격대의 공연한 사상이 되어 있다.

그러나 이러한 ××[제국]주의 상호간에 있어서의 그들의 국민적 종교적 차이에 의한 전쟁 ×[도]발, 동일한 종교국의 국민에 대한 무자비한 공격적 선동 이외에 보다 기본적인 점은, 그들이 전세계의 노동자 근로자 계급과 더욱이 소비에트 동맹에 대하여 ××적인 ××의 정신에 의하여 투철透徹되어 있다는 것이다.

자본주의 제국諸國에 있어서 종교가宗教家 ― 신·구교를 막론하고 ― 가 계급의식 ― 부르주아적 ― 의 공고鞏固한 파지자把持者이고, 그들 계급 ××에 있어서 근로인민의 ×으로서 현출現出하였다는 것은 이제 와서 아주 시정市井의 상식으로 되어버리었으므로 말할 것도 없거니와, '기독교 가운데의 기독교'라는 영원히 신성한 종교인 가톨릭교의 대본산인 라마羅馬 법왕이 소비에트 동맹의 유혈적 격멸을 위한 전쟁의 도발을[33] 위하여 일대 국제적 캄파니아[34]를 전개한 것은, 비록 그것이 불행하게도 실패하고 말았지만, 전쟁의 최량의 사상적 선동자로서의 가톨리시즘을 이해하는 데 있어 실로 거대한 의의를 갖는 것이다.

그리고 가톨리시즘이 여하히 국제적인 문화 반동 파시즘적 암흑화의 문화정책의 확실하고 신뢰할 만한 실천자이냐 하는 것, 전율할 만

---

31 원문에는 '支出을'로 되어 있는데, 문맥상 의미로 보아 바로잡는다.
32 원문에는 '아지테―퍼'로 되어 있으나 agitator를 의미할 것이다.
33 역시 원문에는 '조발을'로 되어 있다.
34 캠페인의 러시아어. 당시 줄여서 '캄파'라고도 했다.

한 인류적 참화의 도화선에 불을 당기는 이데올로기인가 하는 것을 우리들 문명인, 문화인의 가슴 속에 깊이 명기銘記케 하는 것일 것이다.

1930년 2월 13일 가톨릭교의 세계적 두목 피오 11세 법황은 전 세계에 호소하는 교서敎書를 발發하여 러시아에 있어서의 '종교 박해'의 사실을 위조하여 볼셰비즘에 의한 세계정신의 멸망의 위험을 부르짖고, 이것을 구하기 위하여는 전 세계의 종교국 — 어떠한 교파의 종교를 물론하고 — 은 일치 단결하여 소비에트 동맹 공격을 위한 무장한 십자군을 일으킬 것을 외쳤다.

그리하여 이 교서는 자국의 정치적 지도자, 수령, 지도적 군인, 종교가, 교회 등 실로 소비에트 동맹의 물질적 문화적 성장에 적의를 가지고 있는 모든 '양심적 인간'들에게 전달되었다. 그러나 이 반反소비에트 전쟁의 격발激發을 부르짖는 법왕 십자군의 운동은 부르주아 진영 가운데 약간의 반향을 일으킨 외에는, 유감이나 그다지 큰 효과를 얻지 못하였다. 이것은 순연히 그들이 소비에트 ××을 욕심내지 않았다는 것이 아니라 법왕의 말대로의 십자군적 통일전선에 의한 행동을 위하여는 ××[제국]주의적 국가간의 대립은 너무나 심각하고 상대 쪽의 힘은 지나치게 성장하고 있었다는 단순한 이유에 기인한 것이다.

이러한 사실은 가톨리시즘에 대하여, 또는 어떻게이고 '문화 가치'로서 '사상'으로서의 가톨리시즘에 대하여 관심을 갖는 청년들에게 대하여 대단히 교훈적이어야 한다.

이러한 전쟁 — 인류의 물질적 정신적 발전을 억지하는 시스템을 옹호하는 — 이란 과연 과거의 문화적 재보財寶를 지키고 새로운 문화를 창조하는 행위일까?

그러므로 파시즘의 '불멸의 철학philosophia perennis'[35]에 있어서는 필연성과 동同 법칙성[36] 대신에 '우연의 논리'가 횡행하고 가톨리시즘에 있어서는 '기적의 계시'가 세계를 지배하는 것이다.

그러나 차등此等의 '에로이카'는 다 같이 비극적 절망의 도표途標이다.

현대 조선문화와 가톨리시즘 반동의 의의

근대 조선의 부르주아문학의 발전의 길 위에 있어서 이른바 '예술을 위한 예술'의 이론이 허물어진 것은 벌써 지나간 오래 전날의 일이다. 그리고 이 이론이 우리나라에 있어서 그다지도 짧은 시일 동안에 명확한 형태를 가지고 나타난 것이 여러 가지 이유가 있을 것이다. 근대문학이라는 것은 글자대로 시민적 사회의 문학이다.

즉 시민계급―도시 부르주아지의 일정의 성장 위에서 축조된 문학으로, 봉건적 중세의 자연경제 시대의 종교와 신학과 절대주의적 영주와 귀족의 노복奴僕이었던 문학예술을 '본래의 의미의 예술'로 해방시킨 것이 문학사 상에 있어 부르주아문학이 연演한 바 역할이다.

그러므로 근대의 시민계급이 아직도 봉건적[37] 체재體裁의 반대자이고 문학사에 있어 그들의 중세기적 문학에 대한 치열한 투쟁자이었

---

35 에우구비누스(S. Eugubinus)의 저서 『영원한 철학에 대하여』(1540)에서 유래하며, 중세 신(新)스콜라철학자들에 의해 주로 사용된 개념. 여러 학설의 표면상의 모순과 대립에도 불구하고 철학 그 자체는 본질적인 면에서 영원히 사라지지 않는 인류의 학문이라는 뜻. 상대주의와 회의주의를 거부하지만 철학의 절대적인 것과 상대적인 것의 관계에 대한 문제를 해결할 수 없다는 점에서 사회주의권의 철학으로부터 비판되었다. 구원의 철학, 영원의 철학이라고도 한다.

36 원문에는 '法則法'이라 되어 있으나 문맥에 맞게 고쳤다.

37 원문에는 '建設的'이라 되어 있으나 오식일 것이다.

던 17,8세기에 있어, 그들은 예술이란 것은 아무것에게도 구속받지 않는 자유스러운 것이라는 이론에 의하여 무장하고[38] 있었다. 물론 이것이 부르주아적 자유와 개인주의에 입각하였었다는 것은 재언할 필요도 없는 것이다. 그러나 다만 우리는 부르주아 문학이론에 있어서 지금에 와서는 거의 아무도 돌보는 사람이 없는 '예술을 위한 예술'의 이론이 여하히 봉건적 중세의 문학에 대한 투쟁의 역사에 있어 광휘 있는 역할을 하였는가 하는 것을 이해하기 위함이다.

이 이론은 근대 미학의 개조開祖라고 일컫는 임마누엘 칸트Immanuel Kant에 있어, 그의 최대의 저서 가운데의 하나인 『판단력 비판』 가운데에서 순 주관적인 무관심에 의한—또는 이해利害를 초월한—쾌감이란 개념으로서 미학적으로 정식화되었다. 왜 그러냐 하면 중세의 스콜라 철학에 있어서는 '신의 의지'만이 미의 기준이었으므로 미는 위선爲先 신에 대한 종속관계로부터 해방되기 위하여 '모든 이해로부터 초월'할 필요를 느끼었던 것이다. 그리하여 미에 대한 칸트적 정식은 여러 가지 형태로 그 후의 부르주아적 미학과 예술이론의 표주標柱가 된 것이다.

대단히 늦게야 머리를 들게 된 우리나라의 근대문학에 있어서도 '예술을 위한 예술'의 정신, 예술의 순수성의 사상이 봉건적 삼문三文[39] 소설과 가요에 대한 투쟁에 무기가 된 것은 조금도 이상한 일이 아니다.

그러나 우리나라에 있어서의 근대적 문학의 발전이라는 것은 대단히 특수한 과정을 통과하였다는 것을 간과하여서는[40] 아니 된다. 이 특수한 과정이란 조선에 있어서의 시민계급의 성생成生의 역사적 조

---

38 원문에는 '武裝裝하고'로 되어 있다.
39 '서푼'이라는 의미.
40 원문에는 '看做하여서는'으로 되어 있으나 문맥에 맞게 고쳤다.

건, 구체적으로 말하면 이 나라에 있어서의 자본주의적 발달의 제 조건에 조응하는 것이다.

무엇보다도 기본적인 것은 우리나라에 있어서 문학사적으로 평가할 만한 근대문학―부르주아 계급의 문학―이라는 것은 의논할 여지가 없을 만치 '비참한 것'이라는 것이다. 어떻게 말하면 진정한 의미에서 그것이 존재하였느냐 못하였느냐 하는 것이 논쟁될 만큼 보잘것이 없었다. 부르주아지의 반反봉건적 ××과정을 통과하지 못한 후진국, 보다도 이 도정을 지나기 전에 벌써 강력한 외래의 임페리얼리즘의 ××하에 황폐되고 약화한 ××, 따라서 이 ×× 인민의 경제생활 가운데 남아 있는 광범하고 강고한 봉건적 유제遺制의 지배 가운데 명맥을 걸고 있는 시민계급을 상상하면 ××의 근대문학의 전모를 능히 눈 앞에 그릴 수가 있을 것이다.

우리 조선의 근대문학은 정말 근소한 정도로밖에 리얼리즘을 가지고 자기를 관철하지 못하고, 일시―1922,3년대[41]―지배적 경향이었던 자연주의는 얼마 안 가서 속물화한 이상주의에게 그 자리를 물려주지 않을 수가 없었으며, 시가詩歌에 있어 소위 자유시의 생명은 다시금 시조에로의 부흥으로 말미암아 자취를 감추었다. 다시 말하면 조선의 근대문학은 엄밀한 의미에서 평가된 부르주아적 문학 발전의[42] 기초 위에 서 있지 않다는 것이다. 이것은 무엇보다 문학혁명에 있어서 불가결의 요건인 언어의 혁명이 이 나라에 있어 수행되어 있지 않다는 것으로 충분히 설명되는 것으로, 이 현상은 우리가 지금 일일이 1920년대 초엽의 문학사를 대표하는 작가들의 작품을 읽어보지 않는다고 하더라도 현재의 부르주아 시단을 대표한다는 2,3 시인

---

41 원문에는 '一九二,三年代'라 되어 있다.
42 원문에는 '發슈의'로 되어 있으나 문맥에 맞게 바로잡았다.

들의 작품 수 편을 손에 들고 보면 일목요연한 사실이다. 부르주아 시의 기본적 양식인 자유형, 비율격적 시형은 편린도 찾아볼 수 없고 봉건적 시형인 시조의 형식에 노골적으로 결부되어 있고, 그렇지 않으면 어떠한 방법으로이고 자기를 율격화하려는 강고한 경향에 의하여 특징화되어 있다. 도처에서 소위 '한글'의 이름으로서 봉건시대의 관료적 귀족적 언어로 충만되어 있고, 부끄럼도 없이 이것이 순수한 조선말이라고 주장하고 있다.

이러한 가운데서 '예술을 위한 예술' 문학은 문학의 역사 위에서 황급히 퇴장하고 그렇지 않으면 전혀 진부陳腐한[43] 형해形骸로 화하여 버리어, 이상주의가 대표적인 것으로 부르주아문학을 성격화하고 있다. 주지하는 것과 같이 이상주의는, 자연주의문학이 인생의 모든 면을 평등한 자유스러운 눈으로 묘사하면, 전자는 '일정한 정신'을 작품 가운데서 이상화하는, 다시 말하면 후자가 어떤 한도로 리얼리즘을 가지고 투철되고 예술적 순수성의 보지자保持者이라면, 전자는[44] 현실을 특정한 정신적 눈으로 관찰해[는] 비非유물론적인, 예술에 있어서의 순수성의 부정자이라는 것은 쉽게 알 수 있는 사실이다.

현대 조선문학과 가톨리시즘 반동의 의의

이 이상주의는 봉건적 유제遺制와 그것의 옹호자의 정신을 가지고 무장하는 것으로서, 구체적으로 말하면 상식적인 역사소설 — 이광수 李光洙, 김동인金東仁 등등 — 과 민족개량주의적 사상의 공연한 선전자

---

43 원문에는 '採腐한'으로 되어 있으나 문맥에 맞게 바로잡았다.
44 원문에는 '後者는'으로 되어 있으나 문맥상 의미로 보아 바로잡는다.

宣傳者의 역할을 맡는 것으로서, 조선의 부르주아문학은 예술적으로 와해하고 사멸하고 있다.

그리고 또 한 가지는 지금까지의 여기서 취급되는 주요 과제인 종교적 경향의 부흥, 특히 가톨릭적 반동의 행진에 의하여 일층 그 도度는 촉진되고 있는 것이다.

조선의 근대문학에 있어서 종교적 경향의 대두는 지금 비롯된 것이 아니다. 벌써 수년 전부터 나타난 기독교 신교와 문학과의 결부의 기도企圖, 또는 불교, 천도교와의 문학예술의 공연한 야합의 형태를 통하여 엿볼 수가 있다.

그러나 금반今般 『카톨릭청년』지를 중심으로 제창되는 '가톨릭'이요 작가인 문학에 대한 요구는 전에 보던 바의 기독교와 문학의 결부의 기도와는, 그것이 명확한 실패의 운명의 신 앞에 놓여 있다는 의미에서는 동일한 것이나, 그 의의에 있어서는 약간의 특수한 차이를 발견할 수가 있다는 것이다.

즉 다음 예와 달리 가톨릭 문학의 부르짖음은 그것이 문학예술 가운데 일정한 정신을 느끼는 데 있어서 전全혀 중세기적 공고성鞏固性을 가지려는 점, 또는 그 제창자들이 최근까지도 조선 문단에 있어 가장 치열히 예술의 절대적 순수성을 부르짖던 인간들이란 도덕적 의미에서이다.

그러나 전자의 의의가 중심적인 것은 물론으로, 우리 ××의 부르주아문학이 일정한 세계정신을 요구하는 데 있어서 이상주의문학이 공연히 파시즘에로의 관심을 높이고 그 무대로 등장하기 시작한 것과 동同 정도로 종교적 경향과의 결부의 형태가 가톨릭문학의 제창에 있어 이상주의문학에 있어서와 똑같은 '강고성强固性' 밑에 수행된다는 것, 바꾸어 말하면 부르주아문학의 반동화의 가장 중심적 첨단이라는 의미에서이다. 이 양자의 정치적 문학적 공통성은 파시즘의 사회적 지주支柱가 경제적으로 파산하고 있는 소시민층인 것과 같이, 가톨리시즘문학의 제창자 또는 그 활동적 작가의 대부분이 정신적으로 파산한 소부르주아 작가라는 점은 심히 교훈적이다. 『카톨릭청년』지에서 활동하고 있는 시인들의 작품을 보면 그 대부분이 일시 현대에 있어 가장 순수한 문학 경향이라고 자칭하던 쉬르레알리즘적 경향을 직접으로 혹은 간접으로 통과해온 사람들이라는 것은 일목요연하다. 또 그들 작품 가운데는 '몽환夢幻에의 추구'의 경향이 신에 대한 절대적 신앙의 경향과 합일되어 있는 것을 볼 수가 있다.

이것이 단순한 우연일까?

파쇼화하고 있는 이상주의문학과 한가지로, 가톨릭 문학은 도저히 예술적으로 자기를 형성할 수는 없는 것이며, 또 양자는 서로 손을 잡고 그래도 예술적 생명의 빛나던 20년대의 그들 자신의 청춘 시대에다 침을 뱉으면서 말라빠진 부르주아문학을 붕괴와 사멸의 심연으로 끌어넣고 있는 것이다.

벌써 조선의 부르주아문학의 최량한 부분의 계승자, 언어 급及 문학××[혁명]의 진정한 수행자이고, 사멸하고 있는 근대문학의 집형인執刑人은 문을 두드린 지 이미 오래이다.

진실과 당파성 *

나의 문학에 대한 태도

문학이, 정규定規를 가지고 선을 긋는 것도 아니며, 큰 수와 작은 수를 승乘치고[1] 혹은 감減해서 나오는 해답도 아니라는 것은 문학을 다른 추상과학으로부터 구별하는 단초적 특질이다. 일반 '과학'이 추상적 논리로부터 출발하는 대신에 문학—예술은 형상의 구체성 위에 서는 것이다.

즉 생생한 생활의 진실의 말언어, 그것만이 문학을 가능케 하는 것이다. 만일 우리들이 문학 가운데서 **생활**의 **진실한 말**을 제외한다면 잔여殘餘의 것이란 썩은 양철통같이 빈약한 작자의 정신적 그림자밖에는 찾을 수 없는 것이다.

- 『동아일보』, 1933.10.13.
- [1] 원문에는 한글로 '승치고'로 되어 있다. '곱하다'는 의미의 '乘치고'로 읽을 수도 있으나, '습치고'의 오식일 수도 있겠다.

동시에 생활의 형상이 존재하지 않는 곳에 예술, 문학이 없다면은 그 형상이 진실한 것인가 아닌가 하는 것은 그것이 참으로 생활의 형상이냐 아니냐 하는 문학의 성립에 있어 가장 요충적要衝的인 문제일 것이다. 왜 그러냐 하면 이 진실한 형상만이 정말로 산 현실의 내용을 담을 수 있는 때문이다.

그러므로 문학에 대한 최초의 요구는 무엇보다도 먼저 생활의 진실을 그리는 문학이어야 한다는 것이다.

따라서 우리들이 생활하는 현실의 확실한 묘사의 문제는 문학에 있어서 유일의 진리이고 동시에 이것은 문학에 있어 생과 사의 문제이다.

그러나 문학적 진실이란 것은 우리가 잘 아는 바와 같이 생활하는 현실의 진실을 자태姿態에 의하여 성격되는 것이며, 이것만이 위대한 문학을 가능케 하는 것이므로 작가 자신의 견해가 현실 과정을 얼마나 진실하게 체현하는가 하는 문제가 문학적 진실의 최후의 기반이다.

그러므로 작가가 금일의 세계 생활에 있어 기본적인 동인이 되어 있는 현실 가운데의 이분二分된 체재體裁에 대하여 취하는 태도, 즉 그것이 성생成生하는 것 위에다 자기의 문학적 운명을 설구設究하느냐, 그 반대의 편에 서느냐 하는 것은 그의 문학이 진심眞心한 가치 있는 예술적 문학이 되게 하고 못되게 하는 최후의 것이다.

문학을 '성 문제'의 속악 진부俗惡陳腐한 테마로 타락시키고 예술을 형식주의적 야마시² 장기將棋의 유희 가운데로, 또는 공허한 '영원의 문제'에 대한 '순수예술'의 공어空語로 침전케 하는 것은 생활의 진실

---

2 '사기꾼'이라는 뜻의 일본어.

을 그 작품 가운데서 말해야 할 문학 본래의 의무를 거부하거나 자피
自避하는 것이다.

그리하여 문학 가운데에서의 진실한 것에 대한 거부는 형상의 구
체성의 파괴, 형상의 공어화空語化를 초래하며 곧 이것은 문학을 해체
키로 인도하는 것이다. 생활의 진실에 의하여 성립하지 않는 형상이
란 결국 추상적인 논리의 말편末片 ─ 조금도 형상과는 근사近似치 않
은 ─ 인 때문에 …….

그러므로 문학적 진실, 문학의 형상적 서술성의 거부는 문학 예술
의 기본적 원리로서 형상의 해체에의 경향으로서 나타나며, 문학을[3]
삼문三文[4]의 가치도 없는 설화와 몽환적 공어空語로 만들어버리는 것
이다.

그러나 작가가 세계를 그 진실한 양상대로 인식하고 묘사한다는
문학적 진실은 현실의 객관적 진리에[5] 의존하는 것으로, 금일의 세계
에 대한 객관적인 비판의 의식성만이 이 모든 것을 가능케 하는 전제
인 것이다. 하나 이 객관성이란 일체의 것으로부터 독립한 것이 아니
라, 역사적 사회적으로 제약되면서 개개인의 의욕으로부터 독립한
현실의 운동과정 그것을 말하는 것으로, 인간의 현실 생활의 전진하
는 방향에 선다든지 퇴화의 선상에 선다든지 하는 완전한 당파적인
것을 의미하는 것이다.

그러므로 오늘날에 있어 문학적 진실과 그 객관성은 오로지 부르
주아 세계에 대한 완전히 비판적인 의식성만이 이것을 가능케 할 것
이며 또 이 당파적인 비판적 태도만이 문학예술의 완성을 위한 문학

---

3 원문에는 '文學으로'로 되어 있으나 오식으로 보아 수정하였다.
4 서문이라는 의미.
5 원문에는 '眞現에'로 되어 있으나 '現'은 '理'의 오자일 것이다.

적 진실의 양양한 길을 타개하는 유일한 열쇠[鍵]이다.

그 문학만이 객관적 진실을[6] 문학적 진실 위에 체현하고 비로소 문학적 진실과 당파성을 양립한[7] 것으로부터 동일성 가운데로 양기揚棄하는 것이다.

부르주아문학에 있어서는 당파성은 문학적 진실과 양립하였을 뿐만 아니라 부르주아적 당파성은 문학으로 하여금 진실을 표현하고 묘사할 것을 방해하였다.

그러므로 적든지 많든지 문학적 양심을 상실치 않은 모든 작가들은 자기의 견해의 당파적 제한을 받으면서도 그것과의 모순의 고열苦熱을 통하여 얼[마]만큼씩 그것으로부터 괴리乖離[8]되어 문학적 진실을 양심을 가지고 포촉捕促하는 것으로써 객관적 당파의 견지로 접근하고 있는 것이다.

그러나 대부분의 경우에 이것은 작가 자신에 의식되지 않고 현상된다.

거듭 말[하]거니와 예술의 양심은 형상을 떠난 문학, 진실성 없는 형상이란 불가능한 것을 가장 잘 감지하는 것이다.

그럼으로써 창작에 있어 비평에 있어 이것이 문학에 대한 나의 확고불발確固不拔의 태도인 것이다. 만일 내가 이 견해로부터 별리別離한다면 나는 시인도 아무것도 아니기 때문에 ……

1933.10.10

---

6 객관적 진실을 : 원문에는 '客觀을 的眞實'로 글자 순서가 잘못 배열되어 있어 수정하였다.
7 여기서의 '양립하다'는 '대립하다'의 의미에 가깝다.
8 원문에는 '離乖'라 되어 있다. 글자 순서를 바로잡았다.

비평의 객관성의 문제[•]

일반으로 비평가가 어떤 임의의 작품을 자기의 비판적 대상으로 할 제, 위선爲先 필요한 것은 그 작품의 여러 가지 점을 빼놓지 않고 인식하는 것이다. 다시 말하면 비평가는 처음에 그 작품의 많은 독자 가운데 한 사람이 될 것, 즉 얼른 말하면 작품의 이해자가 되어야 할 것이다. 작품을 읽지도 않고 혹은 다 읽고 나서도 그것을 일정한 정도로 이해하지 못한다면 상대자 없는 결혼과 같이 넌센스이기 때문이다. 그러나 이 말은 동시에 모든 문학작품의 독자가 모두가 비평가이라는 것, 바꾸어 말하면 작품을 읽는 것이 곧 비평하는 것이 아니라는 말, 오직 비평이라는 것은 작품을 읽음에 있어서 어떻게 읽고 어떻게 이해하고 인식하느냐 하는 방법론적 계기로부터, 나아

• 『동아일보』 1933.11.9~10.

가서는 그 작품의 어느 곳에 무엇이 읽는 사람의 마음에 드는가, 혹은 무엇 때문에 그 작품은 좋고 나쁘다는 판단의 결정과 함께 시작되는 것이다.

그러므로 문학작품의 독자라는 것은 광범한 의미에서 말해질 때 그 모두가 각자로 소여所與의 정도의 비평가적일 수 있는 것이며, 비평이라는 것은 이러한 것이 과학적으로 체계화되어 문예과학의 일부분을 형성하는 것이다.

그러나 문학비평에 대한 이 소박한 설명은 결코 비평 그 자체의 본질적 제諸 방면을 이야기하는 것은 아니다. 단지 여기저기서 내가 지나치게 상식적인 예를 끌어낸 것은 문학비평의 ABC를 계몽하려 함도 아니요, 오직 우리들의 여러 가지 생활에 있어서 그것이 상식적이고 초보적 단초적이란 이유로 말미암아 때때로 보다 더 심원한 사상과 고귀한 정신에 의하여 배제되는 수가 많은 까닭이다.

우리가 지금 이 위에서 이야기해온 비평의 단초적[1] 인식과정에 대한 비천한 상식에서 보는 바와 같이 비평이라는 것이 비평적 대상으로 선택된 작품으로부터 완전히 객관적일 수가 없으며, 항상 일정한 한도의 인식 주관이 작용한다는 것이다. 다시 말하면 소여의 작품에 대하여 비평한다는 것 — 비평적으로 사유한다는 것은 그 작품의 가진 바의 제 속성에 대하여 인간은 전혀 화석과 같이 관조적일 수도 없다는 것이다.

그러므로 비평한다는 것은 항상 그 작품에 대하여 비평가가 일정한 사상을 표시하는 것, 즉 비평가가 자기 자신의 어떤 기준에 서서 작품의 선·악에 대하여 평가하는 행위가 된다.

---

1 원문에는 '短初的'이라 되어 있다.

지금 이야기의 편의를 위하여 비평하는 인간의 제 속성 즉 그 사람의 사상, 행위 — 비평하는 것까지를 포함한 — 를 제약하는 역사적 사회적 계급적 조건을 잠깐 일정한 것이라고 가정하고, 단지 개체적 인간이란 입장에서 비평한다는 과정에 대하여 고찰한다면, 비평한다는 것은 결국 그 사람이 작품의 어떤 부분 혹은 전체의 정신 — 내용 — 과 양식 — 형상성 — 에 대하여 공명共鳴하고 안 하는 데로부터 시작되어, 비평가 자신이 생각하는 객관적인 진眞과 일치하느냐 또는 얼마나 근사近似하냐를 척도尺度로 하고, 동시에 문학작품 가운데 있는 예술적 진이라는 것이, 그가 진이라고 생각하는 객관적 진의 현실적 실천 위에 여하히 관련하는 것인가를 검토하는 것이 된다.

그러므로 비평하는 인간은 언제나 그가 비평하려는 예술품 가운데의 '진'이란 것과 자기 자신이 객관적이라고 생각하고 있는 진과 비교하게 되고, 이 비평가가 인식하고 있는 진이라는 것이 동시에 그 예술작품을 평가하는 기준이 되는 것은 스스로 명확한 소치이다. 그런 까닭으로 예술비평의 기준은 비평적 인식의 주관에 의존하는 것이며, 아울러 비평은 비평되는 예술작품으로부터 절대적으로 객관적일 수는 없다. 오직 상대적 한정 내에서만, 즉 예술작품 가운데의 진과 진이 아닌 것을 판단하는 행위에 있어서만 객관적이고, 그러한 의미에서만 비평의 객관성이 부여되는 것이다.

그러므로 예술비평 가운데의 절대적인 객관성을 요구하는 이론은, 재판관이 증인에게 대하여 친족인가 아닌가를 물은 다음 비非친족인 경우에 요구하는 진실한 공술供述과 같이 허위의 형식적 객관성인 것이다. 피고에게 대하여 친족이 아닌 경우에도 증인 자신의 이해利害 또는 피고와의 관계에 의하여 얼마든지 비진非眞의 진을 언어言語할 수 있는 것과 같이, 비평가 자신이[2] 믿는 바의 객관적 진 — 그것은 역사적 계급적으로 제약된다 — 의 여하에 따라 예술품은 정당히 또는 부정당히 평가될 수가 있는 것이다.

그리고 비평가에게 주관적으로 믿어지고 비평에 있어서 평가의 기준이 되는 '진'이라는 것도 결코 비평가 개인의 절대적으로 주관적인 개체적 의사 여하에 의하여 결정되는 것이 아니라, 그 사람이 생활하는 역사적 사회적 환경, 구체적으로 말하면 비평가의 정신적 물질적 제 활동을 제약하고 있는 역사적 계급적 제 조건으로 말미암아 다시 제약되고 있는 것이다. 왜 그러냐 하면 모든 인간은 역사적으로 존재하고 사회적 — 계급적 — 으로 행동하는 때문이다.

그러므로 문학비평에 있어서 절대적으로 냉정한 객관성을 요구하는 부르주아적 비평의 이론은 결국 예술작품과 그 비평이 가지고 있는 역사적 계급적 본질을 은폐하고, 부르주아적 예술비평을 무슨 영원한 비역사적 범주 가운데의 모든 계급적 당파적 경지로부터 자유인 초계급적 성질의 것으로 만들려는 기도企圖[2]로부터 나온 것이다. 동시에 이 부르주아적 견해는 비평의 순수성, 내용과 형식의 형식논리학적 분리, 그 발전의 역사에 관한 비교학적 이론 등으로 발전?되어 현대 비평의 한 성격을 형성하고 있다.

그러나 맑스주의적 예술비평은 단지 비평의 객관성 일반을 부정하거나 주관적 비평 일반을 긍정하는 것은 아니다. 이것은 결국 유치한 주관론이나 그렇지 않으면 비결정론적인 상대주의에 지나지 않는 것이다. 따라서 맑스주의적 비평은 주관과 객관의 변증법적 통일, 그 가운데 있어서 양자를 관철하는 현실의 객관적 법칙과 그 합법칙성의 원리를 정립한다. 즉 부르주아적 비평과 맑스주의적 비평이 다 상

---

2 원문에는 '自身의'로 되어 있으나 수정하였다.

대적으로만[3] 각개의 주관적 범위 안에서만 정당하고 객관적이라는 것이 아니다. 현재의 사회에 있어서는 부르주아적 비평에 대하여 프롤레타리아적 비평은 유일의 정당한 객관적 비평이라는, 또 이곳에만 이 비평의 진정한 객관성이 있다는 대 명제를 세운다. 그것은 맑스주의적 비평은 금일의 계급사회에 있어서 세계를 가장 완전한 객관성을 가지고 반영하고 동시에 그 합법칙성에 의하여 세계를 ×× [변혁]해나가는 견지를 '진'이라고 인식하고 예술적 평가의 기준으로[4] 삼기 때문이다.

동시에 맑스주의 비평은 예술작품 가운데서 진과 비진非眞을 단순히 분석, 지적하고 왜 좋은가 나쁜가를 증명하는 데 그치지 않고, 맑스주의가 그러한 것과 같이 비평도 예술이 어떻게 하면 이 '진'을 반영할 수 있는가를 지시하고, 그것을 반영할 수 있게, 즉 예술이 '진'의 예술이 될 수 있도록 구체적 방법을 가지고 원조하며, 비평 자신이 기본적 실천의 대하大河 가운데 일 요인이 되어야 하는 것이다.

비평은 "세계를 단순히 해석할 뿐만 아니라 세계의 변×[혁]자가 되어야 한다"는 능동적인, 명확히 당파적인 견지에 서야 하는 것이다.

그런데 지난 번 나의 시험한 6월 창작평[5]에 대하여 그 비평에 희생당한 작가로서 한 개의 항의를 제출한 동지 김남천金南天 군에 있어서는 비평의 객관성에 대한 이 상식이 이해되지 않았거나 혹은 심히 불명료하게밖에 알리어지지 않은 것 같다. 동지 김군은 부르주아 작가들이 맑스주의 비평에 대하여 '너무 주관적이다', '비평가적 냉정을 잃고 흥분되어서는 예술을 정당히 평가할 수 없다' 하면서 손을 내두

---

3 원문에는 이 사이에 '스'자가 삽입되어 있으나, 삭제하였다.
4 원문에는 '基準을'로 되어 있으나 문맥에 맞게 수정하였다.
5 「6월 중의 창작」(『조선일보』, 1933.7.12~19)을 가리킴.

르고 비난하는 소리를 그대로 흉내내려는가?[6] 그들이 비평가에게 요구하는 냉정과 또 그들의 비평가가 부르주아 작가에 대한 외견적 냉정이, 프롤레타리아 작품을 대할 제는 급격한 속악적 열정으로 변하는 것을 동지 김군은 잊었는가?

문제의 중심은 '임화적 창작평'이 열정적인 데 있는 것이 아니라, 임화적 비평이 정당한 비평적 기준에서 열정을 꺼냈는가 아닌가 하는 곳에, 즉 임화의 비평적 기준은 정당하였는가 아닌가 한 곳에 있다.

왜 그러냐 하면 이곳은 이론의 당파성과 부르주아적 객관주의의 분기점인 까닭에 ……. 그리고 『자본론』 가운데의 상품 분석에 있어 칼 맑스Karl Marx는 자본주의 그것에 대한 정열에 타는 증오와 프롤레타리아트의 승리에 대한 확신에 불타는 위대한 흥분이 없이는 저 역사적 난사難事를 능히 성취하지는 못하였을 것이기 때문에 …….

---

6 김남천은 임화가 「6월 중의 창작」에서 자신의 작품 「물」에 대해 가한 비판에 대하여, 「임화적 창작평과 자기비판」(『조선일보』, 1933.7.29~8.4)이란 글로 반론을 펼쳤다. 이에 대해 임화는 이 글과, 「비평에 있어 작가와 그 실천의 문제」(『동아일보』, 1933.12. 19~21)에서 재비판을 가하고 있다. 김남천과 임화의 이 논쟁은 흔히 '「물」 논쟁'이라 일컬어진다.

문학에 있어서의 형상의 성질 문제[*]

문학 혹은 예술에 있어 형상이란 것은 이야기되는 내용—사상이 서술되는 유일의 본질적인 모멘트라는 것은 거의 명확한 일이다. 따라서 문학예술은 다른 추상과학의 논리적 성질과 이곳에서 구별되며, 양자 각각이 한 점에서 자기를 독자적으로 성격화한다는 것도 이곳에서 진리가 아니면 아니 된다.

그러므로 문학에 있어서 형상의 문제는 전호(全혀) 그것에 의하여서만 문학이 다른 모든 것으로부터 구별되는 동시에 그것의 양부(良否)에 의하여 우열(優劣)이 좌우되고, 또한 그것이 없는 예술이 성립하지 못하는 이 본질적인 문제가 오늘날에 이르기까지 우리의 예술이론의 활동적 영역에 있어서 그다지 높은 달성을 보지 못했다는 것은 커다란 마이

• 『조선일보』, 1933.11.25~12.2.

너스가 아니면 아니 된다.

그러나 주의해야 할 것은 이 형상의 문제 특히 예술적 창조의 과정 가운데서 거대한 다양성과 복잡성에 의하여 형성되어 있는 형상의 구체적 성질에 관한 문제란 확연히 진순眞純한 문학적 형식의 탐구라는 곳에로 단순화시켜서는 아니 되며, 아울러 이 문제를 단순히 문학적 형식의 문제로 관찰하려는 일체의 관념론적 기도企圖로부터 옹호되어야 할 것을 중언重言해두어야 한다.

왜 그러냐 하면 과거에 있어서 수다數多한 예술지상주의적 사상의 아류자들로 말미암아 무내용한 형상의 지배적 성질에 대한 지껄임으로 신비화되고, 많은 형식주의자 기계론자들의 손에서 목편木片으로 취급되었으며, 또 최근에는 관념적 변증법론의 용자勇者들의 손 가운데서 예술적 과정과 형상의 복잡성과 다양성이 단순화 · 통속화되어, 전체로 문학이론의 이 문제에 대한 필요한 해명의 길이 조해阻害된 때문이다.

이러한 유해한 조해자적阻害者的 이론의 활동은 국제적으로는 거의 단죄斷罪되어 있음에도 불구하고 우리들의 문학이론 가운데의 부르주아적 사상의 영향의 이 파편은 아직도 특히 자본 제국諸國의 (…략略…)주의문학 이론의 전진을 조해하고 있다.

특히 지금 이곳에서 문제되어 있는 관념적 변증법론의 용자勇者들의 문학이론은 형상적 사유와 서술의 당파적 견지를 부르주아적 무당파성의 견지와 교환하려는 '매판'[1]의 이론적 무기로 화하고 있는 현상은 특별한 용의用意 밑에서 배격되어야 한다.

지극히 불행한 일일는지 모르나, 이 광영光榮스러운 이론적 대표자

---

1 원문에는 '買辯'으로 되어 있으나 '買辦'의 오식일 것이다.

의 영관榮冠은 최근 저널리즘 위에 그 고운 황금색 날개를 펴고 있는 우리들의 동지 백철白鐵 군에게도 돌아간다.

따라서 직접 문제의 대상은 말할 것도 없이 최근 상당히 '논단論壇'? 에 물의를 일으키고 있는 백철 군의 「인간 묘사 시대」[2]에 취급된 문학의 형상적 성질에 관한 곳에 한정되는 것이다.

무엇보다도 백군의 논문 「인간 묘사 시대」 가운데에서 기도된 근간적根幹的인 것은 현대문학을 특징 세우고 있는, 내지는 문학의 역사를 형성하고 있는 형상적인 것을[3] 일반적 성격 가운데다 주형화鑄形化하려고 한 점이다. 즉 문학사에서뿐만이 아니라 특히 금일의 문학 가운데를 관류貫流하고 성격화하고 있는 지배적 보편적인 것의 탐구를 위하여 백군은 때로는 문학사[개가 되어 과거를 따라가 보고, 때로는 문학비평가가 되어 현대문학의 여러 가지 조류를 헤엄질해 온 긴 여행의 결과 드디어 '인간 묘사'라는 지점에 상륙하게 된 것이다.

그리하여 "문학에 있어서 현대는 인간 묘사 시대"이고 또 "지금까지의 문학이 항상 인간 묘사를 일삼아왔다"는 것이 백군의 문학사적, 문학비평적 탐구의 이론적 귀결의 전金 핵심이다. 이것을 논증하기 위하여 단테A. Dante, 셰익스피어W. Shakespeare로부터 동시대 르네상스의 조형적 예술, 현대의 부르주아문학과 소비에트문학에 이르기까지의 방대한 예술작품의 명칭이 '인간 묘사' 이론의 입증자로서 열거되었다.

즉 이야기를 지금의 문제의 범위인 형상적 성질의 구체성에 관한 문제의 조명 가운데로 이끌어다 본다면, 모든 문학 그 중에도 문학적 형상이라는 것은 결국 그것이 어떠한 시대의 어떠한 문학이었음을

---

2 『조선일보』, 1933.8.29~9.1에 발표된 글.
3 원문에는 '것은'으로 되어 있으나 문맥에 맞게 수정하였다.

물론하고 인간의 묘사를 해온 데에 지나지 않는다는 것이다.

특히 나는 백군의 견해에 대한 이 요약이 독단에 흐를까 두려워 상기上記의 인용과 함께 백군의 그 논문 가운데 다음 일부를 다시 인용하고 싶다.

"문학이란 결국 인간 생활의 인식과 관계를 기록한 것이라는 것을 이해하면 그만이다"라고 말한 다음, "이 진리에 대하여는 무엇보다도 과거의 모든 위대한 작가들의 작품이 증명하고 있으니 그들이 한 작가로서 위대한 점은 의례依例히 그 시대의 인간을 진실하게 묘사하였다는 데서 결정되었다"라고 군은 논단論斷하고 있다.

이것이 문학적 형상의 성질에 대한, 내지 문학 그것에 대한 백철적 사상의 전모이고 또 핵심이다.

그러면 대체 백철 군의 논문 가운데 동원된 위대한 작가—예술[가] 가운데의 몇 사람이 이 백철적 문학이론의 입증자이었었나.[4]

내가 생각컨대 백군이 자기 논문 가운데에 끌어다가 열거해놓은 작가 예술가 가운데의 한 사람도 백군의 논문 가운데서 빚어진 '진리'를 증명하는 것같이 보여지지 않는다.

금일의 혹은 과거의 모든 위대한 작가 예술가들이란 과연 '인간 생활의 인식과 관계'의 단순한 '기록자'이었던가? 백군은, 이 문제에 대하여 충분히 명확한 해답을 그의 논문 가운데에서 하지 않았을 뿐만 아니라, 이들 작가, 예술가, 예例하면 셰익스피어, 플로베르G. Flaubert, 졸라E. Zola 등의 문학적 거장들은, 백군이 증명하려고 고심참담하고 있는 '진리'와는 반대의 것을 증명[5]하고 반대의 진리를 말하고 있는 것이다.

그들은 무엇보다도 인간 생활의 단순한 기록자가 아니었다는 것이

---

4 원문에는 '立證者이엇섯다'로 되어 있으나 문맥에 맞게 바로잡는다.
5 원문에는 '語明'으로 되어 있으나 '證明'의 오식일 것이다.

다. 만일 우리가 인류의 지적 역사 가운데서 인간 생활의 인식과 관계를 찾는다면은, 문학 예술 이외의 광대한 지적 재산이 문학과 예술의 영역으로 들어와야 한다.

역사학, 위인의 전기, 철학, 윤리 등등 기타 수없이 많은 추상과학의 논리적 산물이 모두 다 문학이어야 하고,[6] 인간 생활과 일정한 관계를 가진 기하학, 점성술, 측량학 등의 제도상製圖上의 도식이 다 회화繪畵 예술의 권내로 들어와야 한다.

요컨대 문학 예술과 그 외의 추상적 논리적 과학과의 구별이 소멸하고, 동시에 문학 예술이 다른 과학으로부터 구별되는 특수한 독자성은 찾을 수 없게 되어, 모든 것은 불가해不可解, 불가지不可知의 전적인 그 무엇으로 혼일적渾一的으로 용해되는 것이다.

이것은 참으로 가공可恐할 결과를 가져오고마는 것으로, 현실에 있어 문학 예술이 확연히 다른 추상과학으로부터 구별되고 있고 또 되어왔음에 불구하고, 이것을 부정하는 '진리'로서 문학이란 무엇인가를 조금도 설명치 못한 허위의 진리이다. 결국 문학이란 인간 생활의 소산이라는 것밖에는 아무것도 모르는, 문학의 역사와 그 본질에 대하여 일언一言의 근사近似한 서술조차 하지 못하는 문학론이다.

문학이라는 것은 이 소론小論 초두에 말하고 또 모든 문학자와 기분간幾分間이라도 민감적인 비평가에게 있어서 알려져 있는 것과 같이, 추상적 논리에 의한 기록 대신에 생생한 생활의 구체적 형상을 가지고 묘사하고 표현하는 데에 그 특질이 있는 것이다. 그러므로 소비에트 러시아의 문학이론가 키르포친V. Y. Kirportin은 "예술에 의한 사유이고 형상성 없이는 예술은 존재하지 않는다"고 정식화하였다.

---

6 원문에는 '하는'으로 되어 있으나 문맥에 맞게 바로잡는다.

따라서 문학과 예술을 이해하는 데에 있어서 그것이 '기록'하는 것이 아니고 묘사하고 표현한다는 것, 또 그것이 형상에 의한다는 것, 동시에 예술적 형상에 대한 정당한 이해 없이는[7] 예술 문학은 이해되지 않는다는 것이다.

이와 같이 형상의 문제의 해명을 위하여서는 문학 그것에 대한 정당한 견지에서 출발하여야 하였음에도 불구하고, 백철 군에 있어서는 문제 그것의 모든 구체성은 '인간 생활'이란 일점으로 단순화되어, 그것이 없이는 '인간 생활' 그것까지도 이해할 수 없는 다양성 복잡성은 악마와 같이 축출되고, 변증법 대신에 형이상학이 군림하고 있다.

그리고 문학을 인간 생활의 주관적 방면에 관한 기록으로 왜곡하는 것으로서, 한쪽 손으로는 주관적 관념론을 맞아들이었다.

문학은 어떠한 시대의 문학임을 물론하고 인간 생활 자체가 그러한 것과 같이 인간과 그 생활에 대하여 독립적인 다른 것과의 관련 내지는 인간의 의지와는 무관계하게 존재한 자연적 제 조건에 의하여 제약되어 있었다는 것은 주지의 사실이다.

동시에 소여所與의 문학작품은 다만 인간 생활의 주관적 인식이나 그 관계만을 묘사 표현하였을 뿐만 아니라, 항상 일정한 정도로 소여의 역사적 시대의 객관적인 현실을 반영하고 있었다는 것은 그야말로 모든 작가와 그들의 작품이 증명하는 바이다.

이러한 객관적 현실의 반영은 때로는 작가에게 의식되고 혹은 의식되지 않고 현상되고, 왕왕 그것은 작가의 최초의 문학적 의도와 그 작품의 객관적 의의가 배치背馳되는 많은 예를 문학사 위에 남겨놓은

---

7 원문에는 '업기는'으로 되어 있다.

것이다. 이 예는 백군이 즐기어 열거하는 발자크H. Balzac, 톨스토이L. Tolstoy, 고골리N. Gogoli 등의 작품에서 암야暗夜에라도 찾아낼 수가 있는 것이다.

비평가는 "연구된 현상의 일체의 복잡성을 염두에 두어야 하고" "비평은 예술적 창조 그것과 같이 성실해야만 할 것"을, 백군에게 있어서는, 문학에 대한 비변증법적인 비유물론적인 사유로 말미암아 완전한 '데타라메'[8]가 지배하고 있게 되었다.

그러므로 문학 예술에 대한 이렇게 경박하고 유해한 관념적 이해로 인하여 보론스키A. Voronski[9]를 능가할, 형상적 성질에 대한 전혀 비과학적인 관념론이 전개되는 것이다.

그러므로 모든 문학의 형상을, 그 무한에 가까운 복잡성이 있음에도 불구하고, 모두가 '인간 묘사에 주력하고 있다'는 가공적 우화가 나오는 것도 '결코 우연이 아니다.'

전체에 이것은 문학과 그 형상에 관한 비당파적인 썩어빠진 '자유주의'적인 관대한 사상으로 이끄는 공간橫杆이다.

그러면 우리가 옛날로부터 지금에 이르기까지 가지고 있는 여러 가지 문학의 형상 — 내지는 문학 그것 — 가운데는 결국 인간 생활의 내적인 주관적인 것밖에는 발견할 수가 없는 것일까?

물론 그 자신으로서의 인간이 없는 때에는 인간적 생활의 현실이란 존재할 수 없는 것은 명확한 일이다. 그러나 인간이 생활한다는

---

8 데타라메 : 일본어 'でたらめ'로, '엉터리, 함부로 아무렇게나 함, 되는대로 하는 언행' 등을 뜻함.
9 보론스키 : 원문에는 '우그론스키'('우오론스키'의 오식일 것)로 되어 있으나, 1920년대 소련을 대표하는 비평가 보론스키(Voronski, Alexander Konstantinovich, 1884~1937?)를 가리키는 듯함. 보론스키는 독자적인 프롤레타리아문학을 건설하는 데 반대 입장을 취했고, 1920년대의 온건 정책을 지지하다가, 1927년 소련작가동맹 라프(RAPP)가 등장하면서 숙청당하여 시베리아 유형에 처해졌다.

것 내지는 인간이 존재한다는 것, 그것부터 공간적 또는 시간적인 제약 가운데에 있다는 것, 다시 말하면 인간적 존재와 그 주관의 추향趨向과는 독립적이고 외적인 객관적 존재의 무한한 운동의 제諸 도정이 움직이고 있고, 인간적인 생활의 운동 그것도 그 가운데의 일 모멘트인 것으로서 비로소 인간적인 생활의 현실을 형성할 수 있는 것이다. 그러므로 문학이 광범한 인간적 생활 현실의 있는 그대로를 개념 추상으로서가 아니라 생생한 생활적인 구체성의 표현 그것으로서 자기를 형성하는 유일의 형태인 형상 그것 가운데에 움직이는 주관적인 것과 객관적인 것의 정확한 인식은 이 문제의 해명을 위한 최중요의 열쇠이다.

동시에 이것만이 형상의 구체성을 한 개의 진리로서 서술하는 가능성을 부여하는 것이다.

그러므로 백철 군은 인간을 이야기한 칼 맑스Karl Marx의 유명한 『도이취 이데올로기』 가운데의 일구一句를 인용하여 인간이 결코 외적 존재와의 관계를 초월한 것이 아니라는 것을 강조?한 것이다. 그러나 불행한 일은 맑스의 위대한 견해는 백군에게 있어서는 단지 목석과 같이 논문의 일우一隅에 끼었을 뿐이고, 문학의 제 현상을 설명하는 데 정말 그것이 원리로서 자기를 관철하지 못하고 있다.

의연히 백군은 모든 문학은 그것이 모두가 어떤 인간을 충실히 묘사하는 것으로서 위대하였다고 말하였다.

모든 위대한 [문학이]¹⁰ 단순히 의식을 가진 인간이 묘사된 것으로서가 아니라 복잡하고도 광범한 인간의 **생활적 현실**에 의하여 자기를 풍부히 하고 위대하게 하고 있다는 점을 곱게도 무시하고 있다.

---

10 원문에는 이 '문학이'란 단어가 빠져 있으나 문맥상 보충되어야 할 것으로 보인다.

인간의 생활적 현실이라는 것은 백철 군이 자기의 손으로 인용한 맑스의 말에도 있는 바와 같이 인간으로부터 독립한 여러 가지의 객관적인 제 조건에 제약되는 것으로서 비로소 현실적인 것이다.

그리하여 그 외적인 조건과 인간적인 주관과의 교호간交互間의 관계적 작용의 바로미터로서 맑스는 생산력의 발전 정도의 문제를 들었다.

이 생산력의 발달 정도의 문제 가운데에서 제일 먼저 우리들의 머리에 떠오[르]는 것은 인간의 의식적 활동의 대상인 자연적인 제 조건으로, 구체적 형상으로서 자기를 형성하는 문학 가운데는 문학의 발생의 역사와 함께 자연과 인간과의 관계의 문제, 자연이 어떻게 문학의 형상으로서 표상되었느냐 하는 것이 촉진되어 있었던 것이다.

그러므로 문학 형상의 성질에 관계한 문제에 있어서 자연의 형상화의 성질과 그 진화과정의 해명은 과학적 문학사 가운데의 최중요 과제의 하나이다.

더욱이 그것이 현대를 떠나 과거로 가면 갈수록 이 문제의 자태는 일층 커지고 중대화하는 것이다.

예술의 원시적인 기원 시대의 회화繪畫 같은 것을 보면 그 내용, 표현되는 형상 그것이 전全혀 인간과 자연 혹은 동물과의 직접적인 관계로서 충만되어 있는 것을 용이히 볼 수 있을 것이다. 이것의 논증을 위하여서는 많은 고고학의 발견과 동혈洞穴의 벽화 등에 현존한 것으로, 의심할 일분의 여지도 없는 것이다.

그러나 인류의 문화가 훨씬 발전되고 인간의 생산 능력이 상당히 전진했을 신화 시대 또는 초기적인 종교문학 시대의 문학적 예술적 작품 가운데는 전기前記의 것보다 비교적 복잡한 성질을 가지고 자연은 예술의 형상 가운데 들어왔다. 신화문학에 있어서는 자연신, 동물

신토템, 타부 등으로, 좀더 발달된 종교에 있어서는 인간의 형태로서 상징된 개념적인 신으로서 표상되어 있는 것이다. 물론 후자의 일신론적 형상은 전자의 범신론적 형상에 비하여 보다 더 인간적일지는 모르나, 그러나 어느 것을 물론하고 인간—자연에 대한 관계가 다른 관념적인 형태에 의하여 매개되어 있는 것은, 종교의[11] 기원에 대한 현대의 발달된 제 과학이 설명하는 바이다. 이러한 문학의 형상은 인간과 자연과의 관계, 즉 자연이 인간의 생활 가운데 던지는 일정한 그림자에 의하여 형성되어 있는 것이다.

뿐만 아니라, 중세기의 귀족적 문학, 동양의 봉건적 시가 등은, 교통의 미발달에 의하여 고독화되어 있는 인간의 협애한 심리가 전혀全혀 자연을 노래하는 것으로서 표시되어 있는 것으로, 이러한 문학에 있어서는 자연은 그 대상일 뿐만 아니라 그 주인이 되다시피 형상의 가운데에 군림하여 있는 것이다. 또 서구 지중해 연안 제국諸國의 민요와 일부분의 다른 문학에 있어서는 바다의 미 또는 바다에 대한 공포, 바다에 비比한 인간의 무력한 것이 영탄되어 있다.

이렇게 문학과 그 형상은 다른 문명과 같이 자연의 제 조건, 농업의 발달과 지리적인 제 조건에 의하여 불가분적으로 제약되고, 반대로 자연은 문학과 그 형상 가운데에 그 자태를 나타내고 있는 것이다.

그러나 이러한 제 관계는 자연과 지리적 제 조건에 거의 절대적으로 영향받고 있는 농업이 거대한 발전을 하고, 전체로서 인간의 생산적 능력이 비약적인 보다 발달된 과정으로 들어선 문예부흥기 이후 현대에 이르기까지에, 특히 공업적 기술사회, 자본주의적 사회에 와서는 지극히 복잡한 형태를 갖추게 된 것이다.

---

11 원문에는 '宗政의'로 되어 있으나 문맥에 맞게 수정하였다.

인간의 생활 가운데 나타나는 자연의 모양은 이제 와서는 석일昔日
의 그것과 같이 적나라한 벌거벗은 자연, 예를 들면 논[畓] 밭[田] 바
다 나무 쇠 그런 것이 아니라, 그런 것이 한번 인간의 손을 통하여
분해 종합되어 다시 인간에게 대한 사회적인 — 그 전보다는 훨씬 인
산에게 송속되는 것이나 — 것으로 작용하게 되는 물적物的인 것으로
표상되는 동력, 건물, 도회 등으로 나타나게 되었다.

그리하여 이 형상의 물적 성질의 것은 금일의[12] 인간 생활에 있어
서는, 기계, 도시 등의 단순한 가견적可見的인 것으로부터, 자본 또는
그 활동과 모순 등의 보다 더 복잡하고 보다 더 '이데올로기적' 성질
을 가진 것에 [이]르게 되어, 문학의 형상은 보다 더 많은 복잡성과
다양성을 가진 물적 요소에 의하여 풍부화되는 것이다.

여기서 어떤 사람은, 기계나 자본의 운동 같은 것은 인간의 의지에
의하여 자유로 좌우될 수 있는 것이 아니냐고 반문할지 모를 것이다.

그러나 금일의 자본사회의 문학의 형상 가운데에 있어서는 이러한
[13]임의로 움직일 수 있는 것 같은 제 존재가 전혀 인간의 자유로 되지
않는 것으로서 표현되는 것이며, 또 사실에 있어서 인간의 금일의 생
활[14]에 있어서는 이것은 대부분이 자유로 되지 않으리라는[15] 것이다.

공황은 생산능력의 완전한 발달을 조해阻害하고, 자본의 운동의 제
모순과 당착은 금일의 지배적 인간들의 의사에 의하여서는 극복되지
않는 것은 명확한 사실이다.

이 문제는 물론 이곳에서 고구考究될 성질의 것은 아니다. 그러나

---

12 원문에는 '수日의'로 되어 있으나 '수'는 '今'의 오식일 것이다.
13 원문에는 이 사이에 '—'자가 삽입되어 있으나 잘못 삽입된 것으로 보고 삭제하였다.
14 원문에는 이 사이에 "로 되지 안는 것으로써 表現되는 것이며 또 事實에 잇서서 人間
의 今日의 生活"이 중복 삽입되어 있다.
15 되지 않으리라는 : 원문에는 '되리라는'으로 되어 있으나 문맥상 맞지 않아 수정했다.

이러한 여러 가지 문학적 형상 가운데의 물적인 것이 외적인 자기 운동체이라는 것, 또는 문학의 형상 가운데에 이러한 성질의 것을 객관적으로 표현하는 것으로서, 문학은 여하한 주관적 적극성 위에 서야 하리라는 것을, 다만 논[리]적으로 암시하는 데에 지나지 않는 것이다.

문학적 형상 가운데에 존재한 이러한 물질적 형상의 침입과 그 승리적 지위를 우리는 근대문학의 여러 사람의 작가, 여러 개의 유파 가운데서 그 예를 용이히 찾아낼 수가 있다.

무엇보다도, 시민적 문학의 발흥기인 19세기의 서구에서 볼 수 있는 리얼리스트 가운데서, 그 형상이 낭만주의의 목가적인 자연으로부터 도시의 묘사로 추이된 것을 볼 수가 있다. 영국의 디킨스C. Dickens, 불란서의 플로베르 등을 비롯하여 발자크, 졸라 등 근대 리얼리즘문학의 대표자들에 이르러서, 특히 에밀 졸라에 있어서 물적 형상은 거대한 자태를 가지고 문학의 심리적, 의식적 형상의 요소에 대립하여 등장하였다.

이 가운데서 가장 대표적인 것은 에밀 졸라의 제작諸作으로서, 왕왕 그의 소설 가운데는, 도시나 기계가 인간 생활의 배경으로서가 아니라 그 주인으로서 등장되어 있다.

그러나[16] 졸라의 예술적 사유과정에 있어서는 작품을 형성하는 요소로서의 인간의 형상과, 비심리적 내용—즉 물적 형상이 이분되어 있는 것으로, 어떤 때는 전기前記와 같이 물적인 것이 지배적 지위에 있는 때가 있었다.

그리하여, 그의 소설 『사랑의 페이지』 가운데서 주인공 엘렌느 무

---

16 원문에는 '그러타'로 되어 있으나 수정했다. '그렇다'로 읽을 수도 있겠으나 문맥상 적절해 보이지 않는다.

레의 운명과 사계四季의 파리 시가市街가 등권적等權的으로 병립되어 있다고 하면은, 또 같은 그의 소설 『파리의 배때기』[17] 가운데에서는 작품을 구성하고 사건을 움직여나가는 인간적 형상에 비하여, 도회 '파리'는 졸라의 반대적 비평가 파르베 또레뷔리의 말과 같이 "중앙 시장은 활농하는 인간에 비하여 훨씬 큰 정도로 이 소설의 주제"가 되어 있다.

졸라에게서뿐만이 아니라 우리는 물적 형상의 이러한 승리적 존재의 현상은 이태리의 미래파의 문학, 미술, 또 불란서와 러시아의 구성파[18] 미술, 그 외에 기다幾多의 문학과 특히 영화 같은 데서 용이히 발견할 수가 있다.

그리고 이 반면에 또 한 가지 주목할 현상은 졸라의 『수인獸人』가운데도 맹아적으로 표시되어 있는, 물질적 형상의 심리-의식화의 현상으로, 금일의 문학이 철도, 도회, 전차, 비행기, 고층건축 등을 생활하고 의식하는 것같이 자기의 문학 가운데에 형상화하고 있는 현상이다. 이것은 주지주의 혹은 일반으로 '모더니즘'이라고 불러지는 소설, 시 류類 등에서 주로 볼 수 있는 것으로, 우리나라의 2,3의 작가, 시인 등의 작품[에]도 반영되어 있는 것 같다. 더욱이 이 경향은 인간적 감성에 의하여 형상되는 서정적 시가 가운데에까지 침윤되어, 빌딩과 승합자동차의 서정시가 나오게 되는 것이다.

동시에 이 경향과는 반대로 금일의 많은 부르주아 작가들에게 있어서는, 심리적 계열의 현상까지가 물질화하고 기계화하여 인간의

---

17 Le ventre de Paris. 졸라의 『루공 마카르 총서』의 3권. 흔히 '파리의 배 속' 혹은 '파리의 중앙' 정도로 번역된다. 한편 『사랑의 (한) 페이지(Une page d'amour)』는 루공 마카르 총서의 8권이다.
18 원문에는 '構成은'으로 되어 있으나 '구성파' 혹은 '구성주의'의 오식으로 보인다.

의식의 활동이 순수한 객관에 있어 파악되고 있다. 소위 신심리주의 문학의 심리와 의식에 대한 무의미한 추구는 인간의 육체 내지는 정신계를 물질적, 기계적 형상으로 모의화模擬化하고 있는 것이다.

이러한 간단한 제 자료는 "나의 판단에 의하면 자연의 제재 그것이 그 작품의 주요 가치를 결정하는 것이 아니고 그것은 결국 그 작품의 주요 인간의 면모를 일층 풍부케 하는 충실한 역할을 다한 데에 불과한 것이라고 생각한다"는 백철 군의 '판단'은 전혀 독단적인, 하등의 구체적 사실에서 출발하지 않은 '판단'이라는 것을 넉넉히 증명할 수가 있다.

백군은 자연 혹은 물적인 형상을 서푼짜리 연극의 졸렬한 배경화로만 생각하는 모양이다.

뿐만 아니라, 자연과 인간과를 그 생활에 있어서 현실적으로 제약하는 역사적 조건에 의하여, 또 이러한 제 조건이 가져오는 인간 생활의 생산 제 관계 — 그것에 기인하는 계급관계와 그 투쟁이, 자연과 인간의 관계에 반대로 경향하는 주관적인 일체의 것이 백군의 시야에는 투영되지 않는 모양이다.

오직, 그의 '문학'에는 영원히 순수하고 계급관계와 당파성으로부터 '몽롱화'된, 유일신 인간이 군림해 있는 것이다.

이리하여 백군의 '독단적 확신'은 일층 발전하여 "예술 특히 산문예술의 우수한 지위는 역시 인간 묘사에서 결정된다"고 믿게 된다.

그러면 위선 에밀 졸라, 디킨스 등의 거장을, 문학사의 우수한 자리를 깨끗이 하기 위하여 추출追出해야 할 것이고, 자연에 대한 인간의 승리적 투쟁과 인간적 개체를 통하여 [달]성한 그것에 대한 계급의 우위를 표시하고 그것으로써 문학의 최대의 형상을 이룬 숄로호프M. A. Sholokhov, 판표로프F. I. Panfyorov, 파제예프A. A. Fadeyev, 세라피모비치A.

Serafimovich 등, 기타 소비에트문학의 몇 사람의 위대한 작가의 작품이 그 가치를 상실[19]해야 할 것이다.

백철 군은 제일의 부분에서, 자연과 인간과의 관계의 문학적 형상의 성질에 대하여 전혀 맑스주의적 문예과학자가 아니었을 뿐만 아니라, 그는 뒤엣 부분, 계급과 개별적 인간[의] 문학적 형상 가운데에 최중요 부분인 인간의 계급(…략略…)을 목석과 같은 인간 일반으로 대치代置하고 있는 것이다.

이것이 문학이론에 있어서의 초당파성超黨派性의 주장, 서푼짜리 객관적 자유주의인 것은 논쟁의 여지를 두지 않는 것이다.

더구나 이곳에 군은 금일의 문학, 특히 우리들의 문학 가운데에 있어서 또는 부르문학에 대한 우리들의 비판에 있어서 근간적 명제인 계급과 개인과의 관계, 이해利害를 달리한 두 개의 존재로 분화된 인간적 생활을 동일시하는 보론스키[20]류의 부르주아적 견해의 유해한 선전자로서 등장하고 있는 것이다.

그러나 일방一方이 소론을 끝마침에 있어 백철 군의 견해와 한가지 배격되지 않으면 아니될 견해는, 백군의 견해를 반박하였다는 함대훈咸大勳 씨의 관념론이다.

함대훈 씨는 "인간은 누구가 묘사하나" 하는 의문을 제출하여 놓고, 씨가[21] 소지한 풍부?하기 비할 데 없는 소비에트문학에 대한 온축蘊蓄을 기울이면서, 부르문학에 있어서 등장될 것은 개인 묘사요, 프로문학에 있어서는 '집단 묘사'가 아닐 수 없다는 것이다.[22] 이와 같은 견

---

19 원문에는 '表現'이라 되어 있으나 문맥에 맞지 않는다. 문맥상에서 보자면 '상실'이 맞겠다. '表'자가 더러 '喪'자로 오식되었던 점을 감안해서, '상실'로 수정하였다.
20 역시 원문에는 '우오론스키'로 되어 있으나 보론스키를 가리킬 것이다.
21 원문에는 '氏의'로 되어 있으나 오늘날의 주격조사로 수정하였다.
22 이러한 견해는 함대훈의 「인간묘사 문제-누가 인간을 묘사하나」(『조선일보』, 1933.

해는 일전 『동아일보』에 발표된 홍효민洪曉民의 시평時評[23] 가운데에서도 찾을 수가 있는 것 같은데, 암만해도 이것은 계급그것은 단순한 집단이 아니다과 개인과의 관계를 형이상학적으로밖에 척도尺度하지 못하는 유견謬見이다.

물론 부르문학은 씨등氏等의 고견을 기다릴 것도 없이 개인주의적 문학이다. 그러나 그렇다고 해서 프로문학은 곧 집단묘사의 문학이란 안티 테제가 그렇게 성립되는 것은 아니다.

얼른 외견적으로 그것을 지극히 둔한 상식적인 눈으로 본다면 그렇게 보이기도 쉬운 일이다. 그러나 잠간暫間 화제를 돌리어 부르문학의 유파 가운데의 하나인 표현주의문학을 보면, 그곳에는 분명히 개인에 대한 집단적 인간의 승리가 있다. 개인의 성격과 심리의 묘사가 있는 대신에 움직이는 집단적 인간이 격동적으로 날뛰고 있다. 표현파의 2,3의 대표적 희곡 특[히] 톨러E. Toller의 희곡에는 그까짓 귀찮은 개인은 하나도 없고, 구성주의적[24] 연극은 그 장치 그타他 일체가 인간의 집단적 활동을 위하여 구성되어 있다.

가정家庭 대신에 가로街路가 도시가 군림한다.

여기에 일례로 이태리 미래파의 창시자 마리네티F. T. E. Marinetti의 유명한 시집 *Zang tumb tumb* 가운데의 「트리폴리의 회전會戰」이란 시를 들어보면, 그곳에는 토이기土耳其[25]─불가리아佛加利亞 전쟁의 인상이 형상화되어 있기는 있으나, 낡은 시대의 서정시가 개인의 정서를 노래

10.10~10.11)에서 개진되었다. 그리고 이 글에서의 임화의 비판에 대하여, 함대훈은 「문예시감─집단묘사가 아닐가」(『조선중앙일보』, 1933.12.27)에서 재반박을 펼치고 있다.

[23] 홍효민, 「문단시평─인간묘사와 사회묘사」(『동아일보』, 1933.9.14)를 가리킨다.

[24] 구성주의적: 원문에는 '構成한 美的'으로 되어 있으나, '美'가 '義'의 오식일 것 같아 이렇게 수정하였다.

[25] 터키의 한자식 표기.

한 것과는 반대로 군중의 감정이 서정시화되어 있다.

이것이 부족하면 줄르 로맹Jules Romains[26]의 위나니미즘의 문학을 들어보아도 좋다. 이곳에서도 개성, 개인은 군중=집단 가운데 용해되고 오직 '집단의 심리'만이 살아 있다.

자, 인제 지리한 인례引例는 그만 하기로 하자. 대체 이것은 어떤 누구의 문학적 무지를 적발하려는 것도 아무것도 아니요, 다만 부르문학이 대전大戰 전의 어떤 시기부터 전후의 수년간에 대단히 우심한 정도로[27] 인간적 개성을 집단적 형상에게 빼앗기었다는 것, 다시 말하면 부르문학 자신이 순수한 개체적 인간 묘사의 문학이 아니었다는 것, 따라서 그것을 개별적 의미의 인간 묘사 문학으로 규정하는 것은 너무 규정하기를 좋아하는 성급한 도식주의자라는 것을 지적하려는 것이다.

동시에 프로문학은 단순한 집단 묘사의 문학이 아니라는 것, 나아가서 그것은 인간의 자태를 정말 구체적 각양성各樣性 가운데서 형상화할 수 있는 문학이라는 것을 이야기하기 위함이다.

과거의 문학은 단순히 인간을 개인으로[28] 그린 것이 아니라, 대부분이 그 인간의 사적 생활 가운데서 주인공을 묘출하고 환경으로부터 고립된 인간을 그리었다. 즉 전체적인[29] 것으로부터 독립적으로, 환경과 대중 생활에 개인을[30] 대치代置해온 것이다. 그리하여 그들의 문학이 집단을 묘사할 때도 한껏해야 죽은, 생명이 없는, 개념화한

---

26 1885~1972. 프랑스의 시인·극작가·소설가. 1906년 아베이파(派) 젊은 시인들의 운동에 협력하여 '위나니미즘(unanimisme : 一體主義)'을 제창하고, 시집 『일체의 삶(La Vie unanime)』(1908)을 발표, 개인과는 다른 집단의 혼과 생명을 노래했다.
27 원문에는 '程度요'로 되어 있으나 문맥에 맞게 바로잡는다.
28 원문에는 '個人을'로 되어 있으나 문맥에 맞게 바로잡는다.
29 원문에는 '全依的인'으로 되어 있으나 '依'는 '體'의 약자인 '体'의 오자일 것이다.
30 원문에는 '仙人을'로 되어 있으나 '個人을'의 오식일 것이다.

인간의 군집이,[31] 줄르 로맹류의 '위나님의 생활'[32]이 있었을 뿐이다. 즉 개성[33]을 몰각한 집단이 있었다.

그러나 프로문학은, 개인적 존재의 일체의 복잡성 가운데에서, 개인의 특성을 완전히 살리는 가운데에서 집단=엄밀히 말하자면 계급을 그리고, 계급관계를 형상으로써 표현하는 것이다.

함대훈 씨가 씨의 견해의 정당함을 위하여 세라피모비치의 『철의 흐름』을 검토하여가지고 얻은바 "그들은 인간이 아니다"라는 결론은 완전히 독단적인 허구[34]이다.

그렇지 않으면 씨는 『철의 흐름』을 대단히 잘못 읽으신 것 같다. 『철의 흐름』 가운데에 나오는 반나체의 빨치산 대隊는 훌륭히 산 인간이다. 처음의 무질서한 집단이 수병水兵의 반란을 진압하려가는 오백 노군露軍의 행군에 감히 참을 수 있는 철의 군대로 성장하는 과정은, 단但 개인의 완전에 가까울[35] 개성적 묘사 없이는 불가능한 것이다. 만일 그렇지 않았다면 『철의 흐름』은 예술적으로 심히 무가치한 개념소설이 되고 말았을 것이다.

함씨의 견해와는 반대로 『철의 흐름』 가운데야말로 피가 통하고 체온이 있는 개개의 인간이 있다. 부르문학에서 일찍이 보지 못하는 개인적 생활과 전체적 생활과를 통일한 완미完美한 인간의 생생한 면모가 움직이는 것이다.

"고통에 찬 행군에 벌거벗은 발로 도달"케 하였다고 집단 묘사이지 인간을 묘출한 문학의 아니라는 것은, 인간, 그 중에도 노동자가 자기 계급의 이익 앞에 얼마나 헌신적인 정열을 가지고 있는가를 이

---

31 원문에는 '群集을'로 되어 있으나 문맥에 맞게 바로잡는다.
32 줄르 로맹의 시집 *La Vie unanime*의 해석이다. '일체의 삶'이라고도 옮겨진다.
33 원문은 '百性'이라 되어 있으나 '個性'의 오식일 것이다.
34 원문에는 '虛措'로 되어 있는데, '虛構'의 오식일 것이다.
35 원문은 '각을'로 되어 있으나 '각가울'의 가운데 글자가 누락되었을 것이다.

해치 못하는 데 기인하는 불행이다.

그러나 프로문학은 개인과 계급을 동일시하는 것은 아니다. 사실은[36] 인간 생활에 있어 결정적 우위적인 것은 계급적인 것이기 때문에, 개인에 대한 사회적 전체=계급의 우위의 시각에서 그것과의 통일 위에 개개의 인간을 형상화하는 것이다.

동시에 계급 사회적 전체는 다만 집단에 그치는[37] 것이 아니다. 즉 양적으로 인간의 다수를 가리킴[38]이 아니요, 운명적으로 이해利害를 공통히 한 사회적 인간을 말하는 것이다.

그러므로 프로문학 내지는 슬로건으로서의 (…략略…) [사회주의]적 리얼리즘의 문학은 전체와 개인을 그 완전한 자태에서 형상화하는 것이다. 만일 (…략略…) [사회주의]적 리얼리즘이 함씨의 말과 같이 집단 묘사의 문학이라면, 히로이즘, 개인의 사회 역사에 대한 위대한 역할을 형상화한다는 ××[혁명]적 로맨티즘은 (…략略…) [사회주의]적 리얼리즘과 모순하게 되고 마는 것이다.

'집단 묘사' 그것은 프로문학에 대한 전숙혀 관념적인 기계주의적 해석이다.

인간 일반, 집단 일반은 현실 생활에는 존재하지 않으므로…….

1933.11.16

---

36 원문은 '事實을'로 되어 있으나 문맥에 맞게 바로잡는다.
37 원문에는 '끈치는'으로 되어 있다.
38 원문에는 '가르침'으로 되어 있다.

비평에 있어 작가와 그 실천의 문제[●]

N에게 주는 편지(片紙)를 대신하여

문학의 비평에 있어서 비평되는 작품과 그 생산자의 생활적 실천이 어떠한 관계를 갖는가 하는 문제는 문학의 예술적인 창조과정을 천명함에 있어 최중요最重要의 문제의 하나이다. 이것을 다른 일반적인 말로 고친다면 곧 예술창조의 메쏘드[1]와 작가의 세계관과의 관계에 돌아가는 것이다.

다만 이곳에 차이가 있다고 하면 그것은 문제를 그 전면적인 일반성에서 제기하는 것이 아니라, 전체로 이 문제에 대한 명확한 의식성을 갖지 않고 문학 창작의 실제에 속한 일개의 의문으로서 문학이 잘되고 못 되는 것은 결국 그 작가의 실천 여하에 의존하는 것이 아니냐 라는, 비평에 대한 작가적 반문의 형식으로 이야기됨에 지나지 않

● 『동아일보』, 1933.12.19~21.

1 method.

는다.

말할 것도 없이 이 두 개의 논술되는 이야기의 내용이 모두 다 창작적 방법과 작가의 세계관의 문제의 범위 안에 속하는 것이고, 양자의 사이에는 하등의 '본질적인' 이동점異同點이 없는 것은 명백한 일이다.

왜 그러냐 하면 인간의 세계관 내지는 작가의 전全 이데올로기적 구성은 비록 그것이 똑똑한 해명을 필요로 하는 수다數多의 계기적인 조건을 전제하면서도 결국은 일반적으로 인간, 예술가의 '실천' 그것에 의존하는 까닭으로, 세계관과 창작적 방법의 문제는 이 문제의 해명을 위한 중심적 관건이다.

그러나 주의할 것은, 우리는 이곳에 예술가의 세계관과 창작적 방법의 전 도정全道程의 논술에 종사하고 있는 것은 아니므로, 지금에는 단지 이곳에서 취급되고 있는 과제의 천명을 위한 불가결의 일 전제로서 이야기하는 데 그칠 것이다.

물론 예술가의 세계관—사상이 어떻게 작가의 창조적 과정에 관여하는지 혹은 어떻게 그것을 '지배'하는지는 금일의 맑스주의적 예술학에 있어 대단히 중요성을 띠고 한편으로 소리 높게 논의되는 문제로서, 경솔한 논단論斷은 허락되지 않는 것이다.

그러나 우레 소리와 같이 요란한 국제적 논쟁[2]의 한가운데서도[3] 우리는 여태까지의 맑스주의적 비평과 예술학에 의하여 점령된 승리적 진지를 수호함이 없이는 결코 모든 전진은 가능치 않은 것을 이해하여야 할 것이다.

"인간의 의식이 그 존재를 규정하는 것이 아니라, 오히려 그와 반

---

[2] 사회주의리얼리즘론을 둘러싼, 소련·일본 등의 논의를 가리킨다.
[3] 원문에는 '한가운에서도'로 되어 있다.

대로 그들인간의 사회적 존재가 그 의식을 규정한다"는, 관념 형태＝
상층건축과 사회적 생산관계＝하부건축에 관한 칼 맑스Karl Marx의 이
고전적인 정식은 금일에 있어서도 의연히 광채를 발하는 것으로, 맑
스주의적 정신과학이 성립하는 핵심이다. 뿐만 아니라 예술과 문학
이 총체적으로 사회적 생활의 상층건축이라고 부르는 경제적 정치적
발전의 제 조건에 의하여 제약된다는 맑스적 사상에 대한 구舊 라프[4]
서기국의 요약인 "작가의 예술적 방법은 이데올로기로부터, 그의 일
체의 작가의 전체적 세계관으로부터 분리될 수 없다"는 명제도 완전
히 정당한 것이다.

　오직 맑스주의적 예술이론의 금일 논쟁점은 이러한 핵심적 사상에
대한 수정을 위한 것이 아니라, 그것의 비속과 단순화에 대한, 구체
적으로 말하면 작가의 세계관과 창작적 방법의 전 과정 가운데의 모
든 구체적인 계기를 무시하고 직선적으로 이것을 이해하려는 과거의
이론의 도식주의적 결함에 대한 투쟁인 것이다.

　그러므로 작가의 세계관은 예술적 창작에 여하히 관련하는가, 다
시 말하면 예술적 창조의 과정 가운데서 현상되는 그 전체의 범위의
복잡성을 비평은 이해해야 한다는 것이다. 이것에 대한 진실한 적확
한 구체적 이해 없이는 예술은 전專혀 사상이나 세계관을 형상을 가
지고[5] 설명하는 것이라는 유類의 형이상학이 군림하게 된다.

　그러므로 인간의 관념적 생활과정 가운데의 하나인 예술도 다른
이데올로기적 산물과 같이 현실의 객관적 과정을 각자의 소여所與의

---

4 RAPP : 러시아 프롤레타리아 작가동맹(Russian Association of Proletarian Writers)의 약
　칭. VAPP를 이어받아 1928년에 설립되었으며, 1932년 사회주의리얼리즘론이 전개되
　면서 해산, 소비에트 작가동맹(Union of Soviet Writers)으로 흡수되었다.
5 원문에는 '가리고'로 되어 있으나 수정하였다.

방식과 소여의 정도에 있어 반영하는 것으로, 예술이라는 것은 인간의 역사적 사회적 제 실천의 특수한 의식적 표현으로서 존재해온 것이다.

이곳에서 보는 '특수' — 예술만이 갖는 독자적인 특수성이라는 것은 주지周知와 같이, 다른 과학이 추상적인 논리를 가지고 이야기하는 대신에 예술은 생활의 현실적인 '형상의 말'을 가지고 인식하고 사유하고 표현하는 그것이다.

그러므로 예술이 '가상적假想的인 형상'이 아니라 생활의 진실한 '현실적인 형상'으로서 형성될 때, 그것은 예술가의 세계관에 대하여 긍정적 또는 부정적인 다양한 관계를 맺게 된다.

이 과정 가운데는 물론 작자의 현실을 보는 '눈'의 힘이 움직이며, 이 '힘'은 역사적 사회적 조건 — 그 실천에 의하여 성생成生한 현실에 대한 인식적 능력인 것도 똑똑한 사실이다.

그러나 예술가가 이 문제에 대하여 의식적이냐 무의식적이냐 하는 것은 전연 별개의 것으로, 예술적 과정의 이 객관적 법칙은 의연히 자기를 관철한다.

하나 맑스주의적 예술학과 프롤레타리아문학은 이 과정에 대하여 명확히 의식적이어야 할 것이며, 그것의 의식적인 지배자여야 한다. 왜 그러냐 하면 변증법적 유물론은 현실 세계의 관조적 인식자가 아니요 세계를 그 ××[변혁]에 있어 인식하는 견지로서, 예술가로 하여금 창조과정에 대한 의식성의 획득을 충분히 가능케 하고 또한 그것에 대한 명확히 의식적인 지배자일 것을 요구하고 있다.

따라서 현대에 있어서 현실 인식과 사유 그것의 완전한 통일의 풍요한 이론적 보고寶庫인 변증법적 유물론 위에 자기의 입장을 두지 않고 위대한 예술가이려고 하는 것이 얼마나 어려운 일이며, 이러한 인류적인 대大 문화 예술의 의식적인 창조의 운동인 산[生] 프롤레타리아적 문학운동과 분리하여 자기를 완성하려는 것은 대단히 큰 오견誤見이다. 따라서 이것은 진정한 예술의 창작을 비상한 정도로 방해하는 것이다.

그러므로 진실로 위대한 프롤레타리아적 문학의 창조를 위하여서는 문학운동 그것의 융성적隆盛的 발전, 또 동시에 이 운동 그것의 운동을 제약, 지도하는 그 나라의 노동계급의 운동, 그것은 똑같은 발전이 불가결의 요인이다.

따라서 성실한 비평이 언제나 이 문제를 작품의 비평과 분리하지 않으며, 작가의 실천의 문제를 역사적 사회적인 분석을 통하여 구체적으로 취급하게 되는 것이다. 그래서만 비평은 작품의 성급한 가치 평가나 단순한 '감정鑑定'으로부터 구별되어, 개개의 작가와 문학 전체, 나아가서는 작품과 문예과학 일반의 운동을 전진시키는 한 개의 모멘트가 될 수 있는 것이다.

지금 이곳에 한 개의 산 예로서 동지 김남천金南天이 그의 소설 「물」에 대한 나의 비평을 논란論難[6]한 주요점의 하나인 작가의 실천을 들어보면 대단히 흥미 깊은 결론을 얻을 수가 있다.

대체로 남천은 문학비평을 하는 데서 임화는 작가의 실천과 분리해서 작품을 평가하였다고 말한 것으로, 이러한 것은 이론과 실천을 형이상학적으로 분리하는 데보린A. M. Deborin[7] 학파의 아류라고 논파

---

6 임화가 우선 「6월 중의 창작」에서 김남천의 작품 「물」에 대해 비판을 가한 뒤, 김남천은 「임화적 창작평과 자기비판」(『조선일보』, 1933.7.29~8.4)이란 글에서 반론을 제기했다. 논점은 두 가지, 하나는 임화의 비평이 비평가적인 냉정을 잃었다는 것, 또 하나는 작가의 실천을 문제삼지 않았다는 것인데, 전자에 대해서 임화는 「비평의 객관성의 문제」를 통해 답한 바 있다. 이 글은 후자의 문제에 대한 임화의 재비판이다.

7 러시아의 맑스주의 철학자. 1931년 스탈린에 의하여 이론과 실제를 분리하여 G. F. W. 헤겔의 '관념변증법'에 접근하는 멘셰비키적 관념론자로 비판받았다.

한 것이다.

그러나 사견私見에 의하건대, 논자의 요점이 되어 있는 실천의 문제에 있어 임화적 비평이 전專혀 작품과 작가적 실천을 분리한 것이 아니라, 남천 군이 이론과 실천의 관계 일반으로서, 예술가의 실천과 작품의 창조과정을 직선적으로 척도尺度한 데 있는 듯싶다.

특히 '실천' 그것의 이해에 있어서 남천은 심히 문제를 일반화 단순화하여, 프롤레타리아문학 운동의 조류 가운데 선 예술가의 실천을 그 구체적인 제 조건으로부터 따로 떼어다가 인간적 실천 일반 가운데 해소해버리고, 주로 베이컨F. Bacon류의 경험주의적 개념으로 바꾸어놓은 것이다.

무엇보다도 비평에 있어, 또 비평이 구체적으로 작품을 분석함에 있어 작가의 실천이라는 것이, 작품 그것이 작가 개인의 실천까지를 포함한 객관적인 생활 현실 그것의 반영이라는 의미에 있어 비평적 인식의 기준이 됨에 불구하고, 실천은 남천류流로 해석되어서는 아니 된다.

그러므로 실천은 비록 일[8] 개인적인 것일지라도 역사적 사회적으로 제약되며, 또 문학이 표현하는 것은 경험주의적[9] 의미의 개인의 실천이 아니라 그 시대의 사회계급의 객관적 실천이다. 따라서 실천이란 결코 개인적 의미의 작가적 실천에서 그 전全 해답을 찾을 것이 아니라, 문학운동의 일반적인 실천, 더 들어가서 문학 예술운동 그것이 종속되어 있는 계급투쟁의 실천 ─정치의 형태로 집중적으로 표현되는 그것과의 관련 가운데 이해되어간다.

즉 개인으로서의 작가적 실천 그것은 이 전체적인 문학 실천의 한

---

8 원문에는 '이'로 되어 있으나 '일'의 오식일 것이다.
9 원문에는 '經營主義的'으로 되어 있으나 문맥에 맞게 수정했다.

모멘트로서 그것에게 제약되며, 그것과의 다양한 연관과 함께 파악되어야 할 것이며, 그 작가의 예술적 성쇠를 문학운동 전반의 혼일적 渾一的인 실천과의 명확히 의식된 연관에서 이해하는 것이 프롤레타리아 작가와 그 실천의 똑바른 이해방법이다.

그러므로 비평적 인식에 있어 부동不動의 기준이 되는 생활적 현실은, 작가 일 개인의 사적 경험, 경력 가운데서 검색하는 게 아니라, 항상 개인 그것까지를 포함하는 사회적 계급 생활의 전 실천에다 그 기준을 두고, 구체적으로 그 대大 실천으로부터 도출되는 필요, 또 그것에 의거하는 문학운동의 창조적 조직적 실천의 이해利害와의 관련 밑에서 작품을 비평하는 것은 지극히 정당한 것이다.

물론 예술작품의 양부良否를 좌우하는 것의 하나로서 작가 개인의 실천은 적지 않은데, 어떤 때는 결정적으로까지 작품 위에 영향한다. 그러나 몇 번이나 먼저도 말한 것과 같이 작가 개인의 실천은 언제나 그 작가가 호흡하고 있던 시대와, 그가 속한 계급의 실천에, 또 그 이데올로기에 의존한다는 것이 이해되어야 한다.

만일 이러한 전반적 실천, 전반적 계급적 세계 생활의 실천, 그 역사적 시대가 제약하는 객관적 실천으로부터 유리된 개인의 실천이 현실적이냐 비현실적이냐 하는 논쟁은 완전히 무의미한 것이다.

동시에 우리가 프롤레타리아문학 운동의 일반적 실천과 분리된 프롤레타리아 작가적 실천을 중심 삼고 논쟁한다면 그 역시 전자와 조금도 차이 없는 순연한 스콜라 철학적 문제이다.

그러므로 실천이 이러한 구체성 가운데서 이해되는 한에서만, 개인적 실천에 대한 사회 계급적 전 실천의 우위성에 대한 똑바른 이해 역시 비로소 가능한 것이다.

따라서 예술작품과 그 작가의 생활적 실천의 우위성이란 것이 결코 구체적인 모든 조건으로부터 독립적인 예술가의 개인적 실천이 아니라, 그와는 반대로 작가 개인의 대對 문학운동 전체의, 문학운동 그것에 대한 계급운동 전반의 실천의 명확한 우위성을 구별하는 것이 맑스주의적 비평에 있어서의 실천의 문제의 유일의 정당한 파악의 방법이다.

이것을 가리켜[10] '변증법, 논리학, 인식론의 동일성'레닌, 『철학 노트』에서 인식론의 근원적 성질을 척결剔扶하고[11] 인간 개개의 실천과 객관적인 사회적 역사적 계급적 실천의 '동일성 가운데서의 차이성', 그 '차이성 가운데서의 동일성'을 그 일체의 구체성 가운데서 파악하는 변증법적 견지이고, 동시에 이론에 대한 실천의, 문학 예술에 대한 '정치의 우위성'이라고 불러진다.

따라서 이러한 의미의 정치의 우위성은 일반적 개념으로서의 실천의 우위성이라는 곳으로 환원되어서는 아니 된다. 여기서 보는 바와 같이 실천 일반의 문학에 대한 우위성이란 문학에 대한 정치의 우위성을 비속화, 몽롱화시키는 것이다.

동시에 이러한 경향은 맑스주의적 비평을 경험주의의 비속한 이토泥土 가운데로 밀어 넣는 것이다.

문학비평의 인식적 원천, 그 기준으로서의 실천이란, 비평의 논리, 비평의 세계관과의 동일성 가운데에서 근원적이며, 그 실천은 결코 일반자로서의 실천이 아니라 비평과정 가운데의 이여遍餘의 모든 요인과 계기를 배제하지 않는 구체적 실천 그것이다.

그러므로 예술적 창조과정 가운데에서 작용하는 모든 특수적인 복잡성을 일률적인 것으로 단순화하고 훌륭한 정치적 실천만이 의례히

---

10 원문에는 '가르처'로 되어 있으나 수정하였다.
11 원문에는 '剔扶하고'로 되어 있으나 '扶'는 '抉'의 오식일 것이다.

훌륭한 예술을 생산한다고 생각하는 것은, 창작적 방법을 일정불변의 법식法式과 같이 이해하고 예술이 다른 이데올로기와 맺는 '복잡한 의존관계'를 정규화定規化하는, 이미 격파된 묵은 견지의 지지자 이외의 아무것도 아니다.

작가의 실천에 대한, 또는 세계관에 대한 서투른 성급한 정치가의 이러한 주문은 현재의 맑스주의 예술학이 도달한 높은 이론적 수준으로부터 창작의 도정을 낡은 형이상학적 도식주의로[12] 척도尺度하고, 예술작품에 대한 진정한 맑스주의적 비평 대신에 행정적 명령의 군림을 요구하는 복벽파復僻派의 음모 이외의 아무것도 아니다. 이러한 방법이 지배하는 예술작품 가운데는 사회생활의 풍부한 형상 대신에 생조生粗한 슬로건의 구전口傳과 소위 '색칠한 목제木製의 임금林檎'이 만들어지는 것이다.

그러므로 이러한 경향, 비평에 대한 이러한 소박한 경험적 실천의 이해를 요구하는 것에 대하여 항쟁하는 것도 당연한 것이다.

이러한 의미에 있어 전기前記의 남천의 소설 「물」의 비평에 있어, 그러한 제 결점을 양성釀成한 '유인唯仁'[13]의 우익 일화견주의적日和見主義的[14] 창작이론과 함께 체계적으로 비판되어야 할 것이라고 말한 것은, 사견 같아서는 그리 잘못이 아닌 것 같다.

왜 그러냐 하면 소설 「물」이 가지고 있는 제 결점은 유인의 창작이론이 가지고 있는 도식주의, 문화주의 그것에 대한 집요한[15] 집중된

---

12 원문에는 '圖式主義를'로 되어 있으나 문맥에 맞게 바로잡는다.
13 신석초(申石艸)의 당시 필명. 신석초는 1930년대 초반 카프에 가입하여 평론활동을 한 바 있으며, 당시 볼셰비키화 노선을 취한 카프의 문예정책과 창작 경향에 반발하여 「문예창작의 고정화에 항(抗)하여」(『중앙일보』, 1931.12.1~8)를 발표한 바 있다. '우익 일화견주의'라는 임화의 비판은 이 글과 관련된 것이다.
14 일화견주의는 '기회주의'란 의미.
15 원문에는 '執抑한'으로 되어 있으나 '抑'은 '拗'의 오자일 것이다.

투쟁이 없이는 우리나라의 프롤레타리아문학은 일체의 부르주아적 오예汚穢[16]로부터 정화될 수 없는 것이다.

남천이 생각하는 것과 같이 훌륭한 실천 — 일반적인 — 만 있으면 조선의 프로문학은 저절로 전진할 수는 없는 것이다.

「불」의 작가 한 사람이 실천에 훌륭한대도 전체로서의 조선의 프롤레타리아문학의 전진은 있을 수 없는 것이며, 오히려 이와 반대로 「물」의 작자 자신이 이러한 악경향을 극복하기 위한 카프의 전일적全一 的 실천의 실천자의 일인一人 되는 한에서만 카프문학 전체 — 「물」의 작자까지를 포함한 — 는 전진할 수가 있는 것이다.

비판에 있어 이러한 견지 같아서는 맑스주의문학 비평의 단일의 진리라고 생각된다.

이 소론은 일전 본보本報에 발표된 「비평의 객관성 문제」와 계속해서 읽혀질 것을 말해두며, 이 문제는 후일 특별한 기회에 상론詳論할 것을 부언付言하면서 논論의 조잡의 구실을 삼는다.

1933.12.7

---

16 원문에는 '汚滅'로 되어 있다.

33년을 통하여 본 현대 조선의 시문학[•]

1. 조선 근대시의 생성과정

지금 이곳에서 지난 33년간을 통하여 현상된 조선의 새로운 시가詩
歌들의 여러 가지 경향이나 그 발전 방향의 장래에 대하여 개관적槪觀
的으로나마 이야기해가려는 데 있어 나는 약간의 준비적 서술이 필요
하다고 생각한다.

그것은 우리 조선의 근대적 시가가 문학으로서 자기를 형성하는
과정 그것에 대한 상당히 세밀한 과학적 천명의 길을 통과하지 않고
는 오늘날의 시문학의 전모를 묘사하기는 전혀 불가능에 가까운 일
임에도 불구하고 우리는 이러한 지적 재산을 거의 소유하고 있지 못

• 『조선중앙일보』, 1934.1.1~1.12.

하다는 간단한 이유에서 나온 것이다.

그러나 이 소론小論은 결코 그러한 목적을 위하여 씌어지는 것도 아니며 또 쓰는 사람 자신도 그러한 외람된 욕망을 감히 가지기에는 너무도[1] 비재무학非才無學한 것으로, 타일他日 유능한 인사의 과학적인 노작勞作에 의거할 수밖에 없는 일이다.

다만 대단히 중요한 과제임에도 불구하고 아직껏 처녀지處女地대로 방치되어 있는 쓸쓸한 사태에 대하여 양심 있는 문학자, 특히 젊은 유능한 맑스주의 예술학도의 비소卑小한 주의注意나마도[2] 끄는 수가 있다면 필자는 오히려 만족하려고 한다.

그러므로 우리 조선의 근대적 시문학의 사회적 정신적 태반胎盤[3]이나 그 성생成生의 복잡한 과정에 대한 이야기보다도 오직 필자가 지금 이야기하려는 중심 테마가 필요로 한다고 생각하는 2,3의 점에 간단한 고구考究를 시험하는 데 그치고자 한다.

위선 조선의 시가나 혹은 소설, 희곡, 문예과학 또 그 외의 모든 문학적 문화는 다같이 공통된 '사회적 향토'에서 성생成生하였다는 것, 동시에 이 '향토'는 문학 그것의 그 뒤의 발전과 쇠미衰微, 종합과 분화의 전 과정을 도圖하여[4] 일관된 힘으로서 모든 것을 제약하였다는 것이다.

물론 이 말은 우리들 조선 민족의 경제 생활의 제 성상性狀, 생산적 제 관계가 민족 생활의 모든 부분에 긍亘하여 태양과 같이 그 그림자를 던졌다는 말의 제한된 일 측면에 불외不外하는 것으로 몇 번씩 도

---

1 가지기에는 너무도: 원문에는 '가리기에는 넘어도'로 되어 있으나 문맥에 맞게 바로잡는다.
2 원문에는 이 사이에 '主로 活動'이 삽입되어 있으나 문맥상 불필요하므로 삭제한다.
3 원문에는 '胚盤'이라 되어 있으나 '胚'는 '胎'의 오자일 것이다.
4 원문대로인데 '通하여' 혹은 '亘하여'의 오식으로 보인다.

처에서 이야기되는 것이나, 역시 이곳에서 이 정식은 조금의 수정을 받음 없이 자기를 관철하는 것이다.

만일 우리들이 이 간단한 말에 대한 똑바른[5] 이해를 가지지[6] 못한 다면 근대 조선의 정신문화와 그 복잡을 극한 '꼬부랑길'을 정연하게 천명하는 대신에 그 가운데에 미혹되고 말 것이다.

그러면 우리 조선 근대적 시가의 물질적 사회적 향토는 어떠한 토양에 의하여 특징붙여졌는가? 이것은 먼저도 말한 것과 같이 다른 문학 문화와 공통한 것인, 자본주의적 조선의 특이한 상태 그것을 떠받치고 있던 부르주아지의 어떠한 자태에 의하여 특질화되어 있다.

경제적으로 후퇴한 지역, 그 전토全土에 긍亘하여 아직도 뿌리깊이 봉건적 제 관계가 잔존한 곳, 민족 부르주아지가 자기의 요구를 들고 낡은 봉건제도에 대하여 항쟁하고 승리하기 전에 벌써 연장年長한 외래 자본의 힘으로 말미암아 영향된 곳, 따라서 그들은 하등의 독자적 성생의 힘을 갖지 못하고 봉건 유제遺制 또 [그] 외의 것에 대하여 비상히 타협적인, 일분一分의 이니셔티브도 갖지 못한 시민계급, 협심俠心의 속물화한 귀족자류貴族者流의 소부르주아지 등등— 이것이 젊은 낭만주의적 정열에 가득 찼던 조선 근대시가 성생한 황량한 향토이었다.

이러한 제 관계는 말할 것도 없이 전반적으로 이곳의 문학적 생산품의 위에 안개와 같이 씌워져 있는 것이나, 이 가운데를 철근과 같이 관철하고 있는 중심적 경향은 대개 다음의 두 가지로 나눌 수가 있다.

첫째의 것은 이곳의 부르주아지는 대외적으로 임페리얼리즘에 대

---

5 원문에는 '똑바를'로 되어 있다.
6 원문: 가리지.

하여 지극히 타협적이었다는 것, 동시에 이것은 그들의 경제적 생산적 지반의 유약幼弱에 기인하는 것으로, 그들의 자유주의 ─ 자본주의 욕구 ─ 는 사회적인 대신에 현저히 내향적 방향인 가정적家庭的 도덕적인 한계 가운데 있었다는 것이다.

다음으로 이곳의 부르주아지는 대부분이 공업적이 아니라 상업적이었으며 그들은 상인인 한편에 지주이고 고리대금업자이었다는 것이다.

이 사실은 조선의 근대 사조思潮라는 것이 전반적으로 낭만주의의 권내를 벗어나지 못하고 실증주의[7]란 보잘것 없이 미약하였다는 것을 설명하는 유일의 근원이다.

다시 말하면[8] 이 가운데의 조선 근대문학은 부르주아문학으로서 자기를 농촌적 제 협잡물로부터 정화하지 못했었다는 것이다. 그러므로 20년 이후 몇 번째 급진적 소부르주아지의 손으로 반낭만주의적 낭화狼火가 들어졌음에 불구하고 그들의 결국은 낭만주의에 대하여 승리적일 수 없었던 것이다.

이곳에 낭만주의에 대한 진실한 투쟁이, 즉 원칙적으로는 부르주아지가 수행해야 할 문학상의 행동이 프롤레타리아문학 위에 이중二重[9]으로 걸려 있게 되는 특수성이 있는 것이다.

문학사적으로 보아 낭만주의는 그것이 고전주의에 대한 안티테제로서 진보적이고 리얼리즘에 선행한 과도적 장르라는 점에서 보수적이었던 것으로, 리얼리즘이 현대성을 그리는 대신에 낭만주의가 회고적이고, 리얼리즘이 소와조의 말과 같이 '실증철학[10]'이 주요 원동

---

7 실증주의 : 원문에는 '實語主義'라 되어 있으나 '語'는 '證'의 오식일 것이다.
8 원문은 '변하면'으로 되어 있으나 문맥에 맞게 바로잡는다.
9 원문은 '그重'으로 되어 있다. '그'는 '二'의 오자일 것이다.

력'이었던 반면에 낭만주의는 환상적 신비적[11] 몽환적인 것을 존중하였으며,[12] 전자가 객관적이려는 데 반하여 후자는 주관적이었다.

전체로 낭만주의는 자본주의 이전의 제 계급—귀족계급과 농민계급과 결부되어 있었고, 리얼리즘은 대소大小 부르주아지를 위하여 문호를 개방하고 그의 계급을 중심으로 한 제 생활—부분적으로는 도시 프롤레타리아까지—를 묘사프리체[V. M. Friche][13]한 것이다.

따라서 낭만주의는 창작을 '상상' 위에 세우고 리얼리즘은 관찰과 연구를 상상에 대치[14]하였다.

이곳에서 우리는 시야를 한번 더 20년대의 조선 근대[문]학의 성생기 특히 그 시대의 시가 위에 펴볼 필요가 있다.

그 시대의 시가의 중심적인 생산 스쿨인 잡지 『백조白潮』를 무대로 한[15] 활동 시인들의 작품, 또 그 조금 전의 잡지 『창조』에 의거했던 2,3의 시인의 경향을 살피는 것은 대단히 귀중한 일이다. 『백조』의 홍노작洪露雀 박월탄朴月灘 박회월朴懷月 이상화李相和 노춘성盧春城 오천원吳天園[16] 등 우리들의 소년 시대를 아름답게 하던 이들의 제작諸作은 전소혀 낭만주의의 호화판이었다.

물론 이 가운데는 몇 개의 바리에이션[17]의 차이는 있었다. 월탄의

---

10 원문에는 '實語哲學'으로 되어 있다. 역시 '語'는 '證'의 오자일 것이다.
11 신비적 : 원문에는 '神科的'이라 되어 있으나 '科'는 '秘'의 오자일 것이다.
12 원문에는 '尊重하엿스면'으로 되어 있으나 문맥에 맞게 바로잡는다.
13 프리체(Vladimir Frichd)의 『歐洲文學發達史』에 의거한 것이다. 프리체, 송완순 역, 『구주문학발달사』, 개척사, 1949, 191면 이하 참조 리얼리즘의 원동력은 실증철학이라고 한 소와조의 인용도 역시 프리체의 이 책에서의 간접 인용으로 보인다.
14 원문에는 '對置'로 되어 있는데, '代置'의 의미일 것이다.
15 원문에는 '하고'로 되어 있으나 문맥에 맞게 수정한다.
16 원문에는 '吳大園'으로 되어 있으나 『창조』 동인의 한 사람인 천원(天園) 오천석(吳天錫)일 것이다.
17 원문에는 「바베-숀」으로 되어 있다. '베'는 '레'의 오자일 것이다.

「흑방비곡黑房悲曲」에 보는 것과 같은 환상적幻想的 심볼리즘, 찬란한 시편 「나의 침실로」에 나타난 베를렌느P. M. Verlaine적 퇴폐주의의 높은[18] 향기, 노작의 소녀 같은 리리시즘, 회월의 보들레르C. P. Baudelaire적 데카당 등등의 제 경향이 대단히 아름다운 말의 형상을 통하여 노래되었다. 그리고 『창조』의 김안서金岸曙, 주요한朱耀翰 등의 시편에서는 전자에 보던 바[19]와는 약간 다른 경향을 발견할 수 있는 것도, 홀로 그들은 평민적 언어와 민주주의적 시상詩想 등으로 부르주아 자유시에의[20] 욕구를 『백조』의 제諸 시인보다는 기분간幾分間 많이 가지고 있었다.

그러나 이러한 양식상의 바리에이션적 차이를 각자도 얼마[만]큼씩 가지고 있었음에도 불구하고 그들은 일률적으로 낭만주의의 화려한 '나팔수'로서 대단히 왜곡된 거울을 가지고나마 20년대의 청년 조선의 현실을 반영하였다.

이것을 다시 요약하면 그 뒤의 가장 형식 내용에 있어 민주적이려고 하던 김석송金石松의 시에 있어서도 조선의 근대시는 부르주아 자유시로 자기를 완성치 못한 것으로, 자유시에 의하여 당연히 양기揚棄되어야 할 낭만주의적 시가가 조선 근대시의 주조主潮이었다. 요컨대 조선 근대시는 '과거'로부터 엄밀히 떠나서 출발하지 못했던 것이다.

다음 이 제 경향의 시가가 어떠한 과정을 지나 현대의 시문학으로 발전?하였는가 하는 것은 크나큰 과제이다. 그러나 단지 이러한 조류 가운데서 진심으로 낭만주의 일체의 과거를 몌별袂別[21]하고 그것과의 불굴의 항쟁자인 근대 프롤레타리아의 시가가 성생 발전하여 과거의

---

18 원문에는 '노혼'이라 되어 있으나 수정했다. '노'는 '놉'의 오자일 것이다.
19 보던 바: 원문에는 '모도마'로 되어 있다. 문맥에 맞게 수정하였다.
20 원문은 '自由詩에서'로 되어 있으나 문맥에 맞게 바로잡는다.
21 원문은 '快別'로 되어 있다. '袂別' 혹은 '訣別'의 오식일 것이다.

부르시가 완성하지 못한 예술 언어상의 민주주의적 ××의 제諸 숙제를 수행하면서 있다는 것과, 20년대에 비하여 훨씬 더 반反××화하고 타협화하고 있으며 더 큰 위기 가운데를 걸어가고 있는 민족부르주아지는 자기의 시문학 위에 특별한 영향을 던지고 있다는 것만을 말해두고자 한다.

미네르바의 부엉이는 일몰이 되면 날기 시작한다는 게르만의 금언과 같이 일몰이 가까[운] 사회의 문화 위에는 과거에 대한 집착이 날개를 펼치고 날아드는 것이다.

그 출발점에서부터 완전히 과거와 메별[22]치 못한 부르주아시 — 그것은 낭만주의로 특징된다 — 는 소小부르보다[23] 더한층 격렬한 정도로 과거와 결부되고 있는 것이다. 부르[24]시인으로 하여금 여러 가지 형태로 낭만주의의 후예나 그 근친자近親者인 한계에서 떠나지 못하게 하고 있다.

대단히 제한된 범위에서이나 우리는 1933년간의 조선의 시가를 통하여 이러한 제 조류의 그 뒤의 발전의 산[生] 축도縮圖를 구경을 할 수가 있을 것이다.

2. 복고주의의 조가적(弔歌的) 행진

낭만주의의 발전이 아니라 퇴화의 가장 주도적인 후예는 완전히 보수적인 복고주의적 경향이다. 이것은 모든 객관적인 역사의 발전

---

22 역시 원문에는 '快別'로 되어 있다.
23 원문에는 '小부이르나'로 되어 있으나 문맥에 맞게 바로잡는다.
24 원문에는 이 사이에 '讀'자가 삽입되어 있으나 불필요하므로 삭제했다.

에 대하여 단지 눈을 감는 데 그치는 것이 아니라 의식적으로 그것에 항거하고 발전을 저지하기 위하여 그 방향의 전면前面에 서는 것이다.

이 경향의 제일의 특징은 최근에 와서 공연히 자기를 현대적으로 완성하려는 욕구를 걸고 나타나는 '시조 부흥' 그것이다. 양식적으로 나마도 부르수아시가 열熱을 가지고 있던 시대에는 시조란 그다지 큰 힘을 가지고 있지 못하였을 뿐만 아니라, 현대 시조에 대한 가장 보수적인 고집자의 한 사람인 최남선崔南善까지가 『소년』지 등에서 보던[25] 바와 같이 신시체新詩體를[26] 가지고 그것을 파괴하려던 것이다.

그러던 것이 금일 와서는 최남선, 이병기李秉岐 등의 가장 보수적인 시조 작자들 이외에도 일찍이 자유율自由律의 시인의 한 사람이던 이은상李殷相, 수주樹州, 전영택田榮澤 그 외의 수삼數三의 새로운 시인들의 손으로 그것의 현대화의 기도企圖까지가 왕성히 수행되고 있다. 뿐만 아니라 시조는 '민족문화의 보존'을 존중하는 많은 저널리즘 출판 위에 특별한 후의를 가지고 게재되고 있는 것은, 연말에 발표된 수삼의 시인들의 '일년 회고'에서 거지반 묵살되었음에 불구하고, 조장되고 있는 엄연한 사실이다. 이 귀족적 시가詩歌, 낡은 진부한 시형이 금일의 일부 부르 시인들의 관심의 대상이 되고 그 참을 수 없는 '질곡적桎梏的 시형' 가운데 자기의 정서를 담으려고 하는 것은 분명히 부르주아시가 과거를 더듬는 것으로써 활로를 구하고 있는 현상이다. 이 가운데는 그 대부분이 지나간 시절에 대한 속절없는 만가輓歌나 의지할 데 없는 고적孤寂이 과거를 향하여 한숨지으며 절개節介, 충의忠義 등의 봉건적 도덕이 노래되고 있다.

---

25 원문은 '모든'으로 되어 있으나 문맥에 맞게 바로잡는다.
26 원문대로이다. '新體詩를'의 오식일 수도 있으나, 이대로도 의미가 통하기에 그냥 둔다.

시형은 이미 알려진[27] 것으로 말할 것도 없으나, 노래되는 언어 그것은 '한글'학자? — 이 자들은 그실實 '고무신' 신은 한학자이다! — 들의 기다幾多의 논리적 노력에도 불고하고 순수한 봉건적 귀족의 언어와 한어漢語로 되어 있어 현대 민중의 산 언어와는 일편一片의 공통점도 없는 사死한 언어이다.

이것이 현대시를 일층 더 심한 형[식]주의와 회고적 공상으로의 접근을 돕는 것은 명확한 사실일 것이다.

다음으로 복고주의의 현대적 체현자라고 할 만한 것 즉 그 대표적인 것은 소위 민족적 감정을 노래한다는 수삼數三의[28] 시인, 김동환金東煥, 김상용金尙鎔, 모윤숙毛允淑 등의 작품에서 볼 수가 있었다.

이 경향에 속하는 시인들도 퍽 좋은 의미로 해석하자면 과거過去한 낭만주의 시가의 진정한 에피고넨이라고 말할 수가 있을 것이다. 그러나 아류적인 한계에서나마도 이들을 낭만주의의 후예라기는 너무나 값싼 센티멘털리즘으로 꾸미어져[29] 있고, 방분放奔한 상상과 힘찬 열정 대신에 어구語句의 허식虛飾과 '빠락크'적 감상感傷이 있을 뿐이다.

더욱이 20년대의 낭만적 시인이 시대적 생활의 감정을 노래한 반면에 이 비참한 현대적 아류 시인들에 있어서는 비시대적인 감정을 읊조리고 있다.

파인巴人에 있어만 해도 비록 그것이 기다幾多의 과거적 생활과의 관련을 가졌었음에도 그래도 당대 현실적 생활의 일부를 정열을 가지고 노래하였음에 반하여, 『삼천리』지에 간혹 발표되는 몇 개의 시편, 특히 「수표교반음水標橋畔吟」 등의 '비정悲情'한 시에서는 우리는 전

---

27 원문은 '말려진'으로 되어 있으나 '알려진'의 오식일 것이다.
28 원문에는 '數로의'로 되어 있으나 '로'는 '三'의 오자일 것이다.
29 원문은 '주미여저'로 되어 있다. '주'는 '꾸'의 오자일 것이다.

全혀 골동화한 과거적 유물에 대한 공허한 동경과 헛된 탄식만이 남아 있는 것을 볼 수 있을 것이다. 「국경의 밤」 시대의 제작諸作에 비할 때 파인의 근작近作은 전혀 바람 빠진 '공[球]' 이외에 아무것도 아니다.

다음에 심상용의 시에 이르[레]서는 참으로 편석촌片石村의 말과 같이 아마추어와 시인의 경계를 찾을 수 없을 만치 졸렬히 표현되고 있다. 이 시인?에 있어는 그의 시조 영역英譯에서 볼 수 있는 것과 같은 민족적 애愛의 열성?은 있을지 모르나 시적 천분이 아직 그의 시를 찾아온 것 같지는 않다.

『신동아』 3월에 발표된 그의 시 「무제」 —— 만보산[萬寶山] 참살 동포 조위가 [弔慰歌] 연습을 듣고 —— , 씨가 재직在職하신 이화여전梨花女專 사교실社交室에서 부르신 노래는 여러 가지 의미에서 교훈적이다.

이 경향의 시인들이 많이 과거를 노래한 대신 이 시에 있어서는 생생?한 민족적 비참의 현실과 관련되어 노래되었다는 데 이유가 있다.

이 시는 과거를 가르침으로써 민중의 현실적 욕구를 은폐하려고 하지 않고 직접 목전의 현실을 적극적인 직접의 방법을 가지고 유해有害하게 보이고 있는 것이다. 무엇보다도 이 시는 학생의 노래를 들어 일어나는 감정의 형식을 빌어 만보산의 민족적 참화를 노래한 것인데, 이 시에 나타난 만보산 사건은 의식적으로 왜[곡]되어 오직 불쌍한 중국인에 대한 유해한 적의를 선동하는 데 지나지 않는다. 배외주의와 민족적 참변의 가장 나쁜 아지테이션[30]이 있을 뿐이고 이 참변의[31] 진정한 본질적 성질은 전全혀 밀리터리즘의 의향대로 가리어

---

30 원문은 '(아리레-슌)'이라 되어 있다. ( )는 당시 외래어를 표기할 때 흔히 사용하던 「 」의 오식일 것이고, '리'는 '지'의, '레'는 '테'의 오자일 것이다.

져 있는 것이다. 이러한 선동자는 평양이나 그밖에 중국인 ××의 하수인으로서의 책임의 일부를 지지 않으면 안될 것이다. 이러한 것이 과연 밀리터리즘적 유행가와 어느 곳에 차이가 있을까? 또 이러한 현실 생활의 한가운데서 학생이란 그저 웃어야 할 것인가? 이 대답은 필자가 하지 않으려고 한다.

단지 이곳에서 이러한 내용의 시가 관념적인 추상과 빈약한 언어, 시조의 아류적인 언조言調와 힘없는 구조를 통하여 지저귀어져 있는 데 지나지 않는 것을 말해두는 데 그친다. '강산' '이천만 동포' 등의 형용은 벌써 금일의 청년을 울리기에는 얼마나 무력한지를 적어도 시인이면은 알아야 할 것이다.

다음 작년도 부르시 문단에서 화형花形의 총애를 받던 여류시인 모윤숙 씨에 대하여 일언一言하고자 한다. 엄밀하게 말하면 조선의 '라우두'되려는 이 분은 김상용 등으로부터 조금도 경향적으로 구별되는 것은 아니다. 오직 「무제」의 작자보다 풍정風情과 정서의 여성적 섬세가 있고,[32] 전자 등의 가끔 가다가 현대적 테마를 노래하려[는] 경향을 볼 수 있음에 반하여, 이 시인에 있어서는 모든 것이 '잃어진 과거'에 대한 보답되지 않는 원망願望의 공상과의 관련 밑에서 불러지고 있다는 점이다. (…예例 략略…)[33]

우리는 조선 농민의 '국보적國寶的 가난'의 보존을 위한 열의와 헐은 '베치마' 조각을 자랑으로 생각하고 긍정하는 '애국적 정성'?과 '우리 것을 씁시다'는 '물산장려회'의 광고문이 지극히 비속한 말로써 이것을[34] 볼 수 있으며 뒤의 4행에서는 한 개의 졸렬한 시를 구경

---

31 원문은 '惨變한'으로 되어 있으나 문맥에 맞게 바로잡는다.
32 원문에는 '있다고'로 되어 있다.
33 예시는 생략한다는 의미일 것.

한다.

'삼림의 터 조선' '아름다운 샘의 땅' 등은 조선적 자연, 우리들의 '어머니 아버지의 나라'의 땅에 대한 뗄 수 없는 사랑 그것이 주는 생생한 시적 감정 대신에 안가安價의 감상感傷과 허황한 형용이 신작로 위에다 신비의[35] 누사을 지으려는 기도반을 볼 수 있다.

우리는 이곳에서 '오오 사랑하는 대륙이여!' '그립은 반도여' 하고 커다란 박진력과[36] 함께 읽는 사람의 가슴을 두드리던 동지 김용제金龍濟의 우수한 시 「사랑하는 대륙」을 비교해볼 제, 우리는 '그가' 우리들의 고향에 대하여 아무것도 노래하고 있지 못함을 볼 수 있다. 우리들의 고향은 신비스러운 '깁흔 숲새'도 아니며 모란 덮인 동산도 아니다. 깊다란 숲새 아름다운 물이 수력 전기 뽑느라고 바위를 어여 내고 동산의 나무는 벌목되어 기차에 실리며 호구糊口할[37] 나무뿌리 캐러 가는 '동산'이다. 그리고[38] 정말 시인은 그와 같이 '숨어 울는 꾀꼬리 나올 길'을 하늘[에] 기원하지 않고 현실에서 해결지으려고 그 길을 찾는 것이다.

[39]만일 이곳에 양심 있는 비평가가 있어 이 시를 저들이 비천卑賤타 하는 「신고산 타령」에 비교할 수가 있다면 과연 어느 것이 오늘날의 조선 독자의 가슴을 때리나 똑똑히 할 수 있을 것이다.

모씨毛氏의 시집 『빛나는 지역』에 대하여 그 서문序文[40]을 쓴 춘원春園

---

34 원문에는 '어것을'로 되어 있는데, '이것을'로 수정해도 문맥이 통하지 않는다. '노래된 것을' 정도의 말이 들어가야 의미가 통할 것이다.
35 원문에는 '神科의'라 되어 있다. '科'는 '秘'의 오식일 것이다.
36 원문에는 '追眞力과'로 되어 있으나, '追'는 '迫'의 오자일 것이다.
37 원문에는 '湖口할'로 되어 있으나 '湖'는 '糊'의 오자일 것이다.
38 원문은 '그하고'로 되어 있다.
39 여기서부터 4회 연재분인데, 원문에서는 5회의 연재분 일부와 4회의 연재분이 순서가 뒤바뀌어 있다. 내용으로 볼 때, 3회에 이어서 5회분의 거의 대부분의 내용이 이어진 다음 4회 연재분으로 연결되며, 그 뒤에 다시 5회의 나머지 부분이 연결된다.

을 비롯하여 2, 3의 문학자들이 비록 대소의 차는 있으나 이구동성으로 찬사를 드리는 것을 볼 제, 이것은 부르주아 문학비평이 얼마나 무참히 비판적 정신을 상실하고 있는가를 이야기하는 최량의 사실일까 한다.

이곳에는 어떤 시인이 말하는 것과 같은 그런 리리시즘[41]도 없다. 환상적幻想的 내용, 불건강한 시형詩形, 공허한 언어의 □[내]열이 값싼 감상感傷 위에 세워져 있는 데 지나지 않는다.

이러한 경향은 이외에 김동명金東鳴 기타의 유상무상有象無象의 애국 시인의 시편 위에서 볼 수 있는 것으로, 화려하던 낭만주의의 회신灰燼의 분옥粉玉과 아세아적 신비에 대한 공상적 동경이 남아 있을 뿐이다.

이 다음 또 한 개의 특징으로 상기上記의 제 시인들과는 약간 그 성질을 달리하는 것이나 형식적 방면에서 복고주의[42] 방향을 걷고 있는 안서岸曙 등에 대하여 일언一言을 가하고 이 항을 끝맺고자[43] 한다.

서언에서도 약간 말한 바지만 조선의 부르주아시는 형식적으로라도 자기를 자유시의 경지에까지 발전시키지 못하였다.

이것은 과거에 있어 주로 내용에 있어 민주주의적,[44] 시형에 있어 자유형-부정형시에로의[45] 노력을 보이던 시인의 대부분 — 요한, 편석촌片石村 등이 완전히 침묵을 지키고, 홀로 안서 일인一人이 주로 부르시의 형식적 활로를 구하려고 참담한 노력을 하고 있다. 이것은 사

---

40 원문에는 '席文'으로 되어 있으나 '序文'의 오식일 것이다.
41 원문에는 '리리시쥬'라 되어 있으나 '리리시즘'의 오식일 것이다.
42 원문에는 '後古主義'라 되어 있으나 '後'는 '復'의 오식일 것이다.
43 원문은 '끗막고자'로 되어 있다.
44 원문에는 '民主◇義的'이라 되어 있다.
45 원문에는 '不定評詩대로의'로 되어 있으나 수정했다.

실 문자 그대로 '참담한 노력'으로 '평면적 구어시口語詩' '신 정형시' '민족적'이니 하는 몇 개의 형식을 어루만져보는 것으로, 그는 형식적 탐구의 여행 가운데서 아직껏 이렇다 할 성과를 수득收得하지 못하고 있다.

물론 이 노력이 보답될 수는 없는 것이다. 그는 내용의 새로움은 잊어버리고 형식의 새로움을 찾기 때문에 그것은 위선 형식주의적인 언어의 애완愛玩에 그치고 만다. 뿐만 아니라 그는 내용의 새로움을 빼놓은 형식을 찾기 때문에 필연적으로 그 눈[眼]은 미래로부터 과거를 더듬기 시작하여 자유시로부터 낡은 정형적 형식으로 퇴화하고 있는 것이다. 즉 정서와 감정의 방분放奔한 활동을 구속하지[46] 않는 자유스러운 시형을 찾지 않고 자유시 이전의 시형, 정형적 양식으로 연구의 방향을 설정한 것은 필연적으로 퇴화의 길로 들어서는 것이다.

이 경향의 시인은 안서의 시에서 볼 수 있는 것과 같이 시형 위에서 양식적으로 '과거의 길'로 복귀하고 있는 것이다. 여기에는 형식적 신선 대신에 무미건조와 단순한 형식적 반反□가 있을 따름이다.

모든 것이 반역사적 방향을 향하여 ─.

3. 신비주의 종교에의 길─가톨리시즘 기타

이곳에서 우리는 낭만주의의[47] 현대적인 반역사주의적 분화과정 가운데의 하나로서, 신비주의 대두─시가를 종교 정신으로 구하려는[48] 일 경향을 발견할 수 있다.

---

[46] 원문에는 '拘來하지'로 되어 있으나 '來'는 '束'의 오자일 것이다.
[47] 원문에는 '浪主漫義의'로 되어 있어 바로잡는다.

낭만주의는 그 본래의 성질상 현[실]을 이성적으로 보려고 하지 않고 그것을 과학적으로 분석하는 대신에 관념을 가지고 추상하려고 하며, 현실적 과정이 급속히 질풍노도적[으로] 발전하고 있는 시대 — 금일과 같은 때에 있어서는 고의로[49] 현실을 초월하려고 하고 절망하며 과학과 문명까지를 부정하게 되어 휘황한 신비와 형이상학에 대한 감망鑑望을[50] 전면에 내세[우]게 되는 것이다.

특히 소설에 비하여 보다 더 감성에 의존하고 있는 시가詩歌, 더욱이 우리나라의 부르주아시의 일부가 종교적 방향으로 머리를 돌린 것은 그리 부자연한 현상이 아니다.

벌써 현실은 이 시인들의 상상의 힘으로 인식하기에는 과대하게 복잡하며 격동적이고 더욱이 이런 제 과정을 물질적으로 이해하려는 대신에 관념적으로 상상하려는 낭만주의에 있어서는 모든 것은 혼돈의 불가사의, 불가항X[력]적인 것으로 파악되는 것이다. 요컨대 근대 조선의 시가는 이러한 형이상학적 시학과 종교적 시의 경향을 낳기에 충분한 근거가 있었던 것이다.

이렇게 본다면 시조나 또 일부 관념적 민족시인들의 경향도 단순히 관념적이라는 데서 이것과 근사近似할 뿐만 아니라, 그것이 한 개의 절대적인 대상으로서 자기의 시가 가운데 '과거의 실현'을 설정하고 있는 것은 그 자신이 벌써 다분히 종교적이다.

그러나 이곳에서 문제되는 것은 이러한 막연한 '절대'에의 동경이 아니라 명확한 전능한 존재로서의 신을 자기의 시가의 주격主格으로

---

48 원문에는 '救할야고'로 되어 있으나 문맥에 맞게 바로잡는다.
49 원문에는 '做意를'로 되어 있으나 문맥에 맞게 바로잡는다. '做'는 '故'의 오식일 것이다.
50 '願望을'의 오식으로 보인다.

맞아들이고 일체를 숙명관 위에서 노래하는 순전한 종교시를 이름이다.

이러한 종교로의 접근은 벌써 수년 전부터 기독교神교화한 시인이나 교회 잡지에서 볼 수 있었고 또 천도교 등의 유사종교가 천도교적 예술이란 우매한 기도蘇圖 등이 있었으나 그리 주목할 것이 못 되었었다.

그러나 작년 6,7월경부터 과거 시단이 가진 우수한 시인의 한 사람인 정지용鄭芝溶[51]이나 그밖에 소위 '순수시'적 경향을 가진 그로의[52] 시인들이 주요한 보루로 삼고 활동한 잡지 『카톨릭청년』의 발간과 그들의 제창에 의하여 전혀 전기前記의 것과는 의미를 달리한 종교적 경향이 출현[해]였다.

이곳에는 모든 개인적 자유나 근대 문명의 모든 빛깔과 절연된 절대적 신비와[53] 형[이]상학이 군림하고 있다. 이것은 정신적으로 자기를 상실한 소부르주아지─현실 가운데서 아무런 희망을 찾을 수 없는 절대한 절망에 사로잡힌 인간의, 그 생활의 전全 기반을 잃어버린 소시민들의 정신적 욕구에 의하여 특징되는 것으로, 아직도 낭만주의적 잔재가 그 가운데 다분히 남아 있는 조선의 부르시의 소시민적 부분은 즐기어 어떤 일반적인 절대[54] 이념의 형이상학─절대 신학의 노복奴僕이 된 것이다. 그러나 이곳에도 시가의 예술적 발전 대신에 우매한 퇴화가 있다. 정지용의 「임종臨終」이란 시의 가운데서 독자는 무엇을 찾을 것인가? 생활의 감정, 육체적인[55] 정서 대신에, 현실적

---

51 원문에는 '鄭芝鎔'으로 표기되어 있다.
52 원문대로인데 '그 뒤의' 혹은 ' 그 외의' 등의 오식으로 보인다.
53 원문에는 '神科와'로 되어 있다. '科'는 '秘'의 오자다.
54 원문에는 '純對'라 되어 있으나 '絶對'의 오식일 것이다.
55 원문에는 '內體的인'이라 되어 있으나 '內'는 '肉'의 오자일 것이다.

생활 가운데서 일편一片의 희망도 갖지 못하고, 부르주아지와 같이 지
상적地上的 소유에 대한 애착까지[56] 가지지 못한 절망적 소부르주아의
고정苦情과 그 고정에 대하여 오직 '천상의 낙토樂土'에 대한 잠꼬대밖
에 발견하지 못한 한 사람의 소시민의 자태만을 볼 수가 있다.

정당히도 이 시인은 자기의 상태를 가리켜[57] "나의 평생이오 나종
인 괴롬"이라고 노래하였고 동시에 이 시대가 자기 계급의 '임종'인
것을 말하고 있다. 이 우수한 시인은 자기 자신의 구할 수 없는 상태
를 객관적으로 노래하는 데 상당히 성공하고 있는 것은 전숰혀 이 시
인의 시적 천분에 의거하는 것이라고 나는 생각한다.

그러나 이러한 것으로는 문학, 시가 위에 가톨리시즘 — 육일六日[58]
과 신부神父의 예술은 성립하지 않는다. 벌써 현실과 인민의 기본적
층은 중세기적 신비와 원광圓光의 기적을 믿기에는 너무나 현실적이
고, 장구한 동안의 실증주의적[59] 사상의 지배는 대부분의 인텔리겐차
로 하여금 전방前方을 내어다볼 것을 돕고 있다.

다만 그것은 허물어지는 질서를 형이상학적인 전적全的 현실과 발
전하는 사물을 영원한 범주 가운데로 잡아두고 싶은 부르주아적 원
망願望과 격렬한 긴장에 의하여 마비된 소시민의 '절망적 생' 가운데
서만 존재할 수 있는 것이다.

만일 그들이 1789년 불란서혁명 뒤 샤토브리앙Vicomte de, Chateaubri-
and[60]의 『기독교의 정수』를 중심으로 한 문학적인[61] '가톨릭 부흥'과

---

56 원문에는 '愛者가티'로 되어 있다. '者'는 아마 '着'의 오식일 것이다. 그리고 문맥상
     '가티'는 '같이'가 아니라 '까지'가 타당하겠다.
57 원문에는 '가르처'라 되어 있다.
58 원문대로이다. '천국(天國)' 정도의 오식이 아닐까 한다.
59 원문에는 '實語主義的'이라 되어 있다. 역시 '語'는 '證'의 오자일 것이다.
60 프랑스 낭만파문학의 선구자. 루소와 볼테르의 영향을 받아 종교를 부정하였으나,
     1798년 대혁명의 소용돌이 속에서 그의 어머니와 누이가 옥중에서 희생당하자 기독교

금일의 것을 동일시한다면 커다란 오산일 것이다.

물론 [1]789년대의 그것도 선행한 시대의 계몽주의와 ××[혁명]적 앙양의 일 반동의 포말泡沫로서, 영속된 것은 아니다. 그래도 당시에는 기분간幾分間 개연적인 조건이 있었다.

이 시대의 가톨리시즘은 그때 막 탄생한 낭만주의이때도 낭만주의는 종교의 적은 아니었다를 자기 편으로 끌어넣기 위하여 신비, 직관이란 명목하에 진盡치 않은 이성을 반대하고 환념주의자歡念主義者의[62] 향락주의에[63] 실망한 사람들을 이끌기 위하여 그들은 고딕적인 '혼명昏明', 교회[의] 장엄한 의식儀式 등을 이용한 것이다.

그러나 현대의 소위 네오토미즘[64] 운동이란 것은 전혀 다른 환경 가운데 있다는 것이다. 1925년[65]대의 불란서에서 '형이상학의 부흥' '전적全的 현실의 질서' 등을 부르짖고 일어난 자크 마리탱Jacques Maritain이나 앙리 마시스Henri Massis 등의 『황금의 노화蘆花』 총서叢書 중심의 운동도 조선의 그것과는 역사적 사회적으로 전연 다른 환경 가운데 있었다는 것을 이해하지 않으면 안 된다.

무엇보다 『황금의 노화』가 창간되던 1925년대는 전후戰後 자본주의의 일정적 안정기, 더구나 불란서는 호황적好況的 금리金利의 생산 위에 있었다는 것, 또 고도로 발전한 자본주의적 문화는 세계 수위首位의 향락주의적 국면을 가져 소부르 계급의 일부를 쾌락주의적 포만

에 복귀, 호교론(護教論)의 열렬한 투사가 되어 대저 『기독교의 정수』(1802)를 썼다.
61 원문에는 '文學的의'로 되어 있으나 문맥에 맞게 바로잡는다.
62 원문대로이다. '歡'은 '觀'의 오식으로 보인다.
63 원문에는 '亨樂主義에'로 되어 있으나, '亨'은 '享'의 오자일 것이다.
64 neo-Thomism. 신토마스주의. 토마스 아퀴나스의 설을 부활하여 현대의 문제를 해명하려고 하는 가톨릭계의 유력한 철학운동.
65 원문에는 '一九二九年'으로 되어 있으나, 다음 단락에는 '一九二五年'으로 되어 있다. 후자가 타당한 것으로 보인다.

으로부터 형이상학적 각성으로 부르기에 다분히 유리하여, 문학계를 지배하고 있는 전후적 혼란[의]로부터[66] 점차로 질서적인 클래시시즘[67]으로 기울어지고 있던[68] 경향은 『황금의 노화』가 많은 고전적 경향의 작가까지를 포옹抱擁할 가능성을 갖게 하였다.

그러나 금일의 조선에는 안정[69] 대신에 격랑激浪이 있고 향락주의적 문화 대신에 빈약의 몽매蒙昧가 있으며 문학상에서도 본격적인 전후적戰後的 혼돈을 싫증이 나도록 체험할 이유가 없었으며, 이 나라에는 강고한 고전주의적 계통 그 어느 것도 결여되어 있다.

외국에서와 같이 부르주아지가 자기의 힘으로 혼란과 붕괴적 무질서의 반동으로서 강고한 전적 질서를 요구하고 실현할 힘도 없다. 오직 그것은 임페리얼리즘[과]의 X[타]협에 의하여서만 가능하므로, 종교문학이 제일 이러한 X[타]협적 질서에 욕구를 한다면 그것은 즉석에 민중의 강고强固의 반격을 맛보아야 할 것이다.

오직 시민의 절망적 규환叫喚이 종교 형이상학의 외피를 과過하여 조그맣게 들릴 뿐이다.

그리고 빈약하나마도 그들이 과거에 가졌던 문학적 재보財寶를 완전히 무가치한 것으로 퇴화시키고 마는 데 그친 것이다. 정지용[70]의 과거의 시편과 작년 중의 시편 등을 대조해보면 사견私見이 결코[71] 독단이 아님을 능히 알 것이다.

이 외에 『카톨릭청년』에는 이균李筠, 허보許保, 신백현申白鉉, 신석정辛夕汀

---

66 원문에는 '混辭로부터'로 되어 있으나 '辭'는 '亂'의 오자일 것이다.
67 원문에는 '코라시즘'으로 되어 있으나 '클래시시즘(Classicism)'의 오식으로 보인다.
68 기울어지고 있던: 원문에는 '일커루고잇서도'로 되어 있으나 문맥에 맞게 수정하였다.
69 원문에는 '定安'으로 글자 순서가 뒤바뀌어 있다.
70 원문에는 '鄭星鎔'으로 되어 있으나 오식일 것이다.
71 사견이 결코: 원문에는 '私見낫고'로 되어 있는데, 문맥상으로 보아 바로잡는다.

등 비교적 아름다운 시적 사조詞藻를[72] 가진 시인들이 형이상학의[73] 몽환을 노래하고 있다. 이 가운데는 모두를 종교시로 평가하기는 미안한 사람도 있으나 미진한 부분은 다음 항에서 이야기하기로 하고, 다만 그들의 종교적 시가에 있어서와 같이 신비와 감성의 순수한 상태를 형이상적으로 추구하고 있다는 점에서 공통된 성격을 가지고 있음을 말함에 그쳐둔다.

4. 소위 '순수시'의 행방과 주지주의의 피안

수삼년 전 조선의 시가 가운데 얼마간이라도 전후적戰後的인 시의 경향의 반영이라고 볼 수 있는 '다다' '표현주의' 등의 주관적 경향과 추상적 양식의 소동이 대부분은 프롤레타리아 시가 편으로 좌향左向하고 잔유殘有의 부분은 거의 예술적으로 자기를 와해하고[74] 침묵을 지키는 것으로 자리를 거둔 뒤 얼마동안은 예기豫期한 것과 같은 평온한 시기가 계속되었다.

발전하고 있는 프롤레타리아 시가 이 전후적 경향 가운데 있던 진보적 소부르 층을 이끌고 점점 현실적인 사실주의의 길로 들어선 뒤 근대 부르주아시 가운데 소시민적 화화火花라고 할 이 과정을 지나 그것은 점차로 내성적內省的인 길을 걷고 있었다.

일시 ─24,5년대─ 에 그렇게 시끄러운 훤소喧騷와 양식적 파괴의 교향악 가운데 강렬히 주관의 자기 관철을 주장하던 김여수金麗水가

---

72 원문에는 '詞操를'로 되어 있다.
73 원문에는 '形宗上學의'로 되어 있으나 수정했다.
74 원문에는 '互解하고'로 되어 있으나, '互'는 '瓦'의 오자일 것이다.

좌익부대에 참가하고 김화산金華山이 이 야성적 소음 가운데서 발을 씻고 서정적인 감정의 평온한 상태를 추구하기 시작한 것은 이 나라의 반동적 소부르주아 시가의 그 뒤의 발전을 이해하는 데[75] 상당히 필요한 지식이다.

첫째로 김화산의 근자의 시에서는 훤소한 음향 대신에 고운 리듬이 나타나고 그 대신 소박한 규환적叫喚的[76] — 물론 그것은 다분히 허무적인 것이나 — 열정이 그 자취를 감추었다.

그리하여 사死와 같이 정적靜寂한 주관의 미약한 흐름이 '다다'의 안티테제로서 나타난 것은, 그 외의 몇 사람의 동同 경향의 시인의 침묵이나 또 평온화와 함께 이 나라의 소시민 특히 인텔리겐차의 반향력이란 단순히 일시적 흥분에 불과하였다는 것과, 특히 최근 수년에 진행되는 격렬한 공황과 여러 가지의 현실 생활 가운데의 사태가 점점 이들을 동요자[로]부터 절망자의 위치로 전락시킬 만큼 급격하였다는 것을 의미할 것이라고 생각한다.

그리하여 작년 1년 동안에 또는 이 2,3년 이래 — 우리들의 안전眼前에서 진행되는 노도怒濤와 같은 사태가 이들 소시민 인텔리 층으로부터 적극성의 모든 잔유殘有를 빼앗고, 그들의 무기력은 그들의 생활적 지반의 완전한 붕괴와 함께 급격히 촉진되어 그들을 정신적으로 극도에까지 위축케 하여 현실에 대하여 완전히 절망적인 태도를 갖게 만들게 하였다. 이리하여 그들은 이 '불안한 현실'에 대하여 구태여 관심을 가질 것이 없이 조그만 주관의 세계의 은둔자로 화하게 한 것이다. 그러므로 그들은 금일의 현실에 대하여 사유하지 않을 뿐더러 그것의 단순한 감수感受나마도 의식적으로 피하고 있는 것이다.

---

75 원문은 '게'로 되어 있으나 문맥에 맞게 바로잡는다.
76 원문에는 '叫噢的'이라 되어 있다. '噢'는 '喚'의 오자일 것이다.

따라서 그들은 인간의 내성적內省的 측면, 주로 심리적인 실화實話나 도시 생활의 소비적 반면半面 등에 의하여, 그 인식되는 감정이나 정서를 노래하는 것이 아니라 감정과 정서의[77] 표면을 굴러내리고 있는 일 포말을 어루만지는 것이다. 그러한 것으로서 현실로부터 초극하려고[78] 하고 그것으로부터 도피하려고 하는 그것이 작년 일년간의 가장 중심으로 활동했다고 볼 수 있는 중간적 소부르 인텔리 시인의 중심적 방향이었다.

그러므로 그들은 대부분의 경우에 '허무'와 '염세주의'의 길로 들어가며 신비화하고 있는 것이다. 그러나 단지 그들이 종교적 시가에서 자기를 구별하는 것은 그들이 종교화한 시인들보다 진보적이어서 그런 것이 아니라 그들 자신은 사실에 있어 형이상학에서나마도 적확한 통일 정신을 파악[할] 용기조차 없을 만큼 무기력하다는 곳에서 그러한 것이다.

그 결과 그들은 낡은 예술지상주의나[79] 색채를 해가지고 '순수 시가'라는 말초적 감정의 세계 가운데로 숨은 것이다.

1933.6.1

天秤우에서 三十年동안이나 살아온 사람(어떤科學者) 三十萬個나 넘는 별을 다 헤여놓는 사람(亦是) 人間七十 아니 二十四年동안이나 뻔뻔히 사라온 사람(나) 나는 그날 나의 自敍傳에 自筆의 訃告를 揷入하얏다 以後 나의 肉身은 그런 故鄕에는 잇지 안헛다 나는 自身 나의 詩가 差押當하는 꼴을 目睹하기는 차마 어려웟기 때문에!

---

77 원문에는 '情統의'로 되어 있으나 '統'은 '緖'의 오식일 것이다.
78 원문에는 '超兢하랴고'로 되어 있으나 '兢'은 '剋'의 오자일 것이다.
79 원문에는 '藝術至上主義다'로 되어 있으나 문맥에 맞게 바로잡는다.

이것은 잡지 『카톨릭청년』 7월호에 실린 이상李箱이란 시인의 시편이다. 읽는 독자 가운데는 '이게 시야?' 하고 아마 대부분은 반문할 것이다. 그러나 하여간 이것은 시로 씌어졌다. 다시 말하면 시는 시인데 평자評者의 주가 있어 비로소 긍정되는 시다. 일언一言으로 말하면 어떤 순간의 어느 인텔리의 절망적인 독백을[80] 그대로 기록한 것이다. 그러나 먼저 정지용의 시편에서 보던 바와 같이 이곳에는 특별히 시인 자신을 노래한 만큼 이 시의 작자의 전모가 표출되어 있다.

자기 자신이 자기의 사死를 선고한 사람, 자기의 시그것은 시인 전체의 심볼이다가[81] 장래의 감쾌感快하는 힘으로 말미암아 압살될 것을 두려[위하여] 미리 불사른 사람이다. 다만 현실의 고향을 떠나 그는 정신과 신비적 감정의 수포水泡 가운데서 사는 것이다. 이것은 둔주적遁走的인 한 인텔리의 자화상이다.

그리고 이 시인은 그의 시 「거울」에서 보는 것과 같이 거울 가운데 있는 자기 얼굴과 이야기하는 것으로 좌사左事를[82] 이루려고 한다. 뿐만 아니라 허보나 신석정,[83] 신백현, 편석촌片石村 등의 제작諸作에서 볼 수 있는 것 같이 그들은 이 감정의 순수한 상태의 소세계를 지극히 향락화하려고 하고 있다.

그리하여 이 시인들은 현실이 주는 모든 정서나 감정을 대담하게 솔직하게 노래하는 대신에 이지理智를 가지고 현실을 요리하고 그것이 유발하는 어떤 감정으로 시를 '제작'한다는 소위 주지주의적 시가라는 것이, 편석촌김기림에 있어서는 이론적으로까지 형성된다. 그러

---

80 원문에는 '獨自를'로 되어 있으나 '獨白을'의 오식일 것이다.
81 가: 원문은 '다'로 되어 있으나 수정했다.
82 左事: 앞에서 이야기한 일. 원문은 세로쓰기로 되어 있으므로, 왼쪽은 앞쪽을 의미한다.
83 원문에는 '辛又行'으로 되어 있으나 '辛夕汀'의 오식일 것이다.

므로 '주지주의'에 있어서 또는 그 외의 동同 경향의 시에 있어도, 시는 인간의 생활현실이 주는 노래가 아니라 반대로 인간의 어떤 특정한 의식적인[84] 관념의 행동, 이지에 의하여 '장난감'과 같이 만들어가는 것이다.

흥분된 주관의 전율에서가 아니라 냉정한 이지의 고요한 사유과정 가운데 주지적 시는 공작工作되므로 이곳에는 로맨티시즘이나 센티멘털리즘이 거부되며 고전적 정신의 부흥이 요구된다. 무엇보다 인텔리인 그들에게 있어 개성주의 상에는 로맨티시즘이나 센티멘털리즘은 그들의 자식自識 감지感知하고 있는 개인 전체의 무력無力에 대한 명확한 인식 때문에 소용되지 않는 것이다. 그들은 벌써 모든 것이 기회적機會的 범주를 떠나서는 해결되지 않을 것을 잘 알고 있으며 체험하고 있다. 그러나 전前 세기의 계몽적 지성은 벌써 현대의 인텔리에게[85] 흥미를 주지 못하고, 그 반면에 그들 자신이 새로움의[86] 실천에 몸을 던지기에는 필요한 현실성이나 역사성을 계급적으로 갖지 못하고 있다.

그러므로 그들은 출구가 없는 순환론적인 세계에 살게 되고 활동에 대한 혐오를 느끼며 고독과 무기력으로 인하여 점점 자기의식은 강화되고, 일방一方 이것은 실천적 능력을 갖지 못한 탓으로 갈수록 내향적內向的[87]으로 되어버리고 만다.

그 결과로 그들은 심화된 자기의식으로 인하여 점점 모든 현실적인 것으로부터 격리되어 병적인 자기의식을 가지고 정조情操와 정조

---

84 원문은 '意識的의'로 되어 있으나 오늘날의 용법에 맞게 바로잡는다.
85 원문은 '「인테리」에서'로 되어 있으나 문맥에 맞게 바로잡는다.
86 원문은 '새로움을'로 되어 있으나 문맥에 맞게 바로잡는다.
87 원문에는 '內間的'으로 되어 있으나 '間'은 '向'의 오자일 것이다.

적인 모든 것을 부정하여 인간성에 대하여 완전한 절망을 가지고 있는 것이다.

그리하여 개성을 믿지도 못하고 또 개성을 초월하는 사회적 계급적인 것에 대하여도 동同 정도로 냉담한 것이다.

이런 의미에서 주지주의문학이 주정주의主情主義를 반대함으로 고전주의에 접근하는 것이다. 결코 또 고전적 정신 전체에 대해서가 아니라[88] 그 양식적인 냉담과 외면에 대하여 타협적인 데 지나지 않는 것이다.

요컨대 이러한 모든 것에 대하여 부정적인 문학이 하등 적극적인 것이 못됨은 말할 것도 없는 것이다.

오직 가끔 가다 시대에 적극적인 것을 냉소하고 사회와 그 가운데 있는 개인 생활의 불안상不安相의 일부를 점묘點描하는 데 그치는 것이다.

그러므로 이러한 소극적인 문학이 발생한 것은 문학의 역사적 과도기의 일개의 수반 현상이며 그 문학적 흥미의 대상이란 것도 주로 경박한 풍속화적인 것에 그치는 것이다.

그러므로 편석촌의 시에서 보는 바와 같이 시가에 있어 개인적 사회적임을 물론하고 성격적 정서가 없고, 공허한 장식, 고독한 감수, 신비화된 물질성과 말초적 신기新奇의 추구, 경기구輕氣球와 같은 위트, 그 가운데에서 표시되는 시인 자신의 정신적 자기 표시밖에는 없는 것이다.

그의 시 「유람자동차」에서 가장 특징적으로 볼 수 있는 것과 같이, 작자는 현실에 대하여 풍속잡지적 흥미, 유람버스 승객 이상의 관찰

---

[88] 원문은 '아니다'로 되어 있으나 문맥에 맞게 바로잡는다.

을 하려고 하지 않는다. 이것이 그의 지적 핵심이 아닌가 나는 생각된다.

이 시인은 현실의 본질적 과정이나 모든 사물의 핵심에는 조금도 관여하고자 아니하고 오직 사물의 표면에 맺힌 이슬[露]을 애무[하]는 것으로서 만족하며, 또한 그것을 향락하는 것이 그의 최고의 시적 정취인 것 같다. 이러한 경향에 의하여 우리의 근대 부르주아 시가는 점점 '무의미한 언어'의 나열로 퇴[보]하고 있는 것은 이제는 더 은폐할 수가 없을 것이다.

만일 인간 생활에 대하여 문학, 시가가 무의미한 것을 이야기[하]는 것이 그 본성이라면 문학, 시가는 부정되어야 할 것이다. 그럼에도 불구하고 절망과 패배의 노래이나 이 시인 등은 이것이 최고의 예술이라고 시적 명예를 달라고 요구하고, 혹은 '가치?의 건전한 평가'와 비현실적인 "시적 현실과 체험과 지성과 감성에 대하여…… 애愛와 이해"를 가져달라고 한다.

그러나 진정한 과학적 비평은 건전치 못[한] 시가에서 '건전한 가치'를 평가할 수 없고 현실과 무관계한 소위 '시적 현실'에 대하여 '애愛'를, '이해'를 가질 수 없는 것은 스스로 자명한 일이 아닌가 한다. 만일 이것이 시평詩評에 있어 '병사적兵士的 관념'이라면 나는 스스로 이런 비평의 병사됨을 명예로 생각하고 싶다.

편석촌의 또는 그의 문학적 계보상의 선조인 영국의 주지주의나 오든W. H. Auden, 헉슬리A. L. Huxley[89]의 문학에 대하여서는 다음날 특별

---

89 원문에는 'Aedon Huxleg'로 되어 있으나, 오든(Wystan Hugh, Auden, 1907~1973), 헉슬리(Aldous Leonard, Huxley, 1894~1963) 두 사람을 지칭하는 것으로 보인다. 오든은 20세기 영국의 모더니즘 시를 대표하는 시인이고, 헉슬리는 『멋진 신세계』로 잘 알려진 소설가이지만, T. S. 엘리엇의 권유로 소설로 전향하기 전에는 시인으로 활동한 바 있다.

한 기회를 갖기로 하고 다음으로 넘어가고자 한다.

5. 개념과 추상의 아세아적 낭만주의

다음으로 최근에 와서 가장 활동적인 시인 가운데서 자유형의 장행長行과 긴 형식의 시를 가지고 금일의 현실을 강하게 부정하면서도, 그것의 대체될 미래에 대하여 그것을 구체적 생활의 형상과 감정을 통하여 노래하는 대신에 추상인 개념으로써 노래하는 한 계열의 낭만주의적 경향을 발견할 수가 있다.

주로 김해강金海剛-김대준[金大駿], [90] 조벽암趙碧巖, 이흡李洽 등의 비교적 우수한 시인 등으로 이 경향은 대표되는 것으로, 석일昔日의 근대시가 가지고 있던 낭만주의 가운데 가장 진보적인 후예라고 말할 수 있을 것이다.

이 경향에 있어 무엇보다도 특징인 것은 속류적 민족시인 등이 공허한 동경에 대하여 기원祈願하고[91] 자유시의 말류자末流者들이 무내용한 형식의 반추를 번복飜覆[92]하고 있는 대신에, 이 시인들은 자기의 시를 새로운 내용에 의하여 발전시킬 것을 확적確適히 의식하고 있고, 또 현실에 대하여서도 주지주의와 같이 절망하고 절대적으로 하는 대신에 그 모든 낡은 세계와 바뀔 새로운 세계를, 또 그것의 필연적인 승리까지를 노래한다.

그리하여 그들은[93] 막연하나마 이러한 역사주의적 입장에 서는 것

---

[90] 김대준은 김해강의 본명이다.
[91] 원문에는 '祈願하는'으로 되어 있으나 문맥에 맞게 바로잡는다.
[92] 원문대로이다. 임화는 '飜覆'이란 단어를 '반복'이란 의미로 자주 사용하고 있다.
[93] 원문에는 '그는'으로 되어 있으나 문맥에 맞게 수정하였다.

으로써 때로는 노동계급의 입장 근처까지 접근하는 일도 있다. 또 그 반면에 어떤 때 그들은 인민주의적인 곳으로 자기를 끌고 가 전前 세대적인 유물에 대한 동경을 노래하는 적도 있다.

그들은 현실적 제 과정에 대하여 과학적인 인식을 하고 있지 못하고 또 그들 자신이 명확히 역사적 사회적 실천의 대하大河 가운데 발을 꽂고 서 있지 못한 때문에, 그들의 시가는 자본주의 이전의 감정으로 충만되고 왕왕 도시나 근대 과학 문명에 [대]한 기피적 태도까지를 표명하는 수가 있으며, 현실을94 실증적으로 관념하는 대신에 생활과 역사를 상상하고 추상하는 것으로, 그들은 미래를 노래하고 또는 금일의 현실에 대하여 부정적인 것이다. 김해강, 조벽암 등의 시작詩作이 상당히 높은 열을 가지고 미래에 대한 확신이나 승리 등을 노래하는데도 그것이 확적히 사람의 가슴을 두드리지 않고 공소空嘯와 같이 들리는 것은 그들의 시를 생활의 정서에 의하여 노래하지 않고 상상의 음향으로 전하려는 때문이다. 이 상상은 동시에 시를 '힘 있게' 하기 위하여 일부러 과대한 형용, 신비적인 장엄한 어구 등으로 시를 유장하게 하며 템포를 느리게 하고 음향을 교향악적으로 만들려고 개념의 세계를 까닭 없이 스케일을 확대하는 것이다.

이 가운데를 흐르는 가장 큰 것은 그들이 아직 '동방' '여명'95 등의 말에서도 볼 수 있는 동양적 낭만주의의 신비와 농촌적인 세계관으로부터 척결剔抉96되지 못하고, 오직 막연히 자본주의를 기피하고 현대 문명까지를 부정하게 되어, 장래에 대하여 과학적인 예견을 갖지 못하고 공상적 강개慷慨나 일종의 허무감에까지 도달하는 것은 관

---

94 원문은 '現實의'로 되어 있으나 문맥에 맞게 수정했다.
95 원문에는 '黍明'으로 되어 있으나 '黍'는 '黎'의 오자일 것이다.
96 원문에는 '剔擇'으로 되어 있으나 '剔抉'의 오식일 것이다.

넘론의 입장에 섰다는 것이다.

그러나 이 경향의 시인들에게 있어 가장 큰 플러스는 그들이 아직 수다(數多)의 전(前) 자본주의적 협잡물로부터 정화되지 못하였음에 불구하고 그들이 명확히 역사주의의 발전의 사상의 긍정자[97]이며 관념적으로나마도 사회의 진보적 부대에 좌단(左袒)하려는 적극성을 지녔다는 것이다.[98]

그러므로 그들은 동요하고 준순(逡巡)[99]하면서도 부단히 전방을 바라보려고 노력하고 역사적인 선도계급과 사업에 대하여 끊임없는 호의를 표시하고 있는 것이다.

그들은 일체의 추상□[의] 공소(空嘯)로부터 떠나 현실[의] 적확[한] 파악에 의하여 우수한 시문학의 생산자가 될 충분한 시적 소질과 가능성을 가지고 있는 것이다.

이러한 가능성은 김해강의 몇 개의 시편이 오늘의 조선 시단의 높은 수준에 놓여 있는 것이나, 또 『전선(全線)』 정월호에 실린 이흡의 「바다를 주저(呪咀)하는 어부(漁婦)」와 같은 시편에서 그 최량의 것을 발견할 수가 있을 것이다.

바다에 나서 바다에 잔뼈 굵어

바다를 뜯어먹고 살던 나는 바다가 원수

짜장 배알꼴에 나도 모르게 미치겠나니 내맘은 미치겠나니

믿음성 있던 귀여운 그이 혼백이라도 내놓으라

그리고 바다를 저 원수의 바다를 먹쉬버리고 그물을 찢어버려라!

---

[97] 원문에는 '旨定능'으로 되어 있으나 '旨'는 '肯'의, '능'은 '者'의 오자일 것이다.
[98] 적극성을 지녔다는 것이다 : 원문에는 '積極은것이다'로 되어 있으나 문맥에 맞게 복원하였다.
[99] 원문에는 '巡逡'으로 되어 있다. 글자 순서를 바로잡았다.

(…중략…)

다시 생각하니 바다는 원수

가난은 더 큰 원수…

이 짧은 시구에서 우리는 이 시인이 바다에 대하여 많은 전前 세대가 증오를 갖고 또 남편의 육신 대신에 혼백을 내놓으라고 말[한] 것과 같은 많은[100] 관념적인 것을 일견一見하면서도 지극히 귀중한 생활의 정서가 노래된 것을 넉넉히 감지할 수 있는 것이다.

그러므로 그는 바다보다도 가난은 더 큰 원수라고 부르짖은 것이다. 이곳에 건전한 문학의 전제가 있는 것을 부정치는 못할 것이다.

6. 프롤레타리아 시의 그 후의[101] 문제

눈을 돌리어 이곳에서 우리들 프롤레타리아 시운동의 일년을 회고할 제 위선 느끼는 것은 지나간 일년이라는 것은 우리들의 활동이란 지극히 부진한 상태에 빠져 있었다는 것을 숨길 수 없[는] 것이다.

물론 이 불활발의 원인이란 물론 그 주요한 것은 주체적인 조건에도 의존하나 가장 큰 것의 하나는[102] 역시 객관적인 조건, 계급적階級敵의 높아진 공세에서 찾지 않을 수가 없다.

진보적인 것은 억류되고 반역사적인 것은 옹호되는 일一 종국적 장면의 화화花火를 뿌려본 안티테제의 일년이었다.

---

100 원문에는 '마튼'으로 되어 있으나 문맥에 맞게 수정하였다.
101 그 후의 : 원문에는 '그로의'로 되어 있으나 바로잡는다.
102 원문은 '하나라'로 되어 있으나 문맥에 맞게 바로잡는다.

수적數的으로 우리 '카프' 시인은 불과 10으로써 헤일 수 있는 가난한 통계밖에 갖지 못하였고 질적으로도 그다지 큰 전진이 우리들의 시가詩歌 가운데 있었다고는 단언할 수가 없다.

그러나 우리들의 시가의 흥륭성쇠興隆盛衰의 모든 운명을 그 위에다 맡기고 그것과 함께 우리가 호흡하는 우리나라의 노동자계급, 근로인민의 생활과 그 활동은 전년에 비하여 오히려 앙양되고 있는 [것은] 우리들 프롤레타리아 시인들로 하여 심심深甚한 반성과 고려를 촉促하는 사실이 아니면 아니 된다.

우리는 전진하는 대신에 예술적으로 다분히 정체하고[103], 현실에 조응하는 대신에 그것으로부터 엄청나게 뒤떨어지고, 동반적 시인이나 노동자 시인의 활동적 유발 대신에 무방침無方針대로 두 손을 맞잡고 있었다.

이러한 모든 것이 금일과 같이 민중과 계급의 생활의 격랑 가운데 있고 바야흐로 질풍노도의 긴장된 사태가 모든 미래의 비약을 초래하면서 진행되고 있는바, 역사적인 다른 시대에 비하여 백배나 급속한 템포와 풍부한 현실 가운데 생활이 영위되는 금일에 우리들의 시가 현실적 제 과정으로부터 이와 같이 뒤떨어지는 것은 용서될 수가 없는 것은 자명의 사실이다.

우리의 시인, 시적 운동에서 무엇보다도 중심적인 것은 이러한 기본적인 과제의 해결에 있는 것이다. 그러나 이러한 제 과제는 이 자리에서 이야기될 수도 없고 또 편폭篇幅의 제한이 있어 다음날을 기다리기로[104] 하고, 위선 시의 창작적 성과에 관련된 2,3의 점을 단편적

---

103 다분히 정체하고: 원문에는 '多分의停滯다고'로 되어 있다.
104 원문에는 '期待리기로'로 되어 있다. 한자어는 우리말의 착오로 보이므로 우리말로 복원하였다.

으로[105] 이야기함에 그치고자 한다.

첫째로 나는 프롤레타리아 시에 있어서의 로맨티시즘 혹은 감상주의적 결함이라는 것에 대하여 일언一言하고 싶다.

우리나라의 프롤레타리아 시의 발생, 특히 그것이 노동계급의 일상적 투쟁의 한가운데서가 아니라 아직 계급이 정치적 문화적으로 유소幼少하였을 때, 부르주아시 가운데의 선진적 부분이나 ××적 소시민 인텔리 등의 손으로 그 운동이 일어났을 때, 그것이 부르주아시의 잔재와 시인들의 심신적心身的 심리로부터 자유일 수 없었다는 것은 불가피한 일이다.

더구나 각양各樣의 낭만적 사상에 의해[106] 특징화되었던 근대 조선의 시적 공기 가운데서 나이 젊은 프롤레타리아 시가 낭만주의로부터 완전히 자기를 정화하지 못했던 것도 또한 사실이다.

그러므로 소설 희곡 등에 있어서도 그렇지만 더욱이 프롤레타리아 시가에 있어서는 조선의 정신적 환경의 공기에 충만한 낭만주의로부터 결별하려는[107] 노력은 금일까지의 프롤레타리아 시가[개] 발전한 한 측면사側面史인가 한다.

그러나 이것은 대단[히] 힘드는 어려운 씨름이[었]다. 격렬한 격투를 통하여 우리들 시가 자기의 정서 감정의 세계를 점령하기는 지극히 어려운 일이었다.

막심 고리키Maxim Gorki가 어떤 곳에서 말한 것과 같이 이곳에서는 예술적인 값비싼 수업료가 지불된 것이다.

소위 과거의 프롤레타리아 시 가운데 있던[108] 낭만주의와 감상주

---

105 원문에는 '斷詩的으로'로 되어 있으나 오식으로 보아 바로잡는다.
106 원문은 '依한'으로 되어 있으나 문맥에 맞게 바로잡는다.
107 원문에는 '抉別하려는'으로 되어 있으나 '抉'은 '訣'의 오식일 것이다.

의를 비판한다는 30년대의 운동이 위선 그 고액의 월사금을 지불했다고 생각한다.

그것은 프로시로부터 부르주아적인 요소인 낭만주의를 비판한다고, 우리들의 시로부터 시적인 것 즉 감정적 정서적인 것을 축출해버리고 말았다. 그리하여 말라빠진 목편木片과 같은 이른바 '뼈다귀시'가 횡행한 것이다.

그렇다고 해서 나는 30년대 이전의 낭만주의나 감상주의적 경향을 옹호하는 것은 아니다. 이러한 것은 우리들의 젊은 시가 과거의 부르주아시로부터 물려받은 악한 유산임은 틀림없는 것이다.

그러난 지난 9월 『조선일보』에 실린 이정구李貞求의 시론詩論 「감상주의를 버려라」[109] 가운데서 보는 것과 같은 그러한 기계주의에 대하여는 날카롭게 대립하고자 한다.

물론 이 논자의 기계주의는 30년대의 그것과는 성질을 달리한다. 그것은 벌써 지금은 '뼈다귀시'의 비참한 결과를 체험한 뒤이므로 그렇게까지 몽둥이를 들고 나서지는 않는다. 이 논자는 로맨티시즘을 무비판적으로 배격해버리지는 않는다고[110] 말하였다.

그리고 시는 감정이나 정서를 노래하는 것이라고까지 긍정하고 있다. 그리고 그것이 필요한 것은 어느 계급의 감정 정서이냐 하는 것이라는 것도 잘 이해되었다.

그러나 이러한 이해는 단지 추상적 논리에서만, 입 가운데의 언어적 교리敎理로서만 이해되었음에 불과하고 그것이 구체적인 작품에

---

108 원문은 '잇듯'으로 되어 있으나 문맥에 맞게 바로잡는다.
109 이정구, 「詩에 대한 感想」(『조선일보』, 1933.9.19~23)이란 글을 가리킨다. 이 글은 처음 2회는 '벗아! 感傷主義를 버려라'라는 부제를, 그 다음 3~5회는 '그대의 로맨티시즘을 버려라'라는 부제를 달고 있다.
110 원문에는 '안는다?'로 되어 있다. '?'는 '고'의 오식일 것이다.

향하자 그것은 졸지에 곤봉으로 변하고 만다.

내가 내 시의 이야기를 꺼냄은 대단히 우스운 일이나, 이 논자가 주로 필자의 시의 비판을 중심으로 이야기를 전개시킨 만큼 부끄러운 이야기나마 꺼내고자 한다.

임화의 대표작? 「우리 오빠와 화로」와 「요코하마의 부두」를 비판하면서 "임화가 지금 아무리 나는 그 시에서 결코 센티멘털리즘을 강조하려고는 안 했다고 항의를 한대도" 그곳에는 오직 센티멘털리즘의 고조高調 밖에는 없다고 말하였다.

물론 이곳에서 나는 그러한 부정적 강조를 하고자 하지는 않으며 또 부질없는 항변도 안 하려고 한다. 그러나 「우리 오빠와 화로」에서 보는 '두 개의 화젓가락'이나 「요코하마의 부두」에서 그려진 '비오는 날'이란 것 등이 모두 다 예술상에서의 소위 '우연성의 의뢰'일까? 우연은 필연의 일 계기라는 것은 일찍이 선배가 한 말이다.

즉 '비오는 것' '화젓가락' 그 외의 일체 만물이 각개의 상태에서 필연성과 상호 연관에 대한 의식이 없이 관찰한다면 모든 것은 우연일 것이다. 그러나 일 계기가 되며, 따라서 우연성이란 맑스K. Marx의 말과 같이 '의식되지 않는 필연성'인 것이다.

물론 필자의 시에 있어서도 이런 것이 계기적 연관을 떠나서 파악되었다면, 즉 우화적寓話的으로 노래되었다면 그것은 우연[111]에의 귀의가 될 것이다. 그러나 있는 것, 있을 수 있는 것을 노래하고 표현의 계기를 만드는 것이 우연에의 의뢰는 안되는 것이다.

프롤레타리아 시인은 자발自發도 기물器物도 노래할 수 없다면은 프로시는 위선 예술인 것을 그만두게 될 것이다.

---

111 원문에는 '依然'으로 되어 있으나 문맥상 '우연'일 것이다.

이 논자는 너무나 곤봉을 내두름에 성급하였다. 그리하여 「요코하마의 부두」가 분명히 비오는 낮[晝]이 노래되었음에도 불구하고 '비오는 밤[夜]'이라고 도장을 눌러버렸고, 우리들 특히 임화의 시가 가지고 있던 약점인 감상주의를 순전한 부르주아적 감상주의[112]로부터 구별할 것을 잊어버리었다.

이 시의 주요한 결함인, 감정이 개인적 한계로 국한된[113] 것이나, 가정적 신변적인 것 등이 더 많이 감정을 '센티'하게[114] 과장하였다는 것 등에 대하여서, 또 그 전의 시, 그 뒤의 시에 대하여 어떠한 관계와 의의를 갖는가의 모든 중요한 점을 이야기하는 것을 불행히 잊어버리었다.

일체의 과거에 대하여 곤봉을 휘두르는[115] 것은 결코 우리들의 시가를 전방前方으로 이끄는 유의有意한 비판은 아니다.

이러한 곤봉을[116] 망또 속에 감춘 신사적 비평은 우리들의 시詩□의 성실한 비판으로부터 함께 물러가야 할 것이다.

다음에는 권환權煥의 시편 특히 「장개석蔣介石의 노래」나 「히틀러의 노래」 등의 소위 풍자의 시를 중심으로 이야기된 문제이다.

이것에 대하여는 필자도 다른 곳에서 약간 이야기하였고[117] 또 박

---

112 원문에는 '流傷主義'로 되어 있으나 수정했다.
113 원문에는 '局界된'으로 되어 있으나 오식으로 보아 바로잡는다.
114 원문에는 '「센티」하며,'로 되어 있으나 문맥에 맞게 바로잡는다.
115 곤봉을 휘두르는: 원문에는 '根據을두은'으로 되어 있다. 하지만 다음 문장의 '이러한 곤봉을'도 원문에는 '이러한 根據을'로 되어 있는 것으로 보아, '根據'는 '棍棒'의 오식임이 분명하다. '두은'은 곤봉이라는 문맥에 맞게 '휘두르는'으로 바로잡았다.
116 곤봉을: 역시 원문에는 '根據을'로 되어 있으나 문맥상 의미로 보아 바로잡는다.
117 이 글 이전의 임화의 글에서는 풍자시 혹은 풍자문학에 대한 언급이 발견되지 않는다. 그런데 얼마 뒤에 발표된 「현대문학의 제 경향」(『우리들』, 1934.3)에 풍자에 대한 간단한 언급이 이루어지고 있다. 임화가 여기서 '다른 곳'이라 한 것은 바로 이 「현대문학의 제 경향」을 가리키는 듯하다. 원래 그 글은 「1933년의 조선문학의 제 경향과 전망」(『조선일보』, 1934.1.1~14)의 후반부이지만, 어떤 사정으로 인해 연재가 중단되었다가

승극朴勝極 특히 윤곤강尹崑崗 등의 소론所論에 있어 상당한 정도로 논의 된 것이나,[118] 지금 이 문제에 대한 명확한 견해는 대단히 필요하다고 생각한다.

무엇보다도 현재의 프로문학이 당면하고 있는 외적인 곤란을 초월?한다는 일 방법으로 풍자문학의 문제가 제기될 때 우리는 충분한 용의用意를 가지고 이것을 생각해야 한다는 것이다.

첫째로 '풍자'의 문학, 시가라는 것이 현□[재]의 곤란을 초월할 수가 있느냐 하는 문제이다. 그러나 '풍자'라는 것은 대상에 대한 적극적인 증오憎惡라든가[119] 또 직충적直衝的인 것이 아니다. 그것을 냉소적으로 부정하거나 한껏해야 씨니시즘을 가지고[120] 대하는 한계에 머무르는 것이므로, 적극적으로 그것을 어찌할 수 없는[121] 소극적인 것임을 알 수가 있다. 더구나 금일의 현실이 냉소나 히니쿠皮肉로[122] 부정되기에는 너무나 통절痛切한 것임을 생각할 때 풍자라는 것은 현실에 직면적直面的으로 대할 수 없는 소시민적 부정, 주지적主知的 부정과 공통되는 것을 알 수가 있을 것이다.

그러나 프롤레타리아에게는 희극도 유머[123]도 없는가 하면 그런 것은 아니다. 그러나 이러한 유머가 소심한 중도반단적 소시민의 무력

얼마 뒤 나머지 부분을 『우리들』이란 잡지에 게재한 것으로 보인다. 원래는 이 글과 동시에 발표될 예정이어서 '다른 곳에서 약간 이야기하였고' 식의 과거형 서술을 한 것으로 추정할 수 있다.

118 박승극, 「최근의 푸로 詩壇─權煥의 詩篇들」(『조선일보』, 1933.9.30~10.4), 윤곤강, 「詩에 있어서의 諷刺的 態度」(『동아일보』, 1933.11.25~11.29)를 가리킨다.

119 원문에는 '慘惡라든가'로 되어 있는데, '慘'은 '憎'의 오자로 보인다.

120 원문에는 '가리고'로 되어 있으나 수정하였다.

121 어찌할 수 없는: 원문에는 '엇 알수잇는'으로 되어 있다. '알'은 '할'의, '잇는'은 '없는'의 착오로 보이며, '엇' 다음에 '지'자가 결락된 것으로 보인다.

122 원문에는 「皮肉」으로'로 되어 있다. '皮肉'은 일본어로 '비꼬기·풍자·야유'라는 뜻.

123 원문에는 '유미모어'로 되어 있다.

한 '웃음'의 웃음이 아닌 것을 구별해야 한다.

프롤레타리아계급에게 있어서는 유머는 훌륭한 교육자라고 선배는 말하였다. 그것은 대상에[124] 대한 압착壓着된 불가항력으로부터 나온 소극적 부정 그것이 아니라, 자계급의 후퇴부대 혹은 동반적 속屬의 사람들의 "결점을 지적하고 어떻게 그것을 제거할 것인가를 교시教示하는 정다운 풍자"루나차르스키[A. V. Lunacharskii] 그것이다.

따라서 그것은 노동자계급이 "그것을 들여다보고 얼굴의 더러운 것을 씻어버릴 필요를 느끼는 거울[鏡]"인 것이다.

그러므로 부르주아문학은 몰리에르Molière나 고골리N. V. Gogoli에서 볼 수 있는 풍자가 있는 것이다. 그러나 프롤레타리아문학에서 보는, 특히 권환의 시에서 볼 수 있는, 대상을 '원려심심遠慮深深' 냉소하는 풍자 그것은 장개석이나 히틀러A. Hitler적 세계에 대하여 아무것도 아닌 것뿐만이 아니라, 노동자계급에게도[125] 하등 감흥을 주지 못한다. 마치 그것은 옷 입은 위로 가려운 곳을 긁는 것 같은 그러한 것에 지나지 않는다.

이것은 시가가 현실에 대하여 자기의 입의 한 귀퉁이를 스스로 막는 그것이다.

더구나 권환의 시에 있어서는 윤곤강의 말과 같이 "풍자가 풍자를 하는 주체"에 의하여 노래되지 않고 객체의 입을 통한 만큼 시의 현실감과 비판력이 동시에 희박해진 것은 어찌할 수 없는 것이다.

만일 이것을 일본의 아오노 스에키치靑野季吉[126]와 같이 "프롤레타리아문학 가운데서 일어나는 의식적인 풍자의 욕구"라든가 "설명說明한

---

124 원문에는 '對衆에'로 되어 있으나 '衆'은 '象'의 오자일 것이다.
125 원문에는 '勞動者階級에서도'로 되어 있으나 문맥에 맞게 바로잡는다.
126 아오노 스에키치 : 원문에는 '卯野季吉'로 되어 있으나 '卯'는 '靑'의 오식일 것이다.

영리한 방법"이라고 평가한다면 이것은 도망하는 데만 영리한 병사의 변명에 지나지 않을 것이다.

그러므로 우리들의 시에 있어 권환의 시가 노래한 그러한 대상은 언제나 직각적直覺的인 감정을 통[해]야만 가치 있는 시를 만들 수 있고, 풍자라는 것은 후진한 계급층이라든가 농민이라든가 또 소시민의 일부라든가의 생활 가운데서 진정한 진로를 가로막고 있는 협잡물에 대하여 그들로 하여금 그것으로부터 자기를 정화시키는[127] 것을 돕는 유머 희극이어야 한다.

그러므로 이러한 시에서는 건전한 감각, 박력 있는 열정 그 모든 것이 결함[이] 되는 것이다.

이러한 소시민적 영향인 주지적 감각의 이토泥土로부터 우리들의 시[는] 정화되어야 하며 우리들의 풍자시는 권환의 시편과는 전연 다른 경지에서 자기의 길을 개척해야 할 것이라고 나는 생각한다.

그리고 이밖에도 백철白鐵의 시 특히 대중적 낭독시로서 국제 노동자의 일상 ✕✕ 가운데서 창조된 형식인 '슈프레히코르'[128]나 낭독시, 또 음악과 시의 관계, 이야기할 많은 것을 가지고 있으나 소정의 제한을 훨씬 넘고 하여 모두 다 후일을 기하고 또 조론粗論 가운데 있는 많은 결함을 숨김 없이 교시해줄 것을 동지들에게 기대하면서 붓을 놓는다.

1933.12.20

---

127 원문에는 '爭化시간'으로 되어 있으나 수정하였다. '爭'은 '淨'의 오자일 것이다.
128 슈프레히코르(Sprech-chor) : 시구(詩句)나 대사 같은 것을 효과적으로 전달하기 위하여 간단한 리듬이나 억양을 붙여 집단적으로 제창(齊唱)하는 낭독 형식.

1933년의 조선문학의 제 경향과 전망

1. 서—동시대의 조선문학

역사라는 것은 정확한 예언보다 항상 더 확실한 것이다. 그것은 말하는 대신에 산 현실의 구체적 자태를 가지고 보여지는 것임으로써이다.

그러나 역사적인 장래에 대한 예견에서도 그러한 것과 같이, 현실이 제시하는 생생한 역사의 자태도, 보는 방식과 태도에 따라 여러가지로 반영될 수가 있는 것이다.

조선의 문학자들이나 출판기관이 해마다 신년을 당할 때마다 지나

- 『조선일보』, 1934.1.1~14.
1 이 글은 무슨 사정이 있었던지, 연재가 완결되지 못했다. 나머지 부분은 「현대문학의 제 경향」이라는 제목으로 『우리들』 1934년 3월호에 발표되었다. 그러나 그 사이에 원고가 수정되었을 가능성도 있어 두 개의 글을 통합하지 않고 별도의 글로 처리한다.

간 일년 동안의 업적을 회고하고 따라서 새로운 해에 벌려질 방향에 대하여 전망한다는 것은 대단히 좋은 일의 하나이나, 이것이 찌그러진 거울[鏡]로 비추어질 때는 현실은 사람을 교훈하는 대신에 거울을 깨트리는 것이다. 이러한 것은 정확한 문학사도 아니며 물론 진실한 비평도 아니나. 오직 위대한 창소와 아름다운 발전의 길을 파괴하고 부패한 이녕泥濘의 길을 놓는 데에 지나지 않는 것이다.

이러한 문학사와 비평을 오예汚穢로부터 구출하고 문학을 아름다운 창조적 전진의 대로로 인도할 유일의 수단은 모든 형이상학과 관념론으로부터 정화된 (⋯략略⋯)[맑시]주의적 비평의 과학적 방법만이 오직 가능한 것이다.

그러므로 우리는 많은 사람들이 하는 것과 같이 조선의 문학 일반을 이야기하는 것이 아니라 금일 동일한 시대에 호흡하는, 조선문학을 사실상 특징지으며 성격화하고 있는 두 개의 상이한 문학의 구체적인 평가로부터 출발하는 것이다.

동시대적 공기 가운데 생활하고 있는 이 조선문학의 구체적인 제조류와 거기에² 관한 과학적인 인식이 없이는 우리들은 결국 조선의 문학이 정말로 어떠한 것인지를 모르고서 조선의 문학에 대하여 이야기하는 데 지나지 않는다.

물론 우리나라의 문학이 일찍이 '신문학' 혹은 '근대문학'이란 단일적인 개념 밑에 성격화되었을 때에 있어서는 이러한 이야기는 문제의 대상이 되지 않았으나, 우리나라의 민족 생활과 문학 발전의 길은 조선문학에 대한 이러한 전일적全一的 개념을 전혀 죽은 '개념'으로 지양해버리고 말았다.

---

2 원문은 '거게'로 되어 있다.

1920년으로부터 1923~4년까지의 조선의 문학은 그 가운데 소소한 차이는 있을지언정 본질적으로 공통된 개념 가운데 포괄될 수가 있었었다.

일찍이 비평가의 한 사람은, 이 시기를 가리켜[3] 조선문학의 형성기이며 그 황금시대라고까지 부른 일이 있다.

물론 그 시대의 조선문학이 다른 나라에서 볼 수 있는 것과 같은 그러한 현란한 황금시대이었는가는 의문이나 하여간 한 개의 '절정'이었었다는 것은 틀림이 없는 말이다.

1914~8년의 대전大戰이 끝난 뒤 전세계를 석권하던 질풍노도疾風怒濤 가운데서 일어난 위대한 정치적 운동의 압력 밑에 문학적 근대의 새로운 제너레이션은 저녁 하늘의 별떼와 같이 머리 들고 일어났다.

그리하여 젊은 의기意氣에 불타는 청년들은 그 이전이나 이후를 통하여 조선의 부르주아문학의 영역 가운데서 일찍이 볼 수 없던 범위에 있어서 조선 사람의 생활에 그 영향을 주었다.

이 시대의 작가 시인들에게 있어서 그 주도적 정신이 되었던 것은 과거 조선 민족의 생활과 문화의 발전을 조해阻害하던 봉건적 유제遺制와,[4] 민족적인 민주주의적 정신 그것이었다.

그러나 일찍이 조선의 근대문학의 대표자들이 자기의 예술 가운데서 요구하던 데모크라시의 정신이란 것은 뒤떨어진 조선의 경제적 문화적 수준에 의하여 커다란 제약을 받았다.

봉건적 유제遺制인 임페리얼리즘에 대한 공연公然한 태도 대신에 또는 개인적 인간적 자유에 대한 확고한 사회적 요구 대신에, 근근히 가장제家長制 가운데의 미약한 반항이, 그리고 근대적 유물론과 실증

---

3 원문에는 '가르처'로 되어 있는 것을 수정하였다.
4 원문대로인데, 문맥상으로 보면 '유제에 대한 비판 혹은 저항'이 되어야 할 것이다.

주의적 사상 대신에 낭만적 정신과 천박한 이상주의가 문학의 내용을 지배하였다.

염상섭廉想涉, 김동인金東仁[5] 등의 대표적 시[인] 작가의 작품들은 철저한 리얼리즘 대신에 소부르주아지의 부정적 리얼리즘 — 자연주의가 그 주요한 성격을 이루고 있으며, (…략略…) 제작諸作은 공허한 이상주의에 의하여 관철되어 있다.

특히 이 시대의 시문학은 우리들 가운데의 어떤[6] 비평가가 정당히 지적한 것과 같이 로맨티시즘의 황금기였다.

주지하는 바와 같이 낭만주의는 회고적이고 환상적幻想的이며 관념적이다. 그만치 그것은 생활의 현대성을 노래하는 대신에 과거를, 현실 대신에 상상을, 물질세계 대신에 관념세계를 보다 더 현실적이라고 생각하며 보다 더 주요한 것으로 파악하고 있는 것이다.

동시에 낭만주의는 "대단히 현저한 정도로 자본주의 이전의[7] 사회적 제 계급과 결부되어 있고 농촌과 영지領地에 관련"[8]되어 있는 것이다.

대략 이러한 여러 가지의 조류가 조선의 근대문학 화려하던 시절의 특징을 형성하고 있었던 것이다.

말할 것도 없이 부르주아문학의 이러한 제 성격은, 조선의 진정한[9] 발전의 촉진자인 근대적 노동계급이 아직 '그 자신으로서의 계급'으로부터 '자기를 위한 ××[계급]'에까지 성장하지 못한 시대의, 다시

---

5 원문에는 '金東化'로 되어 있으나 '化'는 '仁'의 오자일 것이다.
6 원문은 '엇던던'으로 되어 있다.
7 원문에는 '○前의'로 탈자되어 있는 것을 복원하였다.
8 프리체(V. M. Friche)로부터의 인용이다. 프리체, 송완순 역, 『歐洲文學發達史』, 개척사, 1949, 192~193면.
9 원문에는 '痛正한'으로 되어 있고, 게다가 '痛'자는 옆으로 누워 있다. '痛'은 '眞'의 오자일 것이다.

말하면 조선의 민족 생활이란 단일적 개념 밑에 포괄되던 시대의 문학적 성격이다.

그리하여 이 시대의 작가들은 대체로 발흥하려고 하는 부르주아지와 소부르주아지의 복잡한 희망을 반영한 것으로, 그들 가운데의 진보적인 일부는 노동××[계급]에 대하여도 상당히 동정하였고 그들의 사상은 노동자 문제도 해결할 것이라는 환상을 가지고 있었다. 그러나 1920년대의 고양된 파도 퇴조退潮와 한가지 현실의 급속한 발전은 이러한 환상에 대하여 위선爲先 일격을 가하고 조선문학의 단일적 성격을 파괴하고 말았다.

조선민족 생활의 거대한 내용으로 발전하는 계급적 분화, 노동자 계급의 성장은 1923~4년[10]에 이르러 거대한 비약의 시기를 현출現出케 하여 문학적 생활 위에도 그 커다란 그림자를 던졌다.

이리하여 문학 가운데의 자기 분열의 절정絶程은 급속히 발서發序되어[11] 박영희朴英熙 김기진金基鎭 등의 우수한 시인 비평가로서 대표되는 과거 부르주아문학의 최량의 부분이, 퇴화하고 반동화하고 있는 문학으로부터 분리하야 공연한[12] 대립을 선언하였다.

이후 신경향파新傾向派와 과거 문학의 대표자들과의 대항으로부터 비롯하여 근 십년 동안 조선의 문학은 이러한 두 개의 상반된 문학 ―퇴영退泳의 문학과 진보의 문학 ― 의 끊임없는 (…략略…)의 관계로서 성격화된 것이다.

요컨대 조선의 근대문학은 한 번도 예술적으로[13] 자기를 완성하는

---

10 원문에는 '一九三―四年'으로 되어 있다. '二'자가 빠진 것이어서 복원하였다.
11 절정은 '絶頂', 발서는 '發展'의 오식으로 보인다.
12 원문에는 '○然한'으로 되어 있으나 문맥에 맞게 복원하였다.
13 원문에는 '術藝的으로'로 되어 있다. 글자 순서를 바로잡았다.

일이 없이, 한 사람의 적확한 리얼리스트를 가져본 일이 없이 퇴화의 길을 걸어간 것이다.

과거의 부르주아문학이 아직 해결치 못하고 접근도 못해본 수많은 문학상의 과제가 그 젊은 계승자 프로문학의 두 어깨 위에 부담되어 조선문학의 정말로 위대한 청춘이 이 위에 약속된 것이다.

그러나 조선문학의 낡은 대표자와 그 에피고넨들은 예술적으로 자기를 발전시키는[14] 대신에 삼문三文[15]의 통속적 대중문학과 안가安價한 '감각의 세계'에 침윤하면서 낡은 시대와 함께 물러나고 있는 것이다.

이것이 동시대에 생활하는 조선문학의 산 형상이다.[16] 다음에 우리는 지난 33년간을 통하여 구체적으로 보여진 문학적 제 현상을[17] 통하여 이것을 보아가자.

2. 심화하여 가는 근대문학의 위기

◇ 문학의 사상성에 대한 새로운 편애

누구에게도 알려진 것과 같이, 조선의 근대문학의 낡은 부분의 근본적 특질은 그들이 예술의 순수성에 대하여 절대에 가까울 만한 고집을 한 데에 있는 것이다. 그들이 언제나 주문呪文과 같이 신흥하는 문학에 대하여 덮어씌운[18] 비난의 초점은 문학이 어떠한 특정의 사상

---

14 원문에는 '發展식히고는'으로 되어 있으나 '고'자가 잘못 삽입된 것이므로 삭제하였다.
15 '서문'이라는 의미.
16 원문에는 '形衆이다'로 되어 있으나 '衆'은 '象'의 오식일 것이다.
17 역시 원문에는 '現衆을'로 되어 있는 것을 수정하였다.

과 정신에 대하여 의식적이려고 한다는 곳에 있었다. 즉 '신흥하는' 문학이 주로 내용에 치중하는 것으로써 예술성을 돌아보지 않고, 동시에 작품의 내용=정신의 고조는 예술성을 파괴하여 문학을 무가치한 선전문으로 화하게 한다는 것이었다.

이것의 생생한 현실적 증명을 위하여서는 별다른 예를 열거할 필요조차 없는 것으로, 수년 전 신경향파와 예술지상주의파, 특히 박영희와 염상섭의 논쟁[19]을 보면 일목요연할 것이다.

그러나 이러한 문학의 순수성에 대한 강조도, 그것이 중세기적 봉건적 시대의 귀족의 문학인[20] 종교문학에 대하여 향하여졌을 때는 진보적이었었다. 하지만 그들의 문학의 생생한 현실적 내용은 상실되고 새로이 발흥하는 계급의 문학에 대해서 향해질 때에는 말할 것도 없이 그것은 반역사적인 것이다. 그럼에도 불구하고 그들은 불멸의 예술성과 예술의 사상에 대한 비의식성=순수성을 가지고 그들의 공허한 문학의 성격을 변호하여온 것이다.

그러나 현실적 과정의 거대한 발전과 낡은 세계의 위기의 급속한 진행은 부르문학의 성격을 근본적으로 다르게 하였다. 조선에 있어 민족부르와 그 추종자들이 이 공공연한 '낡은 시대와 체제'의 옹호자로 역사의 전진하는 과정으로부터 물러가면 물러갈수록, 그들의 이데올로기적 생활의 전 부분, 그 중에도 가장 복잡하게 이것에 의존하는 예술, 문학까지가, 최대의 명확성을 가지고 문화와 예술의 순수성

---

18 원문에는 '뒷겨씨운'이라 되어 있다. 표준어로 바로잡았다.
19 계급문학의 가능성을 두고 1926년에 염상섭과 박영희 간에 벌어진 논쟁. 염상섭의 「소위 신경향파에 與한다」(『조선일보』, 1926.1.1)에 대해 박영희가 「신흥예술의 이론적 근거를 논하는 염상섭 군의 무지를 駁함」(『조선일보』, 1926.2.3~19)으로 반박하였고, 이에 대해 염상섭의 「프로레타리아문학에 대한 P씨의 言」(『조선문단』, 1926.5)이 이어졌다.
20 원문에는 '文學이'로 되어 있으나 문맥에 맞게 바로잡는다.

을 방기하였다.

이 현상은 금일의 예술적 문학적 발전의 내용을 천명하는 데에 있어서의 최중요最重要의 문제로서, 낡은 세계의 체제가 새로운 세대의 체제에 의하여 대단히 강하게 눌리기 시작하고 그것에 대한 명확한 적극성을 가지고 대하지 않으면 아니 될 만큼 모든 사태가 급박해진 것을 말하는 것이다.

동시에 이것은 객관적으로 낡은 세계가 구할 수 없는 위기 가운데서 있다는 것을 증시證示하는 사실이 아니면 아니 된다.

따라서 문학·예술의 순수성 방기와 일정한 사상·정신에 대한 높아가는 편애는, 조선의 문학이 벌써 단일적 성격으로서 대표되지 않는다는 현실에 대한 자기 긍정이며, 동시에 그들이 도달한 예술적 달성의 수준을 '과거의 정신'에다 결부시키는 것으로써 문학을 와해와 퇴화의 길로 인도하는 것이다.

이 점에서, 그들이 신경향파에 대하여 [가하는], 문학이 사상에 대하여 의식적인 때는 예술을 무가치하게 만든다는 비난이 그들의 의도와는 전연 반대의 의미에서 진리로서 그들의 머리 위에 내려앉는 것이다.

왜 그러냐 하면 발전하는 사상에 대하여 좌단左袒하는[21] 때 문학은 현실의 풍부한 내용을 진실히 반영할 수 있고 동시에 위대한 예술적 발전이 그 운명 위에 약속되는 데 반하여, 역사적으로 후퇴하고 있는 사상의 추종자가 될 때 문학은 현실의 다양한 내용을 그 작품 위에 담을 능력을 상실하고 동시에 예술적인 완성 대신에 와해가, 발전 대신에 퇴화가, 현란[22] 대신에 멸망의 고적孤寂이 그 길을 장식하게 되는

---

21 원문에는 '左擔하는'으로 되어 있으나 '擔'(약자는 担)은 '袒'의 오자일 것이다.
22 판독이 어려우나, 앞 글자가 '殉'으로 되어 있으며, 뒷 글자는 '爛'과 유사하다. '殉'을

것이다.

조선문학 위에 있어서 이러한 특정의 사상과 정신에 대한 의식성이 표현되기는 근대문학의 형성 시대부터 이상주의문학 등에 있었다고 볼 수 있으나 특별히 고조된 편애가 나타나기는 수년래數年來의 일이다.

그들 가운데의 가장 유력하고 지도적인 작가 춘원春園 이광수李光洙의 작품 가운데서 이 경향은 비로소 명확한 상태를 갖추어가지고 나타났다.

『단종애사』, 『이순신』 등의 소위 역사소설 — 다분히 통속적인 — 에 있어 그것은 완전한 봉건적 과거에 대한 동경으로 나타나, 그의 작가적 활동의 그 뒤의 모든 부분을 갈수록 더 일관하고 있는 것이다. 이 춘원의 역사문학에 있어서는, 과거 20년대의 낭만주의가 대단히 복잡한 과정을 통하여 부분적으로 자연경제적 조선과 결부되어 있었던 것과는 반대로, 대단히 똑똑한 형태로 직선적인 과정을 통해서 전적으로 봉건적 과거와 결부되어 있었던 것이 가장 큰 특징이다.

물론 이 경향은 20년대의 낭만주의보다도 더 완전히 과거와 결부되어 있고 더 우심한 정도로 비문명적이고 반역사적인 것은 중언重言을 요要치 않을 바이다.

그의 문학에 있어서는 안전眼前의 현실에 대하여 용기있게 대하고 또 그것에 향하여 힘있게 행동하려는 의욕 대신에 그는 '상실된 과거의 몽환' 가운데서 잠자는 것으로써, 뿐만 아니라 공허한 과거에 대한 동경 가운데로 독자를 몰아넣는 것으로써, 금일의 현실에 있어서 자기 계급을 위태케 하는 사람들에게 항복의 정신을 이야기하는 것이다.

'絢'의 오식으로 보아서, '현란'으로 추측한다.

특히 춘원이 비교적 본격적인 태도를[23] 가지고 집필했다고 볼 수 있고 그만큼 제재를 현대 생활의 한가운데에서 구한 소설『흙』을 읽어보면 '항복의 정신'은 더 한층 적극적으로 이야기되고 있다. 뿐만 아니라 이 정신의 설명을 위하여 생생한 현실은 조각조각 떼어 떨어지고 왜곡되어 있어 그의 작품의 예술적 형상을 대단히 빈약한 것으로[24] 만들고 작자의 귀중한 예술적 노력과 천분天分은 애연哀然한 결말을 짓고 있다.

『흙』 가운데 움직이는 많은 인물과 생활과 자연에 대한 작가의 상당히 높은 형상적 묘사의 기능은 지극히 제한된 지엽적 부분에만 작용했을 뿐이고 작자의 세계관은 주요한 부분에서 인물과 생활의 제 관련을 개념화하여 현실에 '있을 수 없는 것'을 만들어버리었다.

특히 작자가 이 작품 가운데서 기도企圖한 조선 농촌 현실의 여러 가지 과정에 대하고 있는『흙』 가운데의 리얼리티는 상당히 많은 가치 있는 수확을 남기었음에도 불구하고, 작자의 '인민주의' ─ 현대의 말로 하면 민족개량주의로서 표시되는 사상의 설화說話와 주인공으로 하여 그것의 실천자로 만들려던 곳에 이르러서 작자의 현실을 보는 눈은 당장에 무디어지고 만다.

이리하여『흙』의 작가는 금일의 조선 현실을 움직이고 있는 기본적 '힘'이 무엇이라는, 특히 도시와 농촌에 대한 전소혀 독단적인 관찰로 시종하고 만 것이다.

더욱이 조선의 근대문학의 건설자의 한 사람이고, 금일에 있어서도 그들의 대표적 작가의 작품 가운데서 이러한 경향을 볼 수 있는 것은 주목할 현상이며 교훈적인 사실이다.

---

23 원문에는 '態度는'으로 되어 있으나 문맥에 맞게 바로잡는다.
24 원문에는 '것을'로 되어 있으나 문맥에 맞게 바로잡는다.

이러한 '과거의 정신'에 대한 편애로 말미암아 문학 향기 높은 예술성을 구축驅逐하고 있는 것은 『흙』의 작자 이외에 도처에서 발견할 수 있을 뿐만 아니라, 금일의 부르주아문학의 지도적 작가의 대부분의 활동을 지배하고 있는 현상이다.

그 전날의 조선적 자연주의의 심각한 대표자의 한 사람이던 김동인金東仁의 통속 소설 『해뜨는 지평선에』[25] 『운현궁의 봄』 등은 춘원의 제작諸作에 비하여 훨씬 더 비속한 것이나 그것들과 동일한 작가적 태도와 정신으로 무장되어 있으며, 본격적 흥행 본위의 윤백남尹白南의 강담소설講談小說 등은 이러한 반동적 역사문학이 얼마나 광범히 금일이 부르문학을 사로잡고 있는가를 볼 수 있는 것이다.

그러나 모두 다 이것을 예술문학이라고 평가하기가 얼마나 어려운 일인가는 논쟁의 여지를 두지 않는 문제이다.

더구나 대중문학이라는 것이 4~6년 전만 해도 조선의 신문 잡지에서 찾아볼래야 볼 수 없던 것이 지금에는 이러한 독물讀物을 싣지 않은 출판물이 없을 만치 세력을 가지고 있는 것은, 조선의 문학과 문화의 발전에 대하여 양심을 가지고 생각할 수 있는 사람들에게 있어서는 심히 교훈에 가득찬 사실이다. 즉 이러한 비예술적 문학이 20년대 ─ 근대문학의 발흥기에서가 아니라 금일에 나타났다는 사실뿐만 아니라 이것이 그들의 지도적 작가들에 의하여 의식적으로 '과거의 정신'을 따라서 나타나고[26] 있는 것은, 부르주아문학의 변화하여 가는 위기를 이야기하는 유력한 한 개의 사실이다.

그밖에 우리는, 약간의 시인들 가운데서 발견할 수 있는 소위 '애

---

25 임화의 원문에는 '『해뜨는水平線』'으로 되어 있으나 정정하였다. 이 작품은 『매일신보』, 1932.9.30~1933.3.18에 연재되었다.

26 따라서 나타나고: 원문에는 '달아서나타하고'로 되어 있다.

국적 강개慷慨'의 경향을 이 문제와 결부시킨다면, 흥미있는 결과를 얻을 수가 있다.

일시 그 선 굵은 낭만주의적 열정을 가지고 노래하던 파인巴人 김 동환金東煥의 최근의 시풍을 보아도 왕년의 높은 열정은 간곳이 없고 안가安價의 회고적 감정의 유희에 시종하고 있는 것을 볼 수 있다. 그 의 산문풍의 「수표교반음水標橋畔吟」 등은 특히 그 대표적인 것이다.

그 외의 새로운 시인으로 김상용金尙鎔, 모윤숙毛允淑 등을 들 수 있 으니, 김상용에 있어서는 졸렬한 시구詩句와 공허한 낭만주의가 있을 뿐이고 모윤숙에 있어서는 그의『동광東光』지에 실린 것과 같은 아무 향기도 없는 안가安價의 감상주의만이 지배하고 있을 따름이다.

최근 그의 시집『빛나는 지역地域』에서 받은 속임없는 감상을 말하 면, 똑 그것은 옛날 예배당에서 주던 졸렬한 종교화宗敎畵 쪽지 같은 인상 이상 더 무엇을 찾을 수 없다. 현실성 없는 허구의 시상詩想과 빈약한 상상력을 가지고 불필요한 호화로운 수사로써 장식하려는 것 이 그의 시의 특징이다. 그리고 그곳에 따르는 안가의 감상주의! 이 러한 것이 사람의 가슴을 때리고 고전주의 시가에서 볼 수 있는 것과 같은 높은 예술적 향기를 전하는 시가가 되지 못함은 스스로 명확한 일이다.

특히 이밖에 시조의 외국어역外國語譯 운동 등에서 표시되는 봉건 귀족의 가요인 시조에 대한 관심의 증대는 조선의 현대시의 발전과 그들은 전혀 무연하게 되었다는 것을 알 수가 있다. 왜 그러냐 하면 거기에는 시조의 현대적 계승 대신에 시조의 부흥이 요구되기 때문 에……

부르문학에 있어서의 정신성의 고조, 과거의 망령에 대한 편애는 그들의 예술성을 한층 더 빈약하게 만들고 있는 것이다.

조선의 부르주아문학도 이제는 상당히 갈 만한 곳으로 가고 있다. 사상과 정신에 대한 일반적 동경에 그치지 않고 금년에 들어와서는 유일적唯一的인 모든 것의 으뜸 되는 절대적 정신에 대하여 강렬한 욕구를 표시하기 시작하였다.

문학의 이러한 경향이 필연적으로 종교문학의 길에[서] 자기의 활로를 발견하는 것은 그리 기이한 것도 아니요, 오히려 오늘날에 와서는 광범하게 상식화된 세계적 현상이다.

조선의 근대문학의 발전과정 가운데서 종교적 경향을 발견할 수 있는 것은 비단 금년에 와서 처음이 아니라 벌써 수삼년 전 부르문학이 일반적으로 발전을 그만둔 23~4년대에 문학계로부터 탈락한 전영택田榮澤 등 외의 천도교, 기독교적 출판물 등에 의거한 유상무상有象無象의 작가 시인들에게서부터 구체적으로 표현된 것이다.

그러나 단지 그것이 금일과 같이 세인의 주목을 끌지 않고 내려온 것은, 물론 그들이 문학적으로 무가치하였다는 데만 그 원인이 있는 것이 아니라,[27] 일정한 사회적 조건에 기인함이 오히려 많다.

첫째 주로 그러한 출판물이 일반의 독서적 흥미의 권외에 있었고, 그곳에서 활동하던 작가라는 것이 대단히 보잘것없는 사람들이었다는 것이 주요한 원인인데, 근원적인 원인은 전자이다.

즉 일반 독서층의 흥미가 그러한 것을 돌아보지 않았다는 것인데, 이곳에서, 오늘날에 제창된 '가톨릭문학'이 왜 그 일부분이나마도 독서층의 흥미를 끌었느냐 하는 의문의 해답이 있다.

조선의 독서층은 우리가 잘 알듯이 인텔리, 소위 얼마[만]큼 책을

---

27 원문은 '아니다'로 되어 있으나 문맥상 다음 문장과 합치는 게 낫겠다.

읽을 만한 지식을 얻을 생활의 여유를 가진 계급이 대부분이고 그 외에는 상층의 노동자와 농민이다.

그러나 갈수록 급박하는 현실은 인텔리 — 주로 소시민 — 들의 생활의 근거를 파괴하고 의지할 곳이 없게 하여, 그 대부분은 진보적 방향으로 가고 극히 보수적인 제한된 소수가 '정신의 안식처'를 종교 위에서 찾게 된 것이다. 물론 이것은 조선의 부르 문화예술의 과거적 정신과의 결합의 경향과 병행하는 것으로, 부르주아 자유주의 위에 형성된 신교新敎나 몽롱한 천도교보다는 외래의 중세적 절대주의의 종교 — 가톨릭교에 대하여 관심이 움직인 것이다. 더욱이 조선 사람의 사회생활 가운데 남아 있는 전前 자본주의적 제諸 요구는 사상=정신에 대한 부르주아적 갈망을 중세기적 암흑의 종교로 인도하기에 상당히 유력하였으며, 불란서 등지에서 들려오는 '가톨릭 부흥'의 우화寓話는 소비적 소시민의 흥미의 대상이 되기에 충분하였다.

그러므로 이 '가톨릭 부흥'이라는 기괴한 음향이 구교국舊敎國이 아닌 조선의 문학 가운데서 울리게 된 것은 결코 한 개의 우연이 아니다.

'가톨릭 부흥'의 사조思潮는 금일의 사회생활의 근거가 점차로 격렬한 진감震撼 위에 서게 되고 그 위에 형성된 문화가 동일한 정도로 붕괴의 위험 밑에서 떨며 새로운 문화 창조의 거대한 힘이 대두할 때, 기존의 문화–예술은 일층 더 단단히 중세의 봉건적 지배의 정신적 옹호물이던 가톨릭교를 두 번 다시 금일의 세계의 옹호물로서 영접하는 것으로써 객관적으로는 설명되는 것이다.

그러므로 금일의 부르주아문화, 과학, 예술 가운데서 현현하는 가톨리시즘에 대한 관심의 강화는, 부르주아적 정신문화의 구할 수 없는 위기의 물질적 표현이다.

조선문학계에 있어서 지나간 해의 잡지 『카톨릭청년』을 중심으로

한 시인들의 가톨릭 문학운동의 제창은 조선의 근대문학의 위기 그
것을 가장 똑똑히 특징짓는 사실이며 이러한 견지에서만 이 기괴한
'신의 의식'에 의한 문학 창조의 허망적虛忘的 전全 비밀을 백일하에
드러낼 수 있는 것이다.

그것은 일찍이 주옥과 같이 아름다운 시를 노래하던 시인 정지용鄭
芝溶을[28] 비롯하여 수삼數三의 소부르적 시인 등에 의하여 동정적으로
취급되고 신부에 의하여 옹호되고 천주교학교 교원敎員에 의하여 문
학이론으로 체계화되고 있다.

그러나 이것이 얼마나 문학적으로 무가치한 기도企圖인가는 수많은
언어에 의한 설명보다도 정지용의 최근의 시편 ─ 특히 「임종臨終」『카톨
릭청년』, 33년 9월호과, 그가 옛날 교인敎人이 아니었을 시대의 제작諸作 ─
「고향」,[29] 「갈매기」『조선지광』 등을 비교하여본다면 손쉽게 결론을 얻을
수가 있다.

가톨리시즘 ─ 숭고하고 장엄?한 '신의 정신'은 이 우수한 시인의
문학적 운명을 개척해주는 대신에 파멸에로, 예술적 퇴화에로 몰아
넣은 것이다.

그밖에 이동구李東九 류類의 소설 「도항노동자渡航勞動者」나 「하이네론
論」[30] 등에 이르러서는 할 말이 없다.

그 소설[은] 생생한 생활 현실의 형상 대신에 죽은 신비주의적 신
앙의 개념이 지배하고, 문학이론 가운데는 현실적 과정의 구체적 논
리 대신에 광신적 독단이 있을 뿐이다.

---

28 이 글에서 정지용은 '鄭芝鎔'으로 표기되고 있다.
29 「향수」의 착각인 듯하다. 「향수」는 『조선지광』, 1927년 3월호에 발표되었고, 「고향」은
『동방평론』, 1932년 7월호에 발표되었다.
30 둘 다 『카톨릭청년』, 1933년 9월호에 발표되었다.

문학은 천년 전 옛날에도 그러한 것과 같이 오늘날에 있어서도 어떤 정신, 그 중에도 역사적 사상思想에 의하여 진화되는 게 아니라 생활적 현실의 객관적 반영과 그것의 진실한 형상화와 역사적인 — 진보적 — 정신에 의하여서만 진화되는 것이다.

문학이 반역사적인 또는 현실 생활에 무가치하고 유해한 사상에 의하여 자기를 형성하려고 할 제, 생생한 현실과정에 충실치 않을 제, 그것은 불가피적으로 문학을 퇴화의 길로[31] 인도하는 것이다.

오늘날의 이 절박한 생활 가운데에 있어서 "신의 세계를 현실에 확대하고자 하는"이동구, 가톨릭적으로 "견고한 태도로 현실의 순수성을 받들려는[32]"이동구 문학이 과연 진실한 가치 있는 예술문학이 될 수가 있을까?

그리고 현실과 함께 호흡하고 역사와 함께 전진하려는 문학보다도 훌륭할 것이며 또 조선의 문학 그것을 발전시키는 것일까?

그들의 문학적 청춘시대인 20년대의 자연주의문학이 얼마나 현실에 충실하고 신비와 상상을 배척하였는가를 상기하면 결국 이것은 자기들의 청춘시대에 침을 뱉는 이외에 아무것도 아니다.

'개념의 고집!' 이곳에는 발전과 개화開花 대신에 문학의 끝없는 퇴화와 와해가 있을 뿐이다.

◇ 현실에 대한 절망과 도피의 문학 기타

나는 지난 일년간에 활동한 일부분의 작가, 특히 수년래數年來로 새

---

31 퇴화의 길로: 원문에는 '退化길의로'로 되어 있다. 글자 순서를 바로잡았다.
32 받들려는: 원문에는 '바드리랴는'으로 되어 있다.

로이 문학계에 등장한 수삼數三의 작가 가운데서 대단히 주목할 한 개의 문학적 현상을 보고 있다. 이 경[傾]은 우수한 작가의 한 사람인 현민玄民의 「시월 창작평」 가운데서 '암담한 현실에 대한 맹목적 절망'의 태도라고 불리운 일이 있다.[33]

그만큼 심한 정도로, 이 작가들은 현실에 대하여 눈을 감고, 또 그것에 절망하며, 그것의 발전에 대하여 완전한 무관심을 표시하고 있다.

붕괴하고 있는 낡은 세대와, 그것과 교체할 새로운 역사의 제너레이션이 거대한 속도로 발전하며, 두 개의 세계의 열화熱火를 날리는 길항拮抗이 진행하는 가운데서 호흡하면서, 대체 여하한 인간과 여하한 문학이 이 모든 것으로부터 무관심일 수가 있을까?

오직 이러한 것이 가능한 것은, 현실로부터 패배한 인간과, 그들의 패배의 문학에서만 볼 수 있는 것이다.

그리하여 그들은 현실에 대한 사람의 모든 적극적인 태도로부터 떠나서, 안한安閑한 소극성 가운데로, 보다도 절망과 환각과 애수, 애상愛想과 고독 가운데로 도피하는 것이다.

이러한 경향은, 주로 작년 중 특히 하반기에 들어서면서부터 한층 더 명확한 색채를 띠기 시작하였다. 이것은 이태준李泰俊, 안회남安懷南, 박태원朴泰遠, 이종명李鍾鳴, 김기림金起林 등의 작가·시인으로 대표되며, 이들은 작년 일년 동안에 가장 많이 창작 활동을 하여 일견 '문단의 총아'와 같이 부르주아문학의 최전면에 나타났었다.

그리하여 이들은 근대 조선문학의 '노대가老大家'들에게서나 또 진실한 장래의 조선문학의 건설을 위하여 번역이니 연구니를 하고 있

33 현민, 「시월 창작평」, 『조선일보』, 1933.10.14.

는 소위 해외문학 소개자들에게서나 다 남부럽지 않은 대우를 받고 있다.

즉 금일의 조선의 부르주아문학은 현실에 대하여 하등의 가치도 인정치 않고 생활의 모든 점으로부터 유리된 이 문학을 승인할뿐더러 그것을 자기들의 진실한 후예와 같이 전면에 내세우고 있는 것이다.

부르주아문학 가운데의 이러한 경향의 대두는 결코 우리들이 먼저 말한 적극적인 반동의 문학, 사상과 정신의 고조高調의 문학으로부터 본질적으로 구별되는 것이 아니다. 단지 이 경향의 문학이 사회적으로 하등의 물질적인 힘을 가지지 못한 반동화한 소시민과 부르주아적 지식층의 문학이라는 데서만 구별할 수가 있는 것이다. 질풍노도를 부르고 있는 현실의 거대한 발전과 (…략略…) 세계의 위기의 와중에서 그들은 부르주아지와 같이 보수적 고집에 충만되어 있지도 못하고 신흥하는 계급과 같이 전진할 용기도 없는 것으로, 단지 어떻게 할 수 없는 무력한 준순逡巡과 절망만이 그들을 지배하고 있다.

그리하여 그들은 몽환적인 개인적 의식과 순간적인 개인의 감각의 세계에 들어앉아 일체의 현실에 대하여 두 눈을 딱[34] 감고 귀를 막고 앉아 현실세계의 모든 것으로부터 무관심하려고 한다.

그러나 이러한 것이 어떻게 현실 생활의 풍부한 내용을 반영하는 것으로써 자기를 형성하는 문학의 발전적[인] 한 성격이 될 수 있을 것일까?

그러므로 이곳에 소위 '현실의 반분半分을 점령하고 있는 현실'인 인간의 의식의 세계를 추구한다는 소위 '의식의 흐름의 문학' ― 심

---

[34] 원문에는 '꽉'이라 되어 있다.

리주의문학이란 것이 현대 부르주아문학의 주요한 일 성격을 형성하게 되는 것이다.

이 경향은 서구의 개인주의문학자 마르셀 프루스트Marcel Proust의 '기억 탐구'와 제임스 조이스James Joyce의 '의식의 흐름'의 문학으로부터 유명하게 되어 이후 각국에 전파된 것으로, 전자는 프로이트S. Freud의 '정신분석학'과, 후자는 훗설E. Husserl의 '정신현상학'과 불가분의 관계하에 선 것으로, 특히 프루스트와 같은 사람은 베르그송H. Bergson의 관념철학과는 유력한 관계를 가지고 있다.

이러한 경향이 의식을 그 대상으로부터 분리하는 절대적 주관주의의 문학상의 표현이며 또 그것이 여하히 반동적인가도 거의 설명을 필요로 하지 않는 사실이다.

여기에 조선문학 가운데서 볼 수 있는 심리주의적 경향의 대표적인 것 —이렇게 말하면 이야기가 좀 클지도 모르나— 의 하나로서 안회남安懷南의 소설 「연기煙氣」를 들어보면 상당히 흥미가 있을 것이다.

안회남에 있어서는 소위 이 심리주의적 경향의 조선적 전화轉化의 구체성을 여러 가지 의미로 발견할 수가 있다. 무엇보다도 이 작자에 있어서는 프루스트나 조이스와는 물론이나 그것의 일본에의 이식인 이토 세이伊藤整 등의 '신심리주의문학'에서 발견할 수 있는 그러한 현대성이 없다.

물론 문학으로서는 전자의 그 어느 나라에도 비할 수 없이 졸렬한 것이나, 그 작자 가운데 현대적 생활의 냄새를 찾을 수 없는 것은 필요한 특징이다.

「연기」 가운데 묘사된 생활은 대단히 사람의 가슴을 아프게 하는 현실이다. 간호인도 없어, 하등下等 병원에서 죽어가는 인간과 그 가족, 그 우인友人[35], 이러한 인물들이 빚어가는 생활은, 양심 있는 모든 인간이 진실한 태도를 가지고 대할 것임에도 불구하고, 병에 대한 근거 없는 과장된 공포라든가 우인友人과 그 애인의 생활과, 병인病人의 소위 심리생활을 추구한다고 하여 소설을 한 개의 가공적 이야기로 끝맺게[36] 하고 말았다.

물론 이 작자는 아직 심리주의적 경향의 작가라고 평가하기에는 여러 가지 곤란한 점이 있으나, 하여간 이 경향에로 접근하려는 것만[은] 사실이므로 예로 끌어낸 것이다.

다음으로 우리는 순수한 심리주의적 경향의 작가는 아니나 현실에 대하여 동일하게 맹목적이려는 작가로 이태준, 박태원, 이종명 등 3인을 들 수가 있다.

이 세 작가에 있어서는 물론 다소의 차이점은 있으나, 세 사람이 다 같이 지극히 협소한 개인적 생활 가운데서 그 제재를 취한다는 것과, 개인 생활 그것도 사회적 생활과의 복잡한 관련에서가 아니라 순수한 의미의 모든 것으로부터 절연된 개인 생활의 표면의 포말泡沫을 추구하는 것이라든지, 현실을 항상 그 우연성에서 파악하는 것이라든지, 또 말초적 감각과 붓끝의 기교를 따르는 것이라든지, 대개가 일치하는 것이라고 생각된다.

이 사람들은 배고픈 사람이 돌멩이를 차서 물에 빠트리고 물결을 구경하는 것과 같은 무리한 기교와 태도를 가지고 소설을 쓰려고 하는 것이다.

대개 이러한 경향을 '모더니즘' 혹은 감각파라고 부르는 모양 같으나, 일본의 '모더니즘' '신감각파' 등은 그래도 저희들의 사회와 시대 생활을 가지고 있었으나 조선의 그들에게는 벌써 그 가운데 하나도

---

35 원문에는 '文人'이라 되어 있으나 '友人'의 오식일 것이다.
36 원문에는 '꿋막게'로 되어 있다.

없는 것이다.

이 가운데서 훌륭한 문학, 건전한 문학이 아니라도 얌전한 문학이 나마 나오기를 바라는 것은 기적을 바라는 것과 동일한 공상일 것이다. 오직 이곳에서 문학으로서 그 무엇을 찾는 것보다도, 현실로부터 도피하려[는] 소시민적 인텔리의 애수와 우울의 한[37] 조그만 모양이 보일 뿐이다.

다음으로 이 작품들에게 있어 중요한 특질은, 그들의 소설, 특히 이태준의 어떠한 작품에서는 부르주아문학의 주도적 양식으로서의 소설의 양식적 붕괴, 수필화에의 경향이 보이는 것은, 최근의 일련의 문학자들의 '수필문학'에 대한 관심의 고조와 함께 주목할 만한 사실 이다.

소위 '수필문학'에 대한 문학적인 주의를 환기한 것은 이 역시 말 초적인 찰나적 감각을 노래하는 시인 김기림으로서, 이것은 정신적 물질적으로 파산하고 현실에 대하여 의식적으로 맹목적이려는 소시 민적 문학인들의[38] 양식적 방황의 표현이라고 볼 수 있는 것이다.

물론 이곳에 '수필문학', 소설, 시, 또 그 장래적 발전의 문제를 취 급하려는 것은 아니나, 단지 과거 부르주아문학의 양식에 대하여 막 연한 '아나키'적 불만을 느끼고 있으나 문학적 양식의 발전에 대하 여 과학적인 예정豫定을 갖지 못한 소부르 작가들의 양식적 방황은 조선의 부르주아문학의 양식적 붕괴에 중대한 관계를 가지고 있다 는 것을 말해둠에 그친다.

또 지금 여러 가지 평가를 받고 있는 편석촌片石村의 시에 대하여서 도, 그것이 오직 현실의 기본적인 제 과정에 대하여 의식적인 무관심

---

37 우울의 한: 원문에는 '憂鬱에한'이라 되어 있다. '우울에 찬'의 오식일 수도 있겠다.
38 원문에는 '文學的들의'라 되어 있으나 '文學人들의'의 오식일 것이다.

위에 섰다는 것, 생활의 지극히 부박浮薄한 감각적 포말泡沫을 어루만
지고 있다는 것, 또는 그가 시를 인간의 순간적 감각의 인상 위에다
세우고자 하고 있다는 것으로 간단히 말하는 데 그친다.

몇 번이나 말한 것과 같이, 이러한 제 현상은 모두가 서로 각개의
유기적 환경이 되어, 조선의 (…략略…)문학의 위기[를] 일층 구할 수
없을 것으로 만들고 있다.

그러므로 그들이 진실한 과학적 문학비평에 대하여 공포를 느끼고
그것을 기피하려는 것은 무리가 아니다. 소위 '비평계의 SOS' 운운하
는 풍조風潮를 통하여 표시된 부르 작가들의 태도는 의심할 여지도 없
는, 과학적 비평 —(…략略…)[맑스]주의적 문학비평에 대한 증오와 공
포의 현현現顯이다. 언제나 역사를 후방으로 이끌려는 계급은, 자기의
진실한 자태를 비평이 제시하는 것을 무서워하는 것이다. 비평, 특히
(…략略…)[맑스]주의문학 비평이 가지고 있는 과거의 많은 결함을 고
려하면서도, 이것은 조금도 수정되지 않는 진리이다.

현대의 문학에 관한 단상°

문학예술이라는 것은 그것 이외의 모든 것으로부터 자유스럽다는 행복스러운 속삭임은 벌써 지나간 날의 처마 끝에서밖에는 들을 수가 없게 되었다.

그것 — 문학예술 — 보다도 더 공고하여야 하고 영원하여야 할 거대한 범주의 붕괴 앞에 한 개의 지봉支棒의 '자유'는 확실히 한 장면의 비극이었다.

거친¹ 대하의 범람하는 격류 가운데서 일엽소주一葉小舟의 행복스러운 자유라는 것은 기적의 현현顯現에 대한 갈망과 동의어이다.

오늘날의 우리나라 문학의 어떤 기사騎士가 과연 이 기적의 실행자이었던가?『무정』의 작가 춘원春園이었던가? 자연주의의 챔피언 상섭

- 『형상』, 1934.2.
1 원문 : 거츠른.

想涉이었던가?

대체 누구가 이 격랑을 횡단한 기적의 현현자顯現者이었던가?

인간의 역사적 세계 생활의 제 조건의 철과 같은 제약으로부터 이 가운데 어떤 사람도 자유스럽지는 못하였다. 왜 그러냐 하면 기적이라는 것은 있지 못할 사실이 있는 것을 의미하기 때문에…….

인간의 생활이란 말할 것도 없이 역사적으로 일정한 시대에 한정되고 역사는 또 사회적으로 한정 — 제약된다. 이것은 문학 예술, 그 외의 인간의 생활적인 모든 것을 가능케 하는 대지이다.

대지로부터 싹트지 않는 초화草花가 있을 때에는 문학·예술의 자유스러운 기적은 현현될 것이다.

사회적 생활을 형성하는 생산적 제 관계는 계급적으로 제한된 생활의 제 형태를 낳고 이것은 곧 인간적 사유의 모든 형태의 터를 이룬다. 세계관이란 이러한 것 이외에 아무 것도 아니다.

문학이란 정규定規를 가지고 선을 긋는 것은 아니다. '과학'이 추상적 논리로부터 출발하는 대신에 문학은 형상의 구체성 위에 서는 것이다. 그러나 다 같은 대지 위의 생물임에는 틀리지 않는다.

그러나 오늘날의 이 대지 — 세계관 — 정신은 불안의 한 가운데서 떨고 섰다고 수다數多의 현인들은 부르짖는다. 정신적 불안, 그리고 그곳에는 문학의 불안이 포함되고 나아가서는 '불안의 문학'이라는 폐병廢兵이 지팡이에 의지하고 걸어가려고 한다.

그러나 이 정신의 불안, 문학의 불안이 인류 생활의 오늘날의 역사적 서식棲息의 양식인 자본주의적 세계 체재體裁가 노옥老屋이 된 데에 기인한다는 것은 훌륭한 문학자도 대현인들도 말하려고 하지 않는다. 오직 불안의 긴장에 대한 히스테리컬한 규환叫喚이 들릴 뿐이다.

이곳에서는 안정한 것은 불안정한 것이고 불안한 것은 안정한 것이란 대립물의 동일에 관한 그들의 선배 헤겔G. W. F. Hegel의 논리는 돌아보아지지 않고 있다.

역사적으로 객관적인 새로운 현실적인 것의 성생成生과 성장에 대한 진실한 인식은 과학과 예술로부터 사라졌다. 오늘날 자본주의적 세계관—과학 예술은 객관적인 진리에다 별리別離를 고하고 균열하고 있는 대지를 접합시키려고 하며 이 균열의 확대는 오늘날에서 보는 바와 같이 보답되지 않는 노력과 원망願望의 예술과 문학을 만들 것이다. 붕괴에 직면한 낡은 세계의 절망적 비명의 문학!

그러나 이 정신적 불안은 세계의 어느 곳에나 또 어느 사람에나 있는 것이 아니다. 버그러지고 있는 세계와 그것을 조금이라도 더 오래 지지하려는 사람들의 가슴에 눈물과 함께 있는 것이고, 성장하는 세계 그것의 건설자의 가슴에는 진리에 대한 확신과 명랑한 용기, 즉 불안의 반대의 것이 있다. 그러나 그들의 이데올로그와 그 에피고넨들은 자기 집 불난 데 동네 사람까지를 끌고 들어가려고[2] 하고 있다. 이르기를 세계는 어디나 정신의, 문학의 불안이 있다고……. 그리고 오늘날의 문학은 모두가 불안문학이라고.

불안의 문학! 이것은 멸망하는 문학의 동의어이다.

위대한 작가 시인은 그가 신흥의 시대에 있어 자연과 사회적인 제諸 생활을 있는 대로 진실한 눈으로 보려고 하였고 그들의 예술은 그 시대의 세계 생활의 진실한 자태에 의하여 성격화되어 있었다.

그러나 그 사회가 세계의 객관적인 진실을 그대로 보기를 꺼려하는 순간으로부터 예술을 '성 문제'의 속악 진부한 테마로 타락시키고

아르치바세프[M. P. Artsybashev]의 『싸닌』, 로렌스[D. H. Lawrence]의 『채털리부인의 연인』, 예

---

[2] 원문에는 '늘어갈녀고'로 되어 있으나 수정했다.

술을 형식주의적 속임 장기의 반동적 유희의 외도外道로, 또는 '영원의 문제'에 대한 '순수예술'의 세계로 침전沈殿하는 것으로써, 생활의 진실을 그의 예술 가운데서 말해야 할 예술의 본래의 의무를 회피하게 되는 것이다.

하나 예술이 인간생활의 진실을 이야기하지 않는다는 것은 예술이 예술의 권외圈外에 서는 것이다. 현실의 진眞을 그리는 것은 예술에 있어 생과 사의 문제인 때문에 …….

예例하면 오늘날에 있어서 자본주資本主에 대한 봉사와 예술의 진실이라는 것이 양립할 수 없게 되었을 때 예술은 (성장하는 계급의 것을 제除한) 자기 가운데에서 진실을 그릴 것은 거부하게 된다. 즉 진실한 형상 가운데 현실의 내용을 담을 능력을 버리게 되는 것이다.

이곳에서 문학의 형상의 진실성은 소멸되고 문학은 와해[3]되어야 한다. 문학이 예술인 것은 그것이 다른 추상과학과 달라 산 형상을 가지고 형성되는 때문이다. 동시에 생활의 진실에 의하여 성립하지 않는 형상이란 조금도 생활의 형상이 아니고 고목枯木 같은 추상이기 때문에, 사상 ─ 추상적인 ─ 의 형상적 서성敍性에 의하지 않는 문학이란 벌써 예술이 아니며 백만의 대중의 애독물인 것을 그만두어야 한다.

이 예술의 해체로의 경향은 자연히 예술의 기초적 '프린시피아'로서의 형상의 해체로 표현되는 부르주아문학으로 하여금 비속한 삼문三文[4] 문학의 구렁으로 떨어트리는 것이다.

현대의 부르주아문학의 갈 바 그것은 지금 우리의 눈앞에 전개되는 것과 같은 예술적 와해의 일폭의 현란한 풍경화로서[5] 나타나는 것

---

[3] 원문에는 '互解'로 되어 있으나 '瓦解'의 오식일 것이다.
[4] '서문'이라는 의미.

이다.

　문학은 예술적 진보로부터 예술적 퇴화의 길로 그 내용은 비속화되고, 그 생명이었던 문학[6] 개인[주]의문학 가운데 개성은 빈곤화하며, 형상적 구체성 — 예술성 — 을 잃어버린 말라비틀어진 형식주의의 값싼 경이驚異 가운데에 살게 되는 것이다.

　그러므로 오늘날의 문학은 자본주의 세계에 대한 태도 여하, 그것의 긍정자이냐 ××적 비판자이냐 하는 지점 그것이 그가 자기를 예술적으로 발전시키고 성장시키느냐, 퇴화시키고[7] 고갈시키느냐 하는 것을 결정하는 문학예술의 최후의 십자로十字路이다.

　이 지점으로부터 절대적으로 자유이려고 하는 것은 그의 생명이 대기大氣로부터 자유이려고 하는 것과 마찬가지 정도의 행복스러운 동심童心이다.

　(이것은 지난번에 일부분이 발표된 일이 있는 구고[舊稿]임을 말해둔다.)[8]

---

5 원문에는 '風景風으로서'로 되어 있다.
6 이 사이에서 몇 단어가 누락된 듯하다.
7 원문에는 '卽化식히고'로 되어 있으나 '卽'은 '退'의 오식일 것이다.
8 「진실과 당파성 — 나의 문학에 대한 태도」(『동아일보』, 1933.10.13)를 염두에 둔 듯한데, 몇 군데에서 동일한 어구가 사용되기는 했으나 두 글은 기본적으로는 상이한 글이다.

신춘창작개평[●]

1. 무디어진 '나폴레옹의 칼'

지금 소위 신춘 창작평이란 것을 쓰려고 1월 이후 세 개의 신문과 수삼종數三種의 잡지 창작란에 실린 수십 편에 긍亘하는 소설, 희곡을 통독하고 나니깐, 뻥뻥한 머리에 문득 생각나는 것이 요새 흔히 떠들어대는 발자크H. Balzac란 사람의 다음의 문구다.

"나폴레옹이 칼劍을 가지고 이루지 못한 것을 나는 펜을 가지고 해낼 작정이다."

오만한 문학자의 입으로부터 흔히 들을 수 있는 독단적인 호어豪語와 같은 이 어구가 특히 내 머리를 두드린 이유는, 물론 거장 발자크

● 『조선일보』, 1934.2.18~2.25.

의 문학사적 업적과도 관련되는 것이나, 지나친 어떤 달보다도 많은 양의 작품이 시장에 흩어졌음에 불구하고 읽는 사람을 친하게 끌어 붙인 것이란 지극히 적었다는 데 오히려 그 근본 이유가 있다. 말하자면 내가 읽을 수 있는 여러 작가들의 지성?스러운 노력의 결과가 심히 아름답지 못했다는 말과 비슷한 것이며, 나아가서는 우리의 문학계의 주기적 번영기라고 할 1,2월의 전充 성과가 한 사람의 독자의 머리에 던져준 요약된 결론의 암시라고 말할 수도 있는 것이다.

물론 어느 작가이고 간에 자기의 문학의 붓이 '나폴레옹의 칼'과 견줄 것이라고 생각하는지는 의문이지만, 어쨌든 어떤 의의 있는 것이라고 하는 데는 이의가 없을 것이다.

뿐만 아니라 문학이 갖는 의의라는 것이 그 말 자체의 뜻으로 해서 벌써 '무의미한 의의'가[1] 아니라는 데 대해서도 역시 아니다라고 반대할 작가는 없을 것이다.

그러므로 문학의 의의라는 것이 인간과 또 인간을 둘러싼 모든 것을 대상으로 하는 만큼, 문학이 현실이라 불러지는 것과 항상 일정한 뗄 수 없는 관련하에 놓여 있다는 것은 자명한 일이다. 따라서 문학은 현실의 반영이니[2] 현실의 재현이니 하는 문학의 정의가 일시도 현실과 떠나지 않고 정의되어 있는 것이다.

그러나 현실이란 것은 공간적이고 또 시간적인 때문에 항상 무한한 넓이와 헤아릴 수 없는 복잡성이 그 특징이 되어 있는 것이며, 동시에 그것은 불규칙한 혼돈한 중에 있는 것이 아니라, 개별적인 것은 언제고 그 자신의 구체적 존재의 방식을 가지고 일반적인 법칙성 —

---

1 원문에는 '「無意味한 意識」가'로 되어 있으나 다음 페이지에 '무의미한 의의'라는 말이 나오는 것으로 봐서 '意識'이 '意義'의 오식인 것으로 보인다.
2 원문에는 '反映이나'로 되어 있어 수정하였다.

기본적인 도정道程에 연결되어 있는 것이다.

그러므로 문학이 현실과 관련하는 것은 그 단초에 있어서부터 숙명적이므로 다시 말할 것이 없으나, 진실로 일반적인 의미에서 현실과 관련하고 혹은 체현體現하는 것이 아니라, 문학은 현실 가운데의 모든 풍부한 내용과 그것을 통하여 표시되는 '전형적인 제諸 성격', 다시 말하면 현실적 과정의 기본적인 핵심에 육박하고 동시에 그것을 형상을 통해서 전달하는 것이어야만 된다.

이것은 결코 탄탄한 대로는 아니다. 그러나 또 불가능한 일은 아니다. 단지 필요한 것은 단테A. Dante가 지옥문 앞에서 외치던 말과 같은, 거대한 결단, 그것이다.

즉 문학에 있어서 자기 본래의 목적을 관철키 위한 '예술가의 진정한 용기' 그것이 없이는, 대大 예술문학의 찬란한 문은 열리지 않는 것이다. 동시에 이러한 용기에 의하여 만들어지지 못한 문학은 독자와 친하지 못할 것이며 큰 '의의'를 갖지 못할 것이고, 혹은 '무의미한 의의'밖에는 의의라고는 못 가질 것이다.

그러므로 현실에 대한 예술가의 진실성, 그것은 '모든 예술의 불가결의 전제'이고, 이 진실성은 현실의 가지나 잎사귀에 대하여서가 아니라, 그 줄거리, 뿌리를 똑똑히 드러내는 그것이어야만 되는 것이다.

유감이나마 1,2월 간에 그들 작자 가운데 존경할 만한 소수를 떼[어]놓고는 대부분의 작가가 '잎사귀'와 '가지'에만 '충실'하거나, 그렇지 않으면 '잎새 위의 이슬방울'을 어루만지고 있다.

'줄거리'와 '뿌리' 또 그것이 말하는 나무가 어떻게 자라는가 하는 '근원'을 말하는 예술가의 용기는 거의 사라지고, '나폴레옹의 칼'은 두부도 안 베어질 만큼 무디어서 폐물이 되고 있다. 이하 비교적 문제 된다고 생각되는 작품을 들어, 짧은 감상을 적어보고자 한다.

2. 농촌에[서] 그 제재를 구한 작품들

이곳에서 간단히 농촌 생활을 내용으로 한 작품이라고 하는 개괄 가운데에다가 일시一時의 작품을 포괄하는 것은 무슨 특별한 논리적 이유가 있는 것도 아니다. 단지 편의상 어느 정도까지에 공통된 내용을 가진 작품을 한 군데 모으면 그 색의 이동異同이 얼른 손쉽게 알 수 있는 때문이다.

더구나 우리의 문학작품이란 거개가 다 웬만한 정도로 농촌에 관련되어 있는 것이므로, 엄밀하게 범주적으로 쪼개기는 거의 불가능한 일이다.

위선爲先 모든 문학 위에 그 거대한 자태의 조영照映을 요구하고 있는 농촌적 현실에 대하여, 작가가 어떻게 대對하고 즉卽하고 있는가를 보는 것은 작가의 용기와 예술적인 능력을 알 수 있는 바로미터인가 한다.

이런 범위에 들 작품으로, 대개 이기영李箕永 씨의 「가을」, 이동李棟 씨의 「산운山雲이란 곳」, 정청산鄭靑山 씨의 「평화촌」, 최고악崔孤岳 씨의 「양」, 편석촌片石村 씨의 「어떤 인생」 등 외에 나는 특히 『조선일보』 당선소설 「모범경작생」을 이곳에서 한목에 이야기하고 싶다.

이 가운데서 제재로서 특별히 빛나는 것은 이동 씨의 「산운이란 곳」과 박영준朴映俊 씨의 「모범경작생」인가 한다. 두 분이 다 처음 듣는 이름의 새 작가이다. 그러나 그 예술적인 그 파악에 있어[서]나 용기에 있어서나 고명?하다는 어느 작가에게도 떨어지지 않는다.

「산운이란 곳」[3]은 왕년에 읽었던 민촌民村의 「홍수」를 예상케 하는

---

3 원문에서 개별 작품의 평가를 시작하는 곳에서 작가와 작품명을 방점으로 강조해놓은 곳도 있고, 그렇지 않은 곳도 있다. 여기서는 모든 작품에 대해 강조 표시를 해 둔다.

것으로, 농민을 괴롭히고 있는 현실의 하나로서 작가는 자연을 그들의 생활과 관련시키었다. 한창 여름 농번기에 비는 안 오고 곡식은 말라가는데 먹을 물도 말라 누런 흙탕물을 마시는 산지山地의, 그리고 그곳에다 묘를 쓰면 잘 살고 또 동시에 거기다 묘를 쓰면 날이 가문다는 미신이 있는 '금성산'에서 송장을 파헤치는 곳 같은 데라든지, 물싸움하는 데라든지, 상당히 독자에게 육박하는 힘이 있다. 그리고 별안간에 비가 와서 산골에 물이 내리질리고 그리고 마을이 물탕 되는 데, 그리고 마을을 물에서 구하려고 '진사집' 담을 헐어놓는 곳도 이야기의 자연스러운 발전이었으며, 끝으로 '돌이 아버지'의 송장을 묻는⁴ 마당에서(…략略…) 허위를 폭로하려는 작자의 의도는 특필特筆할 값이 있는 것이다.

종교를 자연의 위력과의 비교에서 취급하는 것은 물론 정당한 것이다.

그러나 이 소설에서 보는 것과 같이, 다른 모든 중간적 조건을 명시하지 않고 곧 '예수쟁이'한테 덤벼들게 하는 것은 종교와 자연에 대한 너무 직선적인 해석이다.

그러므로 작품 가운데 나타난 대부분의 인간의 성격이 충분히 표현되지 못한 것도 이런 데에 원인이 있다. 작가는 구체적으로 어떻게 농민을 괴롭히는 재료의 일부분이 되며, 또 그들을 괴롭히는 진정한 것은 자연이 아니라 딴 것이라는 것을 명료히 제시치 못한 것은 이 작품의 치명적인 결함이다. 작자는 지나치게 지리적인 유물론자이다. 작자는 '산운山雲이란 곳'을 첫째 역사적으로 이야기해야 되며, 둘째는 현실의 논리를 그려야 할 것이었다. 그 전에나 지금이나 다 같이

---

4 원문에는 '묵는'으로 되어 있으나 수정했다.

가물었던 것이 왜 지금에는 더 살 수가 없는가? 이것을 보이는 것이 핵심이다.

「모범경작생」은 '현상문예'와[5] 일반 작가의 작품을 통틀은 가운데서 가장 주목할 가치가 있는 작품이다. 제재에 있어서도 과거의 농민 문학에 있어서 평범한 수준을 깨트린 것이며, 예술적 파악의 능력에 있어서도 기성 작가의 수준에서 조금도 떨어지는 것이 아니다.

그러나 작가가 자연주의적 양식의 굴레의 밖을 나서지 못한 것은 커다란 결함이다. '주인공'으로서의 모범경작생을 끝까지 '주인공적'으로, 다시 말하면 주인공과 그를 위요圍繞한 생활을 통하여 조선의 현대적 농촌 정책진흥책?의 깊은 파악과 전 동리全洞里 농민의 생활들과를 통일적으로 종합하는 데 성공치 못했다.

이 소설의 끝에 가서 촌사람들이 읍으로 청원請願 가는 것과 호세戶稅 증수增收 사건과의 관련이 미약하고 그것이 모두 주인공의 심리를 암연暗然케 하는 것으로 그려진 것은 아무래도 마이너스[6]인 동시에 이 소설에 있어서 숙명적인 결과이다.

또한 주인공이 거지반 주위로부터 고립된 인간으로 묘사된 것이나, 특히 주인공의 태도와 함께 반영되는, 동리 사람들의 그에 대한 기대의 희박화의 도정이 전全혀 그의 애인에 의하여 대변된 것은, 이 작품의[7] 가치를 상당히 해치고 있는 것이다.

주인공을 위한 단순한 배경으로서가 아니라, 현실적인 촌 생활의 환경 가운데에서 드러나는 전형적인 성격으로서, 나아가서는 이것을 한 곳에 종합하는 것으로서 소설이 되어야 할 것이다.

---

5 원문에는 '「懸賞藝」文와'로 되어 있다.
6 원문에는 '마—나모'라 되어 있는데, '모'는 '스'의 오식일 것이다.
7 원문에는 '作品을'로 되어 있으나 문맥에 맞게 바로잡는다.

그러나 무엇보다도 현실에 대한 이 작자의 성실한 태도는 경의를 표함으로 족한 것이다.

만일 이 노선 위에서 그의 예술적 능력의 발전을 꾀한다면 그곳에는 의심할 수 없는 확고한 대 예술문학의 길이 열리어 있는 것이다.

민촌民村의 소설 「가을」은 어떤 몰락한 중농中農 일가의 파멸 과정을 통하여 주로 고리대자본高利貸資本이 농민 생활 가운데 작용하는 (…략略…) 능력을 묘출한 것이다. 더구나 그것이 입도立稻의 차압으로부터 경매 입찰의 전 도정을 통하여 볼 수 있는 세세한 (…략略…)의 묘사에 의하여 고리대자본의 기구적機構的 내부를 보여준 것으로 작품을 일층 힘있는 것으로[8] 만든 것은 가장 가치 있는 점이다. 이렇게 말하면 이 작품이 완전무결한 것 같이 보이나, 결코 그런 의미의 말이 아니다. 오히려 이 작품이 가지고 있는 다음의 결점을 말하기 위함이다.

나는 위선 '원서 일가'가 거의 동리 사람들 전체로부터 대단히 고립되었다는 점에 대하여 주요한 비난을 가하고 싶다. 이 결점은 동시에 '원서'의 아들 '영식'이가 과연 어떤 "결심 밑에서 분연히 왼 동리를 위해서" 활동하게 되었는지 하는 것도 똑똑히 명시되지 않게 만들었다.

농촌의, 특히 원서 일가에서 보는 것과 같은 농민의 (…략略…)자적者的 내장內臟을 지출指出[9]하면서도, 그 가운데 있는 (…략略…)공고한 지주支柱가 될 힘[力]을 충분히 형상을 통하여 강조하는 데 이 소설은 결함을 보이고 있다. 이 결점은 민촌의 가운데 있는 자연주의문학의 유물과도 관련되는 것으로, 잘못하면 농촌 전체에다 '원서 일가'적 성

---

8 원문에는 '것을'로 되어 있으나 문맥에 맞게 바로잡는다.
9 '描出'의 오식으로 보인다.

질 — (…략略…)을 뒤덮을 위험성을 나는 외람되이 근심한다.

그러나 원서 내외의 성격과 심리의 오처奧處를 그려낸 수완은 위풍 당당한 것이다.

편석촌의 소설 「어떤 인생」은 자식을 두고 늙은 마누라를 데리고 살던 강참봉이라는 귀머거리 늙은이의 비극적 만년을 열두 토막의 삽화[10]를 통하여 이야기하는 것으로, 양식적 의미에서도 좀 불만을 느끼는 작품이 아닌가 한다. 마누라를 잃고 소중히 여기던 소를 빚으로 내놓고 아이[는] 학교에서 내쫓기고 밥을 굶고 세상에서는 어릿광대道化役者 같은 취급을 받는 '강참봉'이 마침내 둘째 아들이 죽어서 여편네 묘 앞에서 통곡하는 노인의 애처로운 일생을 작자는 많은 감상미感傷味를 가지고 대하고 있다. 그러나 이런 감상적인 반면에 이런 인간을 어릿광대와 같이 감상鑑賞하고 있는 차디찬 이지적 측면을 또한 볼 수가 있다.

결국 현실에 즉면卽面한 인간을 말하면서 작자는 개념으로서의 '인간성이라는 것'을 지정指定하는 것으로써 현실에서 떠나고 있는 것이다. 더욱이 이 소설에서 작자는 묘사하고 표현하는 대신에 서술하고 있는 데 불과하는 것으로, 작중인물의 성격과 심리 등이 대단히 희미하게 되었으며, 불필요한 지엽 기교의 추구로 말미암아 소설을 몹시 읽기 어렵게 만들었다.

최고악 씨의 소설 「양」은 축첩까지 하고 사는 시골 어떤 부자집 머슴과 늙은 하인의 억제할 수 없는 성욕 생활을 그린 것으로, 필치는 능한 편이 아니나 심리 생활을 묘사하는 데 심각미深刻味를 보이었다. 그러나 모든 인간적 관계를 성적 모멘트에서 파악하려는 프로이트주

---

[10] 원문에는 '抽話'라 되어 있으나 '抽'는 '揷'의 오식일 것이다.

의에서 해방되지 못하면 문학도 아무것도 시작되지 않는다.

이런 경향은 문학을 사회적인 곳으로부터 조직[11]시키고, 개성을 지상표上의 것으로 만들고, 반사회적인 모티브로 통하여 모든 것이 은폐되는 것이다.

역작이라고도 볼 수 있는 상당히 긴 작품이 독자에게 성 문제 외에 아무것도 말하지 못하는 것을 보면 스스로 명백한 일이다.

정청산 씨의 소설 「평화촌」은 초점을 잡을 수 없는 작품이다. 주인공이 왜 소위 '평화촌'을 찾고, 왜 '며구리'에서 떠나는지 모두가 불분명하다.

3. 신 · 구의 상쟁(相爭) 기타

이북명李北鳴 씨의 소설 「정반正反」은 새 문학 가운데 발전될, 한 개의 성격을 지시하는 점에서 누구나 유의할 곳이 있다. 그것은 형에게 동정하고 그 길을 걸으려는 어린 아들과 그것에 반대하는 부모와의 두 개의 상쟁相爭하는 사상의 대립이 한 개의 현실적 생활의 모티브를 통해서 취급되어 있는 것으로, 20년대 기성 문학 가운데서 볼 수 있는 신구사상新舊思想의 충돌과 비교해볼 제 대단히 흥미 있는 것이다.

이 두 개의 문학적 성격은 비슷하면서도 본질적으로 다른 것이다. 20년대의 문학이 봉건적인 것과 자유주의적인 것과의 상쟁이라면, 현대의 문학에서는 봉건적, 자본적인 그것과 노동자적인 그것이며, 전자가 그것을 주로 가정적인 한국限局에서 취급했다면, 후자는 사회

---

11 원문대로이나 문맥이 닿지 않는다. '분리' 내지 '유리' 정도의 단어가 와야 할 자리이다.

적인 범위에서 취급하는 것이다. (…략略…)

이만큼[12] 말하면 소설 「정반」의 결함이 어디 있는 줄을 곧 알 수가 있다. 작자 북명 씨는 그것을 가정적으로밖에 보지 않았으며, 또 그것을 공식적으로밖에 취급치 못하였다. 막심 고리키Maxim Gorki의 『어머니』에서 보는 것과 같은, 부모와 자식의 사이의 사상 이상의 감정의 문제, 또 부모가 어떻게 아들의 길로 나오느냐 하는 것에 왜 작자는 무관심하였는가? 자식에 대한 애정과 자식의 사상에 대한 증오와의 사이의 모순을 그 발전에서 보아야 한다.

계용묵桂溶默 씨의 소설 「제비를 그리는 마음」은 농촌의 자본주의화, 경지耕地의 공장지대화 밑에의 농민을 그린 작품으로 필치나 묘사에 있어 소설이 되기 아직 부족한 작품이나, 작자가 현실을 보는 관점은 상당히 정확하다. 그러나 그 관점 그것도 농민적 세계관의 한계를 넘지 못한 것이다. 공업적 도시적 문명에 대한 보수적 감정이 이 작품에서는 지배적이다. (…략略…)

그러나 제비의 이야기로 농촌의 근대화의 면용面容을 측면적으로나마 드러내려고 한 점은 높게 평가해도 족하며, 이 작가가 농촌을 보다 더 역사적으로 보는 가능성을 획득한다면 상당한 기대를 갖게 하는 점이다.

조벽암趙碧岩 씨는 「수심고默心苦」와 「결혼 전후」 등 두 편의 소설을 그동안에 발표했었는데, 「수심고」는 연재 중이므로 논평을 피하거니와, 「결혼 전후」를 읽어본다면 곧 그것이 나는 일종의 통속소설과 접근되고 있지 않는가 하는 감이 없지 않다.

물론 「수심고」도 그렇지만 「결혼 전후」에 있어서도 작자의 특징인

---

12 원문에는 '이만츰'이라 되어 있다.

듯한 평이한 필치가 비속한 곳에까지 미치는 것 같고, 구성의 단순함도 역시 작품을 평범한 수준에까지 내려놓는 것 같다. 특히 「결혼 전후」는 암만해도 부인잡지의 편집 내용, 즉 바꾸어 말하면 졸업을 앞둔 여학생에게 팔기 위한 2월호 부인잡지에 결혼철학?의 통속 강좌를 소설화한 듯한 느낌을 이 작품에서 맛보는 것은 비단 나뿐이 아닐까 한다. 그만치 이 작품은 평범한 통속적인 내용을, 아주 단조單調한 수법으로 이야기한 데 지나지 않는다. 아마 예술로서의 문학으로[부터] 꽤 먼 거리가 있을까 한다. 이 점은[13] 상기上記의 씨의 작 「수심고」에서도 찾을 수가 있다. 작자는 좀더 인간 생활 내지는 현실의 오처奧處를 파볼 용기를 필요로 하지 않는가 한다.

이무영李無影 씨의 소설 「창백한 얼굴」에 있어서는, 세평世評이 흔히 조씨와 같은 경향의 작가라고 보는 데 반하여, 예술의 양심이 수리의 날개 같이 그의 작품을 둘러싸고 있다. 이 소설에 취급된 인텔리의 고민에 대하여 안일하게 초조焦燥하는 대신에 몸[身]을 가지고[14] 육박하고 있다. 우리는 이 작품 가운데는 인텔리가 자기의 (…략略…) 숙명으로부터 해방되려고 하는 혈투의 일면을 충분히 엿볼 수가 있다. 이런 의미에서 이 작품은 일정한 정도의 성공을 거두고 있다.

그러나 이 소설에 나오는 주인공이 그런 것과 같이 이 작자의 시야가 너무나 좁은 것은 역시 일종의 이씨 특유의 숙명적인 것일까 한다. 작자는 계급으로서가 아니라 '층層'으로서의 소부르주아지, 지식 계급에 대한 똑바른 이해를 갖지 못한 것이다. 다시 말하면 모든 것으로부터 고립된 유폐된 인간으로서 인텔리[15]가 파악되어 있다. 그

---

13 원문에는 '實은'이라 되어 있으나 '點은'의 오식일 것이다.
14 원문에는 '가리고'라 되어 있다. '가지고'의 오식일 것이다.
15 원문에는 '테리'라 되어 있다. '인'자가 탈자되었을 것이다.

적이 어디 있는지, 그 동무가 어디 있는지도 잘 분간치 못한다. 오직 자기 자신의 무능력에 대하여 절망하고 또 그것을 부정할 뿐이다. 이러한 부정이 소시민적 심리의 특징인 것은 중언重言할 것도 없다. 이러한 본질적 결함은 작품 중 인물의 성격을 완연히 절대적인 개체로서 파악하고, 그것이나마도 주로 인물의 내향적 방면에로[16] 치중한 것이다. 이것은 작자가 응당 주인공 '장'이 공사장에서 느끼는 현실을 주인공의 심사心思에서가 아니라[17] 그것을 떠나 객관적 위치에서 묘출描出[18]해야 할 것을 전혀 불가능하게 한 최대 원인이다. 그러므로 이 소설의 이 부분은 상반上半에 비하여 심히 무력한 것이다.

더구나 그의 친구 '박'의 성격이 거의 표현되지 않은 것을 볼 제, 작자가 얼마나 고립된 눈을 가지고[19] 인텔리 혹은 현실을 보았는가를 능히 상상키에 족할 것이다. 인텔리 혹은 전全 현실에 대한 역사적인, 객관적인 관찰 그것만이 인텔리적 생활과 또 예술을 구하는 길이다. 웃통을 벗어제치고 노동하는 것으로만 인텔리는 구원되지 않는다는 것은 이미 명백한 사실이다.

사실로 "목구멍 시중을 드느라고 몸을 파는 것은 조금도 신통한 일은 아니니깐……."

여하간 나는 이 작품을 금춘今春에 보는 역작의 하나이며, 우수한 작품의 하나이라고 믿고 싶다.

김남천金南天 씨의 소설 「문예구락부」는 우리들의 예술운동의 당면한 주요 문제인 '서클'의 이야기를 취급한 것으로, 위선 그 제재에 있어

---

16 원문에는 '方面에도'라 되어 있다. 문맥에 맞게 수정하였다.
17 원문에는 '아니다'로 되어 있으나 문맥에 맞게 바로잡는다.
18 원문은 '輸出'로 되어 있으나 '描出'의 오식일 것이다.
19 원문에는 '가리고'로 되어 있으나 수정하였다.

(…략略…) 작가로서의 관록을 보이고 있다.

그러나 일언一言으로 말하면 이 소설은 정책이나 사상을 소설화한 문학작품의 관념성觀念性[20]을 명백히 말하고 있다. 첫째로 풍부한 생활의 뉘앙스로부터 인물들이 고립되어 있어 인물들과 사건이 생산적 제 관계=도정道程에서 그려지지 않고 (…략略…) 서클적으로 국한되었다. (…중략…) 또 이것은 예술과 정치 그 중에도 필요한 과제의 예술적 창조의 방법을[21] 개념적으로 이해하는 데서 오는 결과가 아닐까? 남천 씨에 있어서는 (…략略…) 무참한 비극의 긴 연쇄 가운데서 발전한다는 것을 더 깊이 이해할 필요가 있지 않을까? 이러한 제점諸點은 이 작품을 마치 30년대의 '뼈다귀 시'에도 비할 만큼—물론 지나친 비교나—줄거리 중심의 빈약한 것으로[22] 만들고 있다.

나는 「문예구락부」에서 대개 이런 인상을 받았다.

이밖에 엄흥섭嚴興燮 씨의 「절연장絶緣狀」과 홍구洪九 씨의 「젊은이의 고뇌」를 이야기하고 싶은데 언급치 못하고 딴 기회에 자세히 말하려고 한다. 단지 「절연장」의 작자는 시야를 넓히고[23] 제재를 구할 필요가 있고, 홍구 씨의 작품에서는 고뇌의 현상 묘사로부터 고뇌의 내적 중심의 파악을 향하여 노력할 것을 빌 뿐이다. 이 가운데서 예술적 창조의 난만한 꽃은 스스로 그 봉오리를 벌릴 것이므로…….

---

[20] 원문에는 '歡喜性'이라 되어 있으나 문맥이 통하지 않는다. '觀念性'의 오식으로 보인다.
[21] 원문에는 '方法은'으로 되어 있으나 문맥에 맞게 바로잡는다.
[22] 원문에는 '것을'로 되어 있으나 문맥에 맞게 바로잡는다.
[23] 원문에는 '널리고'로 되어 있다.

4. 당선 창작의 수준

끝으로 각 신문 신년호에 발표된 현상懸賞 당선작품을 통독한 감상을 말해보면, 첫째 소위 기성 문단의 문학 수준이라고 하는 것이 현상 심사의 관문을 통해서 볼 수 있는 신인들의 수준에서 그저 뛰어나지 못한다는 것이다.

물론 기성? 창작계가 다 그렇다는 것은 아니지만, 적어도 얼마쯤 문명文名(?)을 가지고 창작을 업으로 하는 사람들의 얕은 부류의 수준에 비하면, 당선작의 높은 부분은 훨씬 위에 도달해 있는 것이다.

그런데 『조선』, 『동아』, 『중앙』 3 신문의 것을 비교해보면, 『조선일보』 당선작품의 수준이 나머지 두 신문의 그것에 비하여 월등히 탁출卓出한 것을 알 수 있다.

위선 먼저도 말한 박영준 씨의 「모범경작생」은 금춘今春 창작계의 전반을 통해서 수위首位를 점할 것이고, 또 동보同報의 당선 희곡 「광풍」도 금춘에 발표된 희곡 가운데는 최상위의 것일 것이다. 이 희곡은 토막민土幕民의 생활 파악에 있어 위선 건강한 리얼한 수법을 취했고 희곡에서 난사難事의 하나인 등장인물의 성격 묘출에 있어 상당히 성공하고 있다.

그리고 특필特筆할 것은 작자의 극작적 수완의 정확성이다. 사건의 극적 구성에 있어 작자는 생활의 분위기를 조해阻害함이 없이 어느 정도까지 다이나미즘을 획득하는 데 실패하지 않았다. 더욱 희곡의 초두의 막을 열면서 시작되는 부부싸움은 상찬賞讚할 정도의 것이며, 한 개의 클라이막스로부터 사건을 풀어 몇 개의 소곡절小曲折을 거쳐 고요한 서정적 분위기 가운데 끝을 맺는 수법은 소위 셰익스피어W. Shakespeare적 극작술의 그것을 생각케 하며, 말미에 있는 한 개의 클라이막스를 위하여 이야기를 풀어나가는 평범한 수법 가운데서도 오히려 기성 작가들의 평범 무미한 것에 비하여 훨씬 훌륭한 것이다.

그러나 불만을 말하면 역시 불소不少한 것이나, 한 말로 말하라면, 이 일가一家의 비극석 현실에 대한 원인, 이 희곡이 보여준[24] 그것보나 더 깊은 원인을 연극은 관중에게 이야기할 의무가 있는 것이다. 이것은 동시에 그 교육적인 효과를[25] 의심케 하는,[26] 가난 끝에 정조를 내놓았다는 윤리적 문제의 똑바른 해명을 위하여서도 지극히 필요한 일이다.

이밖에 『조선일보』에는 「분粉이」라는 소설이 있으나, 그 보드러운 필치밖에는 취할 점이 적은 것 같다. 이야기의 진행이 추상적이요, 인물의 성격이 몽롱한 것, 또 내용 전체가 일종 우화적 냄새를 면치 못하고 있다. 이 소설에서는 인간의 감정의 문제는 지극히 똑똑하게 드러났음에도 불구하고, 남의 자식이라고 학대하는 것과 같은 봉건적인 그것과 '분이'가 한 사람의 인간이냐고 하는 그것과 학생의 가진 그것과의 모순된 운동의 줄이 불문에 붙여져[27] 있는, 치명적인 것이다.

그러기 때문에 '분이'가 그렇게 쉽게 ××주의 팜플렛을 읽고 당장에 공명하는 것과 같은 무리가 생기는 것이다.

『중앙일보』에는 6편의 소설과 5편의 희곡이 있으나, 나는 「방랑의 처녀」란 소설을 일등으로 선選한 것을 위선 어떨까 하고 생각한다.

---

24 원문은 '모혀둔'이라 되어 있다. '보여(혀)준'의 오식일 것이다.
25 원문에 '決果를'라 되어 있으나 '效果를'의 오식일 것이다.
26 원문은 '하든'으로 되어 있으나 문맥상 '하는'이 타당하다.
27 원문에는 '뭇처저'로 되어 있으나, '뭇'은 '붓'의 오자일 것이다.

선자選者인 현민玄民 씨도 그 작품의 내용이 가장 실감을 선選의 기준으로[28] 삼았다는 데는 물론 기분간幾分間 수긍할 점도 없지 않으나, 역시 소설로서는 「황금광 시대」나 「도야지와 신문」이 나을까 한다. 그 중에도 나는 방인희方仁熙 씨의 소설 「황금광 시대」에서 볼 수 있는 농민 가운데 아직도 뿌리 깊은 '요행'을 가다리는 마음의 묘사, 또 강한 배타적 개인주의의 점출點出이나, 그 전편全篇을 통해서 이러한 모든 것의 여지없는 분쇄 과정을 잊지 않고 그려낸 작자의 의도에는 상찬할 여지가 충분하다고 믿는다.

그러나 나는 그것의 전부를 긍정하는 자는 아니다. 보다도 나는 이 소설의 작자가 그들이 왜 새삼스럽게 금광을 찾아다녀야 하게 되는지를 보이는 것으로, 농촌의 구체적인 생산적 사정과 사건을 관련시키고, 또 될 수 있으면 더 나아가서 금광열金鑛熱에 대한 특별한 시기적 이유를 밝히고, 이러한 농민의 앞날 생활의 진정한 길을 암시하지 못한 것을[29] 나는 불만으로 제출하고 싶다. 왜 그러냐 하면 이러한 제 과정의 해명 없이는 소설은 잘 해야 현실의 반분半分밖에는 이야기하지 못하기 때문에…….

그 외에 희곡에 있어 「딸」을 선한 선자의 의도는 대체 어느 곳에 있는지를 알기가 어렵다. 이 희곡이 『장한몽』을 조금 고친 듯한 신파 대본으로서, 예술로서의 연극과는 일점도 공통점도 가지고 있지 않다는 것은 일독一讀으로 명료할 것이다. 희곡 「홀애비 천만아비」도 극의 운행運行이나 그 양식에 있어서는 약간 정돈된 듯하나, '홀애비 천만아비' 일가적一家的 생활 환경의 본질적 부분을 조금도 이야기하고 있지 못하다는 점은, 연극이라는 것이 '무의미한 의의'를 위하여 존

---

28 원문에는 '基準을'로 되어 있으나 문맥에 맞게 바로잡는다.
29 원문은 '것으로'로 되어 있으나 문맥에 맞게 바로잡는다.

재하고 있지 않은 한 취할 바 못 된다고 생각한다.

오직 「농촌 소방대」에 있어서는 비록 그것이 희곡으로서 불소不少한 결점을 가지고 있음에 불구하고, 작자가 현금의 조선적 농촌(…략略…)의 일부를 붙잡았다는[30] 데서 전자의 어느 것보다도 좋은 것이라고 믿어진다. 그러나 이와 비슷한 내용을 가진 『조선일보』 당선소실 「모범경작생」에 비하면 훨씬 문학적으로 떨어지는 것이다.

그 다음 『동아일보』 신년호는 한 편씩의[31] 당선소설, 희곡이 있고 2,3의 가작이 있으나, 당선소설 「황소」를 빼놓는다면 세 신문 중 그 중 수준이 떨어진다고 볼 수 있다.

「황소」는 시골 소년과 소녀의 애정 문제를 통하여 도시와 근대 문명에 대한 막연한 반감이 표시되어 있는 것을 객관적으로 비평할 수 있고, 일방一方 인물의 성격 묘사에 있어 작자가 생生한 재치있는 능력을 함께 들 수 있으나, 그리 좋은 작품은 아니다. 이런 경향은 이 위에도 말한 2,3의 작가에게서도 볼 수 있는 보수적인 농민적 사상으로서, 그것을 무비판적으로 수긍한다면 (…중략…) 유해한 것으로 발전할 것으로, '황소' 같은 힘이 '귀여운 계집애'의 적인 '서울 청년', 또 애인을 뺏아가는 보다 더 큰 무형의 적 '도회'와 근대적[인 것]에 향한다는 얼토당토않은 곳으로 가고 마는 것이다. 뿐만 아니라 작자의 재치있는 듯한 필치는 대부분 말언어귀나 그렇지 않으면 말초적인 부분을 세공화하려는 곳으로 종종 작자의 박력을 해치고, 작중 현실이 독자에게 주는 인상을 집중치 못하고 분산케 한다.

그 외에 「입원」, 「외투」 등 제작諸作은 전자는 안가安價의 인도주의,

---

30 원문에는 '못잡엇다는'으로 되어 있으나 '못'은 '붓'의 오식일 것이다.
31 원문은 '篇式의'로 되어 있다. 우리말 '씩'을 한자어 '式'으로 잘못 사용하고 있어 수정하였다.

후자는 넌센스, 그러면서도 소설이란 예술의 앵글 권외圈外에 있는 것이다.

당선 희곡 「인간 만화」,일명「꿈」는 양이 크고 서곡序曲 종곡終曲까지를 붙이었으며, 또 '새르엣'영상극, 음악, 슈프레히코르,[32] 레뷔,[33] 표현파적 호흡의 양식 등속의 제종諸種의 극적 양식을[34] 이용하려고 작자는 노력하였음에도 불구하고, 위선 그 내용은 다음 두었다 말하더라도, 이 모든 요소를 극장적으로 종합 통일하는 데 위선 작자는 아마추어이다.

작자가 이용하려고 하는 연극적 요소 가운데 어느 것도 이 희곡 가운데서는 살지 못해가지고, 되나 안 되나 작자가 보이려는[35] 이야기가 하나도 독자의 이해 범위 안에 들어오지 않게 되었다.

대체로 '어른의 동화'와 같은 지리멸렬한 스토리는 자기의 양식조차도 가져보지 못한 것으로, 이 작품은 연극의 대본으로부터 인연이 멀다.

이러한 것을 한번 읽고 그만두는 것도 아닌 희곡으로서 극장을 통해 관중을 모으려는[36] 목적으로 썼다는 것은 젊은 작자를 위하여 섭섭할 일이다.

지수紙數의 제한도 훨씬 넘고 해서 그만두는데, 이곳에는 신춘에 발표된 창작으로서 빠진 것이 많은 것은 작자나 독자나 한번 보아 알

---

32 슈프레히코르(Sprech-chor) : 시구(詩句)나 대사 같은 것을 효과적으로 전달하기 위하여 간단한 리듬이나 억양을 붙여 집단적으로 제창(齊唱)하는 낭독 형식.
33 원문에는 '레뉴'로 되어 있으나, 노래, 춤, 시사풍자적인 촌극 등으로 구성되고 단일 주제를 가진 무대 쇼 형식인 레뷔(revue)를 가리키는 듯.
34 원문에는 '株式을'로 되어 있으나, '株'는 '樣'의 오자일 것이다.
35 원문은 '모힐려는'으로 되어 있다. '모'는 '보'의 오자일 것이다.
36 원문에는 '모힐냐는'으로 되어 있다.

것이나, 내 딴에는 이야기할 작품은 거의 대개 이야기했다고 생각한다. 그러므로 여기에 논급되지 않은 작품은 내가 불가불 빼놓지 않을 수 없어 빼놓은 것으로, 물론 필자의 본의는 아니나 널리 양해할 점이 있을까 한다. 그 이유는 구구히 말하지 않아도 스스로 명확한 것이기 때문에 ……

그러나 유감인 것은 희곡과 특히 시를 따로 들어 이야기하고 싶은 것을 못 한 것으로, 이것은 전全혀 편폭編幅의 관계에 그 이유가 있는 것이다. 그리고 이 전부가 비평이라기보다도 한 독서의 감상의 한계를 넘지 못했다는 것도 특히 똑똑히 하고 싶다.

1934.2.17

집단과 개성의 문제·

다시 형상의 성질에 관하여

1

  문예과학 혹은 예술과학이라고 불러지는 학문의 영야領野에 있어 현대적 유물론의 조영하照映下에 천명되어야 할 과제는 대단히 풍부한 것이며 또 거대한 과학적 노력이 이것을 위하여 지불되어야 할 것이다.

  그러나 거의 무한에 가까운 문예과학의 제 과제 가운데서 우리는 그 기본적인 것으로 대개 다음의 두 계열을 들 수가 있다.

  하나는 문학 급及 예술의 역사적 발전에 관한 일반적 학學 즉 역사적 과학으로서의 '사적史的 문예학'을 들 수 있으며 둘째로는 예술적 형성의 과정에 관한 논리학 인식론으로서의 '변증법적 문예과학'을

• 『조선중앙일보』, 1934.3.13~3.20.

들 수가 있다.

그리하여 이러한 계열은[1] 여태까지 전자는 문학사, 후자는 문예비평혹은 문예학, 시학이란 개념으로 표시되었다.

그러나 맑스주의 예술과학은 이 두 계열을 그 통일 가운데서 체현하는 것이며, 동시에 전자나 후자가 다 이러한 통일성 가운데서만 비로소 과학으로서의 독립적인 학문이 되는 것이다.

왜 그러냐 하면 역사적인 것만이 논리적이고 논리적인 것만이 역사적이며, 다시 말하면 역사적인 동시에 논리적인 양자를 통일적으로 자기 가운데 체현하고 있는 것만이 비로소 물질적으로 존재하는 것이기 때문이다.

이곳에서 우리는 문학적 형상 가운데 표현된 인간적 표상에 대하여 비상히 정확한 개념을 얻을 수 있는 중요한 전제를 발견할 수가 있다.

이 전제라는 것은 문학적인 일체의 현상의 설명에 있어서 그것을 과학적으로 이야기하려면 문학적 현상 그것을 '역사적인 동시에 논리적인' 방법으로써 해야만 한다는 그것이다. 왜 그러냐 하면 문학은[2] 가공적으로 추상된 것이 아니라 인간과 그 생활과 함께 물질적으로 존재해왔기 때문이다. 그러면 문학과 그 제 현상은 어떻게 물질적으로 존재해왔는가? 첫째 그것은 인간생활의 일정한 역사적 시대의 소산이고 둘째로 그것도 소여所與의 역사적[3] 시대의 물질적인 환경 가운데서 생활하던 인간의 의식적 활동 가운데의 하나이었다.

따라서 문학의 존재의 형식이 인간의 생활적 존재의 형식에서 발

---

1 원문은 '系列의'로 되어 있으나 문맥에 맞게 바로잡는다.
2 원문에는 '文學을'로 되어 있으나 문맥에 맞게 수정하였다.
3 원문에는 '歷史的의 史的'으로 '史的'이 중복되어 있다.

생하고 그것에 의하여 제약되었다는 것을 알 수가 있다.

여기에서 우리는 비로소 문학이 그 형상 가운데에 표시하는 인간의 표상을 정확하게 그릴 수 있는 가능성을 찾아낼 수 있다.

이 가능성은 문학의 기원이 언어 발생 이후의 것이라는 부동不動의 역사적 사실로 말미암아 성립한다. 언어 없이는 문학이 존재할 수 없다는 것은 마치 물[水]이 없으면 고기[魚]가 있을 수 없다는 것과 마찬가지로 명확하기 때문이며, 또 인간이[4] '의식'을 갖기 이전 즉 인간이 다른 동물로부터 구별되기 이전의 상태에서 발생한 예술이라는 것을 상상하기 어렵기 때문이다.

그러면 언어와 의식은 인간의 역사에 있어 어떠한 역할을 했는가?

"언어는 실천적인 다른 인간에게도 존재하고 따라서 또 나自我 자신에 대하여서도 존재하는 현실적인 의식이다. 그리고 언어는 의식과 함께 그 태초에 다른 인간과의 교통의 욕망과 그 필요에 의하여 발생"한 것이며 "나의 환경에 대한 내 관계가 내 의식"이라고 칼 맑스Karl Marx는 그 초기의 노작勞作『독일적 관념을 위한 준비적 노작』에서 이야기하였다.

이 유훈遺訓은 언어라는 것이 인간이 동물적 고립으로부터 사회적 생활로 들어갈 필요에 의하여, 또 인간의 사회적 생활의 기원과 함께 발생하였다는 것을 우리로 하여금 용이하게 이해케 한다.

인간이 동물적 고립으로부터 사회적 생활의 시기로 추이推移하는 것은 인간이 자연에 대하여 최초의 적극성을 갖기 위한 가장 신비적인 행동으로서 '노동'의 발생으로 그것은 매개되었다. 노동은 자연과 인간과를 의식적으로 관련시키는 유일의 연계적 건환鍵環이며 동시에

---

4 원문에는 '人間의'로 되어 있으나 수정했다.

노동은 일체의 의식적 행동의 근원이기 때문이며 노동에 의하여서만 인간적 의식은 생산되고, 인식하고 의식하는 것으로만 인간은 언어를 가지고 이야기할 수 있는 것이다.

요컨대 우리는 언어라는 것이 동물적 개인이 '주위의 인간과 결합하기 위한 필연성의 의식'이라는 것을 이해하는 것으로써 문학의 발생은 언어의 발생에 대하여 훨씬 후사적後史的이라는 것을 이해할 수가 있다.

동시에 그 문학이 그 형상 가운데 표시하는 인간은 그것이 어느 시대 어느 사회를 물론하고 절대적으로 개인적인 것과 절대적으로 집단적인 것은 없었던 것, 바꾸어 말하면 인간은 다소의 차는 있을지언정 개인은 집단적이었고 집단은 개인적이었다는 것이다.

일견 모순되는 것 같은 이 두 개념은 그것이 모순하기 때문에 운동하고 운동하기 때문에 존재하며, 존재하기 때문에 물질적인 것이다.

이것은 칼 맑스의 유명한 다음의 정식에 의하여 인간 생활의 전 역사를 설명하는 최고의 과학의 명예를 얻는 것이다.

개개의 개인은 그들이 한 개의 다른 계급에 대하여 공동의 ××을 하지 않으면 아니될 한에서만 일 계급을 형성한다. 그 밖의 점에 있어서는 그들은 서로 그들 자신이 경쟁에 있어 서로 대립한다.

그러나 이 객관적인 반면反面에 있어 "계급은 개인에 대하여 독립하고, 그 결과 개인은 그들의 생활 제 조건을 예정된 것으로서 받아들이며, 계급에 의하여 그들의 생활 지위와 그들의 인격적 발전을 지정받으며, 계급 가운데에 포섭"되는 것이다.

다시 말하면 계급이란 것은 말할 것도 없이 개인의 특정한 집단으로서 그것은 "생산과 그것에 부수되는 생산물의 교환"의 개시 가운데 그 형성의 사회적 물질적 기초를 두는 것이다.

그러므로 인간이 생산적 행위를 시작하고 또 그것을 주위의 인간들과의 교환을 통하여 관계[맺]는 그때부터 인간의 계급적 신분적 집단으로의 분화,[5] "무엇이 어떻게 생산되어 어떻게 그 생산물이 교환되는가 하는 데서 결정"엥겔스되는 것이다.

그리하여 이곳에서 비로소 개개의 인간의 사회적 성원으로서의 '계급적인 분배'가 나타나는 것이며 사회적 생산 도정 가운데 현상되는 조건의 공통성과 역할의 공통성에 의하여 그들은 계급적으로 결속하게 되는 것이다.

이것은 인간의 장구한 사회적 생활의 역사를 결정짓는 가장 근간적인 성격으로서, 어떠한 개인임을 물론하고 그것이 역사적 현실적으로 존재한 인간인 한에서 이 '철의 굴레' 밖에 설 수는 없었던 것이다.

그러므로 칼 맑스와 프리드리히 엥겔스Friedrich Engels는 『마니페스토』[6] 가운데서 "종래의 모든 사회의 역사는 계급XX[투쟁]의 역사"이라고 논단論斷케 한 것이며, 아울러 우리들로 하여금 문학예술 가운데 현현하는 개체적 인간의 집단적 계급적 성질과 집단적 계급적 표상 가운데의 개인의 특정적 지위를 정확하게 이해할 최대한의 가능성을 파악케 하는 것이다.

왜 그러냐 하면 중언重言하거니와 문학, 예술은 인간 생활의 소산인 때문에 ⋯⋯.

---

5 이 사이에 몇 구절이 누락된 것으로 보인다. '~되는바, 그 분화는' 정도의 구절이 보충되어야 할 것이다.
6 『공산당 선언』을 가리킨다.

그러므로 우리는 이곳에서 비로소[7] 풍부한 적확성을 가지고[8] 문학 급及 예술의 형상 가운데의 개인과 집단의 표상은 문학의 역사의 기원과 때를 같이한다는 한 개의 명제를 세울 수가 있다.

2

그러나 이 명제는 결코 문학사나 그 양식 가운데서 집단과 개인의 차별을 무시하거나 또 반대로 집단과 개인을 절대적인 것으로 파악하는 것을 의미하지는 않는다.

다시 말하면 다수의 인간을 그린다고 그것이 집단적[9] 문학이 아니고 개개의 인간을 그린다고 그것이 개인적 문학이 아니라, 문학의 형상 가운데 표상되는 인간은 그것이 어떻게 묘출描出된 인간이고 간에 인류의 사회적 생활의 제 형식에 의하여 제약된 인간 그것이란 말이다.

즉 한층 더 구체적인 말로 이것을 연역한다면 우리들이 문학적 역사의 호한浩澣[한] 보고寶庫 가운데서 발견할 수 있는 인간적 형상의 여러 가지 양자樣姿,[10] 다시 말[해]면 개체적으로 묘사된 인간이든지 집단적 군상적群像的으로 묘사된 인간이든지 간에 그 신흥의 역사적 시대의 사회가 체현하고 있는 지배적 사상—정신에 의하여 제약되어 있다는 것이다.

---

7 원문에는 '미로서'로 되어 있다.
8 원문은 '가리고'로 되어 있다. '가지고'의 오식일 것이다.
9 원문에는 '集向的'으로 되어 있다. '向'은 團의 오자일 것이다.
10 여러 가지 양자: 원문에는 '여러가 引樣姿'로 되어 있는 듯하다. '引'은 '지'의 오자일 것이다.

그러면 이 사상―정신이란 무엇이냐 하면 그것은 의심할 것도 없이 당해當該 사회의 현실 인식의 능력의 정도― 생산력의 발전 정도 가운데 집중적으로 표현되는―의 기초 위에 선 사회적 경제적 제 관계가 제약하는 바의 상층구조―세계관을 의미하는 것이다.

그러므로 그 사회 가운데서 지배적 지위에 서 있는 계급의 사상은 그 시대에 있어 보편적으로 [지]배적 사상이 되는 것이다. 왜 그러냐 하면 "물질적 생산을 위한 제 수단을 지배하는 계급은 그것으로써 동시에 그 사회의 정신적 생산을 위한 제 수단을 지배"K. M.[11]하기 때문에 결국 지배적 사상 정신이란 지배적인 물질적 제 관계의 현상적[12] 표현이다. 사상으로 파악된 지배적인 물질적 제 관계인 것이다.

따라서 문학이라는 예술 가운데 형상으로서 표현된 인간의 표상이란 특정의 사회적 제 관계가 개인과 계급의 생활 형식을 어떻게 만들고 있는가 하는, 즉 개개의 개인이 사회적으로 존재하는 형식, 다시 말하면 어떤 계급에 의하여 어떻게 개개의 인간[이] 지배되는가 하는 그 형식의 직접의 반영인 것이다.

이것은 상기上記한 바와 같은 사회적인 제 요인에 의하여 제약되는 동시에, 문학 예술에 있어서 고유의 것인 형상 그것의 물질적 성질에 의하여 두 번 다시 확고한[13] 제약을 받는 것이다.

왜 그러냐 [하면] 집단과 개인의 자태는 광범히 해석된 예술적 형상 가운데의 부분적인 것으로 포섭되는 때문에 우리는 이곳에 형상 그것의 물질성에[14] 대한 해명을 필요로 하게 된다.

---

11 K. M. : 칼 맑스를 가리킬 것이다.
12 원문에는 '觀象的'이라 되어 있으나 '觀'은 '現'의 오자일 것이다.
13 원문에는 '確因한'으로 되어 있다. '因'은 '固'의 오식일 것이다.
14 원문에는 '物質的에'로 되어 있으나 오식일 것이다. 문맥에 맞게 수정하였다.

우리들이 일반으로 형상이라고 하는 것은, 문학 급及 예술이 그것이 없이는 성립하지 않는[15] 특정한 본질적 계기, 예술을 다른 일체의 인간적 의식의 산물로부터 구별하는 유일의 것을 지적해서 가리키는[16] 한 개의 개념이다.

그리하여 예술에 있어서 고유한 유일의 것에 대하여는, 첫째 예술이 "이미 인식된 어떤 진리의 기술이 아니라 객관적 현실의 인식"의 한 도정, 한 변종이라는 점에서 물질적인 과학의 하나이고, 둘째로 그것이 다른 과학이 추상적인 형식에 있어 사유되고 형성되는 데 반하여 예술은 감성적인 형식에 있어 인식되며 재현에 의하여 현실의 원형적 애원哀怨을[17] 추상화하지 않는 점에서 보다 더 구체적으로 물질 과학성에 서는 것이다.

그러나 우리는 형상이라는 것이 무엇으로 구성되느냐 하는 것을 해명하지 않으면,[18] 형상의 물질성의 명제를 정당히 발전시킬 수가 없다.

첫째 예술이 인식하는 세계는 어떠한 세계인가? 이곳에서 곧 연상되는 것은 예술이 인식하는 한계라는 것이 철두철미 인식 가능의 세계 즉 물적인 형이하학적인 존재의 세계라는 것이다. 이것은 칸트 Kant나 혹은 흄D. Hume 등 유流의 불가지不可知나 절대자의 세계로부터는 하등의 산[生] 것을 인식할 수 없다는 것이다.

철학이 추상적인 논리를 가지고 인식불가능의 추상계를 이야기할 가능성을 가지고 있는 대신에, 예술에 있어서는 그것이 어떤 '기정旣

---

15 원문에는 '안는다'로 되어 있으나 여기서 문장이 끝나면 문맥이 닿지 않는다. '않는' 혹은 '않는다는'으로 수정해야 타당한 문맥이 된다.
16 원문에는 '가르치는'으로 되어 있다.
17 원문대로인데, 오식으로 보인다. '형태를' 혹은 '모습을' 등의 의미일 것이다.
18 원문에는 '안흐며'로 되어 있으나 문맥에 맞게 수정했다.

定의 진리'를 기술하는 것이 아니므로 예술은 역시 자기의 인식에서 각覺을 통하여 교섭할 수 있는 세계 이외를 나설 수가 없는 것이다.

왜 그러냐 하면 아까도 말한 것과 같이 예술은 '기정된 진리'의 기술이 아니며 또 예술이 갖는 '기술의 방법'은 추상적 논리가 아니라 생생한 가시可視, 가촉可觸, 가감可感의 제물諸物을 가지는 것이기 때문이다.

즉 다시 말하면 예술이 삼림이나 산을 표현할 때 다른 추상과학같이 삼림이나 산의 원리를 가지고 보는 사람을 생각케 해서 이해시키는 대신에, 예술은 삼림이나 산의 근접의 양태樣態를 그 위에 다시 재현의 방법으로 표시하여 보는 사람이 생각지 않고 보고 그대로 '감感'하게 하는 것이기 때문이다.

그러므로 예술의 형상은 인식할 수 있는 물질적 세계 내에 존재한 제물諸物—자연 급及 인간 등으로 구성되는 것이기 때문에 형상의 물질성은 형상이 예술에 있어 고유의 것이란 것과 똑같이 형상에 있어서 본질적인 것이다.

그런 까닭으로 위대한 관념론자 헤겔G. W. F. Hegel이 예술미의 본질적 요소를 '가상假象' 혹은 '허구' 가운데다 설정하면서도, 그것을 '감상적 가상'이란 데다 한정하고, 또 가상이란 것이 과학적으로 관찰할 수가 없는 것이라면 예술은 불가지의 것이 아니냐는 비난에 대하여 다음과 같이 대답한 것은 형상의 물질성을 헤겔류의 '역립逆立된[19] 방법'으로 논증한 것이다.

일반으로 예술 수단 즉 가상과 그 '허구'가 무권위(無權威)하는 데 대하여 일언(一言)하면 이것은 가상의 존재가 존재하지 않는 것을 의미한다면

---

[19] 원문에는 '送立된'으로 되어 있다. '送'은 '逆'의 오식일 것이다.

물론 이 이론(異論)도 정당할 것이다. 그러나 가상 자신은 본질에 대하여 본질적인 것이며 또한 진리성이 가상(假象)하지 않고 현상하지 않고 또 감능(感能)에 대하여서도 존재하지 않는다면 진(眞)으로서 존재치 않을 것이다.

— 헤겔

다시 말하면 형상의 재현적 성질을 헤겔류의 개념으로 표현한 가상이란 첫째 감성적이어야 하며, 그것이 글자 그대로의 무근거한 가공假空의 형상이 아니라 본질의 존재에 의하여 현상되는 것이라는 말이다.

즉 현실의 예술적으로 특수화한 방법에 의한 표현으로서 헤겔은 감성적 가상의 개념을 설정한 것이다.

형상의 물질성에 감感한 이 견해는 예술과학에 있어서의 근저를 이루는[20] 것으로 형상의 구성적 내용의 일층 깊은 해명을 가능케 하는 것이다.

아까도 말한 것과 같이 형상이[21] 가감계可感界의 제諸 내용으로 구성되는 것은 자명한 일인데, 그러면 이 세계의 내용이란 구체적으로 무엇이냐 하면 기본적으로는 광의의 자연계라고 말할 수가 있다.

물론 이 자연계라는 것은 생물사적 시간과 공간을 그 가운데 내포한 자연의 시공적時空的 세계이다.

다음으로 협의의 자연계와 생물계, 그리고 다시 인간에 대하여 즉자적即自的 대자적對自的인 세계, 다시 말하면 인간에 대하여 외계로 취급되는 세계와 인간적 세계를 분류할 수가 있다.

즉 인간의 시공적 존재, 인간에 대하여 외적인, 인간 외의 생물계

---

20 원문에는 '는일우'로 되어 있다. 글자 순서를 바로잡았다.
21 원문은 '形象의'로 되어 있으나 문맥에 맞게 바로잡는다.

를 포함한 자연적 시공계時空界로 나눌[分] 수가 있다.

그리고 그 다음으로 인간의 의식적 생활사 즉 인류의[22] 생산적인 사회적 생활의 전소 역사적 분야 가운데서 우리는 칼 맑스와 프리드리히 엥겔스가 내린 바의 과학적 유산을 수납하는 것이다.

즉 우리가 이 논문의 최초의 부분에서 취급한 인류의 사회 생활의 형식적 원리로서의 계급 대립과 상극相剋의[23] 역사 가운데서 인간적 상호의 생활 양식, 집단적 개성적 제 문제를 다시 일 범주로서 제기할 수가 있는 것이다.

그러나 집단과 개인의 문제는 형상적 대상 가운데의 일 범주일 뿐만 아니라 인간이라는 것은 형상에 있어 기본적인 요소로서 제기되는 것이다.

왜 그러냐 하면 문학 예술이라는 것이 인간의 자연에 대한 능동적 행위인 생산적 활동으로부터 시작되고 그것으로서 형성되는 의식적 인간의 존재와 함께 형성된 때문이다.

즉 인간이 외계에 대하여 의식적인 때부터 문화사는 시작되었기 때문이다.

따라서 문학 예술상의 개인과 집단의 형상적 관계사關係史는 인간의 사회생활 제諸 역사의 집중된 표현이고, 형상 가운데 나타나는 다른 제 요소의 성질까지 좌우하는 주요한 것이다.

그러므로 이 문제는 형상의 성질을 천명함에 있어 특별한 의의를 갖는다.

왜 그러냐 하면 이 문제의 본질은 모든 문학자와 예술가들이 가진 현실 인식의 능력의 역사적 계급적 한계를 본질적으로 체현하고 있

---

22 원문에는 '人數의'로 되어 있으나, '數'는 '類'의 오자일 것이다.
23 원문에는 '相兢의'로 되어 있으나 '兢'은 '剋'의 오자일 것이다.

는 때문이다.

즉 예술가가 객관적 현실을 형상을 통하여 인식하고 표현할 때, 그는 대상이 자연이고 인간이고 간에 그가 속한 사회와 그가 생활하는 역사적 시[대]가 도착한 인식적 능력을 뛰어날 수 없다면, 이 한계는 그가 인간의 사회생활을 형상화할 때 가장 특징적으로 나타나는 것이다.

그러므로 어떤 임의의 예술가의 작품을 볼 때, 그 작가가 자연을 표현한 데서보다도 그가 인간적 표상을 표현한 데서 더 일층 명확히 이 특징을 간취할 수 있는 것이다.

뿐만 아니라 이것은 왕왕 작가의 자연에 대한 태도와 인간 급及 계급생활에 대한 태도의 불일치라는 결과를 가져오는 일이 있다.

이것은 어느 것이나 다 시대정신이라는 것이 뿌리박고 있는 인간의 사회생활이 거의 기본적으로 문학 예술 위에 나타나는 인간적 생활의 형상 가운데 표시된다는 것을 의미하는 것이다.

이러한 제 전제 위에 있어서만 집단과 개인의 문제는 이로써 현실성을 띠게 되는 것이다.

3

다음으로 우리는 제기된 문제의 핵심으로 들어가야 한다.

그러면 문학의 역사와 함께 존재해온 집단과 개인의 형상은 어떻게 존재해왔을까?

첫째 집단이라는 것은 계급의 개념으로부터 구별해내야 한다. 동시에 단순한 묘사를 형상으로부터 구별해내야 한다.

왜 그러냐 하면 이 두 문제를 각각 따로 구별하지 않는다면 한 개의 문학작품이나 일폭一幅의 회화繪畵 위에 동시에 나타난 상이한 계급이나 종족의 형상을 설명할 수 없으며, 또 집단적인 다수의 인간이 표현되었다고 그것을 집단적 형상이라든지 또 집단문학이라든지 하는 관념론을 격파할 수가 없기 때문이다. 뿐만 아니라 함대훈咸大勳 씨가 어떤 논문에서 말씀하신 것과 같이[24] 프로문학 이전의 문학이 모두 개인 묘사의 문학이라는 단정을 내리는[25] 것과 같은 혼란을 구救하기 위하여 더욱 필요하다.

첫째의 이야기로 다시 들어가 볼 것 같으면 집단이 계급이 아니라는 것을 밝히어야 하는데, 이것은 무엇보다도 과거의 문학 예술상의 형상 가운데는 단일한 계급으로 대표되지 않는 집단을 볼 수가 있다는 것을 이야기해야 한다.

즉 몇 종류의 계급적 인간이 혼합되어 표현된 군상적群像的인 집단이 있고 반대로 한 사람밖에 없는 초상화나 또 일인一人의 감정만이 노래된 시가詩歌 가운데도 훌륭한 계급적인 감정이 표백表白된 것을 볼 수 있는 것이다.

그러므로 먼저 부분에서 이야기한 것과 같이 계급은 인간의 단순한 집단이 아니라 '특정의 집단'인 것이다.

따라서 우리는 이곳에서 막연한 집단적 형상과 계급적 형상을 구별하게 되며, 단순히 다수多數한 인간의 자태를 표현한 집단 묘사와

---

24 함대훈, 「인간묘사 문제─누가 인간을 묘사하나」(『조선일보』, 1933.10.10~10.11)를 가리킨다. 이에 대해서 임화는 이미 「문학에 있어서 형상의 성질 문제」에서 언급하고 비판을 가한 바 있다. 함대훈은 이에 대해 「집단묘사가 아닐가?─임화 씨의 논박(?)에 대하야」(『조선중앙일보』, 1933.12.27)에서 재반박을 하였고, 임화의 이 글은 그에 대한 대응의 성격을 띤다.
25 원문에는 '버리는'으로 되어 있으나 문맥에 맞게 바로잡는다.

구체적으로 계급적 성격이 부여된 집단의 형상으로 구별해야 한다.

따라서 묘사를 형상으로부터 구별해야 되는 것이다.

왜 그러냐 하면 과거의 문학에서 보는 것과 같은 수적 다수의 군상적 묘사는 질적인 내용을 가진 집단적 형상과 동일하지 않고, 또 과거의 문학 예술 위에는 인간적 집단의 묘사는 있을지언정, 그것은 비집단주의적 정신으로 한정을 받아 일견 집단적인 것 같으면서도 그 본질에 있어 개인주의적인 문학이 있었다는 것이다.

즉 그 문학자나 예술가가 살고 있는 역사적 사회의 지배적인 지향 정신으로 말미암아 다수의 묘사가 한 사람의 주인공의 단순한 배경으로 나타나 있는 데 불과하였던 것이다.

그러므로 이러한 예술작품 위에 표현된 인간의 집단은 개개의 성격이 부여된 생생한 인간이 아니다. 따라서 이러한 집단은 그 말[言語]의 완전한 의미에 있어서의 형상이 될 수가 없는 것이다. 형상이란 무엇보다도 구체적인 것이기 때문에…….

그러면 이러한 작품에는 집단의 묘사는 있을지언정 집단의 형상은 없다는 말은 진리가 될 수가 있다.

동시에 단순한 묘사는 결코 형상이 될 수 없다는 것이 또한 진리일 것이며 따라서 묘사라는 것은 형상 가운데 한정된 내용의 한 개임에 틀리지 않을 것이다.

이러한 모든 것이 이해되지 않는다면, 함대훈 씨의 문학론 같은 데서와 같이 프로문학 이전의 문학작품 가운데 엄연히 존재한 집단 묘사가 부정되고, 프로문학 가운데 있는 집단적 형상을 단순한 집단 묘사와 혼동하고 말게 된다.

그러면 이곳에서 다시 우리는 이 혼동과 이러한 관념론이 생산되는 근본적 원인이 무엇인가를 또한 해명해야 한다.

이 앞에서 우리는 소여所與의 역사적 사회의 지향 정신이란 것을 말하였고 또 집단의 묘사까지도 결국은 개인인 것으로 만드는 원인을 또한 이곳에다 결부시키었다.

그렇다면 지향 정신이란 무엇인가?

위선 이것이 우리는 소여의 역사적 시대의 것이라고 말했다. 즉 항구적 보편적인 것이 아니라[26] 특정한 시대와 그 사회에만 있을 수 있는 고유의 것이라는 것이다.

따라서 지향 정신은 그때 그 사회의 제 관계에서 발생하여 그 사회에 있어 지배적인 계급의 사상이 되어, 그것은 일반을 지배하는 사상이었다는 것도 곧 이해할 수가 있다.

그러면 이 과제를 밝히는, 무엇보다도 프로문학 이전의 문학 예술이 생산된 사회가 어떠한 것이었다는 것을 밝히면 그만일까 한다. 물론 인류의 사회사의 문제는 이곳에서 논의될 바가 아니나, 우리는 여태까지의 사회가 계급적 대립 사회의 역사이라는 것, 동시에 일정한 계급이 항상 다른 계급을 권력이란 특정의 방법을 가지고 지배한 역사라는 것을 알 수 있다. 또한 이 지배라는[27] 것이 원시 사회의 붕괴 이후 가장적家長的, 족장적, 노예[적], 봉건적, 자본가적인 그 어떠한 시대의 사회를 물론하고 소수에 의하여 다수를 지배한 것이 그 특징이란 것도 명확한 것이다. 즉 바꾸어 말하면 여태까지의 지배적인 사상 정신이라는 것은 소수에 의한 다수의 지배, 구체적으로는 비근로자의[28] 근로자에 대한 지배의 사상 정신이며, 따라서 문학 예술도 이러한 제 사실 위에서 그 역사를 형성해왔었다.

---

26 원문은 '아니다'로 되어 있으나 문맥에 맞게 바로잡는다.
27 원문에는 '支配하는'이라 되어 있으나 문맥에 맞게 수정한다.
28 원문에는 '非勤勞動者의'로 되어 있다. '動'자를 삭제하였다.

그러므로 그 사상과 정신이 항상 궁극적으로 소수 상호간의 충돌로 말미암아 결과되는 개개의 이익을 위한 그것이었던 만큼 문학 예술도 이런 관점에서 성립되어 있었던 것은 용이히 이해될 수가 있다. 이것이 개인주의적 문학이 곧 개인 묘사만의 문학에 그치는 것이 아니며, 반대로 집[団]적 인간의 묘사를 거부하는 것이 아니라는 구체적 복잡성을 이해케 하는 관건이다. 왜 그러냐 하면 개인주의적인 제 사상 그것도 결국 한 개의 '특정의 인간 집단인 계급'의 사상인 때문이다. 물론 이곳의 개인주의적이란 말은 광의로 사해辭解되어야 한다. 즉 프롤레타리아적 집단주의 이전의 전소 사상의 역사로서 이해되어야 한다.

그것은 근대사회 가운데 발생한 노동자계급 이전의 일체의 지배적 계급이 모두가 자기 이외의 계급의 ××[착취]에 의해서만 살 수 있었다는 역사적 이유에 의하여, 본질적 의미에 있어 그것[은] 개인적인 비집단—비전인류적非全人類的인[29] 것이었기 때문에 개인과 집단을 비집단적 방법으로밖에 취급치 못하였고, 그 문학이 모두가 계급적이면서도 진정한 의미의 집단적 문학이 되지 못하게 한 것이다.

즉 한 말로 표현한다면, 여태까지의 사회의 인간이 계급적으로 서로 결속하는 것으로서 하면[30] 타인을 부정하면서도 다른 편으로 그들이 타 계급에 대하여 한 계급인 한에서 역시 개인적이었다는 깊은 모순 때문에 그리된 것이다.

이것이 지금에 이르기까지의 인류의[31] 문학사 가운데 백양百樣의 자태로 표시된 집단과 개인의 기본적인 취급 방법이다.

---

29 원문에는 '非全人數的인'으로 되어 있다. '數'는 '類'의 오자일 것이다.
30 원문에는 '하면'으로 되어 있으나 문맥상 '한편'의 오식이 아닐까 싶다.
31 원문에는 '人數의'로 되어 있다.

이것은 전혀全혀 여태까지의 사회가 가져온 생산력의 발달 정도 가운데 그 최후적 원인이 있는 것이다.

4

그러므로 서구의 "봉건적 예술은 대중 위에 또는 대중 바깥에, 자기의 교직敎職 정치 가운데 위요圍繞된 봉건적 주인공"을 그리었고, "부르주아예술은 그 극한적인 경향에 있어 대중 위에 또는 대중 바깥에다 환경으로부터 고립된 인간"의 형상을 가졌다.

반대로 봉건적 주인공 이외의 제 인간 혹은 중세기의 전쟁화戰爭畵나 십자군 문학에서 볼 수 있는 집단은 개개의 성격으로 특징화되지 않은 일군一群의 배경적 존재가 되어 있다. 부르주아문학에 있어서도 역시 특정한 주인공적 타입 이외에는 진정한 의미의 인간적 형상이 부여되어 있지 않은 것이다.

즉 부르문학에 있어서는 개인적인 것이 사회적인 제 조건 가운데서 파악되지 않고 주로 가정적 심리적으로 제한되어 순수한 포이에르바하L. A. Feuerbach류의 인간학적 존재로서 표현되고, 주관이 언제든지 객관적 현실적인 것의 상부에 서 있었던 것이다.

이러한 기본적인 요인은 그것이 어떠한 '이즘'이나 유파의 것임을 물론하고 조금도 수정을 받지 않고 각개의 양태로 특수화되어 있는 것으로서, 필자가 논문 「형상의 성질 문제」[32]에서 예로서 끌어온[33] 이

---

32 「문학에 있어서 형상의 성질 문제」(『조선일보』, 1933.11.25~12.2)를 말한다. 이 글에서 임화는 '인간 묘사'를 주장하는 백철과, 백철을 비판하면서 '집단 묘사'를 주장한 함대훈을 동시에 비판하고 있다.
33 원문에는 '끄오로온'으로 되어 있다.

태리 미래파[34]의 시나 그타他의 구성주의 회화, 연극 또는 표현주의적인 군악희곡群樂戲曲에 있어서도 이 개인주의적 성격은 부정되지 않는다.

물론 소시민적 예술의 양식인 이러한 제 유파에 있어 표시되는 개인적 정신은 직접의 개인주의가 아니라 대大부르주아적인 사상과 그 사회에 대한 일종의 부정인 것이나, 그러나 군집群集의 진실한 구체적 성격을 기계화하는 것으로서, 또는 그들의 진정한 자태를 은폐하고 전全 행동을 공허한 것으로 만들어 객관적으로 자본가 사회의 제 질서의 적응 범위 내에 머무르게 하므로, 역시 특수화된 과정을 통하여 개인주의적 정신에 봉사하고 있는 것이다. 즉 이곳에는 소시민, 인텔리겐차의 독립적 개인주의가 지배적인 것이다.

하나 함대훈 씨의 소론所論과 같이 이곳에 집단적 인간의 묘사가 없다는 것은 전全혀 관념적인 것이다. 오직 그곳에는 진실한 집단주의적 정신상精神上 그의 형상이 없을 따름이다.

그러면 왜[35] 함대훈 씨는 과거의 문학 가운데의 집단적 묘사를 부정하는가 하면, 그것은 아까도 지적한 것과 같이 형상과 묘사를 혼동하고 문학사와 그 양식사를 사회적으로 파악하지 않고 형식주의적으로 척도尺度하고 있기 때문이다.

뿐만 아니라 자본주의문학 이전의 제 문학, 또 문학 이외의 제 예술, 특히 조형예술의 역사에 관하여 주의를 향하지 않고 나아가서는 프롤레타리아문학을 그 이전의 전全 계급적 문학으로[부터] 역사적으로 구별할 것을 잊고, 다시 프로문학의 집단적 정신은 그것이 세계사적 의의를 가진 전 인류적 의미의 것이라는 점을 이해하고 있지 못함

---

34 원문에는 '未系派'로 되어 있다.
35 원문에는 '웬'으로 되어 있다. '왜'(=왜)의 오자일 것이다.

인가 한다.

문학 예술과 그 양식사적 발전의 변증법, 역사주의를 떠났기 때문에, 그 대신 함씨를[36] 사로잡는 것은 형식주의의 낡은 목봉木棒이었던 것이다.

이러한 '목봉'을 가지고서는 렘브란트H. Rembrandt나 할스F. Hals의 화포畵布 위에 남아 있는 군상群像을 통하여 표시된 17세기 화란和蘭의 상인적 개인주의나, 서구의 봉건적 왕조의 안유安柔한 번영의 표상인 루벤스P. P. Rubens, 보티첼리S. Botticelli의 회화에 나타난 군욕群浴이나 군중적 주연酒宴을 설명할 수는 없을 것이다.

또한 중세기의 세밀화細密畵 — 성군聖君의 삽화 — 나 화란의 풍속화가 얼마나 농민을 후수朽獸로서 커리커처화했는지, 또 그와 반대로 레니에형제가 남루襤褸를 몸에 걸친 농부의 무리를 그리어 루이 14세 시의 찬연한 불란서에 대하여 어떻게 반항의 거탄巨彈을 던졌는지도 전연 이해되지 않는 것이다.

렘브란트나 라파엘로S. Raffaello가 혹은 루벤스나 와토J. A. Watteau의 그림이 노예상인의 문서라면, 레니에와 밀레J. F. Millet의 화편畵片은 전제적專制的 지주계급에 대한 열화熱火의 고소장이었던 것이다.

우리는 함대훈 씨의 형식주의를 비판함에 있어 곧 연상되는 것은 예술사적 발전에 관한 브륀티에르F. Brunetiére의 안티테제의 이론이다.

물론 이것은 순수한 부르주아적 형식주의의 전형적 요해了解[37]다. 그러나 "예술의 발전과 그 전진운동의 횡행橫行은[38] 전前 시대인이 행한 것에 비하여 반대의 것을 행하려는 신시대인의 기구冀求에 의한다"

---

36 원문에는 '感化를'로 되어 있으나 '感化'는 '咸氏'의 오식일 것이다.
37 원문에는 '欠解'로 되어 있는데, '欠'은 '了'의 오식일 것이다.
38 원문에는 '橫行을'로 되어 있으나 문맥에 맞게 바로잡는다.

는 것은 심히 계시적啓示的이다.

물론 함대훈 씨가 이러한 형식주의적 관념론자이라는 말은 결코 아니나, 그러나 유감인 점은 "부르문학이 개인 묘사의 문학이고 프로문학에 있어서는 집단묘사"이란 명제는 이러한 논리 이외의 방법으로써 설명키는 지극히 곤란하다는 것이다. 더욱이 씨가 최근 논문에 있어서 부르문학 가운데의 집단 묘사를 부정함에 있어서는 더욱 그러하다.

왜 그러냐 하면 과거의 문학작품 가운데서 단순한 집단적 인간의 묘사를 찾으려면 실로 거대한 예를 발견할 수 있음에도 불구하고 사실적으로 존재하는 것을 부정하는 것은 대부분의 경우에 있어 형이상학과 일치하기 때문이다.

형이상학, 형식주의의 방법론은 구체적 사실에서 출발하는 대신에 항상 추상적 명제로부터 연역되는[39] 것이므로, 즉 명제의 성립을 위하여 사실이 희생됨을 말하기 때문이다.

함대훈 씨가 씨의 제출한 명제, 집단 묘사와 개인 묘사로 프로문학과 그 이전의 문학을 구별하기 위하여 위선 부르문학과 그 이전의 문학사적 사실의 제諸 구체성을 무시하였고, 일방一方 프로문학 가운데 존재한 개성의 문제를 전혀 제기치 못한 것도 오로지 이곳에 원인이 있는 것이라고 생각된다.

그러므로 함씨는 필자가 논문 「형상의 성질 문제」에서 예거例擧한 2,3의 사실, 특히 위나니미즘[40] 문학 가운데 있는 몰개성적인 소부르주아적 집단주의가 성취한 인간의 집단적 용해溶解라는 묘사를 하등

---

39 원문에는 '演釋되는'으로 되어 있으나, '釋'은 '繹'의 오자일 것이다.
40 원문에는 ''유나니즘,'이라 되어 있으나, 프랑스 문학자 줄르 로맹(Jules Romains, 1885 ~1972)에 의해 제창된 '위나니미즘(unanimisme, 一體主義)'을 가리킬 것이다.

의 수首□ 없이 부정한 것이다.

　물론 이 가운데는 진실한 의미의 집단의 생생한 형상이 있는 대신에 개성을 몰각하고 기계적으로 전일화全一化한 군집群集이 있을 따름이다. 그러나 이 가운데 있는 집단은 그것이 문학[적]인 의미의 묘사가[41] 부여되어 있는 것은 불발不拔의 사실이다.

　뿐만 아니라 위나니미즘[은], 프리체V. M. Friche의 말과 같이 '승리한 개인주의의 시대의 과거'를 이야기하는 □□인 것도 부정될 수 없는 것이다.

　그리하여 전후戰後의 제 예술 문학 위에 이 경향은 지극히 강조되기 시작하여 "개개의 개성은 전연 소실되고 도회의 집단에 함탄含吞되어 신비적으로 영감화靈感化되고 신비적인 편애偏愛 가운데서 도회의 군집 가운데 용해"되고 말았다는 프리체의 판단은 진실을 이야기하고 있는 것이다.

　그러나 물론 전후적戰後的 광란시대의 예술적 성격을 형성하고 있던 이러한 몰개성적 군집예술이 먼저도 말한 바와 같이 고립적 인텔리 소시민의 구救할 수 없는 상태에서 나온 절망적 반항의 표현이라는 것은 중언重言할 여지가 없는 것이다.

　하나 프리체의 견해를 빌지 않더라도 그것이 벌써 문학사 상에 있어 개인주의적인 것의 군림에 의한 조종弔鐘이라는 것과 또 그것이 새롭게 성장하고 있는 노동자계급의 자태를 소시민적으로 반영하고 있는 것이라는 것은 틀림이 없을 것이다.

　그러므로 필자는 함씨의 말씀과 같이 그저 "다수인의 군집이면 곧 집단문학이 아니냐" 하는 것은 구태여 씨를 매도하려는 것이 아니다.

41　원문에는 '描寫를'로 되어 있으나 문맥에 맞게 바로잡는다.

오히려 진실한 집단주의적인 문학 또 개인과 집단을 그 완전한 사태 가운데서 해결하는 프롤레타리아문학과 그 이전의 제 문학과를 구별하기 위함이다.

더욱이 "집단이면 곧 한 개의 사싱 아래 움직이는 줄 아는 것과 같은 오견誤見"[42] 따위를 가지고 씨에 반박하려는 것이 아님은 명백한 것이다.

씨에 있어 오히려 집단과 계급이 혼동되고 만 것은 동일 집단 내에 현상된 별개의 계급의 인간을 씨가 과거 문학사 가운데로부터 발견할 것을 거절하게 만들어, 씨로 하여금 이러한 '따위의 오견誤見'에 사로잡히게 하였다.

그러므로 함씨에 있어서 형상은 묘사로부터 구별되지 못하고 따라서 과거의 문학 가운데 있는 집단적 인간의 자태가 씨의 시야 가운데로 들어오지 않은 것이다.

5

그러면 프롤레타리아문학에 있어 개인과 집단은 어떻게 취급되는 것인가?

위선 함대훈 씨가 이 문제에 대하여 피력한 견해를 보면, 다음과

---

[42] 임화의 비판에 대한 함대훈의 재비판 글에 나오는 대목이다. 전후 대목을 좀더 인용해둔다. "氏는 만은 群衆이 登場하는 數人의 부르作品을 늘어노흐면서 이러케도 나의 拙論을 論駁해보려 하얏스나 그러나 '多數人의 群衆'만이 集團이고 또 集團이면 그것이 한개의 思想알에 움직이는 줄 아는 誤見 따위를 가지고 내 프로文學의 集團性의 意義를 論駁하려 한 것은 다만 論爭을 爲한 論爭의 心理밧게 아모것도 아닐 것이다." 함대훈, 「집단묘사가 아닐가?-임화 씨의 논박(?)에 대하야」, 『조선중앙일보』, 1933. 12.27.

같은 키르포친V. Y. Kirportin적 소론所論에 의거하고 계신 것을 알 수가 있다.

"프롤레타리아문학에 있어서 묘사된 그 인간은 그 운명, 외재적 현상과의 관계, 집단적 사회 완성을 근본 테마로 하기 때문에 개인 묘사가 아니요 집단 묘사이다."[43]

그러나 씨의 이 견해를 상세히 음미한다면, 최근 소비에트 러시아에서 논의되고 있는 사회주의적 리얼리즘문학 이론에서 말하고 있는 소비에트문학의 테마적 내용에 관한 키르포친의 견해로부터, 말미에 가서는 함씨 자신의 기계적 견해를 성적性的 접부接付해 놓은 것을 용이하게 간파할 수가 있다.

물론 소비에트문학은 '집단 사회'의 완성을 위한 제 현실을 그 내용으로 하는 것은 중언의 여지를 갖지 않은 것이니, '사회주의적 리얼리즘'은 개인과 집단을 함씨 류의 형식주의로 해결하지는 않는다.

현재의 소비에트문학의 성격 전체가 그러한 것과 같이 그 가운데 나타나는 인간적 표상의 문제도 전全혀 역사적으로 이해되어야 한다.

첫째 이 역사적 이해라는 것은 자본주의세계가 취급한 개인과 집단의 문제 그것의 역사적 이해로부터 출발해야 한다.

자본주의 그것의 세계사적 의의는 칼 맑스가 그의 최초의 제 노작勞作 가운데서 표현한 "생산력과 생산관계, 생산의 사회적인 성질과 소유의 개인적인 성질의 모순이 최후적인 한도로 도달한 것"으로서 성립하는 것이다.

즉 노동과 사유재산은 자본주의 이전의 제諸 사회에서 보던 것과 같은 상호간의 연관— 노예적□□ 봉건□□ 등—의 모든 요소를

---

43 이 대목은 백철의 인간묘사론에 대해 비판한 함대훈의 첫 글 「인간묘사문제—누가 인간을 묘사하나」(『조선일보』, 1933.10.10)에서의 인용이다.

상실하고 양자간의 대립은 경제적 이해利害란 제일의 형식에서만 존재하게 된다.

그러므로 자본주의의 이 모순은 "비인간적인 조건을 인간을 위하여 창조하는 것 가운데 그 특질을 발휘" 하고 '계급으로서의 인간'의 최후적인 상태에까지 인간의 관계를 긴장시킨다.

그러므로 자본의 문학은 가장 개인주의적인 문학인 것이며, 이 문학에서 비로소 개성과 집단을 가장 개인주의적 방법으로 취급한 것이다. 이것과 동시에 프롤레타리아문학에 대하여서는 한 개의 세계사적 견지에서 이해되어야 한다.

즉 여태까지의 인간의 사회생활의 세계사가 개인과 집단의 문제에 대하여 취하여온 일체의 과거적 방법과 근본적으로 다른 입장에 서 있는 것이다.

이것은 프롤레타리아계급이 "사유재산의 모든 형식과 역사에 대하여, 사유재산에 수반된 사회생활의 소외의 모든 형식에 항抗하여 결정적으로 최후적으로 ××할 수 있는 유일의 계급"인 때문이다.

이것이 프롤레타리아문학이 개성과 집단에 대하여 가장 완전한 의미에서 그것을 해결할 수 있다는 물질적 근거이다. 동시에 개성, 집단에 대하여 정당한 취급을 하는 유일의 문학이라는 것이다.

그러면 프로문학 가운데 표현되는 인간은 함대훈 씨의 말씀과 같이 그것이 "××집단이 될 때 그것은 인간이 아니오 집단"인 것일까?

유감이나마 함씨가 의거한 키르포친까지도 그 문학론 가운데서 개성을 이렇게 취급하지는 않는다.

"예술에 있어서 개성은 가장 성격적으로 행동적으로 그리어져야 한다." 그리고 계급은 가장 풍부한 다양화를 가진 수백만의 개인의 변증법적 통일이고 그 계급의 목적을 위한 ××에는 "훌륭한 완미성

完美性을 가진 수천 수만의 개성이 표현되므로 예술가도 또한 그 행동 가운데다 사회생활의 본질적 원리를 구체화하고 있는 개성을 특히 명료하게 부여할 필요가 있다."

다시 말하면 프롤레타리아문학은 개성을 집단 가운데 용해하는 것이 아니라 오히려 과거의 어떤 문학보다도[44] 개성의 완전한 개화開花가 나타나는 것이다.

그러나 이 개성의 완전한 개화는 결코 인간학적[45] 의미의 그것이 아니라 현실적 사회적인 인간의 개화 그것이다.

따라서 프롤레타리아문학은 계급적인 것과 개인적인 것의 통일 가운데서 필연적으로 표현되는 계급적인 것의 우위를 통하여 개성의 완전한 개화가 실현되는 것이다.

왜 그러냐 하면 계급사회 가운데서 계급적이 아닌 개성은 없는 것이므로……

그러나 계급적 문학으로서 프로문학이 개인과 집단의 완전한 ××을 자기의 사명으로 하는 계급이기 때문이다.

그러므로 개인과 집단의 완전한 통일적 개화의 문학적 이상은 프로문학 가운데서 전부가 해결되는 것이 아니라, 오히려 과거의 일체의 문학의 계급적인 투쟁을 통하여, 프로문학이 실현할 프로문학 이후의 문학, 전인류적[46] 문학에서 비로소 실현될 수 있는 것이다. 이것이 프로문학의 세계사적 사명인 것이다. 그러나 역시 키르포친의 말과 같이 "계급적인 것과 개인적인 것의 통일로서의 형상의 구성을 위한 투쟁은 어떤 종류의 곤란과 특수성"을 폭로한 것이다.

---

44 원문에는 '文學이보다도'로 되어 있다.
45 원문에는 '人間學術'로 되어 있으나 '人間學的'의 오식일 것이다.
46 원문에는 '全人數的'으로 되어 있으나 수정했다.

이 '곤란과 특수성' 가운데 표시되는 두 개의 편향 중의 하나가 함대훈 씨류의 형식주의적 관념론이다.

두 개의 편향 가운데 제일의 것인 심리적 리얼리즘, 즉 작가에 대하여 계급적인 것에 대하여 개인적인 것의 우위이 시각으로부터 현실을 형상화하려는 리베진스키Y. N. Libedinski적[47] 주관주의는 이곳에 특별히 취급하고자 않는다. 이것은 오히려 문학사를 인간 묘사 일반으로 보려는 백철白鐵적 사상에 관계되는 것이므로 …….

전자의 주관주의를 정치적으로 우익적 편향이라고 하고 보면, 후자의 것은 신경이 경화한 극좌적 편향이라고도 이름할 수가 있는 것이다.

이 편향은 또 키르포친의 용어를 빌면, "사회적인 것이 개인적인 것을 병탄倂呑하고 있고 계급 대중이 예술작품 위에서 무차별적인 혼돈한 대중으로서" 표현되어 있는 것이다.

이 사상은 구성주의,[48] 레프,[49] 또 『문학전선』적 경향으로 대표되어 소비에트문학사 위에 존재해온 것으로, 함씨도 숙지하고 계신 바와 같이 유해한 기계적 문학론인 것이고, 또 금일에 와서는 벌써 격파된 견지이다.

---

[47] 리베진스키는 공산당원으로서 당의 활동이나 지도자를 주로 형상화하였으나, 1930년 작인 「영웅의 탄생」에서 실패로 끝나는 정사情事 사건을 끌어들여 당 관료의 사생활을 묘사함으로써 많은 비판을 받았다.

[48] 러시아 혁명을 전후하여 모스크바를 중심으로 일어나, 서유럽으로 발전해 나간 전위적前衛的인 추상예술 운동.

[49] 레프(LEF) : 1922년 말 모스크바에서 조직된 문학 · 예술 단체. 그 기관지도 같은 이름이었다. 블라디미르 마야코프스키(V. Mayakovskii) · N. N. 아셰예프 · S. M. 트레차코프 · 보리스 파스테르나크(Boris Pasternak) 등 이전의 미래파未來派 멤버였던 시인 · 문학가 · 화가들에 의해 조직되었다. 운동의 실질적 지도자는 마야코프스키였으며, 마지막에는 형식주의로 타락하였다는 비난도 받았다. 1929년 마야코프스키가 같은 해 예술혁명전선(REF)을 결성함으로써 와해되었다.

그러므로 키르포친은 페레베르제프V. F. Pereverezev나 쏘닌, 또 포포프A. S. Popov적 실증주의實證主義[50]와 투쟁한 나 포스투[51]의 공적을 긍정하면서 마야코프스키V. V. Mayakovskii, 트레차코프S. M. Tretiakov 혹은 알렉세이 간의 작품을 들지 않고[52] 판표로프F. I. Panfyorov의 『브루스키』나 고리키M. Gorki의 『크림 삼긴의 생애』를 사회적 사시史詩라고 한 것이며, 『철의 흐름』[53]을 시민전쟁 시대의 사시라고 말한 것이다.

즉 그것은 단순히 집단적 인간의 묘사를 완성하였기 때문에 그런 것이 아니라 라진의 비평과 같이 "개성으로서의 크림 삼긴의 형상 가운데서 고리키는 특히 명확히 부르주아 인텔리겐차를 특징화하고 있는 일반적인 것"을 표현한 때문이다.

즉 "일반적인 것은 오직 개별적인 것 가운데서 개별을 통하여서만 존재한다"는 레닌적 명제와 "전형적[54] 환경 가운데의 전형적 성격으로 표시[55]하라"는 문학에 있어서의 엥겔스적 이상을 실현하고 있기 때문이다.

"왜 그러냐 하면 개별적인 것은 일반적인 것이[56] 자기를 표현하는 독특한 형태"이기 때문이다.

그러므로 예술가는 구체적 특수적인 가운데 있어서의 전형적인 성격인 것을 표시하는 것, 이것이 문학 예술에 있어 개성과 집단의 엥겔스적 해석 방법이며, 이 점에서 프롤레타리아문학이 과거의 일체

---

[50] 원문에는 '實容主義'로 되어 있으나 '實證主義'의 오식일 것이다.
[51] Na Postu. 1920년대 소비에트 러시아의 프롤레타리아문학 운동을 주도했던 '시월' 그룹의 기관지. '초소에서'라는 뜻. 동반자 작가에 대해 적대적이었다.
[52] 들지 않고: 원문에는 '리안코'로 되어 있으나, '들'자는 탈자되고, '리'는 '지'의 오식으로 추정된다.
[53] 세라피모비치(A. Serafimovich)의 1924년 작품.
[54] 원문에는 '曲型的'이라 되어 있다. '曲'은 '典'의 오식일 것이다.
[55] 원문에는 '表文'이라 되어 있다. '文'은 '示'의 오식일 것이다.
[56] 원문에는 '것의'라 되어 있다.

의 문학에 비하여 세계사적인 의미를[57] 갖는 점이다.

인간 또 문학 예술은 이 이상理想의 체현을 위하여 ××하는 프롤레타리아문학을 통하여 문학의 계급성을 지양하는 것으로서, 인간과 그 생활의 완전한 형상을 문학 예술 위에다 실현할 수가 있는 것이다.

그러므로 프로문학은 부르문학에 비하여 단순히 새로운 문학의 형식인 데 그치는 것이 아니라, 문학의 진정한 예술적 발전의 새로운 세기世紀의 단초이고, 새로운 역사, 인류의 참다운 문학 예술의 역사 [의] 기원紀元인 것이다.

따라서 이 역사에 비하면 일체의 과거적인 문학 예술의 역사는 전사前史에 불과하고 전인류적인 이 예술사의 탄생을 위한 준비공작에 지나지 않는 것이다.

1934.3.7

---

57 원문에는 '意志을'로 되어 있으나 문맥에 맞게 수정하였다.

현대문학의 제 경향[1]

프로문학의 제 성과

'카프'를 중심으로 한 운동의 개관

1933년을 통하여 우리들이[2] 경험한 프롤레타리아문학 운동의 조직적 창조적인 제 실천에 대하여 붓을 들려는 데 있어 가장 먼저 가슴에 부딪치는 사실은, 얼마나 비참하게 우리들은 지나간 1년간을 생활하였는가 하는 그것이다.

유능한 수다數多의 작가, 시인, 비평가를 가지고 있음에도 불구하고

- 『우리들』, 1934.3.
- 1 이 글의 서두에는 다음과 같은 편집자 주가 붙어 있다. "이 論文은 新年에 『朝鮮日報』에 揭載되다가 어느 事情으로 因하여 中斷된 것을 本社의 努力으로 그 續稿를 어더여기 揭載하는 것이다. ―(編輯局)―" 여기서 『조선일보』에 게재되다가 중단된 글은 「1933년의 조선문학의 제 경향과 전망」(『조선일보』, 1934.1.1~14)을 가리킨다.
- 2 원문에는 '우리들의'로 되어 있다. 현대적인 주어 표기로 수정하였다.

열 손가락으로 꼽아 아직도 차지 않을 만큼 지극히 적은 수효의 창작과 얼마 안되는 평론을 가진 데 불과하다는 것은 우리들로 하여금 가장 냉정히 자기를 반성케 하는 사실이다.

더욱이 우리들은 조직 활동의 분야에 있어 작가 비평가들의 창조적 활동을 조직화할 하등의 구체적 지시와 방침도 설정치 못하였으며, 대중 가운데에서 발전하고 있는 문학적 천재의 수많은 맹아에 대하여서도 그것을 프롤레타리아문학의 대ㅊ 방침하로 유도하는 데 거의 무력하였다. 뿐만이 아니라 명확히 우리들의 진지로의 접근을 표시하고 있는 약간의[3] 작가에 대하여서도 우리들은 진실한 '볼셰××[비키]'적 능동성을 가지고 활동치 못하였으며, 나날이 성장하고 비약하고 있는 위대한 현실과 노동자계급의 광범한 층이 요구하는 대ㅊ 예술문학의 창조에 있어 우리들의 작가들은 실로 미천하게밖에 대답치 못하고 있다. 더욱이 우리들의 전 조직은 이러한 현실의 위대한 내용이 요구하는 기본적인 방향과 그것에 조응하는 속도를 가지고 우리들의 전ㅊ 문학의 운동이 최대의 진폭을 가지고 전진할 수 있는 공고한 조직적 기구의 건설에 있어 거의 아무것도 한 것이 없다.

그러나 우리들 문학자의 안전眼前에서 진행되고 있는 오늘날의 현실적 제 과정은 일찍이 세계 역사의 어떠한 시기에 있어서도 그 비比를 발견할 수 없을 만한[4] 속도를 가지고 발전하고 있다. 모든 세력과 요소의 최대한으로 긴장된 관계가 금일의 현실 생활의 산[生] 내용이다.

전체로 우리들의 문학운동은 객관적 현실의 제 정세로부터 말할

---

3 원문에는 '若干을'로 되어 있으나 문맥에 맞게 바로잡는다.
4 발견할 수 없을 만한: 원문에는 '發見할만한'으로 되어 있으나 문맥상 맞지 않아 바로잡는다.

수 없이 뒤떨어져 있는 것이다.

물론 이곳은 몇 개의 피치 못할 원인을 열거할 수 있는 것이다. 일층 더 옹색하여가고 있는 환경과 동시에 우리들의 손으로부터 그 최후의 잔재까지도 떠나가고 있는 출판활동의 자유는 무엇보다도 문학운동의, 더구나 이론적 창조적 활동의 부진을 초래케 한 최대의 조건의 하나일 것이다.

작년 12월에 겨우 그 곤란한 탄생을 한 잡지 『문학건설』은 계속되지 못하고, 뒤이어 불어온 '바람'은 얼마 안되는 약한 '힘' 가운데서 가장 활동적인 시인 작가를 ✕저갔다.[5] 1년 이상이나 공연히 발매하고 있던 『카프 시인집』까지가 발매의 자유를 상실하고 단행본은 물론 문학적 사업에 있어 무엇보다도 중요한 정기간행물의 출판이 지극히 곤란하게 되어, 작가들의 창작 활동의 무대를 오로지 다른 우의적 출판물과 부르 출판물로서 국한시키고 말았다.

그리하여 주로 잡지 『신계단』을 위시로 『대중』 『전선全線』 등의 문예란 ─ 그나마도 하반기에 와서는 거의 자취를 볼 수가 없었지만 ─ 과 그밖에는 순연한 남의 출판물인 신문, 잡지의 학예면을 간신히 비집고 명맥을 보전해온 것이다. 그리고 이러한 출판물의 여러 모퉁이에 점점이 산재한 우리들 카프 작가 비평가의 활동 그것도 사실 출판업자와 검열이란 이중의 '가시덤불'을 거쳐서 생산된 대부분의 작품이 암흑 가운데 남고, 겨우 백일白日을 보게 된 부분이나마도 만신滿身에 상처를 입은 채로 독자의 품으로 들어가게 되는 것이다.

---

[5] 1934년 2월부터 시작된 카프 2차검거 사건을 의미한다. 이후 카프 맹원들의 검거는 1934년 12월까지 이어져 80여 명이 검거되었으며, 이들은 1935년 여름까지 집행유예로 전원이 석방되지만, 이 사건으로 인해 카프는 활동 정지 상태에 빠지게 되고, 결국 1935년 5월 해산계를 제출한다.

그러나 우리들은 결코 이 부진의 원인을 전專혀 '옹색한 환경'의 조건으로만 돌려보내서는 아니 된다.

그 가운데는 전자에 말한 주관적인 제 요인, 특히 조직적 제 결함과 아울러 우리들 창작의 수준과 그 이론의 제 결함 가운데서 주로 그 진정한 원인을 찾아낼 것이다.

그리하여 무엇보다도 확고한[6] 일반 방침의 수립을 위하여, 동시에 창조적 활동의 신속한 발전을 위하여 진정한 자기비판을 전개하지 아니하면 안 된다.

추상적 승려주의적僧侶主義的인 참회가 아니라 우리들의 전 활동의 피와 고기가 될 성실한 자기비판의 조명照明 앞에 우리들의 모든 경제經濟와[7] 병인病因을 드러냄에 조금도 '인색'하여서는 아니 된다.

물론 이러한 제 문제에 대한 구체적 논의는, 지금 이곳은 그 장소도 기회도 아니므로 다음으로 미루거니와, 단지 여태까지 우리가 그 윤곽만이라도 모은, 부르주아문학의[8] 심화해가는 위기와의 관련 밑에 이야기될 수 있는 2,3의 문학적 문제를 이야기하는 데 그치고자 한다.

창조적 활동의 주요 특징

우리들 카프의 조직을 통하여 대체로 프롤레타리아적 문학의 창작상의 성과라는 것이 비록 수적數的으로나마도 금년과 같이 적은 일은 일찍이 보지 못하던 현상이다.

---

6 원문에는 '確因한'으로 되어 있다. '因'은 '固'의 오식일 것이다.
7 원문대로인데 문맥이 통하지 않는다. '약점' 혹은 '문제점'이란 의미의 어떤 표현의 오식일 것이다.
8 원문에는 '……文學이'로 되어 있으나 문맥에 맞게 바로잡는다.

물론 이러한 불행한 현상에 대하여서는 여러 가지로 사람이 잡다한 말로써 설명할 것이나, 일률로 그것이 소위 '옹색한 환경'에 의함이라는 데는 별로 큰 차이가 없을 듯 싶다.

그러나 작품의 질적 문제, 예술적 수준의 문제에 관한 책임까지를 전부 그곳으로 돌려보내는 사람이 있다면 너무나 우심한 패배주의적 평가일 것이다.

이곳에는 물론 '옹색한 환경'이[9] 어느 정도만이라도 작용하고 있음은 피치 못할 사실이거니와, 주요한 문제는 그 권외圈外에, 즉 우리들의 문학과 혹은 창작적 방법 그 자체 가운데 있는 것이다.

대체로 작년 한 해 동안 주요한 작가들의 작품 위에 나타난 일관한 특색은 주제의 적극성으로부터의 소원疎遠, 즉 왕년에 우리들의 문학의 고정화를 부르짖고 다양화의 길을 지시하던 '유물변증법적 창작방법'의 실로 유해한 창작상의 실천 그것이다.

30년대의 조선의 프롤레타리아문학이 대단히 강렬한 정치적 색채와 당면한 계급적 과제에 대하여 대담하게 육박한 대신에, 현재의 카프 작가들은 현실의 전형적 요소와 표주적標柱的 성격의 반영으로부터 점차로 객관적 현실과 계급생활의 지엽적인 부분으로[10] 주의를 돌리고 있다는 것이다.

이 특색을 평가함에는 이곳에서 창작이론으로서의 '유물변증법적 창작방법'의 당부當否의 논쟁을 문제삼지 않더라도, 우리는 이 경향이 우리들의 창작 가운데의 확실한 마이너스라고 단정할 수가 있을 것이다.

옥중 생활의 고초, 그 현실 그 생활을 읽어나가는 각종의 사람들

---

9 원문에는 '環境」의'로 되어 있으나 문맥에 맞게 바로잡는다.
10 원문에는 '部分이므로'로 되어 있으나 문맥에 맞게 바로잡는다.

의 구체적 타입의[11] 표현 대신에 인간의 생물학적 욕망이 모든 것의 표면에 강조되어 있는 김남천金南天의 소설 「물」을 읽어보자. 또 종교적 광신이라는 것이 얼마나 유해한가, 하나 그것이 현실적으로 얼마나 뿌리 깊이 인민 가운데 박혔는가, 그리고 무엇이 종교로부터 사람들을 떠나가게 하는 주요한 원인인가 하는 일체의 산[生] 생활적 현실의 묘사 대신에 부자연한 사건과 범속한 생활의 표면만을 지나간 듯한 송영宋影의 소설 「기도祈禱」를 읽어보자.

그것이 '××[사회]주의리얼리즘'의 비평이든지 또 여하한 문학이론이든지 간에 프롤레타리아계급의 문학을 이야기하는 문학이론이면, 이 작가들의 그 전의 작 「공장신문」이나 「오전 9시」 등보다 훌륭해[다]고 평가할 수는 없을 것이다.

물론 「물」과 「기도」와의 사이에는 커다란 차이가 있다. 「물」 가운데는 우리가 느끼는 얼마간의 불만은 있을지언정 그곳에는 생활 현실의 강한 리얼리티가 있다.

그러나 「기도」에서는 생활의 현실 대신에 추상적 사건의 빈약한 선과 그 위를 좇아다니는 작가의 불행한 자태뿐이다. 현민玄民의 「위자료 삼천원야也」도 같은 그러나 보다도 비속한 결함을 가지고 있는 것이다. 이곳에서 보는 것과 근사近似한 약점은 다른 작가에까지 파급되어 있다.

이기영李箕永 소설 「박승호朴勝昊」, 송영의 손으로 된 그 속편 「그 뒤의 박승호」 등은 이 '다양화'의 이론을 좀더 다른 방식으로 받아들이었다. 그러나 이곳에는 '주제의 적극성'에 대한 기분幾分의 노력이 보이는[12] 것으로, 전기前記의 제작諸作에 비하여 확실히 우수한 점이다.

---

11 원문에는 '「타임」의'로 되어 있으나 문맥에 맞게 바로잡는다.
12 원문에는 '모히는'으로 되어 있다.

하나 이 '다양화'와 '주제의 적극성'의 길은 생활의 전면적 묘사와 그 것을 통해서 나타나는 현실적인 리얼리티의 결과가 아니라 개인적 생활과 그 성격의 자연주의적 추구와 추상적인 도식으로써 이것이 제시되었다.

이것은 창작 슬로건으로서의 '유물변증법적 창작방법'이 가진 제 결함의 명확한 문학적 표현인가 한다.

같은 이기영의 희곡 「인신교주人神敎主」, 한설야韓雪野의 희곡 「저수 지」, 소설 「추수 후」 — 이 두 작품은 모두 전부 발표되지 않았다 — 등에서도 작가는 적극적인 주제에 대한 명확한 태도는 볼 수 있으면 서, 생활 현실의 풍부한 향기 대신에 추상적 슬로건의 냄새가 강한 것은, 이러한 우수한 작가들의 작품을 많은 도식성을 가지고 해치게 한 것이다.

유위有爲한 신新 작가 이북명李北鳴의 작품도 이러한 제 작품이 받고 있는 비난으로부터 자유롭기는 곤란한 여러 가지 점을 가지고 있는 것은 유감이다. 그러나 북명의 소설에는 누구의 작作에서도 찾아볼 수 없는 생활의 강한 향기는 가장 귀중한 부분이 아니면 안될 것이다.

그 다음에 간단한 것이나마 우리들에게 약간의 문제를 던지는 작 품으로 현민의 「위자료 삼천원야」라는 희곡과 김우철金友哲의 벽소설 「경마 복권」이 있다. 「삼천원야」는 작가가 일찍 『조선일보』 신년호 에서 주장하던, 소위 문학적 전술로서의 측공법側攻法 — 주로 풍자문 학 — 으로 쓰자는 이론[13]의 직접의 산물로서, 객관적으로 보아 그것

---

13 현민 유진오는 「문단에 대한 희망 2, 3」(「문예인의 새해 선언」이라는 1933년 1월 『조 선일보』의 기획연재물 중 한 편으로 씌어진)이라는 단문에서 이러한 측공법을 제안한 바 있다. 객관적 조건이 극도로 불리한 조선에서는 풍자소설·탐정소설 등의 측공법이 필요하다는 주장이었다.

은 문학의 양식적 탐구나 그것에의 개척과는 명확히 구별되는, 환경에 대한 굴복의 문학이다. 그리고 문학적으로도 일찍이 현민의 작품에서 찾아보기 어렵던 비속한 요소에 의하여 거의 보잘것없는 것이 되고 말았다.

「경마 복권」은 일찍이 우리들 가운데서 문제된 일이 있던 벽소설ー포스터 문학인데, 이것은 첫째로 그런 출판물에 실릴 성질의 문학이 아니며, 둘째로는 구호시口號詩[14] 등과 달라서 이것을 소설로서 상세詳細한다는 데는 다분의 고려 없이는 불가능한 것이다. 하나 이러한 아기트 · 프로프적[15] 소작품의 필요를 구태여 부정치는 않으나, 「경마 복권」에는 그러한 문학에 상응한 전단적傳單的 명확성이 없고, 그 대신 대단치 않은[16] 비속한 내용이 대치代置되어 졸렬한 결과밖에는 남기지 않았다.

그러나 현민의 작품이나 의견에서 보는 것과 같은 풍자적 문학의 문제는 권환權煥의 시 「책을 불사르며」나 「장개석의 부른 노래」 등에 있어서도 제기되는 것으로, 후일의 상세한 비판을 요하는 것이다. 단지 이곳에서 일언一言해둘 것은 시나 소설을 물론하고, 더구나 시에 있어서는 무엇보다도 먼저 풍자적 대상에 대한 래디컬한 적극적 비판적 열정, 지극히 제한된 의미에서이나 예를 들면 하이네H. Heine의 정치시에서 볼 수 있는, 대상에 대한 강렬한 감정적 표백表白이 없이는 사실상 '굴복의 문학'의 허울좋은 변명에 그치기 쉽다는 것이다. 원칙적으로 유머라든가 '히니쿠'[17]라든가는 시문학에 있어서나 어디

---

14 원문에는 '口呼詩'로 되어 있다.
15 원문에는 '아기트 · 푸옷프的'으로 되어 있으나, agitation(선동)과 propaganda(선전)의 합성 약어일 것이다. 일본식 약어로는 흔히 '아지 · 프로'라고 줄여 쓴다.
16 원문에는 '안없는'으로 되어 있으나 문맥에 맞게 고쳤다.
17 '히니쿠(皮肉)'는 일본어로서, '빈정거림 · 비꼼 · 야유'란 의미이다.

서나 직충적直衝的 적극성으로 관철되어 있지 않으면, 항상 소극적인 한계를 넘지 못한다.

이론적 비평적 활동의 제 성과

33년간의 문학적 활동 가운데 그래도 비교적 왕성한 영역은 이 이론과 비평활동의 분야이다.

최초의 경제적 활동이 전개되기는 33년도부터 논쟁적 형태로 '繰越し'[18]된 동반자문학과 작가 문제를 중심으로 한 논의 그것이다.

동반자 작가의 문제는 자본주의 제국諸國에 있어서의 노동자 통신원 문학과 함께 프롤레타리아문학의 예비군의 문제에 포함되는 중요한 문예정책적 문제로서, 일찍이 우리들은 이것에 대하여 명확한 관심과 통일된 방침을 가지고 있지 못하던 것이 이갑기李甲基와 채만식蔡萬植 간의 논쟁에 의하여 제기되었다.[19]

물론 이 두 사람의 논쟁 그 중에도 이갑기의 문제의 제기의 방법에 있어서는 극복되고 비판되어야 하며 또 이미 신고송申鼓頌에 의하여 비판된[20] 기다幾多의 과오를 가지고 있는 것이나, 객관적으로는 동반자에 대한 문예정책의 분야에 있어 카프가 가지고 있는 무방침과 종파주의가 명확히 폭로되었고, 또 이 논쟁은 동반자문학에 관한 구체

---

18 일본어로 '이월'이란 뜻.
19 이 논쟁은 자신의 작품 「사라지는 그림자」에 대한 함일돈(咸逸敦)의 비판을 반론하면서 채만식이 자신의 프롤레타리아문학관을 제시한 데 대해 이갑기가 이의 제기를 하면서 시작되었다. 다음 글들이 오고갔다. 玄人(이갑기의 필명), 「文壇寸針」(『비판』, 1932.1); 채만식 「玄人君과 카프에」(『중앙일보』, 1932.1.31); 현인, 「방랑적 작가에게」(『중앙일보』, 1932.2.4~29); 채만식, 「현인 군의 蒙을 啓함」(『제일선』, 1932.7).
20 신고송, 「동반자작가 문제」(『제일선』, 1932.9).

적 토론을 직접으로 유도한 데 큰 의기意氣가[21] 있다.

이 문제는 이갑기 대 채만식의 논쟁으로부터 이갑기에 대한 신고 송의 비판이란 데까지 발전하여 33년으로 넘어온 것으로, 위선 작년 1월『비판』지에 발표된 안함광安含光의「프롤레타리아문화와 동반자 문학」이란 일문一文이 선專혀 이 문세의 해명을 위하여 제공되었다.

그러나 안함광의 해該 논문은 조선의 프롤레타리아문학 운동이 동 반자문학과 작가들에게 대하여 어떻게 할 것인가를 구체적으로 밝히 는 대신에, 그의 논문의 모두冒頭에도 말한 것과 같이 주로 '동반자문 학이란 것은 무엇인가'에 대하여 러시아의 동반자문학의 긴 예를 들 면서 이야기하는 데 그쳤다. 그 중에도 필자 자신이 약속하고 독자가 가장 기대하던 동반자문학과 조선의 프롤레타리아의 관계와 그 특질 의 구명究明에 있어서는 하등의 구체적 해답을 하지 않았다.

단지 몇 개의 혼란된 개념만을 발견할 수가 있었다. 당시에 동반자 이라고 평가할 수 있는 신진 작가의 일부가 명확히 카프의 '종파주 의'에 대한 비난을 퍼붓고 있었음에도 불구하고, 우리들의 동지 안安 은 조선의 동반자문학은 "의연히 카프에 의하여 지도되고 있다"상기 논문고 그릇된 판단을 내리었다.

또 어떤 부분에서는 재작년에 발표된 신고송의 논문에서 볼 수 있 는 동반자 작가에 대한 아베르바하L. L. Averbakh적 평가가[22] 머리를 내 밀고 있다. 예를 들면 그의 논문의 역시 프로문화와 동반자문학의 관 계를 논한 부분에서 이러한 구절을 발견할 수가 있다. 그는 조선이란

---

[21] 원문대로인데, '意義가'의 오식으로 보인다.
[22] 아베르바하(1909~?)는 소련의 비평가로서, 독자적인 프롤레타리아문학의 건설을 주장 하고 동반자작가에 대해서는 비판적이었던 10월파의 멤버였다. 이후 라프(RAPP, 러시 아 프롤레타리아 작가연맹)의 지도적 지위에 올랐으나 사적인 이익을 위해 라프 내의 지위를 남용했다는 비난을 받았으며, 1932년 라프가 해소되면서 축출당하였다.

나라는 노서아露西亞와 달라서 동반자문학이 그다지 필요치 않다고 말한다는 비상히 불명확한 의견을 말한 다음, "계급적 이데올로기를 배경으로 하고 그것을 전단專壇 냉대하고 순정적純正的 맑시즘으로 향하지 않는 한에는 동반자적 위치에 있어서 계급적 이데올로기를 어느 정도까지 연마할 필요가 있다"고 말하였다.

이것은 명확히 동반자에 대한 은연隱然한 적의의 표현이고 우리들의 운동 가운데 있는 '동맹자이냐? 적이냐?' 하는 아베르바하적인 종파주의의 표현이다.

그러나 4월호 『문학 타임쓰』에 발표된 백철白鐵의 논문 「동반자 작가 문제」 가운데는 이러한 것과는 반대의, 그러나 보다 더 위험한 우익적 무당파적[23] 견해가 표백表白되었다.

백철은 이 문제를 전기前記 제 논자들보다 약간 구체적으로 이야기하면서 카프는 일반적으로 동반자 평가에 대한 정치적 수준을 낮추라고 요구하였다.

무엇 때문에 우리는 동반자 예비군의 문학을 문제시하는가? 그것은 무엇보다도 프로문학과 그 운동의 이익을 위함인 것은 설명을 요치 않을 것이다.

그럼에도 불구하고 백철은 동반자에 대하여 카프가 정치적 평가의 수준을 낮추는 것으로, 동반자를 훌륭한 프롤레타리아문학자로 만드는 과정에서가 아니라, 카프가 동반자와 동일한 정치적 수준 위에 서는 것으로 동반자를 '획득'하고 교육하라고 설교한 것이다.

만일 우리가 이 코스대로 가면, 카프는 동반자를 '획득'하는 대신에 동반자에게 획득되고, 교육하는 대신에 교육될 것이다. 그 점은

---

[23] 원문에는 '無克派的'이라 되어 있으나 '克'은 '党'의 오식일 것이다.

카프는 프롤레타리아적 ××적 문학의 단체가 아니라, 동반자적인 부르주아 자유주의적인 문학단체로 변화하고 말 것이다.

백철은 신고송, 안함광 등의 또는 카프 자체의 '섹트주의'를 비판하는 데 있어서 '레닌이즘'을 가지고 대한 것이 아니라, 문학적 협조수의를 가지고 대한 것이다.

이 뒤 문제는 이론적 실천적으로 별다른 성과를 거둠이 없이 내려오다가 『조선문학』 10월[호]에서 안함광의 「동반자 작가 문제를 청산함」이란 논문에 의하여 두 번 다시 이 문제의 오랜 논쟁이 재검토의 저상俎上에 오르게 되었다. 이 논문은 그 표제가 가리키는[24] 것과 같이 동반자 작가 문제에 대하여 일응—應의 총괄적 해결을 지으려고 기도되는 듯 싶은데, 근소한 부분이 10월에 발표된 채로 중단되어 상세한 논의의 대상이 되기가 어려우나, 대체로 카프와 그 이론가들의 '섹트'적 또는 '우익'[에]의 일탈을 비판하면서 문제를 카프의 일반 방침과 관련시키고 있는 것만은 사실이다.

그러나 동반자 문제의 토의 가운데서 노현露現된 우리들의 문학운동의 가장 큰 약점인 우익적 일화견주의日和見主義의[25] 평가에 있어, 그것이 단순한 개인적 공과功過의 문제가 아니라 전 카프적 약점의 노현이라고 정당히 지적하고 있으면서도, 이러한 유해한 경향 — 그것이 개인적이나 조직적임은 물론하고 — 과의 화해 없는 투쟁만이 동반자 문제의 정당한 해결뿐만이 아니라 카프 전체의 사업을 성장시키리라는 귀중한 모멘트를 빼놓은 것은 작지 않은 결함이다.

이 문제는 벌써 토론의 제목이 아니고 실천의 과제이다.

다음으로 비평의 문제, 또 저널리즘이[26] 직접의 선동자가 된 소위

---

24 원문에는 '가르치는'으로 되어 있다.
25 일화견주의는 '기회주의'란 의미.

'평단評壇의 SOS'의 문제를 가운데 두고 상당히 [에]수선하고 많은 제목이 [이]야기되었다.

첫째번의 것은 임화의 「6월 창작평」에 대한 김남천의 항의에서부터 시작되어 '비평의 객관성의 문제', 비평과 비평되는 작품의 작가적 실천과의 관계 등이 이야기되었다.[27] 그러나 이것은 아직 논쟁 과정에 있고 또 필자 자신이 그 가운데 한 사람인 고로, 보다 더 상세한 것은 다른 동무나 또 후의 기회에 이야기됨이 적절할까 한다.

그 뒤에 오는 소위 '평단의 SOS'의 풍조와 함께 나타난―물론 원인이 전專혀 이곳에만 있었다고는 생각지 않으나―비평에 관한 주목할 논문으로서 박영희朴英熙의 「혼란된 평론의 정리는 어떻게」[28]라는 논문과 백철의 논문 「기준비평과 감상비평鑑賞批評의 결합 문제」[29] 등이 그 대표적인 것이다.

위선爲先 박영희의 논문에서는 '저널리즘'이 소리치고 부르 작가들의 과학적 비평에 대한 반감으로부터 표현되어 있는 '평단의 SOS'의 부르짖음이, '평론 일반의 혼란'이란 몽롱한 개념으로서 그대로 반영되어 맑스주의문학 비평의 결함의 문제와 혼돈되고 동일시되어 있다.

이것은 대단히 중요한 '혼돈'이다. 이 양자 가운데의 엄밀한 구별을 하지 않으면 문제는 즉석에서[30] 되고 마는 것이다.

따라서 그는 이 '혼란'과 'SOS'의 본질이 명확히 상반된 계급적 내

---

26 원문에는 '「쩌―내리즘」의'로 되어 있으나 문맥상 의미로 보아 수정하였다.

27 임화가 「6월 중의 창작」에서 김남천의 작품 「물」에 대해 가한 비판에 대하여, 김남천은 「임화적 창작평과 자기비판」(『조선일보』, 1933.7.29~8.4)이란 글로 반론을 펼쳤고, 이에 대해 임화는 「비평의 객관성의 문제」, 「비평에 있어 작가와 그 실천의 문제」 두 글을 통해 재비판을 가하였다. 김남천과 임화의 이 논쟁은 흔히 '「물」 논쟁'이라 일컬어진다.

28 『조선일보』, 1933.10.31~11.5에 발표된 글.

29 『동아일보』, 1933.11.15~11.19에 발표된 글.

30 원문대로인데, 이 사이에 한두 단어가 누락된 듯하다.

용을 가진 개념으로서 파악되지 않고, 부르문학이 비평의 표치標幟 상실·무자비에 대하여 부르짖는 것이나, 프로문학이 비평의 결함에 대하여 이야기하는 것이나 모두가 비평에 "철학관이 서지 못한 데"박서 생기는 혼란같이 들리며, 부르 작가가 맑스주의 비평가에게 대하여 그 기준의 절회를 요구하는 것이나 프로 작가가 자기들의 그릇된 비평에 대하여 지시하는 것이나 모두가 또한 "작가가 자기 작품을 무조건하고 옹호하려는 데서"박 생기는 것같이 보이게 된다.

'예술파' 작가들이 맑스주의 비평에 대하여 던지는 비난의 핵심이 결국, 그것이 명확한 '세계관'적 기준을 가지고 있지 않아서 그런 것이 아니라, 동지 박도 똑똑히 이해하고 있는 것과 같이 그들에게 유리하지 않는 너무나 확고한 '철학'과 세계관 위에 서 있는 때문이다. 비평의 혼란이 '철학관'의 불비不備에 원인이 있다는 개념은 이곳에서 와해되어야 한다.

뿐만 아니라 제2의 부분에 대해서도 우리는 이렇게 이 이론에게 묻고 싶다.

연전年前에 이기영이 함일돈咸逸敦에게 대하여 발한 항의, 또 임화의 정노풍鄭蘆風에 대한 항의, 또 최근에는 김남천의 임화에 대한 항의 등[31] 소위 작가가 평가評家에게 대하여 던지는 반항은 모두가 — 우리들의 최고의 작가들까지가 — 무조건적으로 자기 작품을 옹호하기 위함이었을까? 양심 있는 모든 사람은 이곳에서 '천만에!'라고 대답할 것이다.

---

[31] 함일돈의 「4월창작평」(『대중공론』, 1930.6)에 대한 이기영의 「반동적 비평을 매장하자」(『대조』, 1930.8); 정노풍의 「3월 시단 개평」(『대조』, 1930.4)에 대한 임화의 「노풍 시평에 항의함」(『조선일보』, 1930.5.15~5.19); 임화의 「6월 중의 창작」에 대한 김남천의 「임화적 창작평과 자기비판」(『조선일보』, 1933.7.29~8.4)이 이 항의에 해당한다.

그 외에도 이 논문에는 비평의 임무에 관한 낡은 플레하노프G. V. Plekhanov의 '사회적 등가等價 발생'의 정식이 주장되는가 하면, 뒤에 가서는 '예술'에 대한 유미주의적 편애가 나타나는 등 그다지 통일을 갖추고 있지 못하고 있으나, 그러나 소위 'SOS'의 마풍魔風이 우리들의 비평가의 일부에게 던지는 아름답지 못한 영향의 노현露現으로서, 또 그 반면에 우리들로 하여금 예술 그것에 대한 성실한 논의를 촉促하고 있는 것과 같은 좋은 측면을 가지고 있는 것으로 주목할 논문이었다.

그 다음에 백철의 논문 「기준비평과 감상비평의[32] 결합 문제」에 있어서는 그 표제가 말하는 것과 같이 단일적 개념으로서의 맑스주의적 문학비평을 '기준'과 '감상鑑賞'이란 이원적 개념으로 환원시키고 있다. 맑스주의 비평은 그것이, 수차 말했거니와, 기준비평인 때문에 결함이 있는 것도 아니요, 부르비평이 감상비평인 때문에 나쁜 것도 아니다. 맑스주의문학 비평의 '기준성'은 그 자체가 벌써 예술과 현실의 제 과정의 합법칙성의 객관적 인식의 결과이고, 따라서 예술의 모든 과정을 충분히 감지할 가능성을 가지고 있는 것이다.

또 부르주아적 감상 혹은 인상비평은 그것이 개인주의적 또는 관조적 정신으로 무기武器되었기 때문에 금일과 같이 무력화無力化한 것이다.

예술에 대한 소극적 향수享受,[33] 그것에의 유미주의적 도취, 안한安閑한 감상鑑賞과, 예술성과 예술적 과정에 대한 과학적 인식 분석의 능력과는 명확히 구별되는 것이다.

그러므로 백白은 과학적 비평을 두 개의 상이한 이원적 비평 개념

---

32 임화의 원문에는 '印象批評의'로 되어 있으나 백철 글의 원 제목에 따라 수정하였다.
33 원문에는 '亨受'로 되어 있으나 '亨'은 '享'의 오자일 것이다.

의 기계적 접부接付로, 이 두 개념에 대한 진실한 변증법[적] 통일이 아니라 그 '절충'으로 끌어내린 것이다.

왜 그러냐 하면 비평에 있어 이 두 계열은 역사적으로 이미 '유일한 과학적 비평'의 체계 가운데에로 통일되어서 발전되었고, 이러한 완미完美한 비평의 기능은 금일에 와서는 '창작의 계급적 사상적 의의와 그 예술적 가치, 그 재능'을 동시에 통일된 과정에서 발견하는 맑스주의적 비평에서만 가능한 때문에 …….

그러므로 리얼리즘은 문학의 스타일이고 비평의 스타일은 아닌 것이다. 더구나 백철이 제기한 비평의 리얼리즘이 관조적 객관주의적인 과거의 리얼리즘과의 하등의 구별을 설정치 않는 점에서는 더욱 우리들의 문제 권 내에 쓸 수 없는 것이다.

그러면 동지 백은 그 리얼리즘은 물론 '사회주의적 리얼리즘'이라고 말할 것이다.

그러나 문학의 방법과 그 스타일의 특수성과 비평의 특수성을[34] 혼동해버리는 것은 현명한 변증법론자에게 있어서는 있을 수 없는 일이다. 만일 '리얼리즘 비평'이란 개념이 우리들의 비평의 성격을 대표하는 것이라면, 예술과학, 문학사 등, 또 그 외의 모든 문학이 리얼리즘의 관사冠辭를 머리에 얹어야 할 것이다.

맑스주의적 문예비평은 그것이 '예술의 일체의 복잡성'을 연구의 대상으로 하는 의무는 있어도 리얼리즘의 명칭을 즐기어 받아야 할 의무는 없는 것이다. 문학비평은 문학의 창작과는 달라서 한 개의 추상과학인 것을[35] 이해해야 한다.

---

34 스타일의 특수성과 비평의 특수성을: 원문에는 '「스타일」의 特殊과 批評의 特殊을'로 되어 있다. 두 군데 모두 '性'자가 탈자된 것으로 보인다.
35 원문에는 '것은'으로 되어 있으나 문맥에 맞게 바로잡는다.

그 외에는 백철의 「인간 묘사 시대」를 중심 삼고 함대훈咸大勳과 임화의 문학의 형상에 대한 논쟁이 있고,[36] 소비에트 문학이 새로 제기한 새로운 창작방법의 이론의 2,3의 소개가 있었으나,[37] 문제[가] 퍽 중요성을 띠고 또 그것의 해명을 위하여서는 상당히 넓은 지면을 요하는 만큼 다음날에 의논키로 한다.

결어를 겸하여 약간의 장래에 대한 소견을 이야기해보고자 하던 것이, 소정所定된 매수를 초과한 지가 오래인 까닭, 이만 붓을 놓고 역시 미진한 점은 후일을 기하면서 난조難粗한 글을 참고 읽어준 독자에게 감사를 드리고 싶다.

---

[36] 임화의 글 「문학에 있어 형상의 성질 문제」, 「집단과 개성의 문제」를 참조할 것.
[37] 백철의 「문예시평」(『조선중앙일보』, 1933.3.2~3.8), 추백(萩白, 安漠의 필명)의 「창작방법 문제의 재토의를 위하여」(『동아일보』, 1933.11.29~12.7), 권환(權煥)의 「사실주의적 창작 메쏘데의 서론」(『중앙』, 1933.12) 등이 이들에 해당한다.

언어와 문학 1

특히 민족어와의 관계에 대하여

1

문학은, 다른 예술이 조형적 혹은 공간적인² 것 — 인체, 기물機物, 음향 등등 — 을 그 표현 수단으로 한다면, 언어 이외의 어떠한 것으로도 성립할 수 없는 것은 이미 명확한 사실이다.

그러나 이러한 문제를 취급함에 있어 잊어서는 아니 될 것은 문학이란 그 자의字義 자체가 말하는 바와 같이 문文의 학學이지, 단순한 어

● 『문학창조』 창간호, 1934.6 및 『예술』, 1935.1.

1 『문학창조』 창간호(1934.6)와 『예술』 창간호(1935.1)에 같은 제목의 글이 실려 있는데, 원래는 『문학창조』 창간호에 앞 부분이 실리면서 그 뒷 부분이 연재될 예정이었으나, 이 잡지가 계속 발간되지 못하여 『예술』 창간호(1935.1)에 그 뒷 부분이 나뉘어 실린 것이다. 여기서는 한 편의 글로 묶으면서 『예술』에 실린 부분을, 3개의 절로 구성되어 있는 『문학창조』 부분에 이어서 4번째 절로 구성하였다.

2 원문에는 '空向的인'으로 되어 있으나 '向'은 '間'의 오자일 것이다.

語의 학이 아니라는 것이다.

즉 어떤 특정의 내용이 언어 기록인 문文을 통하여 표출되는 것으로, 벌써 이곳에서부터 문학은 추상과학인 음성학音聲學[3]이나 언어학 등으로부터 구별되는 것이다.물론 이곳에서 기록되지 않는 구전문학(口傳文學이[4] 부정되지는 않는다.)

그러나 누구나 잘 아는 것과 같이 문학의 개념에 대한 이러한 해석은 심히 일면적인 것으로, 이것만으로써는 문학이[5] 그 외의 언어적 기록 과학 — 수학 이외의 추상과학 일반 — 으로부터 구별되지는 않는다.

그러므로 이 논의는 다시 한번 문학 혹은 예술 일반과 다른 추상과학을 분류하는 정식에 의하여 천명되어야 한다.

추상과학이 제諸 사물의 현상을 추상적인 것으로서 향수享受하고, 그것을 논리적 문장으로 혹은 개념의 기호 — 숫자, 도형 — 로 표현하는 대신에, 문학은 제 사물을 그 순수한 상태대로 향수하여, 추상적인 논리로써가 아니라 형상적인 언어로써 표현[하]는 것이다.

다시 말하면 문학이 그 가운데 있는 제諸 내형內形을 이야기하는 언어적 방식은 다른 과학이 자기를 설명하는 언어적 방법과 본질적으로 다른 것이다.

이 본질적 차이라는 것은 물론 먼저도 말했거니와 과학이 제 사물을 사유를 통하여 추상화해가지고 그것을 한 개의 논리적 개념으로서의 언어와 문장으로[6] 만드는 반면에, 문학예술은 제 사물을 그것

---

3 원문에는 '聲音樂'으로 되어 있다. 글자 순서를 바로잡았고, '樂'은 '學'의 오자로 보아 수정하였다.
4 원문에는 '國傳文學이'로 되어 있으나 '國'은 '口'의 오자일 것이다.
5 원문에는 '文學을'로 되어 있으나 문맥에 맞게 바로잡는다.
6 원문에는 '文章을'로 되어 있으나 문맥에 맞게 바로잡는다.

이외의 것으로는 그것의 구체적 자태를 표시할 수 없는 가장 타당적인 표현으로서의 언어와 그 기록으로써 표시하는 것이다.

추상된 개념이 아니라 제 사물이 그 가장 순수한 형태로 인간에게 인상[을] 준 직접적인 형용으로서의 언어에 의하여 이야기되는 것이다.

말하자면 모든 존재에 대하여 가장 타당적인, 가장 구체적인 의미의 언어에 의하게 된다.

그러므로 이야기되는 언어 그것의 성질에 있어서도 벌써 예술로서의 문학과 기술記述로서의 다른 과학이 구별되는 것이며, 이러한 의미에 있어 문학어, 문학적 문장은 그 외의 모든 유사類似의 것으로부터[7] 엄밀히 구별된다.

따라서 문학적 문장이 다른 모든 종류의 문장에 비하여 가장 언어적인 것이며, 진정한 의미에 있어 그것은 언어와 문장의 일치, 즉 언문일치라는 문작文作의 근대적 이상의 가장 충실한 체현자이어야 할 것은 용이히 이해할 수가 있다.

뿐만 아니라 이러한 이해의 기초 위에서 볼 때, 언어는 문학 가운데에 비로소 자기의 이상의 가장 완미完美한 체현자를 발견하는 것이다.

그러므로 언어의 존재 없이 문학을 생각할 수가 없다는 것은 결코 역설적[8] 논리가 아니라 진리의 일면을 말하는 것이며, 동시에 언어는 문학이 성립하고 존재하는 유일의 형식이라는 이해를 가능케 한다.

따라서 형상이란 것이 예술과 문학에 있어 고유의 것이라면 문학적 형상에 있어 언어라는 것은 실로 유일의 것이다.

더욱이 문학이 그 기원에 있어 인류의 언어적 교통의 형성과 그 시대를 같이하거나 혹은 후사적後史的이었다는 역사적 사실로 말미암

---

7 원문에는 '것으로서'로 되어 있으나 문맥에 맞게 수정하였다.
8 원문에는 '逆說的'으로 되어 있으나 '迸'은 '逆'의 오식일 것이다.

아 확증되는 것이다.

따라서 문학에 있어서의 언어는 그 가장 완미한 의미의 언어이어야 한다는 것은 특별한 설명을 필요[로] 하지 않는다.

2

언어의 완미성完美性! 이것은 어떻게 문학적 현실 가운데 실현되는가?

거듭 말했거니와 문학의 예술적인 본성으로 말미암아 실로 완전한 의미에 있어서의 구체적인 또 현실적인 언어만이 문학적인 자기 표현에 적응適應한다.[9]

이 구체적이고 현실적인 언어 그것은, 문학이 그 이상理想으로서의 자기 가운데 포섭하는[10] 광범한 제 현실이 자기를 표현하기에 조금도 부족을 느끼지 않는 자유롭고 풍부한 언어 그것을 말하는 것으로서, 물론 이러한 의미의 언어는 인간이 일상적 제 생활 가운데서 느끼고 의욕하는 바를 직접으로 이야기하는 형식 그것이어야 할 것이다.

즉 만인에 의하여 이야기되고 만인이 곧 이해할[11] 수 있는 말언어 그것이 문학에 있어 이상적인 언어이다.

그러므로 문학어뿐만 아니라 일반으로 인간의 언어적인 표현방법의 형식은 인간의 사회적 생활의 여러 가지 성질, 또 그 시대적 역사적 차이로부터 자유롭지 못했을 뿐더러 직접으로 생활의 제 조건에

---

9 원문에는 '遍應한다'로 되어 있으나 '遍'은 '適'의 오식일 것이다.
10 원문에는 '危攝하는'으로 되어 있으나 '危'는 '包'의 오식일 것이다.
11 원문에는 '理想할'로 되어 있으나 문맥에 맞게 정정하였다.

의하여 제약되어온 것이다.

물론 이러한 것은 진실로 상식적인 속견俗見에 지나지 않는 것이나, 그러나 우리가 언어 일반에 관한 선인들의 견해나 또 특정한 언어, 문학어 등을 이야기한 과거의 제 유산이 대부분 관념론의 훈기薰氣를 풍기고[12] 있는 사실로 보아서나, 또 우리들의 문학에 있어 언어적 형상의 완전한 이상의 실현을 위하여서나, 다 같이 그 기초가 될 이 입장은 언제나 명확히 할 것을 필요로 하기 때문에 몇 번이고 우리는 말하는 것이다.

가장 접근한 예로서,[13] 지금 우리가 이야기하고 있는 우리들의 모어母語와 프롤레타리아문학의 언어적 양식의 성질, 한계를 해명함에 있어서 보더라도 이러한 입장에 섬이 없이는 양자의 진정한 관계를 드러낼 수는 도저히 어려운 일이다.

언어의 특성의 첫째의 것인 언어의 역사성에 대하여서는 누구나[14] 위선爲先 대개 긍정한다. 즉 언어라는 것이 항구적인 고정불변의 것이 아니라 몇백 년 급及 지至 몇십 년을 내려오는 동안에라도 그것이 우심한 변화를 받는다는 데 대하여서는 아무도 이의가 없다.

이것의 긍정 이유는 잡다한 것을 들 수가 있는 것이나, 무엇보다도 중요한 기간적基幹的인 이유는 아무리 관념적인 언어학자이라도 아이들의 눈에도 똑똑히 비치는[15] 이 사실을 부정하고는 언어를 학學으로서 이야기할 일편一片의 가능성도 없기 때문이다.

물론 기원적인 '운동언어', '동작언어' 또는 종족 형성기 전후해서

---

12 원문에는 '품기고'로 되어 있다.
13 원문에는 '째로서'로 되어 있으나 문맥에 맞게 수정했다.
14 원문에는 '누구가'로 되어 있으나 수정했다.
15 원문에는 '빗최이는'으로 되어 있다.

발생된 '발성언어'의 이합離合 등에 대하여서는 그들로부터 정확한 해답을 듣기는 어려운 일이나, 적어도 일 종족, 일 민족어에 있어 고대어로부터 현대어로 이르기까지의 복잡하면서도 명확한 변이와 같은 지나치게 똑똑한 사실에 대한 긍정은 찾을 수가 있다.

그러나 종족어 또는 민족어 자체의 역사성에 대하여서나 또 동일한 민족어 가운데의 계급적 신분적인 언어의 차이와 그 발전에 대하여서는, 그들은 조금도 정직하게 이야기하지 않는다.

아무렇든지 간에 민족과 민족어는 조그만 시대적 차이는 있을지언정 항구적이며, 또 항상 지배적인 신분·계급의 언어는 전 민족·전 국민의 언어라고 이야기하는 것이다.

그러나 언어사言語史는 태초로부터 현재에 이르기까지에 언어의 무쌍한 이합,[16] 상호 투영 혹은 종합적인 발전에 관해서 명확하게 말하는 것이다.

우리는 최근의 언어학 가운데서 논쟁되는 몇 개의 견해의 어느 편에도 가담치 않는다고 하더라도, 현재의 언어 가운데서 볼 수 있는 가장 큰 특성인 언어의 국민적 민족적 차이라는 것이 인류사 상에 있어 아주 근고기近古期에 와서 비로소 그 구별의 단초를 열었다는 것은 믿을 수가 있다.

즉 태초의 인간의 '운동언어', '동작언어' 그리고 '발성언어'의 발생과 함께 언어의 종족적 지리적 차별의 단초가 생기며, 대체로 종족 형성, 고대국가의 형성 등으로 말미암아 '어족語族'의 차이를 거쳐 확연한 차이가 발전했다는 것이다.

그리하여 가장 중요한 점은 '운동언어'나 '동작언어'에 있어서는

---

16 원문에는 '雜合'으로 되어 있으나 '離合'의 오식일 것이다.

그 형용이 대단히 리애트[17]해서 누구나 어떤 종족이든지 알아볼 수가 있어, 일종의 에스페란토 — 세계공통어 — 적 성질을 가졌었던 것과, 또 언어의 여러 가지의 구별, 세분화의 결과인 현재의 각국어는 조상의 순수한 계통을 받아온 것이 아니라 각 시대, 각개의 다른 언어로 말미암아 '나수의 언어의 교배의 결과'로 생겼나는 섯이다.

그러나 자국민, 자민족의 항구성, 자국어의 고귀성을 불변의 정칙定則으로 하고 있는 애국주의적 언어학이 이것을 긍정하지 않는 것은 그리 괴이한 일이 아니다.

더구나 전 국민, 전 민족의 언어의 신분적·계급적 차이와 그 발전을 시인하지 않는 것은 오히려 당연한 것이다.

그러나 우리는 무분별한 상호관계만을 떠들고 있는 상대주의와는 무연한 자이다.

현재의 언어가 태초적인 일반어가 아니라 대단히 심한 차이를 가지고 있는 각국의 '국어', '민족어' 등의 개념에 의하여 명확히 특징화되었다는 것을 긍정하는 것이다. 뿐만 아니라 우리들의 일상적 사회생활의 또는 우리들 자신의 역사적 사회적 생활의 현재가 국민, 민족이란 차이로 특징되어왔다는 것[을] 잘 이해하는 자이다.

즉 미국인이면 미국인, 이태리인이면 이태리인, 또 조선인이면 조선인으로서 존재하고, 또 이 구별은 현재의 인류를 구별하는 가장 큰 특징 가운데 하나이라는 것도 누구보다도 똑똑히 알고 느끼고 있다.

그리고 언어에 있어서도 이 구별은 대단히 크고, 또 우리는 이 구별을 시인할뿐더러 자기의 동족을 자랑하고 자기의 언어를 누구보다도 귀중히 여길 줄 아는 자이다.

---

17 리애트: 원문대로이다. '리얼' 혹은 '비비드(vivid)'의 오식이 아닐까 싶다.

그러나 또 이러한 민족적 국민적인 구별이 그 기원에 있어 그리했던 것과 같이, 상대적인 한에서 가변적이고 또 역사적인 의미에 있어 일시적[18] — 응의應意의! — 이라는 것을 어느 때나 굽히지 않는 자이다.

또 이 구별이 다른 조건에 의하여 다시 '구별'되고 낡은 구별이 새로운 관계로 말미암아 변화되며 현재의 '구별'이 장래에 있어서는 거의 현재의 그것의 형태를 찾기가 어려운 정도에까지 변하리라는 것을 지금 있는 현실적 조건에 의하여 설명하는 자이다.

이 현실적 조건은 지금의 국민적 민족적 차별을 변화와 소멸의 방향으로 이끌고 있는 세계사적 조건인 근대적 노동자계급의 발생과 성장 그것이다.

이 계급은 첫째 인류의 대부분이 그것에 관關해 있고, 또 그들은 민족적 국민적으로[19] 자기들이 분열하는[20] 것보다 그러한 모든 구별을 초월하여 세계적으로 접근 결합하는 것으로써 자기들의 생존상의 이익을 삼는 것으로 결정되는 것이다.

그러므로 그 민족, 그 국민은 봉건적 중세에 대하여 전원이 일치한 행동을 가졌을 자본주의의 초기 계단에[21] 있어서는 문화에 있어서도 민족적 국민적 공통성을 운위할 수가 있었다.

그러나 대공업의 발전, 계급××[투쟁]의 격화에 따라 이 '공통성'은 상실하기 시작한 것이다.

이것이 사상적으로 집약될 제, 민족·국민주의의 쇠퇴와 국제주의의 발전으로 표시되는 것이다.

---

18 원문에는 '一時術'로 되어 있으나 오식일 것이다. 문맥에 맞게 정정했다.
19 원문에는 '國民族으로'로 되어 있으나 문맥에 맞게 수정했다.
20 원문에는 '分製하는'으로 되어 있다. '製'는 '裂'의 오식일 것이다.
21 원문에는 '階級에'로 되어 있으나 '階段에'의 오식일 것이다.

그리하여 사회생활의 모든 영역에서 그러한 것과 같이 예술 문학 위에 있어서도 민족적인 것과 비민족적=계급적인 것이 격렬한 모순 가운데서 상극하면서[22] 양자의 통일과······················· ···················· 전적全的 발전을 하고 있다.

그러나 이러한 역사적 과정은 비약만 하고 질주만 하는 것이 아니라 점진적漸進的[23] 또는 급진적急進的[24]으로 진행되는[25] 것이며, 특히 풍속적, 문화적인 것은 사회생활의 다른 부분의 변화보다도 훨씬 후진적後進的[26]이라는 특수성을 가지고 있는 것이 등한시되어서는 안 된다.

더구나 풍속적 언어적 습성은 경제적 정치적인 것이 완전히 세계적 규모로 변화한 이후까지도 상당히 장기간 명맥을 보전하리라는 것은 의심할 여지가 없는 것으로, 이것은 예술 급及 문학, 또 그 표현 수단으로서의 언어의 민족적 특성의 문제를 의연히 금일의 과제가 되게 하는 것이다.

다시 말하면 우리는 덮어놓고 민족적 국민적인 것을 부정하고 극단적으로 국제적인 것만을 취하는 자도 아니다. 이것은 현실과정의 구체성을 무시한 소아병적 견해로서 과학적 예술학과는 무연無緣한 것이며, 또 맹목적 애국주의자들이 변증법적 유물론자에게 덮어씌우는 데마고그 가운데서만 볼 수 있는 것이다.

그러나 중언重言하거니와 우리는 이러한 그릇된 추상과는 일점의 공통성도 갖지 않는 것으로, 우리들의 예술 문학이 이러한 민족적 특

---

22 원문에는 '相兢하면서'로 되어 있으나 '兢'은 '剋'의 오자일 것이다.
23 원문에는 '斷迫的'이라 되어 있으나 '斷迫'은 '漸進'의 오식으로 보인다.
24 원문에는 '急迫的'이라 되어 있으나 '급진적(急進的)'의 오식으로 보인다. 이 글에서는 '進'자가 '迫'자로 잘못 식자된 경우가 많다.
25 원문에는 '迫行되는'으로 되어 있으나 '進行되는'의 오식일 것이다.
26 원문에는 '絶迫的'으로 되어 있으나 문맥상 '後進的'의 오식일 것이다.

성을 체현하지 못하면은 우리는 그런 것은 예술이 될 자격이 없는 것이라고 단언할 용기를 가지고 있다.

왜 그러냐 하면 우리는 국제적인 의미의 민족적 특성=자립성의 맹목적 선전자宣傳者가 아니라, 그것이 어디로부터 오고 또 어떤 곳으로 나아가리라는 것을 명확히 보는 역사적 견지에 서 있고, 또 여태까지의 우리 민족의 생활 가운데서 충분히 자유로운 날개를 벌려보지 못한 모든 것을 발휘시키는 것으로써 최대의 이익을 삼는 계급인 한에서 그러한 것이다.

즉 우리는 입 끝으로만 민족적인 것을 옹호하고 행동에 있어 흐지부지하는 제 조류로부터 자기를 구별하여, 민족의 고유한[27] 모든 것의 가장 철저한 옹호자이어야 할 운명적 노선을 걷는 인간인 때문이다.

그러므로 국제주의의 길을 걷는 인간으로서 일견 모순하는 것과 같은 민족적인 것을 단순히 부정하는 것이 아니라, 그것을 훌륭히 긍정하고 양자의 통일 위에서 민족적인 것의 발랄한 개화開花를 보고, 그것을 통하여 진실한 국제주의에로 도달하는 것이다.

이러한 의미에 있어 일리치[28]가 어떤 논문에서 말한 것과 같이 "우리는 민족적 자랑의 감정으로 충만되었다"고 가슴을 두드리며 소리 높이 말할[29] 수가 있다.

왜 그러냐 하면 우리들이야말로 고향의 근로대중즉 고향 인구의 9할을 의식있는 존재에까지 앙양시키기 위하여 가장 많이 일하고 있는 때문에.

---

27 원문에는 '國有한'으로 되어 있으나 '固有한'의 오식일 것이다.
28 레닌을 말함. 일리치는 레닌의 중간이름.
29 원문에는 '만할'로 되어 있다.

3

그러므로 우리는 우리들의 고향, 우리들의 언어, 그밖에 우리들의 고유한 모든 것을 사랑하는 것이다.

우리는 이 고향의 산천 가운데서 살고, 이 땅의 대기 가운데서 숨쉬며, 이 나라의 말로 모든 것을 이야기하는 것이다.

대체 어떠한 문학이 이러한 모든 것으로부터 자유스러울 수가 있으며, 대체 어떠한 언어가 이 아름다운 풍부한 말 이외[에] 쓸[30] 수가 있을 것인가?

그러므로 우리는 진실한 의미의 민족문학의 건설을 위하여 생애를 바칠[31] 용기를 가지고 붓을 잡을 수가 있는 것이다.

더구나 한 번도 문학예술 위에 자기의 완미한[32] 자태를 표현해보지 못한 고향의 제諸 현실, 그 언어를 모든 역경 가운데 방치되게 한 후진국인[33] 조선에 있어 이것은 지극히 타당한 것이어야 한다.

그러나 많은 사람을 국제적 생활로부터 고립화시키고 그리하는 것으로 그 사람들을 더 분한 참경으로 이끌며 오직 과거적 입새立塞에의 송가頌歌를 부르는 소극적인 것과는 무연한 자이다.

오직 "국제주의의 문화는 민족적 문화를 양기揚棄하지 않고 국제주의적 문화는 민족적 문화에다 그 내용을 부여하는 것이며, 반대로 민족적 문화는 국제주의적 문화를 양기하지 않고 그것은 국제적 문화에다 형태[를] 부여하는 것"이라는 유명한 정식이 말하는 것과 같은 프로그램의 실행자이다.

---

30 원문에는 '실'로 되어 있으나 의미가 통하지 않아 '쓸'로 정정했다.
31 원문에는 '밧실'로 되어 있으나 문맥에 맞게 바로잡는다.
32 원문에는 '實美한'으로 되어 있으나 '完美한'의 오식으로 보인다.
33 원문에는 '後迫國인'으로 되어 있으나 '迫'은 '進'의 오자일 것이다.

왜 그러냐 하면 언어, 그 생활 양식에 있어 민족적 국민적이 아닌 계급은 아직 이 지상에 있을 수 없는 것이며, 또 계급적 문화는 다 각자의 민족적인 표현 형식, 방법에 의존하고 있는 것은 지금에 있어 진실이기 때문이다.

그러므로 우리는 이곳에서 다 같이 '민족문화'라고 불러지는 한 개의 개념 가운데 두 개의 상반된 내용을 구별하게 되는 것이다.

하나는 "그 내용에 있어 부르주아적이고 형식에 있어 민족적인 문화" 즉······ 일찍이 우리가 말한 바 있는 민족주의의 정신으로 많은 사람을 잠자게 하고 그러한 힘의 강화를 목적으로 [하는] 문화 그것이다.

다른 하나는 "형식에 있어서 민족적이고 내용에 있어 국제주의"의 정신으로 대중을 교육하고 그 힘의 강화를 목적으로 하는 문화 그것이다.

그런데 대부분 민족적 문화, 문학을 주장하는 것은 전자에 속하는 조류의 사상을 말하는 것으로, 그 내용의 적극적인 모든 것을 배제하면서도 그들은 오직 '민족문화'란 외피를 가지고 그 소극성을 포장하는 것이다.

그러므로 일리치가 '자본주의하의 민족문화'의 슬로건에 반대한 것은 민족문화의 민족적 형식이 아니라 그 부르적 내용을 공격한 것이다.

따라서 민족적이 아닌 계급적 문화는 어디에도 존재할 수 없는 것이다.

더욱이 프로문학이 계급적 문화라는 것을 이곳에서 잊어서는 아니 된다. 즉 그것은 국제주의적 정신에 의하여 일관된 문화이지 결코 국제문화 그것이 아니라는 것이다.

다시 말하면 프로문학이 프롤레타리아트의 문학인 한에서 일 계급의 문학이라는 것, 즉 사회가 계급적으로 생활하고 있는 시대의 예술적 산물이라는 한 개의 역사적 특성을 이해해야 한다.

이것은 무엇을 의미하느냐 하면 계급사회라는 것은 더욱이 자본가적 사회의 시대라는 것은, 민족이 비로소 통일적으로 자체를 완성한 시대이며 동시에 인류가 관세벽關稅壁, 국경 등의 제 조건으로 말미암아 분열된 민족적 차이가 완성한 시대인 만큼, 그것의 부정적 요소인 국제정신은 이것에 비하여 몹시 어리다는 그것이다.

다시 말하면 계급사회가 그 정치생활에 있어 집약하는 국가이라는 것이 계급적 대립의 존재와 함께 존재한다는 사실은, 계급사회에 있어서의 생활양식, 풍속, 문화, 예술 등의 민족적 양식이 실로 불가분의 것이라는 것이다.

즉 계급적인 문학으로서의 프로문학의 민족적 형식은 고유의 것이란 말이다.

그러므로 어떠한 의미로서이고 민족적이 아닌 국제주의적 문화는 오늘날에 있어서는 추상계에 있어서만 존재할 수가 있다.

더욱[이] 이것은 언어를 그 유일의 표현수단으로 하는 문학에 있어 언어의 민족적 특성을 부정하거나 조홀粗忽히 하는 것은 훌륭한 넌센스이다.

더욱이 이것은 다음과 같은 역사적 견지에 의하여 또 한번 구체적으로 확인되는 것이다.

우리들— 장래 민족문화의 한 개의 공통어를 가진 한 개의 공통적 문화(내용이나 형식이나)에의 능분(能分)의 변호자— 가 동시에 현재의 순간에 있어, 즉 프로××의 시기에 있어 민족문화 번영의 가담자이라면 기이하게 들릴지 모른다. 그러나 이 가운데는 기이한 아무것도 없다.

민족문화는 각자의 모든 것의 잠재적 특성을 똑똑히 하기 위하여 발전되고 반영되어야 한다.

이리하여 한 개의 공통의 언어를 사용하는 공통 문화로 발전하는 조건이 형성되는 것이다.

즉 형식·내용에 있어 다 국제주의적이고 또 공통한 언어를 사용하는 한 개의 공통한 문화로 융합되어가는 도정으로서, 형식에 있어서는 민족적이고 내용에 있어서는 국제적인 문화의 번영, 그것이 국제주의 문화의 민족적 정신인 것이다.

그러므로 국제주의적 정신으로 관철된 문학은 능히 민족어에 유의할[34] 뿐만 아니라 문학어로서의 민족어의 완미한 개화를 위하여 의식적으로 노력해야 하고, 또 한편으로 그 모든 이상을 실현케 하는 일체의 가능성이 객관적으로 존재하고, 그것은 우리들의 문학에게만 부여된 귀중한 사명인 것이다.

4[35]

우리들의 문학 이전이나 이외의 문학은[36] 다 언어가 문학적 현실 위에 요구하는 완미성의 이상이 실로 근소하게밖에 실현되어 있지 못하여 있다. 언어 즉 민족어로서의 언어는 그 나라의 문학상에 생생한 그대로 씌어져야 하는 것이다. 그러나 여태까지의 문학사의 대부

---

34 원문에는 '留意한'으로 되어 있으나 수정했다.
35 여기서부터 『예술』, 1935년 1월호에 실린 부분이다.
36 문학 이전이나 이외의 문학은: 원문대로이나 오식이 섞인 것으로 보인다. 그냥 '이전의 문학은'으로 줄여도 뜻이 통할 듯하다.

분은 일반 민중의 쓰는 말과 문학이 쓰는 말이 구별되고 분열되어 있는, 실로 기이한 현상에 의하여 일관되어 있었던 것이다. 보다 더 똑똑한 말로 이 사실을 말한다면은 문학어와 일반의 속어俗語가 구별되고 그 가운데는 어느 시대이고 불소不少한 차이가 있었다는 것이다.

그리하여 문학어는 고귀한 언어이고 일반어는 그 자의字義가 말하는 것과 같이 비천한 언어 즉 속어라고 불러져서, 문학이 예술이 되려면은 반드시 이 고귀한 언어로 이야기해야만 될 의무를 가졌던 것이다.

실로 이것도 기이하기 짝이 없는 현상이다. 왜 그러냐 하면 몇 번 말했거니와 문학 본래의 이상으로서 그것은 만인이 말하고 이해하는 언어로 표현될 것이 원칙이었음에 불구하고, 과거의 문학은 이 이상과 항상 떨어져서 존재하였던 것이다. 그러므로 이러한 일반어와 문학어의 분열·차별은 필연적으로 문학의 독자, 향락자의 범위를 좁힌 것이다. 즉 그 고귀한 문학어로 표현되는 문학은 광범한 인민이 이해하기에는 언어적 구별의 장벽으로 말미암아 절연되어 있어, 그 문학어 그것을 일상어로 하고 있는 지극히 국한된 일부분의 인간 사이에 있어서만 그것은 이해되고 애독된 것이다.

물론 이것은 만인의[37] 것이어야 할 문학예술의 본성과는 일치하지 않는 것으로, 이 사실의 원인은 전專혀 여태까지의 인간적 생활의 역사에서 구해야만 되는 것이다. 즉 웨·엠·프리체V. M. Friche가 그의 주저主著의 하나 『예술사회사 개설』에서 말한 것과 같이 "과거의 문화는 그 대부분이[38] 착취계급의 문화이고 민중의 ××[압제]자의 문화"이었다는 곳에, 다시 말하면 과거의 모든 예술 문학이 만인을 위

---

37 원문에는 '玆人의'로 되어 있으나 '玆'는 '萬'의 오식일 것이다.
38 원문에는 '大部分에 이'로 되어 있으나 수정했다.

한 것이 아니라 그 가운데 지극히 제한된 소수인 민중의 압제자에게 봉사하였기 때문에, 만인의 말로 표현하는 대신에 소수의 언어로 이야기한 것이다. 곧 이 말은 여태까지의 과거 문학이 생산된 사회적 토양에[39] 그 최후의 원인이 있었던 것이다. 그러므로 우리는 인간의 사회적 생활의 형식이 아직 계급적으로 분열되지 않고 모든 인간이 계급이란 집단으로 서로 격리되지 않았을 먼 시대에 있어서는, 문학이란 모든 사람의 것이며 동시에 문학어와 속어와의 분리가 존재하지 않았으리라는 것을 넉넉히 추정推定할 수가 있다.

뿐만 아니라 계급사회의 문학적 역사 가운데도 비非지배적 계급인 민중 가운데도, 고급의 문학과는 별別로, 그들 민중 자신의 속어를 가지고 이야기하고 노래되던 예술·문학이 존재했었던 것은 실증적으로 말할 수가 있다.

예를 들면 항간巷間에[40] 전하는 구비문학[41] ― 전설, 잡[가], 민요나 무복적巫卜的 기록 등에서 그러한 것을 볼 수 있으나, 우리가 잘 아는[42] 것과 같이 그러한 것은 거의 후대에 전해 내려오지 않고, 또 지배적인 예술 문학 등으로 말미암아 억압되고 학대되어 그 원시적 형태로부터 예술적으로 퇴화되고 개화開花치 못한 것이다.

그것은 정치적 경제적으로 지배적인 집단은 정신적 문화적으로 지배적이며 따라서 그 시대의 지배적인 예술 문학은 항상 지배자의 그것이었다는 사실에 의하여 용이히 이해될 수가 있는 것이다.

---

39 원문에는 '出壞인'으로 되어 있으나 '出'은 '土'의, '壞'는 '壤'의 오자로 보인다. 그리고 문맥에 맞게 관형형을 부사형으로 고쳤다.

40 원문에는 '昔聞에'로 되어 있으나 '巷間에'의 오식일 것이다.

41 원문에는 '國族文學'으로 되어 있다. '口碑文學'(혹은 '口傳文學')의 오식으로 추정된다.

42 원문에는 '하는'으로 되어 있으나 문맥에 맞게 바로잡는다.

다시 말하면 어떤 시대에든지 지배적 지위에 있는 인간들이 문명하고 문화적인 반대로, 비非지배적 인간들은 문명으로부터 격리되어 미개 상태대로 있고, 따라서 문화예술로부터 훨씬 떨어져서 있는 것이다. 이러한 가운데서 그들 자신의 문화예술의 맹아가 싹트고 그 싹이 온전히 성육成育하여 꽃을 피울[43] 수 없는 것은 조금도 기이한 현상이 아니다.

그러므로 봉건적 중세기의[44] 문학도 귀족사회의 언어, 즉 영주, 귀족, 지주, 대장들의 말로 이야기된 것이며, 농민이나 노예의 언어는 예술문학에는 무연한 쌍놈의 말이었을 따름이다.

따라서 이 시대의 언어는 갈수록 고립화되고 의식화儀式化 — 서구의 교회문학을 보라 — 되어 형식주의적으로 미화되어 민중의 일상어와는 인연이 먼 '사어死語'라는 것이 문학상에 나타나게 된 것이다.

그리하여 사견 같아서는 문학사 상에 있어 문학어와 속어의 구별이 이 시대에 와서 그 절정에 달했었다고 생각된다. 그리하던 것이 상업의 성장, 공업의 발달, 상업도시의 흥륭, 해운의 발전으로 의한 교역의 국제[화]라는 초기 자본주의의 제 조건의 성장으로 말미암아 봉건적 경제조직의 와해가 촉진되어, 시민, 농노들의 사회적 지위가 급속히 상승하게 되어, 문학어와 속어와의 사이에 있는 만리장성은 허물어지기 시작한 것이다.

이것이 문학, 예술의 역사 상에서 르네상스라고 불러지는 시대의 일 특성인가 한다. 그리하여 자연경제에 대하여 갈수록 승리해나가는 인간적 힘은 소위 인본주의의 정신으로 대표되고, 날로 '사어'의 질곡 가운데서 자유로운 발전을 조해阻害당하고 있던 시가가 일시에

---

43 원문에는 '필'로 되어 있으나 문맥에 맞게 바로잡는다.
44 원문에는 '中世界'로 되어 있는데, 문맥적 의미로 보아 바로잡는다.

낡은 문학어의 장벽과 충돌하기 시작한 것이다.

나는 서구 예술에, 더욱이 중세문학에 대하여 특별한 지식을 가지고 있지 않은 만큼, 이곳에 풍부한 예를 들기는 어려우나, 그 가운데의 대표적인 것으로서 이태리 플로렌스의 시인 단테A. Dante의 「속어론」을 들고 싶다.

그러나 단테를 시어에 있어서의 르네상스적 자유의 요구자로 드는데는 약간의 특별한 고구考究가 필요한 것이다.

왜 그러냐 하면 웨·엠·프리체도 그의 주저 『구주歐洲문학발달사』 가운데서 말한 것과 같이 단테의 대표작 『신곡』이란 "내용, 형식에 있어 봉건적, 중세적, 교회적 정신의 예술적 표현"이라고 말하기 때문이며, 또 『신곡』은 중세문학의 최대最大한 작품으로 보는 것이 정례定例가 되어 있기 때문이다.

물론 우리는 이곳에서 『신곡』의 특별한 분석을 할 수도 없는 것이고 또 프리체적 견해를 부정치 않는 것이나, 내 생각 같아서는 단테가 그의 「속어론」에서 표시한 것과 같은 중세적 시어에 대한 근대적 요구의 제창자의 한 사람이었다는 그 점을 고려해서 『신곡』도 평가되어야 한다는 것이다.

그러므로 한 말로 하자면 『신곡』의 프리체적 평가에 대하여 나는 어느 정도의 의심을 가지고 있다는 것이다.

왜 그러냐 하면 단테가 살던 시대는 13세기 말로부터 14세기 르네상스적 폭풍우를 머금은 암운이 급격한 속도로 구주歐洲 천지를 뒤덮던 때이고, 또 그가 살던 플로렌스시는 벌써 귀족계급에 대한 부르주아××이 광범위로 진행되어 직인職人 동업조합과 상인 은행가의 완전한 승리로 종결되고, 벌써 상당히 공고히 자본가적 도시문화가 형성되었었기 때문이다. 이리하여 역사적 사회적 환경으로부터 단테가 무관계일 수는 없었던 것이다.

단테는 「속어론」에서 낡은 귀족적 관료적 언어에 대하여 아름다운 희랍어, 또 로마인적 속어의 부활을[45] 요구한 것이다. 이것은 전全혀 시어에 있어서의 근대적인 요구이다.

그리하여 세계적 규모로 자본주의적 사회 체재體裁의 승리기 확립되면서, 문학 위에서는 문학어와 속어와의, 다시 말하면 문체와 언어와의 구별의 폐지, 소위 '언문일치'라는 언어상의 부르주아적 혁명이 요구되고 일부분 실행된 것이다.

동시에 이것은 언어상에 있어서의 각국어의 확립의 과정으로서, 이 현상은 대부분 먼저 문학상에 표시된 것이다.

구주에 있어서는 영국의 초서G. Chaucer의 시가詩歌, 독일의 루터[46]M. Luther의 『신약 독역서新約獨譯書』, 노서아露西亞의 고골리N. V. Gogoli의 저작 등에서 그 대표적인 것을 볼 수 있고, 동양에 있어서는 중국의 '백화문학白話文學', 일본의 신체시新體詩[47], '국어'문의 성립, 그리고 우리 한말韓末로부터 언문諺文이 중용되기 시작하여 언한병용諺漢倂用 문체의 발달, 또 순연한 조선문으로서의 신문체에 의한 신문학의 발달로 말미암아 특징화되어왔다.

그러나 이러한 제 현상은 결코 각개 국國에 있어 엄밀한 의미의 언어혁명이 수행되었다는 것을 의미하는 것이 아니다. 더구나 구라파의 소수의 선진국 이외에는 거의 대부분의 나라가 문학 급及 언어에 있어 근대적 개혁이 [중]도반단화해버리고 말았다. 독일에 있어서 부

---

45 원문에는 '後活을'로 되어 있으나 '後'는 '復'의 오식일 것이다.
46 원문에는 '「루ー페르」'로 되어 있으나 '페'는 '테'의 오식일 것이며, Luther를 루테르로 읽었으리라 추정된다.
47 원문에는 '新作詩'라 되어 있으나 '作'은 '體'의 약자인 '休'의 오식일 것이다.

르주아문학은 괴테J. W. Goethe에서 절정을[48] 지은 대로 맹아 채로 끝나버리었고, 언어에 있어서도 루터의 시민어市民語, 한스 작스Hans Sachs의 농민적 언어의 한국限局을 넘지 못한 것이다.

더구나 희세稀世의 천재 괴테에 있어까지 그것의 완미한 발현을 보지 못한 것은 전全혀 독일의 경제적 후진성에 기인하는 것으로, 이것은 천재에 있어 실로 비극이 아닐 수 없는 것이었다.

일본, 중국에 있어 이것이 어떤 정도에까지 수행되었는가 하는 것은 전全혀 상상에 족한 것이다.

그러나 우리 조선의 근대어나 또 근대문近代文 신문체에 있어서는 이러한 타국의[49] 예보다도 특별한 양상을 갖추고 있는 것이다. 이것은 일반으로 조선의 근대문화와 예술을 특징짓고 있는 근본적 성격에 의존하는 것으로서, 그것은 이 문화 예술이 경아萌芽[50]된 사회적 토양의 특수성의 철칙에 의하여 제약된 것이다.

무엇보다 한 개의 민족적 국민적 언어로서의 조선어는 아직도 언어학적 문법학적으로 정리되지 않고, 아직까지도 우심한 혼란의 와중에 있는 것으로, 통일적 민족어로서 완성되는 역사적 과정을 통과하지 못한 것이다.

이것은 물론 누구나 잘 아는 근대 조선의 사회적 생활 가운데 움직인 정치적 성질에 지배된 것이다.

조선어가 진실로 통일적인 민족어로서 자기를 완성하고 더욱이 문학 위에서 실현되려면, 무엇보다도 과거의 우리를 지배하고 있던 한문에 대한 투쟁으로부터 시작되어야 할 것이다.

---

48 원문에는 '後頂을'로 되어 있으나 '絶頂을'의 오식일 것이다.
49 원문에는 '法國의'로 되어 있으나 '他國의'의 오식일 것이다.
50 원문대로인데, '萌芽'의 오식으로 보이며, 문맥상으로는 '발아(發芽)'에 가깝겠다.

그러므로 개화 조선의 문화적 · 정신적 욕구라는 것이 한문과 유교적 정신으로부터[의] 해방을 부르짖고 일어난 것은 지극히 당연한 것이었다.

그리하여 고래古來로 부녀자나 항간에서밖에 씌어지지 않던 언문이, 1886년 조선 최초의 언문신문 『한성주보』에 비로소 언한혼용諺漢混用의 문체가[51] 일반어로서 사용되고, 이보다도 5년 전인 1881년에 기독교 성서의 최초의 조선역朝鮮譯인[52] 「창세기」가 순언문純諺文으로 전포傳布되는 등, 급격히 조선어문이 세력을 얻어 일반화되기 시작하였다. 그러나 일방一方 이러한 민족적 어문의 완성이 진행되려 하는 [한]편에 이것을 조해阻害하는 유력한 힘이 작용하고 있었던 것이다. 조선의 근대적 세대는 유교적 정신과 한문과의 투쟁에서 충분히 승리할 만한 민족의 처근적處近的인[53] 근대적 발전이 조지阻止되고 ― 그것으로부터 자유롭지 못한 것이다. 민족의 근대적 문화 예술의 건설의 기반인 공업은 발달치 못하고 농업은 낡은 체재대로 정지되어, 근대적 부르주아 문화 예술의 성질을 대단히 불구不具의 것으로[54] 만들었다. 언어의 영역에 있어 이 사실은 무엇보다도 강하게 작용한 것이다. 그 전부터 있던 한문의 유물, 또 구라파 등지로부터 들어오는 외래어[가 뒤섞여], 조선어는 실實로 혼돈한 상相을 정呈하는 것이다.[55] 그리하여 이 땅의 근대적 자본계급은 민족문화를 통일적으로

---

51 원문에는 '反體가'로 되어 있으나 '文體가'의 오식일 것이다.
52 원문에는 '朝鮮論인'으로 되어 있으나 '論'은 '譯'의 오식일 것이다.
53 원문대로인데, 문맥상 '獨自的인'의 의미로 읽힌다.
54 원문에는 '것을'로 되어 있으나 문맥에 맞게 바로잡는다.」
55 외래어[가 뒤섞여], 조선어는 실(實)로 혼돈한 상(相)을 정(呈)하는 것이다: 원문에는 '外來語朝鮮語는 相實로混沌한것을말하는것이다'로 되어 있다. 분명 몇 단어가 누락되고 몇 글자는 순서가 바뀐 것으로 보인다. '말'자가 '呈'자의 오식인지는 분명치 않으나, 문맥에 맞게 단어와 글자를 보충하고 정리하면 대략 이렇게 될 듯하다.

형성해보지 못하고, 민족적으로 고유한 모든 것을 자기의 문학 예술 가운데 발욕發欲 개화시키지 못하고 만 것이다. 또한 이러한 중심적인 이유는 어문상에 있어 근대적 생활에 적응한 문체와 그것을 문법적으로 정리하지 못하였으며, 언어를 통일적인 진실한 조선어로 발전시키지 못한 것이다.

오직 그들에게 있어서는 속류화한 귀족이나 지주적 경향을 다분히 가지고 있어 러시아의 속류적 구화주의자歐化主義者들과 같이 일종의 구화주의에 대하여 무비판적으로 접근해간 것이다.

즉 낡은 시대의 귀족, 지주, 관료들이 사대주의, 문화적 구화주의歐化主義[56]이었던 것과 별로 틀림없이, 그들도[57] 언어 문화상에 있어 외화주의자外化主義者이었던 것이다.

그 결과가 어떤 것인가는 실로 상상에 족하고, 또 조선어문의 현대적 자태를 보면 일층 똑똑한 것일까 한다. 이러한 것을 구체적 설명을 하기에는 몹시 곤란한 일이다. 다만 이곳에 한 개의 예를 생각하는 것으로 만족하려 한다.

제정帝政 러시아 시대의 정부가 비非러시아[58] 민족—토착[59] 민족에 대하여 행사한[60] 문화언어 정책을 본다면, 그들은 무엇보다도 토착어의 신문, 학교, 출판물을 가질 것을 금지하거나 또 일부분 철제鐵諸[61] 하고, 직접 학교에서 토착어를 가르치는[62] 것도 근본적으로는 러시아

---

56 원문에는 '溪化主義'라 되어 있으나, 앞뒤 문맥을 살피건대 '歐化主義'의 오식으로 보인다.
57 원문에는 '그들로'로 되어 있으나 문맥에 맞게 바로잡는다.
58 원문에는 '北러시아'로 되어 있으나 '北'은 '非'의 오식으로 보인다.
59 원문에는 '土花'로 되어 있으나 '土着'의 오식일 것이다.
60 원문에는 '行傳한'으로 되어 있으나 '傳(=伝)'은 '使'의 오식일 것이다.
61 원문대로이다.
62 원문에는 '가르키는'으로 되어 있다.

어의 전파의 목적의 일 보조수단으로 되었다고 한다.

그리하여 어떤 민족은 언어가 혼란 끝에 거의 소멸할 지경에 있고, 또 소수 민[족]은 전멸하고 어떤 부족은 완전히 소멸되고 말았다고 한다.

비록 이러한 정도에 이르지 않았다고 하더라도 백러시아, 그루지야,[63] 우크라이나, 아르메니아 등의 문학적 전통은 무시되고 언어는 혼란을 극해서 거의 무가치, 무위無爲의 상태로 방기되어 있었다.

그러나 당시 이러한 민족의 귀족이나 지주, 자본가적 부분은 이런 경향에 대하여 점점 타협하고 동화해가거나, 그렇지 않으면 국수적國粹的 미몽迷夢 가운데서 언어학, 문법학상의 형식주의를 발전시키고, 문학상의 회고적 낭만주의를 만연시켰음에 불과하였다. 그러던 것이 그들의 앞에 열린 새로운 시대와 함께 민족적인 모든 것이 발전 개화하고 있다는 데 이야기를 머무르고, 다시 우리의 본제本題로 들어가자.

그러면 대체 우리 조선의 신문학은 언어적 영역에 있어 무엇[을] 하였던가를 성찰해보자.

무엇보다도 언한혼용문諺漢混用文의 일반화의 시대부터 대체로 언문일치의 방향으로 발전해왔다는 데 별로 큰 이의가 없는 것이다. 물론 언문諺文이 공용어나 출판물에까지 사용된 것은 이 방향으로의 발전을 말하는 거대한 전환이다. 우리는 언문이 어떠한 종류의 말을 위하여 현재까지 사용되어왔는가 하는 현실적 측면을 잊어서는 아니 된다. 즉 조선어를 기록하는 언문이 한문에 대신하여 문체에 나타난 것은 문체가 전체로 언어의 구체적 표현의 방향으로 접근했다는 것은 불발不拔의 사실이나, 이 접근이라는 것은 속어, 민중어로의 진실한

---

[63] 원문에는 '조르거아'로 되어 있으나 '그루지야'의 오식으로 보인다.

접근이라기보다는, 그렇게 귀족적, 관료적, 지주적 언어의 구체적 표현의 성질로 접근했다고 보는 것이 정당한 것이다.

그렇다고 해서 물론 1880년대의 이 진보를 전혀 이런 방법으로 부정하는 것은 역사의 정확을 기하는 의미에 있어도 부적당한 것이다. 그러나 이러한 진보적 사실까지도 당시 조선의 경제적 정치적 특성에 의하여 불구不具하게 되었으며, 더욱[이] 그 이후의 정치상의 급격한 변화에 의하여 이 한계를 넘지 못했다는 것도 역시 진실이다.

그러면 1920년대에 볼 수 있는 문학상에 나타는 순 조선어는 어떤 것이냐 하면 그 대부분이 중류 소시민의, 또는 지주적地主的인 언어의 한계를 넘지 못한 것이다.

물론 20년대 조선의 근대문학의 문체는 1880년대의 그것에 비하여 거대한 진보의 결과이나, 그러나 이 모든 적극적인 것을 최대한도로 가산加算한대도, 언어상에 있어 민주적 개혁과는 꽤 거리가 먼 것이다.

이것은 주로 이 시대의 문학의 계급적 역사적 성질에 의거하는 것으로서, 그들의 작가의 대부분의 경향이 독자적인 대자본의 문학이 못되고, 기 눌린[64] 파산된 소시민의 문학, 즉 현실에 대하여 적극적인 대신에 소극적 부정적 문학이었다는 사실로 말미암아 설명되는 것이다.

이 한계의 문학어文學語 상의 표현으로서는 산문에서보다도 시가에서 더한층 손쉽게 볼 수 있는 것으로, 이 나라의 시가가 부르주아 시의 기본적 양식인 자유시를 완성하지 못하고 그들의 거의 전부가 율격적 시형에 사로잡혔다는 양식사樣式史가 웅변으로[65] 이야기하는 것

---

[64] 기 눌린: 원문에는 '꺼눌난'으로 되어 있으나 몇 행 아래 '기 눌려'란 표현이 나오는 만큼 '기 눌린'의 오식으로 추정된다.

이다. 뿐만 아니라 이런 한편에 그들은 언문일치의 문학화보다도 혼돈한[66] 언어 가운데로부터 문학어를[67] 찾기에 유행流行의 고심[을] 하지 않을 수가 없었던 것이다. 이러한 분위기 가운데서 언어상의 민주주의적 정책이 수행될 수는 도저히 어려운 것이다. 오직 근대문학의 언어는 1880년대에 난초석으로 형성되어 긴 암흑기를 통하여 1900년대 초엽의 ××적 천재적 작가 '이인직李人稙',[68] 등에 와서 준비되어, 20년대의 염상섭廉想涉, 춘원春園, 김동인金東仁, 김억金億, 주요한朱耀翰 등에 이르러 완성된 현대 문학어는 모든 재능 있는 작가 시인들의 존경할 만한 노력에도 불구하고, 언문의 일치의 문체적 이상, 또 언어[69] 문학상의 민주주의 개혁을 달성치 못한 채로 근대 노동계급의 문학의 세대로 유전遺傳된 것이다. 이것은 예술적 천재도 어찌할 수 없는 역사의 비극인 것이다. 그러므로 조선의 근대 언어사, 문학사는 조선의 계급의 비상히 특성적인[70] 구성 부분인 것이다. 그러므로 조선의 프로문학은 그 절정에 있어서도 완성하지 못한 문학·언어사의 민주적 개혁의 임무까지 그 어깨에 짊어져야 하는 것이다. 그러나 우리들의 언어는 진실로 아름답고 풍부하고 위대한 예술[문]학의 언어[가] 되기에 조금도 부족한 것이 없는 것이다. 이것은 결코 필자의 독단이 아니다. 조선의 근대문학의 최량의 부분인 자연주의문학의 대표적 작가의 한 사람인 김동인은 수월數月 전 『매일신보』에 쓴 일 논문에서 다음과 같이 당시의 그들의 고심을 회술懷述하고 있다.

---

65 원문에는 '確辦으로'로 되어 있으나 '雄辯으로'의 오자로 보인다.
66 원문에는 '混純한'으로 되어 있으나 '純'은 '頓'의 오식일 것이다.
67 원문에는 '文學語로'로 되어 있으나 문맥에 맞게 바로잡는다.
68 원문에는 '李人和'로 되어 있으나 '和'는 '稙'의 오식일 것이다.
69 원문에는 '文語'로 되어 있으나 오식으로 보아 바로잡는다.
70 원문에는 '持性的인'으로 되어 있으나, '持'는 '特'의 오자일 것이다. 또 '性'은 '殊'의 오자일지도 모르겠다.

조선 신문예가 일어난 지 근근 20년, 초창(草創)[71] 시대에는 부정(不定)하고 또 부족하던 조선어가 인제는 소설 술작(述作)에도 그다지 불편이 없으리만치 늘었으니, 인제는 문장에 대하여도[72] 진실한 태도로 연구를 하는 학도가 생겨나야 할 시기이며 문장에 관하여도 논란도 간간 생겨야 할 때이다.

사실로 그런 것이다. 이 작가의 경험에 의하면 초창기에는 조선어가 부족하였던 것이 인제는 넉넉해졌다는 것이다. 그러나 부족한 것이 아니라 우리가 낡은 언어, 또 외어外語의 질곡에 너무 기 눌려 있[었기] 때문이고, 여태까지 민족을 대표한다는 모든 조류가 큰 □업을 문학을 위하여 수행하지 못한 때문이다.

이러한 가운데서 가시덤불을 열어젖힌 작가들은 실로 귀중한 [이]들이다. 그리고 이 작가가 걱정한 문학적 문장의 완성은 어떤 특정한 '학도의 연구실'에서가 아니라, 지금 발전하고 있는 신세대의 문학, 프롤레타리아계급의 위에서 해결될 것을, 또 우리만이 씨등氏等의 최초의 유지遺志의 실행자의 명예를 차지한다는 것을 말해드리려고 한다. 그러므로 우리는 시가詩歌, 주로 시조에서[73] 볼 수 있는 고어古語─사어死語의 부활에 대하여 격렬하게 투쟁하면서, 만인의 언어, 진실한 민족어의 문학상의 실현을 위하여 행동하는 자이다. 또 현재 유행하는 모더니즘적 시가, 소小부르적 소설류에서 볼 수 있는 악질의 비문화적 외래어, 외래어적 조선어에 대하여서도 똑같이 다투는 자이다. 전자가 지주적 귀족자류의 무의미한 애국주의적 행위라면, 후자는

---

71 임화의 원문에는 '革創'으로 되어 있으나 '革'은 '草'의 오자일 것이다.
72 임화의 원문에는 이 사이에 '그다지 不便이 없으리만치 늘엇으니 인제는 文章에 대하야도'가 반복되어 있어 삭제하였다.
73 원문에는 '詩調에서'로 되어 있다.

지주적 청년, 갓쓰고 자전거 탄 소상인적 학생의 중도반단적 외화주의적外化主義的 악희惡戲인 것이다. 양자는 어느 것이나 다 진실한 민족어의 문학상의 실현을 조해阻害하는 자이다. 더구나 그것이 모더니즘적 외래어류의 조선문朝鮮文이란, 일리치의 말과 같이 "겨우 신문을 읽기 시작한 자가 진기해서 외국어를 쓰는 것은 용시될지는 몰리도 문학자에 있어 그것을 쓰는 것은 용서치 못할 것이다."

즉 이 자들은 철저하게[74] 외국어를 배우지도 못하고, 민족어를 왜곡한 낡은 지주계급적 대표자들의 최악의 유산에 사로잡힌 청년들인 것이다. 우리는 고어, 사어에 대하는 것과 마찬가지로, 불필요한 외래어, 조선어의 무리한 외어적外語的 변형에 대한 선전宣戰을[75] 말할 때이다. 그리고 최후로 한 가지 부가할 것은 국어國語로 쓴[76] 조선문학에 대하여 말하지 않을 수가 없다.

연전年前 잡지 『개조改造』에서 모집하는 현상懸賞에 당선한 것을 위시로 계속해서 국어 창작을 발표하고 있는 장혁주張赫宙 씨 등 외, 이러한 기도企圖를 하고 있는 수삼인의 작가가 있다고 한다. 물론 우리의 좋은 문학을 외어外語로 역출譯出하는 것은 국제적 의미에 있어 큰 의의를 갖는 것이다. (…이하 략略…)

그것은 그 테마에서만 고향의 문학이지 실제에서는 외부의 문학인 것이며 진실로 우월한 예술문학이 되기는 어려운 것이다. 그 민족과 같이 우리는 그 언어를 말할 수 없으며, 고향의 현실은 우리의 말로써만 이상적으로 표현될 수 있는 것이다. 그러나 우리의 문학 ― 홀

---

74 원문에는 '徹庭하게'로 되어 있으나 '庭'은 '底'의 오식일 것이다.
75 원문에는 '宣傳을'로 되어 있으나 문맥에 맞게 수정했다.
76 국어로 쓴: 원문에는 '國語는'으로 되어 있으나 문맥상 의미로 보아 바로잡는다. 여기서 국어는 일본어를 가리킨다.

룡한—이 외어外語로 번역되는 것은 조금도[77] 부정될 것이 아니며, 오히려 민족을 초월한 계급적 국제적 정신의 앙양을[78] 위하여 지극히 필요한 것이다.

우리는 문학에 있어서의 언어적인 이러한 제 역류[79] 가운데서 조선어[의] 완미完美한 문학상 개화를 위하여 특별한 용의用意를 하게 할 것이다. 우리들의 젊은 세대의 문학 이외의 어떤 문학도 진정한 의미의 민족어를 문학 위에 체현할 수는 없는 것이므로—.

부기—이것은 황당한 각서에 불과하는 것으로, 후일 구체적인 것을 발표하고 싶은 생각을 가지고 있다. 더욱이 프롤레타리아문학의 문체와 근대문학의 그것의 비교를 조금도 전개 못한 것은 지면 때문이지만, 유감이다. 더욱 동학同學의 사士의 교주教主를 얻고 우리들의 이 방면에 있어서의 금후 연구를 위하여 도움이 있다면 그것으로 만족하고 싶다.

---

[77] 원문에는 '조금이'로 되어 있으나 문맥상 의미로 바로잡는다.
[78] 원문에는 '四切揚을'로 되어 있으나 오식으로 보인다. '昻' 한 글자를 '四切' 두 글자로 잘못 식자했을 것이다.
[79] 원문에는 '送流'로 되어 있으나 '送'은 '逆'의 오식일 것이다.

시와 시인과 그 명예[•]

NF에게 주는 편지를 대신하여

NF!

군이 물은 수삼^{數三}의 용건 가운데서 이제 수제^{首題}의 것을 이번 편지에 대답코자 합니다.

그럭저럭 나도 벌써 시라는 것을 거의 7,8년 가까이 써왔습니다. 물론 그것이 진심^{眞心}한 의미에 있어 시라고 부를 수 있는지는 내야 대답할 용기를 갖지 못하고 있습니다. 그러나 여하간 자기가 시적 문학에 뜻을 두고 붓을 들어온 지 이제 근 십년이고 또 이로부터도 나는 시로부터 떠나가려고도 하지 않습니다.

왕왕 사람들은 자기를 세상에서 학자라고 부르거나 혹은 비평가라고 부를 제는 조금도 다른 표정을 짓지 않으면서도 시인이라고 불러

• 『학등』, 1936.1.

줄 때는 어쩐지 남에게 멸시되는 것 같은, 일종 명예되지 않은 대우를 받는 듯한 느낌을 갖는 것 같습니다. 이것은 다른 어느 사람에게서뿐만이 아니라 때로는 나 자신도 이런 안가安價의 느낌을 받은 때가 있음을 나 역亦 결코 숨기고자 하지는 않습니다.

그러나 저 '최대의 독일인'이라 불러지는 괴테J. W. Goethe까지 자기를 시인이라고 부를 때는 눈살을 찌푸리면서 과학자라고 부를 때는 만족했다는 서구의 고사를 가지고 자기의 이 부끄러운 생각을 메꾸어가고자도 않습니다.

그러면 왜 시인이라고 자기를 불러줄 때 만족치 못한 느낌을 받을까요?

이곳에 적지 않은 이유가 있을 것입니다.

첫째 여태까지의 모든 시인들이, 그 극히 소수의 위대한 인간들을 제하고는, 대개가 자기의 시인으로서의 명예를 자기 스스로 발양發揚치 못한 데 있는 것 같습니다.

그러므로 세상이 시인이라는 것을 때로는 무학無學한 사람에 주는 한 개 풍자적 호칭으로 썼던 것이며 일반적으로는 현실 생활에 무능한 사람들을 시인 같다고 불러왔습니다.

즉 그 사람은 철鐵의[1] 이지理智를 가지고[2] 해결할 것을, 감정이나 정서 혹은 낭만적 열정을 가지고[3] 처리한 데서 발견되는 성과상成果上의 공소空疎를 가지고[4] 그리 판단한 것입니다.

물론 우리는 동서의 문학사가 가진 위대한 시적 천재 가운데는 이

---

1 원문에는 '缺의'라고 되어 있으나 '鐵의'의 오식일 것이다.
2 원문에는 '가리고'로 되어 있으나 문맥에 맞게 바로잡는다.
3 원문: 가리고
4 원문: 가리고

러한 불명예를 짊어져야 할 하등의 의무를 갖지 않은 훌륭한 시인을 적지 않게 발견할 수가 있습니다.

예例하면 브리튼 국민이 그들의 인도를 내놓자고 하더라도[5] 내놓지 않겠다는 위대한 셰익스피어W. Shakespeare라든가, 또 중세 문화의 암흑 속에서 르네상스의 여명을 노래한 『신곡』의 작자 단테A. Dante를 우리는 잊지 못합니다.

뿐만 아니라 '게르만의 몽매蒙昧'의 속물들이 들끓는 18세기 독일, 모든 학자 예언자 가운데서 홀로 미래의 역사가 근대 프롤레타리아트의 어깨에서 개척되리라는 것을 확실히 노래한 하인리히 하이네 Heinrich Heine에 대하여, F.[6] 엥겔스Engels가 그의 철학적 명작 『독일 고전철학과 그 종말』[7] 초두 제1혈頁에서 씌어준 광영光榮의 월계관을 어찌 우리가 잊을 수 있겠습니까?

그러나 시인이란 부름이 불명예스런 음향을 우리의 귀에 전하는 이유는 이들의 소수에 비하여 다수의 시인이 그리 위대치 않았던 탓일 것입니다.

뿐만 아니라 우리 조선에서는 시에 대한 동양적 관념, 즉 과거의 많은 동양시가 정객政客의 한사閑事에 속했고 또 그 성질상 그것이 전全혀 생활을 노래하는 대신 생활의 보지적保持的 방면에서 풍월과 화조花鳥를 영탄 심미審美하는 데 그쳤던 데 그 전통적인 요인이 있을뿐더러, 반대로 생활의 진실과 부정한 현실에 대한 반항의 정신을 노래한 시와 시인이 그들 '고귀'한 지위에 의하여 묵살되거나 또 왜곡[8]되어 평

---

5 하더라도: 원문에는 '그하나는'으로 되어 있다. 문맥에 맞게 수정하였다.
6 원문에는 'K'로 되어 있으나 수정하였다.
7 『포이에르바하와 독일고전철학의 종말』을 가리킨다.
8 원문에는 '歷典'으로 되어 있으나 '歪曲'의 오식일 것이다.

가된 때문입니다.

그러므로 이러한 건실한 시인과 시가 불평객不平客의 소일거리로 보아져온 것은 역시 당연한 바이었습니다.

뿐만 아니라 이러한 전통적 요인 이외에 시인과 시에 대한 불명예는 근대 조선의 신문학상에 살았던 많은 시인들에게 그 현대적 책임의 태반 이상이 있습니다.

즉 우리 조선의 신시新詩의 대부분이란 우리 조선문학의 특질이었던 내용상의 제한을 받아 겨우 연애의 호소, 퇴폐적 영탄만을 노래한 데에 중요 원인이 있습니다. 1920년대의 대부분의 시인은 정말의 자유와 정말의 생활을 노래하는 대신 연애의 자유, 암담한 생활을 탕아적蕩兒的으로 노래한 것은 실로 우리 조선시의 거번 치욕의 혈頁입니다. 이곳에는 물론 그들 개개인의 책임보다 시대의 제한, 그리고 그들의 시와 시인이 속했던 계급이 조선의 역사 도정 중에서 연演한 바 역할의 불명예가 서로 연결聯結되어 있습니다.

20년대에 있어 그래도 보다 더 많이 시적 천분을 가졌던 시인들은 혹은 이 한계를 넘어[9] 새로운 역사적 시대의[10] 길로 전이해왔든지, 그렇지 못하면 그 어린 역사적 계급인 한계선 앞에 엎드러졌습니다.

N군도 잘 알듯이 우리의 20년대 시인들의 시적 혈액을 환분換分하면 또 곧 구라파와 일본의 가장 나쁜 시인들의 유전遺傳이 혼합되어 있음을 어렵지 않게 찾을 것입니다.

잘 해야 그들은 이미 진보적 역할을 중지한 구미歐米의 시민적 시가詩歌나 그렇지 않으면 패배된 소시민들의 슬픈 비명悲鳴인 불란서의 낭만주의 데카다니즘의 독소에 의하여 호흡해왔고, 또 하이네와 같은 위대

---

9 원문에는 '얻어'라 되어 있으나 문맥에 맞게 수정하였다.
10 원문에는 '地代의'라 되어 있으나 '時代의'의 오식일 것이다.

한 시인을 그들은 자기의 탕아적 취미에 맞는, 하이네에 있어서의 가장 속물적인 연애시만을 하이네 전부라고 가져오지 않았습니까?

하이네의 광채를 진실로 전한 것은 역시 이 나라에 있어서의 ××적 시인들이었습니다.

NF! 시인에 대한 이러한 기존旣存한 평가와 그것으로부터 동일하게 어떤 불유쾌한 느낌을 받는 시인들의 감정이란 결국 모두가 부르주아적인 것입니다.

시인은 다른 모든 인간들과 같이 가장 명예 있는 인간입니다. 이것은 금일의 세계가 시인들에게 요구하며 부여하는 것이고 또 시인은 만족을 가지고 자기가 시인됨을 자랑해야 할 것입니다.

그러나 이것은 오늘날의 모든 시인에게 주어지는 말이 아니라 진실로 생활할 줄 알며 또 투철한 눈을 가지고 현실의 오처奧處까지를 관찰할 줄 알고 또한 훌륭한 시대적 인간과 동일하게 미워할 것에 대하여 증오할 줄 알고 아끼어야 할 것에 대하여 몰아沒我의 애정을 쏟을 줄 아는 그러한 시인만이 차지할 수 있는 영예입니다.

그러므로 시인일 수 있는 요건은 가장 훌륭한 인간일 수 있는 요건과 똑같습니다. 따라서 훌륭한 시인이려는 것과 훌륭한 시를 쓰고 싶다는 것과는 똑같은 것 같으면서도 또한 퍽 다른 것입니다.

왜 그러냐 하면 훌륭한 시를 쓰려면은 위선爲先 훌륭한 사람시인이 될 것이 그 선결 요건인 때문입니다.

그러므로 총검을 들고 병사가 전선에 선 것과 마찬가지로 시인은 시를 가지고 전선에 서야 하는 것입니다.

위대한 발자크H. Balzac는 그런 때문에 나폴레옹이 칼을 가지고 한 일을 자기는 펜을 가지고 하리라고 장언壯言한 것입니다.

이것은 모든 예술가, 시인이 가져야 할 단 하나의 불가결의 정신입니다.

이 정신은 곧 생활의 정신으로서 우리는 병사가 총검을 가지고 그 미운 적을 시체로 만들고 그 아끼는 자기편을 목숨을 아끼지 않는 사랑으로 방위하는 것과 똑같은 성질의 '미움'과 '사랑'이 그 핵심이 되어 있는 것입니다.

어느 의미에서 시인은 세상의 어느 사람보다도 더 지독하게 '미워' 하고 더 지독히 '사랑'해야 할 것입니다.

왜 그러냐 하면 병사는 생명 없는 기물器物을 가지고 그것을 표현하건만 시인은 생생한 감정의 표상을 가지고 그것을 표시하는 때문입니다.

물론 이 '미움'과 '사랑'은 저 우열愚劣한 시인들과 같이 연적戀敵에 대한 미움과 여자에 대한 사랑으로라든가 또는 미래 대신에 과거를, 또 진리 대신에 부정을 사랑하고 미워하는 것으로 바꾼다면 그것은 치욕의 시인입니다.

진정한 시인은 한 사람의 여자 대신에 불행한 만 사람을 사랑하고 한 사람의 연적 대신에 만 사람의 불행의 조작자造作者에 대한 열화와 같은 '미움'을 가져야 할 것입니다.

그러므로 모든 부정과 미망으로부터 그는 진리를 옹호하는 데 충성된 병사와 같이 자기희생적이고, 만인이 행복된 미래에 대한 광신자와 같은 애정의 소유자이어야 할 것입니다.

그러기에 그 모든 것의 집약적인 표현인 인간 상호의 사회생활 가운데서 그는 다수의 애인이고 소수의 적입니다.

따라서 정말로 영예 있는 신시대의 시인은 불가피적으로 현실 생활의 본질적 관계에의 관찰과 인식으로 과학자와 동일한 진리 탐구의 열의를 가지고 향하는 것이며, 소여所與의 사회적 제 관계의 본질적 대립을 위대한 과학자의 도움을 받아 확인케 되는 것입니다.

그러므로 금일의 시와 시인은 과학을 기피함이 아니라 과학을 좋아하고 과학과 대립함이 아니라 과학과 연합하는 것입니다.

이곳에서 증오와 애정의 정열은 과학적으로 밝히어진 진리 위에 서며, 그것은 단순히 감정적[11]이 아닌 이성에 의하여 일층 더 견고해져서 시적 감정은 신념에 의한 확고불발確固不拔의 것이 됩니다.

이리하여 병사의 칼은 꺾어지는 수가 있지만 시의 정신과 '미움'과 '사랑'의 언어는 불사신의 것이 되는 것입니다.

따라서 똑똑해진 진리에 의하여 굳어진 신념은 똑똑한 눈을 낳고 똑똑한 눈은 모든 인간 사물을 똑[바로] 보고 느끼어 그것은 불가피적으로 명확한 언어에 의하여만 표현하게 됩니다.

이 언어의 명확성의 원리란 곧 노래되어야 할 대상에 대한 가장 적절한 그 말 아니면 그것을 표시할 수 없는 언어를 고르게 되며, 보다 더 많이 감성에 의하여 전달되어야 할 시적 감정은 가장 감성적인 제諸 조건을 많이 가진 함축적이고 음악적이며 가장 풍부한 연상성을 가진 아름다운 말 — 시적 언어 — 에 의하여 우리들의 시를 가능케 합니다.

이러한 말은 말할 것도 없이 일상어日常語 그것입니다.

왜 그러냐 하면 일상어 그것만이 모든 것을 표현키에 부족함이 없는 어휘를 가진 것이고[12], 또 그것만이 국한된 언어보다 많은 사람을 감동시킬 일반성을 갖고 연상성이 넓으며 보다 함축성이 많고, 조작된 언어의 부자연 대신에 언어 본래의 생생한 음향을 전할 수가 있는 것이기[13] 때문입니다.

---

11 원문에는 '風情的'이라 되어 있으나 '風'은 '感'의 오식일 것이다.
12 원문에는 '것이없고'라 되어 있다. '없'자가 잘못 삽입되었으므로 삭제했다.
13 원문에는 '것이없는'이라 되어 있으나 문맥에 맞게 수정했다.

그러므로 과거에도 미적으로 가장 아름다운 시는 평범한 말에 비범한 내용을 담은 구어적口語的 시이었던 것입니다.

이러한 의미에 있어 시에 있어서의 미학적 조건과 대중성, 공리성의[14] 조건은 시인 자신의 외견상으로 국한된당파적으로! 입장이 객관적으로는 만인의 미래의 입장과 통일된 진보적 시에서 비로소 근본적으로 일치되는 것입니다.

그러므로 가장 아름답고 가장 내용 풍부한 시는[15] 일체의 불분명한 언어, 비현대적 언어 — 사어死語, '고급' 언어와는 무관계합니다.

이러한 언어는 분명한 현실을 불분명하게 왜곡하는 데만 필요하고, 현대와 미래 대신 과거를 사랑하는 데 소용되며, 만인의 감정이 아니고[16] '교양 있는 소수'의 마음을 지껄이는 데[에]야 적합한 것입니다.

이러한 의미에 있어 우리는 민족어의 가장 철저한 활용자이며 또 옹호자이어야 할 것으로, 그것은 현대의 언어적 구분의 최대의 것이 민족적 차이라는 한 개의 이유와, 아직 개화開花되지 못한 민족적인 모든 것의 최대한의 문화적 개화를 이익으로 삼는 또 한 개의 이유에 의하여, 우리들 신세대의 시인이 취해야 할 당연의 태도입니다. 동시에 시어詩語의[17] 발굴 대신 새로운 생활이 만들어내는 새 말로써 시적 언어를 창조해나감이 그 또 하나의 임무입니다.

그러므로 내가 이곳에서 한 개의 아름다운 공상을 이야기할 것을 군이 허락한다면, 나는 우리들 시적 창조의 백년 뒤 미래의 자손들이

14 원문에는 '巧利性의'라 되어 있다. '巧'는 '功'의 오식일 것이다.
15 원문에는 '詩를'로 되어 있으나 문맥에 맞게 바로잡는다.
16 원문에는 '아니오'라 되어 있으나 문맥에 맞게 고쳤다.
17 원문에는 '記語의'라 되어 있으나 '詩語의'의 오식일 것이다.

단테, 셰익스피어, 괴테를 읽는다면 반드시 그들은 이 대시인들의 시작詩作을 한 개 연소年少한 인류사적인 문학청년의 습작으로밖에 보지 않을지? 그것을 아니라고 부정할 사람이 누구겠습니까.

이상의 무질서한 수언數言이 군에게 주는 내 회답의 대략입니다.

후일 나는 이 생각을 한 개 체계적으로 정비된 저작으로 만들 작정을 가지고 있음을 이야기하며 이 편지의 끝을 맺겠습니다.[18]

12월 2일 마산 병욕(病褥)에서

---

[18] 원문은 '막겠읍니다'로 되어 있다.

시의 일반 개념

의심할 것도 없이 위만僞瞞은 죄악이다. 더구나 그것이 일 개인에게 대한 만착瞞着이 아니라 대다수 공중公衆에 대한 것이었을 때 그것은 더 말할 것 없이 보다 큰 죄악이다.

그 이유는 한 개의 허위의 결과로써 속은 사람이 손해를 입는 때문이다. 이 손해는, 그것이 일 개인에 향하였을 때, 위선爲先 한 사람이 불행하다. 물론 한 사람의 불행이 때로는 몇 사람의 불행의 출발점도 될 수 있는 것이다. 그러나 이 손실이 대다수의 인간에게 분포될 때 그것에서 결과하는 불행이란, 그 대다수의 수효보다 훨씬 더 대다수의 사람을 사로잡을 것이다.

그리하여 때로는 한 개의 위만僞瞞이 민족적, 인류적인 광범위廣汎圍

• 『삼천리』, 1936.1. 「신시(新詩) 강좌」란에 실려 있음.

에 급及하여 그 결과를 던질 수가 있는 것이다.

이러한 성질의 행위가 곧 우리들이 지금 이야기하려는 시물론 다른 문학예술도인 것이다.

시는 다른 모든 문화와 마찬가지로 인간이 자기를 표현하는 한 방법이다. 이 표현하는 방법은 단 두 개 외는[1] 없다. 그것이 시이든 또 다른 학문이든, 그는 거짓[僞]을 표현하든지 그렇지 않으면 진실을 표현하든지 ……

그러나 표현한다는 것은 단지 표현 그것에 그치는 것은 아니다. 표현되는 무슨 내용물과 또 표현되는 것을 수용할 어떤 대상이 없이는 이것은 성립하지 않는다.

진정한 원인적 내용 없이 독백獨白한다는 것은 정상正常한 인간의 정신을 갖지 않은 자에게만 있는 것과 같이, 그것이 시인 자신의 것을 시인 자신만을 위하여 표현된다고 할 때에도, 자기의 것을 다른 사람에게 전하려는 의식되지 않은 대화이다.

대상을 필요로 하지 않을 때 그것은 표현되지 않는 때문에 ……

동시에 표현에 의하여 전해지는 것은 상대자가 수긍受肯하든지 반발하든지 간에 그것은 한 개의 행위를 결과하지 않고는 마지않는다.

그러므로 시는 좋든지 나쁘든지 한 개 행위의 출발점이다.

이 행위의 출발점으로서의 시는 그것의 성질로 말미암아 결코 한 개 특정의 사람의 행위를 자극함으로써 그 의의를 다하는 것은 아니다.

일찍이 헤겔G. W. F. Hegel이 그의 『미학』에서 정당히도 말한 것과 같이 시 — 예술 — 은 작자의 손에서 씌어지자마자 그것은 작자의 전유

---

1 두 개 외는: 원문은 '두개는'으로 되어 있으나 문맥에 맞게 '외'자를 첨가했다.

專有인 것을 지양한다. 완료된 표현을 지나기 전까지 그것은 완전히 시인 그 자신의 전유물이다. 그러나 시적 창조의 여러 도道를 지나, 그것이 시적 표현의 형상을 갖추어 시인의 손, 혹은 입으로부터 독자의 앞에 내던져질 때, 이미 한 개 비약의 시기時機를 통과한 것이다.

이 과정 중에서 시는 자기의 생모生母로서의 본래의 주인인 시인의 것임을 스스로 부정하고 대립자의 것으로 전화한다.

즉 특정한 시인의 주관적인 영유領有로부터 순연한 객관적인 세계의 소유로서의 자격을 얻는 것이다.

이곳에서 시는 비록 그것이 어떤 개인, 예例하면 사랑하는 X에게 바치노라 한다 해도 특정한 '사랑하는 XX' 그만의 것이 아니라, 만인이² 자유로 소유할 수 있는 재산이 된다.

그러므로 시인의 시적 표현의 형상을 통하여 결과되는, 동시에 시에 의하여 출발되는 제종諸種의 행위 — 정신적, 육체[적] — 의 범위는 무한의 것으로서, 내종乃終은 민족적, 그리고 인류적인 한계에까지 자기를 확대한다.

시의 자기 확대의 범위는 물론 역사적으로 상대上代에 올라가면 갈수록 좁아진다.

그러나 아무리 먼 고대에 가도 시의 행위적 책임이 시인 자기 자신에만 한限한 때는 없었다. 왜 그러냐 하면 그러한 때에는 인간은 자기 혼자 살았을 것이고 인간이 자기 혼자 생활하였을 때는 그는 시적 표현의 유일의 수단인 언어를 갖지 않았을 터이므로이다.

인간이 사회적으로 자기를 알고 있지 않았을 터이므로!

그러나 역사적 현대에로 오면 올수록 시의 영향 범위는 확대될 조

---

2 원문에는 '美人의'로 되어 있다. '美'는 아마 '萬'의 오식일 것이다. '의'는 주격조사로 쓰였으므로 현대어로 수정했다.

건이 풍부해진다. 언어의 일반화^{종족적, 지방적, 국민적}, 민족의 이동, 전쟁, 산업의 흥륭, 교통기관의 발달, 그리고 인쇄술의 발견, 신문, 언어의 일반의 국제화^{번역, 세계어의 융화과정} 등등은, 시의 행위적 책임을 확대하는 데 모두 다 최유력^{最有力}한 요인이다.

그러나 시는 이렇게 공간적으로 자유로울 뿐만 아니라, 시간적으로, 시인으로부터 전연 자유롭다.

왜 그러냐 하면 한 번 씌어진 시는 다시 두 번 시인의 품으로 완전히 돌아오는 수는 없는 때문에 ······.

시에 의하여 받은 바 많은 독자의 감정의 변화라든가 사상의 동요=강화, 혹은 환기된 행위를 시인은 어떠한 노력과 방법을 가지고도 그것을 원상^{原狀}에 회복시킬 수는 없다.

시인은 과거와 현재를 연결^{聯結}하는 시간의 구속을 깨트리지는 못하므로 ······.

그러나 시는 과거에만 자유로울 뿐만 아니라 미래에 있어서도 또한 자유인 것이다.

비록 생전에 그는 자기의 시를 개작, 절판^{絶版}시킬 수가 있으나, 이미 전파된 것으로 그는 미래에 영속적으로 자유로울 것이다.

그러나 이미 객관화된 자유로운 물건으로서 시인과 분리한 시도, 그것의 결과에 대한 시인이 가지고 있는 최초의 책임을 조금도 감멸^{減滅}시키지는 않는다.

시가 시인에 대하여 자유로우면 자유로울수록 시와 그것의 결과에 대한 시인의 책임은 일층 강고한 것이 된다.

다시 말하면 시에 의하여 환기된 행위의[3] 출발점으로서의 시와 시

---

3 원문에는 '行爲와'로 되어 있으나 문맥에 맞게 바로잡는다.

인은 항상 불변한 동일자임을 면치 못한다.

그러므로 시적 창조의 행위란 인간의 객관적 행위 가운데 가장 중요한 것의 하나임을 긍정할 수 있다. 실로 시는, 그 자신의 성질로써 그때 그곳에서만 한 개 의의를 갖는 일상적인 행위로부터 구별되는,[4] 한 선택된 높은 행위이다.

이러한 시간적 공간적으로 우리들의 생활에 있어 진실로 자유로운 저보貯寶인 시가 허위로 말미암아 충만되었다는 것을 상상할 때, 얼마나 두려운 전율을 느낄 것일까?

물론 이것은 이상理想의 의미에서 말해지는 시로서, 우리들의 상식은 진실한 대신에 허위로 구성된 시가 어찌 이러한 객관적인 자유 가운데서 자기의 생명을 보지保持하려나고 스스로 회의할 것이다.

물론 이 상식은 구극究極의 의미에 있어 진리이다. 그러나 악마는 항상 자기를 선신善神으로 보이는 기법을 가지고 미인美人을 해치는 것이다.

이 마법이 시 위에 존재하는 것이다. 즉 사람들의 지식과 문화의 깨이지 못한 약점에 의하여, 허위의 시＝악마의 시는 자기를 이상의 시＝선신善神의 시로서 가장할 술법을 가지고 있는 것이다.

이것을 통하여 악마의 시는 허위를 진실과 같이 꾸미어 독자 가운데 이상理想의 시로서 자기를 현현現顯하는 것이다.

그러한데 무엇이 허위와 진실을 밝히는 시금석인가 하면, 그것을 우리는 객관적 진리라고 부른다.

그러나 이 진리의 객관성이란 말은 결코 원래의 불변의 것이 아니라, 역사와 같이 그 내용과 외모를 달리해가는 것이다.

---

4 원문에는 '區別되어'로 되어 있으나 문맥에 맞게 바로잡는다.

즉 그것은 인간의 생산적 활동에 의하여 부단히 발전되는 것이다.

그러므로 각개의 시대에는 그 시대에 상응한 진리가 객관적으로 있다. 즉 그 시대의 노동적 인지人智가 도달한 일반적 수준이 있는 것으로서, 시의 진실은 이것의 체현의 도합度合에 의하여 결정되는 것이다.

따라서 시의 진리도 발전하는 것이며, 시도 발전하는 것이다.

그러나 이 시의 발전은[5] 기본적으로는 사회사의 발전에 제약되는 것이다.

그리하여 그것은 한 개 점진적인 선 위를 걷는 것이 아니라, 인간의 사회생활이, 그 사회적 구성의 체제가 고대사회로부터 봉건사회, 봉건사회로부터 시민사회, 시민사회로부터 과도기를 지나 한 개 근본적인 대大 비약을 과정過程하여, 여태까지의 인류생[활]의 최대의 형식이었던[6] 계급관계가 한 개 박물관 소장所藏의 것으로 돌아가는 것과 똑같이, 시도 이렇게 변증법의 과정을 밟아 발전하는 것이다.

그러므로 그가 갖는 진실성은 역사적인 것이나 결코 상대주의적인 것은 아니다. 그것은 역사적으로 선대先代에 의하여 성생成生된 것과 마찬가지로 차대次代의 원인이 되는 것으로, 그것 없이는 오늘이 없는 귀중한 것으로, 새 선대의 어머니인 우리들과 초역사적으로 공감되는 것이다.

그리고 미래에도 역시 이러한 형식으로 시는 생명을 발휘한다.

그러므로 시의 진실은 항상 역사적 진보에 의하여 명색名色되는 것이고, 또 그것으로만 영원할 수 있는 것이다.

따라서 시적 허위란 곧 반反진보적인 것을 의미하는 것으로서, 그

---

5 이 시의 발전은 : 원문에는 '이發展이詩의 ─ 는'으로 되어 있다. 글자 순서를 바로잡았다.
6 원문에는 '形式이엇고'로 되어 있으나 문맥에 맞게 바로잡는다.

것이 퇴보의 정신을 진보의 정신으로 교묘히 속이는 것으로써 그것은 진실의 시로서의 가장假裝을 완료한다.

그리하여 가장이 묘하면 묘할수록 그것은 보다 더 이상적으로 보여 미치는 해독과 가져오는 불행은 크다.

이 가식假飾이 가능한 것은 독자의 약점에 의하는 것으로, 이 약점이란 그들이 아직 역사적 진보의 의식에 자각치 않고 퇴보를 진보로 믿을 정신적 가능성이 많으면 많을수록 그 도度는 증대한다.

그러므로 허위의 시는, 시의 발전 대신에 퇴화를, 독자讀者의 문화 대신에 그 야번野蕃 미개未開 위에 서는 것이다.

현재의 ─ 시를 비롯하여 모든 ─ 시가 이런 허위에 충만되어 있었다.[7]

---

7 마지막에 '차호속(次號續)'으로 되어 있어 연재할 예정이었던 것으로 보인다.

문학의 비규정성의 문제

무이론주의의 일 비판

1

문학을 무슨 과학적으로 규정할 수 없는 혹은 규정되어서는 아니될 것이라고 생각하는 경향이 최근 문예 논단論壇 일방一方의 주장인 모양인데, 이것은 그 외모만이라도 우리에게 한 개 새로운 과제를 제공하는 것이다.

그런데 이곳에서 특히 '외모'라는 특별한 용어를 첨서添書한 것은 사실 이러한 주장은 심히 새로운 현상과 같이 보이나, 문학에 속하는 한 오래 전부터 관념적 문학론에 숙명적으로 내재하였던 전통적 사상인 때문이다.

● 『동아일보』, 1936.1.28~2.4.

문학을 혹종或種의 논리를 가지고 척도尺度한다는 데 대한 이런 종류의 기피는 근원에 있어 문학을 문학 외의 다른 조건과 관계시키고 문학 가운데 문학 이외의 무엇을 끌어들이는 데 대한 전통적인 반항의 입장이다. 논리에 대한 문학의 이 반발은 '문학은 논리는 아니다'라는 일견 지극히 당연한 방법을 가지고 표명되는 것이나,[1] 그실實은 논리를 구성하는 개념에 대한 혐오이고, 나아가서는 개념이 체험하고 있는바 실재에 대한 그 사실성寫實性에 향해지는 것이다.

물론 문학은 문학 이외의 아무것도 아니며, 다른 여하한 것을 가지고서도 그것과 대신할 수 없다.

글자대로 문학은 독특한[2] 관념의 영역인 것이며, 그 갖는바 독자성은 어떠한 경우에도 부정될 수도 없다. 아울러 논리가[3] 가진 개념은 문학이 그것으로써 구성되는 문학적 표상—형상과는 스스로 다른 것이다.

그러나 문학이 여러 가지로 자기를 타자他者로부터 구별하는 소위 독자성이라는 것이, 다른 종류의 관념적 영역에도 역시 존재한다는 일반성을 고려하지 않으면, 이러한 의논은 의미를 갖지 않는다는 것을 각오하지 아니하면 아니 된다.

물리학이면 물리학, 철학이면 철학으로서 각자 자기 이외의 다른 영역으로부터 제각기 일반시一般視될 수 없는 어떤 특수성을 갖는 것은 면치 못할 바이다.

그러면 문학이 갖는바 문학으로서의 독특성이라는 것도 역시 물리

---

[1] 것이나, : 원문에는 '것이다.'로 문장이 끝나는 것으로 되어 있다. 그러나 문맥상 이렇게 앞뒤 문장을 한 문장으로 연결하는 것이 더 자연스럽다.
[2] 원문에는 '特獨한'으로 되어 있다. 글자 순서를 바로잡았다.
[3] 원문에는 '論理의'라 되어 있다. 현대식 주어 표기로 수정하였다.

학, 철학 등이 문학으로부터 자기를 구별하는 것과 동일한 방법을 가지고 성립하는 것이 아닐까?

다시 말하면, 이 독자의 특수성은, 한 개의 일반적인 속성으로서 모든 것 가운데 존재하는 것이며, 어떤 의미에서 보면 그 자신만에 있는 특수성이란 그것이 있다는 유일의 표징標徵일 것이다.

의심할 것 없이 문학의 독자성은 문학이 존재한다는 표징이다.

그러나 이곳에서 반성되는 것은, 존재한다는 사실은 그것이 그것 외의 다른 것으로부터 이러한 조건으로 구별되기 때문에, 즉 존재의 형식적 계기만으로 성립하는 것이라면, 모든 것은 형식적으로만 존재의 가능성을 획득하게 된다.

즉 문학을 예로 한다면 문학이란 철학이나 자연과학 등 타자他者와의 비교의 장면에서만 상대적으로 성립할 따름이고 그 본질적 측면에서 생각할 때 그것은 절대적으로는 존재의 의의를 발견키 곤란할 것이다.

만일 이러한 견지가 논리적으로 가능한 것이라면, 이번에는 본질적으로는 존재하지 않는 무엇예[例]하면 문학이 어떻게 다른 것과 비교할 때 존재에만 고유한 제諸 특성을 발휘하느냐는 의문에 대답해야 할 것이다.

특수성이란 어떠한 사물이 존재하는 유일의 표징이라고 말하여왔기 때문에 …….

분명히 이곳에서 우리는 특수성을 과장할 논리가 존재의 설명에서 논리적으로 붕괴함을 경험하였다.

그러면 실제의 문학 — 혹은 예술 일반 — 이 갖는바 제 특성이란 역시 문학이 다른 관념상 영역으로부터 자기를 구별하는 한 개의 외면상 표징일 뿐만 아니라 오히려 문학의 본질적 존재를 나타내는 속성이라고 보아야 옳을 것이다.

다시 말하면, 철학, 자연과학 등 다른 관념의 영역과 비교의 장면에서만 자기 존재의 광채를 발할 뿐만 아니라 그것의 본질적 존재의 이유에 의하여 특수성은 발현함이다.

그러면 문학의 특수성은 그 대외적 측면에서만 아니라 대내적 측면에서도 한 개 엄연한 존재이유를 갖는 것으로, 어시호^{於是乎} 문학은 본질적으로 다른 제 관념과 상이함에 이른다. 이 본질적 상이점이 문제의 중심으로, 이것의 해명에 있어 일고一考를 비費치 아니치 못할 점은 문학 외의 다른 제 관념도 역시 동同 성질의 내용과 형식으로 자기의 특수성을 형성한다는 보편적 사실이다.

모든 관념의 범주라는 것이 동同 정도로 이렇게 상이하다는 전제를 놓고 문학이 갖는 그 전체적 특수성을 생각하게 될 때, 우리들의 앞에는 곧 전통적인 두 개의 방법이 부여된다.

하나는⁴ 문학을 다른 것에 대한 의존적인 것으로 설명하는 방법이고, 다른 하나는 그와 반대로 모든 것으로부터 자유라는 비의존의 견지이다.

이 때에 우리들이 양자 중 어느 것을 자기의 방법으로 선택하느냐 하는 것은 전專혀 자유스러운 상태 가운데서 수행되는 것이다.

의사意思의 자유가 이 자유의 태반胎盤이다.

연然이나 이곳에 완전한 개인의 자의성恣意性이 자유의 성질이냐 하면, 그렇지는 않다.

관찰이라는 것이 정확을 그 목적으로 한다면, 문학의 사실에 의거하지 않으면 그 자유는 의의를 갖지 않는다.

---

4 원문에는 '나하는'으로 글자 순서가 바뀌어 있다.

그러면 이미 우리의 앞에 한 개의 문화적 전통으로 부여된 두 개의 방법은 다 같이 문학의 사실로부터 출발하여 논리적으로 귀납된 성과이냐 하면, 역시 일정한 의미에서 그것은 긍정되지 않을 수가 없다.

어떠한 조건이냐 하면, 두 개의 견지가 다 같이 정당하냐 부정당하냐 하는 판단을 하下하지 않고, 그것이 모두 문학의 사실에 즉卽하여 성립하였다고 보는 한정적 의미이다.

왜 그러냐 하면, '나 이외의 다른 신을 믿지 말아라'는 십계명 이후의 인간이 가진 고유의 습관상, 한 가지 사실에 상반相反한 진리가 두 개 함께 병존할 수 없는 것이므로……

그러면 문학이란 단일의 개념으로 종합된 문학의 상태로, 내용에 있어 이분되어 있는 것일까?

보는 바와 같이 문학에 대한 두 개의 진리가 한꺼번에 우리 앞에 전승된 것을 보면, 역시 오늘날까지의 문학의 상태를 이렇게밖에 인식하는 외外 별도別道가 없다.

즉 논리의 순서상 이 두 개의 방법을 두 개의 문학 그것에서 구해야 하는데, 두 개의 문학이란 과연 여하한 문학일까?

문학의 역사는 그 수많은 유파와 시대상 차이에도 불구하고 우리들의 앞에 문학 그것의 특성으로서 유전遺傳한 것은 '리얼리즘'과 '로맨티시즘'의 두 경향이다.

리얼리즘은 그 자의字義가 표시하는 바와 같이 사실성寫實性, 즉 실재―현실을 반영, 표현한다는 데에 창작상의 중심重心을 두고, 로맨티시즘은 그 역亦 자의가 말하는 것처럼 낭만성[5] 즉 관념을 가지고 문학을 구성하는[6] 데 그 중점을 두고 있다.

---

[5] 원문에는 '浪浮性'이라 되어 있다. '浮'는 '漫'의 오자일 것이다.
[6] 원문에는 '構我하는'이라 되어 있다. '我'는 '成'의 오자일 것이다.

백지와 같이 공평한 두뇌로 문학을 배우려 할 때 문학의 유산은 각각 자기의 방법으로 문학을 하라고 우리에게 권하는 것이다.

두 개 경향 중 우리가 어떠한 자拙를 취하든지 우리가 창작상의 순서를 밟으려 할 때 우리들이 갖는 수단은 무엇을 어떻게 표현하는 그 이외의 도리는 없을 것이다.

그러면 무엇을 어떻게[7] 표현할 대상은 그것이 비록 작자의 순수한 관념상의 물건이라고 하더라도 표출의 수단으로는 전부 실재한 무엇을 대변하고 있는 언어 이외의 별다른 것은 없다.

언어는 모두가 실재한 무엇으로 의미되는 한 개 형식상 기능물機能物에 지나지 않으며, 더욱이 최초에 우리가 말한 것처럼 관념을 언어로 번역한 논리, 개념으로는 문학의 특수성인 표상적 사실과 형상적인 무엇을 달성하기에는 전연 불가능한 일이므로, 그것은 사실로서 재구성하지 아니치 못할 것이다.

그러면 로맨티시즘이란 곧 리얼리즘으로 자기의 온갖 특성을 내어놓는 것이 아닐까?

사실로 이것 없이는 로맨티시즘은 문학이 되지 않는다.

그러면 리얼리즘은 오직 단순한 사실事實의 나열로 성립하느냐 하면 그렇지도 않다.

사실事實이 문학이 되려면은 그 자신이 인간의 일정한 관념성을 내포하고 있는 언어로 번역되고 의식이[8] 욕망하는 방향으로 스스로 구성되는 것으로, 사실은 전면全面에 긍亘하여 관념으로 착색된다.

그러면 역시 리얼리즘도 자기의 온갖 특성을 로맨티시즘 앞에 내어놓는 것일까?

---

7 원문에는 '이러케'라 되어 있으나 문맥에 맞게 수정했다.
8 원문에는 '意識의'로 되어 있다.

사실 이것 없이는 문학이 되지 않는다.

그러면 문학상의 두 개의 경향으로서 리얼리즘과 로맨티시즘이[9] 존재하는 의의는 소멸될 뿐 아니라, 더욱이 그것이 모순하는 경향으로서 서로 상반할 여지는 없지 않을까? 물론 문학 본래의 이상理想으로서 이 여지는 존재하지 않는다.

그러나 문학이 금일까지 이러한 경향상의 차이를 서로 모순될 만큼 가져오는 것은 각개의 문학이 그 본래의 상태에 대하여 부자연한 태도를 가져왔다는 데 전專혀 기인하는 것이다.

이것은 양자가 서로 다같이 문학 가운데 내포되어 있는 성질을 일방적으로 확대, 과장하여왔음을 의미하는 것이다.

이러한 부자연한 상태의 가능성은 그 역亦 문학 자신의 성질에 원인原因하는 것으로, 문학이 인간의 한 개 관념상 소산이라는 데 원천을 찾을 것이다.

정말로 인간은 문학에 대하여 어느 정도까지 — 문학적 외관을 방포放抛하지 않는 한 — 자의적恣意的일 수 있었던 것으로, 이 이유는 인간의 금일까지의 존재의 상태의 특이성에[서] 그 해답을 구하는 수밖에 없다.

다시 말하면 인간의 상태가 그때 무엇을 소망했는가 하는 일반 관념의 내용에 따라[10] 리얼리즘 혹은 로맨티시즘은 형성된 것이다. 즉 인간의 생활하는 근본 형식인 사회에 대하여 그가 갖는바 태도가 인간의 상태를 규정하는 것으로서, 궁국窮局에 있어 그가 당해當該 사회에 대하여 긍정적인가 부정적인가 하는 그것으로 관념의 내용은 형성된다.

문학상의 두 개 경향은 그러므로 사회생활 가운데서 인간이 점하

---

9 원문에는 '로맨티시즘의'로 되어 있다. 오늘날의 주어 표기 방식으로 수정하였다.
10 원문에는 '까지'로 되어 있으나 문맥상 '따라'가 적합하다.

는 위치, 즉 계급적인 성질에 의하여 형성된 것으로, 계급적 대립이 여하히 이 경향 상에 반영되었느냐 하는 것은 계급적 상극相剋의[11] 역사적 사정에 의하여 규정되어왔다.

어떠한 계급이 그 사회에서 지배적이냐 피지배적이냐 하는 그 조건만으로,[12] 두 개 경향을[13] 기계적으로 분담해가지고 있는 것이 아니라, 어느 사회가 붕괴하고 어느 사회가 생탄生誕되는 그 역사 도정道程 가운데서, 당해 계급의 성장의 정도가 이 두 경향을 한 번에 경험케 되는 것이다.

주지하는 바와 같이 근대 시민계급이 봉건적 질곡으로부터 해방되려고 꿈틀거릴 유년기에 그들은 아직 봉건사회를 전면적으로 [인]식하고 동시에 자기의 이상을 정확히 묘사하기에 능력이 부족하였을 때, 그들은 문학상에서 현저히 낭만적 경향을 가졌었다.

그러나 그들이 현재와 미래를 충분히 인지할 능력이 성장하였을[14] 때 광대한 리얼리즘을 전개하였다.

이때 귀족의 문학은, 일체의 사실로부터 자기들의 화려한 과거 중세에 대한 회고적 낭만주의로 일변하였다.

역사의 이러한 국면에서 보면 두 계급이 갖는 문학상의 차이는 완전히 상기 양개 경향을 표시한다.

그러나 초기 시민이 가졌던 낭만주의와는 근저로부터 다른 것으로, 전자가 미래로 향한 대신 후자는 과거로 향한 것이다.

물론 문학사 상의 모든 계급이 반드시 이러한 과정을 지난다고는

---

11 원문에는 '相兢의'로 되어 있으나 '兢'은 '剋'의 오자일 것이다.
12 원문에는 '條件만으로'로 되어 있으나 문맥에 맞게 수정했다.
13 원문에는 '向傾을'로 되어 있다. 글자 순서를 바로잡았다.
14 능력이 성장하였을: 원문에는 '能力成이 長하얏을'이라 되어 있다. 글자 순서를 바로잡았다.

아직 단언할 자신을 갖지 않으나, 르네상스라고 부르는 시대는 이러하였고, 또한 현대의 사실도 어느 정도까지 이 주의主義가 적용된다.

노동계급의 문학이 최초의 낭만주의로부터 리얼리즘에 추이推移한 사실과, 시민적 문학이 그와 함께 리얼리즘으로부터 분리하고 있는 사실은, 이것의 긍정으로 볼 수밖에 없다.

시민문학이 19세기 후반 이후 변화한 과정은 심히 다양한 것으로 이곳에서 논술할 바 되지 못하나, 그것이 대체로 사회성으로부터 내성화內省化하고, 리얼리즘으로부터 로맨티시즘화하며, 현대로부터 과거로 향하고 있다는 것만은 사실이다.

그러면 먼저 열거한 문학에 대한 두 개의 인식방법이 여하한 경향의 문학과 결부되어 있는가는 이곳에서 곧 리얼리즘과 로맨티시즘 일반으로 대비할 수 없음은 자명하게 된다.

오직 전방前方으로 현실로 창작상의 방향을 두는 것이 대개 의존적인 입장을 가지며, 과거로 관념반현실적으로 창작상 지반을 삼는 것이 비의존의 입장에 선다고 말할 수 있을 따름이다.

2

그런데 잠깐[15] 이곳에서 밝혀두어야 할 것은 의존성과 비의존성이[16] 갖는 내용인데, 우리는 문학이 다른 것으로부터 특수함이 형식적이 아니라 본질적이라는 말을 해왔다.

---

[15] 원문에는 '漸間'으로 되어 있다. '漸'은 '暫'의 오자일 것이다. 당시 '잠깐'을 '暫間'으로 표기하기도 하였다.
[16] 원문 : 非依存性의.

그러면 문학이[17] 모든 제諸 관념의 역域에 대하여 비의존적이란 입장은 다른 제 관념에서도 역시 적용될 수 있는 개념으로서, 기본적으로 인간 생활의 현재와 미래로부터 자유이려는 관념상의 보편적 일 경향으로 볼 수가 있다.

그러므로 본론 초두에서 문학이 논리나 개념을 기피함은, 그 표상성, 형상성에 있는 것이 아니라 개념과 그것으로부터 상성相成된 논리의 체계가 포함하고,[18] 실재實在의 모사성模寫性에 대한 그것이라고 말한 일이 있다.

따라서 의존적이란 말도 문학이 외관상으로 철학이나 기타 관념에 대하여 의존한다는 의미가 아니라 그것들이 모사, 반영하고 있는 실재에 대한 그것이며, 비의존성도 역亦 형식상으로 철학, 기타의 논리적 영역과 비관계적인 데 불구하고 본질에 있어서는 실재에 대한 일체의 비의존적 제 관념에 대하여는 은연隱然히 의존적인 것이다.

이 점에 대한 이해가 중요한 것으로, 문학의 비의존성이란 그실實 비실재적 제 관념에 대한 의존성의 은폐된 일면이고, 생활적으로는 당해 사회에서 반反현실적 입장을 그 이익으로 하는 인간에 대한 사회적 의존관계의 표현인 것이다.

그러므로 의존, 비의존의 근원적 기준은 실재, 현실, 물질의 의미로서, 물질은 의식에 의존한다는 관념론은 사실 실재에 대한 관념의 비의존의 입장이다.

마치 문학의 비의존적 입장이, 문학은 문학 이외의 제 관념으로부터 갖는 특수성을 확장하여 일체로부터 독자적이라는 입장을 형성하는 것과 같이, 관념론은 의식, 관념이 갖는 특수성을 과장하여 관념

---

17 원문 : 文學의.
18 원문대로인데, 이 다음에 몇 구절이 누락된 듯하다.

은 일체 — 물질로부터 순연히 자유라는 입장을 구성하는 것이다.

그러므로 일찍이 문학을 문학 이외의 일체의 것으로부터 비규정적이라는 입장이 관념론적 문학관의 전통적 특성의 하나라고 말한 것이며, 비규정성의 입장이 문학 외의 것을 오히려[19] 문학의 입장으로부터 규정하려는 것으로 관념론 가운데 자기의 좌석을 발견하는 것이다.

그러면 문학의 비의존성의 입장이 본질적으로는 관념론과 일치함에 불구하고 관념론에서 일체의 철학, 과학으로부터 규정됨을 기피함은 웬일일까?

이 해답은 심히 용이한 것으로, 첫째로는 그것이 갖는 본래의 일면적 과장성 때문이고, 다음으로는 일체의 논리적인 것을 기피함으로 마치 그 입장 자체가 관념론으로부터도 구별되는 것과 여(如)한 과학적 — 진리와 같은 — 외모를 가장(假裝)키 위한 공리성 때문이다.

첫째의 조건의 내용은 곧 문학에 있어 한 개 특수한 속성인 표상성과 형상성을 과장하여 문학의 전면상(全面上)에 확대하고 배후로 슬그머니 일체의 내용적인 것을 축출하는 형식주의로서, 현실로부터 유리하려는 자기의 사상을 실현하는 것이다.

둘째의 것도 역시 이 사상의 연장으로, 다른 모든 경향의 반형식주의적 문학을 문학의 본도(本道)에 반함이라 하여 문학의 형식상의 제점(諸點)을 모든 것으로부터 구별하면서 스스로 문학의 순수한 유일의 옹호자로 자기를 수식(修飾)하는 것이다.

이것들이 다같이 문학에서 예술지상주의 혹은 형식주의라고 불러지는 것으로, 이것은 특색적으로는 중간자의 문학적 성격이나, 사상상(思想上) 경향으로서는 부르주아적 문학의 전 체계를 일관하고 있는

---

19 원문에는 '그리려'로 되어 있으나 문맥에 맞게 수정하였다. '그리려'는 '오히려'의 오식일 것이다.

것이다.

그 이유는 시민적 개인주의와 그들이 인류 사회의 역사를 최종적으로 전개하는 계급이 아니었다는 현실상 조건에서 유래하는 것으로, 이것은 시민의 세계관이 여하히 유물론적인 때에도 아직 철저하게 형이상학과 관념론을 축출하지 못했던 사실과 대비되는 것이다.

물론 철학상의 위대한 시대가 관념론과 형이상학을 찾아보기도 어려울 만큼 그들은 거대한 과학성 위에 섰던 것과 같이, 셰익스피어 W. Shakespeare, 발자크H. Balzac는 형식주의를 발견키에는 너무나 곤란한 사실성寫實性에 섰던 것이며, 동시에 전방前方에의 '낭만 정신'을 가지고 장비裝備되었었다.

그러나 근대문학사 상의 이 양대 거인이 현대에 있어 아직 연소年少하고 미숙한 문학인 소비에트 문학의 현실성에 비하면 훨씬 뒤떨어진다는 것은 부정할 수 없는 사실이다.

시민문학의 위대한 초기에 한 개 맹아로서 잠재하였던 이 특성은 시민계급의 역사적 지위가 후방으로 퇴거하면 할수록 시민문학 가운데는 문학의 내용적 진실성 대신에 형식상의 과장이 퇴조의 여지餘地를 메꾸어왔다.

일찍 플레하노프G. V. Plekhanov가 "무사상無思想의 예술은 몰락의 예술"이고, A. 지드Gide가 문학의 기교화를 그 말초末梢 현상이라고 논단論斷함과 같이 형식의 일면적 과장으로 특징화되어 있는 작금의 시민문학은 시민계급의 일정한 상태를 반영한 것이다.

그러나 이러한 과장성의 문학상 표현은 시민문학을 구성하고 있는 사회적 내용의 차이에 의하여 약간 상이한 것으로, 예술지상주의뿐만 아니라 금일의 지도적인 시민층의 문학은 한 개 농후한 낭만주의를 가지고 특징화되어 있으므로 간과치 못할 것이다.

이것은 일반으로 파시즘적 경향을 가진 강고한 복고주의로서 예술사상藝術思想의 역설적인 전환이다.

이것이 명확히 정치적임에도 불구하고 지상주의至上主義와 동일 범주에서 평가함은, 그들이 관념을 가지고 현실을 제制하려는 그 근본 태도와[20] 상관관계에 있고, 다음으로는 문학으로 하여금 현실과 미래로부터 유리, 도피하려는 그 방향에 있어 그러함이다.

그러므로 복고적 낭만주의와 지상주의는 그실實 종이 1매의 차이로 어떻게든지 될 수 있는 것이며, 지상주의의 보수적 일익一翼은 직접적으로 복고주의에로 통하고 있다.

오늘날 지상주의란 이상理想에 있어 부유한 시민이려는 소시민=중간층의 특색 있는 예술적 성격으로, 그들이 가진 주관적인 비의존성은 객관적으로는 복고주의의 관념적 의존성과 연락聯絡되어 있는 것이다.

이러한 문학 일반의 비의존성이 이론적으로 표현될 때, 곧 문학 자체에 대한 비규정성의 사상으로 화하는 것으로, 그것은 예술지상주의문학의 주요한 일 특성이 되어 있다.

3

비의존성이 비규정성으로 자기의 이론적 체계를 형성하는 과정은 객관적 비평에 대한 혐오와 문예학 — 창작방법론에 대한 격렬한 반발이란 두 개의 계기를 통과한다.

보다도 다른 의미에서 본다면 이 양자도 이론화된 비의존성, 즉 비

---

20 원문에는 '態度의'로 되어 있으나 문맥에 맞게 바로잡는다.

규정성이 문학에서 자기를 규정하는 방법으로서 의의를 갖는다.

이러한 것이 그 단초적인 국면에서 현상되는 형태는, 우리 조선의 지상주의문학 초기에서 보는 바와 같이 과학적 객관적 비평에 대한 주관적 인상적 비평의 옹호와, 문학이론, 미학에 대한 무관심의 태도로 표시된다.[21]

1924년 경 신경향파新傾向派문학에 대하여 염상섭廉想涉 등에 의하여 지도된 예술지상주의의 이론적 태도는[22] 전기前記의 양개 특색으로 그 문학상 비의존성을 비규정화한 것이다.

그 뒤 문학이론과 미학에 대한 조선의 지상주의파의 태도는 일관하여 무관심한 것으로 한 개 전통이 되어 내려왔다.

그러나 이 태도도 제諸 외국의 지상주의문학사 상에도 적용되는 것이 아니라 우리 조선에만 고유한 것으로, 조선의 지상주의문학이란 미학의 형이상학까지도 건립할 수 없을 만치 미저러블[23]하였다는 사실의 일 반어反語. 사실 다른 외국의 지상주의문학은 비의존성을 근본 내용으로 한 문학이론, 즉 순수미純粹美란 관념적 형이상학을 가졌던 것이다.

그러나 이것은 그 외양外樣한 논리적 외관에도 낡은 주관적 인상주의를 형이상학 가운데 체계화한 데 지나지 않는 것은 물론이다.

조선 지상주의의 이 명예롭지 못한 전통은 그 미저러블한 상태에

---

21 원문에는 '無示된다'로 되어 있으나 '無'는 '表'의 오자일 것이다.
22 신경향파문학 대두 시에 이를 가장 본격적으로 비판한 사람이 염상섭이다. 염상섭은 「계급문학을 논하여 소위 신경향파에 與함」(『조선일보』, 1926.1.22~2.2)에서 당시 계급문학론의 관념성과 미숙성을 가차없이 비판한 바 있다. 하지만 염상섭은 자신의 입장을 예술지상주의와는 구별하고 있으므로, 임화가 염상섭을 예술지상주의와 연관시키는 것은 무리이다. 이러한 임화의 입장은, 염상섭에 대한 당시의 반론에서 박영희가 염상섭을 예술지상주의라고 비판한 것(「신흥예술의 이론적 근거를 논하여 염상섭 군의 무지를 駁함」, 『조선일보』, 1926.2.3~19)과 무관하지 않겠다.
23 miserable.

서 겨우 그때 그때의 객관적 비평에 대한 하나의 소극적 반발이란 성질을 가지고 전래되어왔다.

왕년往年 이석훈李石薰 씨 등에 의하여 창도唱導된 '비평무용론批評無用論'은[24] 분명히 그들 가운데 잠재되었던 어떤 사상을 반영한 것으로, 그들의 이론사理論史 상에서는 처음 보는 명확한 것이었다.

그것이 명확히 해놓은 의의는 실로 전기前記 양개 비규정성의 특성 중 한 개의 소극적 방법인 비평의 형식을 빌어 기실은 양자를 공히 이야기한 데 있다.

물론 '무용론'은 그들의 변명을 빌면 모든 비평을 무용타 함이 아니라 조선에서 보는 것과 같은 '소박한 비평'을 무용타 생각한다는 것이다.

소박한 비평이란 물론 당시의 맑스주의적 비평을 지칭한 것으로, 그것이 미숙하고 소박하였음은 누구나 부정치 않으나, 그렇다고 비평 그것이 무시될 이유는 없다.

오히려 그것이 수다數多한 결함에도 불구하고 근본적으로는 정당한 입장에 섰던 것으로, 성실한 작가는 주유侏儒의 말에서까지 배운다는 성의가 피력되어야 옳을 것이다.

그러나 그들이 문학의 의존적 측면만[25] 강조하고 미학적 측면을 무시하는 때문에 맑스주의의 비평을 무용無用이라고 타기唾棄함은 실제에 있어 좌익적 비평의 약점을 이용하면서 그것이 갖는[26] 근본적 사

---

24 이석훈의 「評論家 無用論者의 獨白」(『조선일보』, 1934.2.10~11)을 가리킨다. 하지만 당시 비평무용론은 이석훈뿐 아니라 상당히 많은 문학인들의 공감을 불러일으켰는데, 이는 일본에서 제기된 비평무용론의 영향과, 카프식의 공격적 비평에 대한 문학인들의 불만이 상호작용하여 일어난 것으로 보인다.
25 원문에는 '側面한'으로 되어 있으나 문맥에 맞게 바로잡는다.
26 원문에는 '닷는'으로 되어 있다. '갖는'의 오식일 것이다.

상에 반대한 것이다.

더욱이 중요한 것은 이러한 그들의 태도를 표명함에 있어 자기들의 비평에 대한 이상理想을[27] 이론적으로 제시하고 긍정하지 않으며 '일체의 비평은 무용이다!'고 절규한 데는 감정 이상의 것이다.

다름 아니라 첫째로는 그들 조선 지상주의문학 체계의 약점인 비평과 문학이론에 대한 무력無力을 표시한 것이고, 둘째로는 그들의,[28] 비평과 문예학에 대한 일반적 무관심과 기피의 태도가 공표된 것이다.

오직 막연한 첨서적添書的 성명聲明으로서 주관적 인상비평에 대한 요구를 암시하는 데 그쳐, 이 영향은 당시 카프 비평가의 일인인 백철白鐵 군의 이론적 영역 가운데까지 파급되었었다.

백철 군은 문학의 형상적 측면에 대한 전全혀 과학상의 미학적 배려를 지상주의적 인상주의와 무비판적으로[29] 접근시켜, ― 비속하게 ― '기준비평'과 '인상비평'을 절충하는 혼성여단混成旅團의 지휘자가 된 것이다.[30]

이것은 조선의 비평사 상上 비규정성의 중년기이었다.

그러나 여태까지 자기의 비규정적 성질을 비겁하게 일면적으로밖에 표현하지 못했던 지상주의문학은 조선 문학계의 특이한 조건에 의하여 공연히 전체적으로 체계화할 가능성을 획득하였다.

이 입장은 비의존성이란 그들의 사상을 완전한 자태로 비규정성

---

27 원문에는 '理想으로'로 되어 있다. 문맥에 맞게 고쳤다.
28 원문에는 '그들이'라 되어 있으나 문맥에 맞게 고쳤다.
29 원문에는 '無一批判的으로'로 '―'자가 잘못 삽입되어 있다.
30 백철은 「비평의 옹호―비평무용론 비판」(『조선중앙일보』, 1933.9.29)에서 일본의 코바야시 히데오(小林秀雄) 등의 비평무용론을 비판하면서 '새로운 계급의 비평'을 대안으로 내세우기도 했지만, 곧바로 「비평의 신임무―基準批評과 鑑賞批評의 결합문제」(『동아일보』, 1933.11.15~19)에서 카프 식의 기준비평만으로는 부족하고, 개성적인 감상비평이 결합되어야 한다고 주장했다.

상에 체현하는 것으로, '문학은 작가만이 안다'[는] 주장 가운데 통일되어 있다.

물론 문학을 전문가인 작가, 문학자 자신이 누구보다 잘 알리라는 것은 사실이다.

그러나 일견 이 지극히 당연한 주장이 갖는 특별한 의의는, 문학의 일체는 문학 자신만이 알 일이고 다른 여하한 것과도 무관계하다는 지상주의의 비의존성이 높은 정도에서 표명된 데 있다.

이 견지를 반증하는 최유효最有效한 사실은 카프의 정치주의에 대한 환회적歡會的[31] 반발이 야기되었을 때 박영희朴英熙,[32] 이형림李荊林 씨 등이, 그리고 최근에는 카프의 전통으로부터[33] 자기를 분리하는 백철 씨 등이 가장 큰 이유로서 '문학은 문학자만이 안다'는 사상에 의거하고 있다는 일사一事다.

요컨대 모든 인간이 문학을 현실로부터 절연시킬 때 이 사상은 형성되는 것이다.

그러나 이것이 특히 현재 고유의 고도高度의 성질을 갖는 것은 조선적 지상주의문학이 이 사상 가운데 자기의 비의존성의 입장을 비규정성으로서 결정화結晶化하는 데 한 개 완성된 단계인 때문이다.

지상주의의 새로운 논객의 1인인 김문집金文輯 씨는 문학이란 전혀 불가지不可知의 대상으로서 신비화하고 있어 문학은 일체의 과학적 규정의 범위로부터 자유한 지위로 전이되었다.

"예술의 기교는 실로 예藝인 것이다. 예藝라니? 그는 호흡이다. 설명 이전이고 이후인 작가의 호흡이다."

---

31 원문대로이다. '歡喜的'의 오식일 것이다.
32 원문에는 '朴萬熙'라 되어 있으나 '萬'은 '英'의 오식일 것이다.
33 원문에는 '傳通으로부터'로 되어 있다.

혹은 "호흡을 호흡시키는 호흡이 예藝이다."이상 김문집 씨의 「전통과³⁴ 기교
문제」³⁵ 아무것도 의미하지 않는 무내용한 언어의 나열 가운데서 우리
는 실상 아무것도 이해하지 못하나, 그것은 이 논자의 말과 같이 문
학은 설명 이전이고 이후의 것으로 그 자체가 불가지不可知의 것인 때
문이라고 한다.

규정될 수 없다는 것은 곧, 이곳에서는 불가지의 대상임을 의미하
게 되는 것으로, 다시 김씨는 문학이론, 비평 일체를 포함한 문학의
논문이란 불필요한 것으로 자기의 논문을 '산론散論'이라고 명명하는
흥미있는 재주를 부리고 있다.

이것은 마치 신학이 신을 전지전능, 그러나 불가지의 것으로 이야
기하는 것이나³⁶ 같은 주장으로서, 그것이 '예藝'이라 명명되어 문학
을 경험 — 창작에서 호흡한다! — 하는 것으로 겨우 문학과 접촉할
수 있다는 것이다.

신을 신앙하지 않고는 신을 모르는 것과 같이, 중세의 수공업자가
도제를 가르치던³⁷ 말과 똑같은 의미의 말이다.

말하자면 문학은 무엇이라고 설명할 수도 없으며, 동시에 그 기술
技術은 오랜 도제수업徒弟修業을 하는 동안에 우연히 받는 천계天啓로만
해득된다는 것이다.

이것은 중세의 사상을 가지고 기술을 척도尺度하는 수공업적 장인
주의匠人主義로서, 문학이란 그 제작자 이외의 아무도 재현하지 못한다
는 항간巷間의 '청기와쟁이' 전설과도 같은 것이다.

---

34 임화의 원문에는 '係統과'로 되어 있으나 '係'는 '傳'의 오자이다.
35 『동아일보』, 1936.1.16~24에 발표된 글.
36 원문에는 '것이다'로 되어 있으나 문맥상 한 문장으로 연결하는 것이 타당하다.
37 원문에는 '가르키든'이라 되어 있으나 수정했다.

대체로 문학을 이러한 수공업적 장인의 비전물秘傳物로 생각하는 기초에는 근본적으로는 그들이 일반적으로 관념적 세계라는 것을 현실과 무관계한, 갱更히 물질을 정신의 속성으로 보던 관념론이 가로놓여 있다.

그러나 이 관념론이 근거하는 문학상 이유는 첫째, 문학이 비개념적이고 자의성恣意性을 가진 표상으로서 형상화되는 독특한 관념상의 영역인 때문이고, 다음에는 수공업의 상태와 같이 문학이 갖는 생산의 개인성에 있다고 생각된다.

물론[38] 문학적 표상이란 논리적 개념과는 상이한 것으로, 상념, 영상影像 등과 같은 다분히 공상적 상징적인 성질을 띠는 것이다.

표상은 개념에 비하여 보다 더 형상적이고 형상은 논리에 비하여 보다 더 표상적이다.

그러나 표상이나 개념이나 다같이 현실에 대한 직각적直覺的 인식으로부터 출발한 것을 잊어서는 아니 된다.

단지 개념이 직각, 인식의 결과를 이론적 형태로 추상화하는 대신, 표상은 그것의 원형을 형상적으로 재현함에 불과하다.

오로지 개념이 실재에 대하여 한 개 보편성을 획득하므로 추상화한다면, 표상은 이 추상화 대신에 그 보편성을 주관적 영역에서 확장하는 것이다.

개념이 추상적이든 표상이 공상적이든[39] 양자는 공히 그 합리적 핵심으로 실재實在 위에 서 있는 것은 부정되지 않는다.

이곳에는 오직 한정된 차이 외에는 구별이 있지 않다.

그러므로 문학적 표상이 문학적 구체성─진실성, 보편성을 획득하

---

38 원문에는 '公論'이라 되어 있으나 '勿論'의 오식일 것이다.
39 원문에는 '空想的이므로'로 되어 있으나 문맥에 맞게 바로잡는다.

기 위하여는, 오히려 그 기초에 과학적 개념과 논리성을 그 핵심으로 가지고 있지 않으면 아니 되는 것이다.

따라서 문학에 있어 개개의 표상적 사실은 전체를 형식形式하기 위하여 작자의 의식을 통하여 부여되는 실재에의 형식인 추상적 결합—구성의 과정을 통과하지 않고는, 소박한 기록으로 문학이 되지 않는다.

본래 문학적 표상은 과학적 개념으로부터 절대적으로는 구별되는 것이 아니요, 표상성을 가지고 문학의 규정성을 부정하는 것은 표상을 그것이 개념과 같이 실재 위에 서 있는 합리적 핵심을 제거하고 환상적으로 과장하는 때문이다.

다음으로 문학 생산의 개인적 성질에 관한 문제로, 문학이란 본래 자체가 사회적인 존재 형태를 갖는 것으로, 그 생산의 개인성은 다른 정신과학에서와 같이 그 일 속성에 지나지 않는다.

철학도 물리학도 그 학설의 생산과정은 궁국窮局에 있어 개인적 형태를 지니는[40] 것이나 그것이 규정되지 못한다고는 아무도 말하지 않는다.

상식으로도 생산의 개인성은 [비]규정성의 기초가 될 수는 없는 것으로, 구태여 이 논법으로 따진다면 다른 과학은 개념으로 표현되어 있기 때문에 논리적으로 이해할 수 있고, 문학은 표상을 가지고 형상화되어 있기 때문에 과학적 규정을 내릴 수 없다는 말밖에 아니 되는 것이다.

이것은 명확히 전기前記한 표상의 과장 가운데 자기의 비의존성의 몸을 감춤에 불과하다.

---

40 원문에는 '지내는'으로 되어 있다. 문맥에 맞게 수정하였다.

일반으로 창작하는 개인은 절대적으로 다른 개인과 구별되는 것이 아니라 어디까지든지 공통적 인간생활 존재의 조건으로 성립되어 있어 그 자체가 비개인적인즉 사회적! 요소를 내포하고 있는 모순된 일체—體다.

그리하여 마치 일인—人이 만인萬人을 당치 못하는 것처럼 개인의 특성은 사회의 특성에 대하여 항상 피제약적이고, 실제로는 개인이란 사회적인 것이 자기를 규정하는 일 장소의 의의를 초월키 난難하다.

다시 말하면 사회적인 것의[41] 일반 행정行程은 개성으로 현상되는 것이며, 반대로 개성을 제외한다면 사회성이란 무의미한 것으로, 이렇듯 한정적 범위에서만 개인은 특수적인 것이다.

이러함을 일반적으로 체현하고 있는 것이 인간의 사회적 제 관계다.

그러므로 일 개인에 의하여 문학이 생산되는 사실은 한 개 광의의 사회적 사실일 뿐 아니라[42] 개인이 사회와 실천적으로 관계하는 한 방법이다.

따라서 그것이 여하히 일 개인의 심중에서 수행됨에 불구하고 문학의 창작과정은 한 개 객관적 과정이다.

즉 그 형태, 성질이 여하히 특수하든지 간에 창작과정은 인식하고 의식하고 행하는 부절不絶의 객관적인 인간적 인식과 실천의 과정이다.

그러므로 문학 창작이란 인간의 존재로부터[43] 성립하는 것이며, 객관적으로는 인간이 존재한다는 것과 같이 물질적으로 존재하는 것의 일 양상이다.

문학의 창작 도정은 그 개인성에 불구하고, 또 문학은 그 특수성에

---

41 원문에는 '것을'로 되어 있으나 문맥에 맞게 바로잡는다.
42 원문에는 '것이다'로 되어 있으나 문맥에 맞게 바로잡는다.
43 원문에는 '存在로 무부터'로 되어 있다. '무' 자가 불필요하여 삭제한다.

불구하고, 객관적으로도 인식할 수 있는 도정이고 존재인 것이다.

작가가 창작함에 있어 필요한 모든 것은 인식 가능의 물건으로서, 첫째 주체인 작가 자신, 그리고 문화의 전통, 자연, 생활, 작가와 사회와 관계하고 있는 성질, 작가의 의욕하는 것 모두가 객관적으로 설명될 수 있는 것뿐이다.

이러한 가운데서 작가가 설명할 수 없는[44] 무엇을 생산한다는 것[은], 존재로부터 무無를 만드는 것이며, 반대로 문학은 무로부터 생겨나게 된다는 허虛로 된 견지에 떨어진다.

작가, 개인은 무엇을 생각하든지 간에 문학은 설명할 수 있는 대상이며, 따라서 그것의 객관적 비평은 가능하고 그것 전체에 관한 '학', 문예학, 미학은 가능하다.

뿐만 아니라 이러한 논자들이 일체一體로 부정하고 있는 창작방법에 관한 이론은 평가評家가 작가에게 지시한다는 의미만이 아니라 과학적 문학, 미학, 비평의 근본적 성격으로서 문학상의 일체一切의 경험을 조직하여 그곳에 문학의 기법, 내용 등에 관한 일반 방향을 표시하는 가장 유용한 것이다.

왜 그러냐 하면 문학의 장래에 대하여 적극적인 아무것도 지시하지 못하는 문학에 관한 것은 그 자신이 무의미하므로…….

그러므로 창작방법에 대한 기피는 문학의 비규정성을 종합한 결과로서 일체의 무이론주의無理論主義와 불가지론의 귀결점이다.

대체로 문학의 규정성과 아울러 창작방법론을 부정하는 입장은 문학의 진정한 발전을 희망하지 않고 그것을 퇴화시키려는 몽매주의蒙昧主義[45]로서 하나의 문화상 '바바리즘'이다.

---

44 원문에는 '잇는'으로 되어 있으나 문맥상 '없는'이 타당하다.
45 원문에는 '朦昧主義'로 되어 있다.

이러한 문학 규정 ― 인식의 객관성과 그것 위에다[46] 창작방법을 기피하는 데서, 문학은 현실로부터 자의恣意로, 사회성으로부터[47] 개인성, 내성內省으로 화하여 기교만을 과장하는 형식주의에 이르거나, '개인의 내성적 고민'백철 씨 등이 말하는 등의 순수한 관념을 토로하는 공허한 낭만주의로 타락하는 것이다.

진실한 문학은 그 사회성, 현실성에 형식을 종속시키고, 진정한 낭만주의가 일상적 현실을 그 욕망하는 바 미[래]를 향하여 개조하는 바 객관적 과정을 체현하는 것이므로……

차등此等의 공연公然 혹은 음연陰然한 무이론주의가[48] 그 비의존성, 비규[정]성으로부터 반동적 의존성, 규정성으로 더불어 갖는 근친관계는 반동적 이론, 사실상의 무이론 상태라는 상사성相似性에서 실로 가능한 것이다.

사실 일체의 지상주의적 고집이 복고주의로 화신化身하는 데에는 단 한 번의[49] 논리적 땅재주를[50] 넘으면 그만이다.

문학에 있어 이 텀블링은 곧 언어 ― 민족어 ― 에 대한 순수한 무비판적 집애執愛 그것으로, 우리들의 입장에 있어 언어에 대한 형식주의적 접근은 불가피적으로 이것에서 자유로울 수는 없는 것이다.

지상주의는 어느 새 고색창연한 민족적 전통에 대한 초라한 회고적 감상感想으로 변하며, 비규정성을 관념적 규정성으로 이론주의화할 보수적 지상주의에 대한 우리의 예단豫斷은 한 개 억측일까?

이미 도정道程은 일부에서 개시되고, 머지 않은[51] 장래에 잔여의 부

---

46 원문에는 '위에는'으로 되어 있으나 문맥에 맞게 수정하였다.
47 원문에는 '社會性으로 무저'로 되어 있다.
48 원문에는 '無理論主義다'로 되어 있으나 '다'는 '가'의 오자일 것이다.
49 원문에는 '단한牡에'로 되어 있으나, '牡'는 번의 오자일 것이다.
50 원문에는 '땅재을'로 되어 있으나 문맥에 맞게 재구성했다.

분이 현실로 '돌아 우편 앞으로!'를 하지 않는 한[52] 지속될[53] 것이다. 실로 무이론주의는 이러한 성질의[54] 바바리즘이다.

---

51 머지 않은: 원문에는 '머리알튼'으로 되어 있으나 문맥에 맞게 수정했다.
52 하지 않는 한: 원문에는 '하게 안는限'으로 되어 있다.
53 원문에는 '持續된'으로 되어 있으나 문맥에 맞게 바로잡는다.
54 원문에는 '性質은'으로 되어 있으나 문맥에 맞게 바로잡는다.

문학과 행동의 관계[*]

　문학과 행동의 문제는 근본적으로 정신적 노동과 육체적 노동과의 관계로 환원되는 것으로서, 전자는 후자의 일반적인 범위 가운데서 파생하는 한 개 특수적−개별적인 문제이다.

　이 양자의 호상관계互相關係에 대하여 현재 시민적 문화사회에 있어 지배화된 근본 체계를 수립한 사람은 주지周知와 같이 쾨니스베르히의 현자賢者 임마누엘 칸트Immanuel Kant이다.

　불란서에 있어 혈血과 육肉으로써 자기의 정치적 지배의 체제를 수립한 근대 시민계급은 인접국 독일에 이르러 비판철학을 가지고 자기의 정신적 지배의 체제를 완료하였다.

　이 사회가 봉건 귀족의 붕괴와 시민사회의 건설 위에 성립한 것과

●『조선일보』, 1936.1.8~1.10.

같이, 이 사상은 교회적 독단론의 패배와 소시민적 회의론懷疑論과 실재론實在論－유물론의 비판 위에 서 있음은 자연스러운 일이다.

즉 존재와 사유, 물질과 정신의 근본 관계에 대한 가장 신뢰할 시민적 이해가 그칸트를 통하여 체계화되어 있다. 물론 이러한 의미에서 그는 시민적 철학－미학의 정신적 근원을 이루고 있는 것으로, 순수 이성으로 개념화되는 존재·물질·자연과,[1] 실천이성으로 표시되는 의지·자유, 이 양자의 모순하는 관계가 판단력에 의하여 종합되는 그 일점에 이 비판철학의 의의가 있는 것이다.

인류 역사의 각개 단계에 있어서 사유와 물질, 존재와 정신의 관계는 그 사회의 구성적 내용 여하에 따라 특수한 취급을 받아오던 것으로, 시민계급이 자기의 지배를 수립함에 있어 직접의 대상이 된 것은 물론 스콜라 철학에 의하여 체계화된 중세의 사상이었다.

주지周知와 같이 중세는, 이 양자－물질과 사유의 모순을 신의 존재에 의하여 설명하였다.

사유하는 것도 노동하는 것도 신에 의하여 종합되며, 문학하는 것도 행동하는 것도 역亦 신에 의하여 섭리攝理된다고 하였다.

그러나 이러한 형태로서 종합된 양자의 관계가 중세사회의 체제적 모순의 성장에 의하여 붕괴하게 될 때, 시민의 손에 잡혔던 무기는 물질, 존재를 전면에 내세우는 실증사상이었다.

이 실증사상은 만일 시민계급이 그것에 철저하려고 한다면은 그 자신이 다른 사람의 □사使 위에 서 있음을 실증하여야 되겠으므로, 모순은 또 다시 그들을 괴롭히는 '저주의 한'이 되고 말았다.

그렇다고 그들은 신적 섭리의 독단론으로 복귀할 수도 없고, 유물

---

1 원문에는 '自然은'으로 되어 있으나 문맥에 맞게 수정하였다.

론의 계속자繼續者일 수 없는 때, 칸트는 이 양자를 비판정신의 이름 아래 절충한 것이다.

모든 역사적 운동의 요인이고 사회적 관계의 근본 내용인 계급적 관계가 자본주의적 사회구성이란 조건 가운데서 가장 명확히 그 본질을 표시하는 것이다.

이것의 기초는 자본주의적인 생산 제諸 관계로서, 노동과정 가운데에서 자기의 육체밖에는 아무것도 갖지 않은 인간과, 생산수단을 점유한 인간 병존이란 극한도로 모순한 인간의 관계로 말미암아 특징화된다.

지금까지의 어떠한 사회에 있어서도 인간은 이러한 극한적 구별에 의하여 서로 모순된 것은 없었다.

노예사회에 있어는 평생의 의식衣食이 보장되고 봉건적 농업사회에 있어는 노동 인간은 생산 요구要具 혹은 그 일부를 소유했었다.

그러나 자본―화폐의 지배에 의하여, 인간의 관계는 완전히 나체裸體대로 분열되어 종족적 혹은 신분적인 매개 조건으로 은폐되었던 계급 대립은 일체의 가장假裝을 벗고 본래의 자태를 노출한 것이다.

극도의 빈貧과 극도의 부富, 극도의 문명과 극도의 야만, 극도의 집단과 극도의 개인 등등, 요컨대 이 시대야말로 모든 것의 극한적인 모순 시대이고 동시에 결정의 시대이다.

이것은 지적 영역에 있어, 자본주의가 산업의 영역에서 수립한 분업의 영향은 여지없이 파급되어, 학문의 극도의 전문화―분과화分科化를 촉진하여, 명확히 공리―실리적인 목적으로 연구되는 학문도 그 자신 한 개 독립한 무목적적無目的的 진리의 탐구라는 환상을 가능케 하는 형식주의를 성립시키었다.

대표적인 시민적 이데올로그[2]인 쾨니스베르히의 현자賢者가 근본적인 성격에 있어 형식주의의 사상가인 점은 실로 당연한 것이다.

이곳에서 문학에 있어 일체의 생활적·실리적인 것을 제외한 무관심의 예술, 예술지상주의가 문학과 행동에 관한 시민적 이해의 기본적인 핵심이 된 것이다.

중세에 있어 문학 예술이 현세現世의 생활에서가 아니라 내세來世의 생활에서 그 이상과 목적을 발견한 대신, 시민들은 현세도 내세도 이상理想하지 않는 일체의 무관심의 경지로 진화한 것이다.

즉 문학 예술은 이미 환상의 목적까지도 필요치 않은 완전한 무목적의 마술로 말미암아 생활로부터 절대적으로 분리한 것이다.

이 '마술'이야말로 신의 마술 대신에 현재를 지배하는 상품 화폐의 마술성物神崇拜性 그것의 표현일 것이다.

그리하여 중세가 천민을 신의 아들이라고 본 대신, 현대는 인간을 화폐의 아들, 즉 한 개 상품으로 바꾸는 것으로, 문학으로부터 신적 환상까지를 제외하여, 문학을 일체의 내용을 제거한 단순한 무의지無意志한 형식으로 만들었[다].

이곳에는 노동자를 의지를 가진 인간으로[3] 취급하지 않는 자본 운동의 도구로서의 인간상이 반영되어 있는 것으로, "나는 인간을 삼림森林에 선 수목樹木이나 초고草藁를 먹는 수류獸類를 관찰하는 것과 다르게 고찰하지는 않는다"는 데카르트R. Descartes의 태도에 이 사상은 명확히 되어 있다.

이러한 사상은 예술적 창조의 구체적 실천에 옮겨올 제, 다른 결과로서 작용한다.

이것은 다른 것이 아니라, 곧 지적 노동과 육체노동의 추상적인 분

---

2 원문에는 ''「이데올로기 ─」'로 되어 있으나 문맥상 의미로 바로잡는다.
3 원문에는 '人間을'로 되어 있으나 문맥에 맞게 바로잡는다.

리가 아니라 인간적 분리로서 표현된다.

즉 물질적 관계의 영역에 있어 자본주의가 일체를[4] 소유한 개인과 일체[5] 소유하지 않은 다수자를 격리하든지, 위선爲先 지식을 가진 현자와 무지식無智識한 몽매자를 구별한다.[6]

중세가 신분의 귀천의 별別로 지자知者와 무지자無知者를 분리하듯이, 이곳에서는 적나라한 계급의 구별, 즉 생산수단, 화폐의 소유자와 무산자의 구분으로 그것은 분리된다.

시민사회에서는 지식도 하나의 상품, 즉 화폐를 내놓으면 누구든지 자유로 살 수 있는 구매의 대상이므로, 필연적으로 화폐 있는 사람은 곧 지식 있는 사람 될 자격을 갖는다.

이곳에서 여하한 천재적 소질이 있어도 만일 불행히 그가 화폐의 소유자가 못된다면 백치와 다름이 없이 일평생을 무식한 인간으로 끝을 맺는[7] 것이다.

그러므로 사회는 오늘날 우리가 목도하는 바와 같이 전문적으로 사유하고 제작하는 소수의 인간과 전문적으로 사유하지 못하고 동작하는 인간의 대별大別에 의하여 특징화되어진다.

또한 학문 자신 내의 상태에 있어서도 상품생산 사회의 극도로 격리된 분업화로 인하여, 극도로 실제적응용과학인 학문과 극도로 추상적인 학문형이상학─순수과학으로 분열되어, 과학의 일반적 통일적 발전은 저지되고, 때로 천재아天才兒에 의한 위대한 발견도 상품 판매의 사회적 한정 때문에 배척된다.

---

4 원문에는 '一切을'로 되어 있다.
5 원문에는 '一切을'로 되어 있다.
6 원문에는 이 문장과 다음 문장 끝에 의문부호(?)가 붙어 있으나 삭제하였다.
7 원문에는 '막는'으로 되어 있으나 수정하였다.

이러한 결과로서 문명과 야번野蕃의 간격을 최장거리로 분열시킬 뿐만 아니라 전술前述과 같이 그냥 행동만 하는 인간과 그냥 사유만 하는 인간으로 각각 전형화하여, 문학하는 인간은 펜을 들고 쓰는 것으로 감히 사회생활의 고처高處에 생활할 수 있다는 태도가 가능케 된다.

이 가능성은, 분업에 의하여 각인各人은 소여所與의 과제를 수행함으로 훌륭히 사회인일 수 있다는[8] 시민적 평등의 이론으로부터 성립한다.

그리하여 이 분업의 이론으로써, 어떤 사람은 '푸리·맨드'[9] 옆에서 단순한 동작을 수십년간 반복함으로써 전 생애를 마치고, 다른 사람은 인간의 존재라든가 예술이라든가를 생각하고 향락하면서 안락할 수 있는 것이다.

본래에 있어 인간은 사유하고 예술하는 것으로서 동물과 구별케되었던 것이, 이 사회에 와서 그것을 소유한 인간의 일군一群과 완전히 그로부터 도외度外된 일군으로 구별된 것이다.

그뿐이 아니라 우리의 현자는 "예술은 어느 곳에고 일정한 지점에 정체停滯하고, 그곳에는 일정한 한계가 지정되어 그 한계를 넘어서 예술이 우又 일보 전진한다는 것은 불가능한 것이며 또한 이 한계도 생각컨대 이미 먼 옛날에 도달되고 만 것으로 이제 다시 확대되지는 못하는 것이다"고 이 영원한 고정화의 이론을 예술사적으로 강조했다.

즉 칸트의 생각에 의하건대 이로부터 예술의 역사는 결코 발전치 않으리라는 것이다.

---

8 원문에는 '있다고'로 되어 있으나 문맥에 맞게 바로잡는다.
9 원문대로이다. 'pulley(도르래, 피대를 거는 바퀴) band'의 독음에다, '밴드'를 '맨드'로 오식한 게 아닐까 추정된다.

한껏해야 시민사회가 고대의 번영한 예술을 귀중히 보존, 유지할 것이라고 할 것이다.

이러한 미학, 예술사의 이론이 여하히 확립해[였]다는 것은 오늘날 구태여 반증할 필요는 아마 누구에게서도 없을 것이다.

그러나, 남은 문제는 이러한 시민적 주관의 형이상학이 금일의 예술적 실천에 아직도 남기고 있는 한편 현실적 영향이다.

첫째로 문학예술과 행동이란, 현재에 선행하는 모든 형태의 사회에 있어 배태 발전되고, 시민사회에 이르러 절대적으로 분리되어, 그 모순이란 시민적 심미학審美學이 주장하는 바와 같이 영원하고 비화해적인 물건인가를 천명할 것이다.

다음으로 사유하는 인간, 예술가, 문학자[는] 단순히 사유하고 문학할 뿐으로 절대로 행동하여서는 아니 되는 것인지를 또한 밝히어야 할 것이다.

위선爲先 우리는 문학과 행동, 사유와 노동을 분리된 대립물로 취급한 것은 인간 생활의 오랜 계급적 분열에 의하여 발생된 문화의 기본적 인습이라는 『도이취 이데올로기』의 저자[10]가 설정한 명제를 기억해야 한다.

왜 그러냐 하면 이 저자는 인간이란 행위하는 것을 사유로써 의식하는 과정, 즉 노동행위를 가지고[11] 비로소 동물계와 메별袂別[12]하였고, 인간 발생의 최초의 과학적 구명究明을[13] 수행하였으므로…….

이 노동행위야말로 원류猿類로부터 인간에의 진화를 가능케 한 유

---

10 칼 맑스를 가리킨다.
11 원문에는 '가리고'로 되어 있다.
12 원문에는 '扶別'이라 되어 있으나 '扶'는 '袂'의 오식일 것이다.
13 원문에는 '究的을'로 되어 있으나 '的'은 '明'의 오식일 것이다.

일한 요인으로, 이것의 내용은 노동 용구의 인공적 제작에서 시작되는 것이다.

도구의 인공적 제작에 의하여 대표되는 노동행위가 사유를 상반相伴하는 바의 이유는 "노동의 경험과 관찰의 결과이며 그것에 의하여 필연적으로 환기되는 사유의 발전의 결과"이라고 한다. 이 사유 발전의 요인으로서의 노동행위는, 다시 엥겔스F. Engels의 견해에 의하면, 그 도정 가운데서 인간을 육체적으로 개조한다는 것이다. 이 육체의 개조는 도구의 생산에 의한 생산 행위−노동에 의하여 "인간의 손[手]을 다른 방면의 일로부터 해방하고 운동의 일층 새로운 종류 급及 형태는 노동 도정의 복잡화에 관련하여 그것을 일층 발달"시키는 것에 대해 의존한다.

그리하여 인간적 유기체의 다른 부분도 특유한 발달을 수遂하야 손[手]은 "라파엘S. Raffaello의 회화나 토르발드센B. Thorvaldsen[14]의 조상彫像, 파가니니N. Paganini의 음악을 마술과 같이 환기할 수 있는 정도의 완전한 정치精緻"[15]에까지 이른다.

일방一方 현대의 유명한 러시아의 생물학자 파블로프I. P. Pavlov 박사는 이러한 육체적 개조가 두뇌의 발달 위에 던지는 영향을 다음 같이 설명한다.

즉 인간의 '손'의 노동적 운동의 복잡화와 분화는 가장 긴밀히 두뇌의 발달을 촉진시켜 신체 전체 급及 두 개頭蓋의 직립적 자세를 조장助長하며, 이것은 또 반대로 두뇌의 발달을 더한층 촉진시켰다고.

그러므로 "노동은 인간적 존재의 최초의 기본적 조건이며, 노동은

---

14 임화의 원문에는 '토−르왈토−르'라 되어 있으나 엥겔스의 원문에 의거하여 수정하였다.
15 인용의 출처는 엥겔스의 『자연변증법』이다.

인간 그 자체를 만들었다"는 엥겔스의 명제는 인간만이 가질 수 있는 문화 예술의 태초적 기원 해명에 광명을 던지는 것이다.

문화는 위선 인간 생활의 산물이다. 따라서 그것은 개인적 생활의 산물이 아니고, 사회적 생활의 산물이다. 왜 그러냐 하면, 인간이 동물과[16] 구별되는 조건인 노동 — 사유의 행위 — 의 발달이 사회 성원의 일층 긴밀한 결합을 조장한 것은, 노동의 발달 그것으로 인하여 상호적 지지支持의 경우가 빈번[17]해지고 그것으로만 인간적 협동 활동의 조건이 부여되는 때문이라고 한다.

그러므로 일체의 사유의 근본적 표상인 언어가 노동과정 내의 인간의 상호적 접촉의 행위 가운데서 발생하였다는 엥겔스의 사상이 이곳에서 가능하다.

즉 생산과정 중의 육체적 운동과 두뇌적 사유와 언어가 불가분의 삼위일체로서 동시에[18] 발생한 것이다.

이러한 삼위일체설三位一體說에 언어학적 확인을 여與한 것은 연전年前에 사거死去한 소련의 야페테[19] 학자 — 이 언어학파의 호칭 — N. Y. 마르[20]이다.

그의 소설所說에 의하면 인간의 최초의 언어는, 현재에 보는 것과 같이 일반적 행동으로부터 분리된[21] 발성發聲 언어가 아니다. 최초의

---

16 원문에는 '動物로'로 되어 있으나 문맥에 맞게 바로잡는다.
17 원문에는 '頗繁'으로 되어 있으나 '頗'는 '頻'의 오자일 것이다.
18 원문에는 '生時에'로 되어 있으나 '同時에'의 오식일 것이다.
19 Japheth. 고대 오리엔트 세계에 널리 분포한 비(非)셈계・비(非)인도−유럽계의 제3의 인종군(人種群). 러시아의 언어학자 마르가 구약성서 창세기 제10장의 "노아의 아들은 셈과 함과 야벳(야페테)이니라"라는 전승에 따라 명명한 것이다.
20 Nikolai Yakovlevich Marr, 1865~1934. 러시아의 언어학자・고고학자. 언어발생일원론・언어상부구조론(言語上部構造論)을 골자로 하는 언어이론을 내세워 맑스주의 언어학의 지배적 지위에 올랐으나, 1950년 스탈린의 「맑스주의와 언어학의 제문제」에서 비판을 받은 뒤 소련 학계에서조차 인정을 받지 못하게 되었다.

노동행위 가운데서 원인原人들이 육체적 동작을 가지고 연작演作한 '가시적可視的인 교통 수단'인 '동작언어'이라는 것으로, 이곳에는 행위와 사유와 언어가 혼일渾一히 융합된 상태이라는 것이다.

그리하여 사유가 노동과 불가분의 것인 것과 마찬가지로, N. Y. 마르는 "언어는 사유와 불가분의 것이며, 언어는 사유와 함께 존재하고, 사유의 외부에 언어는 없다"고 단언하였다.

즉 언어는 최초로부터 사유와 노동인간적 행동과 사회생활과[의] 불가분의 관련 가운데 발생하였으며, 이것들을 그 내용으로 하고 동시에 표출 수단으로 하는 문학예술이 노동 ─ 인간적 행동 ─ 과 완전히 동일자적同─者的이었음을 증명한다.

그러므로 문화, 예술까지를 포함하는 사유는 인간적 노동행위를 그 내용으로 하는 사회적 환경에 의하여 창조된 것이고, 사회적 발전에 의하여 제약되는 발전 도정을 지나서 금일에 이르렀음을 이해하기에 어렵지 않다.

이곳에서 칸트로부터 시작하야 플레하노프G.V. Plekhanov[22]까지를 그 영향하에 넣으면서 금일 미적 자율성의 형이상학적 미학에까지 이르는, 예술의 유희 기원설은 방기되는 것이다.

왜 그러냐 하면 미학에 있어서의 '물자체物自體'의 철학인, 예술의 노동 기원설에 반대라 하는 일체의 학설그들은 궁국[窮局]에 있어 불가피적으로 인간의 유희 본능설의 아류이다은 사유 급及 문화의 역사적 사실과 일치하지 않으므로!

그러면 사유와 노동, 문화, 예술과 행동을 이원론적으로 분리하는

---

21 원문에는 '크케된'으로 되어 있는데, 문맥상 의미에 맞게 임의적으로 수정하였다. '크'는 '分'의 오자로 보인다.
22 플레하노프: 원문에는 '푸레하고노'라 되어 있으나 '플레하노프'의 오식일 것이다.

사상은 어떻게 하여 발생하였는가 하면, 그것은 인간의 역사의 특정한 시대의 사회적 환경 가운데서 변용變容된 인간적 사유의 일 성질로서, 그것은 궁국窮局으로는 육체노동과 정신노동의 분리에 의하여 특징되어 있는 시민사회의 소산인 것이다.

조선문학의 신정세와 현대적 제상(諸相)

소서(小序)

나의 논술의 과제인 지나간 을해년간乙亥年間의[1] 문학 개관을 이야기함에 있어 수게首揭의 제목을 붙인 것은 대개 다음과 같은 몇 가지의 연유가 있다.

첫째는 시기의 특이성이 그것이다. 물론 이 말은 곧 누구나 짐작할 수 있는 바와 같이 현하現下의 사회 사정의 유별난 내용에 있음은 중언重言을 요要치 않는다. 우리들의 이론적 흥미를 자극하는 것은 보다 더 현재가 갖는바 문학사적인 특이성에 있다.

왜 그러냐 하면 외부적인 사회 정세의 변천은 수삼년래數三年來로

- 『조선중앙일보』, 1936.1.26~2.13.
[1] 을해년은 서기 1935년이다.

계속되는 도정이고 문학상에 그 구체적인 반향을 발견키는 재작년으로부터 작년에 지표한 사실이며, 또 정히 작년 한해야말로 소극적 잠재적으로 침투되고 배태되어오던 이 '반향'이 명확히 개화된 해인 때문이다.

이 '반향'의 개화는 심히 다기다면적多岐多面的인 것으로, 그것의 관찰을 통하여 우리는 조선문학의 여러 경향과 유파가 현실생활과 맺고 있는 제 관계의 명확한 본질을 알기에 가장 적절한 것이다.

그것은 수삼년래의 변화된 사회 정세가 문학과 생활=정치와의 거리를 일층 단축시키며 여하한 방법을 가지고라도[2] 이 관련을 은폐하기는 도저히 어렵게 된 때문이다.

따라서 각개의 경향이나 유파로 분포되어 있는 문학의 사회적 역할을 손쉽게 알 수가 있다.

정히 이 핍박해가는 현실이란 모든 총수總數의 문학으로부터 그 사회적 위장―민중에 대한―의 일체를 벗긴 것이다.

이것은 곧 또 하나 범박하게 씌어지는 조선문학이란 개념의 내용을 똑똑히 개시開示하고 이 조건은 또한 조선문학의 현대적 성격을 이해하는 데 풍부한 내용과 용이한 길을 지시한다.

우리는 이러한 이로理路를 밟아 조선문학의 독자성이란 것이 결코 일부의 저널리스트나 비평가들이 떠드는 것과 같이 그다지 인지키 어려운 것이 아니라 사실의 과학에 충실한 사람에게는 누구를 물론하고 용이히 이해할 수 있는 것임을 또한 표시할 것이다.

즉 '조선문학'의 개념이라는 것, 또 그 '독자성'이란 등의 □화적話的 외피를 쓰고 횡행하는 괴물이 사실은 한 개 역사적으로 제약된 현실적

---

2 원문에는 '갖이고라고'로 되어 있으나 문맥에 맞게 바로잡는다.

인 내용의 것임을 간단히 알 수가 있을 것이다.

그리하여 조선문학이라는 것과 혹은 그 독자성이란 것이 영구불변의[3] 것이 아니라 한낱 역사적인 개념에 지나지 않는다는 것, 그리하여 조선의 문학적 발전의 장원長遠한 과정 중에 현시대란 여하한 성질의 지점이란 것이 해명되리라고 믿는다.

따라서 이러한 태도를 가지고 문학적 현상을 관찰하고 얻는바 결론은 광의의, 그리고 진정한 의미의 조선문학=민족문학의 수립을 위하여 그 창조 행동의 주류적 담당자인 프롤레타리아문학과 그 접근적 노력자군努力者群이 금일에 있어 무엇을 할 것이냐 하는 당면 임무의 전망을 가능케 할 것이며, 또 그 방향을 스스로 암시할 것이라고 믿어진다.

대략 이러한 것들이 우리로 하여금 작년 1년간에 특이한 관심을 가지게 한 것이며, 수게首揭와 여如한 견지와 방법으로 이 개관을 진척시키는 주요한 이유이다.

1. 한 개의 역사적 전제

조선문학이란 구라파에 있어서의 현대문학의 시발기始發期인 세계대전 전후부터의 것이라고 나는 생각한다.

그러면 ― 이 밑에서 곧 우리 조선의 문학적 지사志士들에 의하여 발사될 수명數名의[4] 질문, 규호叫號, 악매惡罵를 상상한다! ― 세계대전 전, 즉 소위 신문학이 있던 이전에는 조선에 문학이 없었느냐 ― 이

---

3 원문에는 '永久不一變의'로 되어 있어 '一'자를 삭제하였다.
4 원문대로이나 '數個의'의 오식일 것이다.

곳에서 나는 '있다!, 훌륭히 있다!'고 소리칠 무수한 지사들의 얼굴을 안전眼前에 본다! — 하면, 나는 매우 가슴이 아프고 얼굴이 달며 유감된 일이나 사실대로 '없다!'고 대답할 수밖에 없다.

나는 신문학 성립 이전의 모든 시대의 문학적인 유산의 사실史實에 대하여 엄밀한 의미에 있어 그것은 조선문학의 전사前史에 속한다고 생각한다.

이러한 전사적 의미에서는 나는 과거의 모든 문학적 전승물에 대하여, 일응一應 문학'적'인 평가를 내리기에 아끼지 않는 바이다.

왜 그러냐 하면 한 민족의 문학이란 것을 나는 민족문학, 국민문학이라고 불러지는 구체적 내용의 것으로 생각하기 때문이다. 즉 이 구체성은 역사적인[5] 것으로, 일반 역사의 견지에서 보면 자본주의의 발전에 의하여 형성된 민족·국민별別의 문학으로서, 그것은 근대 자본주의의 발달에 의한 완전한 과학적 의미의 민족의 형성=통일 없이는 그 존재를 상상키 불능한 때문이다.

이것은 비단 정치사적 또는 사회사적인 이유뿐만이 아니라 근대적 제 관계로 말미암아 촉진된 민족의식의 자각과 민족어의 통일적 형성이란 문화적 조건 없이 문학의 민족적인 성격의 확립을 바랄 수 없는 또 한 개의 이유가 있다. 그러므로 항상 어느 나라의 문학사를 물론하고 완전한 의미의 그 나라 민족·국민문학은 이러한 역사적 전환기를 중심하고 족생簇生한 것이다.

민족문학 국민문학의 역사란 그렇게 문학 일반의 역사에 비하면 극히 짧은 것이다. 노서아露西亞 문학의 역사도 푸쉬킨A. S. Pushkin 이후이며, 독문학, 불문학의 역사도 역시 최근 수세기래數世紀來의[6] 것이다.

---

5 원문에는 '歷史的의'로 되어 있으나 수정했다.
6 원문에는 '數世紀末의'로 되어 있으나 '末'은 '來'의 오자일 것이다.

그러면 이러한 근대적 의미의 민족·국민문학이 기성期成되기 전의 문학은 무슨 문학이냐는 의문에 대답하여야 될 것이다.

그것은 원시사회에 있어는 한 개 세계문학이 있었음에 불과했는지도 모른다. 왜 그러냐 하면 그때에는 문학의 단초가 있을 데 불과하였겠으므로!

그리고 그 뒤에는 씨족의 문학, 부족의 문학 혹은 혈족의 문학, 종족의 문학의 형태를 가졌을 것이다.

동시에 이러한 모든 문학과 마찬가지로 민족=국민문학이라 한 것도 민족의 형성이 그러하였던 것과 같이 사회 발전의 제 과정 가운데서 서서히 혹은 급격히 되어, 근대적 의미의 민족의 성립이란 한 개 비약적인 계기를 지나면서 자기를 형성한 것이다.

그러므로 수천년 전의 고대국가에도 제국주의'적'인 것이 있었던 것과 같이 문학상 '조선적' '민족적'[인] 것은 발전하는 한 개 단초, 한 개 요소로서 그 전부터 존재했던 것이다.

그러므로 문학의 물질적 성질의 범주별範疇別은 인간 생활의 역사상에 있던 사회 형태의 일 반영인 것이다.

동시에 문학 형태의 이러한 분류는 또 하나 문학의 역사적 발전이란 것이 결코 혈족, 종족적인 조건에 의하여서만 지배된 것이 아니라는 것을 우리에게 제시한다.

이 말은[7] 곧 인간의 역사는 결코 민족사라든가 또 종족 투쟁, 민족 이동의 역사에 그치지 않는다는 것으로서, 결국으로는 사회적 생산관계 가운데서 연演하는 바 인간군人間群의 지위와 역할과, 생산물의 수취하는 양, 성질 등에 의한 구별, 다시 말하면 계급적 상극의 역사

---

7 원문에는 '날은'으로 되어 있으나 '말은'의 오식일 것이다.

라는 것을 의미하므로, 문학의 역사도 역시 혈족적 조건에 의하여서 만 설명키 불가능한 것이다.

마치 일 종족의 흥망이 그 혈족적－생물학적 우월에 의함이 아니라 경제적 조건에 의하여 수행된 계급투쟁의 한 현상이었음과 같이, 문학의 역사도 어느 시대＝봉건 시대에 있어서는 종교의 차이에 의하여 문학을 구별할 수 있을 만치 이런 시대에 있어서의 문학상의 민족, 종족적인 조건은 일의적－義的인 것이 못되었었다.

우리 조선만 해도 삼국 때나 고려 때의 그것은 지금 잔존한 자료만 통해 본다고 하더라도 '조선 민족'문학이라기보다는 더 많이 불교적이며, 이조李朝의 그것 역시 조선적, 민족적 문학이라기보담은 유교적인 것임을 부정치는 못할 것이다.

그러나 문학사 상의 대립은 이렇게 간단한 것은 아니다. 이러한 문학이 있는 한편에 직접 생산 민중의 문학전설, 신화, 민요, 동요 등이 별개로 존재해온 것이다.

왕족이나 귀족의 문학이 종족적 종교적 국가적 적개심에 불탔으면, 생산 민중은 생산자 인인隣人에 대한 협동적 애愛에 불탔으며, 전자의 문학이 종족, 국가, 종교에 의하여 인간의 예술을 분리하고 있다면, 후자의 문학은 노동의 고통을 덜고 노동의 성공을 즐기며 자연에 대하여 공동적으로 투쟁하는 힘을 주는 협조, 동화同和의 비구별적 문학을 요구한 것이다.

그리하여 민요, 민화民話 등은 대개가[8] 이러한 정신에 의하여 그들의 지배자에 대한 반항의 성질을 가지고[9] 발전해온 것은 금일의 고대 문화사의 재료라든가 민속학적 자료가 증명하는 바이다.

---

[8] 원문에는 '太槪가'로 되어 있다. '太'는 '大'의 오자일 것이다.
[9] 원문에는 '가리고'로 되어 있으나 '가지고'의 오식일 것이다.

그러나 "경제적으로 지배적인 계급은 항상 이데올로기적으로도 지배적이었다"는 철칙은 인류의 문학의 기본적인 발전 도정을 우리가 보는 바와 같이 만들어 놓은 것이다.

그러므로 문학사조선문학의 본래적 이해는 이러한 현상적인 제 구분을 뚫고 들어가 기본적인 관계를 발견하고 노동 민중의 문학인 전설, 민요 등을 민속학으로부터 문학의 영역으로 끌어들이며, 그것에[10] 유용한 평가를 내리고 미래의 문학적 창조 위에 문화적 부쪄를 넘겨주는 것이어야 한다.

따라서 문학의 진실한 이상은 모든 구분을 넘은[11] 노동 민중 간의 상호적 애쪻를 기초로 한 초민족적인 것으로, 민족문학·국민문학의 개념이란 인간 생활의 자연적 지리적 혈족적 생물적, 그리고 생산적인 제 조건에 의하여 시초始初되어, 경제적 정치적 제 조건 가운데서 발전되어, 자본주의의 발달로 인하여 완전한 형태가 부여된 한 개 역사적 사회적인 구별에 지나지 않는다.

그러므로 우리가 조선문학이라는 것을 조선의 근대문학 즉 대전大戰 전후로부터 발달된 문학을 가리킴은[12] 타당한 것이고, 이 타당성에는 위에서 말한 일반적 근거 밖에 조선의 문학적 역사가 갖는바 고유한 제 특성, 소위 문학유산이란 것의 내용의 성질에 의하여 일층 확인된다.

아무도 시조류時調類, 고소설, 잡가 등속을 당당한 국민문학이라고 떠받칠 용기는 없을 것이며, 또 「춘향전」, 그타他의 대표적인 문학작품도 엄밀한 의미에서 보면 근대 조선소설의 한 개 단초에 지나지

---

10 원문에는 '그것이'라 되어 있으나 문맥에 맞게 바로잡았다.
11 원문에는 '엄은'으로 되어 있으나 문맥에 맞게 수정하였다.
12 원문에는 '가르침은'으로 되어 있으나 수정하였다.

않는다. 그곳에는 명확히 상업자본의 발달에 인因한 시민적 의미의 인생관이 표시되었던 것으로, 이것 등은 과학적으로는 조선문학사 서론에 기재될 것이다.

시조 등에 이르러서는 그 감정, 사상, 언어적인 제점諸點에 있어 조선적인 독자성이란 것이 항간의 민요, 동요 등에 비하여 훨씬 손색이 있음은 부정치 못할 것으로, 역시 신시사新詩史의 전사前史의 혈頁에 오를 것이다.

그리하여 조선문학의 개념은 광범한 의미에 있어 한 형식적인 것으로서 우리들은 그것을 수용해야 할 것이다. 왜 그런고 하니, 금일의 문학의 기초인 생활의 현실은 벌써 근대적소부르주아적, 배타적!인 조선문학의 형성에는 모순하는 국제적 내용에 의하여 충만되어 있기 때문이다.

이것은 조선의 문학을 진실로 예술적인 문학으로 발전시킬 생산적 민중의 기본적 생활 내용이고, 또 현 시대의 민족 생활의 특질이 그러한 것이기 때문에, 이러한 것으로부터 인위적으로 '조선문학'을 조작하려는 사람들은 민족문학의 조성자造成者가 되지 못할 뿐 외外라, 문학의 생산자로서의 자격조차 상실하게 된다. 현실을 떠나 문학은 불가능하므로! 따라서 조선문학근대적 시민적의 개념구분은 다른 나라와 달라, 그것이 자기의 시대를 기념할 대大 예술적 기념물을 하나도 생산치 못한 채 한 문학사 상의 과도적 존재로서, 진실한 의미의 조선문학의 건설 도정에서는 한 개 형식으로 남아 있어, 장래의 문학사의 보다 더한 개화의 먼 미래에는 드디어 소멸될 성질의 것이다.

즉 조선 사람의 사회 생활이 완전히 평등한 자격으로 국제화되고 그 민족적 형식이 폐기될 때…….

그러나 그것은 먼 미래에 대한 단순한 이론적 상상이고, 현재 우리는 내용에 있어는 국제적으로 향하고 형식에 있어 민족적인, 조선민족의 사회 생활의[13] 발전을 반영하고 그것에 봉사할 위대한 민족문학의 발전을 위하여 노력할 것이다.

2. 상실된 통일적 방향

이러한 논리적 전제는 우리 조선의 신문학 발전의 본질적 노선의 성질의 이해와 최근년간最近年間의 우리 문학의 주요 특질의 묘사를 용이케 함에 있다.

우리는 20년대 전후에 있어 한 개 일반적 의향에 의하여 신문학이란 개념으로 통일된 외모를 가지고 있던 시대의 조선이 신경향파新傾向派 문학의 발생으로 이분二分되고, 그 과도기를 통하여 전대前代를 관류貫流하고 있는 역사적인 모든 것이 신新근대의 문학상에 계승되어왔다고 노노呶呶히 말한 일이 있다.

이것이 1923~4년 경으로부터 최근 년간까지의 현상이라고 하면, 현재의 변화란 새로운 사회정세하에 신세대의 문학이 우심尤甚한 타격을 받아 지금 곤경 중에 그 전진을 저해당하고 있는 사실에 의하여 설명되어야 한다.

이것은 곧 프롤레타리아문학에 의하여 그 방향을 통일하고 추진되던 조선문학의 통일적 방향의 일시적 좌절로서, 현금의 조선문학은 그 진정한 의미의 통일적 방향을 잃은 한 개 혼란 중에 처하여 있음을 의미한다. 을해년간乙亥年間의 문학적 제 동향의 기본적 특징을 나는 이곳에 보는 것으로서, 표면적으로 볼 때 그것은 문단상의 세력

---

13 원문에는 '生活은'으로 되어 있으나 문맥에 맞게 바로잡는다.

배치의 현저한 변동이라든가 그 내용상의 변화로 표시된다. 첫째로는 카프 계의 작가 비평가들의 인위적 조건에 의한 활동의 봉쇄와 그 조직적 공간槓杆의 상실,[14] 다음으로는 이것으로 말미암아 필연적으로 환기되는 일체의 진보적[15] 문학 제파諸派의 시기時機를 얻은 도량跳梁, 그 다음으로는 이러한 일반적 혼돈 중에서 각각 자기류의 프로그램을 가지고 조선문학을 요리하려는 유상무상有象無象의 비역사적인 노력이 대두하게 된 것이다.

작년은 마치 우리 신문학사 상 신경향파문학이 대두하기 직전의 상태와 같이 혼란, 무질서한 각색잡류各色雜流의 온갖 경향이 탁한 조수潮水와 같이 범람하고 있었다.

위선爲先 그들은 프롤레타리아문학의 부자연한 일시적 패배를 마치 그들 자신의 승리와 같이 이해하고 선전키에 게으르지 않았다.

정인섭鄭寅燮 씨는 『조선일보』 신년호에 발표한 논문 「조선 문단의 현계단과 수준」[16]을 위시하여 수삼數三의 논문을 통하여 독자가 불쾌를 느낄 만치 이 패배를 문학의 승리라고 논단論斷하며, 박영희朴英熙적인 투항 이론에 대하여 만강滿腔에 경의를 표하였다. 그리고 역시 그가 생각하는[17] 해외문학파류의 중간적 협조주의가 국제적으로도 옳다는 것을 증명하기에 여념이 없었다.

다음으로는 오랜 문학의 대표적 작가의 일인一人인 김동인金東仁 씨가 논문 「좌경문학左傾文學[18]의 기후其後」『중앙』지[紙] 5월[19]에서 말한 바, "좌

---

14 카프 2차 검거 사건(1934년)에 따른 맹원들의 활동 정지와 그에 뒤이은 카프의 해산 (1935년)을 의미한다.
15 원문대로이나 문맥상으로는 '비진보적'이 되어야 할 듯하다. '진보적'이란 표현이 냉소적인 의미로 사용되었을 수도 있겠다.
16 『조선일보』, 1935.1.1~1.12에 발표된 글.
17 원문에는 '생각은'으로 되어 있으나 문맥에 맞게 고쳤다.
18 임화의 원문에는 '左翼文學'이라 되어 있으나 김동인의 원래 글에 의해 수정하였다.

익 문학은 그 [운]동이 시작될 때부터 자기의 묘곡墓谷을 판[20] 것으로”,[21] 씨는 일관한 침묵으로 자멸을 기다리던 것이 이제 와서 '소멸' 되는 것은 지극히 당연하다고 한 일언一言은 가장 시사 깊은 말이다.

이 가운데는 프롤레타리아문학에 대한 어찌할 수 없는 깊은 증오가 숨어 있고, 또 프롤레타리아문학을 금일의 곤경에 빠트린 그 '힘'에 대한 만강의 충성과 감사의 염念이 충만되어 있다.

그러므로 김동인 씨의 고견에 의하면 씨등氏等의 문학의 '번영'이 당연한 것과 같이 프로문학의 소멸 운云?은 당연한 것이었다.

또한 이 심각한 프로문학 증오자인 정, 김 양씨의 소론所論이 프로문학 내에 있던 비非프롤레타리아적 경향의 동정과 지지를 여與하기에 게으르지 않았다는 것은 교훈 깊은 일이다.

정씨는 팔봉八峰이 우익화했을 때 팔봉을 동정했다가 회월懷月이 카프에 반대하고 팔봉이 카프의 지지자로 등장했을 그 때에는 동정을 팔봉에게서 회월에게로 옮기고, 김씨도 역시 초기의 팔봉에게 각각 깊은 동정을 아끼지 않았다.

그리하여 프로문학이 금일의 참경慘境에 이르렀을 때 일제히 만세를 고창한 것이다.

영구토록 우리는 조선 부르주아문학의 '명예'를 위하여 이 논문 등을 기억해두자.

---

19 원문에는 '中央紙 六月'로 되어 있다. '중앙지'는 『조선중앙일보』를 가리키며, '유월' 은 '5월'의 착각이다. 김동인의 이 글의 제목은 「문예시평」으로, 『조선중앙일보』, 1935. 5.14~25에 발표되었으며, 그 첫회 연재분의 부제가 '左傾文學의 其後'로 되어 있다. 이 글은 '春士'라는 필명으로 발표되었다.
20 임화의 원문에는 '된'으로 되어 있다.
21 김동인 글의 해당 부분은 이렇게 되어 있다. "약 十年 前 朝鮮 프롤레타리아 文學運動 이 시작될 때에 該 運動의 兩 指導者(懷月과 八峰)의 論戰은 벌서 그 兩者가 모두 左 傾文學이라는 것의 墓穴을 스스로 파는 者이엇다."

다음에 이러한 '최대의 적'의 일시적 불행을 기회로 하여 온갖 경향의 문학은 승리한 만족을 가지고 그 생활의 '자유'를 향유받는 것이다.

민족주의적 부르주아문학은 완전히 중세로 돌아가고, 예술지상주의적 조류는 생활로부터 환상적幻想的 상공에 올라 쉬르레알리즘, 주지주의, 심리주의, 불안의 정신, 무엇 무엇 등의 '자유스러운 예술' 가운데 마음대로 꿈꾸며, 해외문학파란 서생들은 어색한 자유주의로써 진보의 체현자이려고 들며, 프로문학으로부터 탈주한 사람들은 예술적藝術的[22]의 재인식, 리얼리즘의 정도正道 운운으로 그들은 스스로 이 나라 진보적 문학의 제일의 대표자라고 자긍自矜하면서, 낡은 자연주의의 시정문학市井文學으로 활주하고 있다. 이 와중의 조류들을 일층 자유롭게 하는 또 한 개의 요인은 과학적 문예비평과 문예학의 결여 그것이다.

요컨대 '비평무용론批評無用論'[23]을 지저귀던 일부 과학적 비평의 증오·기피자忌避者의 연래年來의 소망이 성취된 셈이다.

그러나 원컨대 우리 '무용론자등'이여!

비평이 희유의 참상에 놓인 작년의 모양이 얼마나 비참했는가? 듣건대 그들은 진정한 의미의 비평을 기피함이 아니라 카프적인 전진적 과학적인 비평을 무용하다고 말했다 한다. 그러면 이러한 비평가의 입[口]이 철쇄鐵鎖로 막혀진 채 작년에는 얼마나 훌륭한 비평이 작가들을 돕고 독자를 계몽하였는가?

---

22 '藝術性'의 오식으로 보이나, 이대로 두어도 의미가 통하므로 그대로 둔다.
23 1933년 10월 『조선일보』에서 「평론계의 SOS−비평의 권위 수립을 위하야」라는 특집을 마련한 이후, 1934년 들어 작가들에 의해 제기된 논의. 김동인·이기영·이무영·이석훈·엄흥섭·채만식·함대훈 등 소설가들 중심으로 전개되었고, 초점은 그동안 공격적 비평을 보여온 카프의 문학비평에 맞추어졌다.

이 해답을 나는 우리 자신의 입으로써가 아니라 귀하 등의 좋은 요우僚友인 존경할 비평가들의 의견으로 대신코자 한다.

김진섭金晉燮 씨의 「비평적 언사言辭의 과묵」,『조선일보』 8월[24]이라든가 김환태金煥泰 씨의 「작가, 평가評家, 독자」,동지[同紙] 9월, [25] 이헌구李軒求 씨의 논문 「비평계의 총결산」,동지[同紙], 11월[26] 등의 제 논문에는 일률적으로 진보적 비평에 대한 부정적 기피를 가지고 있으면서도 그것이 침묵한 뒤의 평단評檀의 무력無力, 과묵에 대하여 입을 맞추어[27] 긍정하고 있다.

그러면 작년 1년 중에는 비평이나 문학이론은 없었느냐 하면 그렇지는 않다.

단지 전기前記 3 논자의 눈에는 작년 후반기로부터 점차로 활기를 회복하고 있는[28] 진보적 문예비평은 안계眼界에 들어오지 않고 있으며, 비편견적인 입장에서 관찰한다면 진보적 문학이론과 비평은 아직 조직이 없어진 큰 자리를 정리 통일할 일관된 정신에 의하여 명확히 되어 있지 못하고, 그 외의 전기前記 '무용론자'군群이 신뢰하는 비평과 이론이란 무내용한 형식주의적인 일개 사변에 불과한 것이었다.

박태원朴泰遠 씨의 창작평이나[29] 정인섭 씨의 문단 각파 총연합 대문

---

24 임화의 원문에는 이 글이 7월에 발표된 것으로 되어 있으나 실제로는 8월(9~14일)에 발표되었다. 그리고 '비평적 언사의 과묵'이라는 제목도 글 전체의 제목이 아니다. 글 전체의 제목은 「文壇 時感」이며, '비평적 언사의 과묵'은 전체 5회 연재 중 마지막 연재분의 제목이다.
25 이 글 역시 임화의 원문에는 '7월'에 발표된 것으로 되어 있으나 실제로는 1935년 9월 5일에서 9월 13일까지 연재되었다.
26 이 글의 원래 제목은 「蕭條한 總決算的 序詞」이며, 1935.11.29~12.7 사이에 연재되었다.
27 원문에는 '갖추어'로 되어 있으나 문맥에 맞게 바로잡는다.
28 원문에는 '있다'로 되어 있으나 문맥에 맞게 바로잡는다.
29 박태원, 「新春 작품을 중심으로 작가 작품 개관」(『조선중앙일보』, 1035.1.28~2.13)을 가리킨다.

단大文壇 건설이[30] 이 종류의 사변의 대표적인 것이었다. 김두용金斗鎔, 김남천金南天, 안함광安舍光, 한효韓曉 씨 등의 비평논쟁은[31] 아직 카프 문학운동의 금후에 대하여 핵심적인 부분에까지 미치지 못하였다.

이리하여 백귀야행百鬼夜行! 이것이 오늘날의 조선 문단의 현상現狀이다.

이 모든 것이 정당히 자기의 예술적 존재를 시인받는 것은 전全혀 프로문학의 현상에 의존하는 것으로, 이것은 사회적 문화적으로 또한 개 일반적인 이유에 의하여 가능케 되어 있다.

이것은 그들의 언사言辭를 빌면 조선문학사 현재의 순간이란 조선문학 혹은 조선의 민족문학의 건설기이란 데 있는 것으로, 지금에 있는 모든 경향의 문학이 장래 성립할 광범한 내용의 대大 조선문학의 건설적 노력자의 일부분이고 모든 것은 그 독자성을 탐구함에 유용한 노력이라고 설명되고 있다.

또한 그들은 이러한 조선문학론을 가지고 진보적 문학의 파별적派別的 존재를 일시 긍정하는 흉도胸度?를 보임은 흥미있는 일이다.

그들은 이러한 방법으로 진보적 문학의 존재를 긍정함은 그들이 민족적 문학의 진정한 건설자임을 위장하는 데 이것은 실로 유용한 방편이고, 일방一方 프로문학을 상대적으로 조선문학 건설자리建設者裏에 특정한 시기에만 존재할 수 있는 것으로, 장래에는 합류, 자멸할 것이라는 이론을 가능케 하는 것이다. 우리들의 작가 비평가들이 부르주아적 비평의 이러한 환상幻想에 영향된 자체를 작년 중에 활동한 어떤 사람들에게서 발견함은 놀라운 일이다.

이러한 환상의 영향은 민족적 형식에 계급적 내용을 담은 우리들

---

30 정인섭, 「文壇時評(其二)─문학단체와 문예가협회」(『동아일보』, 1935.10)를 가리킨다.
31 사회주의리얼리즘론의 수입, 세계관과 창작방법 사이의 연관이라는 문제를 놓고 전개된 논쟁. 흔히 '창작방법 논쟁'이라 일컬어진다.

의 민족문학의 이상을 부르주아적인 것과 혼동하여 사적 유물론의 문화사관을 형식적으로 취급하고 그 가운데를 민족주의적 내용으로[32] 대충代充하는 결과를 초래하는 것이다.

그리하여 이러한 환상적인 조선문학의 건설 도정에서 그들의 말대로 상호 협조하고 종합적 장래를 위한 평화를 유지하지 않고 문학상의 ×××을 언동言動하여 협조적 종합에 의한 조선문학의 독자적 건설을 방지하는 자이라고, 진보적 문학을 조선문학 건설상의 일대 공적-大公敵으로 모는[33] 역선전적逆宣傳的 이론의 성립을 돕는 것이다.

사실에 조선문학 건설론의 내용이 된 사상에는 문학적 계급협조에 반대하는 자에게 대한 이러한 정책적 음모가 숨어 있음을 잊어서는 아니 된다.

제군들은 구舊 카프 작가의 일부가 현재의 '불명예'를 지는 대신에 가만히 건설자의 '명예'에 만족하려는 경향을 보지 못하는가? 엄흥섭嚴興燮 씨 등의 을해乙亥 1년간의 창작적 실천의 성과가 과연 이것에서 자유로울 수가 있는가?

이러한 의미에 있어 조선문학 건설론이나 독자성의 탐구 등이란 여사如斯한 정책적 사상성에는 지극히 편의하고 변화자재하여 일만 가지 귀신그것은 과학이다을 물리치기에[34] 만능한 부첩符牒이 되어 있는 것이다.

하물며 그것들의 내용이라든가 성질은 여지껏 한 번도 충분히 과학적으로 밝히어지지 않은 채 그냥 권위가 부여되어 있는 현상이다.

그리고 만일 누구가 이 모든 것을 과학적 문예학의 안광眼光 하에

---

32 원문에는 '內容을'로 되어 있으나 문맥에 맞게 수정했다.
33 원문에는 '모―든'으로 되어 있으나 문맥에 맞게 수정했다.
34 원문은 '리물치기에'로 되어 있다. 글자 순서를 바로잡았다.

천명하는 노력을 한다면, 전일 민세民世 안재홍安在鴻 씨나 정인섭 교수와 같이 '조선을 천대하는 놈',[35] '문학 본질을 파괴하는 자!'라고 대성노호大聲怒號할 것이다.

이들 한줌의 바리새교인들의 부르짖음에 귀를 기울일 게 아니라 문학과 과학의 진실한 옹호자는 이러한 환상적 제 개념이 일절一切로 오늘날에 있어 조선문학의 통일된 방향이 아니라, 반대로 그 진정한 의미의 역사적 통일의 파괴자이라는 것, 또 그것이 현금의 사회적 문학의 정세의 특이성이 양출釀出한 한 개 모순된 개념이라느니보다 공기[空氣]!으로, 금일의 문학적 무질서의 반영임을 이해해야 한다.

즉 이 혼돈을 방치하고 진정한 통일을 방해할 뿐만 아니라, 그것을 자기류의 당파적[36] 이해利害(부르주아적 민족주의적!)의 방향으로 이끌려는 한 개 정치적 지향이며 사실에 있어는 무내용의 것이다.

그러므로 진실한 예술문학은 과거의 신경향파문학이 '신문학'의 개념을 파괴하고 자기의 역사적 통일의 길을 타개하듯, 오늘날에 있어서도 역시 이 신비적 외모를 당파성[37]의 원리로 바꾸어야 한다.

이것은 곧 지금까지의 프로문학 10년사가 일관한 원칙으로 가지고 있던 것의 일층의 확인에 불외不外하는 것으로, 이것만이 자기의 문학

---

35 김남천이 「문예시감」(『조선중앙일보』, 1935.8.31~9.1)에서 당시 이광수전집을 발간하는 데 대하여 민족주의 진영의 '파쇼적 탁류' 운운하며 비판하면서, 이순신・단군・정다산 등을 민족주의 진영에서 옹호하는 것까지 나치스가 괴테나 헤겔을 찬미하는 것에 비유하여 비판한 바 있는데, 이에 대해 안재홍은 「천대되는 조선」이란 글을 통해 '경박한 일부 청년'들의 '조선인으로서의 조선 학대'와 '조선인의 자기 폄하' 풍조를 개탄하였다. 그러나 이에 대해 김남천은 다시 「조선은 과연 누가 천대하는가」(『조선중앙일보』, 1935.10.18~27)란 글에서 진정한 민족문화의 옹호자는 문화유산을 과학적으로 분석 천명하여 올바른 계승의 길을 찾는 '일부 청년' 학도들(곧 사적 유물론에 기초하는 사회주의 진영을 가리킬 것이다)이며, 그것을 학대하고 천대하는 자는 '민족문화의 옹호자라고 자처하여 이 간판 밑에서 갖은 기만을 다하는 민족주의 학자들'이라고 반비판을 가하였다.
36 원문에는 '克派的'이라 되어 있으나 '克'은 '党'의 오자일 것이다.
37 역시 원문에는 '克派性'이라 되어 있다.

을 생활적 현실의 현란한 형상을 가지고 충만시키며, 문학의 예술적 질을 향상시키는 것이다.

반대로 이러한 '혼돈의 자유' 가운데는 문학적 공허와 예술적 질의 저하가 따른다.

3. 복고주의의 탁류

장구한 시일에 긍亘한 비진보적 심미가審美家 제자諸子의 허다한 사변에 불구하고 비진보적 제 문학의 현실로부터의 이탈의 경향은 일층 공연한 것이 되었다.

그 전형적인 것으로서 우리는 그들의 문학이 하등 주저함이 없이 오늘의 시대로부터 과거에로 후퇴하고 있는 복고주의적 경향을 첫손에 꼽는다.

물론 전날에도 말한 바이지만 조선의 부르주아문학이 복고적 후퇴를 시작한 것은 금일에 새삼스레이 비롯한 것이 아[니]다. 그러나 과거에 한 맹아로서 일부 보수가保守家들의 경향이었음에 반하여 작금간의 것은 전면적 시사적時事的인 성질을 띠고 있다.

그리하여 이 조선 부르주아문학의 고유한 일 성질로서 부수付髓되어 있던 복고적 경향은 금일에 와서는 '문학유산의 섭취', '고전의 재인식'이란 과학적 수사修辭를 사용하는 것으로써 그 통용되는 범위를 넓히고 아울러 내용의 시사적時事的 신선新鮮을 획득하고 있다.

이곳에서는 물론 예의 조선문학 건설론에 의하여 그 필연성의 과학적 기초가 부여되고 건설될 조선문학의 독자성의 풍부화, 조선적인 것의 신장이라는 문화적 이유로서 그것은 또 하나 필수불가결의 요소로서의 당당한 자격을 얻게 되는 것이다.

이것은 현재 조선문학의 지배적 의향으로서, 여하한 정도로이고[38] 이 후퇴운동과의 관련을 맺지 않은 것은 없는 형편이다.

후퇴운동은[39] 중언重言할 것도 없이 현실로부터 한 개 적극적인 이탈을 의미하는 것임에 불구하고 전술한 바와 여如한 문화적 이유에 의하여 오히려 조선적 현실에 대한 진정한 이해라는 허무한 방법으로 그 현실성이 주장된다.

그러므로 몇 년 전만 해도 대부분의 작가 비평가의 관심을 끌지 않고 일부 보수가保守家 — 시조 작자, 역사소설, 야담사野談師 등 — 에게만 있던[40] 것이, 금일에는 보수 반동이 아니라 한 현실적 관심의 표현이며, 문학적 진보를 위한 일 행위로서 비약되[에] 있다.

그리하여 이러한 것은 한 개의 환상성을 가지고 문학계의 전반 위에 전파되어 민족주의문학자는 물론 예술지상주의자, 자유주의자, 심지어는 프로문학 위에까지 그 영향은[41] 조수潮水와 같이 파급되어, 대기大氣에 노출된 목내이木乃伊[42]처럼 각개의 조선문학은 그 피부의 색을 변하고 있다.

물론 부르주아문학의 복고주의는 근대로부터 중세에의, 문명으로부터 야번野蕃에의 후퇴운동이며, 현실로부터[의] 이탈이란 부르문학의 근본 내용의 일층의 공연한 적극화임은 글자가 가리키는 바와 같거니와, 이것을 가능케 하는 이유란 단지 상술上述한 이론적 위장 — 세공細工의 힘에서뿐만이 아니라 현실 정세의 늠렬凜烈한 특질에 의한 것이다.

---

38 원문에는 '程度도있고'로 되어 있으나 문맥에 맞게 수정했다.
39 원문에는 '後退運動을'로 되어 있으나 문맥에 맞게 바로잡았다.
40 에게만 있던 : 원문에는 '에게는 있는'으로 되어 있으나 문맥에 맞게 바로잡는다.
41 원문에는 '影響을'로 되어 있으나 문맥에 맞게 바로잡는다.
42 '미이라'의 당시 한자어. 원문에는 '木伊乃'로 되어 있으나 글자 순서를 바로잡았다.

문학의 위대한 열정적 용기와 과학적 냉혹을 가지고만 자기의 문학을 예술적 고처高處로 인도할 수 있다.

복고주의와 고전부흥을 가장 시끄럽게 선동한 『조선일보』 1935년 신년호에는 「조선 고전문학의 검토」라는 면에 여러 사람의 논문을 실으면서 그 사社의 담당 기자는 다음과 같이 말하고 있다.

"찬란(燦爛)한 옛 문화를 잊어버린[43] [차대(此代)의][44] 우리는 너무도 외래의 문화를 수입하기에 급급하였다.

그래서 우리의 생명수였던 우리의 문자,[45] 우리의 문학까지 내어버린 이제에 새삼스럽게 고[전]문학을 검토한다 함은 일소(一笑)에 붙일 경솔한 분이 있을지도 모르나, 제 고향을 잊을 수 없는 것과 같이 우리는 우리의 문학을 잊을 수 없고, 우리의 호흡이 있는 이상에 우리는 우리의 문학을 찾아 우리의 명패(名牌)를[46] 빛내보[고]자 함이다."[47] 운운.

이곳에는 신라 향가로부터 훈민정음, 세종대왕, 그리고 심청전, 춘향전, 홍길동전에 이르는 공진회共進會 보따리를 풀어놓은 진의眞意가 한 개 유력한 선동의 지식자知識者의 의견으로 발표되었다.

「조선 고전문학의 검토」란 결코 그 말이 지시하는 바와 같이 과학적 평가, 연구로 진정한 문학을 건설함에 있지 않고, 우리 복고주의

---

43 임화의 글에는 '저버린'으로 되어 있으나 『조선일보』의 원문에는 '이저버린'으로 되어 있다. 원문에 의거해 바로잡는다.
44 이 역시 임화의 글에는 빠져 있으나, 『조선일보』의 원문에 의거해 삽입하였다. 이하 이 인용문에서 [ ] 부분은 모두 마찬가지이다.
45 임화의 글에는 '文學'이라 되어 있으나 『조선일보』 원문에는 '文字'라 되어 있다.
46 임화의 글에는 '名碑을'로 되어 있으나 『조선일보』 원문에 의거해 바로잡았다. 이하 이 글에서 '명패'라는 단어는 모두 동일하다.
47 함이다: 임화의 글에는 '함에 있다'로 되어 있으나 『조선일보』 원문에 의거해 바로잡았다.

자가 고백하는 바와 같이 조상의 '명패名牌를 빛내보고자 함'에 있음을 알 수가 있다.

그리고 이 판단에 보다 더 견고한 기초를 부여하는 사실이, 모보某報에 1월 말부터 수주數週를 그 특집에 바친 「조선문학 상의 복고사상 검토」[48]를 통하여 고전 탐구의 의의를 밝힌다는 서두緒頭에 역시 해사該社 일 기자의 명의로 여하如下한 경청할 의견이 기재되어 있다.

> "본보 신년호 지상에 고전문학의 검토와 고전문학의 소개 페이지가 있었거니와 일부의 독자들은 새로운 문학이 탄생할 수 없는 불리한 환경 아래 오히려 우리들의 고전으로 올라가 우리들의 문학유산을 계승함으로써 우리들 문학의 특이성이라도 발휘해보는 것이[49] 시운(時運)에 피할 수 없는 양책(良策)이라고 말하며[50] 일부의 논자들은 우리들의 신문학 건설 그 전일(前日)에 섭취될 영양으로서 필요하다고 말한다"[51] 운운.

이곳에는 이 기자와 여如한 이의 기도企圖가 결코 '복고사상의 검토'가 아니고 선전인 것, 그리고 '고전 탐구의 의의'가 '명패 예찬'에 있다는 고백을 일층 현실적인 이유로써 설명하고 있는 것이다.

뿐만 아니라 그는 이러한 것에 대한 신문기자 특유의 교활과 무책임성을 가지고 남의 입을 빌어[52] 자기의 사상을 토로하고 있다.

---

48 『조선일보』에서는 1935년 1월 22일부터 「조선문학상의 복고사상 검토－고전문학과 문학의 역사성」이라는 특집으로, 김진섭의 「고전 탐구의 의의」(1.22~25), 김태준의 「고전 탐구의 의의－조선 研究熱은 어데서?」(1.26~27), 최재서의 「고전 부흥의 문제」(1.30~31) 등의 글을 연재한 바 있다.

49 발휘해보는 것이 : 임화의 원문에는 '發揮해봄이'로 되어 있으나 '일 기자'의 원문에 의해 바로잡았다.

50 임화의 글에는 '말하고'로 되어 있으나 역시 '일 기자'의 원문에 의해 바로잡았다.

51 『조선일보』, 1935.1.22.

52 원문에는 '벌여'로 되어 있으나 수정하였다.

사실 이곳에는 전진하는 대신에 후퇴한다는 것이 솔직하게 고백되고, 타방他方 모든 종류의 논자들의 복고주의적인 경향이 일체로 현실로부터의 이탈에 그 근거가 있음을 명확히 이야기하고 있다.

현대 대신에 중세로! 문명 대신에 야만에로! 그것을 '조선적인 것의 존중'과 '조선문학의 건설'을 위하여 모든 문학은 수행할 임무가 있다.

이 야만한 지향의 가장 전형적인 예술상 지지는 말할 것도 없이 민족주의적 문학 그것들이다.

이병기李秉岐, 최남선崔南善, 정인보鄭寅普, 한용운韓龍雲 씨 등의 동녹이슨[53] 유령들은 더불어 새삼스러이 논할 것도 없지만, 그들 없이는 그 연대年代의 찬연한 신문학을 상상할 수도 없는 김동인, 이광수, 이은상李殷相, 윤백남尹白南, 김동환金東煥, 김억金億 등 제씨諸氏의 근황이야말로 문학을 사랑하는 사람의 가히 교훈 받을 바이다.

이광수 씨야 벌써 예술문학으로부터 역사소설, 『흙』 같은 추상문학으로 돌아선 지 오래이지만, 「감자」, 「태형笞刑」의 작자 김동인 씨가 「낙왕성추야담落王城秋夜譚」을 쓰고, 근대극 운동의 최량의 건설자의 일인一人인 윤백남 씨는 「대도전大盜傳」의 작자로 변하였다.

이들은 모두 문학자, 예술가로부터 대도예인大途藝人=야담사野談師로 타락하고, 김동환, 김억 씨 등은 시인으로부터 창가사唱歌師라는 비참한 지경에 이르러 이미 문학비평의 권외에 선 것이다.

현실과 그 진보로부터 떠나가는 자에게 대하여 예술은 예술가에 주는 최대의 치욕적 불명예로써 복수하는 것이다.

일련의 예술지상주의자구인회파와 그타[他]와 그 주류적 추종자들에게

---

53 원문에는 '쓰른'으로 되어 있다.

있어도 이 예술의 복수는 그 예도銳度를 낮추고 있지 않다.

무엇보다도 그 문학의[54] 형상성, 형식, 언어상에 심각하게 나타[내]있는 것으로, 어휘의 풍부화를 위한 부자연한 세력에 인固한 방언의 난용亂用, 이미 죽은 고어古語에의 편애 등으로 문장이나 서술의 생채生彩, 회화의 난해 등으로, 그들 형상성[55] 위에 마이너스를 주었다.

이리하여 그들의 문학이 내용하는 사상이나 취급하는 주제의 비현실성은 예술적으로 입증[56]되어, 현실을 목가적으로 왜곡하여 중세적인 말로 지저귀면서 우리들의 시대로부터 떠나가는 것이다.

새로운 작가 김유정金裕貞 씨와 같은 재능 있는 사람[도] 이러한 경향의 전형적 체현자이었다는 것은 슬퍼할[57] 일이다.

특히 이 언어상의 복고사상의 영향이란 실로 광범한 것으로, 현대[작]가의 거의 전부를 사로잡고 있다고 해도 과언이 아닌 것으로, 면밀한 성의 있는 비평에 의하여 천명되어야 할 것이다.

다음 프롤레타리아문학, 특히 창작방법 논쟁상에 나타난 한 개 복고주의적 영향인 '××[사회]주의리얼리즘' 반대자의 '조선 현실'의 강조에 대하여는[58] 단지 한 개 암시를 던져둘 뿐 다음으로 미루고 넘어간다.

복고주의! 그것은 조선에 있어 민족주의의 한 개 문화상 현대화된 표현이다. 창작방법, 문예정책 그것은 프롤레타리아문학의 세계관적,

---

54 원문에는 '文擧의'로 되어 있으나 '擧'는 '學'의 오자일 것이다.
55 원문에는 '形象期'라 되어 있으나 '期'는 '性'의 오자일 것이다.
56 원문에는 '商證'이라 되어 있으나 '立證'의 오식으로 보인다.
57 원문에는 '슬어할'이라 되어 있다.
58 김두용金斗鎔을 가리킨다. 김두용은 당시의 조선이 사회주의사회가 아니므로 사회주의리얼리즘을 수입하는 게 불가하다고 주장했다. 대신 그는 '조선적 특수성'을 들어서 '혁명적 리얼리즘'을 주장했다. 김두용, 「창작방법의 문제─리얼리즘과 로맨티시즘」(『동아일보』, 1935.8.24~9.3); 「창작방법 문제에 대하여 재론함」(『동아일보』, 1935.11.16~11.29) 등 참조.

기본적 이상理想, 명확한 당파성의 원리상에서 결정되고 논쟁되는 것이다.

조선의 특수성, 조선 현실의 독자성을 가지고 문학과 정치의 ××[사회]주의적 내용을 거부하고 개량하려는 것은 제군들이 잘 기억하고 있는 바와 같이 과거에 있어 민족개량주의와 프롤레타리아××의 기본 내용의 거세론자去勢論者인 '특수 조선'의 멘셰비키들의 강령이 아니었던가? 리얼리즘의 ××[사회]주의적 내용을 조선적 특수성에 의하여 거부한 것이 본질적으로 과거의 민족개량주의와 멘셰비즘과 대체 어디가 틀리는가?

나는 ××[사회]주의리얼리즘 반대론자들의 조선 현실 존중을 문화상의 복고주의적 영향과 무관계하게 평가할 수는 도저히 불가능하다.

4. 중간적 사상의 동요와 예술지상주의의 고민

중간적이란 말은 현재에 있어 국제적으로는물론 문학적으로! 프롤레타리아문학과 파시즘문학과의 중간의 제 경향을 의미하며, 조선적으로는 민족주의문학과 프롤레타리아문학과의 사이에 있어 부절不絶히 동요하고 부침소장浮沈消長하는 일련의 잡다한 경향의 문학에 대하여 불러지는[59] 것이다.

이러한 소위 '중간적' 이데올로기 상에 서 있는 문학이란 그 공통한 한 개 일반적 성질로서 예술에 있어서의 명확한 사상성의 기피로 말미암아 특징화되어 있다.

---

[59] 원문에는 '불러서는'으로 되어 있으나 문맥에 맞게 수정했다.

그러나 특징이라는 것은 어디까지든지 일반적인 의미의 것이고 결코 그 개개의 작가 각개의 경향에 완전히 적용됨이 아님을 또한 고려해야 한다.

이렇게 말하면 일견 패러독시컬하게 들릴지는 모르나 그러나 이러한 부자연한 일반성은 중간적 생활군生活群, 그 이데올로기와 문학 자체의 불분명한 성질에 의존하는 것으로서, 그들은 모두가 혹은 '우'에 혹은 '좌'에 다소간 일정한 정도로 접근했다 분리했다 하고 있는 것으로, 기본적으로는 그들의 생활이나 사상보다는 예술 그것을 보다 더 일의적—義的으로 생각하고 있음에 기인하는 것이다.

사상성 그것에의 열애熱愛, 공연한 이행은 현재의[60] 정세하에 있는 부르주아문학의 일반화된 회제적回際的 규모에의 특질로서 이것은 부르주아문화의 심화된 위기를 반영하는 것이다.

물론 이 사상성이란 진보의 사상이 아니라 과거에의 퇴보의 정신으로서, 우리 조선에 있어서의 '조선문학 건설론', '고전부흥' 등에 의하여 표시된 복고주의란 이 사상성의 문학적 표현이다.

20년대에 있어서의 신문학의 건설자들 그리고 사실상 조선 부르주아문학의 대표적 [작]가들의 그 최후의 위장인 예술성의 옹호로부터, 공공公公히 정치, 사상민족주의[에]의 봉사로 일변한 오늘날, 이들 중간적 문학 가운데 투여한 영향이란 이중의 의의를 갖는다.

첫째는 문학상에 있어서 중간층의 일반적 신념이었던 '예술은 모든 정치와 사상으로부터 자유인 것', '초월적인 것'이라는 신념이 십수년 이래의 이 경향 최강의 지주支柱 자신에 의하여 방기된 격렬한 동요를 받는 것이다.

---

60 원본에는 '現조—의'로 되어 있으나 수정했다.

즉 예술지상주의 그것의 근저로부터의 동요로서, 순수문학의 신봉자들이 하등의 형식, 정도로 이 정치와 현실에 대한 일정한 태도를 표시하지 아니할 수 없는 사정이 만들어진 것이다.

다음으로는 프롤레타리아문학이 그 성립의 최초로부터 주장한 예술의 ××[계급]성, 문학의 현실정치-사상로부터의 순수한 무관심의 불가능의 이론이 그 반대자 자신에 의하여 진리로서 확인된 것, 따라서 제삼자인 독자의 앞에 부르주아문학이 순수히 예술을 위하여 존재한 것이 아니라 사실은 그들 자신의 ××[계급]적 이해利害를 위하여 존재해 있다는 것이 일어-語에 명확히 되었다.

이것은 동시에 부르주아적 문학이 이제야말로 문학의 진보를 희망하지 않고 그 퇴보를 바라며, 또한 부르주아문학의 프롤레타리아문학에 대한 공격과 또 독자로부터의 자기의 약점, 정체를 은폐키 위하여는 이미 무력화된 예술지상주의가 아니라 무엇이고 새로운 다른 곳에 그 엄호물掩護物을 구하지 아니치 못하게[61] 절박切迫됨을 의미한다.

이곳에 등장한 것이 '조선문학 건설론과 고전 존중', '조선문학의 독자성' 등의 온갖 경향으로 표현되는[62] 복고주의의 유령이다.

그러나 이미 복고주의라는 것이 역사상에 있어서 모든 사상과 문화의 몰락기의 전형적 특징이라는 것을 은폐할 수는 없을 것이다.

노老 헤겔G. W. F. Hegel의 말과 같이 미네르바의 부엉이는 황혼이면 비상하는 것이다.

우리 문단에 있어 가장 많은 저널한 세력을 가지고 있는 중간적 문학에 주는 이 '부엉이'의 가장 큰 영향은 상술한 지상주의적至上主義

的 신념의 붕괴이거니와, 이것에 수반되는 필연적인 현상은 상실된 신념을 대신할 새 무엇에의 탐구의 움직임 그것이다.

불안은 그들을 겸손케 하고, 회의는 그들을 괴롭게 하며, 절망은 일층 그들을 무섭게 한다. 그들을 비추던 석일昔日의 태양은 이미 무색無色하고, 그들의 취향에 맞는 새로운 태양지상주의와 같은은 금일의 급박한 현실이 던져주지 않는다.

이것들을 구할 감사할 태양은 용이히 나타나지 않는다. 그렇다고 그들은 곧 용기를 가지고 이미 명확해진 역사적 진보의 광휘 있는 태양의 광망光芒 앞에 눈을 버릴 수는 없다. 그들을 자위自慰시킬 모든 것은 소실되었다.

그들은 이미 이러한 비극적인 위기 앞에 허덕이나, 그 역사적인 이해를 갖기에는 너무나 격원隔遠되어 있었고 또 약할지도 모른다. 그들은 이미 낡은 것은 새로운 것의 탄생, 그리고 그 가운데 선 자기들의 존재까지도 이해할 수가 없게 된다.

그들의 사유의 힘은 벌써 완전히 무력하다. 그러면 사상, 철학의 붕괴가 아니냐?

이해할 수 없는 사태! 이것과 같이 인간에게 대하여 치욕적인 것이 있는가? 더구나 시인, 작가, 비평가, 즉 두뇌를 가지고 사색하는 지식인, 그것을 표현하고 비평하는 인간에 있어 그것은 그 '인간' 자신의 파멸을 의미하는 것이 아니냐?

지옥과 같은 암흑! 나락!

이곳으로부터 오는[63] 치욕감, 공포, 불안, 동요!

을해 1년간의 우리 중간층 문학이 경험한 정신적 상태란 정히 이런

---

[63] 원문에는 '있는'으로 되어 있으나 문맥에 맞게 바로잡는다.

것이다.

이것[은] 저 1923년 경 신경향파문학 대두의 직전 '낭만적 세기말의 잡학雜學한 경향'의 문학이 경험한 그것보다 몇 배의 심각한 것이 아니면 아니 된다.

그러나 조선의 예술지상주의자가 경험한 이러한 것은 결코 작년간에 비로소 시작된 것이 아니라, 수년 전부터 비롯한 계속적인 도정임을 이해해야 한다.

수년래數年來의 이 도정에서 몇 사람의 양심 있는 작가들은 프로문학에로 옮겨오고, 그 가운데 몇은 민족문학으로 이행하는 것이다. 단지 오늘 와서 이 도정은 사회정세의 변[화],[64] 부르주아문학의 공연한 정치화의 결과로서, 대개 재작[년] 경부터 일층 촉진되어 현재에 이르러 분화구噴火口까지 온 것이다.

이러한 도정으로부터 발생한 가장 실망적實望的인 것의 하나는 페르낭데스R. Fernandez류流의 행동주의문학론의 수입이며, 최재서崔載瑞 씨의 '자기 풍자의 문학', 이헌구李軒求, 김기림金起林 씨 등의 '인간학적 문학'의 사상이 서구로부터 수입된다.

행동주의문학에 대한 관심은 이러한 정세하에 필연적으로 인텔리겐차의 문학에 의하여 환기될 것이나, '조선적 정신문精神文[화]의 빈약 무기력 비참'은 홍효민洪曉民 씨의 논문으로[65] 일차 소개 정도에 그쳤을 뿐으로, 하등의 중착重着한 반향도 이르지 못한 채 금일에 이르렀다.

물론 나 자신이 행동주의문학론에 특별한 호의를 여與함은 아니다. 이것에 대한 무반향을[66] 나는 조선의 시민문학의 전통적 소극성과

---

64 변[화] : 원문에는 '燮'이라 되어 있으나 '變'의 오자일 것이다.
65 홍효민의 「행동주의문학 운동의 검토」(『조선문단』, 1935.8), 「행동주의문학의 이론과 실제」(『신동아』, 1935.9) 등의 글이 있다.

그것의 유전서遺傳書에[67] 섰는 중간적 문학의 조선적 무기력에 돌리고
자 한다.

요컨대 조선의 인텔리겐차의 정신이나 그 문학은 '행동주의문학'
만한 적극성도 없을 만치 퇴영적인 것이다.

행동의 가치를 공연히 문학의 상위에서 평가한 사람으로 시인 김
기림 씨를 기억코자 한다.

씨는 물론 그의 논문 「객관에 대한 시인의 포즈」[68]나 「오전의 시론
―기초론」[69] 등에 나타난 사상이 결코 페르낭데스적이라고는 못할지
라도, 그가 시문학의 이상으로 '인간 정신'의 이념을 설정하면서 그것
을 행동에까지 끌어올린 것을 주목코자 함에 있다.

그러므로 김기림 씨의 행동의 내용이란 것도 한 개 인간적인 행동
에 머무르는 것도 어떤 의미에서 이것은 '행동의 문학'의 이상理想으
로서의 행동과 일치점을 상상함도 억설臆說[70]은 아닐 것이다.

이 '인간 정신'으로 예술, 문학의 길을 탐구하는 이로[71] 역시 전기前記
이헌구 씨를 들 수 있는데 이 분의 논설에 의하면, 현대문학은 새로운
인간성의 탐구에 그 가치를 발견해야 한다고 한다.

이곳에서 우리는 김기림 씨와의 일반적 공통점을 발견하게 된다.

그러나 주지周知와 같이 인간으로부터 그 존재의 사회적 역사적인
내용을 제거[72]한다면 '순수히 인간적인 인간'이란 개념의 '인간적'이
란 말은 생물학적이란 말의 대명사가 되지 않을 수가 없다.

---

66 원문에는 '無反響으로'로 되어 있으나 문맥에 맞게 바로잡는다.
67 유전서에 : 원문대로이다. '遺傳裏에'의 오식이 아닐까 한다.
68 『예술』, 1935.7에 발표된 글.
69 『조선일보』, 1935.4.20~5.2에 발표된 글.
70 원문에는 '憶說'로 되어 있다.
71 원문에는 '이도'로 되어 있으나 문맥에 맞게 바로잡는다.
72 원문에는 '描寫'로 되어 있으나 문맥에 맞게 수정하였다.

그러면 순수히[73] 생물학적인 의미의 인간이란 한 개 '동물로서의 인간'을 의미하고 동물로서의 인간의 해석으로부터 나오는 결론이란 한 개 순수한 개념으로서의 '생'이란 것에 귀납될 것은 자연의 이치이다.

'인간은 태초로부터 사회적 존재이다'라는 아리스토텔레스 이후의 모든 철학적 과학의 인간론과 떠나, 이곳에서는 현대적 형이상학의 대표자의 일인—人인 딜타이W. Dilthey의 '생의 철학'과의 혈연 관계 중에 들어가는 것이다.

그리하여 '인간 정신의 발양發揚'과 새로운 '인간성의 탐구'를 문학의 기본적 임무로 설정하는 김기림, 이헌구 양씨의 문학론이 '우리들의 시대가 긴급하게 해결을 요하는 문제가 있다면 그것은 철학적 인간학의 과제'란 셸러M. Scheler의 사상으로부터 훗설E. Husserl, 하이데거M. Heidegger를 지나 직접으로 키에르케고르S. Kierkegaard, 니체F. W. Nietzsche의 철학에 결부되는 것은 조금도 의심할 여지가 없다.

'새로운 인간성의 발견', '인간 정신의 발양', 그것에 의한 행동 등이 다 같이 '생의 인간'의 발견을 그 임무로 하는 철학적 인간학과 공히 인간을 그 존재의 사회적 역사적 측면에서의 평가를 방기하고 오로지 '동물적'으로 '내적'으로 추상하여 인간의 행위에 있어 객관적 판단과 이성의 역할을 과소평가하게 되는 것이다.

이곳에 이르면 이태리의 헤겔학자 젠틸레G. Gentile 등의 '파쇼적 영웅주의' 사상과의 구별을 설정키가 곤란하게 되는 것이다.

비이성적인 충동적 행위! 그것은 비객관적, 반역사적 행동을 합리화하며, 이곳에서는 니체, 베르그송H. Bergson으로부터 프로이트S. Freud

---

73 원문에는 '純粹의'로 되어 있으나 문맥에 맞게 수정하였다.

적 '충동설', '활력론', 데카르트[74]R. Descartes의 '동물정기動物精氣'설까지가 사상적 매력의 대상이 되는 것이다.

김기림 씨가 그의 논문 「오전의 시론」에 있어 창작 과정의 태초적 출발점을 '생에 있어서의 정신의 연소燃燒'라고 정의한 것은 결코 우연사偶然事가 아니다.

그러므로 "인간의 일반적인 전체적인 기준에서 볼 때 아름다운 행동은 아름다운 시보다 더 아름답다"김기림 씨 동상[同上] 논문고, "그러한 의미에 있어 나의 시는 행동에의[75] 향수鄕愁일지도 모른다"동상는, 씨가 '행동'에 표시한 한 개의 '인간적 편호偏好'라는 것이 무엇인가를 이곳에서 우리 독자 역시 의심할 수는 없다.

따라서 씨가 「시론」 제1편에서 근대시의 발전을 서술한 다음 그것의 현재의 위기를 '시적 감격의 원천의 상실'이라 지적하고, 새로운 시가 출발할 시적 감격의 원천을 '최상의 것으로의 인간적 감격'에 구할 것이라고 결론한 것은 우리들의 체계적 이해를 돕는 것이다.

그러나 주의할 것은 씨의 '인간학', 그것의 핵심인 '생'은 셸러나 딜타이의 혹은 니체의 '생'과 같이 소박치 않다는 것이다.

즉 기림 씨의 '생'은 "시대의 색채로 강렬하게 착색된 것이고" 그 '인간적인 감격'은 "기성의 모든 가치, 상식적인 인식에 대한 불만에서 끊임없이 한 개 비판의 정신으로 시인을 이끄는" 것인 때문이다.

이곳에는 한 개의 세련된 상태가 있다. 이 특징은 '시대색時代色'과 '비판 정신'의 양개兩個임은 보는 바와 같거니와, 그것이 여하한 시대색이고 또 어떠한 입장에서의 '비판'하는 '정신'인가는 그의 전全 논술의 어디에서도 그 해답을 발견키는 곤란한 것이다.

---

74 원문에는 '「떼킬트」'로 되어 있다.
75 원문에는 '行動에서'로 되어 있으나 문맥에 맞게 수정하였다.

그러나 이 곤란은 결코 궁극적인 것이 아니라 단지 한 개 외면적인 것으로, 그실은 벌써 이 해답은 미리 준비되어왔다.

즉 그가 시적 창조의 출발을 '생에 있어서의 정신의 연소'에서라고 논기論起하여 시를 '정신의 체조'라고 정의한 데서와, 그 모든 것이 성립하는 일체의 기초로서 '최상의 것으로서의 인간적인 감격'을 택한 데서이다.[76]

이 주지주의 시인도 이곳에서는 '생물'이었고 따라서 최초로부터 '지각'하고 동시에 '비판'하는 대신 다시 감각과 감성을 가지고 감격한 것이다.

그러므로 '생에 있어서의 정신의 연소'가 시그타[他] 예술, 사상 일반이라면, '생에 있어서의 육체의 연소'는 행동일 것이라고 우리는 믿어야 한다.

생에서 출발한 인간적 감격에 원인하는 두 개의 결과로서! 따라서 생에 있어서의 행동은 육체의 연소, 시는 정신의 연소, 이것이 화염으로서 '시대의 색채'와 '비판 정신의 색채' 두 가지 색채를 발한다.

그러므로 '비판'의 대상은 일체의 것자본주의도 코뮤니즘도!이고, '시대색'은 그들이 긍정 수용할 아무것도 없는 이 세계의 시대이다.

"그래서 그것은 인간의 사고에 늘 한 변혁을 준비한다."동상[同上], 기림 씨

아무것도 인정치 않는 부절不絶의 변혁의 사상!

이것은 곧 '무無'의 사고이다.

이곳에서 우리는 최재서 씨류의 '자기 풍자', '자기 조소嘲笑[77]'의 문학 역시 중간자적 자기 부정의 위기적 불안의 무내용한 표현임을 기억해야 한다.

---

[76] 원문에는 '데것이다'로 되어 있어 수정하였다.
[77] 원문에는 '潮笑'로 되어 있다.

역사의 미래적 존재에서도, 또 과거적 존재에서도 자기의 존립할 장소와 생존할 이유를 발견치 못하는 중간적 지식층의 영원히 방황하는 이스라엘 인민을 볼 수가 있다.

이 방황의 궤도는 그것이 여하한 이론적 정련精練을[78] 입더라도 '생' 인간이란 태양을 중심으로 한 환상운동環狀運動에 지나지 않는 것으로, 궁국窮局으로는 그들 자신소시민적 계급인[階級人]의 생존의 불안 그것이 결과하는 '허무의 공황恐慌'의 한 개 표현임을 면치 못하는 것이다.

그러므로 '인간'과 '생'이란 그들의 계급적인간적 존재의[79] 위기를 은폐하고[80] 망각하고 자위自慰할 한 개의 주체적 상정물의 범위를 나서지 못하는 것이다.

이곳에서 원칙적으로는 씨등氏等의 인간학적 문학론을 딜타이, 하이데거와 구별치 못하는 것이며, 또한 키에르케고르와 니체적인 그것과의 차이를 설정할 수 없는 것이다.

이것은 세계적 규모에 있어 '중간자의 철학' '중간자의[81] 문학'인 동시에 조선에 있어서도 한 개 전형적인 중간자의 문학이다.

이러한 조건 가운데서 키에르케고르 이후의 전全 현대 형이상학이 그들의 사상적 영양물을 우루우는[82] 것이고, 지성이란 감각의 상태이고 사상이란 파톨로기[83]의 상태를 의미하게 되며, 이 양자가 융합하지 않는 분리물로서 혹은 혼합물로서 그 예술상에 표현됨은 자연스러운 일이다.

---

78 원문에는 '精綠을'이라 되어 있으나 '綠'은 '練'의 오식일 것이다.
79 원문에는 '存死의'로 되어 있으나 '死'는 '在'의 오자일 것이다.
80 원문에는 '隱發하고'라 되어 있으나 '發'은 '廢'의 오자일 것이다.
81 원문에는 '中間者스의'로 되어 있다. '스'자가 불필요하여 삭제하였다.
82 원문대로임.
83 Pathologie.

정지용鄭芝溶[84] 씨는 이러한 의미에서 가장 감각적인 시를 쓰고 동시에 가장 '사상적'인 시를 쓰는 시인이다.

무내용의 감각으로 시를 쓰는 일방 그는 가톨릭교의 중세 정신으로 열렬한 사상적 시인이다.

뿐만 아니라 김기림 씨에 있어도 창작의 도정적道程的 색채로서는 지적이나 기본적으로는 파토스적감각적인 태도라든가 작시상作詩上의 주정적主情的 측면의 긍정, 창작상의 리리시즘의 증대 등은 우리의 주목을 요청하는 바가 아닐 수 없다.

요컨대 기본적으로 그들은 사실의 인식자가 아니라 감격자이다. 사회적 역사적이 아닌 인간이 단지 생물학적이고 생물학적인[85] 인물 존재란 유기체적 존재에 불과하며, 그 존재의 내용이란 또한 아메바적 단세포생물과[86] 동일한 '생'에 의하여 사는 것이므로, 이성적 '합리적' 인식 대신에 대상에의 감격이 있을 뿐임은 지극히 자연스럽다.

그러므로 인간적으로 행동하며 사유하는 것은 감격적으로 현실과 관계하는 것이고 따라서 과학적으로 현실과 결합하는 대신에 현실로부터 초월하는 것이다.

중간자적 초월! 그것은 석일昔日에는 예술지상주의였으나 금일에는 인간정신의 발양과 인간성의 탐구란 인간학에 의하여 수행되는 것이다.

이곳에는 곧 심각한 자본주의 세계의 위기, 중간자의 위기가 반영되어 있어 인간학적 문학이란 결국 불안한 예술지상주의에 불외不外

---

84 원문에는 '鄭芝鎔'으로 되어 있다.
85 원문에는 '生物擧的인'으로 되어 있다. '擧'는 '學'의 오자일 것이다.
86 아메바적 단세포생물 : 원문에는 '「아메바」的等 細胞生物'로 되어 있다. 문맥에 맞게 수정했다.

하는 것이다.

이러한 의미에 있어 그들이 여하히 강한 낭만주의의 부정자否定者이라고 하더라도 궁국에 그들은 반反현실적인 낭만주의로서 성격화되어 있다.

민족적 문학이 과거에의 낭만주의자이고, 가톨릭 시인이 종교적－중세적 낭만주의자이면, 인간학적 문학이란 초현실의 낭만주의자이다.

이곳에서 '지성'의 명의名義에 의한 '감각 로망'이 생길 것이 조금도 부자연하지 않다.

동시에 감각에 의한 현실 초월의 '로망'은 '몽환夢幻에의 로망'슈르레알리즘—이상[李箱][87] 씨 등, '논리성과 언어구조에의 로망'주지주의의 두 길로서 냉혈 동물이 된다.

이곳에서 비로소 주지주의의 낭만주의 부정의 근거가 형성되는 것이나, 현실의 추상자抽象者로서 낭만주의자임을 면하지는 못하는 것이다.

그러나 최근의 김기림 씨에게서 발견하는 것과 같이 공연한 리리시즘 혹은 로맨티시즘에의 접근은 현실의 어떤 냉혈적 추상으로부터 현실의 어떤 자者에 대한 긍정자로 변하지 않고는 불가능함을 잊어버려서는 아니 된다.

이곳에는 두개의 길이 있다. '생'의 사상이[88] 의미하는 순수한 로맨티시즘—사회적으로는 민족주의－파시즘—, 다른 하나는 사실의 인식의 과학에 임하여 역사적＝진보적 로맨티시즘—사회적으로는

---

87 이상 : 원문에는 '李仁相'으로 되어 있다. '仁相'은 '箱'자를 두 글자로 잘못 풀어서 식자한 것으로 보인다.
88 원문에는 '恩想이'로 되어 있으나 '恩'은 '思'의 오자일 것이다.

'진보주의' — 을 통하여 진보적 리얼리즘으로 통하는 것이다.

후자에 이르러 비로소 진정한 인간성은 전면적으로 발양되고 지성은 감정과 통일되는 것이다.

김기림 씨를 비롯하여 이러한 경향의 문학이 어느 길을 취할 것이냐? 이것은 우리나라의 사회와 문학의 역사만이 알 것이다.

그러나 이 두 길 가운[데]에서 이미[89] 전자에의 여정旅程에 있는 경향으로 우리는 안회남安懷南, 박태원朴泰遠 씨 등으로 대표되는 형식주의 혹은 심리주의적인 소설, 평론[90] 등을 들 수가 있다. 물론 개인의 미래, 더욱이 복잡다기한 예술가의 행로를 누가 알리요마는, 작금간昨今間에 걸어온 그들의 문학적 행정行程의 자취로 보아, 유감이나 이들은 기본적으로 우리나라 부르주아문학의 지도자인 민족주의문학의 재산에 속함은 부정치 못할 것이다.

심리주의의 내성적內省的 방향을 통하여 민족주의문학의 '인간'의 반反이성적 행위는 설명되고, 개인은 '생'[91]의 높이에까지 상승하며, 문학은 자의식의 흐름을 따르면 그 임무를 다하게 된다.

뿐만 아니라 이 작가들이 극단의 형식주의자인 것을 잊어서는 아니 된다. 김유정金裕貞 씨의 목가적 내용에 조선어의 무질서한 난용亂用이라든지, 박태원 씨의 실로 난해한 문장 등은 조선에 있어서의 조선적인 것의 발굴=고양이란 유행적 슬로건으로 옹호되고 있다.

그러나 이러한 것은 모두 다 우리 문학의 창작적 본도本道라든가 또 '조선문학'의 발전 위에 아무것도 익益하지 않을 것은 말할 것도

---

89 원문에는 '일의'로 되어 있다. '일'은 '임'의 오자일 것이며, 당시 '이미'가 '임의'로 표기된 적이 많기에 '이미'로 수정하였다.
90 원문에는 '論評'이라 되어 있으나 글자 순서를 바로잡았다.
91 원문에는 인쇄 잘못으로 글자가 누락되어 있으나 문맥상 '生'인 것으로 보인다.

없다.

특히 이들과 같이 단순한 우화寓話를 가지고 문학의 내용과 대치代置하고 객관적인 모든 것이 인간의 내성적 심리생활과 바꾸어지면서 오히려 소설의 신新 양식, 산문의 개척이라든가 조선말의 '애용' 등 환상幻想을 만들어내는 것은 금일의 가장 위험한 현상이 아니라 할 수 없다.

이러한 길로서 일찍 현민玄民, 함대훈咸大勳 씨 등이 지도한 바와 같이 비진보적 중간적 문학이 사회적 위기 가운데서 일로一路 현실도피의 신비주의로 통하는 것이다.

전기前記 제씨諸氏들에서뿐만 아니라 이러한 형식주의의 경향은 왕시往時의 동반작가同伴作家에까지 미친 것으로, 이효석李孝石 씨의 소설 「성화聖畵」, 「수탉」 등이 순연한 설화로서 객관적 묘사의 정확한 수법으로부터 멀어지고 있음도 한 호례好例일 것이다.

그러나 나는 현재 우리 문단에서 형식주의적이라고 말하는 모든 경향의 문학 — 보수적인[92] 이태준李泰俊 씨 등으로부터 김기림 씨 등에 이르기까지 — 의 운명에 대하여 씨등과 함께 일고一考코자 한다.

더욱이 현재를 구救할 수 없는 문학의 위기로 보는 이들과 더불어 위선 이 경향의 문학이 존재, 발전?할 조선의 생활적 토대에 대하여 생각코자 한다.

세계의 모든 문화 국가 사회에 비하여 조선에 있어 이 문학의 생산자이고 주요 수요자일 소비적 소시민 중간층의 지위란 열약劣弱한 것이다.

가장 격렬하고 또 가공적인 일체의 공상을 허락치 않는 조선 현실

---

[92] 원문에는 '保守的의'로 되어 있다.

의 절박성은 이러한 계급으로 하여금 그러한 문학의 생산과 수요자의 지위에 오래 머물러 있게 아니하는 것이다. 현실은 그들의 생각과 꿈에 비하여 훨씬 중요하다. 물론 위기론자의 소론所論과 같이 다른 모든 진보적 문학보다 이러한 관념적 신비적 문학의 존재 조건은 좋은 것이다. 그러나 이 분들은 현실이 부절不絶한 계급투쟁의 도정임을 이해하지 않고 있다.

조선의 사회적 생활에 있어서도 그러함과 같이 문학 상에서도 중간자의 문학이란 격렬한 동요 상에서 떨고 있다.

물론 일정한 시기에 이러한 관념적인 신비문학이 존재할 수 있을 것이나, 그것은 중간자가 좌와 우로 가는 중간적 과정인 '인간학적 문학'에 비하여도 방계적傍系的임을 기억해야 한다. 오히려 일부 퇴영적인 소시민에 의하여 그 명맥만은 유지하리라고 봄은 민족주의문학이나 프로문학이나 그리고 인간학적 문학보다도 독자가 느낄바 흥미란 이곳에 훨씬 적음으로써이다.

독자의 수요정[正], 부정[不正]간에 없이 일정 경향의 문학이 융성할 수는 없으므로!

다음으로 이러한 작가들과 같이 우리가 생각할 것은 별것이 아니라 누구 할 것 없이 문학자는 문학의 역사 위에서 될 수 있으면 후세의 인人에게 기억되고자 할 것이다.

어느 작가를 물론하고 백년이나 오십년 뒤에 씌어질 조선문학사에서 일개 무명의 작가로 망각될 것을 스스로 요구하는 이는 없을 것이다.

그러면 대체 조선문학, 현재의 역사적 순간에 있어 극악하지도 못하고 중간적이런 것은 실제 없는 것이다!이지도 못하고 또 특히 선하지도 못한, 다시 말하면 문학사적 관계[에] 있어 일 방계에 불과하는 존재로 만족할 사람이 누구인가?

나는 이 경향의 작가들의 초라한 자태를 보고 곧 조선적 소시민의 소심한 거울을 대하는 느낌이 있다.

더구나 고답적이것은 소심의 별칭이다! 자의적自意的 문명文明한 취미, 담아淡雅한 문장 등을 희롱타가 이들이 모두를 종교나 민족주의에 인도引渡하면서 생활의 속악한 일상 세계로 침잠하는 불쾌한 모양을 접할 때마다 '비속물非俗物이라는 그대들이야말로 진정한 속물이다!'고 불러주고 싶다.

여하간 을해[93] 1년이란 조선의 중간자 문학의 한 개 침병沈病한 수난기인 동시에 또한 교훈적인 시련기이었다.

5. 카프의 해산

K. 라데크K. B. Radek는[94] 소련작가동맹[95] 제1회 전연방대회全聯邦大會에서의 보고연설 중에서 "소비에트 문학은 ××적 문학과 진보적 문학의 탄생의 증인이고" 또 "동시에 각국의 프롤레타리아문학의 탄생의 단초의 결성이다"라는 말을 했다.

카프의 해산 — 을해년간의 조선 진보적 문학이[96] 걸어온 길을 돌아보며 나는 이 1년의 사실이야말로 진보적 문학이 불사不死인 증인이라고 말하고 싶다.

그렇다고 나는 진보적 문학 1년간의 업적을 과대하게 긍정할 만큼

---

93 원문에는 '그곳'으로 되어 있으나, '乙亥'의 오식으로 보인다.
94 라데크: 원문에는 '라칼크'라 되어 있으나 오식일 것이다.
95 소련작가동맹: 원문에는 '蘇聯作字同盟'이라 되어 있다. '字'는 '家'의 오자일 것이다.
96 원문에는 '文學의'로 되어 있으나 오늘날의 주어표기 방식으로 수정하였다.

어리석어지고자 하지는 않는 자이다.

오히려 이 최근 1,2년간이야말로 조선의 신흥문학이 있은 이후 가장 불활발한 퇴조기라는 것을 솔직하게 긍정하지 아니할 수가 없다.

차라리 내 말의 의미하는 바는 진보파문학의 역사적 생존 발전이 가능하고 여하히 곤란한 조건 가운데서 그 명맥을 단절하지 않으리라는 가능성의 확인이다.

(…략略…)

그러나 지금 현상現狀은 특히 우려할 잡다의 결함으로 충만되어 있다.

이하 간단히 소감所感된 제점諸點을 열기列記하고 이 고稿의 끝을 맺고자 한다.

첫째는 주지와 같이 카프 해산 이후 완전히[97] 일반적 방향을 지시할 지도방침이 결여되어 있다. 작가, 비평가, 누구 할 것 없이 이 난국을 수습하고 전진을 지시할 방향에 대하여 말하지 않을뿐더러 누구에게도 진보적 문학 전체의 위기 상태의 내용은 명확히 인식 구명되어 있지 않다.

이것은 다음으로 각 작가, 시인들의 창작적 실천상에 강하게 반영되어 무질서한 자유가 지배하고 있다.

이것은 특히 '××[사회]주의리얼리즘'을 객관주의—자유주의와 같이 왜곡 선전한 박영희 씨 등의 이론적 영향과 아울러 엄흥섭嚴興燮 씨에게서 그 대표적인 것을 발견할 수 있는 시정문학市井文學에의 퇴화로 나타나 있는 것이다.

씨의 소설 「고민」, 「구혼행求婚行」 등에서 우리는 문학의 사회성의

---

[97] 원문에는 '完全의'로 되어 있다.

방기, 남녀관계에 대한 자연주의적 흥미 이외에 아무것도 발견치는 못한다. 이 경향은 다른 형태로 이북명李北鳴 씨와 같은 건실한 작자도 사로잡아 「공장가工場街」, 「민보閔甫의 생활표」, 「어리석은 사람」 여기서 보는 바와 같이 낡은 공식주의와 객관주의가 혼합되어 씨의 예술적 전진을 저해하고 있다.

『문학평론』[98]에 발표된 씨의 「초진初陣」은 4,5년[전] 조선문朝鮮文으로 된 원고로[99] 필자도 읽은 것인데, 상당히 우수한 유類에 들 작품임은 틀리지 않을 것이나, 낡은 공식주의적 창작방법의 한 개 나쁜 표본으로 기억할 것이지 결코 박승극朴勝極 씨의 평가와 같이 최상급이라기는 대단히 어려운 것이다. 오히려 나는 그것을 다시 개작도 안 하고 그냥 발표한 씨의 태만을 묻고 싶은 것이다. 그 다음으로는 다른 곳에 시에 관한 것을 쓸 때도 말한 바이지만,[100] 내성적內省的 부정적 측면만을 추구하는 것으로 일반적인 것에 대신하려는 현민玄民 씨와 같은 우수한 작가가[101] 가진 결함도 지적되어야 한다. 시에 나타난 이러한 영향은 다른 곳에서 잠깐[102] 말한 바 있으므로 생략하고, 나중에[103] 일률적으로 인정되는 것은 각 작가들의 주제가 분명히 시세時勢의 영향인지 저하했다는 것, 그리고 '조선문학 건설' 소동 바람에 언어의 무질서한 선택 등으로 형상의 질을 낮추고 있음을 말해 둔다.

좋은[104] 세계관만이 좋은 언어를 갖는다는 것을 잊어서는 아니 된다.

---

98 일본에서 발행된 잡지임.
99 원고로: 원문에는 '原稿主'로 되어 있다. '主'는 '로'의 오식일 것이다.
100 『신동아』, 1935년 12월호에 발표한 「囂天下의 시단1년」이란 글을 가리킨다. 이 글은 『문학의 논리』에 수록되었다.
101 원문에는 '作家의'로 되어 있다.
102 원문에는 한자로 '暫間'이라 표기되어 있는데, 우리말 표현으로 수정했다.
103 원문대로이다. '나중에'의 오식일 수도 있으나 이어지는 구절들과 잘 부합하지 않으므로 그대로 둔다. 이 사이에 몇 구절이 누락되었을지도 모르겠다.
104 원문에는 '좋은이'로 되어 있다.

다음에 이론적 비평적 활동인데, 비평으로서 김남천 씨의, 『고향』에 대한 실로 드물게 볼 우수한 평문[105] 일개 외에 기억할 것이 없고, 창작방법 문제를 중심으로 한 안함광, 김두용, 한효 등 제씨諸氏에 의하여 싸워진 논쟁이 가장 주목을 끌고, 또 우리 문학의 통일적 방향과 관계되는 유일의 것이었음에 불구하고 나는 정직히 말하면, 이러한 논쟁은 『고향』에 대한 비평 1편보다도 질에 있어 떨어지지 않는가고 단언하고 싶다.

물론 내가 그 논문의 가치를 평론함에 그 진의가 있지 않고 우리들의 문학의 최중요 문제를 해결할 이 논쟁의 이론적 이해利害를 느끼는 자임은 말할 것도 없으나, 그 논쟁이 너무나 유감되이 수행되어 있기 때문이다.

나 자신은 원칙적으로는 'XX[사회]주의리얼리즘'의 찬성자이다. 이번 논쟁은 첫째 진보파문학의 조직적 통일 방침의 결여를 표시한 것일 것이다.

이렇게 작가들과 격리되어 수행되는 논쟁이 어디 있었던가?

물론 기본 원인은 이곳에 있는 것이 사실이나 책임의 구분九分은 논쟁자들 자신 위에 있다.

첫째 그들은 창작방법논쟁이 장래將來할 조선의 진보파문학의 일반 방침의 수립과 불가분의 것임을 이해한 듯싶지 않았다.

그러므로 그들은 카프문학의 10년의 역사에서 구체적으로 출발하지 않고 추상론과 조선적 현실의 존중자인 반대론들끼리 각자 이론의 단순한 주해만을 반복하고 있다.

다음으로 그들은 작가들의 창작적 실천의 경험과 또 현존한 수다數

---

105 김남천, 「지식계급 전형의 창조와 『고향』 주인공에 대한 감상」(『조선중앙일보』, 1935. 6.28~7.4)을 가리킨다.

多의 창작적 재산도 하나도 이용하지 않았다.

『고향』 1편의 연구, 분석만 해도 ××[사회]주의리얼리즘의 반 이상의 내용은 해명될 것이다.

그러므로 신新 창작방법의 옹호자도 논쟁을 거익去益 혼란케 하여 현재에 이르렀고 반대론자들이 '리얼리즘'의 ××[사회]주의적 내용을 반反××[사회]주의라는 무당파주의無黨派主義와 바꾸는 것을 허용하고 있다.

문학운동의 조직이 비당파적 그것이라고 해서 비평 급及 창작의 지도방침으로서의 슬로건에서 당파적 내용을 제거하라는 것은 노동조합 우익의 관용어慣用語이다.

나는 이 반대론이 궁국窮局으로 조선 현실에 대한 비非××[사회]주의적 인식과, 또 진보파문학사에 대한 청산주의적 평가로부터 출발하는 것이라고 믿는다.

사실로 그들은 입으로는 창작방법이란 문학사의 총 결과라고 주장하면서 기실은 창작적 경험의 무시와 문학사에 대한 무교양에 서 있는 것이다.

그러하므로 이러한 논쟁은 작가의 사업과는 무관계하게 분리되어 진행되고이러면 벌써 창작방법은 그 의의를 상실한다, 타방他方 반대론은 현재 프로문학의 약점이나[106] 그 외의 진보적 문학이 진보파문학으로 오는 도상에서 당면하는 사상적 예술적 곤란을 극복코자 하는 데 원조하는 대신에, 그것을 저해하는 것임을 경기經記[107] 해야 한다.

원칙적으로는 우리 문학의 재산 목록 중에 들어갈 이무영李無影, 유치진柳致眞, 박화성朴花城 씨 등이 자기의 예술적 사상적 질을 향상시키

---

[106] 원문에는 '弱點이다'로 되어 있으나 문맥에 맞게 수정하였다.
[107] '銘記'의 오식이 아닐까 한다.

는 데 커다란 지침을 던져야 할 것이다.

그러나 우리들의 1년은 너무나 참담했다.

이제 우리 조선문학은 이러한 통렬한 시간을 지나 절충적 자유사상가?가 말하는 각파 종합과는 달리 역사적 합리적으로 자기의 통일적 길을 건설할 것이다.

조선문학의 금일의 역사적 순간이란 한 개 심각한 수난기로서, 모든 문학의 진정한 가치가 현실의 시금석 위에 명확히 되는 때이다.

조선어와 위기하의 조선문학[•]

1

문학적으로 사유하고 이야기하는 모든 사람이나, 또 문학을 사랑하고 예술을 좋아하며 문화를 가지려는 이 땅의 모든 성실한 사람과 더불어 나는 하기下記의 이 노래를 마음으로부터 다시 한번 불러보고 싶다.

노서아어(露西亞語)

깊은 의혹 가운데 조국의 운명을 생각하고 근심하는 괴로운 그 날에도 나의 지팡이가 되고 기둥이 되어주는 것은 오직 너뿐이었다.

• 『조선중앙일보』, 1936.3.8~24.

오오 위대하고 힘찬, 진실하고도 자유스러운 노서아 말이여!

만일 너라는 것이 없었던들 어찌 고향에서 일어나는 모든 것을 보고 낙
망치 않고 견디겠는가?

그러나 이러한 말을 가질 수 있는 국민이 어떻게 위대하지 않다고 믿겠
는가?

— 투르게네프(I. S. Turgenev)

이 짧은 노래가 환기하는바 복잡한 감흥과 정서의 내용에 대하여
나는 비평한다든가 분석한다든가, 혹은 이 노래의 시로서의 가치를
평가한다든가 하는 까다로운 이야기를 제자諸子와 더불어 이곳에서
갖고자 하는 것은 결코 아니다.

단지 지금 이 노래를 읽는 모든 사람이 우리들의 문학 발전의 성의
있는 옹호자이고, 또 우리들의 고향에 고유한 모든 문화와 예술의 진
정한 의미의 흥륭에 대하여 참된 관심과 성의를 가졌다고 하면, 내가
내어걸은 제목이 말하는바, 우리들 오늘날의 문화적 공기 가운데서
반드시 받지 아니치 못할 한 개 공통한 감정에 대하여 나는 호소코자
하는 자이다.

이 노래¹의 작자가 19세기의 세계문학이 갖는바 가장 가치 높은 문
학자의 한 사람인 것은 노노呶呶할 필요가 없으리라. 그러나 그가 자
기 나라와 민족의 언어에 대하여 저와 같은 경주적傾注的인 열애자이
었다는 점이라든가, 또 그가 노서아어露西亞語의 순수한 문학어로서의
완성을 위하여 비류比類가 드문 투사이었던 예술적 사상적 이유에 대
하여는 더한층 우리 조선의 문학은 이해하고 있지 못한 듯싶다.

투르게네프는 노서아문학에 대한 대부분의 비평과 문학사가 이야

---

1 원문에는 '소래'로 되어 있으나 '노래'의 오식일 것이다.

기하는 바와 같이 천재 푸쉬킨A. S. Pushkin, 고골리N. V. Gogol' 이후 가장 현란한 노서아말을 사용한 작가 중의 한 사람이라고 한다.

아마 그를 노서아의 근대문학과 근대어의 창건자 푸쉬킨이나 고골리에 버금하는 훌륭한 언어의 소유자란 때는[2] 틀림없을 것이다. 그러나 유감된 일은 어느 비평이나 어느 문학사를 물론하고 이 이상의 것을 조금도 설명치 않고 있는 점이다.

하나 문학을 과학적으로 이해하려는 사람에게 있어 절망切望[3]되는 것은, 그 이외의 또는 그 이상의 것이다. 즉 그가 저러한 아름다웁고 정확하며 현란한 노서아어를 문학상에서 창조한 사실이라든가, 또 그가 모두冒頭에서 전재轉載한 산문시에서 보는 것과 같은 면면綿綿한 민족어에 대한 사랑을, 파리 객려客旅에서 죽을 임종에, 러시아 청년에게 보내는 최대 유일의 문학적 유언으로 "러시아 말의 순수성을 보전하라!"는 일언一言을 던지고 갔다는 비통한 절규의 사상적 핵심이다.

멀리 조국을 바라보고 이향異鄕에서 죽어가던 그의 만년의 작作인 산문시 「노서아어」나 그 문학적 유언 등에서 볼 수 있는 투르게네프의 심정은 정히 비장 그것이고 드라마티칼한 그것이다.

"노서아 말의 순수성을 보전하라!"는 절규의 비통한 사상적 핵심은 그가 문학상에서 심히 조건적으로나마 항상 진보의 정신의 프로파간디스트이고 생활의 창조자의 한 사람이었다는 일점一點에 무조건적으로 의존한다.

주지하는 바와 같이 그는 신분상으로 귀족이고 서구적 교양을 받은 러시아 지식계급의 일인이며, 또 문학상에서도 그의 '현란'이란

---

2 원문대로이나, '점은'이나 '것은'의 착오로 보인다.
3 '절실히 바라다'는 의미일 것이다.

다분히 귀족적인 향훈香薰을 발하는 '세련미洗練味'를 가졌음도 가리울 수 없는 일이다.

그러나 투르게네프는 문학상에 있어 무의미한 고어고대 슬라브어의 난용亂用의 반대자이었으며, 서구적 언어의 천박한 사용의 지극히 가혹한 거부자이었다.

푸쉬킨, 고골리 이후 러시아 시민계급의 문학적 이데올로그인 그는 대체로 과학적인 문학정신의 체현자로서, 그의 '러시아어'에 대한 견해에는 불소不少한 농민적 언어라든가 슬라브의 구비문학적[4] 원생어原生語에 대한 귀족적 기혐忌嫌이 있음에 불구하고 기본적으로 합리주의자이었다.

이 합리적 사상은 노서아어의 정당한 문화사적 발전의 합리적 지지 그것으로서, 그의 유명한 소설 『엽인일기獵人日記』 이래 『아버지와 아들』, 『처녀지』 등 작품에서 표시된 사회 발전의 진보적 방향 가운데의 명확한 자기 입장의 설정과 함께 그의 세계관적 기초에서 유래하는 것이다.

그러나 그의 시 「노서아[에]」나 '문학적 유언' 가운데서 특별히 문학의 다른 부분에는 언급치 않고 "언어의 순수성을 보전하라"는 형식적 반면半面을 강조한 데는 이중의 의의가 있다.

첫째는 그의 계급적 한계, 즉 그의 만년의 문학적 경향에서 볼 수 있었던 정신적 경향의 강화와 함께 오는, 문학에 대한 그의 형식주의적인 일면의 노현露顯으로서 볼 수가 있다.

그가 문학의 다른 점내용적인이 아니라 형식적 기술적인 언어에 편중한 것으로서 이 관찰은 사실이라고 볼 수가 있다.

---

4 원문에는 '國碑文學的'이라 되어 있으나 오식으로 보아 바로잡는다.

그러나 이러한 투르게네프의 고유한 사상적 예술적 한계에 불구하고, 언어에 대한 이 고조된 관심에는 상기上記와 같은 그의 문학어에 대한 본래의 합리적인 사상과 아울러, 당시 노서아의 문학계의 실정이 그로 하여금 이러한 부르짖음을 발發케 한 것이 아닌가 한다.

투르게네프 이후 체호프A. P. Chekhov, 고리키M. Gorki 등 근소한 작가를 제한 외, 5,60년대의 소위 일시적인 문화적 광명기를 지난 뒤 19세기 말 등은 우리가 때때로 인례引例하는 것과 같이 러시아 문학사상 희유의 암흑기이었다.

모든 진보적 정신과 사실적인 방법은 문학계로부터 자취를 감추고 공허한 낭만주의, 허무주의, 상징주의[5] 등의 관념적 신비적 문학이 러시아의 소설과 시를 지배하여, 노서아어는 한 개 비참한 혼돈상混沌相을 가지고 문학상에 유포되고 있었던 것이다.

노서아 인민의 정치적 사회적 생활의[6] 암흑이 가져오는, 까다로운[7] 고어의 무질서한 부활, 서구어의 남용, '상징'의 방법에 의한 문법과 어휘의 비합리적관념화된 유린蹂躪 등등 실로 형언할 수 없는 악惡 경향이 노서아어를 문학상에서 학살하고 있었다.

멀리 고국의 문학이 이러한 비참을 극한 퇴화과정에서 허덕일 때, 1905년의 여명을 뚫고 고리키를 수령으로 한 새 시대의 문학이 성생成生할 역사적 발전의 유물론적 견지를 갖지 않은 노老 투르게네프가 노서아문학의 재생을 위하여 무엇보다도 러시아문학의 '언어의 순수성을 보전하라!'고 교훈한 것은 지극히 당연한 일이다.

이것은 그의 불명예가 아니라 오히려 그 사상적 약점에 불구하고

---

5 원문에는 '象想主義'라 되어 있으나 '象徵主義'의 오식일 것이다.
6 원문에는 '생활을'로 되어 있으나 문맥에 맞게 바로잡는다.
7 원문에는 '까다룬'으로 되어 있다.

정확한 예술적 감각과 최량의 문학의 창조자로서의 그 천재적 민감
으로 돌아가는 것이다.

그러므로 그는 자기의 '유언' 가운데서 노서아문학의 최중요한 약
점의 하나를 지적함이 가능했던 것이며, 또는 다른 부분의 달성과 더
불어 언어적 형상의 창조에 있어서도 그는 세계문학사 상 최대의 작
가의[8] 계열 중에 든[9] 것이다.

이어서 우리는 투르게네프의 이 사상, 즉 '유언'이나 상게上揭의 시
가 말하는 범위라는 것이 결코 협의의 문학어의 영역에만 국한되어
있지 않음을 이해할 수가 있다.

분명히 언어에 대한 그의 견해 가운데는 언어 이상의 것을 발견할
수가 있으며, 또 그것으로부터 판단할 수 있는 그의 문학관 가운데는
문학 이상의 세계에 대한 그의 전 사상의 일단一端이 함축되어 있는
것이다.

이것은 무엇보다도 문화 급及 문학 발전에 대한 그의 천재적인 육
체적 민감, 즉 자본적 반半봉건적 러시아의 문화적 위기를 문학어의
황폐한 계기를 통하여 감지한 것이다.

그리고 이 기저에는 그의 가진바 사상적인 진보의 정신이 가로놓
였음을 간취할 수가 있다.

왜 그러냐 하면 언어의 예술가인 그는 곧 문학의 쇠미衰微가 언어
의 황폐를 초래하고, 반대로 문학어의 혼란으로부터 문학의 퇴폐를
다른 여하한 인간보다도 민감히 인지할 직감력을 그의 장구한 작가
적 생활을 통한 체험 가운데서 체득하고 있었기 때문이다.

그러므로 언어의 문제를 가장 통절히 느끼고 육체적인 긴박성을

---

8 원문에는 '作字의'로 되어 있으나 '字'는 '家'의 오식일 것이다.
9 원문에는 '쓴'으로 되어 있으나 '든'의 오식일 것이다.

가지고 자기의 문제로 취급하는 것은 작가 시인인 것이다.

의심할 것도 없이 문학의 개성은 언어의 개성이고, 언어의 운명은 문학 그것의 운명이며, 궁국적窮局的으로는 문학의 운명은 그 언어가 속하는 민족의 생활적인 운명의 표현인 것이다.

따라서 언어에 대하여 정당한 관심을 지불치 않는 작가는 동시에 자기의 생활에 대하여도 정당한 관심을 갖지 않은 작가이다.

2

현재에 있어 언어적 구별의 최대의 표징表徵은 그 민[족]성이다. 그러나 민족성이란 말은 인종적이란 말과는[10] 전혀 다른 것이다. 말할 것도 없이 과학적으로 사용되는, 인간 생활의 한 개 역사적인[11] 형성 개념으로서의 민족을 이곳에서는 말하는 것으로, 언어의 민족적 특성이란 것도 이곳에서는 역시 역사적 개념이다.

언어의 발달과 그 차이 구분이 결코 인종적인 그것과 일치하지 않는다는 것은 언어학이 벌써부터 증명하는 바로, 우리는 언어사 상에서 인종과는 전혀 별개의 언어를[12] 가지고 있다는 점 등은 충분히 이 점을 증좌하고 남음이 있을까 한다.

단지 언어란 인간의 영년永年에 긍亘한 생산적인 사회생활의 족적이고, 그 정신사의 한개 결정체結晶體로서 민족적 언어의 체재體裁가 완성된 것은 민족 그것을 완성시킨 자본주의 체제 그것이다.

---

10 민족성이란 말은 인종적이란 말과는 : 원문에는 '民族性이란 말을 人種的이란 말로는'으로 되어 있으나 문맥에 맞게 수정한다.
11 원문에는 '歷史的으로'로 되어 있으나 문맥에 맞게 수정했다.
12 원문에는 '語을'로 되어 있으나 오식으로 보아 바로잡는다.

그러므로 민족어의 발전이란 전숙혀 그 나라의 자본주의적 발전의
성질에 의존하는 것으로서, 고도의 자본주의적 발전을 수쓸한 국민일
수록 방언의 차이가 적고 언어가 통일 정비되어 있으며, 후진국일수
록 방언의 차이, 신분적 차이가 심하며, 언어가 민족어라고 부르기는
너무나 우심하게 불통일적이고 혼란되어 있는 것이다.

이와 같이 언어라는 것이 전혀 역사적 산물이고, 또 경제 정치와
불가분의 의존관계하에 제약되는 것이다.

이것의 가장 좋은 예로서 우리는 불란서 말을 들 수가 있다. 현재
우리는 불란서 말이라 하면 위선爲先 가장 정비된 문법과 고운 어음語
音을 가지고 완전히 국민적으로 통일된 문화어文化語라고 생각한다. 사
실 그러한 것이다.

그러나 불란서의 역사 가운데서 가장 흥미있는 예를 우리는 불란
서 혁명을 중심으로 한 불[란]서어의 상태 가운데서 구할 수가 있다.
불란서 말은 주지周知와 같이 낡은 라틴어의 계열에 속하는 것으로서,
오랜 동안에 지리적 산업적 정치적 구분에 의하여 한개 독자적인 형
태의 언어로 전展한 것이다. 현재의 불란서 말과 같이 통일 정비된 민
족어가 된 것은 실로 대혁명 후이라 한다.

혁명 전까지는 대체 두 개의 언어가 불란서 말 가운데 있었다 한
다. 불란서가 독재적獨在的인 국가로 존립해온 것은 역사상 훨씬 옛날
임에 불구하고, 동일국 내에 언어상 차이는 상상키 어려운 상태에 처
해 있었다.

이것은 루이 왕조가 지배하던 봉건적 국가체제의 소산으로서 귀족
의 언어와 민중의 언어가 구별되어 그 차이가 어찌나 심했던지 불란
서 최고最古의 신문의 하나인 『인민의 벗』을 발행하였을 때 그 신문을
민중들에게 설명할 민중어를 잘 하는 통역을 두었다는 말이 있다.

지금 20세기 문명한 밝은 날에 앉아 이 삽화를 들을 제, 아무도 거짓말같이 들리는 것이나, 사가史家의 설명을 보면 정말이라고 한다.

그 외에도 봉건적인 중세의 고립화된 지방 생활과 교통, 교역의 미발달이 얼마만치 방언을 발달시켜 동일 민족 간에 언어적 장벽을 쌓았는가는 각국에서 무수한 예를 찾을 수가 있다.

가까운 중국만 해도 같은 한족漢族 가운데 남방인과 북방인은 통역을 세우지 않고는 의사를 교환할 수 없고, 우리 조선만 해도 중국과 같지는 않다고 해도 지금부터 20년 전만 해도 방언의 차이란 굉장했다 한다.

이러한 신분적 방언적 차이를 일소하고 통일된 민족어를 형성시킨 것은 상업의 발달에 의한 교통과 교역의 발전 그것이다. 이것은 물론 시민계급의 성생成生, 자본주의의 발달과 자본주의적인 민족국가의 형성 그것이다.

그러므로 언어의 역사란 결코 독자적인 것이 아니라 인류의 생활의 역사가 그 기저에 있으며, 언어사의 제諸 관계는 인류사의 계급적 제 관계의 한 개의 이데올로기적 반영인 것이다.

역사상에는 언어상에 나타난 공연한 계급적 정치적 항쟁을 발견할 수가 있는 것으로, 어떤 인종은 생활상의 패배로 말미암아 그 고유의 언어 사용을 금지당하고 혹은 생활상 압박으로 인하여 인종은 남았음에 불구하고 언어가 소멸한 예는 불소不少히 있는 것으로, "조선인이 스스로 조선말을 버리지 않는 한 조선어는 불가교不可敎이다"춘원, 「일수일언(一手一言)」는 말은 전全혀 한 감상적感傷的 몽어夢語에 불과한 것이며, 반대로 생활은 버리기 싫어도 자연히 버리게 만들 것이다. 또한 낡은 봉건적 귀족들은 사전을 편찬하는 데도 농부나 어민의 비천한 언어 문장으로 말미암아 귀족의 언어가 드러워질[13] 것을 방비키 위하여 귀족의 언어와 민중의 언어를 절연截然히 구별하였다는 예가 불란서 루이 왕조 때 있었다.

노서아에서는 저 불멸의 명작인 고골리의 「검찰관」을 상연함에 있어 궁정극장의 배우들은 출연을 거부하였다고 한다. 「검찰관」 가운데는 '급사'가 '고귀'한 노서아 말을 쓰지 않고, '급사'가 쓰는 그대로의 민중어를 사용하고 있으므로……

언어는 단순히 현실 생활이나 경제적 관계의 영향을 반영할 뿐만 아니라 때로는 한 개 지극히 짧은 기간 동안에 발생하는 정치적인 사건에 의하여 근본적인 타격을 받는 것이다.

현대의 민족어라는 것이 현대의 생활, 경제, 정치에 의하여 형성된 한, 이 영향을 또한 심대하게 받지 않을 수가 없음은 전술한 바이어니와, 현대에 있어 민족어의 언어적 열등劣等은 곧 정치적 열등의 직접의 표현으로, 그것은 곧 문화적 열등의 최대最大한 자이다.

아무리 본래적으로는 풍부한 어휘와 아름다운 음성을[14] 가진 민족의 언어라도 그것이 정치적으로 열등의 위치에 있는 생활자의 언어인 한에는, 현대에 있어는 가장 맹렬한 정도로 그 본래의 모든 우월성을 상실하고[15] 혼란되어 한 개 토어土語의 위치로 떨어지고 마는 것은, 우리가 다른 곳에서 그 예를 구하지 않아도 족한 것이다.

언어의 성쇠가 그 민족 혹은 국가의 정치적 경제적 운명을 표현할 뿐만 아니라, 이 가운데 성립하는 사상, 문화 전반 위에 가장 직접의[16] 영향을 던지는 것이다.

---

13 원문에는 '드러울'로 되어 있으나 문맥에 맞게 바로잡는다.
14 원문에는 '音聲과를'로 되어 있다. 목적어가 여러 개일 때 마지막 목적어에도 '과'를 붙이는 것은 일본어의 영향인데, 오늘날에는 어색하기 때문에 수정하였다.
15 원문에는 '表示하고'로 되어 있으나 '喪失하고'의 오식일 것이다.
16 원문에는 '直接인'으로 되어 있으나 '인'은 '의'의 오자로 보인다.

언어는 사유의 최중요의 유일의 도구이다. 사람이 사유할 때는 반드시 언어를 가지고 사유하고 그 표현의 대부분도 역시 언어가 최[중]요의 것이다. 이러한 제 관계는 한 개 언어의 운명이란 그 사상, 문화 전반과 가장 밀접한 것임을 이야기하는 것이다.

그러므로 나는 전술前述한 부분에서 언어에 대한 관심 급及 태도는 곧 그 작가의 현실에 대한 관심 급 태도의 본질을 표시하는 것이라고 말한 것이다.

이러한 제점諸點으로 보아 조선어의 금일의 상태란 조선인의 생활 상태, 정치상 지위를 이야기한다는 사실을 부정할 자는 없을 것이다.

그리고 곧 이것은 조선문학의 금일의 상태를 결정적으로 표현하는 일 지표라고 보아 조금도 그릇됨이 없으리라고 생각한다.

또한 우리들 조선의 작가 시인들이 갖는 조선어에 대한 관심의 고저,[17] 태도의 과학적·비과학적은 곧 그들 문학자의 현실에 대한 관계를 설명하는 것이며, 각[18] 작가 시인들의 언어의 질은 그 문학의 질도質度의 반영이라고 생각한다.

그러므로 우리 조선의 문학자들이 타외국他外國의 작가들에게 비하여 문학상 곤란한 가운데 최대의 곤란한 조건으로 언어상의 곤혹을 가지고 있어, 다른 나라 작가들이 좋은 언어의 획득 창조를 위하여 노력하는 힘보다 우리가 수백 배의 노력을 요하는 점도 전全혀 이 생활상의 이유가 조선어 위에 던진 영향 때문이다.

동시에 이 '영향'이란 것은 조선의 문화 급 문학의 정상正常한 발전을 조해阻害한 최대의 것이다. 따라서 조선에 있어 언어상 문제란 문화, 문학적인 문제이면서 항상 현실적 정치상의 문제인 것이다.

---

17 원문에는 이 사이에 '一'자가 삽입되어 있으나 문맥상 불필요하므로 삭제했다.
18 각: 원문에는 '名'이라 되어 있으나 '各'의 오식일 것이다.

그러므로 이제 우리가 한 개 시사적^{時事的}인, 또 교육행정상의 문제인 일본 내지인^{內地人}과 조선인 학생의 공학제^{共學制}를[19] 한 개 문화상의 과제로 취급하는 것이며, 공학제 그것이 초래하는바 가장 큰 결과로서의 조선어의 참담한 운명에 대하여 가장 광범하고 철저, 침통한 한 개 순연한 문학상 문제로서 우리는 일을 가추어[20] 말하려고 하는 것이다.

그리고 언어와 현실과의 관계를 통하여 작가가 창조할 언어적 형상에 관하여 몇 개 기본적인 점을 이야기하고자 하는 것이다.

3

위선 나는 근래 자주 들을 수 있는 조선문학의 위기설과 또 매거^枚^擧하는 잡다한 위기현상 가운데,[21] 이 언어상의 협위^{脅威}란[22] 가장 큰 것이고 또 넓은 범위의 것이라는 점을 지적하고 싶다.

작년도로부터 연말^{年末}로 가중해오던, 문학상에 내리누르는 소위 시대적 압력이라는 것이 상당한 정도로 달하여 문학의 진보적인 행로가 두색^{杜塞}되다시피 옹색해지고, 현실의 발전 방향에 충실히 연행^{沿行}하고[23] 생활적 현실을 문학 본래의 정신을 가지고 추구, 표현하려

---

19 1935년에, 그 동안 대학, 전문학교, 실업학교 등에서 실시하던, 일본인 학생과 조선인 학생의 공학제를 초등학교와 중등학교로 확대 실시할 것이라는 설이 유포되었으나, 공학제 확대 실시가 조선어 및 조선문화 교육을 위축시킬 것이라는 반대여론에 부딪혀 무산된 일이 있었다.
20 원문대로이다. '입을 맞추어' 정도의 의미로 추측된다.
21 원문에는 '다운데'로 되어 있다.
22 원문에는 '脅威한'으로 되어 있다.
23 원문에는 '治行하고'로 되어 있으나 '沿行'(따라가다)의 오식으로 보인다.

는 성실한 노력이 갈수록 곤란해져서, 문학상에는 명확히 동요와 생활 현실로부터의 유리, 형식주의적 혹은 신비적 퇴화가 준비되고 있으며, 그 도래到來가 불가피의 것이라고 비명을 울리는 한편, 이러한 위기 현상의 구체적 인식의 결여는 이 위기를 일층 구할 수 없는 혼란 중에 함입陷入케 한다는 사실을 나도 지적한 일이 있다.[24]

뿐만 아니라 이러한 시대적 압력과 문학의 위기란 우리들 자신이 감각뿐만 아니라 거의 전全 육체를 가지고 감지할 만큼 심각한 것은 사실이나, 모든 위기 현상 중 이 언어 그것의 운동에 대한 비통한 협위야말로 최대의 것이고 또 최후의 것이다.

언어의 위기! 그것은 문학의 위기 중의 하나일 뿐 아니라, 그 전부라고 해도 과언이 아니며, 조선문학 그것의[25] 존폐를 잡고 흔드는 물건이다.

일찍이 '위기 현상의 본질을 정확히 파악하라!'는 내 말은 이 국면에서는 별로 깊은 아무 설명도 필요치 않은 바로, 그저 '호랑이가 물어가도 정신을 차리라!'는 고속어古俗語에 충실하자는 최저한의 요구에 지나지 않는다.

나는 최근에 어떤 논문을 통하여 작금간昨今間을 긍亘해서 경험한 프로문학이 받은바 운명적 사실은 결코 프로문학 그것에 국한한 것이 아니라는 말을 했다. 그리고 프로문학 그것의 범위를 넘어 여러 가지 성실한 문학 위에 파급하는 이 영향을 좌익만이 받은 일개 운명이라고만 생각하는 인간이 있다면 문학자가 아니라고까지 '극언'한 바 있다.[26]

---

24 「조선문학의 신정세와 현대적 諸相」(『조선중앙일보』, 1936.1.26~2.13)이란 글을 가리킨다.
25 원문에는 '그것은'이라 되어 있으나 문맥에 맞게 수정했다.

그때 우리 점잖은 문학자 제현은 한 개 좌익적 아희兒戲로서 비웃었을지도 모른다.

그러나 불과 수일이 못 가서 이 '극언'은 극언이 아니라 한 개 고속古俗에 비함에 불과하는 평범한 말이 된 것을 어찌 신이 아닌 사람이 알 수 있었으랴.

과연 지금 어떤 문화적 조선인 문학자가 언어의 위기를 조선의 언어를 이야기하는 모든 문학상에 파급된 시대적 압력이라고 해석치 못할 것일까?

이것은 전숲혀 조선문학의 최후, 최저한도의 생존 조건을 건드리는 것이며, 좌로부터 우에까지, '염가의 선전문학'으로부터 '고귀한 지상至上 문학'에까지, 그리고 이 가운데서 균형과 중견中堅을 유지하는 나침반의 역할을 한다고 자랑하는 '해외문학'의 신사들, 무엇무엇 할 것 없이, 모든 문학자를 사형장으로 통한 길로 구축驅逐하는 것이다.

어젯날에는 조선문학의 '일부'의 두상頭上에 덮였던 암흑은 오늘 그 영역 위에 퍼져서 머지않아 대우大雨가 내릴 모양이다.

그러나 조선어의 위기라는 것이 오늘날에 이르러 새삼스러이 돌발적인 문제로서 제출되었다고 생각하는 것은 우愚에도 극極이다.

만일 누구든지 문화적 또 문학적으로 사유할 수 있는 두뇌를 가지고 있거든 최근 약 2,30년간에 긍亘한 근대 조선어의 기구하기 짝이 없는 운명적 발전 노정을 상기해보라!

---

26 「조선 신문학사론 서설」(『조선중앙일보』, 1935.10.9~11.13)이란 글을 가리키는 듯하다. 이 글에서 임화는 당시 조선문학 가운데 "위기적 곤란을 가장 우심(尤甚)히 받고 있는 문학"은 프로문학이지만, 이 프로"문학 위에 가하여진 침통을 극한 시대적 압력이 파급하는 범위의 넓음을 감지하지 못하는 자가 아직도 이 나라 문학계 가운데 남아 있다면 그것은 전혀 예술적으로 사유하고 인식할 하등의 자질을 갖지 않은 자뿐일 것이다"라고 쓰고 있다. 이 글은 문학사론이어서 본 전집의 「문학사」편에 수록되어 있다.

이러한 노력이 귀찮거든 이 역사적 결과인 오늘의 조선말을 몇 개의 전형적인 특징 있는 곳에서 들어보라!

위선 신지식을 가지고 언어의[27] 예술인 문학에 종사한다는 필자 자신의 문장을 보고 또 필자를 대해서 교담交談을 해보라! 또 나보다도 몇 개 더 많이 구라파 말을 알고 광범한 학문을 아는 '대학자'들의 논문을 보고 그들과 담화를 바꾸어보라!

저 아래로 가서는 제현들이 동경東京이나 외국 유학을 갈 때 배를 타는 부산 부두에서 왕래하는 조선 노동자의 회화, 또 손에 든 트렁크그들은 '도랑구'라고 한다!를 달라는 어린 소년들의 언어를 들었는가?

또는 농촌에 가서 농사짓는 농꾼들이 그 농구農具의 이름을 몇 개나 우리말로 부르며, 그들의 순박한 어린 자제들이 어떤 형태의 언어를 쓰는가를 들어보아도 좋고, 가까이는 우리들의 사랑하는 자녀가 어떠한 말로 두세 살 되는 어린애에게 말을 가르치는지 관심해본 일이 있는가? 또 학교를 갔다온 아이들이 그 어머니 아버지인 우리들에게 무슨 구조口調로 인사하며, 그들이 제 귀여운 동무들과 장난하며[28] 즐기고 놀 때 무슨 말을 하던가?

작가여! 시인이여! 비평가여! 그때 그대들은 가슴에 물결을 잔잔한 채로 유지하지는 못하리라!

이것은 현대에만 비롯한 현상이 아니다. 현대 이전에도 우리는 우리들의 조상을 제단祭壇 앞에서 부를[29] 때 중국어로 불렀다. 또 수백년 전부터 우리들의 성명은 한자로 되어왔고, 우리가 읽고 배워야 할 모든 역사적 기술, 공문서, 비석, 과학상 철학상 노작勞作, 문학작품 대부

---

27 원문에는 '元語의'로 되어 있으나 '言語의'의 오식일 것이다.
28 원문에는 '작란하며'로 되어 있다.
29 원문에는 '물을'로 되어 있으나 문맥에 맞게 바로잡는다.

분이 이국어異國語인 한문으로 기술되었다. 그때의 공용어는 물론 상류 계급의 담화, 서한, 의사 발표 모두는 한문이었었다. 금일에 있어도 우리는 한문 없이는 글을 쓰지 못하고 외국책을 번역할 수도 없다.

이러한 한자로부터의 해방을 위하여 2,30년 전에 우리들의 선배는 창정創定된 채로 누백년 동안 방치되었던 '훈민정음'을 재평가하고, 그것을 기초로 하여 언문일치의 근대적 어문을 수립하며 같은 조선의 방언적 차이를 통일하고 혼폐混廢 혼란된 문법, 어휘를 정리하려는 열혈적 노력을 지불한 것이다.

그러나 이것은 조선의 경제의 발전의 미숙과 한 개 커다란 생활상의 변이 때문에 모든 것은 야생적인 채로 방기되고, 전혀 다른 한 개의 보다 강고한 새 '한문적 세력'의[30] 크나큰 영향을 받으면서 금일에 이르렀다.

일찍이 『도이취 이데올로기』 가운데서 『자본론』의 저자들이 "경제적 정치적으로 피지배적인 그룹은 이데올로기적으로 문화적으로도 피지배적이다"고 말한 것은 우리 언어 발전에 있어서도 수백년 전부터 불행히 진리이었었다.

그러므로 우리 일부의 감상주의자들이 떠드는 민족어라는 것은 영어나 불란서어와 같이 통일된 언어도 아니며, 정비된 언어도 아니다. 역사[31] 도정의 본래적 순서로 말하면 우리 조선어도 그 봉건적 중세에 항抗하여 일어난 시민계급의 손에 민족어로서 완성되어야 할 것이고, 자기의 완성된 사전, 문법서와 그 구체적 성과로서 완미完美한 조선어로 이야기된 문학을 만들어야만 할 것이다.

---

30 여기서 '커다란 생활상의 변이'란 일제 식민지화를, '한문적 세력'이란 일본어의 침입을 우회적으로 표현한 것이다.
31 원문에는 '歷吏'로 되어 있으나 '吏'는 '史'의 오자일 것이다.

그러나 우리 조선의 부르주아지는 그 모든 것의 단서만 말하다가 그대로 일체를 무질서의 암흑 가운데 방기하고 그들이 기피하던 한문이나 고어의 그늘로 숨었으며, 혹은 부끄럼도 모르고 온갖 종류의 외래어로 밀착해버리고 만 것이다.

조선의 부르주아적 문학이 가장 [진]보적이었고 또 그 시기에 있어 최량의 성과를 남긴 1919년으로부터 1923~4년도에 이르는 동안에 생산된 문학적 작품의 언어적 방면을 회상한다면, 조선적 시민의 언어상의 성취가 얼마만한 것임을 짐작할 수가 있다.

그들 가운데의 최량의 작가인 춘원春園, 동인東仁, 빙허憑虛, 상섭想涉 등의 제 작가들을 통해서 총성과를 본대도 한 개 보편적인 조선어의 용모, 그 문학어로서의 정확한 달성을 구해보기 어렵다.

사견私見으로서 보면 이들 가운데 예술적으로도 그렇고 언어적 표현의 영역에서 최고의 수준에 섰다 할 상섭의 문학에 있어서도, 소시민적 중류 인민의 가정적 협애성에 제약된 경성京城말, 그리고 그 경성말을 한번 표준어적 보편성[32]에까지 높일 만한 조선어 고유의 일반성을 발견하여 ㄱ 기저에서 예술적 형상으로 칭조하지 못하였다. 오히려 상섭의 소설에는 상당히 심한 생경한 외래어적 영향과[33] 그것에 의한 조선어 구사의 무질서적 혼란이 있다. 그러므로 우리는 상섭의 문장이나 대화에서 상당히 많은 어휘의 존재를 봄에도 불구하고 어음語音의 미, 리듬의 미, 문장의 현란을 발견하기가 심히 곤란하다.

이 작가에 버금으로 동인이나 빙허 등을 들 수 있고, 춘원에 이르러서는 금일에 이르기까지 싱거운 문장과 구소설류의 평면적인 말과 어휘의 빈약을 충당키 위한 사어死語의 부활 이상의 것을 찾기 어려우

---

[32] 원문에는 '普通性'로 되어 있으나 '通'은 '遍'의 오식일 것이다.
[33] 여기서도 '외래어적 영향'이란 '일본어의 영향'을 의미할 것이다.

며, 그 외에 당시 작가들은[34] 대개 감상적感傷的 미문학자美文學者이려는 데 불과하였다.

이러한 제 작가들의 언어에 대한 태도는 곧 그들의 현실에 대한 태도 그것이었음은 그들의 정치상 세계관상의 한계 이상으로 그들의 문학어의 수준이 오르지 못한 것으로 보아 역연歷然한 흥미있는 사실이다.

그러나 그들이 조선어를 재래에 비하여 고처高處로 향상시킨 것은 우리들 현대문학이 그들의 성과에 의거함이 없이는 붓을 들 방법을 알지 못하였으리라는 한 개 상정적想定的 사실에 의하여 보는 것과 같이 높이 평가될 바이다.

그러나 이 적극적인 문학어상의 재보財寶에 비하여 그들이 해결치 못한 과제란 너무나 많았다. 그러므로 차대次代에 오는 사회적 역사적 세대의 문학이 상속받은 부채負債란 가장 절대絶大한 것이 이 언어적[35] 영역이었다.

조선은 근대적 의미의 언어 변혁 그것의 수행 도정을 통과치 않은 곳이다. 이러한 사실은 시민계급과 그 문학이 언어적 영역에 있어 본질적으로는 아무것도 하지 않았다는 것을 의미하며, 이것은 동시에 우리들 현대문학이 자기의 관찰하고 느끼고 생각하는 바를 정확히 표현할 통일된 언어와 그 언어와 일치하는 글자 문필을 가지고[36] 있지 못하다는 말이다.

문학적 창조의 길 앞에 이보다 더 큰 곤란이 또 있을 수 있는가? 언어의 방면은 조선의 부르문학의 열등성, 불철저성의 가장 전형

---

34 원문에는 '作字들은'으로 되어 있으나 '字'는 '家'의 오식일 것이다.
35 원문에는 '言論的'으로 되어 있으나 '論'은 '語'의 오식일 것이다.
36 원문에는 '가리고'라 되어 있으나 '가지고'의 오식일 것이다.

적 유물의 하나로서, 다른 모든 내용적인 것과 더불어 신경향파新傾向派 이후의 프로적 진보적인 문학의 쌍견雙肩 위에 중하重荷가 되었다.

그러므로 신세대의 문학은 자기의 세계 생활이 창출하고 그것에 상응하는 새로운 언어를 발견 창조해야 하고, 일방一方 부르문학이 해결치 못한 언어상의 시민적 민주적인 점까지 동시에[37] 해결해야 할 무거운 이중의 중하를 짊어지고 있는 것이다.

프로문학은 그 본래의 성질상 새로운 언어적 세계를 개척하였다. 본래에 있어 모든 고유의 조선어를 이야기하는 근로적 생산 인민의 생활 심리 묘사를 위하여, 또 그들에게 읽힐 현실적인 이유 등 이중의 필요에 의하여 그 존립의 10년간을 노력한 것이다. 이것은 결코 필자의 낭만적 과장이 아니라, 최서해崔曙海와 염상섭을 정확히 비교할 줄 아는 사람은 곧 수긍할 일이며, 또 염상섭과 이기영李箕永의 『고향』을,[38] 이기영과 가장 많은 어휘를 가졌다는 『임꺽정林巨正』의 작자 홍명희洪命熹 씨를 비교하면 명확해질 것이다.

이기영의 『고향』은 『임꺽정』이나 『만세전』이나 그외 춘원의 『그 여자의 일생』, 『흙』 등에 비하여 얼마나 많은 생생한 어휘와 조선어의 고유의 아름다움을 가졌는가?

염상섭의 조선어를 석판화라고 하면, 홍명희 씨의 언어는 색채를 빼[고]난 흑색만의 묵화석인墨畵石印이고, 이기영의 언어는 라파엘S. Raffaello, 다빈치L. da Vinci의 그것이다.

그러나 조선문학의 최고, 최량의 수준에의 달성자 이기영의 『고향』에서도 우리는 방언의 상당히 비非질서적인 구사를 발견할 수 있음은, 전숱혀 조선문학과 언어의 역사적인 미숙에 있다.

---

37 원문에는 '슫時에'로 되어 있으나 '슫'은 '仝'(同)의 오식일 것이다.
38 원문에는 '『故鄕』은'으로 되어 있으나 문맥에 맞게 수정하였다.

이기영은 그의 대작 『고향』에서 프로문학이 조선어의 최량의 예술적 옹호자이란 한 개 표본을 낳았으며, 동시에 신문학 이후 최량의 '언어의 건축사'의 지위를 획득하였다.

이와 반대로 시민적 문학의 '미제레'한[39] 미성未成은 그 후의 부르문학의 언어적 형상의 비참한 운명을 결決하였다.

복고주의사상적 민족주의는 사어死語와 고어의 유습遺拾에로 제 길을 열고, 문화주의자는 외래어적인 방법으로 조선어의 단어 나열에 열중하였으며, 그 중에서 제일 낫다고 볼 약간의 시인들의 작품에서는 겨우 극히 정관적靜觀的 관조적觀照的인 ○음○音과[40] 리듬을, 빈약한 휘집彙集을[41] 가지고, 마치 어린 소녀들의 각시놀음 같은 불쌍한 길에 처하게 한 것이다.

이러한 시어는 전혀 급속도의 격동적인 생활 감정, 정서를 표현하기에 부적당함은 중언重言을 요치 않을 바이다.

오직 20년대 현실주의 급及 낭만주의 시가詩歌의 언어적 형상의 최량 유일의 계승인 진보적 시가만이 현대 조선인의 생활 감정을 노래하기에 고명高名한 시어와 리듬을 창조하고, 조선어 가운데 가장 고유하고 가장 아름다운 점을 현대적 관점에서 대담히 자기의 물건으로[42] 만들 것이다.

이 시어의 영역에서 소설 『고향』에 필적할 성과를 수득收得치 못한 것은 사실이다. 그러나 이러한 노력을 위한 10년간의 각고刻苦는 결코 수포에 돌아가지는 않을 것이다.

---

39 미제레 : 원문에는 '미제데—'로 되어 있다. 프랑스어 misère(곤궁, 빈곤, 초라함)일 것이다.
40 원문대로이다. '語'자가 탈자된 것으로 보인다.
41 원문에는 '彙集를'로 되어 있다.
42 원문에는 '물건을'로 되어 있으나 문맥에 맞게 바로잡는다.

4

이러한 제점諸點은 노서아어에 대한 투르게네프가 피력한 것과 같은 애정과 옹호의 성질이 어떠한 것을[43] 대략 지시하는 것이다.

문학자의 가장 큰 언어상의 욕망은 자기의 생각과 그려낼 사실을 가장 정확히 표[현]할 수 있고, 또 동시에 아름다운 언어의 발견 그것이다.

정확한 문학의 자기표현에 가장 적응하는 최대한 요건은 위선爲先 민족의 말이다. 그러므로 셰익스피어는 영어로 말했고, 괴테는 독일어로 말했으며, 톨스토이는 러시아어로, 세르반테스는 서반아말로 말한 것이다.

혹자는 애란愛蘭문학이 영어로 말했다는 사실을 들어 이 사실에 이의異議를 신입申込할지 모르나 그 자는 싱J. M. Synge과[44] 셰익스피어를 동렬에 놓는 우자愚者라고 나는 생각는다. 그리고 나는 이러한 우자에게 애란은 어떤 '나라'인가, 애란인은 얼마나 '행복'된가 하고 묻고자 한다.

나는 이러한 우문愚問이나 또 조선문학을 애란문학과 비교하는 파렴치한破廉恥漢을 상대로 이야기할 백천百千의 문학, 자기 나라, 자기 지방, 자기 민족의, 자기 층의 생활과 감정은 자기의 말만이 가장 정확히 표현할 수 있다는 일언一言을 가지고 바꾸고자 한다.

우리들의 아름다운 '노들강'을 과연 어떠한 다른 말로 표현할 수가 있는가? 'ノウトルカング'[45]인가, 'Nothul River'인가?

---

43 원문대로인데, 문맥상으로는 '것인가를'의 의미이다.
44 싱[J. M. Synge]은 아일랜드(愛蘭)의 극작가. 원문에는 「씽그」라 되어 있다.
45 '노들강'의 일본어 음역.

우리가 어렸을 때 하늘보다 중한 '엄마!' 하는 어리광 번진[46] 소리를 무엇으로 대신할 수가 있는가? 'かあちゃん',[47]인가, '마마'인가?

나는 이러한 우자愚者를 문학상의 악한惡漢[48]이라고 생각한다. 이러한 자들은 문학이 씌어지는 것도 생각지 못할뿐더러 문학이란 최초로부터 읽히어질 것을 목표로 하는 한 개 표현인 점을 생각하지 않는 자들이다.

무조건적으로 문학작품은 생활적 필요와 이해利害를 같이하는 동족의 대다수를 위하여 씌어지는[49] 것이다. 여하한 것임을 물론하고 자기가 느낀 것을 생활적 이해를 같이하는 사람과 같이 느끼고 또 자기가 생각한 것을 표현하여 전달하고 싶어서, 또 자기의 이상을 가지고 그 이상을 모르는 동이해자同利害者를 계몽, 교육하고 싶어서 씌어지는 것이다. 향수자·독자를 아니 가진, 혹은 필요로 하지 않는 문학이 대체 생산되고 존재할 수 있는가?

독자가 없는 한 문학은 생산될 필요가 없는 것이다. 그러므로 우리는 생활적 동이해자가 가장 잘 이해할 그들의 일용어를 위선 택하고, 그 일용어 가운데 가장 보편적이고 또 읽어나는 데 지리하지 않게 단축된 간결한 표현에 적適한 말을 고르며, 또 그들이 즐겁게 읽을 수 있게 그 중에서도 음향이 고운 말을 골라 음악적 리듬으로 건축하며, 그들이 읽으며 이해하는 데 될 수 있으면 사유의 힘을 덜 들이도록 회화적繪畵的 형상성을 부여하는 것이다.

그러므로 조선어로 이야기하지 않는 조선문학이란 일개 공허한 넌

---

46 어리광 번진 : 원문에는 '어리랑번간'으로 되어 있으나 오식으로 보아 바로잡는다.
47 '엄마'라는 의미의 일본어.
48 원문에는 '惡談'이라 되어 있으나 문맥에 맞지 않는다. '談'은 '漢'의 오자로 보인다.
49 원문에는 '세워지는'으로 되어 있으나 문맥에 맞게 바로잡는다.

센스이다.

그렇다고 해서 조선문학을 외어外語로 번역한다든가 조선어 창작의 여가에 외어로 자기 작품을 고쳐 쓴다든가 하는 것을 배제하지 않는다. 그러나 그것은 어디까지[나] 부차적이다!

동시에 민족어의 개념이란 것도 언어의 비침략적인 문화적 교환, 변이, 국제화를 배제하지 않는다. '바께스' '라프50' '지까다비' '오뎅' '소비에트' '괴테' '런던' '기관총' '외과의' '개념' '현상' '계급' '시멘트' 등과 같은 모든 말은 결코 조선어에서 배제해서는 아니 된다. 이것은 이미 조선어화한 말일 뿐더러, 우리들의 생활에 '유익한' 애문文文, 문명의 진보와 관련되어 생긴 말인 때문이다.

일부 완고한 조선어학자와 같이 '문文'을 '월'이라고 그러고, 비행기를 '나르는 연장'이라고 부르며, '평음平音'을 '예사소리', '어음語音'을 '말소리'라고 부르는 것과 같은, 아희兒戲와 여如한 회고적 감상주의는 진정한 조선[어]의 발전과 무관계한 것이다.

이러한 종류의 괴상한 '조선어'에 대하여는 내가 우스운 에피소드를 가졌다. 연전年前에 중학생을 만난 일이 있었는데, 그가 내 상床에 있던 주시경周時經 씨의 명저 『말의 소리』를 보고 말하기를 "나는 어학책 『말[語]의 소리[音]』를 『말[馬]의 소리[聲]』로 알아 옛날 동물학을 보고 있는 줄 알았노라"는 실로 웃지 못할 이야기를 들었다.

생활의 진전進展, 더구나 현대 조선사람과 같이 급격한 생활적 변화의 템포 중에 사는 민족의 언어란 좋은 의미나 나쁜 의미 두 가지로 부단히 신어新語가 발생하고 생활에 적합치 않는 구어舊語가 소멸 방기되어간다.

---

50 R. A. P. P. 러시아 프롤레타리아 작가동맹의 약어.

물론 나쁜 의미의 소멸이란 데서 적극적으로 우리 말을 방어할 것이다. '마馬의 성聲'식 조선말은[51] — 철자법을 맞춤법이라고 그리는가? — 방기당함을 기다릴 뿐만 아니라 이쪽에서 내어버려야 할 것이다.

요컨대 새로운 생활은 새로운 언어를 가지며, 명예있는 생활은 명예있는 언어를 갖고, 굴욕의 생활은 굴욕의 언어를 갖는다.

조선말 가운데 이 '굴욕의 언어'가 얼마나 많은 것일까?

동시에 생활의 문학은 생활의 정확한 언어를 갖고, 최량의 문학은 최량의 언어를 갖는다.

그러므로 문학상에 있어 민족어의 최량의 미화자美化者, 옹호자는 민족생활 가운데 그 최다수의 인간의 생활적 행복 위에 관심을 두는 인간들의 문학만이 가능한 것이다.

이러한 문학은 인위적으로 감상적인 배타정신에서 민족어를 옹호함이 아니라, 자국어와 타민족의 우인友人들과의 고등한 문화적 언어의 상호침투를 시인할뿐더러, 전 세계 인류의 행복 상에 축성築成될 언어의 국제적 화학적 용합과정溶合過程을 촉진하는 데 힘을[52] 아끼지 않으면서 또 민족어를 최대한의 열의를 가지고 사랑한다.

이 두 가지는 결코 모순하지 않을 뿐더러, 민족어에 대한 과학적 태도의 조화된 양면이다. 그러한 의미에서 우리는 민족어의 충분한 자유自由한 발달을 열망하고, 우리 문화의 현재에 있어서의 최대의 양식적 특징[적 과]제는[53] 민족어이라는 것을 주장한다.

그러므로 최량의 '민족문학'만이 최량의 민족어를 소유할 수가 있는 것이다.

---

[51] 원문에는 '朝鮮말의'로 되어 있으나 문맥에 맞게 바로잡는다.
[52] 원문에는 '하믈'로 되어 있으나 문맥에 맞게 바로잡는다.
[53] 특징적 과제는: 원문에는 '特徵題은'으로 되어 있으나 문맥상 의미로 보아 재구했다.

애란인이 영어로 사유하고 문학적으로 이야기하는 것은 결코 애란 문화가 아니라, 그 민족문화가 아니며, 영국문화의 일부분임에 불과할 뿐이다.

이 영역에서 우리는 사어 고어를 나열하는 복고주의와 더불어 문학어상의 외화주의外化主義와 격렬히 대립한다. 이들은 조선어를 외국어의 노예로[54] 만들려는 모던 보이들이다.

산문에 있어서는 조선어문에 고유한 어음語音의 구성과 단어의 연결, 장구章句의 미를, 외어外語 그것으로써 전혀 이해할 수 없는 스콜라적인 잡문을 만들며, 시가에 있어서는 시조나 구비가요에 보는 그렇게 높은 음악적 선율을 초가집에 '뼁키'칠해 놓은 것과 같이 추하게 파괴한다.

이 외에 또한 문학어 상의 형식주의라는 것도 우리들의 언어의 고유한 문학적 형상화와 무관계한 유해有害의 것이다.

이들은 수필이나 약간의 젊은 시인들의 작품에서 볼 수 있는 것과 같이, 언어를─내용을 거세하고 그 음향의 일점에서만 구사[55]하려는 사람들로서, 그들의 특징은 모든 감성과 의지를 표현하는 데 부족이 없는 조선어를 그저 곱고 시냇물소리같이 고요하며 여자의 속삭임같이 '감미'한 것으로 불구화시키는 것이다.

이들의 손에서 조선말은[56] 그 남성적인 모든 요소를 거세당하고, 여성화의 일로─路로 몰아넣는 것이다. 요컨대 쇠잔해가는 민족의 언어에 상응하도록 조선어는 개변되는 것이다.

그러나 이러한 모든 역류로부터 조선어는 숙청肅淸되어야 하며, 작

---

54 원문에는 '奴隷를'로 되어 있으나 문맥에 맞게 수정했다.
55 원문에는 '使驅'로 되어 있어, 글자 순서를 바로잡았다.
56 원문에는 '朝鮮말로'로 되어 있으나 문맥에 맞게 수정했다.

가, 시[인]은 언어의 예술가의 명예에 해당할 만큼 언어의 높은 문화의 창조자이어[야] 한다.

그 명확성에 있어, 명석성明晰性에 있어, 음악성에 있어, 용량적容量的인 단순성을 가진 최대의 표현력에 상응하는 세련된 기사技師가 되지 아니하면 아니 된다.

우리들은 정확하고 좋은 언어 없이는 아무리 좋은 사상, 감정도 표현할 수 없으며, 우리들의 이러한 표현의 최량의 연장은 최량의 조선어의 획득에 있는 것이다.

최량의 언어의 획득은 그의 최량의 세계관에 곧 의존하는 것으로, 이곳에는 높은 의식만이 높은 문화적 언어를 소유할 수 있다는 고유의 법칙이 작용한다.

그러므로 모든 성실한 문학자는 조선문학의 사명死命을 제制하는 언어의 운명의 최대의 관심자關心者이고 그 옹호자이어야 한다.

조선어의 운명에 대한 관심은 문학에 대한 최저, 최후, 최대한의 관심인 것이다.

필자는 끝으로 연전年前, 조선어학회朝鮮語學會와 조선어학연구회朝鮮語學硏究會와의 '철자법'을 중심으로 한 분쟁에 집단적으로 그 일방一方의 성명서에 서명한, 백에 가까운 문학자 제현들에게 이 일문一文을 드리면서,[57] 지금 모든 교육자, 언어학자들이 최대의 흥분을 가지고 절규하는 '공학제共學制'에 대하여 대체 무엇을 하고 있는가를 반문하고

---

[57] 조선어학회가 1933년 10월 독자적인 한글맞춤법통일안을 제정하자, 박승빈(朴勝彬) 중심의 조선어학연구회가 그 잘못을 지적하고 그 반대운동을 조직화하여 종래의 구식 철자법으로 통일할 것을 주장한 것을 의미한다. 이들은 과학적이고 논리가 명확하며 역사적 제도에 근거하고 대중이 일상생활에서 편리하게 쓸 수 있는 한글철자법의 이론을 주장하였으나 대중의 지지를 받지 못하였다. 참고로 임화를 비롯하여 카프의 문학인들은 대체로 조선어학회의 통일안을 지지하였다.

싶다.

저 성명서에 서명한 것과 같은 조선어문에 대한 높은 관심은 일장몽사一場夢事이었던가?

을해 중추 합포(合浦) 여사(旅舍)에서

부기−이 소론(小論)은 거년(去年) 교육행정상 공학제(共學制)가 성(盛)히 논의될 때 소감을 적은 데 불과하는 것이므로 한 개 시사적(時事的) 의미밖에 갖지 않는 것이므로, 별로 가필(加筆)할 편의도[58] 갖지 못해 이대로 발표되는 것이오니 독자는 관대하게 읽어주어야 할 것이라고 감히 일언(一言)을 부(付)합니다. 필자.

---

58 원문에는 '便㐬도'로 되어 있으나 '便宜도'의 오식일 것이다.

문예시평 ─ 창작 기술에 관련하는 소감(小感)

　문학계 최근 경향의 하나로서 우리는 작가들이 상당한 열의를 가지고 창작 기술의 연마를 기도企圖하고 있음을 들 수가 있는데, 아마 이것은 현재 조선문학의 가장 의식화된 방향이 아닌가 하고 생각된다.

　물론 일반적으로는 논제를 문학 위에다 놓고 있는 한, 작품의 예술성을 높이기 위하여 창작의 기술적 수련이란 필요한 것이고 아무에게 있어서도 긍정되어야 할 현상이다.

　그러나 일부 작가나 논자들이[1] 말하는 바와 같이 이 현상은 조선문학의 발전을 위하여 일률로 경하할[2] 일이고 또 조선문학 그것의 질적 성장을 말하는 지표指標라고 생각하기에는 적지 않은 곤란이 있음을

● 『사해공론』, 1936.4.
1　원문에는 '論者들의'로 되어 있다.
2　원문에는 '慶賀한'으로 되어 있다.

고백치 않을 수가 없다.

뿐만 아니라 우리들 독자의 앞에 작금간에 발표되는 작품들이라든가 그것들이 지향하는 예술적 방향이라는 것을 관망할 제 이 곤란의 감感은 일층 증장增長한다.

첫째 한 개 조류로서의 이 현상에 대하여 우리는 적당한 역사적인 그리고 현실적인 반성을 가하고 있지 않는 것 같다.

이것 없이는 작가는 자기가 서 있는 문화사적 입장의 자각을 얻기 곤란하고 따라서 그 나갈 바 장래를 예측하고 그곳에 대한 의식적인 노력³을 해 내개기 어렵다. 뿐만 아니라 순수히 기술적技術的인 의미에서도 그는 계획적으로 과거過去한 문학사적 유산 가운데서 필요한 영양을 섭취하기 불능할뿐더러 자기가 건립하려고 하는 예술적 형식의 명확한 설계도를 작성하지 못하는 것이다.

이렇다면 이것은 한 개 무질서한 암중暗中 탐색이 아닐까?

다음으로는 창작상의 기술이라는 것이 본질적으로는 무엇인지, 따라서 그것의 획득이란 무엇을 의미하며 어떻게 하면 또 그것이 습숙慣熟할 수 있는가 하는 근본적 지점에 작가들은 맹목이 아닌가 하는 점이다.

물론 이상에 열거한 두 개의 요인은 불가분리의 것으로 전자는 후자를 조장助長하며 후자는 전자를 제약하는 것이다.

이 우려할 경향은 일부 작가들의 창작적 실천 가운데서뿐이 아니라 이것에 대한 비판적 임무를 포기한 심미적 비평과 그 아류를 답습하고⁴ 있는 무기준적인 주관주의적 비평의 일련의 속언俗言이 이를 심화시키고 있음을 또한 의심할 수 없다.

---

3 원문에는 '勢力'이라 되어 있는데, '努力'의 오식일 것이다.
4 원문에는 '襲踏하고'로 되어 있으나 글자 순서를 바로잡았다.

 이야기의 편의상 위선爲先 이러한 현상이 문학계를 풍미하게 된 경위와 의의에 관해서 생각코자 하는데, 먼저[5] 누구의 머리에도 직각적直覺的으로 상기되는 것은 이 시기의 특수성일 것이다.

 작금년간昨今年間이란 시기가 갖는 특수성이란 사회적 견지에 있어서도 주목할 때인 것은 물론이나, 문학적 의미에만 한한대도 분명히 조선문학사의 여하한 시기보다는 인상적인 사건과 현상으로 특징화되어 있다.

 그리고 과거에 대하여 현재가 갖는 특이성이란 그 전에 비하여 여러 가지 의미에서 문학 기타에 대하여 이롭지 못하게 변천되었다고 생각되는데, 돌연히 환기된 기술에의 관심이란 문학 기타가 발전 상에서 봉착한 곤란과 어떤 관계를 갖는가가 위선 생각되지 않을 수가 없을 것이다.

 이러한 반성은 조선문학 그것의 구조적 내용을 분석함으로 더 한층 똑똑해지는 것이며, 이것의 분석을 소기所期한 바의 정확한 해답으로 결말지으려면 불가불 현재의 그것을 가능케 한 문학사적 발전 사정에 대한 일정의 관념을 필요로 한다.

 주지周知와 같이 20년대의 신문학이 신경향파新傾向派의 대두와 함께 계급적으로 분열을 수遂한 뒤 조선문학은 예술 그것을 제일의 안목으로 생각하는 일군一群과 예술에 있어 내용적인 것과 그 사회적 공리를 가치 평가의 기준으로 생각하는 다른 일군으로 특징화된 것이다.

 전자를 일률로 부르주아문학, 후자를 통칭하여 경향문학, 프로문

---

5 원문에는 '먼첨'으로 되어 있다.

학이라 불러왔는데, 후자가[6] 비교적 단일적인 데 반하여 전자는 약간의 복잡성을 가지고 있다.

그것은 부르문학이라고 불러오던 것 가운데는 실상 정말 민족주의적 이상을 가진 경향적傾向的인 춘원春園 등의 문학과 양자의 중간에 있는 소시민의 문학이 잡거雜居해 있던 때문이다.

한데 일체의 비非프로문학이 곧 예술파문학이라고 생각됨은 사실 일반적으로는 정당치 않으나 우리 조선문학 상에서는 그리 부르게 한 일정한 이유가 있다.

이는 조선의 시민문학의 소시민적 성격 때문인데, 본질적으로는 시민계급의 현실적 약성弱性의 반영으로, 신경향파와의 항쟁 이후 프로문학에 대한 그들의 비평적 태도에 의하여 설명되는 것이다.

그러므로 내용보다 형식, 사상보다 기교를 운운하게 되면 조선서는 곧 부르문학적이라고 봄이 상식화되어 있음은 전혀 독단은 아니다.

그러므로 이 동안에 이분된 조선문학 상에서 창작적 기술이란 것이 받은 대우란 프로문학 측에서는 과도히 경시되어 왔고 부르문학 쪽에서는 너무 중시되어 왔다.

그러면 비프로문학은 프로문학에 대하여 어느 정도로 기술상 형식상의 우월을 가지고 있었느냐 하면, 또한 그렇지도 못하였다고 말할 수밖에 없고, 실제로 이 사실이야말로 문학상의 기술이 내용과 무관계하게 달성하지 않는다는 한 개 커다란 사실을 말하고 있는 것이다.

설사 비프로문학이 약간의 형식상의 정비를 갖출 수 있었다 하더라도, 그것은 조선문학의 적절한 형식미形式美라느니보다도 오히려 문학적 발전에 대하여 본질적인 것을 기여하기에는 너무나 먼 곳에 선

---

6 원문에는 '後者의'로 되어 있으나 바로잡는다.

순수히 형식적인 지말적枝末的 정비의 역역域을 넘지 못한 것이다.

반대로 프로문학에 있어서는 완미完美한 지경地境의 그것과는 아직 거리가 멀다 하더라도 문학적 발전에 있어 적절하고 필요한 형식적 방면의 개척에 공헌하고 있었다.

항상 새로운 생활의 발견만이 새로운 형식을 가능케 하는 것으로, 서해曙海의 소설은 적어도 자연주의적 혼미 가운데서 근대 조선의 소설을 구했고, 설야雪野, 송영宋影 등은 이것을 일층 확고한 지역으로 끌어올렸으며, 민촌民村의 『고향』 등은 비로소 전 조선적 문학 형식이[7] 여하한 것인가를 지시한 것이라고 믿어진다.

『고향』 중에는 근자에 심리소설이라는 것이 독자가 알지 못할 기괴한 형식으로 시험하고 있는 심리, 성격 묘사의 문제를 적어도 읽기 쉽고 또 기괴하게가 아니라 아름답게 표현할 수 있음을 시사하고 있다.

요컨대 예술파문학의 여하한 달성도 프로문학의 최고 수준을 능가치 못한 것으로, 형식을 경시했다는 문학이 그것만을 위하여 존재한다는 문학보다 나은 형식을 갖고 있다는 모순된 결론이 얻어지고 만다.

이것은 역시 기술 형식이라는 것이 오히려 내용 여하에 의하지 않는가 하는 생각을 더 한층 깊게 하는 사실이다. 그런데 오늘날 기술에의 관심을 조선문학이 성장해가는 한 개 지표라고 보는 데는 이러한 제점諸點이 명확히 되어 있지 않은 것으로, 조건적으로는 물론 긍정될 수가 있다.

우리 조선문학이란 대체로 아직 어리고 또 어린 문학이 성장하기에는 일정한 시기에 이르러 반드시 자기의 예술적 완성에의 노력을[8]

---

7 원문에는 '形式의'로 되어 있다.
8 역시 원문에는 '勢力을'로 되어 있다. '勢'는 '努'의 오자일 것이다.

자각하는 까닭으로 …….

그러나 전술前述과도 같이 조선문학이란 단일한 것이 아니고 창작 기술을 위한 높은 형식의 획득이란 그 내용하는 바 생활과 무관계한 것이 아니므로, 이 현상을 순전히 논리적으로만 생각한다면 한 군群의 문학에 있어는 진실한 성장과정 중의 지표일 수 있고, 반대로 다른 일군에 있어는 몰락, 퇴보과정에의 일 계기로도 볼 수밖에 없는 것이다.

문학사적 사실의 견지에서 보아도 프로문학의 자기완성의 중요한 일- 반성으로서 기술에의 관심은 자연스러운 일이며, 비프로문학이 현실 생활로부터 유리하는 기본적 방향으로서 극단의 형식주의에의 전향이라는 것은 몰락의 문학이 항상 무내용을 형식주의로 은폐한다는 사실의 예로서 설명되는 것이다.

그러나 우리의 안전眼前에 나타난 기술에의 관심은 기본적인 양개 문학 경향의 정상적 발전에 발현한 것이 아니라 정正히 프로문학의 부자연한 퇴조의 현상과 함께 일어났다는 것이다.

그러므로 이 법칙성이 작용하는 상태는 약간 특이하고 또 복잡하게 된 것이다.

이것은 다른 게 아니라⁹ 비프로문학의 형식주의적 위장僞裝을 일층 용이케 하고 프로문학 내부에 있어서까지 전진의 중지를 형식적 가장假裝으로 바꾸려는 의식되지 않은 부르주아적 형식주의의 경향의 파급으로 특징을 붙일 수 있다.

금일의 객관 정세와 문학사의 조건은 이러한 환상幻想을 가능케 하는 것으로서, 프로문학 재래의 형식상 약점은 예술파문학이 자기를

---

9 원문에는 '하니라'로 되어 있다.

위장하는 토대가 되며, 프로문학 그것으로부터의 일탈이 마치 정상적인 의미의 기술에의 관심과 같이 생각됨으로써이다.

이러한 복잡한 탁류 가운데서 이 현상 자체에 대한 반성은 물론 창작기술, 형식이란 무엇인가가 명확한 자태로 파악되지 않음은 자연스러운 일이다.

오히려 아무 작가도 기술이 무엇인가를 밝히기를 두려워하며 또 구태여 천명하기를 피하고 있는 것이다.

*

이제까지 나 자신도 기술, 형식이란 말을 동렬同列에서 써왔고, 또 대부분이 이 두 개념의 구별을 혼동하고 있는 것인데, 결코 양자는 동일한 것이 아니다.

작품의 형식이란 창작과정에 의하여 완성된 결과의 이름이요, 형식에 이르는 동안 작가가 필요로 하는 일체의 기능을 말함이다.

그러므로 기술은 대상에 대한 직관으로부터 형상화의 완결에 이르는 전全 과정 중의 사실로서, 작자의 관념과 외계의 소재를 결합하여 예술적 현실을 만드는 데 소용되는 모든 수단이다.

그런데 가치 있고 아름다운 문학적 형상을 위하여 필요로 하는 창작기술이란 낡은 천재론에 있어서와 같이 생득적生得的인 것이나 순수히 손끝의 재주냐 하면 결코 그렇지 않다.

후천적으로 인간의 주관적 노력에 의하여 숙달할 수 있는 것인 동시에, 또 일부분 개인의 소질에도 관계하며이 생리적 요인은 역사적 사회적으로 제약된다, 결정적으로는 작가의 세계관, 생활 태도, 실천에 의하여 제약되는 것이다.

그러므로 실 생활의 인상이란 산 동물을 그대로 대한 것과 같고 서적의 그것이란 동물의 껍질을 벗기어 가공한 박피상^{剝皮像}을 보는 것 같다고리키고 볼 수 있는 것이다.

그런 때문에 생활적 실천이란 단순히 소재의 범위에만 관계됨이 아니라 세계관이 되어, 취미가 되어, 감상^{感賞}이 되어, 창작적 과정의 전반을 통하여 작용하는 것이다.

여기에 일련의 예를 들어보자.

위선 우리 머리 속에 있는 생각만으로는 예술 창작은 아직 시작되지 않은 것으로, 그것은 대상으로부터 받는 인상 그리고 직관, 관찰로부터 시작된다.

잘 관찰할 줄 모르는 사람은 아무리 훌륭한 생각을 가지고 있어도 작가되기는 어려운 것으로, 관찰이란 먼저 그 대상 자체의 구조, 기능에 대한 면밀한 검토로부터 불가피적으로 그 대상의 특수성의 고구^{考究}로 옮아간다.

아무리 투철한 관찰이라도 그 대상 자체가 갖는 특수성을 발견치 못한다면 안 본 거나 마찬가지로, 곧 그것과 다른 것과의 관계가 시야에 들어오는 것이다.[10]

관계를 본다는 말은 이것과 다른 것을 비교한다는 의미로, 이것의 고유한 성질을 알기 위하여 다른 것의 특성을 발견해야만 비교할 수 있는 것이다.

이 비교는 관찰의 정확을 위하여 가장 필요한 것으로서, 작가는 선택된[11] 대상을 삼라만상과 무질서하게 비교하는 것이 아니라그것은 사실

---

[10] 원문대로인데, 투철한 관찰을 해야만 그것과 다른 것과의 관계가 시야에 들어온다는 의미일 것이다.
[11] 원문에는 '撰擇된'으로 되어 있으나 '撰'은 '選'의 오자일 것이다.

상 불가능하지만 그 대상에 있어 필요로 하는 모든 비교될 대상, 즉 그 대상과 관계된 것 가운데서 관찰할 줄을 알아야 한다. 이러한 과정 가운데서 비교는 선택된[12] 대상을 일층 풍부케 하는 것으로, 다음으로는 그 대상의 배후의 것을 생략할 줄을 알아야 한다.

'급사給仕'의 묘사를 완전케 하기 위하여 '그 급사'와 관계되는 모든 인물을 연구하고 그 가운데서 많은 급사들의 급사로서 갖는 각개의 특성을 한 개의 '그 급사' 가운데 흡수하면서 다른 급사를 생략하고 그 외의 관계 인물도 같은 정도로 필요한 간결화의 세련을 받아야 되는 것이다.

그리하여 선택된 대상은 그것을 둘러싸고[13] 그것에 저항하고 있는 다른 것과의 관계 가운데서 필연적으로 발전되어 그 작품 전체 가운데서 점하고 있는 대상의 위치가 고정적으로가 아니라[14] 움직이는 생생한 과정 가운데서 파악된다. 이 가운데는 작품에 씌어진 현실뿐만이 아니라 그것이 발전되어 가는 장래에 대하여도 일정한 암시를 던질 수 있는 것으로, 항상 창작 기술이란 이 모든 것에 적합한 서술과 회화會話의 형성을 획득함으로[써] 완성되는 것이다. 그러므로 관찰은 비교에 의하여, 비교는 성격화의 길, 그 성격은 그것에 필요한 정황 가운데서 자기의 특성을 보편적인 그곳에까지 높이는 과정에서 예술적 보편화를 수遂하는 것이다. 다시 말하면 예술 창작의 기능이란 소여所與의 대상 소재가 작자의 사상적 지향에 의하여 인도되는 관찰, 비교, 성격적 보편화의 방법으로, 그것이 가치 있는 예술적 형상을 축조하는 데 공헌하는 기술이 되려면 필연적으로 자연과 사회의 객관적 과정을 반

---

12 역시 원문에는 '撰擇된'으로 되어 있다.
13 원문에는 '둘러싸코'로 되어 있다.
14 원문에는 '아니다'로 되어 있으나 문맥에 맞게 고쳤다.

영하는 사상으로 말미암아 향도嚮導되어야 한다. 왜 그러냐 하면 개별화되어 있는 소재의 세계를 예술은 이미 존재한 객관적 법칙에 의하여 그것을 성격화, 보편화하는 광범한 문화적 창조의 일 산물이므로…….

그러므로 창작 과정은 객관적 과정 그것의 반영으로서의 한 개의 인식 과정이요 실천적 행위의 하나로, 기술이란 것이 또한 이 과정으로부터 주관적으로 격리될 때 문학작품은 그 형상의 질을 낮추는 것이다. 따라서 훌륭한 창작 기술의 좋은 작품을 만들기 위한 제諸 기능에 숙달하려면 훌륭한 사상을 필요로 한다는 것과 뗄 수 없는 것이다. 한 줄 초엽草葉에도 생명은 들어 있다는 고언古諺과 같이 여하히 사소한 기술상의 문제라도 작가의 사상과 무관계할 수는 없는 것으로, 낡은 심미적 비평은 물론, 근자 백철白鐵 군의 작품 비평에서 볼 수 있는 것과 같이 작자에게 도덕상, 논리상, 혹은 세계관상의 요구와 비평을 가하지 않고 작품의 예술적 완성을 기대하는 비평이란 창작의 기술상의 발전 그 방법을 지시하지 못할뿐더러, 오히려 그곳에는 맑스주의 비평[의] 과거의 공식주의적 오류를 비판하는 나머지 형식주의문학이론의 진부한 아류로 변하고 있음이 아닌가 하고 생각된다.

사실 이러한 비평은 훤소喧騷한 규환叫喚에도 불구하고 문학의 진실한 발전과 창작 기술의 숙달과는 무연無緣할뿐더러 부르주아적 형식주의에 박차를 가하는 자이다.

타他의 미진한 논제를 맡겨둔 채로 타일他日을 기하고 각필擱筆한다.

그 뒤의 창작적 노선*

최근 작품을 읽은 감상

나는 실상 이번 2월달치 창작 비평을 쓰게끔 H형으로부터 명령을 받고 있으나, 딱한 나의 몸 형편 기타로 이미 달이 거의 기울었고 또 수삼처數三處에서 몇 사람의 비평을 읽은 후이라, 새삼스러이 들추어서 독자들에게 무엇이라고 스러놓기도 흥이 적은 일이라, 하기下記의 감상感想을 가지고 그것을 대신코자 한다.

대개가 그렇겠지만 나는 매월 발표되는¹ 작품들과 더불어 그것에 대하여 지불되는 모든 종류의 비평에도 역시 단념丹念히 읽어가는 독자 중의 한 사람이다.

그런 때문에 자연히 내가 작품을 읽는 방법과 이들 비평가들이 읽은 방법을 비교도 해보며², 일방一方으로는 이 두 개의 사이에서 제3

- 『비판』, 1936.4.
1 원문에는 '發展되는'이라 되어 있으나 '展'은 '表'의 오자일 것이다.

의 자기를 그리어서 대치^{對置}해보기도 한다.

이것은 때로 위험한 기도^{企圖}이기도 하면서 그 작품과 한가지[로] 비평이³ 말하는 바까지도 함께 믿기 어려운 때는 역시 이 길밖에 찾을 수 없는 것으로, 이것은 연래^{年來}로 나의 독서법의 관습의 하나가 되어 있는 것이다.

한데 나는 이 잡문의 제목에다 '그 뒤의'라는 두사^{頭辭}를 얹어 놓았는데, 이것은 별다른 의미를 갖는 것이 아니라, 프로문학을 지배하고 있던 30년대적 명제가 동의^{動議}된⁴ 후에 환기된 변화를 표시하기 위한 편의상의 그것에 지나지 않는다.

한데 어떠한 변화이냐 하면, 세상이 다 알듯 일찍이 주제의 적극성이라는 데 포함되었던 문학적 제재에 대한 정치적 목표와 분류 대신으로 등장한 진실이란 말이다.

물론 이것은 사회주의적 리얼리즘이란 새로운 창작방법이 가져온 산물로서, 이론상의 논쟁이 귀결을 지었든 말았든, 작가들이 창작상의 방향을 돌린 것은 의심할 수 없는 사실이다.

이 현실 생활의 진실을 그려라, 혹은 생활적 진실에 충실하라는 등의 슬로건이 작가들에게 동력이 된 것은 불행히도 그 이론 자체에 대한 옳은 이해라든가 또 그것이 지시하는 방향에 성실한 관심을 두었다느니보다도⁵, 오히려 낡은 문학이론에 대한 반발로서, 또 우심^{尤甚}히 이롭지 못하는 환경의 곤욕으로부터 창작적 안일을 목표로써 소용되었다고 보지 않을 수가 없다.

---

2 원문에는 '해보면'으로 되어 있으나 문맥에 맞게 바로잡는다.
3 원문에는 '批評의'로 되어 있다.
4 원문대로이나 문맥상 '동요된'의 의미로 읽는다.
5 원문에는 '더렸다느니 보다도'라고 되어 있으나 문맥에 맞게 수정했다.

그리고 이것을 바로잡을 실체적인 역량은 미약해지고 커다란 풍람風嵐은 이 2년 동안에 큰 구렁을 파고 지나가버렸다.

이 동안에 정세는 일변하였다.

*

한데 낡은 문학이론에의 비판, 새로운 창작방법에의 문학적 탐구,[6] 이러한 황당한 소란 가운데서 엄청난 현실 상의 변화는 대개 다음의 두 가지를 문학 상에 남겨놓았다.

1. 현실에 대한 단순한 재현적 리얼리즘에의 방향.
2. 암담한 비관적 낭만주의.[7]

첫째의 것은 대개로 재작년 동冬[8] 이후 구舊 카프 작가의 주요 부대가 부재한 중에,[9] 가장 많이 활동한 엄흥섭嚴興燮,[10] 이북명李北鳴 기타 약간의 신인들의 소설 가운데 표시되어 있고, 후자는 이찬李燦, 박세영朴世永, 약간의 신인, 말류末流로는 필자 등의 시작詩作 상에 명료히 그 반영을 볼 수 있다.

연然이나 전자의 경향을 소설, 후자의 것을 시, 이렇게 분류함은 조금 기계적인 것으로, 사실상 소설 가운데서도 시에서 볼 수 있는 폐

---

6 원문에는 '得求'라 되어 있으나 '得'은 '探'의 오식으로 보인다.
7 비관적 낭만주의: 원문에는 '悲漫的浪後主義'라 되어 있다. 문맥에 맞게 수정했다.
8 동: 원문에는 '同'이라 되어 있으나 '冬'의 오자가 아닐까 싶다.
9 1934년 2월부터 12월까지 카프 2차 검거 사건으로 카프 맹원 80여 명이 검거된 사실을 가리킨다. 이들은 1935년 겨울 집행유예로 전원 석방된다.
10 원문에는 '嚴興變'으로 되어 있으나 '變'은 '燮'의 오자일 것이다.

시미즘을 볼 수 있으며,[11] 시 가운데서도 전수혀 파행적인 '사실주의'를 종종 발견할 수가 있다.

그러나 이렇게 특히 시, 소설 가운데 보다 전형성을 가지고 나타남은 소설이 묘사의 예술인 때문이고, 시가 더 많이 정서의 문학인 때문이라고 생각할 수도 있다.

하나 먼저도 말한 것처럼 이것은 절대적인 것이 아니고 역시 한정된 의미의 구분임은 면치 못한다.

한데 안함광安含光 기타 약간 사람들에게 비교적 우수한 작품이라고 비평되던 엄흥섭 씨의 소설 「숭어」를 들여다보라. 정말 「숭어」는 씨의 다른 제작諸作에 비하면 위선 사실성寫實性에 있어 씨의 다른 작作, 예例하면 「고민」, 「구혼행求婚行」 등의 범작凡作에 비하면 일층 정련되고 구별되어야 할 것이다.

「고민」, 「구혼행」 등에 있어서는 사실 작가의 붓은 평범한 세계의 보람 없는 사실을 보잘것없는 붓으로 그린 데 불과하다. 이곳에서는 작가의 사회적 안식眼識이라든가 통찰력이라든가 비판성이라든가 또 상상력까지를 도무지 발견할 수 없는 자연주의적 시정문학市井文學과 하등의 차이를 발견키 곤란하다.

나쁜 의미로 말한다면 차등此等의 작품에서는 작자의 예술적 재능이라는 것을 인정키가 곤란할 만치 현실에 대한 작자의 관찰안觀察眼은 평범하다.

그러나 나는 씨의 「숭어」를 이들의 범작과 동렬에 놓고 싶지는 않다. 그러나 다시 면밀한 감상鑑賞을 통한다면 「숭어」가 그리 흠잡을 작품이 아니면서도 분명히 독자에게 주는 예술적 매력에 결缺하고 있

음을 부정할 수는 없다. 그리고 주인공 노인을 끝에 가서 미치게 하는 것이라든지, 또 그 장경場景의 묘사도 하등 생채生彩를 느낄 수 없다. 독자는 이 장면을 민촌民村의 「흙과 인생」 『예술』 소재의 주인공 '김첨지'가 지주 '김참사' 집 사랑에서 '노마님'에 애걸하는 장면과, 「숭어」 가운데 상기上記 장면, 그리고 노인이 '숭어'를 가지고 지주 찾는 장면을 대비하면, 「숭어」의 그것이[12] 너무나 그 무흥미無興味한 데 일경一驚을 금키 난難할 것이다.

이것은 「숭어」의 작자의 분명한 예술적 재능의 부족에서 오는 것이고, 소설 구성 그것의 결함에서 오는 것이다. 그것은 사실 다음의 한 가지로 증명되는 것이다.

「숭어」에 나오는[13] 인물, 사건 기타 전全 경지境地는 일찍이 타계한 신경향파의 선구자 최서해崔曙海의 일련의 작품, 예例하면 「홍염紅焰」 기타 간도소설間島小說의 그것으로부터 조금도 진보되어 있지 못하다.

이것은 단순히 사건의 유사類似가 아니다. 작자가 분명히 「홍염」의 시대로부터는 십수년 앞선 금일의 세계를 형상화할 노력,[14] 준비를 갖지 않았다는 증좌 이외에 아무것도 아니다.

예술적 재능은 고리키M. Gorki의 말이 아니라도, 현실에 대한 관찰력, 비교의 능력, 그리하여 그것을 보편적 성격 가운데 형상화하는 작가의 근면 이외에 별것이 아니다.

작자는 「구혼행」, 「고민」 그타他 애욕, 치정 세계, 기이奇異를 취급한 일련의 작품에서 보는 것과 같이, 현실[로]부터 떠나가고 있다. 사실 「숭어」의 사건성의 무흥미함은 작자의 대對 현실 태도의 빈곤함이

---

12 원문에는 '그것의'라 되어 있으나 문맥에 맞게 바로잡는다.
13 「숭어」에 나오는: 원문에는 '「숭어」의 나에는'이라 되어 있으나 문맥에 맞게 수정하였다.
14 원문에는 '勢力'이라 되어 있으나 '勢'는 '努'의 오자일 것이다.

고[15], 결말의 부자연함은 작가의 창작 태도인 자연주의의 필연의 산물이다.

주인공의 발광, 난행亂行은 그런 현실에 있는 독자에게 희망 있는 행위에의 궐기를 교육하는 대신, 비관주의를 주입하는 데 유용할 뿐이다.

서해曙海 시대의 '개인적 욕망'의 소설이란 신경향파문학 가운데 있는 빙허憑虛, 상섭尙燮류의 소시민의 자연주의의 영향의 소치임은 현대의 사실문학寫實文學이 이해해야 한다.

그런 때문에 자연적 리얼리즘이란 소시민적 페시미즘과 손바닥의 양면처럼 연락聯絡되어 있다.

한편 이북명 씨의 제작諸作은 일전 어느 논문에도 쓴 일이 있지만,[16] 자연적 리얼리즘과 낡은 추상적 공식주의가 이도류二刀流로 혼용되어 있어 씨의 작품의 형상성은 분명히 파괴되어[17] 있다. 엄씨에 있어서는 자연주의 가운데 일방적으로 용해되어 있는 반면, 이씨에 있어서는 2개는 그대로 굴러다닌다.[18]

소설 「민보閔甫의 생활표」는 아마 이 전형일 것이다. 씨의 작품에는 소설 「초진初陣」에 있는 공식주의는 한 개의 정서, 의식되지 않은 윤리로서 생존해 있고, 상당히 견실한 사실주의寫實主義[19]는 자연주의의 탈을 벗지 못한 채 잡거雜居하고 있어, 이 소설은 그 형상적 통일성에 있어 「초진」에도 떨어진다. 「민보의 생활표」에 대한 장혁주張赫

---

15 원문에는 '甚困함이고'라 되어 있으나 '甚'은 '貧'의 오자일 것이다.
16 「조선문학의 신정세와 현대적 諸相」(『조선중앙일보』, 1936.1.26~2.13)이란 글을 가리킨다.
17 원문에는 '確壞되어'라 되어 있으나 '確'은 '破'의 오자일 것이다.
18 원문에는 '굴너다신다'로 되어 있다.
19 원문에는 '寫眞主義'라 되어 있다. '眞'은 '實'의 오자일 것이다.

氏류의 찬사는 독자에게는 물론 작자의 예술적 발전에 있어 결정적으로 유해하다.

주인공 '민보'는 농촌에서 몰려나온 직공으로, 조선 노동자의 사회적 행로의 전형성을 가지고 있어 한 개 전형으로 형상화하기에 실로 적합한 인물임에 불구하고, 작자는 자연주의적 사실寫實의 나쁜 묘사로 이 주인공을 평범인平凡人으로 죽여버렸다.

다음 '민보'가 다시 아버지를 따라 귀향치 아니[해]면 안될 장면에서 작자는 그때까지의 경로를 성실히 묘사해왔음에 불구하고 귀향을 일종 패배로[20] 느끼고 주인공의 마음을 어둡게 함은, 분명히 감상화感傷化된 작자의 공식주의의 발현이고, 또한 작자의 생활 현실의 발전에 대한 관찰안觀察眼이 박薄함을 말하는 것이다.

이곳에도 작자의 소시민적 비관주의가 '노동자'와 '그 운동'에 대한 감상화된 공식주의의 정서로서 표시되어 있다.

이 소설에 대하여는 할 말이 많으나 그리할 수 없고, 다만 작자가 민보를 표현하기 위하여 그들 필요한 모든 배경─인물과의 관계 가운데서 관찰, 비교, 생략, 묘사할 노력勞力을 갖지 않았음을, 나는 사실주의 작가로서의 씨를 비난하고 싶다.

이러한 것은 자연주의이지 결코 우리가 생각하는 리얼리즘─스스로 ××[혁명]적 로맨티시즘을 내포하고 있는─은 아니다.

이러한 결점들이 묘사된 현실이 아니라 정감情感된[21] 현실로 표현될 때, '공장', '노동자' 등에 대한 소박한 감상주의感傷主義로 승화되어 사건의 발전이나 상태의 진실에서 격리隔離된 것으로, 작품 위에 기름같이 떠돌게 된다. 이곳에 자연적 리얼리즘과 정서화된 공식주의가 잡

---

20 패배로: 원문에는 '敗北으로'로 되어 있다. '敗北'를 '패북'으로 읽은 듯하다.
21 원문에는 '情則된'으로 되어 있으나 문맥에 의거해 바로잡는다.

거하는 것이며[22], 작품의 형상적 통일성의 분열, 즉 구성의 부자연을[23] 초래하는 것이다.

더욱이 씨의 사실적 수법 가운데는 낡은 공식주의의 유물로서 가장 강하게 남은 것이 현실적 디테일스[24]적 세부에 대한 배려의 부족으로 나타나 묘사의 예술적 역力을 결缺케 하고, 이것은 반대로 정감적 부분을 묘사적 부분으로부터 일층 원거리로 떨어지게 한다.

문학작품에 있어 이러한 결함은 말할 것도 없이 치명적이다.[25]

*

다음에 나는 한 개 특색으로서의 비관적 낭만주의 — 사실 이것은 감상주의이다 — 에 대하여 말해야 할 순서인데, 위의 것을 이야기하는 동안에 벌써 반 이상은 말해온 셈이라 별 말이 남은 것이 아니로되, 구태여 지리支離함을 무릅쓰고 재언再言한다면 비관주의란 묘사될 때는 자연주의이고 정감情感될 때는 감상주의, 낭만주의라고 말하고 싶다.

그러므로 양자는 따로따로 나타나는 것이 아니라 실상은 한꺼번에 나타나는 것으로, 보다 정감적인 문학에 있어서는 일방적으로 과장될 뿐이다.

아다시피 우리 시인들은 이 1년 동안 목청을 높여서 암흑의 노래를[26] 불렀다. 나 자신도[27] 「암흑闇黑의 정신」 이후 10여 편을 이러한 것

---

22 원문에는 '것이면'으로 되어 있으나 문맥에 맞게 바로잡는다.
23 원문에는 '不自然으로'로 되어 있으나 문맥에 맞게 바로잡는다.
24 원문에는 「테-텔스」로 되어 있다. 'details'를 의미할 것이다.
25 원문에는 '致令이다'로 되어 있으나 '令'은 '命'의 오자일 것이다.
26 원문에는 '소래를'로 되어 있으나 '노래를'의 오식일 것이다.

을 노래해보았는데, 처음 생각과는 딴판으로 곤란한 결과를 얻고 방금 딱한 중이다.

잠시[28] 나 개인의 경험의 술회를 용서한다면, 위선 이러한 제재가 우리의 시에 들어온 것은 한 개 개연성이 있다. 즉 우리들에게 이러한 감정을 갖게 할 외계外界의 사건이[29] 수년래數年來에 핍박逼迫하였다. 시인이 환경으로부터 자유로울 수는 물론 없다.

자연적 리얼리즘을 비상히 미워하면서 그들과 같이 암담한 현실로부터 도피하는 대신 나는 그 속으로 뛰어들어갈 결심을 했다.

나는 그러면서도 '광명은 암흑에서'라는 신념을 가지고 희망을 잃지 않으려고 했다.

그리하여 가증할 현실의 어둠을 그대로 노래하는 것으로 곧 광명, 희망으로 통하는 길을 독자가 찾으리라 믿기도 했다.

그러나 이 생각이 완전히 부정되기는 이 가운데서 내가 발견한 대상의 심한 제한, 소재의 온溫[30]이란 작자에 있어 지옥과 같은 고통에 당면한 때다.

반대로 높은 희망의 열화熱火를 가지고 노래하려고[31] 할 때 시가 대상의 현실성으로 비상하려고 할 때, 급히 묘사적인 지상地上으로 내려왔다.

이때 생긴 것이 「버러지」 같은 트리비얼한 사실성寫實性과 감상주의가 혼합된 타기唾棄할[32] 작품이 되었다.

---

27 원문에는 '自然도'라 되어 있으나 '自身도'의 오식일 것이다.
28 원문에는 '整時'라 되어 있으나 '暫時'의 오식일 것이다.
29 카프 2차 검거 사건을 비롯해서, 일제의 탄압에 의한 사회주의운동의 위축을 의미할 것이다.
30 원문대로이다. '渴'의 오자로 보인다. '枯渴'의 '枯'자가 탈자되었을지도 모르겠다.
31 가지고 노래하려고: 원문에 '가리고 오래할냐고'로 되어 있다. '리'는 '지'의, '오'는 '노'의 오자일 것이다.

생각컨대 지엽적 사실성과, 없는 곳에서 일부러 상정된 희망 내의 감상주의가[33] 혼류하고 있는 것이 금일의 프로시의 주도主導 경향이 아닌가 한다.

이찬李燦 씨의 「달밤」, 「귀향」 그타他 많은 작품이 이 결점에서 자유로울 수가 없다.

특히 이李의 시에서는 미래의 희망이 정감情感되는 대신 과거를 회상 가운데 미화하는 방법으로, 즉 희망에의 열의가 역도逆倒,[34] 소극화되어 노래되는[35] 것 같다.

현재 분명히 우리의 시는 이 부정될 탁류에서 완전히 헤어나지를 못하고 있다.

그러나 우리는 미래를 객관적 현실 과정 그것의 도정에서[36] 찾고, 그 고처高處에서 현실을 다시 내려다볼 때 우리의 시는 훨씬 전진해나갈 수 있을 것이다.

*

출옥 후의 초선물初膳物인 민촌民村의 『인간수업』, 설야雪野의 『황혼』 그것 둘은 우리 잔류 작가들의[37] 옹졸함을 비웃듯 탄탄한 세계를 개척하고 있다.

두 작자들은 구舊 카프가 자랑하던 대작가의 관록을 여실히 보이

---

32 원문에는 '睡案할'이라 되어 있으나 '案'은 '棄'의 오자일 것이다.
33 원문에는 '感想主義'라 되어 있으나 문맥상 의미는 '感傷主義'이다.
34 원문에는 '送倒'라 되어 있으나 '送'은 '逆'의 오자로 보인다.
35 원문에는 '오래되는'으로 되어 있다. '오'는 '노'의 오자일 것이다.
36 원문에는 '道途에서'라 되어 있으나 문맥에 맞게 수정하였다.
37 잔류 작가란, 카프 2차 검거 때 검거되지 않은 작가들을 말한다.

면[서] 지금 자기의 붓을 진척시키고[38] 있다.

약간의 비평가, 작가들이 떠드는 소小주관적 고민 운운의 세공細工에는 비할 수도 없이 진실한 작가의 길은 넓은 것이다.

분명히 우리는 시시한 고민보다 더 많이 희망을 가질 의무가 있는 문학에 종사하고 있음을 재삼 기억해야 한다.

---

38 원문에는 '進涉시키고'로 되어 있으나 '涉'은 '陟'의 오자일 것이다.

현대적 부패의 표징(表徵)인 인간 탐구와 고민의 정신

백철(白鐵) 군의 소론(所論)에 대한 비평

1

박영희朴英熙 씨의 소설所說에 의하면 "4년 전 인간 묘사에서 인간으로 귀환하라는 금일에 이르기까지" 백철白鐵 군의 "노력은 실로 경탄하여 마지않는 바"이며 "현금 토막 논문, 무체계, 정체 모를 논문이 유행하는 차제此際 백철 씨의 용의用意는 실로 진실한 바가 있고" "더욱이 백철 씨의 소론所論을 제한 그 외의 낭만주의나 사실주의론" 등은 전혀 논함에 족하지 않다 한다.

진실로 사태는 경탄에 해당한다.

백철 군의 노력과 용의에 대하여는 박영희 씨와 더불어 경탄을 불

● 『조선중앙일보』, 1936.6.10~6.18.

석不惜하거니와 또한 박영희 씨 자신에 대하여도 우리는 두 번 경탄의 사辭를 연발치 않을 수가 없다.

진리에의 충성한 구도자求道者의 우애도 크거니와 진리로부터의 개종자改宗者의 우애도 또한 이와 못지 않다.

아마도 이것이 이리가 아닌 인간에게 천부天賦된 아름다운 인간의 발로일 것이다.

박영희 씨의 백철 군에 대한 비평적 태도는 참말로 우애에 충만되어 있고 진실로 인간적이며 따라서 이상理想대로의 공평한 것이다. 참말로 선망羨望에 치値하는 바가 없지 않다.

그러나 이곳에서 우리들로 하여금 생각케 하는 것은 참말의 인간적 우애와 이른바 비평적 공평이 어떠한 경우에 가능한 것인가에 대한 유물론적 '편견'씨등[氏等]에 의하여 무고[誣告]되는 이 '편견'이 아니라 진리인 것을 확인하는 것이다.

즉 씨등의 인간학이 말하듯 인간은 모든 때에 인간적이고 우애적이며 공평한 것이 아니다. 인간 상호간에 그들을 연결시키는 특정의 물질적 이해利害가 그러하게 만드는 것이다.

우리 앞에 나타나는 백철 군과 박영희 씨 등은 결코 순수한 사회적으로 무색투명한 인간이 아니라 생물적인 또한 사회적으로 착색着色된 사회적 인간에 불외不外한다.

박영희 씨와 백철 군은 문학상의 반유물론자로서 일치하고 상애相愛하며 인간적인 대신, 일련의 유물론자에 대하여서는 배치背馳되고 상증相憎하며 비인간적이다.

그러나 씨등의 인간학은 기묘하게도 인간의 이러한 이체적異體的 본질을 부정하고 사회적 인간 대신에 인간 일반, 인간적 인간을 추상한다.

이것은 분명히 씨등의 인간학이 씨등 자신의 존재양식에 당착撞着

하는 것이다.

그럼에도 불구하고 인간의 여사如斯한 구체적 존재를 긍정하고 인간이 생활하는 기본적 형식인 사회적 견지로부터 인간을 그 있는대로의 양상에서 관찰하는 것을 유물론의 편견이라 한다.

그러면 사태의 진상을 솔직히 이야기하는 것이 편견이고 그것을 주관을 가지고 추상함이 진리가 된다.

이것은 분명히 진리와 편견이 그 위치를 전도轉倒한 것이 아닐까?

그러나 이러한 것은 씨등의 진리일 뿐만 아니라 이 사회의 진리이기도 한다.

삼각형의 내각 3개의[1] 화和는 항상 2직각이라는 기하학상의 정리定理도, 상인의 수판 계산에 반反할 제는 거침없이 포기되는 것이 시민 사회의 진리이다.

그러므로 오늘날의 사회에서 진리가 편견으로, 편견이 진리로 역도逆倒하는 것은 결코 경탄할 사실은 아니다.

진화론과 더불어 신학의 인간천수설人間天授說이, 지동설에 대하여 천동설이 공연히 가능한 오늘날에 이러한 역도逆倒된 인간학이 성립하는 것쯤이야 오히려 한 개 범평凡주에 속한다.

그러나 인간천수설이 진화론을, 천동설이 지동설을 오히려 반증反證하는 일 자료인 것과 같이 백白, 박朴 양씨의 우애와 인간성 그리고 백군의 문학론은 오히려 군 등에 의하여 배격되는 학문의 정확성을 반증함에 역시 소용됨도 또한 가능한 것이다.

인간은 항상 그 행위를 통하여 남에게 자기를 표시하고 인간은 또한 행위를 통하여서만 남을 안다.

---

1 원문에는 '二個의'라 되어 있으나 오식일 것이다.

2

그러므로 이 소론小論의 목적은 가장 인간적 인간으로서의 백철 군으로부터 가장 사회적 인간으로서의 백철 군을 발견하려는 데 있고 따라서 인간적 인간의 문학을 사회적 인간의 문학으로 번역함에 결과할 것이다.

이 과정에서 자연히 우리는 가장 인간적 인간이 기실은 가장 사회적 인간이었다는 새 초상肖像을 얻을 것이다.

백철 군은 주지하는 바와 같이 '인간 탐구와 고뇌의 정신'[2]이란 것을 가지고 현대문학의 유일한 과제로 삼았다. 그러나 우리는 '인간 탐구와 고뇌의 정신'을 문학상 현대적 부패의 주요한 특징으로 삼는다.

그 이유는 백군의 '인간 탐구와 고뇌의 정신'이란 현대 문학 일반의 유일한 테마가 아니라 자본주의적 부패의 문학의 주요한 테마인 때문이다.

＊

백철 군은 "금일의 문학의 중심 과제는 새로운 인간형을 탐구함에 있다"는 A. 지드Gide의 문구로부터 출발하였다.

군이 자기 소설所說의 출발을 누구의 문구로부터 시작하든지 그것은 전소혀 자유로운 것이다.

---

2 백철은 1933년 「문단시평─인간묘사 시대」(『조선일보』, 1933.8.29~9.1)를 쓴 이래, 카프의 노선으로부터 이탈하면서 줄기차게 '인간 탐구'를 주요 주제로 삼아 왔다. 1934년에는 인간묘사론2와 3을 발표하였고, 임화의 이 글이 씌어지기 직전에는 「현대문학의 과제인 인간 탐구와 고민의 정신─창작에 있어 개성과 보편성」(『조선일보』, 1936.1.12 ~21)을 발표하였다. 임화의 이 글은 주로 백철의 이 마지막 글을 대상으로 삼고 있다.

가령 "인간이 모든 것을 결정한다"는 스탈린I. V. Stalin의 어구로부터 시작을 하든지 혹은 "역사는 인간의 창조한 바이다"라는 맑스K. Marx의 언설言說로부터 시작을 하더라도 문제를 '인간'이란 단 두 글자에만 두는 한 조금도 상관없는 것이다.

일찍이 백군은 "기술이 모든 것을 결정한다"는 스탈린의 문구를 가지고 자기의 문학론을 시작한 일도 있는 터이라, 스탈린이 현금에 '기술'이 아니라 '인간'을 모든 것의 결정자로 선언하였으므로 더욱 스탈린으로부터 시작할 수도 있는 것이다.

그러나 다행히 백군의 심경이 그때와 달라 "요즘[3] 무엇이나 '신新! 신新!' 하고 캘버튼V. F. Calverton[4]의 발음을 그대로 옮겨 놓고 소동하는 현상現象을[5] 권외圈外에서 바라볼 때 누구나 고소苦笑를 금키 어려운 현상이라"[6] 답대踏臺를 지드[7]에게로 옮겼는지도 모른다.

연然이나 우리의 소견 같아서는 '무엇이나 신! 신!'하고 덤비는 고소할 경망輕妄은 오히려 백철 군 자신의 일이 아닌가 한다.

왕년往年 백군이 불행하게 일시 과실로 카프에 적을 두었을 때 예의 스탈린의 "기술은 모든 것을 결정한다!"는 문구를 채용하였을 때도 분명히 '신新'을 구한 것이다.

물론 지금과 다른 선량한 의도하이었으나마, '기술'의 슬로건이 소련 제1차 5개년 계획의 공업화과정 중에 특이한 필요로 제출되었음

---

3 임화의 원문에는 '요즘에는'으로 되어 있으나 백철의 원문에 의거해 바로잡았다.
4 캘버튼은 미국의 문학평론가. 『新精神(The Newer Spirit)』이란 저서가 있으며, 30년대 우리 비평계에서는 전무길(全武吉)의 「벼평가 캘버-튼의 유물사적 문학관」(『동아일보』, 1935.7.2~4)에서 소개된 바 있다.
5 임화의 글에는 '現學을'로 되어 있으나 백철의 원문에 의거해 수정했다. '學'은 '象'의 오식일 것이다.
6 백철, 「현대문학의 과제인 인간 탐구와 고뇌의 정신」, 『조선일보』, 1936.1.14로부터의 인용이다.
7 원문에는 '「거드」'로 되어 있다.

에 불구하고 백군은 그 구체적 내용을 성찰함이 없이 오직 한 개 단순한 언구言句로서 그것을 모방한 것이다.

공업과 문학, 소비에트 사회와 조선 사회, 이 모든 것의 차이가 백군의 고찰 중에는 들어 있지 않았었다.

오직 '신新! 신新!'한 데 감격하는 백군의 청년다운 감동이 있었을 뿐이다.

금일 '인간의 성지聖地로!' 하는 백군의 절규에는 '신! 신!' 하는 캘버튼적 발음의 번복飜覆[8] 외에 그럼 무엇이 있는가?

백군은 이미 그때보다 5,6세의 나이를 더 먹었다. 비록 그때의 연소지죄年少之罪로 경거輕擧를 범했을지 모르나 "오늘날 나에게는 깊은 확신과 일관한 체계가 있노라"고 '신문발취첩新聞拔取帖'을 내어밀 것이다.

지금 나의 앞에 바로 구우舊友 백철 군의 업적을 만재滿載한 '절발切拔'[9]이 놓여 있다.

백군은 득의만면得意滿面하여 그가 '신! 신!'을 좇은 것이 아니라 지드보다도 선각자이고, 모든 양심적 작가들이 방금 그 방향을 걷고 있는 것에 감鑑하여 장중히 제출한 체계이라고 자랑하고 있다.

세월이란 이렇듯 인간을 불과 수년간에 괄목상대刮目相對케 하는 것인 모양이다.

그러나 유감된 일은 백군의 '체계'란 일찍이 '기술'의 슬로건에 경도하였을 때와 꼭 마찬가지로 역시 구체적 기술技術이 아니다. 기술 일반, 구체적 인간 대신으로 인간 일반으로부터 출발하고 있다는 가석可惜할 사실이다.

의연히 백군은 군 자신에 의하여 소살笑殺될 '신! 신!'의 탐구임을

---

8 원문대로인데, 임화는 '반복'이란 의미로 이 단어를 자주 사용하고 있다.
9 '신문 등을 오려낸 것'을 뜻하는 일본식 한자어.

면치 못하고 있지 않을까? 더욱이 이 고소苦笑할 견해가 체계로까지 자기를 확대하였다는 사실 앞에는 폭소로도 오히려 부족하지 않을까?

그러나 비평은 공정해야 한다.

백군은 결코 인간 일반에서 시종한 것이 아니라 구체적인 산 인간을 대상으로 하고 있는 것이다.

사실 논자가 무엇이라고 하든지 인간에 대하여 논의하고 있을 때 그는 반드시 구체적인 일정한 사회적 인간을 대상으로 하는 것이요, 또한 사회적 인간으로서의 자기의 견지를 이야기하는 데서부터 자유로울 수는 없는 것이다.

백군의 경우에 있어서도 백군은 결코 인간 일반이 아니라 일정한 역사적 시대, 일정한 사회에 생존한 구체적인 인간 백철 군인 것이요, 또한 백군의 인간론도 역시 객관적으로는 구체적 인간을 논의하고 있는 것이다.

백철 군의 '인간'을 보라!

백철 군은 과연 여하한 인간을 탐구하였는가?

3

백군은 그의 장중한 '인간문학'의 체계가 '역시 외래의 일개 현상에 대한 기계적 추종'으로 속인들에게 오해될 것을 우려하여 '불순한 기계주의와 과장된 감상주의感傷主義'를 극력 배격하고, 이러한 '사이비' 이론, '사이비' 체계로부터 자기를 구별하기에 대부분의 노력을 아끼지 않았다.

이 일체의 속견俗見으로부터의 자기해명? 과정에서 백군은 자기의

'성聖' 인간의 자태를 탐구하였다.

감상주의의 일一은 페르낭데스R. Fernandez, 지드 류流의 불란서 행동주의문학 이론의 무비판적 수입이요, 감상주의의 이二는 프롤레타리아문학과, 그 문학이론, 창작방법이라는 것이다. 즉

①은 인간 탐구를 외래적 행동주의와 혼동하여 조선적 인간 탐구를 저해함에 있고,
②는 고뇌정신의 조선적 인간 수업에 '유해'하다는 것이다.

요컨대 ①은 조선적 인간 탐구의 기초로서, ②는 탐구된 인간의 실현에 적대하는 것으로 열거된 모양이다.

이해도 용이케 할 겸, 백군의 논문 순차대로 ①의 분석으로부터 들어가자!

위선 백군의 결론부터 들면, 행동주의는 불란서에만 존립할 수 있고 '조선문단에는 그대로 섭취될 수 없다는 정견定見' 언제 누가 세운 정견인가?을 고지固持한다고 한다.

물론 나는 행동주의문학자도 아니며, 또 행동주의의 무조건적 지지자도 아니다.

그러나 지금 행동주의의 내용을 독자에게 설명치 않고 곧 백철 군의 행동주의관行動主義觀에서 백철 군의 면용面容의 일부를 탐색함은 이 결과가 독자에게 행동주의에 대한 기초적 이해의 일부를 표시하기 때문이다.

첫째의 조건인 행동주의는 불란서에만 가능하다는 백철 군의 이유 설명을 보면 다음의 2항이다.

첫째로 그 제창자 자신의 실제 의의를 가진 것이요, 둘째로는 불란

서의 지식계급 일반이 어느 정[도]까지 그 제창에 응수할 수 있는 현실, 즉 일정한 한에 그들의 지식인으로서의 고민을 극복할 수 있는 과정에 처해 있는 때문[에] 행동주의는 엄연한 현실성을 반영한 것이라 한다.

이유의 둘째 것은 주해註解를 달지 않아도[10] 명료하나 첫째 이유의 '제창자의 실제적 의의'란, 예例하면 지드와 같이 자신으로서 고민의 생활을 통하여 그 과정을 이미 졸업하고 이제는 오직 사색 대신에 행동만이 있을 뿐이므로 행동주의는 일 개인의 처세상 방책으로 고안되었다는 것이다.

이 두 개의 이유란 양자가 심히 분반噴飯[11]에 치值할 속견俗見과 무지의 결과로서, 이유의 일一은 개인과 사회의 사상을 협소한 주관과 소박한 경험주의의 견지에서밖에 보지 못한 결과이며, 이유의 이二는 불란서와 서구의 사회 급及 문화상태에 대한 완전한 무지와 일국의 특정特情을 자본주의의 세계사적 공통점에서 보기를 꺼려하는 국민주의적 협량狹量의 소치이다.

첫째로 불란서 행동주의의 발생 원인의 태반太半을 제창자의 실제적 의의라는 데 국한시킨다면 백군은 다음과 같은 제 질문에 확답을 여與해야 한다.

어째서 지드는 회의주의로부터 행동주의, 코뮤니즘으로 옮아갔으며 페르낭데스는 어째서 지드와 차이를 가졌는가? 또는 자크 마리탱 Jacques Maritain은 어째서 신[스]콜라주의자인가? 또 앙드레 말로André Malraux는 N. R. F.[12]의 청년 작가로부터 모스크바[13]의 장년으로 변하였

---

10 원문에는 '안하여도'로 되어 있다.
11 원문에는 '憤飯'이라 되어 있으나 '憤'은 '噴'의 오식일 것이다. '噴飯'은 (웃으면서 입에 물었던 밥이 튀어나온다는 의미에서) 웃음이 터지는 것을 뜻한다.

는가? 초현실주의자 루이 아라공Louis Aragon은 어째서 코뮤니즘으로 180도[14]의 전전轉轉을 하였는가?

이 모든 것이 단순히 개인적 자의恣意에 의하여, 사념思念의 우연한 발견으로 인하여 모두가 제 갈 데로 갔는가? 대부분의 지식인을 고독한 명상으로부터 공중행동公衆行動의 대도大途로 인도한 데는, 사회적 역사적 요인의 작용이 과연 개인적 사념상思念上의 자의恣意 위에 압도하지 않았는가?

독자는 불란서 행동주의가 봉건적 중세에도 아니고 18세기 시민사회 발흥기도 아니고 숙란熟爛 자본주의가 대전大戰의 파국을 지나 일층 깊은 알게마이네 크리제[15] 가운데 함입陷入해 있는 소위 제3기적[16] 징후가[17] 심화한 시대의 산물이란 역사적 사정에 주의 깊은 일별一瞥을[18] 던지지 않으면 안 된다.

그리고 서구자본주의 특히 불란서의 그것이 기존既存한 문화적 전통에 대한 국민주의적 허위와 문화 생산자인 지식인의 인간적 운명에 대한 육체적 중압이 결코 어떤 개인의 우발적 의지에 의한 것이

---

12 La Nouvelle Revue Française(신 프랑스 평론)의 약칭. 20세기 프랑스의 대표적 월간잡지로, 1909년 A. 지드를 중심으로 J. 슐럼베르제, H. G. 리비에르 등이 참가하여 창간되었다. 원문에는 'W. R. F'로 되어 있으나 수정했다.
13 모스크바 : 원문에는 '모스코'로 되어 있음. 모스코는 Moskow의 영어식 발음.
14 원문은 '百六十度'로 되어 있으나 수정하였다.
15 Algemeine Kriese. 독일어로 자본주의의 일반적 위기를 뜻함.
16 제3기란, 코민테른 6회대회(1928)에서 채택한 「국제정세와 공산주의 인터내셔널의 임무」에서 당시 자본주의를 제3기라 규정한 데서 온 것. 제1기는 1917년 러시아 혁명에서 1923년 독일 혁명의 실패까지 이르는 자본주의체제의 위기 시기이고, 제2기는 그 이후의 상대적 안정과 재건의 시기, 제3기는 1927년부터 시작된 자본주의의 결정적 위기의 시기로 규정되었다. 이러한 규정에 따라 세계 좌파 운동은 30년대 전반기까지 극좌모험주의 노선에 의해 지배되었다. 한편 임화는 「전후 자본주의 제3기의 제문제」(『조선지광』, 1932.2)란 글을 쓴 적도 있다.
17 원문에는 '徵候에'로 되어 있으나 문맥에 맞게 바로잡는다.
18 원문에는 '一瞥으로'로 되어 있으나 문맥에 맞게 바로잡는다.

아니며, 또한 이러한 협위脅威로부터 자기방어를 위하여 분기奮起하는 지식인의 수동적인 은인隱忍이 아니라[19] 능동적인 행동에로 추향趣向함도 역시 개인적 주관에 대하여 전술혀 독립적인 사회적 도정의 필연적 소산임을 이해함도 그리 곤란한 일이 아니다.

이러한 곳에 일체의 외계 행동으로부터 초월하려는 예술을 위한 예술의 사상의 1세기에 가까운 지배가 흔적도 없이 와해되는 원인이 있고, 또한 지식인의 행동에의 동경 열망이 노동층의 그것과 같이 통일적이 아니고 다양한 구제적救濟的[20] 모순에 의하여 특징화되어 있는 원인도 있다.

즉 중간층으로서의 지식인이 자기의 중간자적 입장의 와해에 따라 그들의 혹자는 파시즘으로, 혹은 가톨릭교로, 또는 공연公然히 노동층으로, 모스크바로 제각기 분산한 것이다.

오직 그들의 대부분이 행동주의라는 혹은 '신휴머니즘'이라는 소박한 관념에서나마 반反파시즘과 친親소비에트, 친'××××'으로서의 징후를 보인 것은 파시즘화한 자본자資本者의 비문화적 정신과 '×××'의 명확히 문화적 정신이 격화된 ××적 상극을[21] 통하여 그들 지식인의 인식권 내로 들어온 사실에 의한 것이다.

따라서 백군이 불국佛國 행동주의의 근거를 설명한 둘째의 이유인, 지식인 일반이 이미 고민을 졸업하고 행동으로 향할 정세가 성숙하다는 견해는 불란서의 사회계급적 특성과 지식인의 잡계급적 다양성을 이해치 못하는 데서 함부로 추상된 결론이다. 불란서의 지식인적 고민은 결코 종료되어 있지 않다. 오히려 그들의 고민을 촉성促成할

---

19 원문에는 '아니다'로 되어 있으나 문맥에 맞게 바로잡는다.
20 원문대로인데, '經濟的'의 오식으로 보인다.
21 원문에는 '相就'으로 되어 있으나 '就'은 '剋'의 오자일 것이다.

자본주의적 파시즘적 협위協威가 종식終熄하였기 때문에 행동주의가 문제되는 것이 아니라, 반대로[22] 이러한 협위는 그들의 고민을 절망적 경지에까지, 그 파국에까지 몰아넣을 전쟁과 해該 ××[제국]주의적 폭위暴威가 일층 가중되면서 있기 때문이다.

총명한 독서인일 것 같으면 파리작가회의에[23] 출석한 제諸 작가들의 연설로부터, 서구적 위험그것은 전세계에 미만[彌滿]되어 있다의 격화가 그들을 공동한 방어행동의 토의장으로 초청하였음을 충분히 이해할 수 있을 것이다.

이곳에서 우리는 백철 군이 불란서 행동주의에 대한 부당한 무고자誣告者임을 알 수 있다.

그러나 이 무고는 연고緣故 없이 발생한 것은 아니다. 그것은 형식적으로 자기의 사상을 소위 외래적 추종의 감상주의로부터 구별키 위함이라 하나, 실제로는 조선에 있어서 비개인적인 비수동적[24]인 진실한 문학에 대하여 적대하려는 것이다.

'문학자는 맑스주의를 포기해야 한다'는 유명한 선언으로 백군이 자기의 궁국窮局의 이해利害를, 노동자의 공연한 행동 위에 결부하고 있는 프롤레타리아문학에서 절연絶緣하였음은 너무나 명백하거니와, 자유주의적 지식인이 자기와 문화의 옹호를 위하여 일체의 ××적 문화와 사회에 대하여 조직하려는 나이브한 행동성까지 군은 부정하고 있는 것이다.

---

22 원문에는 '反動?'로 되어 있으나 문맥상 의미로 바로잡는다. '?'는 '로'의 오식으로 보인다.
23 파리작가회의 : 1935년 6월 21일에서 26일까지 파리에서 24개국 대표 230인의 문학자가 모여 개최했던 작가회의. 앙드레 지드가 중심이었으며, '문화 옹호 국제 작가회의'라고도 한다.
24 원문에는 '非愛動的'이라 되어 있으나 '愛'는 '受'의 오자일 것이다.

즉 백군은 단순히 프로문학의 반대자일 뿐만 아니라 문학상의 자유주의, 행동주의 그것에까지 적대하는 자이다.

그러므로 백군은 스스로 지드의 인간 획득의 선언과는 '엄연한 차이'를 가지고 조선에 있어 행동주의의 불가능을 선언하는 것이다.

4

백철 군은 행동주의프로문학은 말할 것도 없거니와가 조선에 있어 성립할 수 없다는 이유, 따라서 행동하는 인간 대신 소위 고민하는 인간을 발견키 위한 근거로서 다음과 같은 이유를 들고 있다.

"금일의 지식계급의 현실여기에는 지식계급에만 국한하자!은 그것이 고민의 극복의 과정에 처해 있는 것이 아니라 그 경우에서 자못 먼 거리를 격한 과정에 잔류해 있다."

다시 이 백군의 이유를 주의 깊게 음미한다면 이 견해란 한 개의 단안斷案이고 결론이지, 결코 행동적 인간이[25] 불가능한 고뇌적 인간의 성립을 조선 현실의 구체적 상황 가운데 설명하는 기초가 되지 못함은 누구의 눈에도 명확할 것이다.

백군의 단안의 전제를 이루는 것은 오직 여태까지 우리가 보아온 불란서 행동주의로부터의 자기 분리, 서구적 불란서적 현실로부터의 조선적 현실의 분리, 그것이 논리적으로 '고민하는 인간'을 결론한 데 지나지 않는다.

그러나 이러한 양자의 진정한 기저基底인 불란서와 조선의 현실적

---

25 원문에는 '人間의'로 되어 있으나 문맥에 맞게 바로잡는다.

구체 상황, 그리고 그 가운데서 점하는 지식인의 사회적 생활의 본질은 언제나 금단禁斷의 동산이었다.

오직 불란서와 다르다는 것[어떻게 다르다는 것이 아니라 그저 다르다는 것]만을 가상假象으로서 세워놓고 두 개의 단순한 발견상의 대척 비교에 의하여 형식적으로 결론함에 지나지 않는 것이다.

그렇지 않고 솔직히 백군이 이것을 자기 심정의 고백으로서 표백表白하였다면 오히려 가상可賞할 바가 없지 않을 것이다.

그러나 백군의 논법이 단순히 형식적인 데 불과하고 기실은 자기 심정의 고백 그것에 의한 현실의 주관적 유추인 것은 전혀 면할 수 없는 일이다.

첫째로 백군이 현대문학의 기본과제를 논의하는 마당에서 그것이 성립하는 기저로서의 조선의 사회적 현실을 '지식계급'의 주관적 입장에 국한함은 군이 객관적 합리적 인식의 입장으로부터 순수한 자기의 개인적 주관으로의 퇴각을 의미함일 것이다.

백군이 신흥 이념을 공부하고 신흥문학에 대하여 첩첩喋喋한 지가 작일昨日 같은지라, 지식계급적 주관이 현실의 객관적 도정을 인식하기에 적당치 않은 것쯤은 아직 흉리胸裏에서 사라지지 않았을 것이다.

그리고 사회적인 중간층으로서의 지식인이 '부르주아지'나 '프롤레타리아'와 같이 독립한 기본 생활[계급이 아닌 것, 전기前記 양층兩層 가운데서 계급적 역량 관계의 변화를 따라 부단히 동요하고 있는 것쯤도 일개의 상식일 것이다.

또한 지식계급 자신도 그가 자기를 제諸 계급의 관계 가운데서 자기를 객관적으로 관찰하지 않는 한 자기 자신의 진정한 자태도 역시 인지키 어려운 것이다.

백군이나 혹은 그 외의 동同 이상자理想者 제군은 과연 한말韓末로부터 1920년대에 이르기까지 각층의 지식인이 전 민족적 이해利害 ── 전체로서의 민족적 자기 ── 가운데 개인의 자유, 근대적 자유주의를 결합시킨 것을 단순히 그 시대의 지식인 개인의 자의恣意로 돌려보내려는가?

당시 그들이 어떠한 경우, 어떠한 고민 가운데서 전 민족적 정신 위에서 사유하고 행동하였는가는 누누할 여지가 없을 것이다.

그 뒤 한 시대를 넘어 조선의 지식계급 가운데 초유의 현저한 대립을 초래한 1923~1925,6년대의[26] 영구적永久的 문화적 분열을 무엇으로 설명하려는가? 이곳에는 각 개인의 주관적 의도 여하로부터 독립한 조선민족 자체 내의 사회적 모순의 공연한 성숙이 조응되는 것이다.

사회적 관계 내의, 계층적 분열과 상극의[27] 성장 없이 민족주의와 부르주아 자유주의, 기외其外 신사상新思想의 ××을 상상할 수는 없을 것이다.

또한 토착 자본의 외래 자본에의 추종 없이는, 민족주의 사상에 대한 소시민적 자유주의, 문화상 예술지상주의의 기피 초월도 설명되지 않을 뿐더러, 자유주의와 지상주의至上主義의 비현실성, 수동성, 퇴영성이 소시민적 무력無力의 반영이라는 것을 인지하지 않는 한, 지식계급의 두뇌를 조수潮水와 같이 점거한 새로운 이상을 또한 이해할 수 없을 것이다.

뿐만 아니라 작금간에 진행하고 있는 자유주의의 사회적 진출 기도로부터의 초월 정신의 와해, 예술지상주의의 동요는, 작금의 현실 정세가 중간층 지식인에게 여與하는 곤란과 부르주아적 문학의 공연

---

26 원문에는 '一九二三─一六五年代의'로 되어 있다. '六'과 '五'의 글자 순서가 뒤바뀌었다고 보아 바로잡았다.
27 원문에는 '相兢의'로 되어 있으나, '兢'은 '剋'의 오자일 것이다.

한 정치주의적 타락(민족주의적 또 복고적 야담화[野談化]!의 사실을 떼어놓고는 설명되지 않는 것이다.

작금간에 보는 중간층의 동요는 이중二重의 방향을 취하는 것으로, 하나는 자기를 이미 구하지 못할 비참한 존재로서 인식하여 고독과 허무 가운데 절망하는 길이요, 다른 하나는 적극적 행동에 (…8자 략 略…)접근으로 보인다.

이 현상은 서구의 지식인이 파시즘의 협위脅威 앞에서 느낀 고민과 동요와 동일한 공통성을 가진 것이다.

그러나 한 가지 상이한 것은 금일까지의 진보적 인텔리겐차 가운데 환기된 동요 현상으로서, 이것은 그 성질에 있어 독일, 이태리 등의 파시즘 국가 인텔리겐차가 받는 타격과 동요 그것과 대비될 수 있는 것이다. 수년 전 독일의 노동당[28]이 정권을 잡은 이후 프롤레타리아 작가, 자유주의적 작가가 경험한 사실, 일부는 정치범인 수용소로 일부분은 이민 작가로서의 망명, 그 외의 제諸 부대가 '하일[29] 히틀러'의 상철常轍을 걸으며 갈색 제복을 입은 사실은 오늘 이미 모든 국가의 문화인에게 명백한 것이다.

문학자 인텔리겐차는 조금도 행동할 것[이] 아니고 오직 고독 가운데서 고민해야 할 것이라고 설교할 인간은 오직 '괴링'[30] 선전상宣傳相의 부하가 있을 따름이다.

백군이 조선의 진보적 인텔리겐차 그 중에도 프로문학의 일시적

---

28 국가사회주의독일노동자당(Nationalsozialistische Deutsche Arbeiterpartei : NSDAP), 곧 나치스를 지칭함.
29 원문에는 '하이고'로 되어 있으나 바로잡는다.
30 원문에는 '께링'으로 되어 있는데, 독일의 나치스 정권하에서 활동한 정치가이자 군인인 헤르만 괴링(Hermann Gӧring, 1893~1946)을 가리키는 듯하나, 나치 정권하에서 선전상을 지낸 괴벨스(Gӧebbels, Paul Joseph, 1897~1945)의 착오일 수도 있겠다.

패퇴에서 "지식계급이 문화생활에 임하는 태도에는 절망과 고독에 빠진 인간"이어야 한다고 결론함은 문학상에서 반反진보적, 반행동주의, 반자유주의자로서의 자기를 표시하는 것[이]다.

그러므로 나는 백군이 행동적 인간 대신에 고민적 인간을 주로 하는 근거로 든, '전과정前過程'론을 현실의 '비교대조比較對照, 정관심심靜觀深深'적 방법이 아니라 백군 개인의 심경고백적 서론緖論이라 논단論斷한 것이다.

5

이에 백군은 솔직히 지드적 인간 탐구와의 '엄밀한 차이', 불란서적 행동주의와의 '먼 거리'에서 "지식인들이 문화생활에 임하는 태도는 절망과 고독에 빠진 인간일 것"이라고 고백하고 있다.

다시 말하면 백철 군이 찾아다니는 인간은 고민을 혐오하고 그것으로부터 탈출하려는 인간이 아니라 '절망과 고독' 가운데서 '그것과 근본적으로 협력'하는 인간이다.

그리하여 이 '고뇌하는 정신'을 가진 '고뇌하는 인간'을 탐구키 위하여 작가, 인간은 역시 '고뇌하는 정신'을 가져야 하며 이것을 장애障碍하는 예의 또 두 개가 매거枚擧되어 있다.

일一은 '고뇌하는 불안, 소극적으로 굴종하는 자기自棄와 편심偏心이요, 이二는 백군의 불공대천不共戴天의 적 프로문학의 '창작방법' 토론이다.

둘째의 것은 백군에 의하면 '고뇌하는 인간'을 탐구하는 고행苦行이란 무슨 논리 문제라든가 논리적 귀결이라든가를 부가하는 것까지가 불순한 것 같은 '고투苦鬪' '최후' '사지死地' 등의 무서운 불가형언不可 形言의 형태이므로 이론이나 창작방법이 무용할 것은 다시 말할 여지 가 없거니와, 첫째의 것은 전혀 의미를 이루지 않는다. 도대체 고민 과 협력하는 것과 불안에 굴종하는 것이 무엇이 다르며 '자기 포기自 己拋棄'와 '자기自棄'가 어떠한 차이가 있는가?

백군은 「고민과 문학」이란 '한담閑談' 중에서[31] "자기 포기의 상태 란 깊이 고민을 통하는 곳에 오직 그 비경秘境에 도달할 수 있는 것이 다!" 하고 감탄부호를 탁 찍어놓지 않았는가?

이 구별은 '고민'이란 것이 무슨 적극적인 신비스런 내용을 가진 것 과 같이 수식키 위한 무의미한 위장에 불과한 것이다.

오직 백군의 진정한 적[32]은 프로문학이다. 그러므로 백군은 소위 전형기轉形期의 문학을 '자기반성의 문학'이라고 말한 것이다.

물론 문학을 문학 외의 일체의 것 —정치, 사회, 생활— 으로부터 분리하는 것이 반성의 하나요, 인간을 객관적 사회의 과학으로부터 절연絶緣하는 것이 반성의 둘째 것이다.

이 모든 반성적 태도가 곧 문학에 있어 '심각한 고뇌의 정신'으로 서 표현된다는 것이다.

반성의 일一은 두말할 것 없이 프롤레타리아 예술로부터의 반성이 고, 이二는 맑스주의 사상으로부터의 반성이다.

평화한 자기로 귀환한 백철 군이 생존하는 것, 문학하는 것이 아직 도 '고민' 그것이라 함은 일종 기이한 현상이 아닐까?

그러나 백군의 고뇌는 다행히 '절망과 고독에 빠진' 고뇌하는 인간 을 탐구키 위한 고행의 고뇌로서의 새로운 의의를 취득한다.

---

31 백철, 「고민과 문학—文學閑談集」(『조선일보』, 1936.5.1~5.3).
32 적 : 원문엔 '故'로 되어 있으나 '敵'의 오식일 것이다.

즉 백군은 자기 자신을 탐구하는 데 아직도 고뇌의 중하重荷를 풀어놓지 못한 것이다.

그러나 혜지慧智의 소유자 우리 백철 군은 자기 한 사람을 찾기 위하여 고뇌하는 것과 같은 협량狹量의 속인俗人은 아니다.

백군은 만인을 위한 고행승苦行僧이다.

코카서스 산정山頂 거암에 결박당한 영웅 프로메테우스의 후예이다.

비약飛躍의 백군은 빈한한 조선의 일 청년으로부터 세계고世界苦의 담당자로 승천하는 것이다.

제1 논문 「인간 탐구와 고뇌의 정신」에서 '고뇌하는 인간'은 조선적 현실의 소산이라고 논증한 백군은 그 다음 「한담—고민과 문학」에 이르러 '그것고뇌은 한 개인의 심정 문제가 아니라 전 세계의 공통된 색조'로 비약하였다.

위대한 기적 앞에는 소소한 논리의 모순쯤은 문제도 안 되는 모양이다.

그리하여 이제는 '고민'이란 일개 동양, 조선의 지식계급의 문제가 아니라 바야흐로 전 세계의 지식계급 아니 전 세계의 공통한 운명이되어 이러한 인간을 탐구하는 "작가가 가지게 되는 것은 고뇌의 정신 이외의 아무것도 아님"은 자명한 것이다.

그러므로 소극적으로 절망하는 대신 적극적으로 절망하며 소극적으로 비관하는 대신 적극적으로 비관하며 또한 적극적 고독 가운데서 적극적으로 고민하게 되는 것이다. 독자여! 우리는 과연 이 '적극적'을 어떻게 해석해야 할 것인가?

일본 내지內地 말에 '우소핫빠쿠'[33]라는 말이 있다. 뜻인즉 엉터리

---

[33] 일본어로 'うそはっぴゃく'.

없는 거짓말이란 말이다.

절망, 고독, 비관을 소극과 적극으로 구분하는 것은 논리학의 입장에서 이해할 것이 아니라 정신병리학의 방법으로야만 진료될 명백한 넌센스다.

이것은 '자기포기'에서 가운데 기棄자, 포抛자 두 자를 빼고 '자기自棄'로부터는 '엄밀'히 구분된다는 백철 군의 상투수단의 번복飜覆[34]이다.

오직 이러한 사이비 논리가 작제作製된 근거는 "고민이 종교와 같이 우리들 두상頭上에 군림하고 있다!"는 감탄부感歎付의 일언一言을 발하기 위함이다.

"속인의 종교에 있어 신앙이 깊으면 깊을수록 그 신도는 천국에 가까운 것과 같이 문학자에 있어 고민이 심하면 심할수록 그의 문학은 깊어지고 위대해진다."

"그러므로 문학자는 고민을 종교와 같이 신앙하는 것이 가할 뿐 아니라, 그 신도됨을 문학자의 유일한 자격,[35] 유일한 명예로 자처할 필요가 있다"고 백철 군은 생각하고 있으며,

"너희들을 구하기 위하여는 나는 내 자신을 잃어버리고 또한 내 생명을 희생하련다"는 도스토예프스키F. M. Dostoevskii의 『악령』이 작품은 전세기[前世紀] 러시아 ××[혁명]운동에 대한 철저한 증오로 충만된 명작이다!의 주인공 키릴로프의 언구言句를 빌려 대오大悟의 심경을 설파하였다.

고민 신앙을 통하여 죄 많은 작가 중생을 문학의 천국으로 인도키 위하여 성聖 '백철' 군은 '예수 그리스도'와 더불어 십자가 상에 오르고 있다.

---

34 원문에 따른 것인데, 임화는 이 단어를 '반복'이라는 의미로 자주 사용하고 있다.
35 원문에는 '資格이'로 되어 있으나 '이'자가 잘못 삽입된 것으로 보인다.

"문학자는 어느 방면에를 가든지 고민에 의하여 그것을 극복하고 오직 그것으로 인간 그리스도가 도달한 곳, 또한 먼저 말한 초인^{超人}의 입지에까지 도달할 수 있는 것이다."

"하느님 아버지시여! 나를 구하여 이때를 면케 해주소서!" …… "그러나 나는 이때를 기다려 지금까지 살아왔습니다"라는 '완전한 자기포기의 경지', 그것이 바야흐로 고민하는 백철의 오늘날의 심경이다.

이 백철 군 자신의 말 이상 더 무엇으로 이 '고뇌하는 정신'과 '고뇌하는 인간'을 주해^{註解}할 것인가? 이미 신성하고 불가침한 율^律로 화하였다.

오직 경건[36]한 태도로 천상에 올라간 성^聖 백철을 지상에 부활시키는 일이 남아 있을 따름이다.

백철 군에 의하면 우리들 속인, 작가들에게 있어 고민은 불가피의 숙명이다.

"인간이란 고민을 통하지 아니하면 한낱 군축^{群畜}에 가까운 동물"이며 우리 중생 작가가 '축군^{畜群}'을 면하려면 고뇌의 신도이어야 하니까?

그러나 고리키M. Gorki에 의하면 '나도 비참한데 남도 비참하게 해줘라!' 하는 원리를 믿는 인간은 '레프라[37] 환자의 증오'를 가진 자이고 '자기의 병을 가지고 건강한 사람들에게 복수하는 인간'이라는 것이다.

이러한 인간은 자기 개인의 '생활고'와 '혼의 수난'을 여러 가지로 강조하고 또 과장 표현하면서, 이 수난, 고뇌가 만인[38]에게 불가피하

---

36 본문에는 '敬處'로 되어 있으나 '敬虔'의 오식일 것이다.
37 lepra. 나병, 문둥병.

며 구원久遠한 것이라고 설교한다.

그러나 이러한 인간은 생활의 정신적, 물질적 고통의 원인, "오늘날 아직도 가장 신성한 모친母親인 재산이라는 요마妖魔에 대한 인간의 추행, 탐욕, 선망을 향하여 생리적인 혐오와 증오를 환기하려고 욕구하지도 않고, 또한 욕구할 힘도 없는 소시민"고리키의 극단화한 개인주의의 소산이라 한다.

즉 직업적 상습적인 소비자란 백철 군과 같이 '고민' 그것에 대하여, 또 그 고민정신적!이 유래하는 물질적 근원에 대하여 혐오를 환기하지 않고, 오히려 그것을 잠潛□케 하고 고민에의 침잠이 오히려 고민으로부터의 해탈이라고 공어空語를 농弄하는 것으로 자기를 위로하고 남을 해치는 것이다.

이 '혐오'야말로 인류의 모든 고난의 근원에 대한 ××[39]의 발조發條인[40] 때문에 이 발조를 무력케 하는 것은 곧 그들을 영원한 고통 가운데 신음케 하는 것이다.

그러므로 이런 '신앙'은 동정과 연민의 구걸품求乞品을 목표로 사원이나 교회당에서 창안된 것이다.

더욱이 자기의 이익밖에 모르는 이기적 개인주의자 소시민 등에 있어 자기를 '온 세계의 죄를 걸머진 희생자, 전 인류의 죄 때문에 고난하는 자'라고 자임하는 것은 무력한 자기를 세상에서 가장 훌륭한 인간이라고 스스로 공상하는 데 가장 유용히 소용되는 것이다.

좀 옛날로는 백군의 사장師匠 예수 그리스도도 그러했고 근대로는 도스토예프스키, 니체F. W. Nietzsche 등 매거枚擧하면 매거할수록 자기를

---

38 원문에는 '前人'으로 되어 있으나 '萬人'의 오식으로 보인다.
39 '혐오'나 '증오' 혹은 '저항' 등의 의미를 갖는 어휘일 것이다.
40 발조(發條) : '태엽(胎葉)'과 동의어.

'인류를 위한 위대한 고련자苦練者', 그것 때문에 '내 얼마 고민했는가?'고 자랑하고 있다.

이리하여 그들은 세계인류 중에[그들은 모두 속인[俗人]이다] 가장 훌륭한 성자 속인이라고 믿고 있는 것이다.

지상에 하강한 백철 군의 자태란 즉 사회적 인간으로서의 백군이란 전仝혀 문화의 자본주의적 부패의 영향하에 프롤레타리아 문화에 대한 강고한 적의로 무장된 파멸되고 무력화된 일개 조선 소시민의 아들임에 불과하다.

그의 '절망과 고독'은 자기 자신의 무력無力의 표현에 그칠 뿐만 아니라, 더 많이 다시는 명랑한 낙관주의를 가지고 전도개화前道開花할 수 없는 현대적 사회와 그 문화의 암흑과 절망과 깊은 비관주의를 반영하고 있는 것이다. 그러므로 "현대에 있어 그 문화의 성화聖火를 계승하려는 우리 문화인들이 그 고뇌의 정을 통하지 않고 다만 명랑한 기분으로 그 달현達現을 기하려 함은 본래부터 참월僭越한 기대"라고 [한]백철 군의 페시미즘[41]은 대단[히] 솔직하다.

이 걷힐 줄 모르는 회색의 우울, 회색의 비관주의는 위기에 선 현대문화의 공통된 특색이다.

"수면은 좋다. 죽음은 더한층 좋다. 물론 제일 좋은 것은 이 세상에 나지 않는 것이다."[하이네]

이미 시인 하이네H. Heine가 『로만체로Romanzero』를 쓰던 시대로부터 명확해진 데카당적 고민, 비관주의는, 거去 5월 초에 서거한 『서양의 몰락』의 저자 쉬펭글러O. Spengler에 이르러 '서양의 문명은 이제 사멸할 것이다!'라고 방언放言되고 말았다.[42]

---

41 원문에는 '멧시이슴'으로 되어 있다.
42 이 뒤 연재분이 더 이어지는 것 같으나 찾지 못하였다.

7월의 창작월평[•]

여기에 7월분 잡지에 발표된 단편 수 편을 읽은 감상을 적는다. 장단長短을 불구하고 끝나지 않은 계속물繼續物은 다 빼고 또 완료된 것도 빼버린 게 있다. 이유의 첫째는 지면의 제한, 둘째는 되도록 문제에 따라 소설을 읽고 싶었던 때문에 …….

한동안 월평을 쓸 생각을 가지고 있다.

1. 카프 작가의 근황

* 민촌(民村)의 「적막」과 「유한부인」

프로문학 몰락의 추秋라는 소음이 높은 때 우리 『고향』의 작자[의]

• 『조선중앙일보』, 1936.7.18~29.

앙양된 예술적 근황은 만인 주시萬人注視의 적的이다. 본래 민촌民村은 다작가多作家는 아니나 또 심한 과작가寡作家도 아니다. 마치 사람으로서의 그와 같이 시종일관한 성실이 그의 제작 태도이며 발전 경로이다.

그러나 민촌은 또한 모든 예술상 이론상의 진화를 초연히 도외시하고 소신에 충실한다는 세속적 도덕가도 아니다.

그는[1] 취하지 아니하면 아니 된다고 믿어질 때 분연히 뛰어드는 청년 같은 용기를 가진 실로 드문 작가의 한 사람이다.

오류를 무서워 행동을 주저함이 무력한 범부凡夫의 소행임을 몸을 가지고 증명함이다.

1930년대의 급진적[2] 정치주의가 프로문학을 휩쓸었을 때 「월희月姬」의 작자로부터 「삼중 국적자」의 작자로 일약 뛰어나선 이다. 물론 민촌은 우리들 모두와 같이 도식주의의 오류를 면치 못하였다. 그러나 민촌은 그 약간의 결함도 불구하고 당시의 방침이 어떻게 큰 의의를 가졌는가를[3] 이해한 위대한 형안복炯眼服의 작자이었다.

이 침착한 성실과 떨어지지 않은 예술적 대담성이 그를 『고향』의 작자로 만든 것이다.

당시 성장의 고개를 넘을 때 우유부단, 회미준순回迷浚巡하며 모든 책임있는 행위를 피하다 후일에 와서 '보라, 그때부터 나는 그럴 줄 알았기 때문에 아무것도 안 했다'고 호어일주豪語逸走하는 유류類의 인간과는 근본으로부터 다른 이다.

요새 발표된 장편 『인간 수업』이나 그타他 잡다한 단편에서도 민촌은 양불량간良不良間 평범한 작가가[4] 도달치 못할 세계를 향하여 비상

---

1 원문에는 '그에게는'으로 되어 있으나 문맥에 맞게 바로잡는다.
2 원문에는 '急迫的'이라 되어 있으나 '迫'은 '進'의 오자일 것이다.
3 원문은 '가진가를'로 되어 있다. 문맥에 맞게 수정했다.

하려 노력하고 있다.

이곳에서 그러한 일체를 논하기는 전^全혀 망외^{望外}이고 타당치도 않은⁵ 일이나, 대체로 나는 그의 새 시험이 성공치⁶ 못하고 있다고 보는 한 사람이다.

조선 작가의 누구도 따르지 못할 광범하고 종합적인 리얼리즘과 다양한 형식의 자재^{自在}한 구사력을 가진 소설가 민촌은 역시 석일^{昔日}의 관록을 보이고 있으나, 그의 의도하는 방향은 아무래도 작품 위에 최량의 성과를 상부^{相符}케 할 만치 견고한 것이 못 되는 듯 싶다.

위선 「적막」『조광』 7월호을 읽어보면 나의 소감이 전혀 착오는 아닌 듯 싶다.

명확히는 지적하지 않았으나 주인공 '명호'는 어떤 사건으로 지방 감옥에서 3년만에 귀경^{歸京}함을 짐작할 수 있다.

이렇게 서두를 끊으면 벌써 독자는 '아―카프 작가의 신변소설이구나!' 하고 직감할 것이고 사실 민촌의 신변소설로 보아 틀림없는 작품이며⁷ 주인공의 성격도 다분히 그런 점이 있다.

연^然이나 문제는 제재가 작가 신변의 것이고 아니고 간에 주인공이 출옥 후 여하한 현실을 보고 여하한 감상^{感想}을 얻었으며 그 현실 가운데서 어떻게 살아갈 길을 정하느냐에 있는 것이다.

우리는 이런 종류의 소설에서 항상 이런 것을 구하고 또 그것을 자신의 현실과 비교하는 것이다. 그리하여 우리 인텔리겐차에게 있어 이런 작품은 전^全혀 자신의 행동과 사고과정처럼 절실체^{切實體}를 줌

---

4 원문에는 '作家의'로 되어 있으나 수정하였다.
5 원문에는 '아닌'으로 되어 있으나 문맥에 맞게 바로잡는다.
6 원문에는 '成巧차'로 되어 있으나 '巧'는 '功'의 오자일 것이다.
7 민촌 이기영 역시 카프 2차검거 사건으로 1934년에 검거되었다가 1935년 12월에 출옥하였다.

이 다른 소설과 좀 다르다. 동경東京 문단 시마키 켄사쿠島木健作의 작품이 현대 청년의 수신서修身書와 같이 읽힌다고 모 비평가가 말한 것은 결코 과장이 아닐 것이다.

일방一方 비평은 작가가 이런 전형적 현상, 시대적 인간을 어떻게 예술적으로 객관화하였는가를 작품에 묻는 것이다.

그러나 민촌의 「적막」은 이러한 중심점을 오직 모티브에서만 형식적으로만 취급했다. 즉 사실상 그것의 핵심을 건드리지 못하고 말았다.

이 작품을 읽고 절실한 감격을 얻을 수 없고 따라서 주인공이 얻은 것과 같은 □ 같은 정열을 독자가 맛볼 수 없는 것이다.

가난한 화가이고 성실한 인간인 주인공이 감옥엘 갔다는 사실은 작자가 그 사건 내용을 표시하지 않았다 하더라도 그가 절도나 사기 같은 파렴치죄가 아님은, 그의 출옥을 열의와 성심으로 맞아준 많은 우인友人들의 출영出迎으로도 상상할 수 있는 일이다.

그리하여 친지들과 악수를 교환하고 집에 돌아와 가족들과 반기며 옛 선배이고 친구인 '창규'를 찾는 데까지 소설은 조금도 흠이 없이 비단결처럼 흐른다.

또한 '창규'의 타락된 생활과 변화된 성격을 통하여 주인공이 시대적 분위기의 격심한 변천을 느낌도 자연스러운 일이다.

자기의 이상을 위하여는 그야말로 금의옥식錦衣玉食도 버리고 상床밥을 사먹으며 그러면서도 도서관을 다니며 '동무'가 의식衣食 때문에 금광金鑛꾼의 뒤를 따르려 할 제 진실한 충고를 하던 '창규'[가] 일조一朝에

"…… 이런 시대에서 무엇을 하겠나? 생활이 바작바작[8] 말라가는 사회에서

이러니 저러니 해야 다 소용없는 짓인 줄 아네 ……. 그래서 나는 무엇보다 시급한 것은 경제적으로 실력을 양성할 필요가 있다고 생각하네 ……. 사람이란 대관절 먹어야만[9] 사는 노릇이니까 …… 먹고나서 볼일이니까 ……. 그만큼 환경이 달라진 줄 아네 ……."

하고 일언一言을 던질 제, 주인공과 같이 독자도 상전桑田이 벽해碧海됨을 놀랄 것이다.

이런 인간이 우리 일상 주위에 있을 뿐만 아니라 수없이 많고 이런 현실은 금일에 한 개 전형성을 띠고 있다.

이곳에서 민촌은 여태까지 발표된 이런 유의 어느 작품도 인식치 못했던 전형적 세계를 개시開示하고 있다.

주인공이 창규를 이별하고 일어서며 "환경의 지배를 가장 완전히 받는 것은 아마 동물이겠지. ― 동물 중에도 최하등 동물이라 하겠지. 기생충이겠지. 그렇다면 인간은 환경을 이용하고 역경을 극복하려는 것이 그의 떳떳한 본성이 아닐까?" 하고 장부臟腑를 찌르는 일언一言을 던질 제 '쾌재!'를 아니 부를 사람이 없을 것이다.

소시민적 안일, 속물성에의 최대의 풍자! 그러나 주인공이 "그러므로 인생은 짧고 예술은 영원하다!" "왜 그러냐 하면 예술이란 결국 인간의 사업이요 생명의 '발로'이기 때문에 ……" 하고 북악산으로 화포畵布를 들고 올라 "야! 대자연아!" 부르짖을 때, '오! 작자여!' 하고 실망한다. 왜 그러냐 하면 이 소설에 나오는 모든 인간이 사회 생활층적生活層的으로 관찰되지 않고 사건이 사회적 현실성 위에서 구성되지 않았기 때문에 …….

---

8 임화의 원문에는 '바락바락'으로 되어 있으나 이기영의 원 작품에 의거해 수정함.
9 임화의 원문에는 '먹어야'로 되어 있으나 이기영의 원 작품에 의거해 수정함.

주인공이 고생을 한 것도, 또 고생하기 전 창규, 명호가 무엇 때문에 모든 통고痛苦를 자취自取하였는지 전혀 이해할 수가 없다.

"인생은 짧고 예술은 영원하다"든가 "예술은 생명의 발로"라든가 하는 사상 때문에 그들이 고생하고 고생했다고는 우리들의 현실 생활이 증명해 주지 않는다.

일언이논지一言而論之하면, 이 '정황'에 이 '성격'들은 일치되지 않고 모순한다. 즉 소설 가운데 반영된 현실은 시대적이나, 인물·성격은 시대적이 아니다.

구체적으로 말하면 현실 정황은 1935,6년대이고, 인물들의 실체는 1922~3년 경의 낭만적 인텔리겐차이다.

이 모순은 소설의 전반前半을 성공시키고 후반을 실패케 한 것이다.

그러므로 우리는 전반을 읽을 제 박진미迫眞味를 느끼고, 후반을 읽을 제 염증, 공허를 느낀다.

이것은 작자의 창작상, 생활상의 기본적 입각점의 커다란 반성을 요청하는 문제이다.

이는 예술의 생사의 운명을 좌우할 중차대한 일이다.

「유한부인」『사해공론』 7월호는 민촌 일류의 명랑한 유머와 강렬한 풍자로 일관된 가작이다.

이러한 의미의 '스타일'이나 '형식'이나 '내용'에 있어 민촌을 따라갈 작가는 현 문단을 통틀어 아직 일인一人도 없다고 나는 단정할 확신을 가지고 있다.

원래 성격이 명랑한데다가 양풍洋風 교육으로 유명한 ○학교를 마친 미모의 모던 걸 혜련이 이상에 맞는 남편을 만나 꿀같은 결혼 생활을 한 웃을 수 없는 희극의 일편一片이다. 아니 포복할 희극이다.

그런데 혜련의 이상에 맞는 남편의 자격은 이러하다.

1. 돈이 있는 것. 왜 그러냐 하면 그의 자유사상은 돈이 아니면 하나도 실행할 수 없으므로!

2. 지위가 있는 것. 왜 그러냐 하면 그는 돈과 명예를 향락할 줄 아는 문화 취미를 이해하므로!

3. 건강한 것. 왜 그러냐 하면 그는 정신적으로 뿐만 아니라 육체적으로 사랑을 받아야 하겠으므로!

감히 말하거니와 현대 소위 신교육을 받은 신여성의 전부는 아니라 하더라도 상당한 부분이 여사如斯한 수준 이상의 결혼관을 가지고 있지 못한 것이다.

이렇게 짧고 이렇게 유쾌한 '스타일'로써 이러한 전형적 내용의 인간을 묘사한다는 것은 과찬일지 모르나 거장에 가까운 솜씨 아니고는 어려운 것이다.

이리하여 온갖 자유⁉를 향유할 수 있는 근원인 남편으로 더불어 형성된 가정은 실로 풍속의 □□와 같이 부인은 남편의 옷 총괄을 하고 남편은 부인의 '와가마마我が儘'¹⁰를 길들이기에 가벼운 '고통'을 느끼면서 행복된 그날 그날이 지나간다.

크리스찬인 그에게 아마도 하느님은 최대의 복을 베푸신 모양이다.

일방一方 문명 세계의 시민이고 근대 교육을 받은 혜련은 과학에 대하여서도 상당한 교양을 가지고 있다.

왈, 자유란 "돈이 있는 것도 자유고 돈이 없는 것도 자유며 노는 것도 자유고 일하는 것도 자유다", "부귀 있는 동시에 빈천이 있고 일하는 사람이 있으면 노는 사람도 있으며" 그런 때문에 아인슈타인

---

10 我が儘(わがまま) : 일본어로, '제멋대로 굶, 버릇없음'이라는 뜻.

박사는 '상대성 원리'를 말하였다.

또한 크리스찬인 자기를 감사하게도 돈 있고 노는 사람으로 골라 냈다.

이렇게 생각할 제 혜련은 스스로 두뇌의 명민함을 깨닫는다.

따라서 한 손에 하느님을, 한 손에 과학을 든 이 속물의 표본은 어서어서 과학[이] 초 스피드로 진보되어 하느님이 그들에게만 허여한 온갖 행복을 증장增長해 주기를 날마다 기다린다.

이리하여 전지하고 전능하며 지존至尊한 하느님은 보통 인간에게 하나만 줄 행복의 씨, 사랑의 결정結晶을 한꺼번에 둘을 내려주시었다. 혜련은 남이 두 번에 낳을 자식을 한 번에 즉 쌍둥이를 낳[았]다. 자식 본 자미滋味도 남보다 갑절이요, 기르는 즐거움도 갑절이다.

그러나 인류의 불행한 원죄인 산아의 통고痛苦, 육아의 고통도 역시 그 배 됨을 삭감해 주시지는 못하였다.

그러나 보다 큰 행복은 또 다시 그들 부처를 방문하였다. 그 이듬해 입맛이 없고 배가 부른 다음, 드디어 세 쌍둥이, 즉 삼둥이를 낳게 된 것이다.

혜련의 배는 이연발로부터 삼연발로 스피드를 늘린 것이다.

"야 이것 참 초스피드로구나" 하고 감탄하는 것은 결코 그의 선량한 남편 일인一人이 아닐 것이다.

그러나 미식美食도 양이 지나치면 싫증이 나듯이 혜련 부처 천혜의 행복도 도가 과하니 귀찮아질 수밖에는 도리가 없다.

5인의 자식이 모두 모친을 닮아 ─ 시속時俗 아이는 모두 외탁을 한다고 한다 ─ 명랑 쾌활하여 가중家中은 완연 악마구리판이다.

이런 구렁에서 웬만한 사람은 신경쇠약에 걸리는 것이다.

급기야 남편은 아내가 스피드를 좋아하여 그렇다거니 부인은 남편의 육체가 너무 건강하여 그렇다거니 말다툼이 개시되고 말았다.

그러나 행복의 다산을 언쟁으로 막을 수는 없는 일이라 혜련은 산아제한을 결심하고 목사에게 그것을 묻는다.

하나 '그것은 하나님의 특별한 은혜'이라 당초에 그런 말씀은 두번도 말라 한다. 독신자篤信者인 그는 드디어 목사님의 지시대로 하나님에 기도를 올린다.

왈—"쌍둥이와 삼둥이를 낳는다는 것은 두알백이와 세알백이 총을 맞은 것 같다"고.

그러나 무정한 하나님은 아니 자비하신 하느님은 다시 혜련의 배를 부르게 한다.

아마 이것도 부인이 스피드를 좋아하고[11] 남편이 건강한 탓이리라.

이것이 「유한부인」의 대략인데, 흠점은 혜련이 지나치게 희화화된 대신 남편의 성격이 불분명한 것, 사건이 산아産兒라는 우화화된 현실에 압도되어 조화가 그들의 보다 현실적인 국면에 덜 미친 데 있을 것이다.

예例하면 "…… 저런 꼴을 보면 그런 본을 받을까 무서워 학교 공부도 시키고 싶지 않아!" 하는 행랑어멈의 눈에 나타난 그 현실이 더 구체적으로, 그리고 부인뿐만 아니라 남편에까지 충만되어 있는 것을 작자는 전개해야 했을 것이다.

경우에 따라서는 독자는 과연 혜련과 같은 여자가 그 담담淡淡한 남편 하나만 믿고 사는 여자일까 하는 의문도 당연히 일어나는 것이다.

즉 이러한 타입의 가정이 좀더 생생한 가정 외의 환경과의 접촉

---

11 원문에는 '좋아하는'으로 되어 있으나 문맥에 맞게 바로잡았다.

중에서 관찰되어야 할 것이다. 그러나 여하간 우리 문단에서는 제일류의 풍자문학임은 막을[12] 수 없는 사실이다. 풍자적 장르 개척의 작가나 비평가 공히 재고할 여지가 풍부한 작품이다.

2. 전(前) 프로문학의 매너리즘[13]

같은 오랜 카프 작가로 송영末影의 「여사무원」이 『조광』 7월호에 실렸다. 송영은 민촌과 비길 만큼 출옥 후에 다작多作한 작가이다.[14]

그러나 지금까지 발표된 분分도 그러하거니와 이 「여사무원」도 진보 문학의 과거에 비해서나 또 작자 자신의 발전 노정路程으로 보아서나 하등 진경進境을 보여주지 못한 작품 같다.

뿐만 아니라 「여사무원」이 씨의 근작 중에서는 그래도 가품佳品에 속하는 듯 싶은 감상을 느낄 때 일층 섭섭하다.

첫째 이 작품의 구성이나 사건 취급이나 행동하는 인물들이 우심한 전前 카프적 매너리즘[15]의 낡은 굴레에서 거의 일보도 뛰어나 있지 않다.

일찍이 1930년대 예술운동 '극좌'화의 소리가 높았을 때 작가의 앞에는 주제의 적극화, 정치적 당면 과제에의 접근이란 슬로건이 제출되어, 우리 작가들은 대단히 개념적인 방법으로 공장, 직장 등에

---

12 원문에는 '타를'로 되어 있다. 문맥이 닿지 않아 '막을'로 고쳤다.
13 매너리즘: 원문에는 '만미리슴'이라 되어 있다. 당시 '매너리즘'을 독일어 식으로 '만네리슴'이라고 많이 읽었는데, '만미리슴'은 '만네리슴'의 오식일 것이다.
14 송영 역시 이기영과 함께 카프 2차검거 사건으로 검거되었다가 1935년 12월에 출옥하였다.
15 역시 원문에는 「만미리즘」이라 되어 있다.

접근하였었다.

그러나 남천南天의 「공장신문」이나 북명北鳴의 「질소비료공장」 등에서도 송영이 취급한 '우편국 생활' 같은 무미건조한 직장이 등장되지는 않았었다.[16]

기분간幾分間이나마 생산장生産場 같은 훈향薰香, 시대적인 분위기가 떠나지는 않았었다. 그러나 「여사무원」에 묘사된 '우편국' 내부 생활은 솔직히 말하자면 같은 송영의 「용광로」 등 같은 초기 프로문학에 나타난 '직업' 그것의 수준으로부터 조금도 진화되어 있지 않다.

물론 문학은 더 그 전 구舊한국 시대의 관공서도 공장으로 취급해도 관계없는 일이다. 그러나 그것은 당해 시대에 대한 깊은 역사적 이해의 견지에서 충분히 현대인에게 이해되고 사득思得될 수 있는 수단이 부가되지 않으면 아니 된다.

즉 역사적 방법에 의한 그 시대의 객관화.

이러한 것을 위하여는 작자란 반드시 작품에 묘사된 세계 이상의 인간이 아니면 아니 된다. 다시 말하면 그 시대의 단순한 관찰자 이해자인 이상에, 그 시대의 비판적 이해자로서의 자격을 갖지 아니하면 아니 된다.

유감이나,[17] 「여사무원」의 시대를 지금으로부터 십년 전 현실이라고 하면 작자는 똑같이 십년 전 인간 이상의 수준에 올라서 있지 못하다. 그러므로 우리들은 이 작품을 한낱 회상적인 일 시대의 한 개 소재로서밖에 더 별다른 감흥과 공감을[18] 느끼지 못한다.

---

16 원문에는 '登場되지않는있섰다'로 되어 있어 글자 순서를 바로잡았다.
17 원문에는 '遺憾이다'로 되어 있다. 그러나 임화 문장의 일반적 용법을 생각하면, 하나의 문장이 아니라 문장 내의 독립구로서 '유감이나'가 타당하다. '다'는 '나'의 오자일 것이다.
18 원문에는 '苦感'이라 되어 있으나 문맥상 '共感'의 오식으로 보인다.

주인공 '이영노'나 일본 내지인內地人 여자 사무원 '우에하라'에게서나 또 그 외 탁지부度支部 주사主事를 지낸 '노老사무원'에게서나 일정한 '시대의 향취'를 맛볼 수가 있다. 그러나 유감인 것은 작자가 아무래도 현대인이 아닌 점이다. 1924~5년대 신경향新傾向 문학이면 몰라도 이후 십년간 파란곡절, 이론적 창작적인 기다幾多의 진화를 수遂한 오늘날의 작가로서는 더 이상의 것을 개시開示할 의무를 져야 한다.

즉 그 동시대 생활자가 시대의 제약制約으로[19] 인하여 이해치 못하고 분석치 못하였던 그것을 오늘날의 수준에서 버르지집어 내어야 한다.

예를 들면 "강렬하고 또는 정당한 이론과 풍부한 상식과 그보다 나갈 줄만 아는 20 청년의 혈기를 가지고 있으므로 자연히 그들은 그의 앞에서 많은 조심을 하던" 그 소위 '만세 청년' '이한근'[의] 진실한 내용을 독자 앞에 전개시킬 의무를 작자는 당연히 수행해주어야 할 것이다.

그러나 나는 작자에게서 이론을 듣자는 것은 결코 아니다. 그러나 전全 우편국원이 그것 때문에 그의 앞에 머리를 숙였고 조심을 했던상관까지! 그 중요한 '이론'이나 '지식'이나 '정열'을 독자가 알려 함이 무리는 아닐 것이다.

그러나 그와 같이 선발된 주인공 영노는 여사무원 우에하라하고 사랑을 속삭이고 상급 사무원과 말다툼을 하여 굴하지 않고 하층 배달부와 가까워지고, 백우회白郵會라는 조선인 우편국원만이 "욕하지 말고 서로 모여 돕자는" 백우회를 성공하는 것으로 전부이다.

이것은 일─ 시대 전 프로소설에 있던 진부[한] 스토리 그대로이고,

주인공은 그것을 실행하기 위하여 작자의 주관에 의하여 조작된 로 보트 외의 아무것도 아니다.

위선爲先 영노는 사회적 활동가로서뿐만 아니라 일 개인으로서 성 격으로서 살아 있지 않다.

예를 들면 우에하라와의 연애 관계에 있어 영노는 일개 감상주의 자이다. 그는 독신자인가 대처자帶妻者인가도 알 길이 없고, 또 우에하 라와의 연애 관계에 있어 민족적 사정은 조금도 그들의 의식에 없었 는가?

때는 1920년 직후 민족 감정이 높았던 때요[20] 더욱이 진보적 청년 간에는 연애의 자유, 애정에 있어 국경의 철폐가 고조되던 그 시절이 아닌가?

이러한 것이 만일 진보적 청년인 영노에게 문제가 되지 않는다면 그렇지 못한 우에하라에게서는 하등의 구애도 되지 않았는가?

작자는 우에하라까지 가련한 베르헤르의 공주주의公主主義[21]로서 등 장한 부분일 것이다.

위선 왜 조선인만의 종업원 단체가 되었는가? 여기에는 조선 노동 운동 원시시대[22]의 역사적 제약이 있다. 즉 그들은 민족 문제를 새로 운 주의적主義的[23]으로 해결할 만큼 성숙해 있지 못했다.

그러므로 작자가 정당히도 말한 바와 같이 "조선 사람은 할 수 없 어" 하는 경제적으로 표현된 민족적 문제를 정당히 취급치 못하고

---

20 원문에는 '때을'로 되어 있다. '을'은 '요'의 오자일 것이다.
21 베르헤르의 공주주의 : 원문대로이다. 그러나, 괴테의 「젊은 베르테르의 슬픔」에 빗대 어, '베르테르의 공주 로테'라 표현한 것이 아닐까 싶다.
22 원문에는 '原能時代'라 되어 있으나 '能'은 '始'의 오자일 것이다.
23 원문대로인데, '새로운 주의'란 민족간 차이를 넘어서는 노동자계급의 국제적 연대를 주장하는 맑스주의 혹은 사회주의를 의미할 것이다.

조선인 배우配偶 이상의 자격을 주지 않았다.

송영은 그 전부터 이러한 비현실적 방법으로[24] 정애情愛 관계를 추상화하는 결점을 가진 작가[25]임을 우리는 기억치 않으면 아니 된다.

이것은 진부한 주관적 낭만화[26]의 방법이다.

이 방법이 보다 크게 작품을 해친 것은 백우회와 그 이후의 '조직' 사업을 그린 부분에서 구[태]의연한 낙관적인 기계적 방식만으로[27] 조직을 착수한 것이다.

그러나 이 원칙은 오늘날도 아직 정당하냐 하면 전연 그렇지 않다. 그 후 노동운동 십여년의 경험이 이를 증명하고 남음이 있다.

그러나 작품은 주인공 영노와 같이 그 자연발생적 긍정으로써 시종[28]하였다.

다음으로 '백우회'와 같은 단체가 하등의 모순도 없이 하등의 현실적 곤란도 없이 그저 "여러 달 동안 싸워 내려오면서 많은 동의자를 얻게 되고" "결국은 경성京城 안과 그 근처에 있는 우편 체신부들의 일반 통신기관에 종사하고 있는[29] 사람들을 일괄하여 커다란 친목기관"을 만들어서 일사천리지세一瀉千里之勢로 순행順行된다.

영노는 교환수와 집배인을 맡았는데 공교히 연인 우에하라의 동생이 교환수인 관계로 무난히 사업은 진척되고 우에하라와는 결혼이 다만 시간문제로 남게 된다.

참말로 모든 것은 영노의 뜻대로 연애와 '활동'의 행복을 위하여

---

24 원문에는 '方法을'로 되어 있으나 문맥에 맞게 바로잡는다.
25 원문에는 '作字'로 되어 있으나 '字'는 '家'의 오자일 것이다.
26 원문에는 '浪渡化'라 되어 있으나 '渡'는 '漫'의 오자일 것이다.
27 기계적 방식만으로: 원문에는 '機械的만에'로 되어 있다. 문맥을 참고하여 재구성하였다.
28 원문에는 '始任'으로 되어 있으나 '始終'의 오식일 것이다.
29 송영의 원문에는 '지내가는'으로 되어 있다. 임화의 수정이 더 적절해 보인다.

순풍에 돛을 단듯 순조로이 진행된다.

그러나 만일 인생이나 계급투쟁이, 이 소설의 스토리와 같이 진행된다면 그야말로 만사는 소설식이다.

연然이나 불행히[30] 현실은 대부분의 경우에 있어 이와 정반대의 스토리를 가지고 진행된다.

우리는 그러므로 이 소설을 읽고 매우 좋은 소설이나 한가지 유감된 점은 현실은 이렇지 않으니 걱정이라고 탄식할 것이다.

따라서 이 소설에는 거짓말이 씌어 있다. 그러나 전혀 거짓말이 아니라 우리가 늘상 그리 되었으면 하는 그 비현실적 공상 위에서 전개되고 있다. 나는 이런 소설의 비판은 벌써 1931,2년 경에 완료된 것이라 믿고 있으나, 아직도 이런 미국 사진[31] 같은 해피엔드 물어物語[32]가 나옴을 보면 문학자란 보통 사람 이상의 고집통인 듯 싶은 감이 없지 않다.

더욱 소설 최종 부분 '7. 몇 해 동안이나 훌떡 지내갔다' 이후의 신문 기사식 십여행은 작자의 소설가로서 위신을[33] 실추시키는 외 하등의 이익도 작자 위에 주지 않는[34] 것이라고 생각한다.

「용광로」는 신경향파문학의 보옥 중의 일ㅡ이다. 그러나 작자가 「용광로」와 같이 항상 그 시대의 우수한 작품의 작자로서의 자격과 명예를 잃지 않으려면 시대와 더불어 전진하는 외 도리가 없는 것이다.

이런 소설의 비평을 득의得意로 하고 있는 비평가란 본래 신통치

---

30 원문에는 '幸福히'라 되어 있으나 문맥에 맞게 수정했다.
31 '사진'은 '활동사진', 즉 영화를 의미할 것이다.
32 物語는 '이야기'를 뜻하는 일본어.
33 원문에는 '感信을'이라 되어 있으나 '感'은 '威'의 오자일 것이다.
34 주지 않는: 원문에는 '주는'이라 되어 있으나 문맥에 맞게 수정했다.

못한 인간인 줄 알면서 짧지 않은 지면을 소비한 심정을 이해하기 바란다.

3. 방언의 사용과 순(純) 리얼리즘의 한계

이태준李泰俊 씨의 「바다」『사해공론』, 7월호는 테마로 본다면 함경도 어떤 해변 가난한 어부의 딸의 불행한 운명을 그린 조그만 소품이다.

그러나 규모에 있어 작은 작품이나마 우수한 단편 작자로의 정평 있는 씨의 수완이나 작가적 성격의 일면을 엿보기에 충분한 작품이다.

다분히 시미詩味를 띤 각명刻明한 필치가 한 소녀의 슬픈 온 운명을 묘사해 나가는 수법은 결코 얕게 평가할 것이 아니다.

그러나 「바다」는 결코 씨에 있어 상위에 속하는 작품은 아니다.

오히려 씨의 「색시」와 같은 고운 단편에 비하면 구성도 단순 평범하고 사건 진전에도 좀 건성건성 뛰어넘은 거친 흔적이 군데군데 눈에 띈다.

어느 명장名匠의 말에, 소설가는 독자에게 그 '손'을 보여서는 안 된다는 말이 있다.

마치 인형극을 구경시키는 데 그것을 조작하는 배후 조종자의 손을 보여서는[35] 못쓴다는 말과 같은 것이다.

득당得當한 말이다. 「바다」에는 이 손이 군데군데, 아니 중요한 곳에서 소지素地에로 나타났다.

---

[35] 원문에는 '보아서는'으로 되어 있으나 문맥에 맞게 수정했다.

예例하면 폭풍우가 불어 그 아버지가 죽고 모녀는 빈궁의 절정에 떨어진다. 이때부터 독자에게는 그들 모녀의 운명이 커다란 연민과 동정 가운데서 걱정되는 것으로, 이만하면 작자는 온갖 곳으로 독자를 끌어갈 수 있는 마술의 열쇠를 잡게 되는 것이다.

그러나 곧 뒤이어 구장區長이 요리점주料理店主를 데리고 나타났을 제, 독자는 '응 그렇구나' 하고 다음을 읽지 않아도 좋게 된다. 「바다」는 정히 꼭 이 식으로 구성되었다. 그리하여 예기豫期한 대로 그 딸 '옥순'은 팔려가고 마는 것이다.

여기에 이 소설이 상당히 무리없이 씌어졌음에도 박진력迫眞力도[36] 없고 감격도 득得치 못하고 평범하게 떨어진 이유가 있다.

물론 이런 사실은 현재 조선 농어촌에 비일비재한 일이요, 작자는 정히 있는 일을 썼다. 즉 작자는 리얼리스트이다.

그러면 작자의 소수素手가 보이게까지 실패한 원인은 어디에 있는가?

여기에 씨의 리얼리즘에의 회의가 가지 않을 수가 없다.

작품을 좀더 주의깊게 읽어보면 「바다」는 상반, 하반으로 나누어져서 상반은 자연적 참해慘害, 하반은 인간적 비참으로 됨을 알 수가 있다.

그리하여 상하를 붙여보면 이런 인과관계가 성립한다. 즉 자연적 이변이 옥순 일가를 모두 절망적 불행 가운데 놓고 그 불행이 다시 옥순이 팔려가는 원인이 되었다.

요컨대 옥순이가 팔린 원인은 그 아버지를 죽인 폭풍우에 있다. 그러면 폭풍우는 왜 그 모녀를 불행케 하였는가? 그의 아버지는

---

[36] 원문 '迫實力도'로 되어 있으나 '實'은 '眞'의 오자일 것이다.

어부이었던 까닭에!

「바다」의 사건 구성의 인과를 추구하면 이렇게 해결되지 않는 논리에 빠지고 만다.

이곳에 작자의 리얼리즘의 한계가 있고 '손'이 드러난 원인이 있으며 작자의 현실인식의 근본 약점이 있다.

모든 불행의인간적! 원인은 자연에, 즉 소설 제명이 말하는 '바다'에 있다는 것이다. 이런 관점을 이 소설에 확대시키면[37] 인간의 불행은 혹은 산에, 혹은 공중에, 혹은 전차, 기차에 있게 된다.

그러나 인간 노동, 사회생활의 전 역사는, 자연이란[38] 그들이 물질상으로 생존하고 정신적으로 창조하며 향락하는 모든 보고寶庫인 것이 사실이다.

오늘날의 문명, 모든 문화는 인간이 자연을 기초로 하여 만들어낸 것이다.

오직 인간 상호간에 형성된 사회적 관계 때문에 노동하는 인간에게 자연은 고통의 원인이고, 부유한유富有閒遊하는 인간에게는 향락의 소지素地이다.

불행히 「바다」의 작자는 이 중요한 일점一點을 설명하지 않는 것이다.

아버지가 죽고 극빈에 빠진 옥순에게 다른 운명이 아니라 그런 슬픈 운명이 닥쳐온 것이 결코 우연이 아니다. 그러나 이 소설은 왜 하필 이 운명이 다른 운명이 아니라! 왔는가를 정확히 독자에게 알려주지 않았다.

즉 같은 자연적 변이도 인간이 속하는 사회계급의 차이에 따라 다

---

37 원문에는 '~시키킨면'이라 되어 있다.
38 원문에는 '自然이라'로 되어 있다.

르다는 것으로!

그러므로 옥순에게는 한 개 사회적 필연인 구장과 요리점주의 방문이 독자에게는 평범한 우연 이상의 인상을 주지 못한 것이다.

옥순의 일가가 생활하던 사회현실의 구체적 내용이 한 개 선명한 회화繪畫로서 제시되지 않는 한, 우리 독자는 이 소설은 재미없는 이야기 이상의 정도를 넘지 못하는 것이다.

끝으로 작자는 이 작품에서 언어상 특히 방언 사용의 새 시험을 한 모양인데, 대체로 실패한 듯 싶다.

위선爲先 언어에의 관심이 지나쳐, 적게 이야기시키고 많이 행동시키라는 소설의 요점을 해害하였다. 회화會話의 양이 과다했다. 그보다도 방언을 전소全혀 무비판적으로 사용했다. 이 소설의 매력, 문체미文體美의 반분半分은 감쇄減殺되었을 것이다. 언어 문장에 대하여 누구보다도 많이 관심하는 작가이기로 일언一言하는 것이다. 서술이고 회화이고 간에 문학어는 가공 정련된 언어라는 것을 깊이 명기銘記할 것이다.

작자가 서술에 거의[39] 방언을 쓰지 않았다는 것은 정당하다. 서술에 방언불필요한!을 난용亂用한다는 것은 용의用意 깊은 작가는[40] 안하는 것이다.이것을 감히 범하는 이로 장혁주[張赫宙] 씨가 있다!

그러나 회화에도 방언을 쓰되 질적 혹은 양적으로 적당한 도를 알맞추어야 제법 문장가이다.

고리키는 회화 중에 나오는[41] 구어口語에 관하여, "그 나오는[42] 양도 얼마 아니되는 것으로, 오직 표현된 인물을 일층 조형적으로, 부조적

---

39 원문에는 '그이'라 되어 있다.
40 원문에는 '作家에'로 되어 있으나 문맥에 맞게 바로잡는다.
41 원문에는 '남은'으로 되어 있으나 '나오는'의 오식으로 보인다. 세로로 쓰여진 '나오'가 '남'으로 식자되었을 것이다.
42 역시 원문에는 '남는'으로 되어 있다.

浮彫的으로 특징화시키기 위하여, 또 일층 그들을 생생하게 만들기 위한 필요한 양"이란 말을 했다.

그러나 씨는 전￦혀 맹목적으로 등장인물의 전￦ 회화를 함경도 방언으로 채워버렸다. 방언 문제에 관하여는 따로 논고해야 할 시급한 문제의 하나이다.

4. 설화체의 근저

이효석李孝石 씨의 「인간 산문」『조광』, 7월호은 보잘것없는 사건을 설화說話의 매력으로 끌어내려가려는 작품이다. 오히려 소설의 사건이란 진정한 의미의 현실미現實味를 가진 '사건'이 아니라, 등장인물까지도 주로 작자의 '세간잡화世間雜話'적 감상感想의 술회를 위하여 부수됨에 불과하다.

그만치 이 소설은 소위 산문적인 설화로써 이야기됨도 물론이고, 등장인물도 사건도 모두가 이 문장으로서의 설화를 진척시키는 데 압도되어 있다.

문장은 인물이나 사건 등을 표현하는 것이 그 본의이나 이 소설에 있어서는 주객이 전도된 셈이다.

상부반上部半 5혈頁은 주인공인 철학생 '문오'의 심리 급及 사상의 서술 형식을 빈 작자의 요설로 충만되었다. 작자는 필연코 이러한 심리상이나 사상의 서술을 빌어 여러 가지 현대적 사상의 혼돈한[43] 세례를 받은 청년의 시대적 성격과 그 생활, 그리고 객관적으로는 익익益益

---

43 원문에는 '混論한'으로 되어 있다. '論'은 '沌'의 오식일 것이다.

산문화해가는 도시 생활 문명 등의 비판을 여與하려고 기도企圖했을 것이나, 독자는 아마도 두 혈頁도 읽지 않고 다른 소설을 찾을 것이다.

요컨대 이런 종류의 설화화된 산문이란 문장적 감흥이나 설득력 없기로 제일류일 것이다. 우리 문단에서 박태원朴泰遠 씨 같은 이도 이와 비슷한 시험을 하는 모양인데, 서구 풍조에 기울어진 인텔리의 범선犯善된[44] 주의主義 이외에 별다른 가치가 없을 것 같다.

놀랍게 난삽하고 빽빽하고 골치가 아프고 혼잡하다. 요컨대 이런 문장은 이 소설의 주인공의 도시관都市觀이나 문명관文明觀이 말하는 것과 같이, 세상을 '영원한[45] 부정리, 끝없는 카오스[46]'로 보고 사람의 본성이 통일을 요구함은 '영원한 과제'이나[47] 그 정리整理와 통일은 영원히 달성되지 않으리라는 절망적 인텔리 청년이 부모 덕택에 배운 형이상학으로 영원히 해결되지 못하리란 세상과 자기를 사변思辨하는 데 필연적으로 부수附隨하는 것일까 한다.

쓸데없는 일을 부질없이 구벅구벅 생각하는 데서 신경쇠약 증후症候를 동반한 스콜라적[48] 사변이 발성發成하며, 그러면서도 자기를 세속적 시민으로부터 구별하려는 데 역시 남에게 꾀까다로운 어구로 이야기하게 된다.

왜 그러냐 하면 지식인으로서의 자기의 만족을 사기에 이 수단은 충분하므로! 진정한 산문이 아니라 이런 종류의 설화체란 병적으로 사변화된 말류末流 인텔리들의 자기 고백의 양식인 것이다.

이밖에 이 소설은 문학으로의 요건이 될 기초인 인물의 성격, 사건

---

44 원문대로이나 무슨 의미인지 불분명하다.
45 원문에는 '영연한'이라 되어 있다.
46 원문에는 '케오쓰'라 되어 있다.
47 원문에는 '이다'로 되어 있으나 수정하였다.
48 원문에는 『스코나』的'이라 되어 있다.

진전, 기타 전혀 취할 바가 없다.

회화會話란 '만재漫才',[49] 비슷한 재담의 연속이다.

다음 김유정金裕貞 씨의 「야앵夜櫻」『조광』 7월호인데, 역시 상기 작품과 그리 큰 거리에 있는 것이 못된다.

카페 여급 '경자', '영애', '정숙' 3인이 창경원 야앵夜櫻 구경을 가서 꽃 밑을 걸으면서 시시한 회화를 주고받는 데서 사건이 풀린다. 단편소설의 좋은 수법의 일종을 작자는 그르쳤다.

경자, 영애 2인을 통하여 주로 정숙의 내력이 표출되는데, 거기에 반드시 따라야 할, 영애 경자 양인兩人의 개성이 표현되어 있지 않다. 회화를 통한 성격의 묘사란 문학 가운데서 지난한 수법이라 하는 것이나, 작자는 그 방법을 택한 이상 그것을 기분간幾分間이라도 성공시킬 자신이 있어야 할 것이다.

두 사람의 회화의 내용, 톤 등은 전혀 차이를 식별키 곤란하고 오직 정숙의 정체를 독자에게 소개하려고 등장시킨 어릿광대 같다.

단지 말의 연속의 묘, 교담交談의 진전을 따라 전개되는 정숙의 운명, 이 흥미 때문에 독자는 간신히 길다란 회화를 읽는 것이나, 거기에서 인물의 개성이 빠지면 낡은 의고전주의擬古典主義 희곡이나 통속소설의 경지로 통하는 것이다.

물론 이 회화를 통하여, 또 소설 후반을 통하여 작자는 본편本篇의 생활 내막을 개시開示하려고 했으나, 그것도 작자가[50] 정숙에게 윗겨씌운 감상주의와[51] 안이한 구성으로 말미암아 성공치 못하였다.

---

49 원문에는 '萬才'로 되어 있으나 '漫才'의 착각일 것이다. 漫才(まんざい)는 일본어로 '둘이 주고 받는 익살스러운 재담, 만담'이란 의미.
50 원문에는 '作者의'로 되어 있으나 오늘날의 주어 표기로 수정했다.
51 감상주의 : 원문에는 '感想主義'로 되어 있으나 '感傷主義'의 오식일 것이다.

위선 중요한 정숙의 성격이 분명치 않고 순사 다녔다는 그의 남편
도 몽롱한 인간이다.

정숙이 2년 전에 잃은 자식을 그렇게까지 울고불며 찾아야 할 이
유도 어느 곳에 충분히 있는지 모를 일이며, 계집 자식을 한꺼번에
아낌도 없이 내버린 남편이 별안간 자식을 훔쳐가고 또 야앵夜櫻에
서 만나 석불石佛같이 어린애를 데리고 모른 척한다는 장면도 알 수
없다.

또한 2년 전이라 네 살은 먹었을 다 큰 아이가 2년 뒤에 그의 어머
니를 전연 못 알아볼 수 있는지?

도대체 이 소설은 우심한 모순과 허구 위에 서 있다.

『여성』 7월호에 실린 동同 작자의 「옥토끼」는 더 한층 읽기에도 비
평하기에도 해당치 않은 작품이다. 테마, 구성, 등장인물, 사건 모두
가 독물讀物로서의 가치도 의문이다.

×

다음 남은 소설이 『조광』의 한인택韓仁澤 작 「자매」이요, 『신동아』의
안회남安懷南, 「황혼」, 이무영李無影, 「유모」, 조벽암趙碧岩, 「파행기跛行記」
인데, 이곳에선 「유모」와 「파행기」에 대한 짧은 감상을 적음으로 끝
을 맺고자 한다.

작품의 기초에 우리는 보통 소재 혹은 테마라는 것을 든다. 이것은
언어로 표상되는 형상 그것이 표현하려는 핵심인 까닭이다. 그러므
로 작품에서는 제일의 중요한 내용이다.

고리키는 "테마란 작가의 경험 가운데서 성장된다. 즉 생활이 그에
게 속삭이고 그러나 아직 형식이 부여되지 않은 채 그의 인상 중에

깃들여 여러 가지 형상에의 구체화를 요구하면서 그에게 형상화의 충동을 환기하는 관념"이라고 한다.

그러므로 작가는 누를래야 누를 수 없는 것을 표현하는 것이다. 그러나 아무런 테마 관념도 다 예술적 표현의 값이 있는 것은 아니다.

칼라일T. Carlyle은 "시인이 그 잃어버린 사랑을 노래할 수는 있으나 수전노가 잃어버린 금전을 노래할 수는 없다"고 말한 것은, 그 내용 가치는 여하간에, 예술적 표현에 가치 있는 감정, 관념이란 일정의 기준이 있는 것이다.

그러므로 작가가 아무리 아름다운 말, 수법을 가졌다 하더라도, 그가 수전노[에]의 동정을 노래하였다면 우리는 그 예술의 가치를 인정할 수는 없다.

예를 조벽암 씨의 「파행기」에[서] 구한다면 거기에는 '인간은 어째서 그에게 본래적으로 부여된 권리를 향락해서는[52] 안 되는가?' 하는 탄식이 주로 연애와 가정의 문제를 중심으로 전개되었다.

사십 가까운 시골 사립중학 교원인 주인공 '상호'는 제자인 어떤 어린 학생의 하휴夏休 일기를 읽는 것으로 자기의 과거를 회상하게 된다.

즉 그 학생의, 자기의 부친이 본처와 첩 두 부인을 두고 있는 낡은 봉건적 가정 생활로부터 받는 부자연, 적막, 가족제[에]의 범박汎薄한 회의懷疑를 기록한 일기가, 주인공에게 일찍이 애인 '혜원'이 있었음에 불구하고 본처 때문에 별리한 쓴 추회追懷를[53] 환기한다.

상호는 애인을 첩이란 이름으로 자기 물건으로[54] 만들기 싫기 때문

---

52 원문에는 '亨樂해서는'으로 되어 있으나 '亨'은 '享'의 오자일 것이다.
53 원문에는 '追懷을'로 되어 있으나 '追憶을'의 오식일 수도 있겠다.
54 원문에는 '물건을'로 되어 있으나 문맥에 맞게 바로잡는다.

에 눈물의 이별을 감행한 것이다.

그리하여 이래 몇 십년 고독한 생활이 계속되었다. 그 이유는 "차라리 활달한 성격의 소유자로서 비록 감방에서 세월을 보낸다더라도 자기의 굳은 의지와 희망과 목적을 확립한 사회××가 다운 사나이가 되고 싶었고 그렇지도 못하면 다른 직업을 하여 술과 계집으로 순간 순간으로 향락할지라도 즐겨 보든지 ……" 하였음에 불구하고 그는 "현재 정세에서 훈육의 길로 모든 모범의 표적의 길로 걸어가는 것이 그 중 정당한 길이라"고 여긴 때문이다. 작자는 주인공의 자기 환경에 대한 도피적 굴복 그것을 불행히도 "헛된 용기는 아픈 맘을 덧칠 뿐이다"고 긍정하고 말았다.

그리하여 「파행기」의 주인공도 파행자跛行者이며 작가 자신도 파행자가 되고 말았다. 요컨대 작자는 작품 전체를 들어 해결하려는 '어째서[55] 인간은 그에게 본래적으로 부여된 권리를 향유해서는[56] 안 되는가' 하는 테마의 핵심에로 육박하지 않고 그 테마를 포기하였다.

이런 작품이 성공할 리 없는 것은 자명한 일이다. 우리는 사랑의 자유란 테마를 위하여 수전노의 감정을 부정하지 않고 긍정할 때 우리는 수전노의 시인이 되는 것이다. 칼라일의 말에 의하면 이런 것이 시인이 아니라 한다.

이 소설의 이 외의 결점은 또한 다른 사람이 지적할 분도 있겠으므로 다음으로 옮긴다.

무영의 「유모」는 역시 광범히 '인간이 본래의 권리를 왜 실천해서는 못 쓰는가?' 하는 문제를 세웠다.

하나의 여인이 자식을 낳으면 그 젖乳은 당연히 그 유아幼兒의 소유

---

55 원문에는 '어○서'라 되어 있다. 누락된 글자를 복원하였다.
56 원문에는 '亨有해서는'으로 되어 있으나 '亨'은 '享'의 오자일 것이다.

이고, 어머니는 유아乳兒에게 젖을 먹일 의무와 권리를 가짐이 당연한 일이다.

그럼에도 불구하고 인간 생활의 사회적 체제의 얄궂은 내용이라는 것이 이 어머니와 자식의 권리를 향유치 못하게 한다.

인간 사회란 인간이 만든 것임에 불구하고, 왜 그 만든 장본인인 인간의 자유 의사에 모순하는가?

이것이 「유모」의 전면을 관류貫流하는 근본 과제이다.

작자는 작품의 주인공인 잡지 기자인 '나'에게 유모가 받는 이 불합리한 모순된 현실의 통고痛苦를 주지周知시키면서,[57] 인텔리인 '나' 자신의 사회적 모순과 연결시켜, '나'로 하여금 그것과 공감케 하였다.

따라서 '나'라는 주인공이 유모라는 여자의 생활을 통하여 전개된 사회적 모순의 일단을 주인공 '나'와 같이 독자도 감지感知할 것이며 또한 한 가지라 공감할 수 있을 것이다.

소설 「유모」는 이러한 제 과정을 통하여 독자를 소설 현실 가운데 끌어들이기에 상당히 성공한 작품이다.

'나'라는 인간 자신도 양심대로 나가려면 잡지사를 그만두어야 하겠고, 잡지사를 계속하려니 양심을 희생해야 할 딜레마에 선 인간이며, 그의 눈앞에서 '나'의 자식에게 젖을 먹이는 여인이 병든 자식을 배불리 먹여 살리자면 한달에 십오원을 안 받더라도 유모를 그만두어야겠고, 그 돈을 받자니즉 먹고 살자니 자식의 병, 기아도 참아야 할 아픈 지점에 선 사람이다.

그리하여 모순의 도度, 비참의 성질에 있어도 '나'는 유모에게 떨어진다.

---

57 원문에는 '周知하면서'로 되어 있다. 문맥에 맞게 사동 표현으로 수정했다.

여기에서 '유모'에게 '나'의 동정이 기울어지는 것은 당연한 일이며, 한편 세속적인 '나'의 처가 딴 유모를 구하는 것도 자유이다.

그러나 돈 가진 자유에 비하여 돈 없는 자유는 지금 세상에서는 아사餓死의 자유 이외의 아무것도 아니다.

이러한 절박한 마당에서 일어나는 범죄, 부도덕예하면 유모가 자식을 없다고 속인 것!이 과연 죄악일 것인가?

나는 이런 의미에서 사회적 소산으로서의 죄악에 대하여 박영희朴英熙 씨가 선일先日 창작평 중에서 최인준崔仁俊 씨의 「춘잠春蠶」을 비평할 때 말한 다음의 일구一句에는 긍정할 수 없는 바이다.

"순박한 농민으로서 뽕을 도적해온 일에 대하여 아무런 양심상 고민도[58] 없이 정규적 사회 생활 속에 매장하여 버렸다"고 [박영희 씨는] 작자를 비난하였다.[59]

물론 생활의 모순, 고민이 씨의 말대로 일시 작자의 주관만으로 해결되는 것은 아니다.

그러나 만일 농민이나 빈자의 불가피한 죄악, 부도덕이 그들의 정규적 사회 생활 가운데 포함됨을 비난할진대 수백만의 '순박'한 인간을 어찌할 수 없이 이런 부도덕?을 범케 하는 그 ××××는 과연 정규의 것으로 인정해야 할 것인가?

뽕을 훔쳐, 있는 자식을 없다고 속인 것이 그들을 그렇게 만든 ××의 부도덕보다 더 크단 말인가? 그들이 어떤 이유로 양심상의 고민

---

58 양심상 고민도: 임화의 글에는 '良心도 苦憫도'로 되어 있으나 박영희 글에 의거해 바로잡았다.

59 박영희, 「유월 창작평」(『조선일보』, 1936.6.7~6.17)에서의 인용이다. 인용 구절은 6월 10일 연재분에 나오며, 이 연재분에는 '사회적 소산인 죄악에 대한 작자의 의분과 도덕률'이란 부제가 붙어 있다. 최인준의 「춘잠」은 『조선문학』(1936.6)에 발표된 작품이며, 그리고 '양심'에 강조를 한 것은 임화이다.

을 할 필요가 있는가? 그 양심은 어떠한 양심이며 그것을 긍정해야 할 양심은 또 여하한 양심인가?

　물론 우리는 사회의 모순을 파생적인 범죄나 부도덕 행위에서 주관적인 해결을 구함은 당치 않은 일이며, 오히려 피상적 현상을 가지고 모순의 근본 내용을 가리는 것이다.

　그러나 「유모」의 '나'의 선량한 처와 같이 그들의 부도덕, 범죄를 그냥 양심도 없는 나쁜 인간이라고 비난함은 그 무지한 처와 같이 천박한 속물이고 단순히 이 사회의 선량한 시민 이상의 아무것도 아닐 것이다.

　과연 양심이란 무엇인가? 작가란 죄악이란 무엇인가와 더불어 그것을 피상적으로가 아니라 본질을 알아야 한다.

×

　아무래도 일언一言하고 싶은 『황혼』을 취급치 못하니 섭섭하고 강노향姜鷺鄕 씨의 「불란서제전야佛蘭西祭前夜」 등은 예술문학이라느니보다 속문학俗文學에 들 것이므로 그 방면의 평가評家에게 일임하고 붓을 놓는다.

문단 논단의 분야와 동향

상반기 논단 별견(瞥見)

1

이 단문短文은 금년 초로부터 최근까지에 각 신문 잡지에 발표된 문예평론의 대략의 동향을 그려봄이 목적이다.

그러므로 강목綱目을 만들어 각개 논문에 구체적으로 언급한다든지, 혹은 어떤 특정의 경향에 대한 보다 상세한 비판을 가한다든지 하는 것은 본시 본고의 범위 외의 일이다.이러한 임무는 현재 다른 곳에서 그것을 기도[企圖]하고 있다.

한데 대체로 일반 평론이나 개개의 비평 가운데서 찾아볼 수 있는 특색 있는 일반 현상은 무엇일까? 이러한 것은 본시 체계적 논술에서

● 『사해공론』, 1936.7.

는 구체적 분석의 끝에 결론으로 맺는 것이 통례이나, 나 자신 지금 근엄한 학자의 표정을 가지고 이 논고論稿를 기초起草하고 있는 것도 아니고, 또 내가 붓을 들기 전 제씨諸氏의 논고에서 얻은바 일반 감정을 서두에 끌어온대도 본문을 이해하는 데 그리 큰 장애를 주리라고는 생각지 않으므로[1] 위선爲先 그 이야기부터 시작코자 한다.

대체로 나는 창작적 방면에도 그렇다고 생각하거니와, 비평이나 평론 방면에서는 더구나 우리들이 사는 한 시대를 표징表徵할 지도적 지침가指針家나 예술학자가 나타나 있다고는 생각지 않는다.

물론 박월탄朴月灘과 같은, 혹은 양주동梁柱東과 같은, 또는 김기진金基鎭, 박영희朴英熙와 같은 확실히 우리 근대문학사 상 일정 시대를 대표하는 평범 아닌 비평가를 우리는 몇 사람 들 수가 있다.

그러나 그들 가운데 어느 분도 동경東京의 쿠라하라 코레히토藏原惟人만한 영향력이나 생명을 가진 사람은 없다. 더구나 해외의 그것, 불란서의 생트 뵈브C. A. Sainte-Beuve, 이폴리트 테느Hippolyte Taine, 브륀티에르F. Brunetiére, 혹은 노서아露西亞의 체르니셰프스키N. G. Chernyshevski, 벨린스키V. G. Belinskii, 또는 플레하노프G. V. Plekhanov 등과 더불어 한 장소에서 논할 수 없음은 더욱 명확하다.

이곳에는 물론 조선에 있어서의 근대 과학적 전통의 결여라든가 또 사회생활, 문화생활 그것의 기초의 박약을 근본 원인으로 들지 않을 수 없다.

또한 커다란 개성적 자질 위에는 재능이 부족하였음도 잊지 못할 일이다. 그러나 개성적 재능이라는 것도 역시 문화적 사회적 생활의 지반을 떠나서 존재할 수 없다. 그것이 현재 우리가 갖고 있는 이상

---

1 원문에는 '알음으로'로 되어 있으나 문맥에 맞게 수정했다.

의 것을 기대企待함은 무리일 것이다.

그러면 평론가나 비평가 개인의 공부나 근면이 부족하였는가 하면 물론 우리 땅의 이론적 비평적 수준이란 외국의 그것에 비하여 현저히 얕은 것이다.

그러나 나는 이 역시 조선의 문학사라든가 창작적 성과를 비판하기에 부족한 지적 능력을 가졌다고는 싶지 않는다.

왜 그러냐 하면 대체로 과학자이고 예술비평가이고 간에 그 나라의 그 시대의 문화적인 일반 수준 이상을 걸어가는 것이라고는 믿기 어려운 때문이다.

그러므로 박월탄이라든가, 또 팔봉八峰, 회월懷月 등 여러 분은 지금의 수준에 비하면 훨씬 열등하고 한 몇 년 전의 그것을 가지고도 그 시대의 작가들에게 일정한 영향력을 가졌었고, 또 그만치 당목瞠目할 업적을 사상史上에 남긴 것이다.

그러면 그들이 업적이나 영향력이 지속되지 못하고 또 금일에는 전專혀 과거적 존재로 화한 사실은 무엇에 의하는 것이냐 하면, 나의 소견 같아서는 그들이 우리 조선의 문화적 사회적 진화와 함께 자기의 관심과 교양과 노력을 더불어 하지 못한 데 있다고 생각한다.

사회의 역사에 있어서도 그러함과 같이 문학의 역사 위에서도 역시 개개個個의 갖는 현실적 의의와 역할은 그 사회와 시대의 진보와 더불어 행보를 같이한 때만 의의 있는 평가를 받는 것이다.

그리하여 그 개개인의 활동의 생명 있는 기간은 그 시대 사회 문화와 더러 후대인에게도 영원한 의의를[2] 갖고 또 교훈을 주는 가치 있는 것이다.

---

2 원문에는 '意識을'로 되어 있으나 문맥상 의미로 바로잡는다.

조선 근대 시민문학의 혼란하고 고민하던 최후의 순간 그것을 똑똑히 반영하고 어디로이고 진보적인 출로出路를 타개하려고 노력하던 시대에 월탄의 비평적 노력을 잊을 수는 없는 것이며, 반동화한 자연주의, 또 낭만주의 등 부르주아문학의 탁류 가운데서 신흥 프로문학의 맹아를 기르고 그것의 성장을 위하여 불후의 공적을 남긴 팔봉, 회월의 진실로 과학적인 노력에 대하여, 현재 비록 그들이 어떠한 경향을 보이든지 간에 커다란 존경의 염念과 더불어 그 높은 객관적 의의에 대하여 평가함을 주저할 사람도 없을 것이다.

그러나 애석한 일은 그들의 존귀한 노력은 오늘날까지 사회 급及 문학의 진보를 따라 전진하지 못하였고, 그 시대의 예술적 이론적인 제諸 제약은 그 때의 사업이 금일까지를 내어다보[는] 큰 안목을 그들로 하여금 소유치 못하게 하였다.

뿐만 아니라 이론적 영역에서 볼 때, 그들의 재능이라는 것이 동경東京의 쿠라하라 코레히토와 같은 사람과 비할 때 역시 현저히 뒤떨어짐을 애석하나마 긍정치 않을 수가 없다.

그러나 무엇보다도 우리 조선의 비평가들이 쿠라하라 코레히토가 시대의 진보 그것과 같이 걸어가고 있는 그 역사적 발전의 노정路程으로부터 자기의 발길을 돌린 곳에 보다 근원적인 원인을 찾을 수밖에 없다.

쓸데없는 이야기가 자못 장황해진 듯 싶은데, 실상은 현재 문예 논단의 주요한 특징으로서, 또 문학의 이론적 비평적 수준의 저회低徊나 질의 저하 혹은 혼란, 고정화를 그것비평과 이론의 사회적 정치적 근거로부터의 소원疎遠이라는 데 보기 때문이다.

말하자면, 이 명제를 근거 붙이는 역사적 반증으로서 일부러 끌어온 셈이다.

하나 좋든 나쁘든 간에 사회적 혹은 정치적 관심만 가지면 훌륭한 예술이론이나 비평이 생긴다는 의미는 아니다. 그러기 위하여는 현대 사회를 똑바로 인식하는 과학이 필요하고 공부가 필요하고 재능이 상부相符해야 하며, 현실 생활의 역사적 노선을 움직여나가는 유일한 계급의 편에 자기의 정치적 입장을 정하는 것 혹은 접근시킬 것이 필요한 것이다.

그러므로 실상은 현금의 많은 평론가나 비평가가 오히려 그릇된 과학의 기초 위에 섰고, 유해한 정치적 경향에 사로잡혔거나 또 일부러 사회적 무관심으로써 자기의 사회적 관심에 대신하려는 등의 조건이 논단 일방一方의 주요 현상이라 할 수 있다.

그러나 문학은 또한 사회적 관심이나 과학만으로도 되는 것 아님은 주지周知의 것으로, 문학의 고유한 제 특점이나 역사에 대한 충분한 인식, 교양, 재능이 필요하고, 그것을 위한 성실한 노력이 그의 과학적 정치적 행정行程과 상부하게 될 때 훌륭한 문학도 이론도 비평도 가능한 것이다.

더욱이 우리 조선문학에 있어, 더욱이 이론이나 비평의 경향에 있어 사회적 정론적政論的 성질의 불가피성에 대하여는 전일前日에도 모지某紙에서 논급한 바이어니와,[3] 실로 외국의 그것에 비할 배 아니다.

이유는 간단한 것으로 우리 조선인의 생활이 갖는 말할 수 없이 강한 사회적, 정치적 성질 때문이다.

이러한 땅의 문학이나 이론, 비평이 생활로부터의 관심을 잃는다는 것은 도저히 허용되지 않을 뿐더러 전全혀 생명력의 상실을 의미하게까지 된다.

---

3 「조선적 비평의 정신」(『조선중앙일보』, 1936.6)을 가리킨다. 이 글은 『문학의 논리』에 수록되었다.

그러한 외에 이론가나 비평가들이 필요한 교양과 노력을 쌓지 않고 제한된 재능밖에 가지고 있지 못할 때[4], 비록 형이상학적인 것이나마 제諸 외국에 비할 공과功果를 남기지 못함은 어쩔 수 없는 일이다.

요컨대 사회적 관심의 퇴거退去와 더불어, 학문적 성실과 재능과 용기의 부족! 그러므로 허무한 관념주의와 더불어 현학주의衒學主義가 횡행한다.

2

거년去年엔가 김진섭金晉燮 씨는 예의 만문조漫文調로, 조선 문단의 화제의 빈곤을 통탄한 적이 있다. 그래서 일부러라도 지志의 평가評家가 일인이역이라도 꾸며서 논단의 활기를 제공하라는 실없는 제의를 한[5] 일이 있다.[6]

물론 문학을 스포츠나 연극 놀음으로 생각지 않는 한 이러한 의견이란 정색하고 들을 바가 안 되는 것이지만, 우리 문예 논단을 주의 깊이 보아가는 이[7] 같으면 씨의 말에 일편一片의 진리가 숨어 있음을 부정치 못할 것이다.

왈, 기만만氣滿滿,[8] 무기력, 태怠, 제기된 문제에 대한 집요한 추구력

---

4 원문에는 '데'라 되어 있으나 '때'의 오식일 것이다.
5 원문에는 '안'이라 되어 있어 바로잡았다.
6 김진섭이 문단 화제의 빈곤에 대해 이야기하고 있는 것은 「문단시감」(『조선일보』, 1935.8.9~8.14)에서이고, '일인이역'과 유사한 제안을 하고 있는 것은 「사이비 주장 1, 2」(『조선일보』, 1936.4.2)라는 짧은 글에서이다. 그리고 후자의 글에서 김진섭은 문단 전체적으로 신인의 등장이 드문 데 대한 해결책으로, '역량 있고 정력 있는 기성문인' 전체에 대해(평론가에 대해서가 아니라) '이중인격적 활동'을 제안하고 있다.
7 원문에는 '일'이라 되어 있으나 바로잡았다.
8 앞에 '치기만만'의 '치'자와 같은 한 글자가 누락된 것으로 보인다.

의 결여!

그러므로 저널리즘이 필요 이상의 위력을 가지게 되고, 평가評家란 신문 잡지가 제출한 제목에 대한 답안 작자가 되고 만다.

이것은 문학 작자에 대한 비평가의 태도에도 해당하는 것으로, 유행하는 문구文句로 수 행의 어색한 평언評言?을 가하고는 씻은 듯이 잊어버리고 그 다음 달 간행물만 또 기다리고 있다.

이러한 경향은 거의 논단 일반에만 한하여 볼 수 있으나, 특히 명확히 민족주의적도 아니고 명확히 사회주의적도 아닌 중간파 제씨諸氏에 있어 특징적이다.

작년 이후 나는 카프가 그 정상적 활동을 정지한 뒤 이들 주로 해외문학파라고 지칭되는 이들의 비교적 높아진 사회적 관심에 대하여 위선爲先 경의를 표하는 바이다. 그러나 그들의 관심의 방법이라든가 태도에 대하여는 물론 고개를 좌우로 흔들 수밖에 없다.

작하昨夏엔가 함대훈咸大勳 씨의 '사회적 위기와 문학'에 대한 논문은[9] 경청할 의견을 들려주었음에 불구하고 그 후가 잠잠하고, 정인섭鄭寅燮 씨의 열변에는 시의 충실한 독자의 한 사람인 나로서도 귀를 가리고 싶다.

씨의 '문단 대동단결론'은 이원조李源朝, 김두용金斗鎔 씨의 시의時宜를[10] 득한 반박으로 그 뒤 소식을 알 수 없으나,[11] 소비에트 문학과

---

9 함대훈, 「현하 사회정세와 조선문학의 위기」(『조선일보』, 1935.6.16~6.20)를 가리킨다.
10 원문에는 '時誼를'로 되어 있다.
11 정인섭이 「문단시평」(『동아일보』, 1935.10.12~11.6). 이 글은 '세계 문단의 당면 動議', '문학단체와 문예가협회', '조선 語文科와 영어과', '조선문학 주류 문제' 등 네 개의 주제로 구성되어 있다)에서 신자유주의 운동이란 이름 아래 제 문학 유파의 연대로 조선문예가협회를 결성하자는 제안을 한 데 대해, 이원조는 「문단 이의」(『조선일보』, 1935.11.12~11.19)에서, 김두용은 「문학의 조직상 문제—정인섭 씨의 '세계 문단 당면 동의'는 정당한가」(『조선중앙일보』, 1935.11.26~12.5)에서 각각 반론을 펼쳤다.

이태리나 독일의 파시즘문학을 같은 국민문학으로 봄은 씨의 과학자 아님을 명증明證하는 것이며, 자유주의문학의 제창에 있어 그것을 해외문학파의 헤게모니 하에 조선문학을 집어넣는 것과 같은 기도企圖라든가, 혹은 전세계의 문학적 주류가 자유주의로 돌아간다고 설파함은 역시 씨가 진실로 자유주의자 되지 못함을 이야기하는 것이다.

거년去年 문화 옹호 파리대회[12]의 일반 경향이라든가 일본 내지內地의 행동주의문학[13]이라든가의 사상적 문학적 동향을 똑바로 관찰한다면, 씨에 있어서와 같이 프롤레타리아문학의 퇴패退敗, 소멸 위에 인도적, 행동적 문학을 수립한다고는 보지 않을 것이다.

오히려 통렬한 자본주의문화의 위기와 인텔리겐차 작가에게 가중하는 사회적 압력하에서 그들은 자기의 문학과, 또 그 나라의 문학적 유산, 또 프로문학까지를 승한[14] 일체의 문화적 재보財寶의 옹호를 행行하여[15] 움직이고 있음을 간취할 수 있다. 그러므로 사실에 있어 그들의 길은 프로문학의 소멸 위에 자기들의 지배를 확립한다는 것이 아니라, 반대로 프롤레타리아문학과, 그러한 문학이 국가적 기초를 가지고 있는 사회에 대한 동정同情에 의하여 특징화되는 것이다.

정인섭 씨의 일부 언설言說에서 볼 수 있는 것과 같이 프로문학의 부진이나 그 패퇴에의 경향을 환영할 이유는 조금도 금일의 자유주

---

12 1935년 6월 21일에서 26일까지 파리에서 24개국 대표 230인의 문학자가 모여 개최했던 작가회의. 앙드레 지드가 중심이었으며, '문화 옹호 국제 작가회의'라고도 한다. 파시즘의 문화 말살의 위협 아래 자유주의적 지식인들이 모여 반파시즘을 결의하였는데, 그 과정에서 '소련문화의 우월성'을 승인함으로써 맑스주의로 기운 듯한 인상을 주기도 했다.

13 일본의 小松清이 말로 · 페르낭데스 · 지드 등 프랑스 문학의 동향을 소개하면서 '행동적 휴머니즘'이라고 명명하자, 이에 능동적 문학론을 제창하고 있던 舟橋聖一, 青野季吉 등이 논의에 가담하면서 전개되었던 일본의 문학논의.

14 원문대로이나, '슴한'의 오식일 수도 있겠다. 혹은 '곱하다'의 의미인 '乘한'일 수도 있다.

15 원문에는 '行하야'로 되어 있으나, '爲하여'의 오식으로 보인다.

의적 문학 가운데는 있을 수 없는 것이다.

이것과 관련하여 생각되는 것은 금춘今春 정월 『조선일보』 학예면이 수일數日에 긍亘하여 전면을 제공한 문화 옹호 파리 작가회의에 관한 수씨數氏의 논설이다. 물론 나는 제씨諸氏가 이만치 우리 지식인에게 교훈을 줄 큰 테마를 들어 논하고 그 상황을 소개한 노력勞力에 대하여는 경의를 표한다.

그러나 김진섭, 함대훈, 이헌구李軒求, 최재서崔載瑞, 이호근李晧根[16] 등 조선에 있어 외국문학 연구에 권위로써 임任하고 있는 이들의 사업으로서는 너무나 기대에 벗어나는 것이었다. 적어도 이것을 읽고 사고와 반성의 기회를 갖고 다소간이라도 영향을 받을 작가, 인텔리 등[은] 벌써 수개월 전에 월평을 통하여 숙독한 후이고, 거기다가 제씨들의 논술이 해該 평서評書나 모 잡지에 발표되었던 것의 전재轉載 이상의 수준을 벗어나지 못했음은 유감된 일이라 아니할 수 없다.

그 외에 순문학 논문은 아니로되 역시 이와 관련된 철학 논문으로서 박치우朴致祐 씨의 「자유주의의 철학적 해명」에 이르러서도 '으로부터의 자유'와 '에로의 자유'를 사변적으로 반복했을 뿐, 진실로 역사적인 의미의 '자유의 왕국으로부터의 필연의 왕국에'의 엥겔스Engels적 전화轉化를 제시하지 못했음은 씨의 선량한 의도에 반함이 아닌가 한다.

조선의 아카데미 교육을 받은 이들의 논문을 읽으면, 박씨에서뿐만

---

16 김진섭, 「放逐 작가 그룹과 독일문학의 現勢(독일편)」(『조선일보』, 1936.1.3~1.4); 함대훈, 「'싸베-트' 작가와 국제문학의 연관성(소련편)」(『조선일보』, 1936.1.4~1.5); 이헌구, 「국제작가대회가 개최된 동기와 원인의 필연성(佛國편)」(『조선일보』, 1936.1.1); 최재서, 「영국의 전통과 자유―E. M. 포스터의 연설 요지(영국편)」(『조선일보』, 1936.1.4~ 1.5); 이호근, 「미국대표 '프랭크'와 신향토주의문학(미국편)」(『조선일보』, 1936.1.1~ 1.3) 등의 글을 가리킨다.

아니라 흔히 이러한 사변적인 사고방법의 지나치게 논리적인(형이상학 특유의!) 서술 형식의 흔적 때문에 논자도 독자도 손損을 보는 일이 많다.

한데 그 뒤 이 문제의 귀추는 어찌 되었느냐 하면, 적적무문寂寂無聞, 알 길이 없다. 물론 그것은 논쟁의 테마는 아니다. 그러나 1, 2차의 소개에 그칠 테마는 더욱 아니다. 그러면 그만치 열렬히 또 세밀히 문화의 옹호와 문학의 자유에 대하여 이야기하던 성의는 어디로 갔는가? 씨들의 태만일까? 혹은 이미 충분히 논구되었으므로 재론할 여지가 없음일까?

학문적 태만도 물론 그 이유의 하나일 수 있을 것이다. 그러나 나는 그렇게 생각되지는 않는다. 더욱이 재론할 여지가 없다고는 생각지 않는다.

갈수록 불리해가는 외부 정세, 그 중에도 파시즘, 파쇼적 국민문학의 권위하의 진실로 자유로운 예술적 문학을 옹호하는 문제는 오히려 금후의 문제이고, 또 일층 그 필요는 더[17] 강조되고 있는 것이 세계 자본주의 국가의 주요 현상인데, 이것이 논구를 필畢하였다고는 생각지 못할 것이다.

뿐만 아니라 그것은 단순히 문학 내에 국한된 문제가 아니라 훨씬 정치성을 띤 행동의 문제로서, 보다 지속력 있는 증장增長된 관심을 요하는 문제인가 한다.

현재 벌써 근간에 제2차 대회가 파리에서 개최되리라는 것을 우리는 알고 있지 않은가?

그러나 우리 조선의 자유주의문학자로 생각하는 이들은 대회가 끝난 다음 월평이 나온 뒤 내년 정월 쯤 또 신문지상에 그것을 소개하

---

17 원문에는 '다'로 되어 있으나 문맥상 '더'가 더 적절하다.

는 성의만은 현재 가지고 있을지 모른다. 그러나 만일 신문이 그것의 토픽으로서의 가치를 인정하지 않고 금년과 같이 취급치 않을 때도 그들이 자진하여 소개의 노勞나마 취할지는 심히 의문이라 하지 않을 수 없다.

그러므로 그들이 태만한 때문이라고는 볼[18] 수 없는 게 현재도 이헌구, 김진섭 같은 이는 매월 예의 죽도 아니고 밥도 아닌 만문漫文에 근면하고 있지 않은가?

요컨대 그들은 신문사의 명령으로 책점冊店에서 평서評書를 찾아다 일필평지一筆評之하는 정도의 자유사상가인 데 이유가 있는 것이다.

그 외의 이분들의 사업이란, 신간이 나오면 광고문을 쓰든지,[19] 누구 죽거나 생일이 되어 '모모某某의 사상과 예술'이란 판에 박은 듯한 논문을 써 사진과 함께 신문에 내는 것이다.

이곳에서 공연히 해외문학파 제씨의 업적을 ××코자 함이 아니로되, 말이 났으니 말이지 '해외문학 연구' 근 십년에 이 그룹이[20] 한 일이란 축문祝文과 도장悼章 쓴 외에 무엇이 있는지 의문이다.

오직 공평을 기하기 위하여 씨등氏等의 공적을 든다면, 몇 해 동안 프로문학에 대한 부르주아문학의 공격전의 전위부대이었다는 명예가 돌아갈 것이다.

이 점에선 역시 전기前記 정인섭 씨가 프로문학으로부터의 이탈자를 성의를 다하여 받아들이는 아량에 있어 경탄할 만한 업적을 남기었다.

소위 해외문학파에는 속하지 않는다 하더라도 '구인회'에 의거한

---

18 원문에는 '돌'로 되어 있다. '돌릴'의 '릴'자가 탈자된 것일 수도 있겠다.
19 원문에는 '샀는지'로 되어 있으나 문맥상 '쓰든지'의 오식으로 보인다.
20 원문에는 '「크롭」의'로 되어 있다.

이들, 그 중에도 김환태金煥泰, 김기림金起林, 유치진柳致眞 씨 등의 논문이 금년에는 우리의 주목을 끄는 바가 있다.

김기림 씨는 금년에 『조선일보』 신년호에 논문 1편 쓴 외 아무것도 없고, 또 다른 곳에서 그 논문은 비교적 상세히 논급했기로 간략히 말한다.[21]

「오전의 시론」[을] 씨가 작년 1년간 『조선일보』에 3회에 분分하여 발표한 지점으로부터 전기前記 「시인으로서의 현실의 적극 관심」의 1편은 분명히 씨의 금후를 기대케 하는 것이니, 문화 옹호 파리회의가 조선의 예술가에게 준 최초의 산 영향이 그곳에 있으며, 이 입장은 해외문학파의 자유주의 이해 정도와는, 또 구인회의 일반과도 명료히 구별되는 것이다. 해該 논문은 비록 3, 4[회]분의 단소短少한 것이나 문학의 자유를 희구하는 작가가 갖지 아니하면 아니될 길을 지시한 귀중한 문자로서 가치를 갖는 것이다.

씨는 해론該論 가운데서 파리작가회의에 언급하면서

"그들은 어떤 문화를 옹호하여야 할 것인가? 하는 문제를 위선 고려하지 아니하면 아니되었었다고 한다. 그것은 물론 오늘날의 문명의 현실을 지지하는 문학이 아니라 차라리 그것을 비판하고 초극(超克)하려는 문화일 것이다. 과연 우리들의 기교파 시는 옹호되어야 할 문화 중에 들었을까? 그보다도 국제작가회의가 적대하려는 세력이 무해무익한 가련한 카나리아로서 방임하거나 오히려 장려할 그러한 종류에 들지나 않았을까? 만약 그렇다면 그것은 바로 문학의 명예가 아니라 굴욕일 것이다."[22]

---

21 김기림의 글은 다음에 언급되듯이, 「시인으로서 현실에 적극 관심」(『조선일보』, 1936.1.1~1.5)이며, 이에 대해 임화가 언급한 다른 곳이란 「기교파와 조선 시단」(『중앙』, 1936.2)이란 글이다. 이 글은 『문학의 논리』에 실려 있다.
22 김기림의 원문과 별반 차이가 없으나 김기림의 원문을 제시해둔다. "그들은 어떠한 文

이리하여 이 시인은 현실의 도피로부터 그것에의 적극적 관심으로, 자기와 그 동료에게 절규한 것이다.

그러므로 파리회의 석상에서 전前 초현실주의 시인 루이 아라공 Louis Aragon을 발견한 것도 조금도 놀랄 것이 아니라 바로 그것이 현대의 모든 성실한 시인의 갈 바임을 지적하기에 서슴지 않았다.

이 점에서 같은 신년호에 유치진 씨가 정당하게도 극문학의 발전을 위한 조건 중 제일의 것으로 '정치적 신념'을 매거枚擧한 것은 씨가 그 내용을 일부러 명백히 안 했음에 불구하고 가치 높은 것이다.

그러나 김환태 씨의 비평 경향으로 옮겨올 때 우리는 전前 2씨에 비하여 명확히 대척적인 것을 발견할 수가 있다.

씨는 금년에서 4,5 양월兩月 『중앙일보』와[23] 그 외 수삼 잡지의 시평時評 외에 쓴 것이 없으나, 이것으로도 씨의 개성과 경향을 엿보기에 충분하다.

얼마 안 되나마 씨의 평론을 통하여 볼 수 있는 특색은 씨가 무엇보다도 남의 작품을 퍽 힘써 읽는 태도와, 씨의 작품 감상의 좋은 감각을 가진 이라는 것을 짐작할 수가 있다. 그러나 씨의 과학적이 아닌 사상적 입장이나 관념적인 예술상 태도는 작품을 평가하고 비판하는 [데에]

化를 擁護할 것인가? 하는 問題를 위선 考慮하지 안으면 아니되엿다고 한다. 그것은 勿論 오늘의 文明의 現實를 支持하는 文學은 아니다. 차라리 그것을 批判하고 超克하려는 文化일 것이다. 果然 우리들의 技巧派的 派詩[詩派−편집자]는 擁護되여야 할 文學 中에 드럿슬가? 그보다 國際作家會議가 敵對하려는 勢力이 無害無益한 可憐한 「카나리아」로써 放任하거나 도리혀 獎勵할 그러한 種類의 文學 속에 들지나 안엇슬가? 萬若에 그러타면 그것은 바로 文詩의 名譽가 아니고 屈辱일 것이다."(「시인으로서 현실에의 적극 관심」, 『조선일보』, 1936.1.5)

23 여기서 『중앙일보』는 『조선중앙일보』를 가리키는데, 이 신문 1936년 4월에는 김환태의 글 「문예월평」이 실려 있으나 5월에는 김환태의 글이 보이지 않는다. 「문예월평」이란 글은 1~4회 연재분에는 '비평문학의 확립을 위하여', 그 이후 부분은 '이 달의 창작계의 수확은?'이란 부제가 붙어 있다.

심히 부정적인 결과를 낳고 있음을 지적하지 않을 수 없다.

이 비평적 태도와 평가의 기준이라는 것은 거去 3월? 『중앙일보』에서 시인 양운한楊雲閑 씨에 의하여 논박되고 있던 것과[24] 같은, 예술은 예술 그것이 자기목적이라는 진부한 자율적 미학의 사상이다. 이곳에 일체의 사회적 공리성이나 정치적 시가詩歌를 부정하는 씨의 입장이 있으며, 하등 현실상의 이해利害에 관계하지 않는 무목적의 예술로 지고至高의 것을 삼는 이유가 있다.

씨는 현재 조선 문단에서 순수한 예술지상주의를 고집하는 가장 대표적인 논객이다.

전월 『중앙일보』에 발표된 「문예월평」 가운데서 문예비평과 창작방법에 관하여 제시한 씨의 견해는 씨류氏流의 자율적 미학 사상이라는 것이 여하히 진부 극極한 것인가를 알기에 족한 바가 있다.

해該 월평은[25] 모두冒頭 4회분을 '비평문학의 확립을 위하여'라는[26] 제하題下에, 동월同月 『신동아』에 발표된 김두용金斗鎔 씨의 「조선문학의 평론 확립의 문제」에 대한 비판으로 씌어진 것으로, 예例에 의하여 맑스주의적 문예비평의 정론성政論性을[27] 정력을 다하여 공박한 다음, 문예비평이 정치비평이나 사회비평과 다른 특이성을 다음과 같이 말하였다.

그리하여 문예비평은 한 작품이 얼마만한 선전과 계몽의 가치를 가졌다거

---

24 양운한의 「시와 사상」(『조선중앙일보』, 1936.2.11~2.15)을 가리킨다. 따라서 임화가 앞서 '3월(?)'이라 한 것은 2월의 착각이다.
25 원문에는 '月評誌'라 되어 있으나 문맥에 맞게 수정하였다.
26 위하여'라는: 원문에는 '爲하였다」는'으로 되어 있으나 김환태 글의 원래 부제목에 의거해서 바로잡았다.
27 원문에는 '政性論을'로 글자 순서가 뒤바뀌어 있어 바로잡는다.

나 어떠한 사상과 현실과 의도를 가졌다거나를 측정하고 지적하는 것이 아니라, 그 작품에 나타난 사상과 현실이 얼마만한 정도에 있어 작가의 상상력과 감정 속에 융해되었으며 그것을 어떤 방향으로 지도하려는 그 작자의 의도가 얼마만한 정도로 실현되었는가, 그리고 그 결과 그 작품이 얼마만한 정도로 우리를 감동시키고 즐겁게 하였는가를 말하지 않으면 안 된다.[28]

물론 문예비평은 작가의 의도[29]선전, 계몽 등의 내용과 그 표현 형식 공히를 분석하는 것이 아니라, 그 의도가 여하히 작품 가운데 성취되었는가? 즉 소여所與의 묘사된 현실은 위선 객관적인 현실 과정과 일치하고 있는가? 장르는 묘사 대상에 적합한 것인가? 작품의 컴포지션[30]은 그 사상을 개시開示하고 있는지, 혹은 그 사상을 애매하게 만들었는지? 그리고 세세細細의 성격과 환경은 적당히 부합되고 그[들]은 함께 고도의 예술 보편화의 수준에 도달하였는지? 또 서술이나 회화가 설득력을 발휘할 만한 아름다운 언어에 의하여 표현되었는지 여부가 예술적 표현 형식의 평가의 기준이다. [문예비평은 이 기준들이 작품][31] 가운데 실현되었는가를 분석하는 것이다. 이곳에 예술 작품을 그 내용과 형식의 통일이란 예술의 독자적 측면에서 검토하는 것이다. 그러나 김씨의 말과 같이 비평이 어떤 작자의 일정한 사상적 예술적 의도가 여하히 표현되었는가 하는 형식적인 측면에만 한정한다면 비평은 과학으로서의 가치를 상실하게 된다. 더욱이 '의도'가 작가의 '상상력'과

---

28 이 인용은 김환태의 원문과 큰 차이가 나지 않는다. 김환태 원문에서 '溶解'가 '融解'로, '기쁘게'가 '즐겁게'로 바뀐 정도이고 나머지 몇 개 변화는 거의 의미상 차이가 없다.
29 원문에는 괄호의 이 앞쪽이 누락되고 '意圖宣傳, 啓蒙'으로 이어져 있으나, 문맥에 의거해 바로잡았다.
30 원문은 '컴포존'이라 되어 있다.
31 이 구절은 원문 가운데에는 빠져 있으나, 문맥상 이런 의미의 구절이 삽입되어야 할 것으로 보인다.

'감정' 속에 융해되었는가 안 하였는가는, 실상 예술의 형식적 부면에 있어도 그 미소微少한 주관적인 일부분에 불과하고 그 전부형식적으로되는 아니며, '어떤 방향'으로 이끌려고 하였는가도 전기前記 '상상', '감정'과 공히 오히려 작가의 주관, 의도의 범위 밖을 나가는 것이 아니다.

사실, 작자의 의도가 여하히 표현되었는가 하는 형식적 측면이란 것은, 작품이 제시하고 있는 문학적 현실이 예술로서의 필요한 일체의 객관적 표현 수단에 의하여 완성되었는가 안 하였는가를 개시開示하는 것이다.

그리고 최후로 작자의 사상은 충분히 작품 가운데 전개된 현실에 적응하고 그것을 앙양시키고 있는지? 혹은 사상이 작품의 현실에 모순하거나 또 사상에 의하여 작품 현실이 생활의 실제적 과정을 왜곡하고 그것을 죽은 것으로 만들었는지 아닌지가 예리하게 분석되어야 한다.

그러므로 문예비평이나 작품의 예술적 가치란 그것이 객관적인 실재 현실을 정당히 반영하고 있는[지] 여부, 그리고 작자가 작품 가운데서 가진 바 예술적 사상적 의욕이 현실 과정의 객관적 경향과의 일치 여부가, 그 기준[이] 되는 것이다.

이곳에 작품을 내용과 형식의 통일물로서 평가하는 과학적 비평의 임무가 있는 것이며, 김환태 씨에 있어서와 같이 형식을 내용에서 분리하고, 또 형식을 구체적인 예술 독자獨自의 객관적 분석 대신 상상, 감정 방향 등의 주관적 측면으로 대치한다는 것은 작가와 독자에게 문학 작품의 정당한 가치를 개시開示할 수 없는 것이다.

이러한 결과, 평가의 기준을 단순히 '어떻게 우리를 감동시키고 기쁘게 하였는가?'라는 주관적 인상에 머무르게 되므로, 예술의 특성과 독창성이란 것을 단순한 작가의 개성에 국한시키고 만다.

그러므로 "예술가의 개성이란 외적 법칙에 구속되지 않는 독자의 정신"이므로, "창작방법은 개성에 따라 결정할 것이라"고 믿게 된다.

주지周知와 같이 예술의 법칙은 과학의 법칙과 같이 그 전前 시대 문화 전통의 계속이고, 그 시대의 사회적 생활 관계에 의하여 제약되는 것이다. 작가뿐만 아니라 모든 '개인', '개성'이고 이러한 역사적, 현실적 제약씨의 고의적 표현에 의하면 구속! 가운데서 절대로 자유로울 수는 없으며 오직 상대적으로 개적個的일 뿐이다.

그러므로 창작방법이란 씨의 고의적 이해와 같이 특정의 비평가가 제시함에 그치는 것이 아니라, 광의의 일정 시대의 특정의 문학의 일반 경향과 특질을 의미함이요, 프로문학에 있어서는 과거 시대의 문학이 의식하지 않고 가졌던 것을 의식적으로 하고 그것으로 말미암아 자기의 문학의 현재를 반성하고 명일에의 방향으로 체계화된 노력을 전개하기 위한 방법이다.

왜 그러냐 [하면] 과거 리얼리즘문학이나 자연주의 혹은 낭만주의 문학 등이 가졌던 일반 경향의 문학사적 검토는 능히 금일의 문학의 성질과 장래의 경향을 논리적으로 인식케 하고, 그것이 금일의 역사적 현실과의 관계를 우리의 문학은 금일의 현실 위에 서기 때문에! 평량評量하면서 체계화될 때, 우리 작가, 비평가들은 암중모색 대신에 탄탄한 대로를 발견케 되는 때문이다.

창작방법을 작가의 개성만큼 잡학雜學의 것이라고 봄은 문학의 역사의 양식상, 경향상의 칙합적則合的 과정을 이해 못하는, 일소一笑에 부付할 우견愚見이라 아니할 수 없다.

예술지상주의와 소시민적 개인주의가 이러한 이론의 사상적 핵심이다.

3

다음 금년 논단에 훤소喧騷한 작제作題를 제공하고 있는 이들로 백철白鐵, 이갑기李甲基, 박영희朴英熙 씨 3씨가 있다.

씨들의 비평과 이론이 중목衆目을 끌고 있음은 3씨가 공히 과거 카프의 논객들이었으며, 현재 맑스주의 예술이론에 대한 가장 정열 있는 공격자인 데 그 이유가 있다.

조선의 맑스주의 예술이론은 여태껏 일부 해외문학파란 이들이나 또 지상주의적至上主義的, 민족주의적 논객들에 의하여 산병적散兵的으로 논박되어 왔었으나, 박, 백, 이 3씨의 출현으로 말미암아 이 공격은 차등此等 3씨의 정력적 노력에 의하여 교체되고 있음이 금일 논단의 특색이다.

일찍[이] 조선에 있어 프로문학과 그 이론이 이만치 열정적이고 악의에 찬 공격을 받은 적이 없다고 해도 과언이 아닐 만큼, 씨등氏等의 맑스주의 예술이론 공격전은 화려하다. 가위可謂 육탄 3용사에 비할 만한 것이다.

한데 물론 3씨 등의 이론적 경향에 있어 모든 점에서 일치된다고 할 수는 없으나, 씨등이 모두 반反맑스주의 십자군인 데는 완전히 일치되고 있다.

일찍이 이러한 경향은 3년 전 박영희 씨의 카프 탈퇴를 계기로 씌어진 논문 「최근 문예이론의 신전개와 그 경향」,[32] 34년[33] 『동아일보』 신년호에서 단초를 연 것으로 "얻은 것은 이데올로기요, 잃은 것은 예술이다"

---

32 임화의 원문에는 '最近藝術理論의 新傾向'이라 되어 있으나 박영희 글의 원 제목에 의거해 수정하였다.
33 34년: 임화의 원문에는 '三三年'이라 되어 있으나 '34년'의 착각이다.

는 유명한 명제가 내걸린 것이다.

박영희 씨는 당시 이 공격을 소련에서 수입된 '사회주의리얼리즘' 이론을 빌어 수행하였다.

그러나 현재의 박영희 씨나, 백, 이 제씨諸氏는 더 용감해져서, 그때와 같은 이론적 위장을 빌릴 필요를 조금도 느끼지 않고 직접으로 내외국內外國 맑스주의 이론체계에 대하여 포격을 가하고 있다.

3용사의 맹약盟約은 이갑기 씨의 논문「예술적 진실과 방법의 비논리성」[34] 가운데 박영희 씨의 상게上揭 명제에 대한 만강滿腔의 찬의를 통하여, 혹은 백철 씨의 최근 경향에 대한 박영희 씨의 전폭적 지지「고려시보」 5월 1일호를 통하여 공연히 체결되고 따듯한 우정에까지 발전되고 있다.

위선 3용사 중 가장 용감하고 정력가인 백철 씨의 업적을 찬양치 않을 수가 없다.

백씨는 위선 출옥 즉후, 동아일보에 발표된 감상感想「비애의 성사城舍」[35] 가운데서 "문학자는 모름지기 맑스주의를 포기함이 마땅하다"고 선언한 다음, 예의 유명한 '문학의 성림聖林'인 '성인국聖人國으로[36] 귀환하라'고 제일의 명제를 세웠다.[37]

요컨대 사회고 정치이고 사상이고 현실이고 할 것이 아니라, 문학은 '인간'으로 돌아와야 하고, '인간 탐구'의 예루살렘에의 길에서만 비로소 예술일 수 있다는 것이다.

이것이 영명令名 높은「현대문학의 과제인 인간 탐구와 고뇌의 정

---

34 이갑기의「창작의 방법론에 抗하여 ─ 예술적 진실과 방법의 비논리성」(『조선일보』, 1936.3.10~3.21)을 가리킨다. 임화의 글에서는 '藝術的 眞實의 非論理性'이라 되어 있으나 원제목에 비추어 수정하였다.
35 백철,「出監所感 ─ 悲哀의 城舍」(『동아일보』, 1935.12.22~12.27).
36 임화의 원문에는 '聖人國으로'로 되어 있으나 백철의 글에는 단순히 '인간으로'로 되어 있다.
37 백철,「文學의 聖林 ─ 人間으로 歸還하라」(『조광』, 1936.4).

신」[38]이란 논문의 상반上半의 사상으로, 죄 없는 앙드레 지드André Gide가 씨의 용병으로 초빙되었다.

물론 나도 지드와 함께, 또 백철 씨와 함께 문학이 인간의 것이 됨을 바라며, 또 인간의 높은 타입을 탐구하는 데 문학의 공헌임을[39] 대단히 찬성한다.

백철 씨가 감격한 것과 같이 나도 지드의 "금일은 새로운 인간을 획득하는 것이 위선 급무이다"라는 선언에 나도 감격한다.

그러나 백철 씨가 탐구하고 있는 것 같은 '고뇌의 정신 이외에 아무것도' 아니 가진 인간에 대하여는 지드와 같이 나는 찬성치 않는다.

나는 지드와 더불어 '××[코뮤]니즘 사회에 있어서만 각 개인의 성격을 완전히 발휘할 수 있는'지드 그것을 위하여 '전투원'이고 '개척자'인 인간을 희구하고 그러한 인간의 문학을 욕망한다.

그런 때문에 백철 씨가 입감入監 전 지드의 말과 같은 구체적 인간 대신에 인간 일반을 문학 가운데 직수입했을 제 우리들은 반대하고 비판한 것이다.

백철은 상기 논문에서 지드를 비롯하여 내외 문학과 공통으로 관심하고 있는 인간 문제를 제기하였을 때, 불행히도 한 개 이론적異論的 제창으로 반대되든지 그렇지 않으면 평범한 우론愚論으로서 냉대를 받았다고 통탄하고 있음은 어리석은 일이다.

씨의 인간문학론이 정당한 문학의 발전상의 '이론異論'이고 '평범한 우론[40]'임은 고금古今이 일반이다.

백씨는 지드가[41] 파리 작가회의에서 한 연설을 읽으면서 '인간'이란

---

38 이 글은 『조선일보』, 1936.1.12~1.21에 발표되었다.
39 원문대로이다. "~탐구하는 데 문학의 공헌이 있음을"의 의미일 것이다.
40 원문에는 '異論'으로 되어 있으나 문맥상 의미로 보아 바로잡는다.

두 자만 보았지 지드가 여하한 인간을 욕구하는가, 또 그러한 인간을 탐구하기 위하여 "이 괴로운 서구에 있어 그것은 전도前途 요원遼遠[42]하다는 것", 그리고 그러한 조건의 획득을 위하여 "자본가주의 사회에 있어 모든 가치 있는 문학은 이 사회와 대립하는 문학 이외의 아무것도 아니다"고 하는 최중요한 부분은 하나도 읽지 않은 것 같다.

명확히 백씨는 지드를 자기의 '인간 일반'론의 견지에서 왜곡하였으며, 지드의 명확한 사상을 독자에게 그릇 소개한 것이다.

그러므로 우리가 욕구하는 것은 인간 일반이 아니라, 산 구체적 인간이며, 환경의 제약을 받으면서 동시에 그것에게 영향을 주는 사회적 인간이다.

그러나 백씨는 "그들 기계적 비평가들맑스주의적 예술이론가를 지칭함이다─인용자은 금일의 반성기의 문학의 의미를, 그 인간 정열을 진실히 이해하지 못하고, 그 내용과 진로를 외부적 원인의 추구와 외부적 절규에 의하여 설명하려는 현상에 자처自處해 왔다"고 내부적으로 절규하고 있다.

즉 바꾸어 말하면 백씨의 견해에 의하면 과거 맑스주의문학 비평 ─ 그는 이것을 기계적이라고 부른다 ─ 이 인간과 개성을 그 사회적 의존관계에서 설명한 것은 일면적이고 기계적이라는 것이다.

이러한 비난은 일찍이 변증법적 유물론이 성립할 초기로부터 수삼 번 당해온 것으로, 벌써 맑스, 엥겔스 이전에 격파된 낡은 방법이다.

이러한 의미의 말을 근자 『조선일보』에 발표된[43] 「인간 탐구의 현대적 의의」金午星[44]라는 철학적 논문에서도 발견한 듯한데, 사실은 변

---

41 원문에는 '지드의'로 되어 있으나 오늘날의 주어 표기로 수정했다.
42 원문에는 '瞭遠'이라 되어 있다. '瞭'는 '遼'의 오자일 것이다.
43 원문에는 '發展된'으로 되어 있으나 '展'은 '表'의 오자일 것이다.

증법적 유물론이 그 전의 유물론으로부터 자기를 구별하는 가장 큰 본질로, 인간의 주체적 활동, 실천을 강조한 것을 씨등氏等은 모르거나 일부러 은폐하고 있다.

유명한 「포이에르바하에 관한 테제」 제1명제의 제1행을 읽어보면 이렇게 씌어 있다.

"종래의 모든 유물론포이에르바하까지를 포함한의 주요 결함은 대상, 현실 감성이 오직 객체, 또는 직관의 형식으로 파악되고, 감성적[45], 인간적 활동, 실천으로서 파악되어 있지 않고, 주체적으로 파악되어 있지 않은데 있다."

그리고 포이에르바하L. A. Feuerbach가 인간적 활동을 대상적 활동으로[46] 파악하지 못했음을 지적하고, 대상적 활동 그것이 곧 환경에 의하여 제약되는 인간[과] 반대로 환경을 변화시키는 혁명적 실천으로서 파악되[어]야 하며, 인간은 이 실천을 통하여 자기 자신까지를 변화시키는 것이라고 설명하고 있는 것이다.

오직 백씨와 같은 맑스주의 비판자에 있어 진정한 철학적 인간학은 왜곡되고 보잘것없는 추상적인 인간관이 이것과 대치되는 것이다.

씨에 의하면 인간이 객관에 의하여 제약되는 것은 주로 인간성의 '격정 흥분의 측면'뿐이라 한다. 이러한 인간은 포이에르바하적 인간, 즉 생명 있고 환경에 의하여 능동적인 인간이 아니라, 외부의 자극을 반사하는 데 불과한격정, 흥분 등 심리 반응을 통하여 죽은 기계적 피동적 인간이다. 그러므로 씨는 뒤이어서 인간 생활이 객관의 제약을 받는 것은

---

44 『조선일보』, 1936.5.1~5.9에 발표된 글.
45 원문에는 '固性的'으로 되어 있으나 맑스의 원문에 의거해 수정하였다.
46 인간적 활동을 대상적 활동으로: 원문에는 '人間的 活動을 對象的 活動을 對象的 活動으로'로 되어 있다. '대상적 활동'이 중복되어 있어, 하나를 삭제한다.

'숙명적'이라고 한다. 즉 인간은 어떠한 사회 환경 가운데서도 그것과 격투하고 그것을 타개할 실천적 인간이 아니라, 그것을 숙명으로 절망하는 인간이 되라는 것이다.

이곳에 백씨가 인간 탐구의 문학은 오직 고뇌하는 정신 이외의 아무것도 아니라고 설파한 근거가 있고, '현대 인간에게 고민은 종교와 같은 것'이라고 말하는 사심私心이 있다.

인간은 에덴의 낙원 이후, 영원히 씻지 못할 원죄로 말미암아 고뇌의 운명을 가진 가련한 동물이다.

문학은 결국 인류의 역사와 같이 신과 악, 영원히 화해하지 않는 양 극단의 상극이며[47] 시인은 영원한 고행처苦行處[48]이다.

백철 씨의 사상은 곧 성 아우구스티누스St. Augustinus의 후예로서 이곳도 완결하였다.

상세한 것은 다른 곳에 미루고[49], 박영희, 이갑기 씨 등을 일별하면 양씨兩氏에게는 약간의 차이가 있다.

이씨는 예술적 진실이라는 것은 과학적 논리로써는 척도尺度할 수 없는 것, 문학은 작가의 주관적인 창조적 '표상'에서 배태되는 것이어서 논리와 개념 위에 선 과학으로써는 인식할 수 없다는 것이다.

그러므로 과학적 문예학이나 창작방법은 불필요한 것이며 또한 성립할 수 없다는 것이 그 주장이다.

그리고 이곳에서 불행한 맑스주의 예술이론은 기계적이고 예술의 파괴자로서의 모든 불명예한 대명사로 타매唾罵되어 박영희 씨의 '잃은 것은 문학'이란 명제가 공손히 환기된다.

---

47 원문에는 '相兢이며'로 되어 있으나 '兢'은 '尅'의 오자일 것이다.
48 원문대로이나 '苦行者'의 오식일 수 있겠다.
49 원문에는 '밀고'로 되어있다.

결국 세계관이나 무슨 계급적 현실적 이해利害 위에 문학이 설 것이 아니라 반대로 '문학 그것을 살리기 위하여' 모든 것이 종속되어야 한다.

문학을 위하여 모든 것을 희생할 것! 맑스주의적 문학이론으로부터 떠나가는 모든 경향의 이론이 상륙하는 제일의 항구 예술지상주의에의 길이 열리는 것이다.

『신동아』 5월호에 발표된 박영희 씨의 「문학적 창조성의 제한과 분석」이란 지금 따로 이것만을 대상으로 한 일문一文을 기초起草하고 있으므로 중언을 피한다.

오직 문학예술이 인간의 생산적 행동에 무관계의 것, 즉 무목적의 것임을 증명키 위하여 과거 프리체V. M. Friche, 플레하노프G. V. Plekhanov 등의 예술론이 가지고 있던 유일의 약점인, 예술의 유희기원설遊戱起源說로부터 예술적 창조의 특수성을 연역하고 있음을 일언一言해 둔다.

이것은 기초론基礎論에서 예술을 사회생활로부터 분리하려는 주목할 기도企圖이다.

좌우간 제씨諸氏 등이 도도滔滔 수천언數千言을 비費하여 김환태 씨 류類의 자율적 미학의 목적지를 향하여 줄달음질치고 있는 것이다.

×　　×　　×

최후로, 우리 프롤레타리아문학 평론[50] 중, 특히 창작방법 논쟁에 관하여 일별一瞥하려고 하였으나 예정 지수紙數의 초과로 후일을 기할 수밖에 없다.

---

[50] 원문에는 '文學論評'으로 되어 있으나 수정하였다.

오직 전일에 어떤 논문에서 내가[51] 지적한 논쟁의 약점인 문학적 창작의 현실과 조선의 문학사의 구체적 이용의 기초로부터 이 논쟁이 소원疏遠되어 있다는 점을[52] 아무도 주의하지 않고 있는 것을 다시 말하고 싶다.

김두용 씨가 거월去月 『신동아』에서 나의 소론所論에 대하여 친절한 비판을 하면서[53] 바로 그 말과 관련한 상기上記의 부분을, 씨 자신이 논쟁의 구체화를 제의하면서 무시하였음을 나는 이해키 어렵다고 생각한다.

우리들은 서로 결점만 지적하는 것이 비판의 임무가 아님은 이미 명백한 일이다.

망필다사(妄筆多謝)

---

51 원문에는 '나의'로 되어 있으나 오늘날의 주어 표기로 수정했다.
52 「조선문학의 신정세와 현대적 諸相」(『조선중앙일보』, 1936.1.26~2.13)에서 이 점을 지적하고 있다.
53 김두용, 「조선문학의 평론확립의 문제」(『신동아』, 1936.4)를 가리킨다. 김두용의 비판은 자신이 주장하는 '혁명적 리얼리즘'을 임화가 '사회주의리얼리즘 반대론'으로, '특수 조선'을 말하는 멘셰비키적 경향으로 몰아붙인 데 대한 반박에 그치고 있으며, 창작방법 논쟁이 당시 조선의 구체적인 문학 현실 및 문학사로부터 유리되어 있다는 임화의 지적에 대해서는 언급하지 않고 있다.

문학상의 지방주의 문제[•]

1

지방주의란 것은 대개 두 개의 의미를 갖는다. 하나는 일반적인 의미 즉 문학상의 범박汎博한 경향으로서의 그것과, 다음으로는 개별적인 의미 즉 서구의 현대문학에서 볼 수 있는 특정의 현상.

그러므로 지방주의의 개념은 이 두 개의 경우를 엄밀한 절대는 아닐지라도 상당한 정도의 구별을 전제치 않고는 이해의 혼선을 야기할 염려가 있다.

그러면 전자나 후자의 일반과 특수의 전체를 통하여 지방주의적 경향이란 무엇이냐 하면 필요 이상으로 지방적 색채 혹은 그 특수성

[•] 『조광』, 1936.10.

을 과장하는 문학적 경향으로, 지방적 특색이라는 것을 적당한 위치에서 필요한 정도로 취급하지[1] 않는 때문으로 그것은 문학상의 지방주의라고 부르게 되는 것이다.

그리고 이것이 현현顯現하는 두 개의 경우를 말함은, 전자가 일반적인 데 반하여 그실은 문학상의 다른 제 경향으로 매개되거나 그렇지 않으면 작자의 의도에 반하여 작품 가운데서 국부적인 지방주의적 경향으로서 칩거해 있는, 요컨대 은연隱然한 방법으로서이다. 후자는 하등의 다른 제 요소로써 매개되지도 않고 작자에 있어서는 공연한 경향으로서 표시될 때를 이름이다.

그러므로 전자는 직접의 기원을 서구의 낭만주의문학에서 발發하고 후자는 대전大戰 후 불란서를 중심으로 한 신新지방주의 혹은 이국정조주의異國情調主義의 문학으로부터 발하는 것이다.

일반 경향으로서의 지방주의의 연원을 서구 낭만주의에 구함은, 보편적 초超국민적 문학으로서의 고전주의에 대하여 특수적 국민적 문학으로서의 낭만주의가 발흥한 역사적 이유에 기인하는 것이다.

18세기의 최후의 2,30년과 19세기의 최초의 2,30년간의 서구문학사 가운데 고전주의로부터 낭만주의에의 과도過渡에 관하여 프리체V. M. Friche는 대략 다음과 같은 제점諸點을 가지고 그 차이를 규정하고 있다.

"낭만주의가 사실 각국에 있어 사회적·정치적·문학적인 많은 조건의 총화總和에 관련하여 각각 상이한 양상을 가지고 대두한 것은 논의의 여지가 없는 것이나…… 그러나 고전주의의 대립물로서 안티테제로서의 한 개의 낭만주의를 이야기할 수는 전全혀 가능하다"

---

1 원문에는 '取扱되지'로 되어 있으나 문법에 맞게 수정하였다.

고 전제한 다음, 고전주의의 세계주의에 대한 국민주의, 고전적 고대에 대한 중세, 도시에 대한 농촌·자연, 전 사회적 이상에 대한 개인적 생활과 감정, 논리·이성에 대한 상상·정서, 초역사성에 대한 역사적 구체성, 보편적 성격에 대한 개성 등등의 상반하는 제 요소가 열기列記되었다.[2]

이곳에서 프리체류의 문학사의 안티테제적 대립운동 법칙을 그대로 인정하지 않는다고 하더라도 우리는 낭만주의문학이 고전주의에 대하여 보다 많이 상기上記의 제 요소를 강조하였음을 알 수가 있다.

낭만주의와 고전주의로부터 근대 사실주의에 이르는 문학사 상의 한 개 과도적 경향으로서 그것은 상당히 무질서한 혼돈으로 특징화되어 있는 것이나, 우리는 이 과정을 순전히 형식적으로가 아니라 역사과정의 필연한 내적 과정이라고 보는 한, 낭만주의문학이 강조한 '지방색地方色, 시대색時代色'이라는 것이 근대정신의 개성적 자각에 이르는 한 개 진화적 과정이라고 볼 수 있는 것이다.

그러나 전술前述한 바와 같은 낭만주의의 각양성各樣性, 혼돈성은 명확히 근대적 개성화의 경향과 함께 이 개성화의 형식을 통하여 중세로 통한 귀족적인 반동 경향을 또한 간과할 수는 없는 것이다.

뿐만 아니라 명확히 진보적인 개성화에의 경향을 가진 작가들에게서 때로 천사와 악마의 낡은 우화의 형식이 사용되기도 하고, 때로는 그들이 공연히 시민문화의 부정자로 등장하는 수도 있다.

이 모든 것이 낭만주의의 이해에 있어 역인役人을[3] 심히 혼란케 하는 것이나, 일반으로 낭만주의가 아직 순화되지 않고 완성되지 않

---

2 프리체의 『구주문학발달사』에서의 인용이다. 프리체, 송완순 역, 『구주문학발달사』, 개척사, 1949, 126~134면.
3 원문대로이나 '오인(吾人)을'의 오식으로 추정된다.

은[4] 개성화에의 경향의 문학이란 것은 사실이며, 그 가운데 몰락하는 귀족과 발흥하는 시민의 상호투쟁으로 인하여 복잡하게[5] 되었음은 역시 명확한 것이다.

그러므로 이곳에서 '지방색' 또는 시대색의 문제에 있어서도 상기한 제 조건이 반영될 것은 기정旣定의 사실이다.

지방색이 귀족적 경향과 연결될 때 그것은 과거적인중세적 시대색을 띠어 봉건적 영지, 장원莊園의 예찬 묘사로 나타나는 것이며, 스코트W. Scott, 바이런G. Byron의 일부 작作, 독[일]의 노발리스Novalis, 아르님Achim von Arnim,[6] 호프만E. T. A. Hoffmann의 일부 작, 불[란서]의 샤토브리앙V. Chateaubriand, A. 비니A. Vigny 등, 반대로 지방색이 발흥하는 시민이나 시민화하고 있는 몰락 귀족과 결합될 때 보다 현대적인수공업 발흥 이후 시대색을 띠어 농민적인 자연이나 수공업적, 상업적 도시나 상업발전의 이상지理想地인 제諸 외국으로 방향이 바꾸어진다.워즈워스[W.Wordsworth], 콜리지[S. T. Coleridge], 바이런, 셸리 [Shelley, P.B], 독[일]의 호프만, 하이네[H. Heine], 임메르만[K. L. Immermann], 불[란서]의 A. 비니의 일부 작, 조르주 상드[George Sand], 위고[V. Hugo] 등

이것들을 결론적으로 매듭을 지으면 지방적 색채에의 치중은 진보적이든 보수적이든 다같이 역사적 필연의 소산이었던 것, 따라서 전자는 몰락키 위하여, 후자는 발흥키 위하여 자기의 문학상의 지방색에의 귀의를 필요로 하였던 것이다.

이 모든 것은 물론 근대 사실주의문학에 와서 스스로 그 승패勝敗의 판단을 얻은 것으로, 역사적으로 본다면 지방색에의 관심이 도시에로이고 농촌에로이고 간에 모두가 시민적 민족국가 성립에 상응하

---

4 원문에는 '않든'으로 되어 있으나 수정하였다.
5 원문에는 '하게複雜'으로 되어 있다.
6 원문에는 이 사이에 노발리스가 한 번 더 언급되어 있다.

는 국민적 문학의 건설 상에 일정한 긍정적 역할을 한 것이라 볼 수가 있다.

다음으로 대전大戰 후의 조류로서 공연한 지방주의문학을 이야기하려는 데 있어 우리는 이 신지방주의가 낭만주의와 사이에 갖는 관계를 먼저 일고一顧하는 것은 지극히 필요한 것이다.

왜 그러냐 하면 우리는 먼저 낡은 낭만주의에 관하여 이야기할 때 그것이 맹아[7]로서 가졌던 지방주의적 경향과즉 그들이 필요 이상으로 보편성에 대하여 부정하고 필요 이상으로 지방색 등을 강조한 것 또한 이미 이국정조적異國情調的 경향을 지적하여 놓았고, 현대 서구 지방주의문학이란 그 성질에 있어 전자와 불가분의 공통성을 가지고 있는 때문에!

첫째로 지방주의적 경향을 중심으로 한 낭만주의와 현대 지방주의와를 비교하면 대략 이러하다.

우리가 낭만주의문학이 일반으로 개성화의 길을 위하여 지방색을 중시하였음에 불구하고 그 보수적인 일익一翼이 중세에의 귀환을 위하여 지방색에 의지하고 있음을 말하였다.

즉 당시18세기 말~19세기 초의 역사적 현실인 귀족의 몰락과 시민의 발흥이란 침통한 장면으로부터 손을 돌리기 위하여, 따라서 현실의 역사적 진행으로부터 도망키 위하여 '심리적으로!' 지방적 색채의 과분한 치중으로 기울어졌었다.

그러면 현대 신지방주의가 주로 동양 — 지나支那, 인도, 남양南洋 등으로 전專혀 그 제재적 세계를 옮기는 것은 여하한 이유에 의하는가 하면, 역시 주로 자국의 자본주의적 조건하의 소시민의 참담한 몰락으로부터 눈을 돌리기 위한 것이며, 이미 공연한 자태로 사회적 표면

---

7 원문에는 '崩芽'로 되어 있으나 '崩'은 '萌'의 오자일 것이다.

에 나타난 계급투쟁의 현실 과정으로부터 도망키 위함이다.

그러면 일찍이 낭만주의가 중세로 환상을 전개하여 심리적으로나마 자기의 몰락을 도피할 수가 있었다면, 신지방주의가 동양 등으로 여행하는 것으로 현실도피와 자기 위안의 대상을 발견할 수가 있는가 하면 현실적이고 절대적은 아닐지라도 환상적 일시적으로는 가능한 조건이 있다.

우리들이 일찍이 낭만주의 혹은 그 외의 문학에서 서구문학이 구주歐洲 외의 허무한 세계를 취급했음을 알 수가 있다.

써우거의 동양시東洋詩,[8] 바이런의 「차일드 해럴드의 편력」[9] 중의 서반아·이태리, 위고의 동양시,[10] 몸스세[11]의 이태리·서반아, 그 외에 18세기 초두 초기 시민문학─소설을 지배한 데포D. Defoe의 『로빈슨 크루소』,[12] 스위[프]트J. Swift의 『걸리버 여행기』 등의 모험 물어物語[13] 가운데 표현된 시민의 상업적 웅비雄飛의 정신.

물론 이러한 것들은 단순히 몰락 귀족의 현실 도피가 아니라 반대로 그들 상업자본주의가 시장 개척을 위하여 전 세계를 상업으로써 정복하려는 열렬한 생활적 의지가 있었다.

그러나 역사 상에서 연演하는 자본주의의 운명의 변화와 지위의 역전은, 오늘날의 시민문학이 외국의 천지天地를 동경하는 것은 그들의 사회적 문화적 위기의 반영 표현이 된 것이다.

즉 18세기 보수적 낭만주의자들의 위치 가운데 방금 시민문학 자

---

8 '써우거'는 원문대로이다. 아마 『서동시집(西東詩集, Westöstlicher Diwan)』을 낸 괴테의 오식일지도 모르겠다.

9 「차일드 해럴드의 편력」 : 원문에는 ''차를드, 하를드,'라 되어 있다.

10 위고의 『동방시집(Les Orientales)』(1829)을 의미하는 듯하다.

11 원문대로이다. 누구인지 알 수 없다.

12 「로빈슨 크루소」 : 원문에는 ''로빈손,'이라고만 되어 있으나 복원하였다.

13 물어 : '이야기'라는 뜻의 일본어.

신이 빠져 있는 것이다.

그러므로 신지방주의가 동양에서 얻은 것은 일찍이 자본주의 화려하던 때 해외시장의 자취이다.[14] 동양의 대부분은 그들의 식민지인 까닭에.

이것은 곧 몰락 귀족이 중세 영지나 장원을 예찬, 묘사하는 것으로 그들의 심리적 만족을 얻듯이, 퇴화된 시민문학은 자기들의 조상이 정복한 식민지를 바라봄으로 일정한 심리적 만족을 또한 얻을 수 있는 것이다.

그 다음 그들을 심리적으로 위안시키는 조건은 그곳[동양 등에]에는 문명 대신에 원시原始가 있는 것, 즉 그들을[15] 위기에 빠트린 문명이 아니라 그들이 일찍이 그곳에서 입신하여 발달한 소지素地로서의 원시, 이것은 그들이 자기의 현재를 회고에 의하여 망각게 하는 좋은 대상이 될 수가 있다. 이것은 현재 시민문화의 복고적[16] 경향과 공통한다.

이밖에 에그조티즘[이국정조주의]으로 표현되는 다른 한 개의 측면은 생산자가 아니라[17] 소비적 계급으로서의 시민의 신기新奇를 구하는 소비적 취미와 관련된다.

왜 신기를 좇느냐? 그것은 이미 그들의 사회적 위기를 고하는 자국의 일상 환경 가운데서는 문학적인 신선미와 산 감흥을 받지 못하고[거기서는 오히려 협위[脅威]를 느낀다], 이국 풍경 정조의 표면상 신기로써 무서운 현실에 피로한 신경의 피로를 자극[18]하려 함에 있다.

이곳에서 물론 그들의 신경의 피로가 신선화될 수는 없는 것이다.

---

14 원문에는 한글로 '자치이다'로 되어 있으나 문맥상 '자취이다'의 오식으로 보인다.
15 원문에는 '그들의'로 되어 있으나 문맥에 맞게 바로잡는다.
16 원문에는 '後古的'이라 되어 있으나 '後'는 '復'의 오자일 것이다.
17 원문에는 '아니다'로 되어 있으나 문맥에 맞게 바로잡는다.
18 원문에는 '制戟'이라 되어 있다. '制'는 '刺'의 오자일 것이다.

그러나 상기上記한 제 요인과 함께 일시 자기를 심리적으로 위안하기에는 아직 족한 점이 있는 것은 또한 망각할 수 없다.

그러나 이러한 제 요인은 일찍이 상업자본주의적 문학의 모험주의가 상품 판로를 위한 공리성에 의하여 착색되었었다면은, 신지방주의문학은 위기 가운데서 아무데로이고 혈로를 타개치 아니하면 아니될 임페리얼리즘의 일정한 의지, 즉 획득한 식민지의 일층의[19] 확보, 신식민지의 개척 등을 위하여 자국민을 훈치訓馳하려는 공리성은 또한 불문不問에 부付할 수 없는 것이다.

그러나 이러한 경향이 전체로 조직화된 것이라고 보지는 않는다. 불란서 NRF[20] 중심의 지방주의적 색채를 띤 작가들을 볼지라도 다양한 경향으로 구별되어 있고, 때로는 새로운 인도주의, 혹은 코뮤니즘으로 발전하는 일 도정인 수도 있다.

이러한 것은 신지방주의의 대상이 된 동양 기타의 식민지나 후진국이 석일昔日의 그것이 아니라 이미 사회적 모순의 공연한 갈등[이]박중迫中하고 있고, 자국의 자본주의적 질곡에서 축출된 소시민이 식민지 급及 후진국의 독자성을 위한 투쟁과 사회적 해방 행위에 일정한 동정을 가지고 이행하기 쉬운 조건이 내재해 있는 때문이다.

그러므로 경우에 따라 신지방주의문학은 양심 있는 작가에게 있어서는 의외의 결말을 짓는 수가 있다.

이것은 동시에 서구 자본주의의 사회적 불안이 맺는 의외의 결과의 하나인 것이다.

---

19 원문에는 '一屬의'라 되어 있다. '屬'은 '層'의 오자일 것이다.
20 NRF : 원문에는 'NRA'로 되어 있으나 'NRF'의 오식일 것이다. NRF는 프랑스의 문예지 *La Nouvelle Revue Française*(신 프랑스 평론)의 약칭. 20세기 프랑스의 대표적 월간잡지로, 1909년 A. 지드를 중심으로 J. 슐룅베르제, H. G. 리비에르 등이 참가하여 창간되었다.

2

그러면 이 지방주의란 조선문학과 관계시켜 논의할 무슨 현실적 근거가 있느냐 하면 나는 있다고 믿는다.

첫째는 문학이론상에서 문제되는 민족성과의 관계에 있어, 둘째는 창작상에서 취급되는 '지방색'과의 연관에서 이 문제는 산 의의를 갖는 과제이다.

조선문학이 조선적 색채를 표현해야 한다, 민족성을 띠어야 한다는 것은 현금 우리 문단에서 유행하는 제목의 하나이다.

이것을 좋은 의미로 해석할 경우에는 비상히 필요한 것이요, 특히 근자 와서 유별나게 우리 문학의 조선적 성격이 고조됨은 한 개 좋은 역사적 반성으로 흔쾌欣快할 바이다.

즉 조선인의 생활과 그들의 사상 감정을 취급 표현하는 문학이 당연히 민족적 성격과 특성을 가져야 할 것이며, 신문학 대두 이후 20년 넘어 외국문학의 압도적 영향하에 거의 그것의 맹목적 추종자의 지위에[21] 있던 조선문학은 당연 독자적 발전의 길을 자각해야 할 것이다.

그러나 문제는 이곳에 있는 것이 아니다.

일찍이 플레하노프G. V. Plekhanov가 예술지상주의와 예술상 공리주의를 논의하는 데 있어 그것을 단순한 '당위'의 입장에서가 아니라 이러한 예술상 경향을 발생시키고 강화시키는 사회적 조건 중 무엇이 제일 중요한 것이며 그것이 이전에는 어떻게 있었으며 현재에는 또 어떻게 있는가를 위선 아는 것이 필요하[다]고 논단論斷한 사회적

---

21 원문에는 '地足에'라 되어 있으나 '地位에'의 오식으로 보인다.

역사적 방법이 이곳에 기억되어야 할 것이다.

그러므로 민족성이 필요한가 안 한가를 논제로 하는 '당위'론이란 문제 해결에 적당치 않을 뿐더러 때로는 그 해명을 혼란케 하고 또한 그것의 구체적 고찰을 기피하는 방색防塞[22]으로서 원용援用[23]된다.

따라서 당위론이란 문제를 항상 소박한 형식의 견지에서 제기하는 것이다.

현재 '민족성'에 관한 모든 논의가 이 당위론의 주위를 운행하고 있는 것이 정히 우리 문단의 현상이다.

그리고 조선문학에 있어 민족성은 필요하다고 결론하는 데서 중의衆議는 일결一決되어 있다.

민족주의라고 칭할 문학자에서는 말할 것도 없거니와 일전日前까지 사회적 경향의 대변자로 임任하던 이들의 소론所論에서도 이것은 일치되어 있다.

차이는 어디 있는가 하면 전자는 공연히 민족주의적 이상을 가지고 그것을 주장한다고 하면, 후자는 문학이 되려면 조선적 성질을 띠어야 한다는 것이다.

전자가 사상적 정치적 경향으로 주도되었다면 후자는 문학의 이해利害로 표시되어 있다.

그러나 이러한 차이가 진실한 차이가 되려면은 전자에 대하여 후자가 명확한 사회적 주창主唱[문학까지를 포함함]에서 민족성이 민족주의적이 아닌 형태로 문학상에 적용될까가 과학적으로 명료해졌을 때만 가능한 것은 물론이다.

이러한 양자를 구별한 근본적 태도의 구별이 똑똑치 않은 한, 문학

---

[22] 원문에는 '防寒'이라 되어 있으나 '防塞'의 오자일 것이다.
[23] 원문에는 '拔用'이라 되어 있다. '拔'은 '援'의 오자일 것이다.

적인 사변思辨의 아무런 힘도 본질적으로 전자로부터 자기를 구별하는 것은 아니다.

이것을 이해하기 위하여 우리는 전월前月 『고려시보高麗時報』 소재의 박영희朴英熙 씨의 논문 「조선문학의 새로운 발전책은 무엇인가?」 중에 심히 흥미 깊은 다음의 의견을 인용할 수가 있다.

오해를 피避키 위하여 씨의 논문이 민족성을 포함한 조선문학이 가져야 할 조건으로 열거한 점을 전제前提로 요약하면,

1. 문학은 개성의 자유를 가져야 할 것. 즉 동일한 시대성을 표현한 문학일지라도 그 개성에 따라 각각 상이한 관찰과 방법이 있는 것.
2. 작가는 생활형(生活型) ― 씨는 군인, 자본가, 노동자, 농민을 직업과(職業科)로 분류하여 생활형이라 한다! ― 에 대한 편견을 갖지 말 것.
3. 각 생활형에 대하여 객관적일 것. 즉 씨에 의하면 조선 프로문학은 객관 사실의 발전을 주관적으로 정지(停止)케 하였다는 것.
4. 문학, 예술을 이해하지 않는 한 이데올로기는 치장(齒長)의 장물(長物)이라는 것. 이것은 곧 조선의 프로문학사의 씨에 의한 결론인 "얻은 것은 이데올로기요 잃은 것은 예술이다"는 것의 정식화!
5. 조선문학의 발전책은 낭만주의도 아니며 사실주의도 아니며 그저 각 개인의 자기 완성에 있는 것.

등등이 제 조건으로, 이 가운데 '조선색朝鮮色'이 주요 항목의 하나로 들어 있다. 즉

"조선적 문학이란 말은 조선의 생활형이 완전히 표현될 때 자연히 조선색이 드러나려니와 작가는 또한 조선색에 일부러 구애되어서는 아니 된다"고 경계한 다음, 톨스토이L. Tolstoi도 셰익스피어W. Shakespeare

도 세계문학적임과 동시에 내셔널리티를 가졌으므로 위대하다고 말하였다.

보는 바와 같이 씨는 근본 태도에 있어 '사실주의자'이다. 그러나 그의 '사실주의'는 현실에 대하여 프로문학과 같은 주관_{씨에 의하면 편견!}을 갖지 않을 것, 생활형에 대한 일절 평등적인 객관적일 것, 즉 자본가에게도 노동자에게도 민족주의자에게도 사회주의자에게도 자기의 정의情意 동정同情을 표하지 말 것으로, 프롤레타리아문학이 객관적 세계 가운데서 일정 계급 위에 자기의 입장을 정했던 것을 극구 비난하고 있다.

요컨대 문학을 문학 이외의 일체의 목적에 봉사할 것이 아니라 사진기적으로 현실을 그리면 그 가운데 조선색이 노출한다는 것이다.

씨가 작가더러 '조선색'에 일부러 구애되지 말라고 경계한 것은 이러한 의미에서 당연한 것이다. 그러면 박영희 씨적 문학의 '조선색'이 구체적으로 무엇이냐는 것은 알 수가 없다. 그저 톨스토이나 셰익스피어가 '내셔널리티', '국민성'을 가졌기 때문에 조선문학도 조선색―조선적 민족성을 가져야 한다는 상식론과, 또 하나 우리가 자진하여 해석할 수 있는 것은 '조선색'은 작가가 '조선의 생활형'을 객관적으로 표현하면 제절로 나온다는 것이다.

이곳에서 '조선색'을 주관적으로 강조하는 민족주의와 일단 구별된다.

그러나 만일 씨의 논법대로 조선색은 문학이 표현할 대상 ― 조선의 생활형 ― 가운데 자연적으로 존재한다면 '조선색' 이외의 다른 '색', 예例하면 노동자나 농민의 '사회적 색채'는 과연 없는 것이며 또 표현되지 않을까?

이 점에서 씨는 조선적 현실의 민족성만 보았지 그 비민족성, 그 국제성, 그 사회성은 인식하고 있지 않음이 폭로되지 않을 수가 없다.

아니 씨 자신이 비민족적 제 성질의 발전을 고의로 무시하고 있음은 문학을 사회적 관념 형태로 보지 않고 개성적 측면에서만 보려는 데서나 또 프로문학에 대한 고조된 증오로부터 넉넉히 엿볼 수 있지 않은가?

그러면 박씨의 객관주의는 사회성을 제거한 개인과 민족성만을 보는 객관주의 즉 개인적 민족적 주관과 사회성 부정의 주관에 의하여 착색된 객관주의, 다시 말하면 반사회적이고 개인적, 민족적인 주관주의가 아닐까?

정히 사태는 씨의 의도 여하에 불구不拘코 이러한 비객관적인 주관이, 또 순수문학적이 아닌 한 개의 사회적 입장으로서의 개인주의와 민족성에의 편애가 씨의 사실주의의 근저에 놓여 있는 것이다.

이곳에 우리는 민족성이라는 것의 구체적 이해를 위한 중요한 시사示唆 깊은 결론을 얻을 수가 있다.

즉 문학의 민족성의 고조라는 것이 그실實 반사회적 경향과 개인주의, 문학을 위한 문학의 사상과 불가분의 물건이라는 것, 다시 말하면 사회적인 것의 축출을 대신하여 민족적인 것이 뒷문으로 밀수입되어 있는 것이다.

이것은 곧 공연히 사상적 정치적 입장에서 민족적인 것을 문학 가운데 표현하려는 민족주의문학, 은연隱然히 순문학적 입장에서 민족적인 것의 표시를 설교하는 것이나 본질적으로는 하등의 차이를 발견할 수 없고 오직 정도의 차이 일자一者가 공연함에, 타자가 은연함에 불과한 것이다.

이곳에서 후자에 있어 문학적인 것은 민족적인 것을 매개하는 일 계기 이상의 의의를 갖지 못하게 된다.

따라서 순수 객관주의 혹은 문학지상주의라는 것에서 표시되는 민족성에의 관심이라는 것은 하등 조선의 건전한 문학상에서 민족적인 것 혹은 조선적인 것에의 정당한 역사적 자각과는 성질을 달리함을 알 수가 있다.

그곳에는 일체의 사회적인 것 따라서 현실적인 것을 사상捨象한[24] 민족적인 것의 일방적, 주관적 과장만이 존재하여 있다.

그러면 민족적인 것이[25] 문학상에 점하는 바 타당한 위치는 어디인가 하면, 그것은 현재 조선문학이 갖는 일반적 성격인 사회성의 일계기로서 그 형식적 측면으로서의 의의[를] 갖는 데서 비로소 자기의 타당한 위치를 발견할 것이다.

그러므로 민족주의적 경향의 시기時機를 득得한 공세와 아울러 문학적 이유 가운데 은폐된 민족성에의 관심도 통틀어 이전에 비하여 변화된 외부적 사회 조건을 전제한다. 즉 정상正常한 사회적 경향의 문화예술의 발전을 현저히 곤란케 하는 시대적 압력 그 밑에서 문학이 그 갈 바 정로正路로부터 비끄러질 때 필연적으로 발견되는 소극적인 도피로逃避路의 하나로서 이것들은 선택된 것이다.

이러한 때 작가의 개성이란 것은 개인주의로, 민족성이란 것은 반사회성으로 과장되는 것이고, 이리하여 지방색을 일방적으로 과장한 지방주의적 경향과 불가분의 관련 가운데로 스스로 들어가는 것이다.

왜 그러냐 하면 사회적인 것의 근본 특징은 그 국제성, 예술적 보편성에 있는 대신, 모든 민족적 국가적인 경향은 불가피적으로 특수적이고 국민적인 때문이다.

---

24 사상한: 원문에는 '指象한'으로 되어 있으나 '指'는 '捨'의 오자로 보인다.
25 원문에는 '것의'라 되어 있으나 문맥에 맞게 바로잡는다.

즉 국가주의 민족주의적으로 특수화된 문화 그것은 단순히 세계적 의미에서 지방주의적일 뿐더러 현대 파시즘 국가의 국민적 문학의 지방주의적 협애성을 볼 때 일층 명확히 되는 것이다.

일체의 것에 관절冠絶하는 조선색朝鮮色의 고조 그것은 곧 민족적 의미의 지방주의일 뿐 외外라 일반 문학 중에 표현하는 세세한 지방주의의 사실상의 모태이고, 그것은 여하히 세소細少한 것일지라도 문학을 독毒하는 데 공연한 민족주의와 그 정도의 차이를 다툴 뿐이다.

다음에서 우리는 이 관계반사회적 민족성의 고조와 의식되지 않은 순예술적 세소한 지방주의를 창작상의 실례로부터 보자.[26]

3

일찍이 나는 어떤 논문 가운데서 복고주의를 문화상의 민족주의라고 부른 일이 있다.[27]

그것은 민족적인 것 즉 우리 민족에만 고유한 것의 존중이 부당하고, 발전하고 성장하는 것에 관심하는 대신 이미 사멸한 것 또는 소멸하고 있는 과거적인 것에만 이끌리기 때문이다.

지금 다시 문제를 문학상에서 사회적인 것을 관심치 않는 순수문학이 민족적인 것, 조선적인 것에의 예술적 관심의 문제를 취급하면 필요적必要的으로[28] 이렇게 된다.

---

26 원문에는 '보라'라고 되어 있으나 수정했다.
27 「조선문학의 신정세와 현대적 諸相」(『조선중앙일보』, 1936.1.26~2.13)을 가리킨다. 이 글에서 임화는 "복고주의! 그것은 조선에 있어 민족주의의 한 개 문화상 현대화된 표현이다"라고 규정하고 있다.
28 원문대로이나, '必然的으로'의 오식으로 보인다.

즉 그 문학은 민족주의인 의미에서가 아니라 순문학적인 태도로 모든 조선의 고유한 것을 표현하려고 노력할 것이다.

이때에 작가 앞에 나타나는 조선 고유의 것이란 거의 대부분이 이미 사멸한 것이나 또 벌써 소멸하고 있는 것이나, 불연不然이면 비민족적[29] 비조선적인 것으로 혼화混化된 것일 것이다.[30] 이것은 과장이 아니라 현재 좋은 의미에서이고 나쁜 의미에서이고 국제화하고 있는 우리의 일상 생활이 직접 지시하는 바이다.

물론 훌륭한 조선문학이면 차등此等 정표[히] 소멸되고 있는 모든 고유의 것을 예술 [가]운데 형상할 의무를 갖는 것이다.

그러나 순수한 문학적 입장에서, 즉 국제적·사회적 고려 없이, 또 소멸하는 것의 반면에 성장하는 것을 봄이 없이 소멸해가는 고유의 것을 볼 때, 그곳에는 감상적感傷的 회고주의의 정서와 소멸해가는 것만으로 그 작품은 충분하리라.

이러한 때 이 작품이 상당히 강한 복고주의로써 착색될[31] 것은 아마도 면하지 못할 것이다.

조선문학의 모든 종류의 예술지상주의가 복고주의로 통하는 길의 한가닥이 여기에 있는 것이다.

또한 이것은 불가피적으로 지방주의적 색채를 가지고 자기를 윤색한다.

월전月前에 간행된 백석白石 씨의 시집 『사슴』 가운데 나타난 향토적 서정시는 우리들에게 좋은 교훈을 준다.

『사슴』 가운데는 농촌 고유의 여러 가지 습속, 낡은 삼림, 촌의

---

29 원문에는 '非朝族的'이라 되어 있으나 문맥에 맞게 수정하였다.
30 원문에는 이 사이에 '固'자가 잘못 삽입되어 있다.
31 원문에서는 '착색될'의 '色'자가 앞 단락의 마지막 문장 끝에 가 붙어 있다.

분위기, 산길, 그윽[한] 골짝 등의 아름다운 정경이 시인의 고운 감수력[32]을 가지고 객관적으로 노래되고 있다. 백석 씨는 분명히 아름다운 감각과 정서를 가진 시인이다. 더욱이 이 시인의 방언에 대한 고려와 그 시적 구사는 전인미답前人未踏의 것[33]이라 해도 과언은 아니리라.

그러나 우리들이 냉정하게 이지理智로 돌아갈 때 시집 『사슴』을 일관한 시인의 정서는 그의 객관적인 태도에 불구하고 어디인지 공연히 표시되지 않은 애상哀傷이 되어 흐르는 것을 느끼지 아니치는 못하리라.

그곳에는 생생한 생활의 노래는 없다. 오직 이제 막 소멸하려고 하는 과거적인 모든 것에 대한 끝없는 애수哀愁 그것에 대한 비가悲歌이다. 요컨대 현대화된 향토적 목가牧歌가 아닐까? 『사슴』의 작자가 시어상에서 일반화되지 않은 특수한 방언을 선택한 것은 결코 작자 개인의 고의固意나 또 단순한 취미도 아니다.

나는 이 야릇한 방언을 『사슴』 가운데 표현된 작자의 강렬한 민족적 과거에의 애착이라 생각코 있다.

이 난삽한 방언은 시집 『사슴』의 예술적 가치를 의심할 것도 없이 저하시킨 것이라 믿으며, 내용으로서도 이 시들은 보편성을 가진 전조선적인 문학과 원거리遠距離의 것이다.

이 경향은 또한 전월前月 『신동아』, 『중앙』 양지兩誌에 발표된 김동리金東里 씨의 소설 「바위」, 「무녀도巫女圖」 중에서 그 전형적인 표현을 받았다.

「무녀도」 가운데서 멸망해가는 민속으로서의 무녀 생활에 대한 작

---

[32] 원문에는 '感愛力'으로 되어 있으나 '愛'는 '受'의 오자일 것이다.
[33] 원문에는 '짓'으로 되어 있으나 '것'의 오식일 것이다.

자의 태도는 명료히 유미주의적이며 이 경향은 '무녀'나 그의 딸의 성격을 한 개의 사회적 전형성을 가진 타입으로 앙양시키는 [데] 부정적으로 움직이었다.

작자가 그린 인물은 현실적으로 불분명하였다. 그러므로 신입新入한 기독교도도 '무녀'의 반대자로서의 자격밖에 이 소설에서는 얻지 못하고 있다.

두 작가가 공히 지방색 그것을 전 조선적 생활 현실의 보편적 높이에서 파악하고 있지 않는, 즉 지방주의적인 경향으로 인하여 자기의 예술을 얕은 '시골뜨기 문학'의 경지에 방송放送한 것은 애석한 일이다.

그들은 이 유해한 지방주의적 경향에 사로잡힘으로 예술적 보편화의 노력을 상실하고 시야를 좁히고 리얼리즘 대신에 자연주의에로 전화되고 있는 것이다.

이러한 경향은 결과로서 예술적 묘사 대신에 분위기, 환상幻想, 정서의 존중으로 변하며, 형식적으로는 방언에 대한 무질서한 의거로 표현되게 된다.

장혁주張赫宙 씨의 소설 「여명기黎明期」, 한태천韓泰泉 씨의 작년 『동아일보』 당선 희곡 「토성낭」 기타[가], 명확한 사회적 문학이[34] 당연히 차지해야 할 예술적 특점을 손상시키고 있다.

유치진柳致眞 씨는 작년 희곡 총평에서 「토성낭」을 신지방주의문학을 고창高唱하는 좋은 경향으로서 「토성낭」 가운데 평안도 방언을 들었으나, 나는 오히려 이 희곡의 중요한 약점의 하나를 방언의 난용亂用에 둔다.

---

34 원문에는 '文學의'로 되어 있으나 오늘날의 주어 표기로 수정했다.

방언의 난용은 위선 작품의 언어적 미감을 파괴할 뿐만 아니라, 이 지방색의 예술적 묘사를 피하는 안일한 방편으로서의 방언의 다용多用은 또한 명확히 예술의 형상적 질을 저하시키는 것이다. 장혁주 씨의 소설 「여명기」 가운데서 이 방언으로써 지방색의 사실적 묘사를 기피하고 있는 것은 이 소설의 최대의 약점이라고 생각한다.

농촌의 상층기구의[35] 상당히 우수한 묘사도, 그것의 지반이고 배경인[36] 하층 농민의 광범한 생활 묘사를 통하여 표시되지 않은 만큼 예술적 현실성에 있어 전全혀 불충분한 것이 되었다.

이러한 커다란 예술적 약점을 가진 작품에서 작자가 지방적 현실성을 점출點出키 위하여 방언에 의지한 것은 자연스러운 결과이나 예술적 효과에 있어는 상기한 바와 같이 이중으로 부정적이었다.

즉 형식적으로는 물론 작자는 조선 그 중에도 경상도 농촌의 전면적인 예술적 보편화를 성취하는 데 애석하게도 반만 성공하고 있다. 통틀어서 말하자면 지방주의란 한 개 감상주의이면서 또 자연주의에 연락聯絡되는 것이다.

말할 것도 없이 이러한 제점諸點은 진실한 의미의 전 조선적 성격이것은 조선문학의 세계문학적 성질의 최대의 측면이다을 가진 문학의 성장 위에 유해하게 영향하는 것이다.

또한 작자는 기期하지 않고 일개 '시골뜨기 문학'의 작자로, 혹은 안가安價한 감상적 복고주의 시인으로 전환되기 쉽다.

그러므로 조선의 보수적 문학, 비사회적 문학이 지방주의적인 분위기를 만들어내고 그것을 문학 발전의 복고적 퇴화로 이끌려는 때, 건전한 문학이 필연하고 타당한 위치 가운데 지방색, 민족성 등을 표

---

35 원문에는 '上層採構의'라 되어 있다. '採'는 '機'의 오자일 것이다.
36 원문에는 '背景이'로 되어 있으나 문맥에 맞게 수정하였다.

현하는 것은 큰 곤란을 각오하지 않으면 아니 된다.

특히 농민을 취급한 문학 가운데서 이 지방주의의 위험은 우리의 예술적 완성의 조해자阻害者로서 등장하기 쉬운 것이다.

오직 지방색이란 창작상에서는 그 부분적 디테일스[37]의 범위를 넘지 않는 것이며 그것이 과장될 때 '전형적 정황 가운데 있어 전형적 성격의 묘사'란 예술문학의 높은 요구를 유린하게 되는 것이다.

만일 조선문학의 특성을 '조선색'이나 '지방색'에서만 발견하려는 자가 있다면 그는 조선문학을 식민지문학으로 고정화하려는 자일 것이다.

우리는 조선문학의 세계적 수준, 세계문학적 의의를 갖는 조선문학의 생산을 위하여 노력하는 자이다.

오직 유감된 것은 이 부정되어야 할 지방주의적 경향이 금후 아직도 발전하리라는 우리의 불행한 현실성 사정이다. 진실로 존귀한 노력만이 이 탁류를 뚫고 세계적인 문학의 수립자이란[38] 영예를 얻을 것이다.

---

[37] details.
[38] 원문에는 '樹立者이고'로 되어 있으나 문맥에 맞게 바로잡는다.

암흑기의 문예는 융성하는가?

"부자가 천국에를 가기는 낙타가 침공針孔에 들어가는 것보다 어렵다."

복음서는 빈자貧者가 천국에를 가기가 낙타가 성문을 들어가기보다도 오히려 쉽다고 한다.

그러므로 우리가 빈한하다는 것, 불행하다는 것은 다시 없이 행복된 일이요, 천국행의 확실한 자격이 된다.

이것이 인생의 복음서의 사상이다.

"모든 점에서 불행한 지위에 처해 있는 인민이 그들의 생활하는 실제의 영역에서 온갖 희망과 애착을 잃어버릴 때" "우리들의 문학은 황금시대를 형성할 수 있지 않을까? 그렇다! 금일은 문예 왕성旺盛

● 『조선문학』, 1936.11.

을 기할 시대다!"

실제 생활이 죽음보다 괴롭고 기아가 인간으로부터 모든 희망을 삭탈하며 혹렬酷烈한 환경이 살려는 일체의 기도企圖를 어둠 속에 장사葬事하는 암흑과 수난의 시기가 스스로 정신의 천국, 문예의 성지聖地가 백화百花를 성발盛發하는 가절佳節이라 한다.

이것이 백철白鐵 군의 논문 「문예 왕성을 기할 시대」잡지『중앙』3월호가 설교하는 문화의 복음서의 사상이다.

그러나 백철 군은 아직 법의法衣를 입지 못했는지라 전도하는 대신 논의하고 신앙시키는 대신 논증하여 해득解得시키려 한다.

왈, 이러한 현상은 과거 사실史實 위에 허다하고 방금 조선의 문화 출판물의 족출簇出, 작품의 다량 생산이 그것이라 한다.

그러나 일찍이 빈자가 천국에를 간 사실史實을 보지 못한 것과 같이 문학사 상에 이런 복음서적 현상을 본 일은 없다.

소위 문예 왕성을 극極한 최대의 시대 르네상스의 문화는 과연 금일의 서구적 또는 아세아적 불행, 생활적 비참 위에 발생한 문화인가?

개인의 정감, 의식, 사유, 행동, 생활의 자유로서 일관된 휴머니즘의 정신이, 봉건적 중세의 암흑으로부터 근대사회가 분리하고 그것이 발전, 융성하지 않은 곳에 과연 그 개화開花를 상상할 수가 있을까?

이태리 시민사회의 발전 없이는 미켈란젤로B. Michelangelo, 다 빈치L. da Vinci도 있을 수 없는 것이며, 플로렌스 시민의 부유한 사회적 토양이 없이는 단테A. Dante도 또한 생탄生誕하지 않았을 것이다.

제군은 또한 불란서 시민계급의 전진적 융성 없이 대혁명을 생각할 수 없는 것과 같이 대혁명 없이 위고V. M. Hugo나 스탕달Stendhal, 발자크H. Balzac를 만들어낼 수는 없을 것이다.

일반으로도 특수적으로[도] 정치적 암흑기가 문화의 황금기라는 것은 역사 상에서 그야말로 낙타가 침공에 들어가기보다도 더 통용되지 않는 예어囈語이다.

예증을[1] 반대로 암흑기의 문화 위에[서] 구한다면, 백철 군은 중세의 문화가 르네상스보다도 우수하다는 사료를 제시해야 할 것이다.

또한 칸트I. Kant로부터 헤겔Hegel, 쉴러Schiller로부터 괴테Goethe의 시대보다[2] 비스마르크O. E. L. Bismarck 반동 이후 '청년 독일'의 예술적 사상적 업적이[3] 보다 가치 있다는 증명을 해야 할 것이다.

주지周知와 같은 근대 노서아露西亞의 암흑기 1905년 이후의 대표적 작가 아르치바셰프M. P. Artsybashev, 메레주코프스키D. S. Merezhkovski, 안드레예프L. N. Andreev가 개화開化 노서아의 흥륭기의 푸쉬킨A. S. Pushkin, 레르몬토프M. Y. Lermontov로부터 톨스토이L. N. Tolstoi, 투르게네프I. S. Turgenev에 이르는 제작諸作과 체르니셰프스키N. G. Chernyshevski, 벨린스키V. G. Belinskii 등의 비평적 유산보다도 우월하다고 보는 인간이 있다면 그는 문학에는 문외한이리라.

대체로 이러한 것은 논증을 필요로 할 성질의 대상이 아니며, 또한 문예나 문화의 성쇠란 백군과 같이 문화출판물이 족출했다든지 작품이 조금 많이[4] 발표되었다든지 하는 피상적 상식으로 척도尺度되는 것이 아니다.

사회 현상 중 문화나 사상의 동향이란 상당히 복잡한 것이다. 또한 그 성쇠의 기초에는 실로 과학적 형안炯眼만이 인지할 수 있는 사회역

---

1 원문에는 '例語을'로 되어 있으나 '例證을'의 오식일 것이다.
2 원문에는 '時代가'로 되어 있으나 문맥에 맞게 수정하였다.
3 청년독일파(Das junges Deutschland)는 1830년대 독일의 혁명적인 젊은 시인들을 중심으로 전개된 문학운동이다. 그에 반해 비스마르크는 19세기 중반 이후에 두각을 드러내었으므로, 여기서 임화가 청년독일파의 업적을 비스마르크 반동 이후와 연결지은 것은 착각일 것이다.
4 원문에는 '만치'라 되어 있으나 '만히'(=많이)의 오식일 것이다.

사적 발전법칙과 계급적 상극의 심각한 관계가 가로놓여 있는 것이다.

그러므로 문화는 금일 흥했다 내일 쇠하는 것이 아니라, 실로 한 계급의 생탄과 더불어 배아胚芽되어 그 사회의 성립과 더불어 형성되고 그 계급과 사회의 몰락과 함께 붕괴되면서 또 다른 계급과 사회구성 위[에] 선 문화에게 부정되고 그 달성이 계승되면서 일반적인 진화 발전의 역사과정을 통과하는 것이다.

따라서 문화는 필연적으로 그것을 생성시킨 계급의 이데올로기적 일부분이며 그 사회존재를 반영하고 그 과제를 실천한다.

문화적 상극이 사회계급적 상극의[5] 표현인 연유가 이곳에 있으며, 또한 모든 개개의 문화인의 인간적 문화적 운명이 여하한 주관적 노력을 가지고라도 궁국窮局에 있어 이 한계 — 물질적 제 관계를 초월치 못하는 근원도 역시 이곳에 있는 것이다.

그러므로 문화 예술 그 자신이 욕欲하든지 불욕不欲하든지 간에 사회존재의 현실적 제 관계를 반영하고 그 가운데서 특정의 계급이 제출하는 실천적 과제와 결부하는 것이다.

그리하여 18세기의 상승 부르주아문학은 봉건 귀족의 몰락과 근대 시민계급의 발흥이라는 객관적 사실을 반영하면서, 시민계급이 제출하는 특정의 과제, 개인의 자유의 옹호와 중세에의 투쟁이란 명확한 사상 관념을 표현한 것이다.

그러므로 계급사회에 있어는 항상 현실상의 지배적 계급이 사상문화 상의 지배자가 되는 것이다.

물론 출판물이 족출했다든지 작품 생산이 증가했다든지 하는 일련의 현상은 문화 융성에 수반하는 것이나, 결코 그것을 척도尺度할 지

---

5 원문에는 '相手의'로 되어 있으나 '手'는 '克'의 오자일 것이다.

표가 되는 것은 아니다.

오히려 정당한 가치있는 문화상의 전진이 낡은 정치적 지배의 수단으로 말미암아 정상正常한 발전을 두색杜塞당하고 관허적官許的인 출판물이나 작품이 약간 인위적으로 증산되었다면 그것은 문화의 융성의 지표가 아니라 문화 쇠망의 표현인[6] 것이다.

인민의 광범한 층의 불행을 토대로 한 정치가 공정한 정치가 아닌 것과 같이 그러한 환경 가운데서 관허적 사상을 표현한다든지 혹은 그 괴로운 환경에 대하여서나 또 인민의 생활적 발전에의[7] 욕망으로부터나 한가지로 눈을 감고 초연히 도피하려는 문화는 결코 가치 있는 기여를 인류의 정신사 상에 남기지는 못한다.

그러므로 백군도 아는 바와 같이 파리작가회의는[8] 문화의 옹호의 문제가 곧 부정적인 현실에 대한 대립의 문제로 전화됨을 의식한[9] 위에 성립된 것이다.

따라서 '회의'에 참집參集한 제諸 대표 앞에 호소하는 A. 지드Gide의 연설이 "생각컨대 지금 우리가 살고 있는 이 캐피털리즘 사회에 있어 모든 가치 있는 문학은 이 사회와 대립하는 문학 이외의 것이라고는 생각할 수 없다"는 곳으로부터 시작하여 "우리들의 사회가 현재 있는 그대로인 한에 아등我等의 제일의 관심은 이 사회를 ××이라 하는 것이라"는 사상으로 결론지은 것이다.

이것은 이미 예술적 양심을 상실치[10] 않은 인텔리겐차의 공동의 평

---

6 원문에는 '著現인'으로 되어 있으나 '著'는 '表'의 오자일 것이다.
7 원문에는 '發展에서'라 되어 있으나 문맥에 맞게 고쳤다.
8 파리작가회의 : 1935년 6월 21일에서 26일까지 파리에서 24개국 대표 230인의 문학자가 모여 개최했던 작가회의. 앙드레 지드가 중심이었으며, '문화 옹호 국제 작가회의'라고도 한다.
9 원문에는 '意謝한'으로 되어 있으나 '謝'는 '識'의 오자일 것이다.
10 원문에는 '表現치'로 되어 있으나 문맥에 맞게 수정하였다.

범한 상식이 된 것이다.

'제일의 관심'에 대한 이 귀중한 상식으로부터 이반離反될 때 백군과 같은 천박하고 피상적인 속견俗見이 산출되는 것이다.

누구의 어떠한 이라는 문화의 구체적 내용을 고의로 불문不問에 부付하고 '문예 일반'을 운위하는 피상론은 결코 백군에게서 처음 보는 것은 아니다.

오직 때와 경우를 따라 이 피상론은 그 핵심인 내용을 바꾸면서 무의미한 재생산을 반복할 따름이다.

한 번은 문화에 있어 중세적 규범에 대한 시민적 반항의 영예있는 무기로, 그 다음 번엔 시민사회 대립자인 진보적 프롤레타리아적인 문화에 대한 자기 방어의 졸렬한 도구로 각각 다른 의의를 가졌던 것이다.

역사적 진보자의 사상이었을 때 그것은 명확히 현실적 내용을 가졌었고, 진보의 조해자阻害者의 사상이었을 때 그곳엔 이미 발랄한 현실성은 거세되고 사死한 형식만이 남아버렸다.

그러므로 세계사적 의의를 가진 존재는 두 번 외장外裝을 고쳐 역사 무대에 출현한다는 것이다.

처음에는 침통한 비극배우로, 다음 번엔 희극배우로!

연애의 자유, 예술의 자율. 현대 조선의 청춘시대에 이 두 구절은 모든 청년이 봉건 도덕, 유교 문학의 낡은 구속[11]으로부터 자기의 생명을 탈환하던 광휘 있는 사상이었음을[12] 아직 우리는 기억하고 있다.

그러나 사분[지]일 세기도 지속되기 전 시민과 그 문화가 우리 조선에서 진보적 역할을 종료했을 1923~4년, 전기前記와 똑같은 사상이

---

11 원문에는 '約束'이라 되어 있으나 '約'은 '拘'의 오자일 것이다.
12 원문에는 '思想이없음을'로 되어 있으나 문맥에 맞게 수정하였다.

참다운 생활, 참다운 문학인 신경향파新傾向派에 대한 반동적 항쟁이 지배로 화하였음도 또한 잊지 않고 있을 것이다.

이래 10여 년 기다幾多의[13] 형식적 위장을 바꾸면서 일관하여 이 사상은 반反진보화한 조선적 아류 시민문학의 중심 과제로[14] 되어온 것이며, 한결같이 프로문학 공박의 거의 유일한 이론적 무기이었다.

그러나 문학의 성지聖地를 향하여 각고정진刻苦精進하는 십자군의 용사 백철 군이 이러한 이미 동녹이 붉은 화승총을 들고 나섬은 확실히 유감된 일이며 또한 부끄러워해 마땅할 사실이 아닐까?

누구의 문학이고 어떠한 문학인지도 모를 몽롱한 문학 — 그러나 백군은 '인간의 문학이다'고 대갈할 것이다. 그러나 본시 문학은 인간의 것이며 견마犬馬에게는 없는 것이다. — 의 왕성을 기期키 위하여 백군은 '봉건적 도덕의 현실' '일상 상식의 존중' '선량한 가정' '온건한 시민' 등의 고취분분古臭紛紛한 상식을 나열하고, "프로문학이여! 너도 이 상식의 한계를 넘지 못함을 무엇으로 변명해[에]야 할 것이냐?"고 널리 문화의 양심에게 고소告訴한다.

그의 문장에는 마치 춘원春園의 문학도, 동인東仁, 상섭想涉의 문학도 노자영盧子泳의 연문戀文까지도 오히려 너무나 상식적인 프로문학보다는 나았었느니라[15] 하는 유類의 분위기를 만들려고 노력하고 있다.

그러나 백보를 양讓하여 백군이 이 나라 소위 상식적 문학의 대담한 반항자라고 가정하더라도, "암참暗慘한 현실보다 더 한층 광범한 의미에서 문학의 전진을 가로막고 있는 일반 현실"로서 프로문학이 대표적으로 등장되는 데서 백군의 꼬리를 감출 수는 없는 것이다.

---

13 원문에는 '幾學의'로 되어 있으나 '幾多의'의 오식일 것이다.
14 원문에는 '詩題로'로 되어 있으나 '詩'는 '課'의 오식일 것이다.
15 원문에는 '낫섰느니라'로 되어 있다.

사실 백군은 프로문학이 마치 비속한 일상성, 봉건적 진부, 시민적 온건 등과의 전형적 타협자이라는 앙천仰天할 인상을 독자에게 남기게 한 허구를 조작케 하여 자기를 상식문학의 반항자와 같이 위장한 것이다.

프로문학의 보다 공연한 대립자일지라도 이러한 아희兒戲류의[16] 상식 이하의 속견을 나열하지는 않을 것이다.[17]

국어國語[로][18] 하면 최고의 'デタラメ', 조선말로 하면 '엉터리'!

이렇게 프로문학에 대한 우리 백철 군의 적의는 쌓이고 쌓여 대담한 용력勇力이 되고 '문예 왕성의 신 국토'를 발견한다.

그러나 이 국토는 일찍이 단테가 살던 르네상스의 플로렌스가 아니라, 나치스의 백림伯林이나 무쏠리니B. Mussolini의 이디오피아이다.

'프로문학', 진보적 문학을 타도하고 인민의 불행을 긍정하고 대담과 용기를 가지고 독특히도[19] 문화의 신 국토는 정히 '하일 히틀러!'의 함성이 충천하는 제삼제국지화第三帝國之化의 예루살렘이리라.

사실 현대의 암담 가운데서 백군과 같은 십자군에 의하여 건설될 어둠의 문화의 복지福祉는 이 이외의 아무 것도 아닌 것이다.

이러한 문화와 그 십자군 백철 군과 같은 존재는 군이 가끔 예인例引하는 파리작가회의와 지드, 말로A. Malraux의 공연한 적인 것이다.

우리들과 백철 군 등과의 다정한 회화는 더 길게 계속될 것으로[20], 미진함을 일후日後로 미룬다.

---

16 원문에는 '兒戲한類할'로 되어 있으나 문맥에 맞게 바로잡는다.
17 원문에는 '~하리는 아는 것이다'로 되어 있으나 문맥에 맞게 바로잡는다.
18 여기서 국어는 일본어를 가리킨다.
19 문맥상 이 사이에, '발견한' 혹은 '귀환한' 정도의 단어가 삽입되어야 할 것이다.
20 원문에는 '것을'로 되어 있으나 문맥에 맞게 바로잡는다.

진보적 시가의 작금[•]

프로시의 걸어온 길

　우리들의 시가 내외 공히 곤란한 사태 가운데 처하게 된 것은 분명
히 소화昭和 6년, 7년[1] 경이었다.

　현상적으로만 보아도 프롤레타리아 시─문학운동은 이미 발전의
절정을 넘은 듯한 감이 있었고 타방他方으로 그때까지 문학계에서 이
렇다 할 존재로 눈에 띄지 않던 비非프롤레타리아적 지상주의적至上主
義的 시 ─일반으로 기교주의라고 부르는 조류가 질량質量 공히 자기
존재를 점차로 명확히 하였다.

　나는 모지某誌에 쓴 논술 가운데서 이 현상의 원인으로서 대략 다
음의 두 가지를 든 일이 있다.

- 『풍림』, 1937.1.
1 '昭和 6년, 7년'은 각각 1931, 1932년에 해당한다. 1937년 접어들면서 연수를 밝힘에
  있어 서기(西紀)를 사용하지 않고 주로 일본 연호를 사용하는 것으로 변화하고 있다.
  일제 식민지 당국의 강제에 의한 것으로 보인다.

하나는 일반 사회정세의 변화 그것이고 또 하나는 프롤레타리아 시-문학 그것이 내포하고 있은 자체 결함 그것으로, 이 두 가지의 원인이 서로 연결되는 데서 상기上記한 변화를 볼 것이라고…….

약간의 논자는 이 견지에 정면으로부터 반대하고 있으나 여하간 나는 이렇게 봄이 가장 사실에 가깝다고 지금도 믿고 있다.

왜 그러냐 하면 대체로 문학적 경향이나 유파의 성쇠소장盛衰消長이란 것은 직선적임은 아닐지라도 사회적 관계의 변화와 그 가운데서 상호 부침하고 상극²하는 각개 계급의 운명에 일반으로는 의존되기 때문이다.

소화昭和 6~7년 경의 문학계 분야 위에 생긴 약간의 변화란 물론 순수히 문학적 이유를 가졌음에도 불구하고 그밖에 공연히 사회 정세에 급격한 변이의 압력이 가하여져 있다는 것은 누구나 부정할 수 없는 사실일 뿐더러, 상기의 문학적인 이유라는 것도 직접적으로는 아니라 할지라도 대체로는 사회적 기초로부터 유래한 것이고 우리들 생활적 관계의 일-반영으로 봄이 가장 과학적일 것이다.

프롤레타리아문학-시가 경험한 소화昭和 6~7년의 사정이란 나는 세 개를 생각한다. 하나는 카프 작가 시인들을 지배하던 낡은 창작방법 이론에 대代하여 그것의 비판을 안목으로 하는 사회주의적 리얼리즘³ 이론의 수입이요, 다른 하나는 우리들의 소설, 시가詩歌 등이 그 발전의 한국限局을 의미⁴하는 일종의 매너리즘⁵ 가운데 빠져 있었다는 것이다.

---

2 원문에는 '相刻'이라 되어 있다. '刻'은 '尅'의 오자일 것이다.
3 원문에는 '레이지즘'이라 되어 있다.
4 원문에는 '意付'라 되어 있으나 '付'는 '味'의 오자일 것이다.
5 원문에는 독일어 식으로 읽어 '만네리즘'이라 표기되어 있다.

그리고 최종으로 몇 번이나 말한 것과 같이 사회 정세의 급변 그것으로, 이 조건은 카프의 낡은 창작 경향과 새로이 수입된 그것과의 교체를 현저히 복잡화시킨 데 그 특이함을 발휘하였다.

이곳에 6~7년 이후 금일에 이르기까지 프롤레타리아문학 전반의 특이성을 좌우할 기본적 요인이 배태되는 것으로, 이 시대 프로문학 자체의 사정을 일별一瞥함은 곧 금일을 이해하는 관건의 하나를 아는[6] 것이다.

위선爲先 새로운 창작이론의 수입의 사정으로, 현금 약간의 논자구[舊] 카프의들은 마치[7] 소련이나 일본 내지內地의[8] 그것과 같이 조선에서도 '유물변증법적 창작방법'이 작가, 시인을 호령하고 지배하였다고 노규怒叫하나 이것은 한 개 우둔한 무고이다.

이론적으로나 창작적으로나 곧 타개를 요하는 딜레마에 빠져 있었음은 사실이나, 이 사실은 결코 타지他地의[9] 그것과 같이 '유물변증[법]적 창작방법'이라는 명확히 체계화된 슬로건 때문이 아니고 오히려 그 슬로건 자체까지도[10] 아직 충분히 수입치 못한 일층 낡은 이론적 창작적 경향 가운데 포捕되어 있었던 때문이다.

즉 일시 소련이나 일본 내지의 문학예술운동을 지배한 '유물변증법적 창작방법'이론은 카프 운동 전반을 지배할 만큼 충분히 소화되지 못했고, 오히려 28년 이후 '방향전환'이론의 일 연장인 '예술운동 ×××[볼셰비]키화'라는 고전적 결함의 경향 하에서 신음하고 있

---

6 원문에는 '하는'이라 되어 있으나 바로잡았다.
7 원문에는 '만치'라 되어 있으나 바로잡았다.
8 내지(內地)는 일본을 가리킨다. 일본에 대해 '내지'라는 표현을 사용하는 것도 1937년 들어 부쩍 증가한다. 이 역시 일제 식민지정책의 강제와 무관하지 않은 듯하다.
9 원문에는 '處地의'로 되어 있으나 '處'는 '他'의 오자일 것이다.
10 원문에는 '~까지는'이라 되어 있으나 문맥에 맞게 수정했다. '는'은 '도'의 오자일 것이다.

었다고 봄이 정당하다.

그러므로 카프문학이 가졌던 소박한 정치주의란 기실 외국의 그것에 비하여 일 시대 전의 소박한 맑시즘에 지배되어 있었고 그 원인은 역시 우리 운동의 유소幼少함의 반영이었다.

그렇다고 해서 나는 '유물변증법적 창작이론'이 이른바 예술운동의 고전적 결함을 본질적으로 개혁 진화시킨 것이라고는 생각치 않는다. 오히려 '유물변증법적 창작이론'[은] 고전적인 그것의 일 연장에 불과한 것으로, 예술상의 본래적인 맑시즘적 견지에 [비]하면 역시 보다 더 많이 전자와 공통의 것이라고 믿는 바이다.

그러나 이러한 카프 예술운동의 구체성에도 불구하고 카프의 전래 방책을 외국 모방주의라고 하던 박영희朴英熙, 이갑기李甲基 등 제씨가 오히려 일본 내지나 소련의 신창작이론이 그 전前 시대를 비판하는 포즈를 공식적으로 본받아, 별로 사실상에 지[배]자인 적도 없는 '유물변증법적 창작방법'을 타도하라고 노호怒呼했음은 풍차를 향하여 돌격을 시試한 라 만차의 노기사老騎士의 용기에도 비할 수 있는 희극이었다.

그러므로 사실의 정확한 인식 위에 서지 않은 비판이 보다 더 좋은 사실을 낳기 위한 행위인 것보다 반대로 진보적 문학의 파괴로 주요 노력이 향해진 것은 지극히 자연스러운 일이다.

새로운 창작이론에 대하여 최초의 수입자의 영예를 부負한 박영희 씨의 34년[11] 정월 『동아일보』 소재의 논문[12]이 '사회주의적 리얼리즘'에 대하여 실로 경이에 치値할 이해의 방법을 시示하여 그 뒤의 아류자들을 위한 선편先鞭을 든 것이다.

---

11 원문에는 '三二年'이라 되어 있으나 '34년'의 착각이다.
12 박영희의 「최근 문예이론의 신전개와 그 경향」(『동아일보』, 1934.1.2~1.11)을 가리킨다.

그들은 31년대 '예술운동 ××××[볼셰비키]화' 이론도 그것이 나빴음은 '유물변증법적 창작방법'과 같이 문학상에 세계관을 도입시킨 때문이며, 문학을[13] 맑시즘의 견지에서 이해하려고 함에 있다고 논단論斷한 것이다.

그러므로 "얻은 것은 이데올로기요 잃은 것은 예술이라"는 유명한 명제를[14] 프로문학 10년사에서 끌어냈고, 이것이 신창작이론 수입의 가장 표징적標徵的인 사실의 하나로 보는 바와 같이, 이러한 수입의 방식, 해석과 적용상의 반反과학, 왜곡은 의심할 것도 없이 당시의 사회정세에 의한 굴절이라고 보아야 할 것이다.

반대로 그것의 정당한 해석과 실천상의[15] 적용에 관하여는 김기진 金基鎭 씨의 박영희 씨에 대한 반박을[16] 위시한 약간의 반영을 보인 채 미완성한 채로 좌절되고 말았다.

그 다음으로 소설이나 시가가 사실 아무 방향으로나 타개를 요할 매너리즘[17]에 당면해 있었다는 사실은 전기前記와 같은 부당한 해석이 일반적으로나마 존재이유를 가구假構하기에 적適한 조건으로서, 소설에서보다도 시의 영역에서는 신창작이론 위에서 여하히 그것을 타개할까는 용이히 발견되지 아니하였다.

그러나 34년 식의 소위 '뼈다귀만의 시'로부터의 자연발생적인 타개 노력은 권환權煥 군의 「히틀러의 노래」, 「장개석의 노래」 등 약간의 작품에서 발견할 수 있는 풍자시에의 경향과, 필자, 윤곤강尹崑崗

---

13 원문에는 '文學의'로 되어 있으나 문맥에 맞게 바로잡는다.
14 원문에는 '명제를' 다음에 '데'자가 잘못 삽입되어 있다.
15 원문에는 '實詩上의'이라 되어 있으나 '實踐上의'의 오식일 것이다.
16 김기진, 「문예시평―박군은 무엇을 말했나」(『동아일보』, 1934.1.27~2.6)가 이에 해당한다.
17 역시 원문에는 '만네리즘'이라 되어 있다.

씨 등에서 볼 수 있는 대체로 낭만적인 경향에서 신 현상을 볼 수가 있었다.

그 중에도 『조선일보』, 잡지 『우리들』 지상에 발표된 [권]환 군의 제작諸作은 확실히 주목에 해당하는 작품으로, 갈수록 옹색해가는 환경 가운데서 프롤레타리아 시가 개척할 일반 방향으로, 또 양식상의 경향으로서 높이 평가되어야 할 것이다.

유감이나 당장에 카프적 비평가나 또 카프 비판자나 공히 이 주목할[18] 경향에 충분한 평가를 가하지[19] 못했음은 부끄러운 일이다.

그 뒤 이 풍자적 시에의 경향은 진자進者,[20] 이병각李秉珏 등 신新 시인의 손에서 보다 더 발전되려고 하고 있다.

그 외에 상술上述한 필자, 윤곤강 군 등의 비교적 낭만적인 경향은 필자의 「만경萬頃벌」 「세월」 등 작作에서 볼 수 있는 것과 같이 일반으로 감정의 회고적 낭만화, 또 현실적 제재로부터 추상적인 또는 비적극적인 영역에의 이동은, 주관으로는 양식 급及 주관의 시야를 넓히려는 것이었음에 불구하고, 후일현재 필자가 비관적 낭만주의라고 한 일 경향으로 치우칠 다분의 위험성을 내포하고 있었다.

그러나 이 두 경향이 공히 당시 우리의 시가가 소위 '뼈다귀 시'의 경화된 상태에서 탈출한 좋은 계기의 하나가 되었음은 부정치 못할 것이며, 동시에 그러한 시가 상의 현상이 급변하고 있는 사회적 압력의 일 반영임도 면치 못한다.

---

18 원문에는 '注目한'으로 되어 있으나 문맥에 맞게 바로잡는다.
19 원문에는 '加하되'로 되어 있으나 문맥에 맞게 바로잡는다.
20 원문대로이다. '筆者'의 오식일 수도 있겠다. 물론 임화의 시에는 풍자적 경향이 뚜렷하지 않다. 하지만 이 글의 뒷 부분에서 임화가 '배회적인 풍자시의 방향'을 언급하기 앞서, 자신도 '이런 愚作을 1, 2편 썼다'고 언급한 부분이 있어, 「적」 등과 같이 역설과 반어를 동반한 자신의 시편들을 풍자적 경향으로 분류했을 수도 있겠다.

그런 때문에 당시 카프 비평가들은 권환 씨[의] 풍자시를 현실에 대하여 정면으로 격투자세를[21] 회피하는 것이라고 논[한] 바이었으며, 낭만적 경향에 대하여도 그것의 옳은 평가나 발전의 명확한 장래를 내어다보지 못하고 주저케 한 것이다.

사실 풍자적 문학에 대하여 옳은 평가를 내리지 못함은 30년 경 현민玄民 씨에 의하여 제창된[22] 풍자적 희극의 제창이 정공正攻을 피하는 측공법側功法의 이론으로 제기되었음을[23] 기억하고 있었던 때문이다.

그러나 당시 시가 상에서도 우리들의 문학이론이 프로문학 자체 속에 포함할 수 있는 양식이나 바리에이션의 다양한 개화라는 것을 충분히 이해하지 못한 것이다. 역시 가릴 수 없는 사실이다.

이러한 내부적 혼란 가운데서 새로운 사회적 압력은 가속화하여 일체의 것이 정돈停頓되는 1년 유여有餘의 세월이 지나간 것이다.

×　　×　　×

이러는 동안에 소화昭和 6~7년대보다도 사회적 압력은 일층 가중화하고 모든 것은 제 갈 데로 간 것이다.

문학이론 상에서는 시의 그것도 포함하여 얻은 것은 이데올로기요 잃은[24] 것은 예술이라는 경향은 일층 자기의 명제를 철저[히] 하여 '얻은 것'은 버리고 '잃은 것'을 얻기 위하여 얻은[25] '맑시즘' '세계관'의

---

21 원문에는 '格計姿勢를'로 되어 있다. '計'는 '鬪'의 오자일 것이다.
22 원문에는 '提唱됨'이라 되어 있으나 정정했다.
23 현민 유진오는 「문단에 대한 희망 2, 3」(『조선일보』, 1933.1)이라는 단문에서, 객관적 조건이 극도로 불리한 조선에서는 풍자소설·탐정소설 등의 측공법이 필요하다는 주장을 펼친 바 있다.
24 얻은 것은 이데오로기요 잃은: 원문에는 '었은것은이데오로기―을 었은'이라 되어 있으나 문맥에 맞게 수정했다.

포기가 공연히 선포되고,[26] 외로운 장군은 몇 개의 졸병을 얻어 일개 조류를 형성하는 성황盛況을 정呈하였다. 다른 한편에서 낡은 유전遺傳과 전통을 정당히 평가 계승하고 새 이론을 그 본래의 정신 가운데서 창작상에 살리려는 경향은 이찬李燦의 시 「달밤」, 윤곤강 씨의 「어둠 속의 광풍」, 필자의 「주리라」, 「옛 책」 등에서 보는 바와 같이 희망이 적은 암흑과 고민의 낭만적 시가로 표현된 것이다.

"만유萬有[27]로부터 질서는 물러갔는가?"

시 「암흑의 정신」에서 필자는 이만치[28] 절망적인 노래를 부른 일이 있다. 물론 일반적 운동의 현저한 후퇴, 그리고 그것의 보다 명확한 표현으로서의, 진지적陣地的[29] 영역의 비참한 패배적 붕괴는 절망에 [가]까운 괴롭고 어두운 공기를 양출釀出하였다.

그러나 이 가운데서 순연히 부정적 절망적인 것밖에 보지 못함은 전全혀 건전한 감정과 이지를 아울러 가진 시인의 감히 가질 바 태도가 아닐 뿐더러, 명확히 소시민적 약점,[30] 그 개인성의 발로라고 나는 믿는다.

그러므로 일찍이 『무엇을 할 것인가』의 저자는 "가장 나쁜 반동기는 가장 심한 청산주의의 융성기"라고 말한 것이다.[31]

이러한 부정적인 현실면現實面, 감정의 과장적 고조는 과거 프롤레타리아 시가운동 가운데 있던[32] 소시민성의 폭로이며 그의 무력함의

25 원문에는 '입은'으로 되어 있으나 '입'은 '얻'의 오자일 것이다.
26 원문에는 '實布되고'라 되어 있으나 '實'은 '宣'의 오자일 것이다.
27 원문에는 '前有'라 되어 있으나 원 시에 의거해서 바로잡았다. '前有'는 '萬有'의 오식일 것이다.
28 원문에는 '읽을이 만치'로 되어 있다. '읽을'이 잘못 삽입된 것 같아 삭제했다.
29 원문에는 '見地的'으로 되어 있으나 '陣地的'의 오식으로 보인다.
30 소시민적 약점 : 원문에는 '小市的豫點'이라 되어 있다. '民'자가 누락되었고, '豫'는 '弱'의 오자일 것이다.
31 「무엇을 할 것인가」는 레닌의 저술이다.

제시인 것이다.

사실 그들은 이러한 암흑 가운데서 무엇을 할 것인가를 모르는 것이 아니라, 때로는 그것을 이론으로서 생각으로서는 앞서도 자기 스스로가 그것을 행동 가운데서 실천치 못하는 무력無力에 대한 자기 혐오인 때도 있었다.

또한 그럼으로써 비록 정세가 곤궁함에도 오히려 일반적 역사는 전진을 정지치 않고 또 그것에 몸을 던져 실천하는 부분이 있음에도 불구하고 그들은 자기의 무력에 비탄하는 나머지 모든 것을 비탄하는 개인적 경향으로 떨어진 것이다.

이것은 곧 최근 약 1년 이래의 제諸 시편詩篇으로 하여금 현저히 개인적인 성질을 정료하게 한 것이고, 그들의 시의 대부분이 개인적 자[기]반성 일반으로 비탄 가운데서 자기에 향한 내성內省으로 노래의 중심을³³ 돌리게 한 것이다.

지금 우리들의 시가는 때로 사회적인 배경이나 분위기 가운데서 노래될³⁴ 때도 항상 자기라는 한계를 벗어나지 못하고 따라서 예술적 시야라는 것이 한껏 좁아진³⁵ 것이다.

이것은 주저할 여지없이 나는 우리들의 시의 가장 큰 위험의 하나이라고 생각한다.

그러나 나는 현재까지의 약 1년간 우리들의 시인의 고난에 찬 자기반성과 그 자기라는 입각점, 또 그곳에 부딪치는 현실로부터 오는 정감情感을 시대의 보편화에까지 높이려는 가치 있는 부분을 부정하

---

32 원문에는 '었든'으로 되어 있으나 수정하였다.
33 원문에는 '中心으로'로 되어 있으나 문맥에 맞게 바로잡는다.
34 원문에는 '오래될'로 되어 있으나 '오'는 '노'의 오자일 것이다.
35 원문에는 '좋아진'으로 되어 있으나 문맥에 맞게 수정했다.

려고 하지는 않는다.

이 보편화의 1, 2의 노력, 특히 안용만安龍灣 씨 등의 시편에서 보는 바와 같은 현상은 이러한 경향이 나아가는[36] 일 방향에 좋은 사고 자료가 됨을 금치 못한다.

그렇지만 암흑 가운데서 명일의 희망을 노래하기 위하여 대부분의 시인이 끌어내는 회고적 술회, 과거에 대한 과장적인 시작詩作은 우리들의 시의 결코 정당한 부분은 아니다.

오히려 미래를 폐쇄당한 인간이[37] 불가피적으로 당도하는 감상주의의 하나일 것이다.

그러므로 우리가 암흑한 현실을 미워하고 무력한 자기를 혐오하고 오히려 내일의 희망을 잃지 않고 자기의 노래 가운데서 읊으려는 기도企圖가 애석하게 현실적으로가 아니라 관념적으로[38] 성취하고 마는 것이다.

이것은 옳은 낭만주의가 아니라 오히려 전前 세기의 회고적 낭만주의와 서로 통하는 것이다.

여기에서 포위包圍되는 것은 필연적으로 사실주의[39]―벌써 필자도 이런 우작愚作을 1,2편 썼다―배회적徘徊的인 풍자시의 방향이다.

그러나 길은 시야를 넓히어 현실의 대해大海 도처에서 제재를 발견하여 시화詩化하고 그것을 새로이 전진하고 있는 계급의 생생한 감정에서 노래하는 웅대한 서사시의 리얼리즘이고, 암흑한 제야除夜에 위대한 도정道程에서 넘어지는 비극에 찬[40] 웅대한 낭만적 비가悲歌, 또

---

36 원문에는 '나아가고'로 되어 있으나 문맥에 맞게 바로잡는다.
37 원문에는 '人間의'로 되어 있으나 수정하였다.
38 원문에는 '歡意的으로'라 되어 있으나 '歡'은 '觀'의, '意'는 '念'의 오식일 것이다.
39 사실주의 : 원문에는 '寄實主義'라 되어 있으나 '寄'는 '事'의 오자일 것이다. '포위'란 단어도 오식인 듯하다.

모든 곤란 가운데서도 오히려 굳건히 전진하는 히로이즘, 그리고 그 가운데서 느끼는 높은 감정, 그것이 우리의 감정시感情詩의 최대의 내용이다.

부자유한 입을 가지고 오히려 종횡縱橫히 기지機智, 은유를 가지고 명확히 소쇄笑殺될 대상을 풍자하는 것도 우리의 시가만 가질 수 있는 물건이다.

이러한 길에서 우리들의 내적 외적 불행을 틈타 일시 융성한 것과 같았던 복고적[41] 또 지상적至上的인 기교주의적 시가의 운무雲霧를 헤쳐 버림은 그리 어려운 일이 아니다.

이것을 위하여 창작상에서뿐만 아니라 이론상에 있어, 또 그 외 조직적인 영역에 있어서도 필요하고 가능한 사업은 우리 시인 모두의 근면을 요구한다.

필자도 다른 기회에 이 잡감雜感의 미급未及한 부분을 보충할 생각은 하고 있다.

---

40 원문에는 '한'이라 되어 있으나 문맥에 맞게 바로잡는다.
41 원문에는 '後古的'이라 되어 있다. '後'는 '復'의 오자일 것이다.

조선문화와 신 휴머니즘론[•]

논의의 현실적 의의에 관련하여

1

인간적이려는 욕구란 문화에 있어서 어느 때나 무시될 수 없는 성향일 뿐만 아니라 산[生]다는 것의 근본 목표일지도 모른다.

보다 더 아름다운 문화, 보다 더 좋은 생활은 보다 더 인간적인 인간의 본성에 조응한 쾌적한 상태를 의미하리라.

그러므로 인간의 생활은 소여所與의 역사적 현재를 수동적으로 살 뿐만 아니라 명일이란 곳에 보다 쾌적한 상태를 예상하면서 계속하여 살아간다.

이렇게 인간은 금일의 수긍受肯과 명일의 예상을 생활 가운데 연결

● 『비판』, 1937.4.

시키면서 자기의 역사를 만든다고 말할 수 있으리라.

이것은 인간적이라는 일색一色으로 그어진 직선 상에 문화와 역사를 예시해본 결과이나, 구태여 이 방법의 정부正否를 묻지 않는다면 좌우간 휴머니즘 — 인간적이려는 경향 — 이 인간 생활에 원소적原素的으로 잠재해 있었다는 한 개 보편적 결론을 끌어내게 한다.

여러 가지 시대에 존재한 휴머니즘을 이 원소적 휴머니즘의 자기 표현의 특수성이라 규정하는 타니카와 테츠조谷川徹三 류의 휴머니즘론이 그것이다.

이 견해의 정부正否는 막론하고 각각 자기류의 주견主見으로 휴머니즘을 고정화시키려는 잡다한 논의에 비하여 분규를 단순화시키는 규정임은 토사카 준戶坂潤의 비평과 같다.

그러나 무난하다는 것은 반드시 정당함을 의미하지는 않는다.

예例하면 르네상스기의 휴머니즘을 원소적 휴머니즘의 한 역사적 형태라고 말하여도 별로 이론異論은 없을 듯하나 우리는 이 규정에서 르네상스 휴머니즘의 특수적 내용을 해득解得할 수는 없다.

일보 나아가 르네상스기를 '교양 존중의 휴머니즘', 18~9세기 독일을 '이성과 자유, 섬세한 감각과 충동의 휴머니즘', 현대를 '세계인 행동인의 휴머니즘'이라 설명하는 견해에서도 우리는 단순한 개념상의 구분 이외에 별 소득이 없다.

비록 휴머니즘의 3 구분이나 각개의 내용 표상이 진리라고 가정하더라도 원소적인 것이 왜 시대를 따라 각이各異한 형태를 정呈하는가, 각 휴머니즘은 여하히 연관되어 있는가 혹은 전연 무관련적인가도[1] 알 수 없을 뿐더러, 휴머니즘이 정지된 기다幾多의 역사 기간은 어째

---

1 원문에는 '無關聯的인가 또'로 되어 있다. 문맥상 '또'는 조사 '도'의 오자로 보인다.

서 형성되었는가는 더욱 알 수 없다.

비非휴머니즘적인 시대는 결코 인간이 살지 않은 순수 시공時空도 아니었을 것이며 휴머니즘이란 역사적 진공을 사이에 두고 간헐적으로 발현하는 정신의 인광燐光도 아닐 터이므로 그러나 원소적 휴머니즘론의 기초에는 이 정신적 인광설燐光說이 뿌리깊이 박혀 있다.

비록 인간성의 존중, 인간의 해방을 인광의 핵심으로[2] 삼든지 혹은 교양과 행위로 수식하든지, 좌우간 교양 행위, 인간성이 역사적으로 여하한 것이 있으며 현실적으로는 무엇인가, 그것은 통틀어 어째 그렇는가의 구체성이 천명되지 않는 한 의연히 신비의 세계이다.

뿐만 아니라 개개의 휴머니즘이 역사적인 대신, 원소적[3] 휴머니즘은 일체의 휴머니즘의 원질原質이란 의미에서 절대화되어 있다.

즉 여하한 조건에서임을 물론하고 불변한 존재로 가정된 셈이다.

이 가정, 주관의 자의恣意로부터 출발한 만큼 원소설原素說은 겨우 논리적으로는 무난하면서 현실적으론 타당치[4] 않았다.

그러므로 타방他方의 논자는 객관적으로 고찰하고 다소간 사실로부터 출발하려는 경향을 띠게 됨은 자연스런 일이다.

이 부류에 속하는 것이 잡다한 르네상스와 현대 휴머니즘의 비교론, 서양문화와 동양문화의 대조론이다.

이 논자들은 전연 이론상의 일치를 갖지 않고 제각기 다른 입장에서 사실을 해석하며 제각기 다른 방법으로 현대인의 해방을 주장한다.

그러나 구구한 의논 가운데 일반적으로 인정할 수 있는 경향은 현

---

2 원문에는 '核心을'로 되어 있으나 문맥에 맞게 바로잡는다.
3 원문에는 '要素的'이라 되어 있으나 '原素的'의 오식일 것이다.
4 원문에는 '要當치'로 되어 있으나 '妥當치'의 오식일 것이다.

대 휴머니즘은 그 전의 휴머니즘보다 발전적인 것이고, 동양문화는 서양문화보다 덜 인간적이란 것이다.

코마쓰 키요시小松淸, 하루야마 유키오春山行夫의 능동주의자들이 전설前說, 미키 키요시三木淸 등 인간학자들이 후설後說을 주장한다.

물론 그렇지 않고는 신 휴머니즘이 새삼스럽게 제창될 이유가 성립치 않으므로 당연한 것이나, 그 중에 투철히 우수한 것은 동양적 자연주의를 휴머니즘의 대립물이라고 하는[5] 미키 키요시의 견해다.

분명히 희랍과 같이 만개滿開된 고대사회란 동양에 없었고, 르네상스에 의하여 부정된 생활의 자연경제성은 아직 동양인을 포촉捕促하고 있다.

그러나 이러한 후진성을 양기揚棄할 방법에 있어 이 설도 전기前記 능동주의자와 대차大差가 없다.

즉 어떠한 시대와도 인간이 소외된 조건이 다른 현대인의 자기 재건이 막연한 주체성의 고조로 시종한 데 불과하다.

소외된 인간성이 회복되기 위하여 소외된 원인이 구체적으로 인식되어 있지 못한 한, 자기 해방을 위한 주체의 행위는 그 정당성의 보장으로부터도 소외되는 것이다.

인간의 행위란 역사적으로 물려받은 유산과 그가 생활하는 사회의 조건을 전제로 하여서만 성립하므로, 현실성의 오산에서 출발한 행위는 달성될 확실한 가능성을 갖지 못하며 사실에 있어 인간 해방의 진정한 목적을 실현치 못하는 것이다.

적을 파破하기 위하여 적을 숙지할 것이 승리의 필수조건임은 손오孫吳[6]의 예로부터 클라우제비츠K. Clausewitz에 이르는 병법의 요要가[7] 아

---

5 대립물이라고 하는 : 원문에는 '對立物이란'으로 되어 있다. 문맥에 맞게 자구를 보충했다.

닌가?

그러면 현대 휴머니즘은 선량한 의도가 그릇된 방법으로 인하여 곤미困迷하고 있느냐 하면 유감이나 그렇지 못한 것이다.

현대 휴머니즘은 전 인간이 아니라 개인, 전 인류가 아니라 소시민 지식인의 필요로 발생한 것이다.

그들은 자본주의의 정상正常한 발전기에는 휴머니즘이 소용되지[8] 않았다. 오직 알게마이네크리제[9] 과정에서 근대 사회가 자기 질서를 새롭게 재편성할 제 급급히 인간을 옹호하라고 절규한 것이다.

따라서 금일의 알게마이네크리제적 질서가 정상적 상태로 복귀만 된다면 특별히 인간을 옹호하라고 떠들 필요도 스스로 소멸할 것이다.

이것이 무고誣告라면 어째서 그들은 금일의 사회와 본질적으로 다르지 않았던 19세기에 인간의 옹호를 부르짖지 않았는가?

당시 그들은 당해 사회에서 만족히 생활하지 않았는가?

그러므로 그들이 요구하는 인간의 자유, 인간다운 생활 문화란 19세기적 평온[10] 가운데[의] 자유, 문화 그것이다.

이곳에 인간의 생활 문화가 휴머니즘에 있어 역사와 사회로부터 추상된 개인의 입장에서 제기된 이유가 있다. 개인의 추상성 그것은 곧 개인의 소시민 지식인성이므로. 그러나 문화나 개인의 존재 그것의 옹호의 문제가 현대 휴머니즘의 중심 내용이 된 데는 근대사회의 알게마이네크리제적 질서가 문화와 개인의 발전과 대립하고 있다는

---

6 중국 춘추전국시대의 전략가인 손무(孫武 : 孫子)와 오기(吳起 : 吳子).
7 원문에는 '要이'로 되어 있으나 문맥에 맞게 고쳤다.
8 원문에는 '所有되지'로 되어 있으나 '有'는 '用'의 오자로 추정된다.
9 Algemeinekriese, 곧 (자본주의의) 일반적 위기를 말함.
10 원문에는 '平隱'이라 되어 있으나, '隱'은 '穩'의 오자일 것이다.

객관적 상태가 반영되어 있음을 간과해서는 안 된다.

또한 소시민 지식인이 현대적 질서 가운데 자기를 상실한 광범한 인간군人間群의 주변적 부분이란 본질이 이 경향 중에 표시되어 있다.

이 점이 때로 현대 휴머니즘이 문화와 생활 옹호운동에서 진보적 일환일 수 있는 소이인가 한다.

그러므로 휴머니즘 가운데는 근소한 장점과 과다한 결함이 혼재하며 중간계급의 생활적 복잡성만큼 이론 내용이 잡다한 것이다.

혹자는 코뮤니즘으로, 혹자는 시민적 자유주의로, 혹자는 파시즘으로 의식적 무의식적으로 접근해가는 것이다.

말할 것도 없이 이 원심운동은 지식인 소시민의 비자주성으로부터 유래하는 것이며 현대적 위기 가운데 촉진된 사회적 대립이 일층 격렬히 중간계급을 와해시키고[11] 있는 결과이다.

그러므로 분산되고 해체되고 있는 사회층의 이데올로기로서의 현대 휴머니즘은 전全혀 모순하는 내용을 인간적이란 형식 가운데 개괄하면서 실제에 있어 일치되지 않는 방향으로 특색화되어 있다.

그러나 오히려 휴머니즘 가운데 이것들이 포섭될 수 있음은 무슨 이유인가 하면 현재 그들이 각각 접근하려는 방향으로 완전히 도달치 못한 때문이며 자기 지양이 완성되지 않은 때문이다.

코뮤니즘에의 접근을 완성한 지식인이 자기를 휴머니스트라고 선언하지 않는 것과 같이 파시즘에로의 이행을 완료한 지식인도 자기를 휴머니스트라고는 부르지 않는다.

아직 소시민적 입장의 잔해를 청산치 못하고 개인의 시각을 통하여 금일의 현실을 관망할 제 그들은 인간적이라는 형식적 근사성近似

---

11 원문에는 '亘解시키고'로 되어 있다. '亘'은 '瓦'의 오자일 것이다.

^性으로 피차 연결되어 있다.

그러나 개인의 각도에서 현실을 보면 모두 다 소시민적이고 휴머니즘을 낳는가 하면 그렇지는 않다.

단지 물질적 제 전제로부터 모나키¹²적으로 개인을 추상할 제, 즉 인간답게 살려면은 무엇과 무엇이 필요하고 무엇과 무엇을 타파해야 한다는 조건이 무시될 제, 개인이 인간적이기 위하여는 인간적일 수밖에 없다는 의미없는 결론이 도출될 따름이다.

상이한 방향, 부동^{不同}한 사상 내용을 가진 각개의 지식인이 휴머니즘 가운데 공서^{共棲13}하게 됨은 이 무전제적 개인, 추상적 인간관의 최후의 일편-片을 아직 포기하지 못한 데서 유래한다.

이 형식적 근사성이란 사실 중간계급적 공통성이며 현대 휴머니즘을 일시적이나마 성립시키는 근본 이유이다.

그러므로 이 근사성이 최후의 일편-片에 있어 지식인의 몸에서 소청^{掃淸}되면 그때엔 벌써 일- 파시스트, 일 코뮤니스트, 혹은 일 리버럴리스[트]일 따름이다.

2

일전-轉하여 현대 조선의 휴머니즘 논의를 일별하면 결코 일반 사례에[서] 벗어남이 없음을 볼 수가 있으리라. 주지^{周知}와 같이 현대적 의미의 논의는 시인 김기림^{金起林} 씨에 비롯한다.

---

12 원문에는 '모나-키'로 되어 있는데, '군주제, 군주정치'를 의미하는 'monarchy'를 가리키는 듯하다. 문맥상으로는 "물질적 제 전제나 조건 등을 무시하고 '제멋대로' 혹은 '폭력적으로' 개인만을 추상할 때"라는 의미로 해석된다.
13 원문에는 '共接'으로 되어 있으나 '接'은 '棲'의 오식일 것이다.

기림 씨는 자기의 예술관의 결정結晶이라 할 「오전의 시론」 중에서 대략 다음과 같은 견해를 술述하였다.

근대시의 기교화가 시의 내용성을 축출한 것을 비판하고 기교와 내용과의 전체성 위에 건설될 새로운 시의 정신으로 문명 비평의 의식이란 것이 도입되었다.

문명 비평의 의식 내용은 다시 비판적 지성이라 불리져 자연과 사회의 인식과 시의 창작과정을 지배한다. 대상 인식과 시적 창작 중에 비판적 지성이 주체적으로 작용할 제 그것은 질서화에의 의지로 나타나 창조적 역할을 수遂한다.

그러면 비판적 지성을 질서화에의 의지로 매개하며 질서화에의 의지를 비판적 지성에로 매개하는 객관적 계기는 무엇인가?

기림 씨는 비판적 지성과 질서화에의 의지의 통일적 근원으로, 따라서 문명 비평의 기준으로 인간 정신, 휴머니즘을 설립하였다.

그러므로 기림 씨가[14] 부정한 근대시의 기교화 그것으로 인한 예술적 위기는 인간 정신의 내용을 갖지 않았기 때문이며, 시는 다시 휴머니즘에 의하여 재건되리라는 것이다.

그러나 이 긴요한 인간정신 — 휴머니티가 '어떠한', '수하誰何의'라는 구체성에서 재천명되지 않는 한 기교주의 비판은 일면적이고 불충분하지 않을 수가 없었다.

현실적으론 '어떠한' '누구가'[가] 항상 인간의 진정한 본질이므로. 예로 한 개 평범한 반문反問으로[15] 이 이론의 진리성을 물어보자. 만일 한 사람의 파시스트가 '파쇼 정신'이 아니라 인간 정신을 갖

---

14 원문에는 '起林氏의'로 되어 있으나 '의'가 주격조사로 쓰였으므로, 오늘날의 주격조사로 수정한다.
15 원문에는 '反向으로'라 되어 있으나 '向'은 '問'의 오자일 것이다.

지 않았다고 형식주의 예술을 비난한다면 그는 파시스트가 아니고 휴머니스트일까?

결코 그렇지 않다. 그는 파쇼 정신을 진정한 인간 정신이라 믿기 때문에 그렇게 말한 것이다.

물론 진정한 인간 정신이란 파쇼적 인간 정신과 일치되지 않음도 잘 안다. 그러나 인간적이란 개념이 파쇼의 공장주나[16] 노동자이라는 구체적 한계를 명시하지 않는 한 각자가 다 같이 자기만이 인간적이라고 주장할 수 있는 무한정물無限定物이 아닌가?

그러므로 기림 씨의 기교주의 비판은 근대시의 기교화가 시민적 문학의 필연적 결과라는 중요한 일면을 간과한 채 수행되었다.

요컨대 시민문학의 기교화를 그 내용과 형식의 통일물로 전체성의 입장에서 비판한 것이 아니라, 그 형식화의 일면만을 분리하여 비판한 셈이다. 이러한 비판은 극언하면 형식주의적 비평이다.

이 점은 기림 씨가 아직 씨 자신에 의하여 부정되고 있는 기교주의 문학으로부터 완전히 분리하지 못한 일 흔적일 것이다.

그러나 기림 씨의 반反기교주의의 입장과 휴머니즘 사상을 이러한 부정적 측면에서만 비난한다면 경단輕斷임을 면치 못할 것이다.

분명히 기림 씨에게는 다른 반면半面이 있다. 이 반면은 확실히 옹호되어야 할 부분이며 또한 씨에 있어 지배적으로 성장하고 있는 중요소重要素인가 한다.

형식주의적 위기하에 와해하고 있는 시민문학의 명철한 인식이 씨의 사상 가운데 확인될 뿐만 아니라 기교주의 가운데서 성장하여 기교주의 그것을 부정하는 씨의 태도 가운데는 지식인적 자기 반성의

---

16 원문에는 '工場主의'라 되어 있으나 문맥에 맞게 수정했다.

커다란 성실이 일관하고 있다.

객관적으로 우리는 이 가운데서 시민문학의 심각한 붕괴과정과 기교의 시는 현실의 시로만 재건되리라는 문학사적 필연성의 한 면을 발견할 수도 있다.

기교주의는 씨에 있어 이미 과거의 것이고 현실주의는 미래의 것이며, 시민문학은 소멸되고 있으며 새로운 문학은 발전하고 있다.

그러므로 기림 씨의 휴머니즘은 발전적인 것이다. 즉 현실의 문학과 사상에로 이행하는 제일의 문이며 동시에 낡은 문학과 사상과의 결별을 짓는 최후의 문이다.

물론 그의 예술적 장래가 우리들의 예측을 그르친대도 문제의 본질은 의연히 변치 않는다.

비평가는 예언자가 아니므로 —.

그러나 기림 씨보다 훨씬 많이 인간의 이름으로 저명한 백철白鐵 씨의 견해는 그 내용 방면에 있어 완전히 이와 대척적이다.

주지와 같이 백철 씨는 조선 프로문학의 '저널한'[17] 비평가의 일인 —ㅅ이었다.

이 사실은 씨의 눈물겨운 참회로도 부정되지 않을 뿐더러 이론적 발전의 과정에 의하여 더 한층 씨의 자태를 빛나게 한다.

백씨가 '인간적'이란 개념을 자기 견해 가운데 채용한 방법이 현재 씨가 전수히 인간의 문학이 아닌 것처럼 타기唾棄[18]하고 있는 프로문학으로부터 일약—躍하여 인간문학으로 전환한 것인가 하면 그렇지

---

17 '저널'한 : 원문에는 '「쩌 널」한'이라 되어 있다. 아마 「쩌 널」은 'journal'의 음독이겠는데, 관형어로 쓰기 위해서는 'journalistic'이라 해야 하겠으나 필자의 원래 사용을 중시하여 그냥 '저널한'으로 표기한다.
18 원문에는 '睡棄'로 되어 있으나, '睡'는 '唾'의 오자일 것이다.

못했다.

'웰컴 휴머니즘'하고 절규하기까지에는 혼미와 자기 모순에 찬 우회준순迂廻逡巡의[19] 일련의 과정이 계속하였다.

인간묘사론이란 이름으로[20] 백씨는 최초 프로문학 이론의 말단末端을 약간 수정하려고 시試하였다.

그것은 당시 새로 수입된 창작방법[21] 중 형상의 개성화 이론을 일방적으로 과장한 결과이었고 프로문학의 제諸 전제는 아직 부정되지 않았었다.

예例하면 인간묘사를 프로문학의 과제라 한 것 같은. 그러나 현실 인식과 사회적 과제의 실천을 임무로 하는 문학의 의의를 인간묘사가 문학의 목적이라 속류화하는 것으로, 추상적 인간론은 벌써 씨의 머리 속에 깊은 각인刻印을[22] 찍었다.

다음 문예부흥 대망론待望論[23] 중에서도 프로문학을 중세적 교회문화와 비교할 만치 최초의 각인刻印은 확대하였으나, 역시 사적유물론이 예상하는 어떤 미래 사회의 문예 왕성旺盛을 논하고 있었다.

크레미외Crémieux, B.[24]나 동경東京 문단의 부흥 소동으로부터 자기를 구별하려 애를 쓰고 오해가 두려워 장황한 변명을 시試한 태도에도 이 점은 나타나 있다.

---

19 원문에는 '迂廻浩巡의'로 되어 있으나 '浩'는 '逡'의 오식일 것이다.
20 백철의 초기 인간묘사론으로는, 「문단시평─인간묘사 시대」(『조선일보』, 1933.8.29~9.1); 「문학, 인간, 자연, 현실─인간 탐구의 도정─인간묘사론 其二」(『동아일보』, 1934.5.24~6.2)가 있다.
21 사회주의리얼리즘론을 가리킨다.
22 원문에는 '刻心을'이라 되어 있으나 '心'은 '印'의 오자일 것이다.
23 백철의 「인간 탐구의 정열과 문예부흥의 대망 시대」(『조선중앙일보』, 1934.6.30~7.13)를 가리킨다.
24 벵자맹 크레미외(1888~1944). 프랑스 평론가. '행동적 신인본주의'를 제창. 1920년 이후 주로 문예지 『신프랑스평론 NRF』를 통하여 활동하였음.

그러나 인간묘사론 가운데 한 개 종속적 부분에 불과하였던 추상적 인간론과 관념론적 경향은 부흥론에 이르러[서]는 지배적 위치를 점하였다.

프로문학론은 구조상의 일 형해形骸, 명백한[25] 일 전제로서밖에 취급되지 않았다.

전자에서 A가 3이고 B가 1의 비례였다면 후자에 와서는 A가 1, B가 3으로 비례관계는 역전한[26] 셈이다.

그러나 고뇌의 정신을 고창한 인간 탐구 문학론에 와서는[27] A는 영이 되고 B는 4로, 프로문학이론의 일체의 전제는 포기되고 현대 유물론과의 명확한 절연絶緣이 선언되었다.

인간을 역사와 사회의 구체 상황 가운데 계급인階級人으로 보는 과학적 인간관 대신에 인간을 단순히 인간인人間人으로 보는 관념적 인간관이 씨를 안도케 하였다. 그러므로 백철 씨가 인간주의로 걸어온 길은 기림 씨의 그것과 전혀 반대되는 것으로 흥미있는 대조를 이룬다.

간단한 도해를 사용하면 기림 씨가 시민문학의 부정으로부터 출발하여 보다 인류적인 현실 문학에로 향하는 도정 중의 일점으로 취택된 인간 정신은, 백철 씨에게선 프로문학의 부정으로부터 출발하여 보다 개인적인 시민문학으로 향하는 과정 중의 일점인 의의로 변화되어 있다.

그러므로 외견상 동일한 인간 정신은 기림 씨에게 있어 아직 양기

---

25 원문에는 '白明한'으로 되어 있으나 글자 순서를 바로잡는다.
26 원문에는 '送轉한'으로 되어 있으나 '送'은 '逆'의 오자일 것이다.
27 백철의 「현대문학의 과제인 인간 탐구와 고뇌의 정신」(『조선일보』, 1936.1.12~1.21)을 가리킨다.

揚棄되지 못한 시민문학 전통의 최후의 잔재이며, 백철 씨에 있어는 정히 획득된 시민문학 정신의 최초의 보물인 것이다.

상반하는 방향의 길을 가는 문학적 행인이 상위相違하여 엇갈리는 교차점—십자로로서 인간 정신은 양씨兩氏에게 공통할 따름이다.

이 점은 같은 인간 정신 가운데 양씨가 전혀 다른 이론 내용[28]을 도입한 사실에 비추어보면 일층 분명하다.

기림 씨가 인간 정신 가운데 이성적 판단이나 지적 비판, 따라서 높은 인간적 교양과 같은 것을 상정하고 있는 대신, 백철 씨는 생의 본능, 생물적인 격정 등을 대치代置하였다.

단순한 본능이나 격정 등은 인간의 맹목적 자연성의 배설이라 하여 기림 씨는 하등예술에만 있을 것이라고 극력 타기唾棄한[29] 것이다.

이러한 차이는 양씨의 행문行文 상의 '토'에까지 반영되어, 김씨가 정연한 이론가인 반면에 백씨는 황잡荒雜한[30] 파톨로그[31]임에 그쳤다.

더욱이 김씨가 금일의 현실과 정면으로 대립하고 이성의 날카로운 무기를 들어 그것을 부정, 비판하려는 대신, 백씨는 현실 앞에 절망하고 그 앞에 자기의 무력한 육체를 내어던짐에 불과하다.

그러므로 백씨에 의하여 선전된 인간 정신은, 고뇌하는 정신이란 낭만적 비극의 철학이었다.

그러면 양씨를 아직도 인간 정신이란 추상적 지반 위에 병렬케 하는 공통성은 무엇인가?

양씨가 다 같이 개인의 각도에서 금일의 현실을 관찰하고 개인

---

28 이론 내용: 원문에는 '理容內容'으로 되어 있으나 문맥에 맞게 수정했다.
29 원문에는 '睡棄한'으로 되어 있으나 '睡'는 '唾'의 오자일 것이다.
30 원문에는 '荒離한'으로 되어 있으나 '離'는 '雜'의 오자일 것이다.
31 원문에는 '「파토로구」'로 되어 있는데, '병리학자'를 뜻하는 독일어 'Patholog'인 듯하다.

의 방식으로 문화적 사상적 출로出路를 구하려는 입장의 공통성 그 것이다.

그러나 개인적 시각에서 사물을 관찰한다는 것이 모두 다 개인주의적[32] 방법이 아님은 전술前述과 같거니와, 양씨에 있어 개인은 다같이 무전제적 모나키로 생각되고 있다.

기림 씨에 있어는 아직도, 백씨에 있어는 이미!!

그러나 휴머니즘 문제가 어째 양씨의 개인적 변천과정의 문제로 머무[르]지 않고 일반적 논의성을 띠었느냐 하는 것은 별개의 문제이다.

차항次項에서[33] 이 문제의 해명을 시試하기로 하고 백철 씨가 인간 탐구 문학론으로부터 휴머니즘으로 비약한 과정의 모순 위에 일별一瞥을 던지자.

물론 외면적으로 휴머니즘이야말로 인간 탐구의 본래적 욕망을 만족시키는 것이 아니냐 하고 반문하면[34] 사태는 간단하고 백철 씨는 항상 가지고 싶은 체계가體系家의 명예를 취득할 것이나 사실의 진상은 그렇지 못하였다.

주지와 같이 백씨는 고뇌 정신의 선전자이다. 생의 불안 가운데 비극적 고뇌에 시달리는 인간이 인간 탐구론에서 탐색[35]하고 있던 인간형이다. 이것이 착오나 무고가 아님은 백씨의 전설前說 「인간묘사론」, 「인간 탐구의 도정」, 「인간 탐구의 정열과[36] 문예부흥 대망 시대」 등 일련의 논설을 번독繙讀하면 요연瞭然하리라. 차등此等 제론諸論에서 씨의 의중에 예상된 인간은 역사적 임무를 쌍견雙肩에 지고 인류적 미래

---

32 원문에는 '個主主義的'이라 되어 있으나 바로잡는다.
33 원문에는 '次頃에서'로 되어 있으나, '頃'은 '項'의 오자일 것이다.
34 원문에는 '反向하면'으로 되어 있다. 역시 '向'은 '問'의 오자일 것이다.
35 원문에는 '探索'으로 되어 있으나 '探'는 '探'의 오식일 것이다.
36 임화의 원문에는 '熱情과'로 되어 있으나 백철 글의 원 제목에 의거해 수정하였다.

를 개척하는 어떤 특정의 인간형이었다.

이 근거에는 아직 사적 유물론이 놓여 있고 따라서 씨 개인의 계급적 속성에서 보면 객관적으로 존재하는 인간이었다.

그러나 「인간 탐구와 고뇌의 정신」, 「인간 탐구의 문학」[37] 등에서는 현실과 정면으로[38] 대립하지도 않고 적극적으로 출로出路를 타개하려는 용력勇力도 이미 상실하여[39] 오로지 자기의 내적 고민과 갈등하고 있는 절망한 무력인無力人의 타입이었다.

이곳에 새로이 취득된 것은 자기 중심 사상이며 탐색된 인간형은 씨 개인 자신의 주관적 복제물이었다.

외형으로만 보아도 전자가 행동인行動人인 대신 후자가 심리인心理人이며 또한 이 변천의 주요 계기가 백씨의 사상적 전환에 있다는 것은 주지의 일이다.

그러나 행동인에서 심리인으로 도하跳下한 백씨는 다시 행동인 — 좌우간 휴머니즘이 탐구하는 인간형은 행동인이다 — 으로 뛰어올라야 할 고뇌를 맛보게 되었다.

신新휴머니즘의 인간 주체론은 그 성질이 여하튼 행동적 성격이며 따라서 일부 논자 간에는 행동적 휴머니즘이라 불러진다.

그러나 백씨는 수개월 전 발표한 「고뇌 정신론」에서 자긍自矜과 확신을 가지고 행동주의를 불순한 감상주의라 논박한[40] 쓰라린 기억을 가지고 있다.

"조선 땅에는 행동주의가 이식될[41] 현실적 조건이 준비되어 있지

---

37 임화의 원문에는 '「人間探求 文學論」'으로 되어 있으나 백철의 원 제목의 따라 수정했다.
38 원문에는 '區面으로'로 되어 있으나 '區'는 '正'의 오식일 것이다.
39 원문에는 '表失하야'로 되어 있으나 '表'는 '喪'의 오자일 것이다.
40 원문에는 '論駁한'으로 되어 있으나 '駭'는 '駁'의 오식일 것이다.

못하다"고 전제한 다음 "그런 의미 등에서 전반으로는 행동주의가 그대로 조선 문단에 섭취될 수 없다는 정견定見을 나는 고지固持하련다", 그러므로 "나는 인간 탐구를 불안과 고뇌 그 상태에서 이해하련다"는 소술所述은 바로 백철 씨 자수自手로 된 고견이다.

이러한 심연 가운데서 "미래 추구 정신의 표현"백철이고 "주체성은 행동성을 의미하는"金午星 휴머니즘으로 모순과 비약이어서 이행키는 불가능한 것이다.[42]

왜 그러냐 하면 신휴머니즘은, 불안이란 새로운 세기병世紀病이며, 그것의 고조는 혼란한 개성의 과장, 소피즘[43]의 캄프라주라고 매도하고 있으므로 ……하루야마 유키오

대범大凡 두 개의 방법이 이 곤란한 전환을 성취시키는 것인데, 하나는 모순을 모순대로 어름어름 넘겨버리는 것이요, 또 하나는 불안不安하는 것이 곧 재건으로 전화한다는 크레미외류流의 신비적 변증법이 그것이다.

백씨는 대략 전자의 구렁이 담 넘어가는 방법을 취하고 난처難處를 만나면 크레미외적 방법에 어깨를 대고 있는 셈이다.

하등 변해辯解 없이 고뇌 정신이 있던 자리에 미래추구 정신을 대치代置함이 전자요, 고뇌함으로 고뇌를 초극한다든가, 규정할 수 없는 규정, 주류일 수 없는 주류이라든가 등의 괴술어怪述語가 후자이다.

명확히 씨 자신의 사상이 씨 자신과 당착撞着하고 있다.

---

41 원문에는 '移相될'로 되어 있으나 '移植될'의 오식일 것이다. 한편 백철은 해당 부분에서 '이식'이라 표현하지 않고 '수입'이란 표현을 사용하고 있다.
42 원문대로인데, 문법적 관계가 뒤엉켜 있어 이해가 곤란하다. 백철의 휴머니즘론이 "미래 추구 정신의 표현"(백철)이자 "주체성은 행동성을 의미하는"(金午星) 휴머니즘으로 이행하는 것은 비약이어서 불가능하다, 양자는 서로 모순한다, 는 의미인 듯하다.
43 원문에 '쏘피즘'이라 되어 있다. '궤변'을 의미하는 'sophism'이지 싶은데, 정확하게 무엇을 두고 이 표현을 썼는지는 불분명하다.

이 점에서 평론가로서의 백씨의 이론상 책임이란 것이 응당 물어져야 하리라.

3

그러나 문제는 이렇게 개인에 있어, 각 인간에 있어, 또는 이론 내용에 있어 모순하고 있는 불충분한 사상이 어째서 방금 논의의 와중에 등장하였는가 하는 곳에 있다.

간단히 말하면 이 불충분성, 자기모순성, 즉 몽롱성이 휴머니즘을 일반一般시킨 주요 원인이다.

인간적이란 개념은 각인各人이 자기의 본질을 은연隱然한 형식 가운데 표상하기에 실로 편의한 물건임은[44] 상술한 기다幾多의 예에서 알 수 있지 않은가?

세태가 정히 사상 표현의 은연한 형식을 요구한 것이다.

그러므로 사람들은 휴머니즘이 이즘으로서 여하한 내용의 것인가를 묻는 대신 그 인간적이란 외형에 매료되려 한 것이다.

그 증거로 작금년간 복고주의 문학주의 불안주의 자유주의 등 수다한 출현이 거개 논단 일우一偶에 한정된 채로 소멸하였음을 상기하면 족하리라.

복고주의는 현대 감각에 뒤늦은 거요,[45] 문학주의는 너무 협애하였고, 불안주의는 동굴적洞窟的이었고, 자유주의는 그 중 생채生彩가 있는 듯하였으나 너무 내용이 똑똑하고 19세기적이었다.

---

[44] 원문에는 '물것임은'으로 되어 있다.
[45] 원문에는 이 앞에 '권'자가 잘못 삽입되어 있다.

그러나 인간이란 개념 중에는 사상 문화 실천 등이 한데 표상되는 것 같았으며 르네상스 문화 인간해방이 그 현란한 역광役光이 되어 중인衆人의 이목을 끌기에 족하였다.

그러면 왜 내용 불분명의 그러나 내용이 있는 듯한 환상적 표상이 사람들에게 요구되었는가?

현재의 생활 조건이 그 전에 비하여 각인의 공연한 자기 표현에 곤란성을 부여한 때문이다.

다시 말하면 객관적 정세가 월등히 옹색해진 탓이다.

당연 '어떤 사상'의 퇴조라는 새로운 현실이 이곳에서 반성되어야 한다.

재래로 많은 사람들은 집단적 운명 가운데 자기 표현의 형식을 발견하고 적어도 문화 사상 상에서는 자기와 집단과의 불일치라는 것을 경험하지 않았다.

비록 불일치가 존재하더라도 자기를 일반화하는 실천과정에서 해결 방도를 구했고 집단성의 앙양하에 조그만 갈등은 표면화될 여유가 없었다.

그리하여 각인은 일치한 객관적 방향과 지도력을 파악하고 있었으며 그것의 배경하에 일체를 명확한 형식으로 표현할 수 있었던 것도 주지의 일이었다.

이 조류는 휴머니즘과 같이 사상적 장식의 모드가 아니라 현실적 의미를 갖는 내용적인 것이었다.

그러나 일반 방향, 확고한 지도력의 상실과 함께 각각의 개인은 자기라는 개체로 분리되고 한 개 고립화된 존재의 지위로 타락하였다.

왜 그러했을까? 다름아니라 사상인思想人 문화인이란 각자는 본래 일반적 생활에 적당치 않은 신분적 지반 위에 탄생한 때문이다.

그러므로 앙양기에 은폐되고 표면화되지 않았던 집단성과 개성의 차이는 퇴조기를 당하여 커다란 사회적 낙차란 형식으로 확대된 것이다.

요컨대 군학群鶴을 따라가던 일계一鶏가 도로 일계로 환원된 셈이다.

백철 씨 등이 인간으로 귀환하였다는 절규의 비밀은 실상 집단의 길에서 소시민으로서의 일 개인으로 낙오하였다는 의미에 불과하다.

물론 이 현상은 집단성에 가담하였던 모든 개인의 낙오야 아닐지도 모른다. 이 점에 예의 퇴조 현상은 제한된 의미로 해석해야 하리라.

그러나 퇴조 현상을 사상 문화의 영역에서 국한하여 고찰할 때 전쑴혀 일반적 현상이라[46] 지적치 않을 수 없다. 현상적으로가 아니라 거의 본질적으로…….

왜 그러냐 하면 사상 문화인은 대부분 소시민 출신의 지식인이었으므로.

집단적 조류로부터 소시민이 분리되는 전형적 현상이 사상 문화 영역 중에 환기된 것이다.

그러므로 예의 일반적 퇴조 현상이 일어나자[47] 사상 문화의 영역은 전쑴혀 각 개인적 경향별로 분리되고 방향이나 지도의 일반성은 상실되어 버렸다.

토사카 준戶坂潤이 말하는 소위 사상 상의 진공이란 것이 혼란을 장식한 성격이 된 것이다.

그러나 문화나 사상은 어떤 통일적인 방향 없이는 존속치 못하는 것이며, 개인이 진실로 생명 있는 개성으로 유지되려면 어떤 일반적 현실 생활과 접근되지 않을 수가 없는 것이다.

---

46 원문에는 '現象이란'으로 되어 있으나 수정했다.
47 원문에는 '러나자'로 되어 있으나, 앞에 '이'자가 탈자된 것으로 보인다.

현대란 시기의 준엄한 긴박성緊迫性과[48] 지식인의 사회적 지반인 소시민의 불확정성은 더욱이 요망要望을 높이었다.

그러나 확고한 적극적 지도 원리가 채용되기에는 환경은 심히 준엄하였다.

이곳에 이미 퇴조된 어떤 사상들은 전혀 그 자체의 결함 때문에 퇴조되었다고 단정해버리는 것으로 경박한 사상적 의장意匠의 새 모드가 만들어진 것이다.

휴머니즘이 그것이다.

그러나 무심한 찬동자들은 휴머니즘 가운데 개성과 문화의 협위脅威에 대한 조그만 저항력만을 보고, 개인의 각도에서 일반적 문제를 해결하려는 처리 방법의 편의한 외형만을 보고 말았다.

발생의 근거, 이론의 내용 등을 음미할 여유를 스스로 갖지 못하고 자의恣意로 휴머니즘이란 것을 해석한 데서 오류는 시작하였다.

어떤 의미에서 선한 의도의 그릇된 발로일지도 모른다.

그러나 인간성을 존중한다고 반드시 인간주의가 되지 않으며 개성을 중시한다고 개인주의가 되지는 않[는]다.

인간을 구하라 해서 모든 인간이 구해지지 않으며 개인을 존중하라 해서 모든 개인이 존중되지 않음은 자명한 일이 아닌가?

인간이 살고 개성이 자유롭기 위하여는 한 개 사회적 전제가 필요치 않은가?

소위 현대 인간과 개성이 소외된 상태 가운데 처해 있음은 인간과 개성의 주관과는 별개의 어떤 관계 때문임은 각인各人이 스스로 자기의 상태를 반성하면 명료해지는 것이다.

---

48 원문에는 '等迫性과'으로 되어 있으나 오식인 듯하다. 문맥상 의미에 맞게 수정한다.

이 증거로는 김오성金午星 씨가 실존 철학을 중심으로 하여 만들어 낸 예의 네오 휴머니즘론을 들어보자.[49]

거기에는 무심한 찬동자들이 생각[해]듯 어떠한, '누구의' 인간주의가 있지 않고 만인의 것인 듯한 휴머니티 일반이 있을 뿐이다.

그러나 인간 일반이란 만인을 의미하지 않았을 뿐더러 특정한 한정된 어떤 인간의 입장의 표시가 아니었던가?

일반 자기 표현의 편의성이란 그실實 어떤 특정한 자기에만 고유한 편의성이었다.

주지와 같이 김오성 씨는 모든 전제를 초월한 순수 인간의 주체적 행동성만을 강조하였다.

물론 주체성과 행동성에 우리 인간의 생존 의의가[50] 있다.

그러나 '누구'의 주체, '어떠한 행동'인지[51] 알 수 없는 이상, 창조된다는 역사의 정체란 것도 알 수 없지 않은가?

나치스 선전상宣傳相 괴벨스P. J. Goebbels, 무쏠리니B. Mussolini의 문부대신이었던 노老 헤겔리안 젠틸레G. Gentile도 이러한 의미의 주체 강조 행동주의는 말하였다.

어쨌든 무규정無規定, 비전제적非前提的인 창조적 행동설은 피히테J. G. Fichte, 니체F. W. Nietzsche의 것과 더불어 히틀러A. Hitler 철학의 부분품임은 철학 사상에 통효通曉한 지식인 주지의 사실이다.

그렇다고 김오성 씨가 독일로부터 돌격대원의 행동주의를 수입하

---

49 김오성의 휴머니즘론으로는 다음과 같은 글들이 있다. 「능동적 인간의 탐구─철학과 문학의 접촉면」(『조선일보』, 1936.2.23~2.29); 「인간 탐구의 현대적 의의」(『조선일보』, 1936.5.1~5.9); 「네오 휴머니즘론─그 근본적 성격과 창조의 정신」(『조선일보』, 1936. 10.1~10.9).
50 원문에는 '急義가'로 되어 있으나 '急'은 '意'의 오식일 것이다.
51 인지 : 원문에는 '이'로 되어 있으나 문맥에 맞게 수정하였다.

였다고 믿고 싶지는 않다.

그러나 김오성 씨의 이론을 구체적으로 음미하면 이 확신은 실로 유지되기가 어려운 것은 유감이 아닐 수 없다.

김씨가 어디서 인간을 탈환해 오는가 하면 인간성을 속박한 진정한 대상에서가 아니라 실로 유물사관에서부터이다.

또한 근대 철학사 중 유일의 문화재라고 생각되어 있는 합리주의와 과학성이 씨에 있어서는 인간을 속박한 폐물廢物로 증오되었다.

이 두 곳에서[52] 탈환된 네오 휴머니즘의 인간이란 과연 여하한 인간일까?

지드A. Gide도 말로A. Malraux[도] 미키 키요시三木淸도 김기림도 아닐 것이다.

일체의 법칙의 적인 인간은 "이성은 우리를 속이나 본능은 속이지 않는다"[53]고 생각한 니체가 아닐까?

동서東西의 어떤 휴머니스트가 예상한 인간 개성도 백, 김 양씨兩氏가 일치하여 주장하는 본능과 격정만의 동물적 인간은 아니었다.

양씨에게 누누히 인용되고 오성 씨의 네오 휴머니즘론 서두를 장식한 니체는 불가불 심장深長한 의미를 갖지 않을 수가 없다.

원칙적으로 소시민적 개인주의에 입각한 네오 휴머니즘은 분명히 나치스 철학 편으로 일창一窓을 열었다.

이러한 것을[54] 볼 제, 선의의 휴머니즘 일반의[55] 찬동자가 상상한 것과 실제로 주장되는 이론 내용은 분명히 상거相距가 먼 것이다.

---

52 원문에는 '곳에는'으로 되어 있으나 문맥에 맞게 고쳤다.
53 임화의 원문에는 '「理性을 우리는 속이니 本能은 속이지 안는가」'로 되어 있다. 문맥에 맞게 수정하였다.
54 원문에는 '못을'로 되어 있으나 오식일 것이다.
55 원문에는 '一般되'라 되어 있다.

논의 현상으로서의 휴머니즘론은 근소한 진보성과 편의성을 가진 반면에 커다란[56] 위험성을 내포하고 있는 것이다.

그러므로 이 논의는 곧 반성되고 비판될 현상이며 사상 문화적 야공夜空을 지나는 일편一片의 암운暗雲에 불과한 것이다.

비록 그것이 하나의 가정假定한 것으로 생각된다 해도[57] 자기의 프린시플은[58] 의연히 확고해[야]야 할 것이다.

그러나 사견 같아서는 이 논의는 일시적의 것이며 오래 가지 않을 것이라 생각된다.

왜 그러냐 하면 이런 내용 공허한 사상이 팽배한 문화 예술 생활의 구체적 욕구를 만족시킬 수는 없으므로…….

---

56 원문에는 '크다한'으로 되어 있다.
57 것으로 생각된다 해도: 원문에는 '스곳가으로 생각된대로'로 되어 있다. 문맥상 의미로 보아 수정한다.
58 원문은 '푸린 시프고은'으로 되어 있으나 '플'이 '프고'로 잘못 식자된 것으로 보인다.

복고현상의 재흥[*]

휴머니즘 논의의 주목할 일 추향(趨向)

전진이 중지되었을 때 이미 역행逆行이 시작된다는 것은 단순히 알레고리가 아니다.

역사라는 대도大道 가운데는 문화로 하여금 잠시 그 피로한 행보를 쉬우기에 알맞은 녹색 지대는 준비되어 있지 않다.

전진이냐? 그렇지 않으면 후퇴냐? 군율軍律처럼 준엄한 것이 문화 발전의 법칙이다.

일찍이 이곳의 전진적 문화운동이 어찌할 수 없는 퇴조의 자세를 취하기 비롯한 수년래數年來로 조선의 문화계는 단순히 시대적 행보로부터 점차로 멀어진다는 막연한 유리감遊離感뿐이 아니라 후퇴에의 명백한 징후로 특색화되어오지 않았는가?

● 『동아일보』, 1937.7.15~20.

금일 연然한 복고주의는 논외로 밀더라도, 역사적 반성이라든가, 고전의 과학적 재음미라든가, 혹은 자아의 재검토라든가 유類의 현실적인 듯한 제종諸種의 논구도 무엇 하나 우리의 나아갈 전정前程이 어느 곳에 있는가를[1] 지시한 일이 없었다.

오늘날 우리의 문화 전반이 단지 외적 영향을 받는다는 것보다 어디인지 모르게 실제 현실로부터 유리된 듯하고 시대의 행보로부터 뒤떨어지는 듯한 혹종의 적막감은 여간한 강심남强心男이 아니고는 부정키 어려운 일이다.

하기야 거년去年부터 우리는 행동 주체의 강조, 창조의 정신 등의 대단히 용장勇壯한 소리를 들어 왔다.

휴머니스트란 사람들이 이러한 주장을 가지고 문단의 주류를 삼으라든가, 위기에 임한 문화를 재흥하라든가 말하여 왔으나 문제는 여기에 있었다.

한번 좌절한 길이 재건되기 위하여는 좌절된 원인, 현재의 환경과 우리 자신의 현재의 구조적 특질, 그것의 인식을 위하여 이론의 객관적 과학성이란 것이 절대로 요구되었다.

그러나 휴머니즘론은 이 대신 주관적 정열을 가지고 임하려 했음에 불과하였다.

여기에 모든 종류의 자의적인 주류설主流說, 문화이론이 만들어졌으며, 인간이란 지극히 추상적인 기준을 설정함으로써 '자기'라는 초라한 일 개인을 마음대로 유영遊泳시킬 안일한 분위기를 펴놓은 것이다.

뿐만 아니라 문제는 휴머니즘론이 단순히 문화적 진로의 어떤 유효한 방면을 지시치 못하였다느니보다 그것이 예기하지 않았던 어느

---

1 원문에는 '엇는가를'로 되어 있다.

일방一方으로 은연隱然히 통하지 않는가 하는 점이었다.

과연 어떤 일방인가?

불행 예상처럼 적중하는 것이 없는 모양이다.

그것은 다름아닌 국민주의적 방면, 문화적으로 복고주의에의 길이었다.

왜 그러냐 하면 휴머니즘론자들이 강조하고 있는 주체성이라든가 행동의 정신이라는 것이 현하와 같은 정황 가운데선 현실의 전제와 역사적 방향을 결缺하는 한 불가피적으로 국민적, 민족적인 곳에 통합되고 마는 때문이다.

이곳엔 최초의 의도 여하라는 것이 별로 의의를 갖는 것이 아니다.

현실이란 인간이[2] 의도했던 경륜經綸이 어떠했든간 자기 고유의 법칙을 가지고 결론을 맺어버리는 것이다.

이것을 가리켜[3] 우리는 몸서리가 칠 만큼 늠렬凜烈한 현실의 면모라 이름짓지 않는가?

우리 문화인은 자기의 운명 가운데 이미 현실의 이러한 교훈을 너무나 뼈아프게 받아왔을 것이다.

정히 어두운 밤 궤도 없는 차 위에 올라앉은 일─ 여인旅人의 목적지가 어디인가를 질주하는 밤은 돌아보는 것이 아니다.

그러므로 우리는 네오 휴머니즘론이 더듬고 있는 이론적 앞길 위에 하나의 함정으로서 국민주의적 위험을 지적했을 때 "무용無用한 기우杞憂라!"고 조롱한 그들은 너무나 철없는 어린아이였다.

인간의 탐구라든가 문화의 옹호라든가 행동의 열정이라든가를 고조高調하여 마치 오늘날의 문화가 당면한 대부大部의 문제를 들어 해결

---

[2] 원문에는 '人間의'로 되어 있으나 오늘날의 주격조사로 수정했다.
[3] 원문에는 '가르쳐'라 되어 있다. 문맥에 맞게 수정하였다.

을 육박하는 듯한 화려한 입론이 민족적인 곳에 촉루髑髏를 내걸고 마는 것은 어떠한 연유일까?

나는 최초부터 신新휴머니즘론자 제공諸公이 배척주의 문화이론의 앞잡이로서 자기를 위장해 왔다고 보고자 하지는 않는다.

그것은 악의 있는 편견에 불과하리라.

사실 네오 휴머니즘론이 가지고 있는 현대 유물론에 대한 터무니도 없는 반감이나 비합리주의에의 열정적인 접근에도 불구하고, 일찍 어떤 논술 가운데서 지적한 바와 같이,[4] 그 가운데는 파시즘의 중압하에 자기를 방어하려고 하는 인텔리겐차의 한 방울의 성의가 들었던 것이다.

아무도 무지한 재판관처럼 그것을 무시해버릴 수는 없는 것이다.

그러나 어느 때고 명기銘記할 것은 현실이다.

현실은 때로 친절한 교사이면서 또한 가혹한 형리刑吏와도 같아서 과오를 묵인하지는 않는 법이다.

어제[5] 휴머니즘론의 추상성의 국민주의적 전화轉化는 한 개의 가능성에 불과하였으나, 오늘엔 이미 현실성에서 문제가 상정되고 있지 않는가?

조선 휴머니즘론에선 '지드A. Gide', '몽테뉴M. E. Montaigne' 대신 '단군檀君'이 문화 옹호의 대상이 된 것은 무엇을 의미함일까?

어떻게 보면 백철白鐵 씨 등의 문화적 조선주의란 현해탄을 건너온 계절풍의 영향이라 일소一笑에 부付할 수도 있으나 또한 그렇지도

---

4 임화는 「조선문화와 신휴머니즘론」(『비판』, 1937.4)에서, 휴머니즘론이 지향하고 있는 문화와 개인의 발전이 당시의 자본주의의 일반적 위기 상태가 요구하는 질서와 대립하므로, 그러한 객관적 상태를 반영하고 있다는 점에서 현대 휴머니즘이 문화와 생활 옹호운동에서 진보적 일환일 수 있다고 논한 바 있다.
5 원문에는 '이제'로 되어 있으나 문맥에 맞게 수정했다.

않다.

실상 동경東京 문단의 'にっぽん的なもの'[6]나 'まののあはれ'[7]가 '조선적인 것'이나 '풍류적인 것'의 원판인 것은 말할 것도 없으나, 유행, 모방이란 문화 풍속도 사회현상이라 하나의 독자적 분석의 가치가 있는 것이다.

'조선적인 것'의 출처는 역시 휴머니즘론 자체 속에 그것이 논의되던 지반인 조선의 현실 속에 구함이 마땅하다.

조선의 휴머니즘론이 '단군적'인 삼림森林 속으로 들어선 그윽한 십자로는 역시 문화 옹호라는 당면 문제다.

국제정치의 비상시非常時가 국방이란 데 집중되어 있는 것처럼 오늘날 국제문화의 비상시는 적어도 대부大部의 나라에 있어 문화 옹호에 있음이 사실이다.

어째서 정치의 비상시가 진출이나 공격에 있지 않고 국방에 있는지는 알 배 아니나,[8] 문화의 비상시가 그 옹호에 있음은 사회정세의 여러 가지 특징이 문화의 건설적 방면보다 차라리 방어적 임무를 상정시킬 만큼 문화에 대하여 부정적, 파괴적인 때문이다.

그만큼 오늘날 서구나 동양 제국諸國에 있어 문화 옹호의 문제란 문화 건설의 임무에 못지 않게 중요한 의의를 차지하고 있다.

그러면 우리는 과연 어떠한 문화를 옹호할 것인가? 아마 문화를 옹호하라는 말이 기성의 모든 문화를 유지하라는 것이 아님은 명백한 한, 이 문제는 문화 옹호 문제의 핵심이라 할 만치 중대하다.

바로크, 로코코, 비잔틴, 가톨릭, 로마, 그리스, 근대문화 등등 가운

---

6 '일본적인 것'이라는 뜻.
7 '자연이나 인간 세상에 대한 무상한 느낌'이란 뜻의 일본어.
8 원문에는 '아니다'로 되어 있으나 문맥에 맞게 수정했다.

데서 필연적으로 선택의 문제가 생기게 된다.

이것은 이미 단순한 문화 옹호의 문제가 아니라 앞으로 건설될 문화가 어떠한 것이어야 한다는 당위의 문제를 스스로 내포한 한 개 당파적 문제이다.

그러므로 '소비에트 문화는 몽테뉴의 연장延長이냐, 중절이냐?' 하는 유명한 파리 작의作議[9]의 논쟁은 정히 이 문제의 복잡성과 중대성을 암시한 것이다.

그러나 과거 여러 가지 시대 문화의 좋은 계승 위에 형성된 근대문화의 달성을 적어도 허물어버리지 않겠다는 데 문화 옹호 운동은 한개 선의지善意志로 일치하고 있음은 사실이다.

엄밀하게 말하자면 문화 옹호란 문화 비판의 과제를 스스로 포함하는 것으로, 근대문화의 옹호도 장래 문화에 대하여 최량의 공헌을 할 유산의 보전이란 데서 그 객관적 의의를 온전히 할 수 있는 것이다.

그러므로 문화 옹호란 근대문화의 건설자 자신의 역사적 진화와의 항쟁이란 의미를 비로소 취득케 된다.

즉 복고주의, 다시 말하면 정치상의 국민배외주의에 대한 문화 자신의 성장의 옹호 그것이다.

그러면 조선의 휴머니즘론이 '현대 조선이[10] 이상理想하는 문화는 단군의 중절이냐, 연장이냐?' 하고 제출하는 문제 제기의 성질은 여하히 해석할 것인가?

그 명제가 문화 옹호의 내용으로서 현실상의 의의를 가지려면 적어도 몽테뉴=단군이란 공식, 즉 현대 불란서인에게 몽테뉴가 가지

---

9 1935년 6월 파리에서 열린 문화 옹호 국제작가회의를 일컬음.
10 원문에는 '조선의'로 되어 있으나 오늘날의 주격조사로 교체하였다.

는 바와 같은 문화적 가치를 단군이 가지고 있어야 할 것이다.

그러나 우리가 잘 알듯, 단군과 몽테뉴는 연대상으로 수천년을 상거相距하고 있을뿐더러, 현대 혹은 장래의 문화생활에서 우리가 단군으로부터 어떠한 정신적 유산을 계승하여 우리 자신을 이利되게 할지 자못 의문이라 아니할 수 없다.

그러나 단군문화론을 주장하는 백철 씨의 견해는 약간 다른 기초 위에서 출발하고 있다. 백철 씨에 있어 단군은 조선문화에 있어 없어서는 아니 될 당위의 정신으로서 이해되고 있어 조선문화라고 일컬은 일체의 고유한 것의 원천, 궁극인窮極因으로서 지대한 의의가 부여되어 있다.

소위 백철 씨가 조선문화의 내지乃至 동양문화의 주 성격이라는 풍류성이라는 것의 원천이며 동시에 비모방적인 독창 정신의 권화權化 등 지중至重한 의의를 가졌다.

그러나 문화 옹호 문제가 멀리 단군에까지 소급하기 위한 다른 한 개의 이유, 조선 근대문화의 특질이란 것이 반성되었다.

다름이 아니라 조선의 근대문화는, 그것이 완전히 찬란하게[11] 개화開花할 지반이 결여되었었으며, 따라서 그것은 온전히 개화해 본 적이 없기 때문에 문화 옹호의 문제는 조선에 있어 스스로 전통 선양宣揚의 문제로 전화한다는 것이다.

다시 말하면 서구인은 옹호할 가치가 있는 근대문화를 가졌으나, 조선인은 그것을 가지고 있지 않기 때문에 조선에서 위기를 고告하고 있는 것은 서구적, 근대적 의미에서의 문화가 아니라 조선적 고대적인 문화이며, 서구에서 문화의 옹호라 말할 제 우리는 매몰된 고유

---

11 원문에는 '燦爛하고'로 되어 있으나 문맥에 맞게 수정했다.

문화의 개발, 선양으로 구체화되지 아니할 수 없다는 것이다.

여기서 자연히 일체의 외래적인 것의 배척이란 우심尤甚한 문화적 배외주의 사상이 나오지 않을 수가 없다.

백철 씨는 조선문화사를 '조선적인 것'으로서의 '단군 정신'과 '외래적인 것'으로서의 '기자 정신箕子精神'의 이대二大 계열로 나누어 양자의 투쟁이 역사를 이루었다 간파하였다.

주지周知와 같이 이 논자는 사회사를 민족 투쟁의 역사로 바꾸어버림으로써 과학에 붙였던 최후의 발을 걷어 들였을 뿐 아니라, 사회사의 상층건축으로서의 문화사를 민족 정신의 대립으로 간주함으로써 관념론의 진지로 투항한 것이다.

설령 단군의 태초에 조선 고유의 문화가 여하히 찬란하였다 하더라도 그것이 속칭 기자적箕子的이라고 하는 지나支那 대륙문화 때문에 후퇴하고 그 후의 조선문화가 별개의 면모를 정呈한 것이 사실이라 하더라도, 그것은 우리의 선조가 선천적으로 사대정신事大精神이 강한 민족이었다는 때문이란[12] 이론은 성립하지 않는다.

이러한 것은 역사의 동향을 인간의 정신적인 곳에 원인을 구하는 허망한 견지가 아닐 수가 없다.

더욱이 전全 반도半島 문화사가 순수히 고유한 '단군적인 것'과 순수히 외래적인 '기자적인 것'의 상극相剋에 끝난다 함은 도를 지나친 허황이다.

한번 수립된 문화란 것이 얼마나 혈액적으로 순수하냐 하는 것은 본시 물을 성질의 것이 아닐 뿐더러, 또한 그 문화는 외래의 문화를 섭취함으로써 부절不絶히 자기를 풍요히 해나가는 것이며, 문화의 독

---

[12] 원문에는 '때문이 난'으로 되어 있어 수정하였다.

자성이란 이렇게 다른 문화들이 서로 접촉하는 때 제3의 새로운 형태를 낳는 데서 다시 형성되고 발전하는 것이다.

이 성질을 결정하는 것은 말할 것도 없이 그 문화가 서 있는 지반인 사회의 역사적인 사회·경제적 구성의 특수성에 있다.

신화상의 단군 혹은 문헌상의 단군문화라는 것의 제 형태는 반도半島 원시사회 말기의 산물이었다.

그러나 이것이 '기자적'이라고 속칭하는 지나 대륙문화를 받아들인 형태는 자세히는 말할 수 없으나 후진사회로서 선진사회에 대하는 그것이었음은 당시 반도와 지나의 생산력의 수준으로 보아 틀림없는 일이다.

그러나 반도 원시사회인이 자기의 일체를 버리고 완전히 대륙문화에 예속하였는가 하면 그렇지 않았다.

의식 무의식적 자기류의 방법으로 대륙문화를 수입 이식한 것이다. 즉 낡은 문화는 전통으로서 일정한 작용을 했을 뿐더러 혹종의 형태로 계승된 것이다.

그것이 한 개의 문화인 한 그 다음에 형성되는 문화에 대하여 영향影響하고 계승되는 것이며 반대로 새 문화는 구舊 문화의 기초를 역시 이용한다.

이것은 그 다음 부족국가 열립列立의 과도기를 지나 삼국시대에 나타난 반도문화의 특색을 보면 수긍치 아니할 수가 없다.

신라, 고구려, 백제는 수隋, 당唐과는 다른 반도 고유의 색채라고 보아 족할 문화상의 모든 특색을 농후히 구유하고 있지 않았는가? 그러므로 고루한 민족 배척주의자에 이르기까지 삼국시대를 반도문화의 황금기라고 말하지 않는가?

이것은 실상 단군적이란 원시문화 위에 기자적이라 배척하는 대륙문화에 이접移接의 결과 형성된 것이다.

또한 자기磁器, 가사歌詞, 회화繪畵로 유명한 고구려 문화도 삼국문화 위에 당唐, 송宋, 원元, 인도 등의 외래문화가 접촉한 결과이며, 이조李朝 문화라는 것도 역시 고려의 유산 위에 명明, 청淸 대륙문화가 접촉된 결과이고, 그것은 근대 조선의 신문명을 낳을 불가결의 모태이었다.

춘원春園은 이인직李人稙, 이해조李海朝 등의 신소설 없이는 생각할 수 없으며, 후자들은 동경東京 방면의 영향과 더불어 「구운몽」, 「남정기南征記」, 「춘향전」의 전통 없이는 존재치 않았을 것도 역亦 사실이다.

요컨대 호불호간好不好間 조선의 문화사는 대륙과 남방의 영향을 받으며 자기의 문화적 발전을 꾀해왔던 것이다.

그러나 이 문화 기간 동안 조선문화란 대부분 외래문화의 이주移住 모방에만 급급하고 자기 고유의 것을 살린다든가 독창적인 문화를 수립하여 역으로 외국에 영향을 주고 모범이 된 예는 드물지 않은가?

사실 삼국시대나 고려 때 일부 승려나 납거拉去되어간 포로들이 — 장인匠人들이 — 일본에 건너가 학문, 종교, 기술을 전수한 일이 있다 하나, 그것은 지나 대륙이나 인도 등의 문화를 단순히 매개한 데 지나지 않았다.

그러면 조선문화란 역시 조선인의 지나 대륙이나 인도 등에 대한 사대事大심리나 의타依他의식의 소산이 아니고 무엇이냐?

이조李朝의 유생儒生이나 현대 프로문학자를 보라! 중원中原이나 막사과莫斯科[13] 숭상에 급급하지 않는가? 그것이 오늘날의 문화, 이조문화의 외래성을 낳지 않았느냐?

[14]이렇게 고루한 민족배외주의나 우리 휴머니스트 — 신新배외주의

---

13 모스크바의 한자식 표기.
14 여기서부터 4회 연재분인데, 원문에는 7월 18일자의 이 4회 연재분에 연재 마지막회를

자―는 절규할지 모르나, 문제는 그리 주문대로 염가廉價에 낙찰되지는 않는다.

문화의 이식성, 모방성은 강개지사慷慨之士의 말처럼 사대심리나 모방의식의 소산이 아니라 소위 사대심리, 모방의식까지를 설정하는 사회적 지반의 특수성의 산물이다.

즉 문화는 심리, 의식의 소산이 아니라 생활의 산물인 것이다.

문화상의 모방심리나 의타依他[15]의식이란 것을 보면 대체로 보다[16] 뒤떨어진 문화사회에 대하여 보다 앞선 문화사회가 미치는 압도적 영향의 결과가 아닌가 한다.

뒤떨어진 문화사회는 선진한 문화사회의 수준을 따라가려 적극적인 노력을 경주하지 않으면 두 문화 사회의 접촉 결과는 자연 후진문화의 패배, 즉 정치상 피정복被征服으로 결과하고 만다.

그러므로 몰아沒我, 맹목盲目에 가까우리 만치 열심으로 선진문화를 학습하지 않을 수가 없으며, 이런 경우에 자각되지 않은 획득 의욕, 선망이 왕왕 모방심리로 나타나는 것이다.

뿐만 아니라 미리 그만치 높은 수준에 도달할 만큼 독창력을 갖지 않았던 만큼 고유한 것의 유지보다 위선 외래의 이식이 초미의 급무가 된다.

이러한 생사의 경쟁장리競爭場裏에서 부질없이 고유문화를 보전한다는 것은 자기의 뒤떨어진 문화를 낳은 저하低下한 생활 수준을 유지하는 결과가 되며 스스로 패망자의 역役을 사게 된다.

의미하는 '完'이 표시되어 있고, 마지막 회에는 '4'라고 회수가 표시되어 있으나, 둘 다 잘못 표시된 것이다. 내용적으로도 7월 18일 연재분이 4회에 해당하고, 7월 20일 연재분이 마지막 결말부분에 해당한다.

15 원문에는 '依地'라 되어 있으나 '地'는 '他'의 오자일 것이다.

16 원문에는 '보나'로 되어 있으나 수정했다.

그러므로 여하히 고유성과 자주自主, 독창獨創을 즐기는 배타적 민족, 사회일지라도 자기를 멸망시키면서까지 그것을 보전치는 않는 법이다.

대규모 기계공업을 외래의 것이라 하여 수공업의 독자성을 고집하는 사회심리는 과연 건전한 것일까?

이런 경우 모방, 이식 그 자체가 벌써 후진국이 선진국에 대한 일 투쟁형태다.

그러므로 반도半島 원시사회는 천고千古의 비몽秘夢을 깨쳐 수당隋唐 문화를 수입하였고 토쿠카와德川 일본은 쇄국의 문을 열어 서구문명을 감연히 맞아들인 것이다.

만일 반도 원시사회나 토쿠카와 일본이 고유한 자기를 고수하는 나머지 — 고수할 수도 없었지만 — 대륙문화나 서구문명을 끝끝내 배척하였다면 그 결과가 좋지 못하였을 것은 명약관화한 일이다.

그러므로 먼저 말하던 모방이나 문화이식은 문화투쟁의 일 형식일 뿐만 아니라 사회적, 국가적 갈등의 일 현상이며, 그 근저에는 생산력, 사회관계 총체 상의 차별이 복재伏在하는 것이다.

다시 말하면 문화를 모방하고 이식하는 것은 인간의 자의恣意나 기질로 나온 모방하려는 심리나 이식하려는 정신 때문이 아니라, 모방하고 이식하지 않을 수 없는 사회적 필연성의 소치이다. 이것은 모방과 사대로 특질화되었다는 조선문화의 전 역사를 일관하여 적선赤線과 같이 뚜렷이 나타나 있다. (…중략…)

즉 조선문화의 크나큰 모방성, 이식성 내지 발전의 지연성, 정체성停滯性은, 사회적 정치적 후진성, 특수성의 장기長期에 긍亘한 산물이었다.

또한 조선의 문화 전통이 독자성에 결缺하고 정치精緻치 못함은 이

식문화의 고유한 치졸성, 조분성粗笨性 때문이다. 선진한 문화 수준과 후진적 문화 수준 사이에 있는 모순 때문에 생기는 부조화가 이러한 문화적 성격을 형성한다.

이밖에 일반으로 아세아 사회에 고유한 혹종의 조분성이라는 것도 생각할 수가 있다.

보다 심각하게 반도半島 고대 급及 중세의 사회적 후진성이 종국적으로 무엇에 기인하는가는 본론의 범위를 넘는 것으로 타일他日을 기약커니와, 대체로 조선문화의 특성, 고유성이 그 사회적 후진성에 있지 않은가 하는 점만을 암시함에 그치고, 백씨 등이 스스로 휴머니즘 자체를 한정하는 '조선적 한계'가 무엇인가를 묻기로 하자.

주지와 같이 네오 휴머니즘은 필연적으로 단군적인 것으로 자기를 한정하게 되는데 그것은 어떤 의미를 갖는가?

위선 우리는 백씨 등의 휴머니즘은 과연 춘원, 상섭想涉의 연장이냐를 묻지 않을 수가 없다.

우리는 최서해崔曙海, 이기영李箕永을 비롯하여 현대 조선문학이 춘원, 상섭 없이는 존재하지 않으리라는[17] 것을 솔직히 긍정하는 자이다.

그렇다고 서해, 민촌民村이 춘원, 상섭의 기계적 연장도 아니며, 현대 혹은 명일에 건설될 문학이 신문학의 직선적 연장이라 믿음도[18] 아니다.

이 과정에는 변증법적 지양을 통한 비판, 계승이란, 목제두뇌木製頭腦[19]로썬 이해치 못할 화학적 계기가 있다.

그러나 이 계기가 춘원, 상섭의 전제 없이는 최초부터 성립하지 않

---

17 원문에는 '안할이라는'으로 되어 있다.
18 원문에는 '믿음은'으로 되어 있으나 문맥에 맞게 바로잡는다.
19 목제두뇌: 원문에는 '本製頭腦'로 되어 있으나 '本'은 '木'의 오자일 것이다.

음을 확인함이 당당한 역사적 입장이다.

이것은 춘원, 상섭의 중절은 아니다.

그러나 신문학이 중고中古 문화와의 계쟁計爭 가운데서 획득한 근대 정신과 제종諸種의 문화재를 그것이 여하한 미명美名하에서든지 간에 방기함은 자기를 신문학의 중절이라 선언함이다.

물론 그것을 문화유산이라 부르기엔 너무나[20] 초라하다. 그러므로 현대문화 앞에는 신문학, 근대문화가 아직 달성치 못한 숙제와 더불어 현재의 문제를 해결해야 할 이중의 임무가 있다.

즉 신문학이 우리들과 맺는 관계는 그 수많은 역사적 부채負債[21]와 더불어 근소僅少[한] 유산遺産에서이다.

부채를 두려워하는 나머지 유산까지를 무시함은[22] 문화 문제를 실질적으로 해결할, 곤란한 그러나 영예 있는 임무를 스스로 포기하는 것이다.

휴머니즘론자들이 문화 옹호의 문제를 이 근대문화의 근소한 유산의 무시와 달성되지 않은 많은 숙제로부터 분리하여 민족적인 곳으로 자기를 한정한다 함은 곧 문화 건설의 곤란한 임무로부터의 일탈이 아닐 수가 없다.

물론 오랜 공동생활의 유대 가운데서 자라난 문화의 민족성이나 전통은 신문학 자신도 충분히 돌아보지 못한 것이라 무시하여서는 안되나, 적어도 그것은 우리가 옹호해야 할 유일의 것이나 건설될 문화의 궁국인窮局因은 아니다.

오히려 신문학이 미해결의 숙제로 남긴[23] 것도 외국의 것을 적극적

---

20 원문에는 '덤 우나'로 되어 있다. '덤'은 '넘'의 오자일 것이다.
21 원문에는 '負借'라 되어 있으나 '負債'의 오식일 것이다.
22 원문에는 '無視함을'로 되어 있으나 문맥에 맞게 수정했다.

으로 수입함으로써 중요한 해결의 도움을 받을 것이요, 새 문화도 보다 더 국제 선진문화의 섭취로 달성될 것이다.

그러나 그 섭취의 자주적 기준이 소위 단군적인 것의 입장은 아니다. 그것은 오늘날 가장 문화를 욕구하는 기본적 인민층의 입장 그것이 아닐 수가 없다.

일찍이 신문학도 외래문화를 받아들일 때 '조선적'인 한계, 기준에서가 아니라 개화적, 근대적, 시민인市民人적인 입장에서였다.[24]

그러므로 오늘날 휴머니즘론의 조선적인 한계란 것은 인민적인 입장이 아닐 뿐만 아니라 신문학적인 입장 이전의 것이 아닐 수 없으며, 그것은 보통으로 이해되는 인성해방人性解放이란 휴머니즘의 입장과도 스스로 일치하지 않는다.

그러면 휴머니즘이란 복고주의의[25] 일 외장外裝인가? 고대적 풍월도風月道, 봉건적 풍류성과 개성 존중의 근대 휴머니즘이 일치하고 조화하는 방법은 무엇인가? 이것들은 어느 철학자의 말과 같이 동양적인 자연성으로서 휴머니즘의 대립물이 아닐 수가 없다.

휴머니즘을 관철하려면 스스로 이러한 풍월적風月的, 풍류적, 조선적인 것의 극복을 꾀함이 당연한 일이다.

이것도 신문학이 철저히 수행 못해 부채負債의[26] 일부이다.

요컨대 조선 휴머니즘 논의는 그 추상성에서 이원론으로, 그곳에서 다시 절충론으로, 그리하여 복고주의에의 과도過渡를 완료하지 않는가 한다.

---

23 원문에는 '남은'으로 되어 있으나 문맥에 맞게 수정했다.
24 원문에는 '立場에 서있다'로 되어 있으나 문맥에 맞게 수정하였다.
25 원문에는 '後生主義의'라 되어 있으나 '後生'은 '復古'의 오식일 것이다.
26 역시 원문에는 '負借의'라 되어 있다.

이것은 신문학 초기에 한글로 글을 쓴다는 것까지를 책責하던 노인들의 문화의식으로부터 비롯하여, 신경향파 대두기[에], 시조, 전기소설傳記小說로 돌아간 육당六堂, 춘원의 복고의식, 또 카프 운동 조락凋落후 대두한 공연公然 우又는 은연隱然한 후퇴운동의 일 결실이 아닌가 한다.

이것은 벌써 아무 휴머니즘도 아니다.

6월 말일